谨奉此书为严家炎师八十寿

博雅文学论丛

解志熙 著

文学史的"诗与真"
中国现代文学文献校读论集

北京大学出版社

图书在版编目（CIP）数据

文学史的"诗与真"：中国现代文学文献校读论集/解志熙著.
—北京：北京大学出版社，2013.11
（博雅文学论丛）
ISBN 978-7-301-23299-6

Ⅰ.①文… Ⅱ.①解… Ⅲ.①中国文学－现代文学史－研究 Ⅳ.①209.6

中国版本图书馆 CIP 数据核字（2013）第 233544 号

书　　　名：文学史的"诗与真"：中国现代文学文献校读论集
著作责任者：解志熙　著
责 任 编 辑：张文礼
标 准 书 号：ISBN 978-7-301-23299-6/I·2684
出 版 发 行：北京大学出版社
地　　　址：北京市海淀区成府路 205 号　100871
网　　　址：http://www.pup.cn　新浪官方微博：@北京大学出版社
电子信箱：pkuwsz@126.com
电　　　话：邮购部 62752015　发行部 62750672　编辑部 62767315
　　　　　　出版部 62754962
印 刷 者：北京大学印刷厂
经 销 者：新华书店
　　　　　　650 毫米×980 毫米　16 开本　28.75 印张　485 千字
　　　　　　2013 年 11 月第 1 版　2013 年 11 月第 1 次印刷
定　　　价：59.00 元

未经许可，不得以任何方式复制或抄袭本书之部分或全部内容。
版权所有，侵权必究
举报电话：010-62752024　　电子信箱：fd@pup.pku.edu.cn

谨奉此书为严家炎师八十寿

博雅文学论丛

文学史的『诗与真』
中国现代文学文献校读论集

解志熙 著

北京大学出版社

图书在版编目（CIP）数据

文学史的"诗与真"：中国现代文学文献校读论集／解志熙著．
—北京：北京大学出版社，2013.11
（博雅文学论丛）
ISBN 978-7-301-23299-6

Ⅰ．①文… Ⅱ．①解… Ⅲ．①中国文学－现代文学史－研究 Ⅳ．①209.6

中国版本图书馆 CIP 数据核字（2013）第 233544 号

书　　　　名：文学史的"诗与真"：中国现代文学文献校读论集
著作责任者：解志熙　著
责　任　编　辑：张文礼
标　准　书　号：ISBN 978-7-301-23299-6/I·2684
出　版　发　行：北京大学出版社
地　　　　　址：北京市海淀区成府路 205 号　100871
网　　　　　址：http://www.pup.cn　新浪官方微博：@北京大学出版社
电　子　信　箱：pkuwsz@126.com
电　　　　　话：邮购部 62752015　发行部 62750672　编辑部 62767315
　　　　　　　　出版部 62754962
印　　刷　　者：北京大学印刷厂
经　　销　　者：新华书店
　　　　　　　　650 毫米×980 毫米　16 开本　28.75 印张　485 千字
　　　　　　　　2013 年 11 月第 1 版　2013 年 11 月第 1 次印刷
定　　　　价：59.00 元

未经许可，不得以任何方式复制或抄袭本书之部分或全部内容。
版权所有，侵权必究
举报电话：010-62752024　电子信箱：fd@pup.pku.edu.cn

目 录

爱欲抒写的"诗与真"
——沈从文现代时期的文学行为叙论 ………………… 1
  一部田园牧歌背后的爱欲隐衷:且从《边城》表里的
    "不凑巧"说起 ……………………………………… 1
  从"爱欲的压抑"到"情绪的体操":沈从文的
    爱欲观与文学观之回溯 …………………………… 9
  从苦闷的"自叙传"到抒情的"爱欲传奇":沈从文
    二三十年代创作的"变"与"转" ……………… 24
  理想的人性乐园和愉快的抒情美学:沈从文30年代
    乡土抒写的得与失 ………………………………… 42
  "抽象的抒情"之底色和"最后的浪漫"之背后:
    沈从文40年代"新爱欲传奇"的"诗与真" …… 61
  "余响"费猜详:关于沈从文40年代末的"疯与死" … 97
  "诗与真"的纠结之归结:新的与旧的浪漫性之统一 … 106

沈从文佚文废邮再拾 ……………………………………… 110
  废邮存底·致丁玲 ………………………………………… 110
  废邮存底·辛·第廿九号 ………………………………… 114
  旱的来临 …………………………………………………… 116
  读书随笔 …………………………………………………… 117
  梦和呓 ……………………………………………………… 119
  文 字 ……………………………………………………… 121
  敌与我 ……………………………………………………… 122

新废邮存底·关于《长河》问题，答复一个生长于
　　　　吕家坪的军官（残） ·················· 125
　　新废邮存底·致莫干（残） ················ 126
　　给一个出国的朋友 ······················ 127
　　诗人节题词 ·························· 130
　　新书业和作家 ························ 130
　　纪念诗人节 ·························· 135

遗文疑问待平章
　　——新发现的沈从文佚文废邮考略 ············ 137
　　友谊与爱情的遗迹：沈从文致丁玲的信和给张兆和的情书 ··· 137
　　爱国与爱欲的焦虑：沈从文抗战及40年代的佚文废邮 ···· 143

沈从文佚文辑补 151
　　人的重造——从重庆和昆明看到将来 ··········· 151
　　《〈断虹〉引言》附函 ··················· 154
　　一个理想的美术馆 ····················· 154

"最后一个浪漫派"的人文理想之重申
　　——沈从文佚文辑校札记 ················ 159
　　从《立言画刊》上的《废邮存底补》说起 ········· 159
　　《世界晨报》上的沈从文文章书简 ············· 162
　　人的重造："最后一个浪漫派"的人文理想之重申 ····· 164

相濡以沫在战时
　　——现代文学互动行为及其意义例释 ·········· 170
　　相濡以沫在战时：沈从文给李健吾的慰问信及其他 ····· 170
　　海上羁客有所思：李健吾对林徽因、沈从文的感怀 ····· 176
　　临风寄意怀远人：柯灵组编《作家笔会》的苦心 ······ 181
　　文人交往有深致：文学互动行为的文学史意义 ······· 185

关于《春蚕》评价的通信
　　——从吴组缃和余连祥的分歧说起 ············ 192
　　一 ······························ 192
　　二 ······························ 196

三 …………………………………………………………… 204
　　附　记 ………………………………………………… 212

补遗与复原
　　——冰心 40 年代佚文辑校录 ……………………… 215
　　默庐试笔（前六节）…………………………………… 215
　　由评阅蒋夫人文学奖金应征文卷谈到写作的练习 …… 220
　　冰心词稿——洞仙歌·题石屏李右侯尊堂《机灯
　　　　课子图》…………………………………………… 224
　　请　客 …………………………………………………… 225
　　从歌乐山到箱根 ………………………………………… 227
　　冰心女士对于日本妇女的印象 ………………………… 229
　　附录一　做梦 …………………………………………… 231
　　附录二　冰心女士讲旅日感想 ………………………… 234

人与文的成熟
　　——冰心 40 年代佚文校读札记 …………………… 237
　　《默庐试笔》补遗："沉默已久"后的冰心新作 ……… 237
　　复原与辨正：《请客》、《做梦》及《从歌乐山到箱根》 …… 240
　　合与分：有关"蒋夫人文学奖金应征文卷"评阅的
　　　　三篇文字 ………………………………………… 244
　　两篇访谈：冰心的日本观感和对战后中日关系的思考 …… 247
　　人与文的成熟：关于 40 年代的冰心 ………………… 252
　　附　录 …………………………………………………… 258

惟其是脆嫩　何必是讥嘲
　　——也谈所谓"冰心—林徽因之争" ……………… 261
　　来自"我们太太的客厅"的观察：沈从文和李健吾
　　　　观点的片面性 …………………………………… 261
　　美丽的新风雅：京派的人文理想和冰心的冷眼旁观 …… 265
　　毕竟不一般：林徽因和冰心心照不宣的相互回应 …… 271

"献上我们的智与力"
　　——老舍抗战及 40 年代诗文拾遗 ………………… 275
　　战壕里的呼声 …………………………………………… 275

老舍的话——答《青年向导》"青年问题专号"征文函 …… 277
两年来抗战中的文艺运动 …………………………………… 278
军　歌 ………………………………………………………… 284
劳军感言 ……………………………………………………… 286
怎样开始写作？ ……………………………………………… 287
一年间的文学 ………………………………………………… 289
献上我们的"智"与"力" …………………………………… 290
乙酉重阳于、程两诗翁招饮赋此述志并以致谢 …………… 292
美国来鸿——致吴云峰 ……………………………………… 292

"风雨八年晦，贞邪一念明"
——老舍抗战及40年代佚文校读札记 …………………… 294
一篇小说、一次讲演及一场座谈：老舍对初期
　"抗战文艺"的反思及其与延安文艺界的呼应 ………… 294
"诗歌"传统的复兴与军民关系的新变：
　老舍抗战时期几篇劳军—拥军诗文所传达的信息 …… 302
诗函答问见心声：热情爽朗的老舍及其在抗战后的忧愤 … 308

卞之琳佚文佚简辑校录 …………………………………… 316
流　想 ………………………………………………………… 316
年　画 ………………………………………………………… 319
五个东北工人 ………………………………………………… 321
日华亲善 ……………………………………………………… 323
游击队请客 …………………………………………………… 325
渔　猎 ………………………………………………………… 327
又坐了一次火车 ……………………………………………… 328
寄自峨眉山 …………………………………………………… 332
儿　戏 ………………………………………………………… 333
女人，女人 …………………………………………………… 337
致叶以群 ……………………………………………………… 344
读诗与写诗 …………………………………………………… 345
××礼赞 ……………………………………………………… 349
意见，意见，还是意见——读奥登《新年信》附注偶记 … 353
伏枕草：洒脱杂论 …………………………………………… 357

夜起草：前进两说 …………………………………………… 361
　　复《文学创作》编者函 ………………………………………… 366
　　新文学与西洋文学 …………………………………………… 368
　　中国"新诗"的发展与来自西方的影响 ……………………… 371
　　附录　关于战地文艺工作 …………………………………… 379

灵气雄心开新面
——卞之琳的诗论、小说与散文漫论 ……………………… 385
　　卞之琳诗学的象征观、音节观和传统观及其他 ……………… 385
　　"小大由之"的战时叙事：从《游击奇观》
　　　　到《山山水水》 ………………………………………… 394
　　析理绵密的知性散文：卞之琳的"论说文"略说 …………… 398

胡风的问题及左翼的分歧之反思
——从"胡风与鲁迅的精神传统"说开去 ………………… 403
　　周恩来和胡风在发挥"鲁迅精神"上的异同：关于"重庆
　　　　鲁迅逝世九周年纪念会" ……………………………… 403
　　"仇恨"心态和"战斗"愿望缘何而生：一个"青年鲁迅派"
　　　　暨"启蒙左翼"的"主观战斗精神胜利法" ………… 415
　　最后的"斗争"为何遭遇"团结"的处理：
　　　　"胡风集团"冤狱的成因与左翼文学运动的终结 ……… 436

后　记 ……………………………………………………………… 450

爱欲抒写的"诗与真"
——沈从文现代时期的文学行为叙论

一部田园牧歌背后的爱欲隐衷：
且从《边城》表里的"不凑巧"说起

1934年的一天，被公认为最懂感情的现代才女林徽因在家中接待了沈从文。此时的沈从文还在新婚的余韵中，而他的文学事业也佳作频出、蒸蒸日上，赢得了一片喝彩，所以朋友们都觉得苦熬多年的从文如今可谓感情与创作的双丰收，真是生活在美满幸福之中，谁也没有想到他正深深地陷在一场情感危机里备受煎熬。深感难以自拔的沈从文不得不去向擅长处理感情纠葛的林徽因求教和求救。听着沈从文激动地倾诉其感情的困扰，林徽因十分惊讶而又非常惊喜，因为她由此发现了一个与自己有着相同苦恼的现代人沈从文。事后，林徽因特地写信给其美国友人费正清、费慰梅夫妇，向他们报告了自己的这一"发现"——

> 不管你接不接受，这就是事实。而恰恰又是他，这个安静、善解人意、"多情"而又"坚毅"的人，一位小说家，又是如此一位天才。他使自己陷入这样一种感情纠葛，像任何一个初出茅庐的小青年一样，对这种事陷于绝望。他的诗人气质造了他自己的反，使他对生活和其中的冲突茫然不知所措，这使我想到雪莱，也回想起志摩与他世俗苦痛的拼搏。可我又禁不住觉得好玩。他那天早上竟是那么的迷人和讨人喜欢！而我坐在那里，又老又疲

愈地跟他谈、骂他、劝他，和他讨论生活及其曲折，人类的天性、其动人之处及其中的悲剧、理想和现实！……

过去我从没想到过，像他那样一个人，生活和成长的道路如此地不同，竟然会有我如此熟悉的感情，也被在别的景况下我所熟知的同样的问题所困扰。这对我是一个崭新的经历。而这就是为什么我认为普罗文学毫无道理的缘故。好的文学作品就是好的文学作品，而不管其人的意识形态如何。今后我将对自己的写作重具信心，就像老金一直期望于我和试图让我认识到其价值的那样。万岁！①

撇开林徽因对左翼文学的傲慢与偏见不谈，她对沈从文的"发现"倒是至今仍不失为一个重要的提醒，因为迄今仍有许多人只把沈从文看成一个过于单纯的"乡下人"、一个只会写优美田园牧歌的乡土抒情作家、一个数十年如一日地沉浸在童话般美满婚恋中的幸运儿，殊不知他在爱欲上的憧憬、苦闷和挣扎并不亚于最西化的现代知识分子，甚至有过之而无不及，而他在这方面的苦闷和挣扎之影响于他的生活和创作，也实在是既深且重、非同寻常。或许只有弄清了这个由来已久的问题之由来及其对沈从文的重要意义，我们才能理解沈从文半生的"常与变"以至解放前夕的"疯与死"之症结。

即以沈从文的杰作《边城》而论，它就远非乍一看那么单纯，而委实是别有寄托在焉。

按，自《边城》问世之后，它就成为关于沈从文文学的评论与研究之焦点，而以《边城》为代表的1930年代创作，已然成为标志着沈从文一生创作最高成就的辉煌阶段，此前此后往往被忽略不计了。检点评论界和学术界近八十年来对这一时期沈从文创作的观感，我们不难发现一个有趣的认知趋同现象，那就是无论人们的评价是高是低，但下述三点印象却成了没有争议的共识：其一，文学上的沈从文是一个"人性"的执著坚守者和倾心表现者；其二，他所坚守和表现的人性是以其特有的"乡下人"的经验和爱憎为标准的；其三，他对其所

---

① 林徽因：《致费正清、费慰梅·一（1934年）》，《林徽因文集·文学卷》第354—355页，百花文艺出版社，1999年。

醉心的乡村人性美、风俗美兼及自然美之表现，形成了独具一格的抒情化叙述方式。这三点自然是统一的，此所以沈从文写了那么多关于田园乡土的抒情小说以及抒情散文，悉心表现"乡下人"的人性美、风俗美连带着自然美，同时也直接或间接地表达对都市里的卑琐人性和卑琐文化的批判。大凡读过《边城》以及稍后的《长河》等作品，再看看沈从文在《〈边城〉题记》、《〈习作选集〉代序》和《〈长河〉题记》里的自我解说，大概都不难得出上述观感。当然，左翼批评家和左翼文学史家对这样一个沈从文是不满的，但那并不妨碍他们认定沈从文及其创作就是"如此这般"这样一个事实。而非左翼的批评家和研究者则对这样一个沈从文及其创作大都赞赏有加。事实上，近三十年来的文学史论著对沈从文文学的总体论述，基本上都是以沈从文这一时期的这样一些作品，尤其是《边城》和他的这样一些自我陈述为依据，从中概括出来的看法大抵不外上述三点，其一致性几乎达到了众口一词的程度。由此，一个虽然保守却淳朴可爱的"乡下人"沈从文孜孜矻矻用文学建筑人性小庙的美好形象，成了近三十年来文学史叙述中的沈从文的"文学标准像"。再加上不断推出的沈从文文学传记或评传的宣叙，一个有点保守而又非常可爱的"乡下人"进城后用文学守望人性、收获事业与爱情双重成功的故事，已成了学界以至世人津津乐道的美好传奇。近来又据说，正是上述三点汇聚成了沈从文可爱的"保守性"，从而显示出迥然有别于启蒙的"五四"新文学和革命的左翼文学之反现代性、非政治性云云。总而言之，经过许许多多文学史论著的反复论述，这样一个"乡下人"沈从文的"文学标准像"，已成为深入人心的存在和无可置疑的定论了。

坦率地说，这样一个以《边城》为中心观照而得的沈从文"文学标准像"，也曾是我长期以来的印象。直到上世纪80年代末，读到沈从文的一些重要自述文字如《水云》、《从现实学习》等，我才多少意识到这个流行的沈从文"文学标准像"或许只是一个表象。进入新世纪以来，不时地拜读新出版的《沈从文全集》，并且不断地有缘接触到沈从文的一些佚文废邮，把它们与《沈从文全集》中的相关文本反复校读，使我越来越深切地感觉到，在"乡下人"沈从文的"文学标准像"背后，其实还存在着另一个更多苦恼的现代文人沈从文。

对此，沈从文自己其实早有暗示。说来有趣的是，"乡下人"沈从文进城后专心致志于乡土抒情的"文学标准像",原是沈从文自己有意无意地帮助读者建构起来的。多年来他反复地强调自己的"乡下人"身份、爱憎及其对自己文学活动的决定性等,从而把自己从纷纭扰攘的文坛中区别出来,成了一个不同一般因而更加引人注目的存在。可是当沈从文发现人们仅仅这样看他和他的作品时,他似乎又感到有些得不偿失,因而不无牢骚和不满。譬如,1936年1月1日,已成京派文坛重镇的沈从文编完自选集,他在代序中虽然一如既往地自矜其"乡下人"气质,却又怅然若失地抱怨说,读者倘只把他的作品视为一个"乡下人"讲乡土的清新故事,实无异于"买椟还珠",那对作为作者的他则意味着创作的失败——

> 我这种乡下人的气质倘若得到你的承认,你就会明白我的作品目前与多数读者对面时如何失败的理由了,即或有一两个作品给你们留下点好印象,那仍然不能不说是失败。我作品能够在市场上流行,实际上近于买椟还珠,你们能欣赏我故事的清新,照例那作品背后蕴藏的热情却忽略了,你们能欣赏我文字的朴实,照例那作品背后隐伏的悲痛也忽略了。①

这段表白特别值得玩味。因为"照例",读者对《边城》等杰作的"好印象",不正在于它们乃是一个富于"乡下人的气质"的作家对乡土田园风情之清新的抒叙么?然而细绎沈从文这段话的上下文,他对读者这样的欣赏其实并不那么欣然,反而慨叹《边城》乃是"成功的失败"——成功了的是其显然的乡土田园风情之抒叙,失败了的则是其"背后蕴藏的热情"、"背后隐伏的悲痛",这才是他着意要向读者传达的东西,可是正因为乡土田园风情的抒叙太成功了,反倒使那"背后蕴藏的热情"、"背后隐伏的悲痛"不被读者所注意。这是一个很重要的提醒。然而可惜的是,就连沈从文的这个郑重提醒也被人"顺理成章"地误解了——评论界和学术界一般都认为,沈从文所谓"背后蕴藏的热情"、"背后隐伏的悲痛",乃是在叹惋那极富人性美、

---

① 沈从文:《〈习作选集〉代序》,《沈从文全集》第9卷第4页,北岳文艺出版社,2002年。本书所引《沈从文全集》均为此版本,下文不再注明版次。

风俗美兼自然美的乡土文明之被销蚀而消逝。笼统地说,沈从文未始没有这样的伤感和隐忧,但具体而言,那未必就是沈从文寄托在《边城》里的隐衷和真意。正是有憾于这种几乎成了定式和惯性的解读,沈从文在40年代撰写的长篇创作自述《水云》里,又一次慨叹《边城》的真意不被理解,并强调那真意乃是一些更隐秘的个人哀乐——

> 我的新书《边城》是出了版。这本小书在读者间得到些赞美,在朋友间还得到些极难得的鼓励。可是没有一个人知道我是在什么感情下写成这个作品,也不大明白我写它的意义。即以极细心朋友刘西渭先生的批评说来,就完全得不到我如何用这个故事填补过去生命中一点哀乐的原因。正惟如此,这个作品在个人抽象感觉上,我却得到一种近乎严厉而讽刺的责备。①

如所周知,"刘西渭先生的批评"即李健吾的同名评论《〈边城〉》。正是在这篇评论里,李健吾盛赞《边城》"是这样一部 idyllic(田园牧歌风格的——引者按)杰作",并把它与沈从文的另一篇显然更富现代性的性心理分析小说《八骏图》作了这样的区别比较——

> 环境和命运在嘲笑达士先生(《八骏图》的主要人物兼叙述者——引者按),而作者也在捉弄他这位知识阶级人物。"这自以为医治人类灵魂的医生,"(他是一个小说家,)以为自己身心健康,"写过了一种病(传奇式的性的追求),就永远不至于再传染了!"就在他讥诮命运的时光,命运揭开他的瘢疤,让他重新发现他的伤口——一个永久治愈不了的伤口,灵魂的伤口。这种藏在暗地嘲弄的心情,主宰《八骏图》整个的进行,却不是《边城》的主题。作者爱他《边城》的人物,至于达士先生,不过同情而已。②

---

① 沈从文:《水云》,《沈从文全集》第12卷第113页。
② 刘西渭(李健吾):《〈边城〉——沈从文先生作》,《咀华集》第75—76页,文化生活出版社,1936年。

李健吾对《八骏图》的解读——它揭示了一个现代知识分子达士先生（小说家达士身上显然有沈从文的投影）在"性的追求"上的心理隐曲——是非常到位的，可是他只把《边城》视为一部纯粹的田园牧歌，确乎完全忽视了它"背后蕴藏的热情"、它"背后隐伏的悲痛"。其实，像《八骏图》的显现一样，《边城》的背后同样有沈从文"被压抑的热情"之投射。只是那投射在《边城》中的个人隐衷过于隐蔽，李健吾无从知晓，所以他对《边城》的解读，便难免让沈从文有"完全得不到我如何用这个故事填补过去生命中一点哀乐的原因"之叹。

李健吾无疑算得上沈从文理想的"高级读者"，可是连他也全然不解沈从文寄寓在《边城》背后的隐衷，这足证沈从文倾注于《边城》中的寄托过于隐蔽了。有鉴于此，沈从文后来不得不在其创作自述《水云》里自曝其当年创作《边城》的隐衷：那时他在多年的挫折、压抑和奋斗之后，终于获得了事业的成功，并且即将与他苦苦追求的一位美好女性张兆和结为佳偶，不料就在结婚的前夕，他却偶然地与一个"偶然"——另一个美丽的女性——遇合，两下里显然都"有会于心，'偶然'轻轻的叹一口气。'美有时也令人不愉快！譬如说，一个人刚好订婚，不凑巧又……'"，双方怀着相见恨晚之感怅然分手后，沈从文即与未婚妻张兆和结了婚。可是新婚的幸福生活并不能使沈从文心满意足，不无惆怅和苦闷的他为了平衡生命的波动、转移情感的压抑，便在新婚期间开始了《边城》的写作——

因此每天大清早，就在院落中一个红木八条腿小小方桌上，放下一叠白纸，一面让细碎阳光晒在纸上，一面也将为某种受压抑的梦写在纸上。故事的人物，一面从一年前在青岛崂山北九水旁所见的一个乡村，取得生活的必然，一面就用身边黑脸长眉新妇作范本，取得性格上的素朴良善式样。一切充满了善，充满了完美高尚的希望，然而到处是不凑巧。既然是不凑巧，因之素朴的良善与单纯的希望终难免产生悲剧。故事中浸透了五月的斜风细雨，以及那点六月中夏雨欲来时的闷人的热，和闷热中的静与寂寞。这一切其所以能转移到纸上，依然可说全是从两年间海上阳光得来的能力。这一来，我的过去痛苦的挣扎，受压抑无可安排的乡下人对于爱情的憧憬，在这个不幸故事上，方得到了完全排泄与弥补。①

近年已有学者注意到沈从文在《边城》中所暗寓的个人隐衷，如刘洪涛君就指出"《边城》是他在现实中受到婚外感情引诱而又逃避的结果"，并考证出那个让沈从文深感诱惑的女子是高青子，一个爱好文学的美丽女士。②此外，据美国学者金介甫的考证，《八骏图》里引诱达士先生的那个女子，其原型乃是青岛大学的校花俞珊。③虽然沈从文与高青子、俞珊认识的准确时间已难以考知，但他在结婚前一段时间里就与这两位年轻女士认识并有所交往，则是可以肯定的。其中尤其让沈从文心旌摇动的是高青子。如上所述，《水云》的回忆显示，沈从文正是在与张兆和订婚后、结婚前的那段日子里，却和高青子有了非同一般的交往，二人既欣然"有会于心"，又因"一个人刚好订婚"的"不凑巧"而相见恨晚。沈从文就是带着这种遗憾结了婚并在新婚期间写作了《边城》，他希望用婚姻抵挡"偶然"的引诱、用写作抒发"不凑巧"的憾恨。就此而言，刘洪涛所谓"《边城》是沈从文在现实中受到婚外感情引诱而又逃避的结果"的判断是大体不错的，只是对《边城》意蕴的分析还不够准确。

诚然，《边城》的写作行为确是沈从文对婚外情诱惑的缓释和逃避，但文本的叙事却无关于婚外情，而着重表现一种近乎无事的悲剧——人在婚恋上的"不凑巧"之错失以及因此而生的憾恨与希望并存的复杂情感。这"不凑巧"在文本和潜文本中是表里同构的：显现在表层的自然是翠翠与天保、傩送三个乡村儿女恋情的"不凑巧"之错失，翠翠的外形和性格并且有"新妇"张兆和的影子，而掩藏在这个田园故事背后的，则是作为丈夫的沈从文自己在婚恋上的"不凑巧"之憾恨。这一表一里的两个"不凑巧"，正是所谓"诗与真"的关系：读者一望而知的是那个显然充满诗意抒情的乡村儿女恋爱的

---

① 沈从文：《水云》，《沈从文全集》第12卷第110—111页。
② 刘洪涛：《沈从文小说中的几个人物原型考证》，《沈从文小说新论》第234—235页，北京师范大学出版社，2005年。
③ 金介甫：《沈从文传》（符家钦译）第270页注75，国际文化出版公司，2005年。

"不凑巧"故事,而对作者掩藏其后的个人婚恋之"不凑巧"的本事,则往往难知其详,甚至根本没有察觉。但这并不影响读者欣赏这篇小说,因为那个充满诗意抒情的乡村儿女婚恋故事,已成了作者个人爱欲隐衷的一种抒情性寄托,读者即使完全不知其"本事"的存在,也无碍于他们领会作者所倾心营造的情境和意境:"一切充满了善,充满了完美高尚的希望,然而到处是不凑巧。既然是不凑巧,因之素朴的良善与单纯的希望终难免产生悲剧。"现在我们明白了这情境和意境根源于现代文人沈从文切身的生命体验和爱欲苦闷,却不必就此去否认《边城》故事的田园牧歌表征。自然,也无须再那么夸大乡土、都市等元素在沈从文作品中的文化对抗意义,其实它们在大多数情况下都不过是沈从文借以表达其独特的生命体验——尤其是爱欲苦闷——的修辞手段或者说艺术风景。就此而言,评论界和学术界长久以来关于《边城》以至沈从文整个乡土叙事的真与不真之争,就不免刻舟求剑、徒费口舌了。既然《边城》中的翠翠和二老"不凑巧"的乡土爱情传奇故事,乃是沈从文自身"不凑巧"的婚恋体验和爱欲苦闷的寄托性载体,则乡土风俗人事作为作者寄托怀抱的艺术风景、取便表达的修辞策略,也就无所谓真与不真了,何必拘泥较真呢。当然,沈从文由此创造出的一系列乡村儿女形象,自有其独立的艺术生命,并且我也完全相信李健吾所谓"作者爱他《边城》里的人物"的判断是无可置疑的,但我想也不妨指出事情的另一面:尽管沈从文创造了翠翠、萧萧、三三等美丽善良的乡村少女形象,但进城后的文艺青年沈从文其实也难免"见异思迁",他真正心爱的恐怕并非翠翠、萧萧和三三那样的乡村少女,而是女学生张兆和、女职员高青子、高校校花俞珊等现代的都市知识女性。自然了,这后一类女性同时也就成了沈从文的烦恼之所在。

自弗洛伊德的精神分析学问世以来,爱欲的哀乐抑扬及其变形的释放,就成了被解密的人性隐秘,不久也成了文学所竭力揭示的人性奥秘。而自上世纪20年代以来,弗洛伊德学说以及吸收了弗洛伊德学说的文艺学——即所谓"苦闷的象征"的文艺观,在中国新文坛上也流行不衰。沈从文显然是受了这一思潮的不小影响,因而近取诸身,致力于在文艺创作中表达他对人性的这一奥秘的体验。对此,沈从文是坦然承认的。① 他的美国研究者金介甫也曾"指出了《边城》小说中有弗洛伊德象征派的影响",并说"沈在1980年6月27日和我的谈话中,承认了这一点"。② 现在看来,这种影响的来源也并不限于弗洛伊德,还包括另一位性心理学家蔼理斯,而他们的综合影响不仅促使30年代的沈从文形成了一种用乡土的或古典的传奇故事寄托其爱欲隐衷的艺术表现方式,而且还深刻地作用于他的行为方式——当沈从文宣称"我的过去痛苦的挣扎,受压抑无可安排的乡下人对于爱情的憧憬,在这个不幸故事上,方得到了完全排泄与弥补"时,《边城》的写作其实就成了他自觉地缓释和调适自己受压抑的爱欲的一种行为方式,而惟其"过去痛苦的挣扎,受压抑无可安排的乡下人对于爱情的憧憬"由来已久,则《边城》就不可能是沈从文"排泄与弥补"其受压抑的爱欲的开始之作,并且即使在"排泄与弥补"了过去的爱欲积郁之后,也还会有新的爱欲冲动和新的压抑之产生,所以《边城》也不大可能是沈从文"排泄与弥补"其爱欲苦闷的终结之作。

也因此,欲明事情之究竟,还得从头说起;而欲知后事如何,还需下文分解。

从"爱欲的压抑"到"情绪的体操":
沈从文的爱欲观与文学观之回溯

的确,对沈从文来说,"过去痛苦的挣扎,受压抑无可安排的乡下人对于爱情的憧憬",也即爱欲的压抑,真可谓由来久矣,而这个由来已久的问题,又委实过久地被人忽视了。

---

① 沈从文曾以相当熟络的口吻说到"苦闷的象征"。如自叙传小说《焕乎先生》一开篇就写小说家焕乎先生的创作生活:"一些散乱无章的稿纸,或者稿纸上除了三两行字以外又画得有一只极可哭的牛,与一个人头一类,得不拘一个人为在这样情形下摄一个影,这便是可以名之为忧郁的创作了。若是画一幅画,画由他自己指定,则这个画将成为一幅苦闷象征的名作;他是苦恼着。"按,此篇原名《新梦》,连载于1928年5月1日—5日的《晨报副刊》上,后改名《焕乎先生》,收入小说集《好管闲事的人》,新月书店,1928年7月出版。这两个版本均作"极可哭的牛",窃疑应作"极可笑的牛",或因"笑"、"哭"手写形近而误排。

② 金介甫:《沈从文传》(符家钦译) 第235页注78。

无须否认，沈从文确实是一个从遥远边地走出来的"乡下人"，但我们也必须注意，这个"乡下人"并不是个头脑简单的"乡下佬"，而是一个来自乡下、向往新文化和新文学的"新青年"。用他自己的话来说，正是"因一个五四运动的余波，把本人抛到北京城"①。原来，沈从文在湘西从军期间所担任的多是文书等类文字工作，这使他不仅得以补习旧文化，而且也接触到了新文化。比如他在"现代相府"熊希龄家就读了大量林译小说，尤其是在为"湘西王"陈渠珍所办报纸当校对的时候，因为一个印刷工人的介绍，沈从文读到了不少传播新文化、新文学的新书报刊，从而对新文化运动产生了强烈的向往之情——

> 我从他那儿知道了些新的，正在另一片土地同一日头所照及的地方的人，如何去用他们的脑子，对于目前社会作一度检讨与批判，又如何幻想一个未来社会的标准与轮廓。他们那么热心在人类行为上找寻错误处，发现合理处，我初初注意到时，真发生不少反感！可是，为时不久，我便被这些大小书本征服了。我对于新书投了降，不再看《花间集》，不再写《曹娥碑》，却喜欢看《新潮》、《改造》了。
> 我记下了许多新人物的名字，好像这些人同我都非常熟习。我崇拜他们，觉得比任何人还值得崇拜。……
> 为了读过些新书，知识同权力相比，我愿意得到智慧，放下权力。我明白人活到社会里应当有许多事情可作，应当为现在的别人去设想，为未来的人类去设想，应当如何去思索生活，且应当如何去为大多数人牺牲，为自己一点点理想受苦，不能随便马虎过日子，不能委屈过日子了。②

差不多同时，正处于青春期的沈从文也对异性产生了兴趣，然而他的第一次恋爱却被所爱的女子骗去了家里卖房的钱，这让他无颜面对自己的母亲，所以他自称这次恋爱受骗为"女难"。不安于乡下生

---

① 沈从文：《给李先生》，《沈从文全集》第17卷第387页。
② 沈从文：《从文自传》，《沈从文全集》第13卷第361—362页。

活的沈从文深感苦闷和寂寞，可是在家乡没人听他"陈述一分酝酿在心中十分混乱的感情"并给予他"启发与疏解"。① 年轻的沈从文正是带着这样的情感苦闷和对新文化的热烈向往，于1923年8月告别了故乡，来到了新文化的中心北京——他渴望在那里上大学，进而寻求一种不同于故乡的生活。所以，"北漂"到北京来的外地青年沈从文，与那时云集北京的大批"新青年"并无二致。要说不同，那或许是他较多生活经验而缺少学历并且比较贫穷吧，所以他的大学梦很快就破灭了，而不得不一边自学一边以写作谋生。而沈从文在文学的学步阶段感受最为深切的问题，也正是当时一般文学"新青年"的典型问题——"生的苦闷"与"性的苦闷"，尤其是后者。

当然，所谓普遍的问题具体到沈从文那里也自有其特殊性。如果说"生的苦闷"在别的文学青年那里的表现，或者不免"为赋新诗强说愁"的矫情，可在沈从文那里就确属切身的困苦体验了。我们从沈从文1924年11月中旬冻饿三天、不得不向郁达夫求救、郁达夫回家后所写《给一个文学青年的公开状》可知，沈从文的生活当真到了山穷水尽的地步。虽然此后由于得到一些文坛前辈的帮助，沈从文的作品渐渐有了发表处，但卖文为生、艰苦打拼的生涯一直延续到20年代末。沈从文在这一时期不少作品的序跋中，频频自诉流着鼻血坚持写作、急着卖稿以解燃眉之急的窘况，凡是读过沈从文早期作品的人都会有深刻的印象。比如1929年6月间沈从文和母亲、妹妹一家三口竟然到了断炊的地步，直到1929年9月沈从文得以在大学任教，并且继续写作，收入增加了，生活的困难才有所纾解。正因为如此，在沈从文这一时期的创作中，表现"生的苦闷"的作品可以说是比比皆是，无须举例了。

诚如郭沫若所译《少年维特之烦恼》篇首题诗所言，"青年男子谁个不善钟情？妙龄女人谁个不善怀春？"所以"性的苦闷"即对爱情的渴望，原本是人皆有之的。加之"五四"新文化的洗礼，一代新青年的情爱意识普遍觉醒，"没有花，没有爱"是那时的新青年间普遍流行的寂寞呼号。新青年沈从文当然也不能例外而又别有苦衷。虽说恋爱是自由了，但其实各色新青年在恋爱上并不是大家一例地机会

---

① 沈从文：《从文自传》，《沈从文全集》第13卷第357页。

均等。比较而言，能够在高等学校就读的男女大学生，因为相互身份平等，自然较多自由接触、恋爱有成的机会。相形之下，贫苦的文学青年如沈从文、刘梦苇等，在恋爱上的遭遇就没有学院新青年那么幸运了。事实上，正因为他们流寓在京、无力求学，所以他们在恋爱上就处于不平等的地位，很难获得女青年的青睐，即使有所爱恋，也因为潜在的"门不当、户不对"而难能成功，所以他们就不能不自我压抑爱欲，在恋爱问题上常常演出种种悲剧。譬如，在20年代的一段时间里，沈从文和胡也频、刘梦苇、于赓虞四人曾是志同道合的文学青年，但他们在爱情上的遭遇却大为不同。于赓虞虽然家境并不富裕，但他毕竟是燕京大学英文系的大学生，所以也就获得了与北京女子师范大学学生夏寄梅平等交往的机会，并且终于恋爱有成、结为夫妻。同样的，被沈从文称为"海军学校学生"的胡也频也与文学女青年丁玲恋爱成功、结为佳偶。可是贫困无学可上的刘梦苇和沈从文就没有那样幸运了。刘梦苇1923年夏秋之际自湖南长沙第一师范毕业后，即追随其在北京女子师范大学上学的女友龚业雅到了北京，可是贫病交加的诗人空有一腔痴情和诗才，爱情并不成功，1926年9月病逝于北京，而在将近生命尽头写给女友的一首诗中，刘梦苇仍咏叹着那无望而又难忘的爱情，交织着垂死者之深情的爱与无奈的怨，① 所以朱湘曾说刘梦苇之死其实是"失恋"所致。② 至于沈从文的境遇，甚至比刘梦苇更差，刘梦苇至少还有所爱，无业无学的沈从文却无人可恋，以至自卑到不敢去爱，难怪他对刘梦苇之死特别伤怀，曾特意写了《读梦苇的诗想起那个"爱"字》一诗，发表在于赓虞主编的《世界日报·文学（周刊）》第2号（1929年10月29日出版），而据于赓虞11月2日的追记——

    前天同懋琳、也频去看梦苇，他只在寂然无声的柏荫下之冷墓中卧着了，除了懋琳号哭，也濒【频】与我滴泪沉默之外，这宇宙只是无限的灰色，阴阴欲雨，这就是梦苇又给我们的好诗。

---

 ① 参阅解志熙：《孤鸿遗韵——诗人刘梦苇生平与遗作考述》，《考文叙事录——中国现代文学文献校读论丛》，中华书局，2009年。
 ② 朱湘寄赵景深第八函，见《朱湘散文》下册第213页，中国广播电视出版社，1994年。

寂寞的死在诗人中不罕见，但梦苇之死于寂寞却另有着可痛的原因。①

按，此处于赓虞所说在刘梦苇墓前号哭的"懋琳"就是沈从文，然则他写于此前一两天的《读梦苇的诗想起那个"爱"字》一诗，显然是"伤心人别有怀抱"之作——刘梦苇爱而不得所爱的悲剧，显然深深地触到了沈从文痛感无人可爱的悲哀与无奈，所以他在该诗中才有"我虽是那么殷殷勤勤的来献，／你原来可以随随便便地去看"的悲叹与不平。

不难理解，怀抱着备受压抑的爱欲，新文学青年沈从文所深感吸引的文学理论，便不能不是当时因鲁迅等人的介绍而成为文学青年"圣经"的厨川白村的文学理论——那种"生命力受到压抑而生的苦闷之象征"的文艺主张，只是以当时沈从文的才力，他还无法把自己"受压抑无可安排的乡下人对于爱情的憧憬"以象征的形式表现之，而只能采取直抒胸臆的主观抒情方式来表达。也因此，年轻的沈从文从生活上到创作上都愿意模仿的资深作家，便不是以冷静客观地描写乡村社会见长的鲁迅，而是以自叙传的形式表现时代青年"生的苦闷"尤其是"性的苦闷"的郁达夫了。

说来，学术界多年一直津津乐道郁达夫对沈从文的慷慨救助，却少见有人想想沈从文为什么会单单挑选郁达夫作为求救对象，而且几乎无人注意到早年的沈从文从创作到生活其实都"郁达夫化"了。比如，沈从文在1926年10月15日发表的一篇自白文字《此后的我》，就坦诚地自我暴露其因为不招人爱而不得不聊以"自慰"的"郁达夫式悲哀"——

> 近来人是因了郁达夫式悲哀扩张的结果，差不多竟是每一个夜里都得赖自己摧残才换得短暂睡眠，人是那么日益不成样子的消瘦下去，想起自己来便觉得心酸。②

---

① 于赓虞：《〈子沅的信〉附言》，《世界日报·文学（周刊）》第3号（1926年11月5日出版），此据《于赓虞诗文辑存》（下）第742页，河南大学出版社，2004年。
② 沈懋琳（沈从文）：《此后的我》，《沈从文全集》第11卷第62页。

此处沈从文所谓"郁达夫式悲哀"其实就是"性的苦闷"的代名词。由于自觉已经渐渐过了青春期却还事业无成、爱情无着,沈从文不免特别的焦虑而且特别的自卑,所以他的"郁达夫式悲哀"便以"扩张"的形态出之于创作。比如,在沈从文1927年所写的一篇"自叙传"小说中,主人公"懋哥"(他显然是沈从文的自我形象)陪人"看女人去",作为陪衬人的他,也就特别地伤怀于自己的迟暮无偶而自悲自叹着"郁达夫式悲哀"——

说来真是够可怜,女人这东西,在我这一点不中用的一个中年人面前,除了走到一些大庭广众中,叨光看一眼两眼外,别的就全无用处了。我难道样子就比一切人还生长得更不逗人爱恋?但是朋友中,也还有比我像是更要不高明一点的人在。难道我是因为人太无学问?也未必如此。我很清清白白的,我是知道我太穷,我太笨:一个女人那里会用得着我这样一个人爱情?……并且我是一个快要三十岁的人,恋爱这类事,原只是那二十来岁青年的权利,也不必去再生什么心,郁达夫式的悲哀,个人躲在屋内悲哀就有了,何必再来唉声叹气惊吵别的情侣?这世界女人原是于我没有分,能看看,也许已经算是幸福吧。①

诸如此类以"郁达夫式悲哀扩张"表现自己"受压抑无可安排的乡下人对于爱情的憧憬"的自叙传作品,沈从文在20年代中后期实在是写了许多许多,而使得他没有无节制地在"郁达夫式悲哀"上"扩张"下去的,乃是来自新月派的欣赏、影响和稍后来自京派元老周作人的启发。

在新月派的徐志摩以至胡适眼中,沈从文那些"郁达夫式悲哀扩张"之作,其实不过是照猫画虎的模拟,主张文学的节制与健康的他们,其实并不赞赏沈从文亦步亦趋地模拟"郁达夫式悲哀扩张"的感伤与衰飒作风,比较而言,他们更欣赏的乃是沈从文对乡土生活、军中生活的浪漫描写,他们敏锐地发现这类作品才会让沈从文的创作更有个人特色,而聪敏的沈从文不久也发现,他其实同样可以在这类作

---

① 沈从文:《看爱人去》,《沈从文全集》第1卷第219—220页。

品中寄寓其浪漫的爱欲想象。比如1927年的短篇小说《连长》，就恰到好处地讲述了湘西军中一位连长与驻地一位寡妇的风流故事——

> 初初把队伍开到此地扎营到一处住户家中时，恰恰这位主人是一个年青寡妇，这寡妇，又正想从这些雄赳赳的男子汉中选那合意的替手，希望得到命运所许可的爱情与一切享受，那么总是先把她的身体奉献给那个位尊的长官。连长是正如所譬因了年青而位尊，在来此不久，就得到一个为本地人艳称的妇人青盼，成了一个专为供给女子身体与精神二方面爱情的人物了。……
> ……
> 在把一种温柔女性的浓情作面网，天下的罪人，没有能够自夸说是可以陷落在这面网中以后是容易逃遁。学成了神仙能腾云驾雾飞空来去自如的久米仙人，为一眼望到妇女的白颈也失去了他的法术，何况我们凡人秉承了爱欲的丰富的遗产，怎么能说某一类人便不会为这事情所缚缠？在把身子去殉情恋的道路上徘徊的人，其所有缠缚纠纷的苦闷，凡圣实没有很大区别的。……
> 露水的夫妇，是正因为那露水的易消易灭，对这固持的生着那莫可奈何的恋恋难以舍弃的私心，自然的事啊！①

青春的"爱欲"就这样在乡土浪漫传奇叙事里得以转喻，这对沈从文来说真是柳暗花明、峰回路转的新开端。从此，他的"受压抑无可安排的乡下人对于爱情的憧憬"，也就逐渐脱离了"郁达夫式悲哀扩张"之穷斯滥矣的抒发，而转喻于乡土军旅题材和农人士兵人物来表现，遂成就为一种唯沈从文才有的借浪漫朴野以及古典想象来象征性抒情的"爱欲传奇"。这种另类的浪漫抒情无疑投合了北平学院知

---

① 沈从文：《连长》，《沈从文全集》第2卷第26—32页。按，此处"露水的夫妇，是正因为那露水的易消易灭，对这固持的生着那莫可奈何的恋恋难以舍弃的私心，自然的事啊！"几句，乃是模仿周作人所译日本俳人小林一茶的作品——"虽然明知道到了此刻，逝水不归，落花不再返枝，但无论怎么达观，终于难以断念的，正是这恩爱的羁绊。句云：露水的世，虽然是露水的世，虽然是如此。"——参阅周作人《日本诗人一茶的诗》，载《小说月报》第12卷第11号，1921年11月10日出刊。

识分子亦风亦雅的美学趣味,① 所以受到了学院文人学者的普遍赞赏。沈从文自己也发现,"好像只要把苗乡生活平铺直叙的写,秩序上不坏,就比写其他文章有味多了的"②。所以他也便有意地向这方面多做努力。到了 30 年代初中期之交,沈从文终于在乡土浪漫叙事上获得了期待已久的成功,一跃成为众所瞩目的京派文学重镇。

沈从文爱欲观与文学观的升级换代,即于焉发生。这升级换代显然和他的处境及心境的改善、修养及经验的扩展相适应。此时,作为渐获好评的小说作家和生活渐趋稳定的大学教师,沈从文已告别了先前那种苦感备受压抑不能表白的苦闷,也不再有难以发表而牢骚满腹的怨气,于是他现身说法,向苦苦挣扎的文学青年以至文学同行强调说,文学事业需要勤奋坚韧的坚持、需要不断积累文学的经验与技巧、需要形成独特的个性或者说差异性才能立足文坛,尤其需要用理性来节制感性才能获得均衡的发展,业已成功的沈从文甚至不无自傲地声称,他要用文学建造一座希腊神庙,"这神庙供奉的是'人性'"③。

按,此时沈从文所谓"人性",实际上仍以他先前念兹在兹的"爱欲"为根底,只是如今经由周作人等京派大佬的影响而吸取了古希腊"灵肉二元均衡统一"的人性理想,并获得了在朴野而又优美的乡土叙事里寄托自己的人性理想之道。如此一来,赤裸裸的爱欲告白被含蓄优美的人性宣叙所替代,而根底则一以贯之——确实,30 年代的沈从文所谓的"人性"在很大程度上乃是"爱欲"的替代性概念。

这可以说是沈从文的"爱欲观"的升级换代。如此置换,在创作上的成功实践和典型表现,就是朴野自然而又优美雅致得不悖乎人性的《边城》——

---

① 一般认为钱锺书的短篇小说《猫》里的小说家曹日昌乃是影射沈从文:"这位温文的书生偏爱在作品里给读者以野蛮的印象,仿佛自己兼有原人的天真与超人的利害。……他富于浪漫性的流浪经验,讲来都能使过惯家庭和学校生活的青年摇头叹气说:'真看不出他!'他写自己干这些营生好像比真干它们有利,所以不再改行了。"(《人·兽·鬼》第 44 页,开明书店,1946 年 6 月初版)钱氏的描写虽然是小说家言,但仍然大体上道出了沈从文受到北平学院文人欢迎的原因。
② 沈从文:《复王际真——在中国公学》,《沈从文全集》第 18 卷第 36 页。
③ 沈从文:《〈习作选集〉代序》,《沈从文全集》第 9 卷第 2 页。

不妨试来写一个小说看看吧。因此《边城》问了世。这作品原本近于一个小房子的设计，用少料，占地少，希望它既经济而又不缺少空气和阳光。我要表现的本是一种"人生的形式"，一种"优美，健康，自然，而又不悖乎人性的人生形式"。我主意不在领导读者去桃源旅行，却想借重桃源上行七百里路酉水流域一个小城小市中几个愚夫俗子，被一件人事牵连在一处时，各人应有的一分哀乐，为人类"爱"字作一度恰如其分的说明。①

事实上，沈从文整个 30 年代的创作，都在"为人类'爱'字作一度恰如其分的说明"，而其所谓"爱"在很大程度上又都集中于人类在"爱欲"上的矛盾、纠结与挣扎，这在沈从文心目中乃是"人性"的最高表现，至于乡土题材还是都市题材，则都不过是寄托爱欲的背景、借喻风情的风景而已，也因此关于沈从文这些小说之真实与否的争辩，就有点刻舟求剑、胶柱鼓瑟了。即如《边城》，曾有人以其未必真实为病，但沈从文却分辩说——

文字少，故事又简单，批评它也方便，只看它表现得对不对，合理不合理；若处置题材表现人物一切都无问题，那么，这种世界虽消灭了，自然还能够生存在我那故事中。这种世界即或根本没有，也无碍于故事的真实。②

在差不多同时的一篇答读者函中，沈从文更批评对方所谓"诚实的自白"便是好文学的"天真"观点（这其实是沈从文 20 年代所持的观点），而直言艺术乃"精巧的说谎"——

说文学是"诚实的自白"，远不如说文学是"精巧的说谎"。想把文学当成一种武器，用它来修正错误的制度，消灭荒谬的观念，克服人类的自私，懒惰，赞美清洁与健康，勇敢与正直，拥护真理，解释爱与憎的纠纷，它本身最不可缺少的，便是一种

---

① 沈从文：《〈习作选集〉代序》，《沈从文全集》第 9 卷第 5 页。
② 同上。

"精巧的说谎"。一个文学作家首先得承认这种精巧的说谎,其次便得学习这种精巧的说谎。①

这可以说是沈从文文学真实观之浪漫—唯美的升级换代。

但最重要的升级换代发生在沈从文的创作观上。应该说,随着人与文的修养之渐趋成熟和事业爱情的渐次成功,进入30年代的沈从文逐渐获得了平衡自己心态的定力,这就为其创作观的升级换代提供了一个较好的心性基础。正是在这种情况下,沈从文提出了创作行为乃是达成人性之情理调适的"情绪的体操"的创作观。沈从文将此作为自己的成功经验,坦诚地推荐给文学青年——

> 我文章并不骂谁讽谁,我缺少这种对人苛刻的兴味。我文章并不在模仿谁,我读过的每一本书上文字我原皆可以自由使用。我文章并无何等哲学,不过是一堆习作,一种"情绪的体操"罢了。是的,是一种体操,属于精神或情感那方面的。一种使情感"凝聚成为渊潭,平铺成为湖泊"的体操。一种"扭曲文字试验它的韧性,重摔文字试验它的硬性"的体操。你厌烦体操是不是?我知道你觉得这两个字眼不雅相,不斯文。……你缺少的就正是那个情绪的体操!你似乎简直不知道这样一个名词,以及它对于一个作家所包含的严重意义。②

这些话在近三十多年来的沈从文研究中,常常被引用来说明他的小说之追求抒情的美学趣味,可谓备受重视,但窃以为它们在备受重视的同时却也被泛泛观之,而很少有人注意到它们的特定意义及其理论来源。究其实,沈从文所谓"情绪的体操"之"情绪",在很大程度上乃是指人的"情欲"或谓"爱欲",而文学艺术则被他视为使人在情欲或爱欲上的烦恼、哀乐、纠结等得以变相地"排泄与弥补"的体操。在这方面最足说明问题的事例就是沈从文自己的经历:当他苦苦追求张兆和并终于与之订婚以至结婚之际,他却接连感受到俞珊、

---

① 沈从文:《"诚实的自白"与"精巧的说谎"》,《沈从文全集》第17卷第390页。
② 沈从文:《情绪的体操》,《沈从文全集》第17卷第216—218页。

高青子等摩登女性的诱惑,所以苦恼纠结,那苦恼已不是无人可爱的问题,而是在诸多的可爱里苦于游移不定、不知如何调处的问题。为此,苦恼已极的沈从文曾有这样的自问自答——

"情感难道不属于我,不由我控制?"
"它属于你,可并不如由知识经验堆积而来的理性,能供你使唤。只能说你属于它,它又属于生理上无固定性的'性',性又属于天时阴晴所生的变化,与人事机缘上的那个偶然。总之是外来力量,外来影响。它能使你生命如有光辉,就是它恰恰如一个星体为阳光照及时反映出那点光辉。……你能不能知道有多少生命,长得脆弱而美丽,慧敏而善怀,名字应当叫做女人,在什么情形下就使你生命放光,情感发炎?你能不能估计有什么在阳光下生长中的这种脆弱美丽生命,到某一时恰恰会来支配你,成就你,或者毁灭你?这一切你全不知道!"①

经过一段苦苦的挣扎和权衡,沈从文不无遗憾地与张兆和结了婚,但心有不甘的他随即也欣然发现,艺术正可以作为"情感上积压下来的东西"的中和剂,使他可以在不损害家庭生活的前提下使其余的潜在爱欲得以挥发——

"我要的,已经得到了。名誉,金钱和爱情,全都到了我的身边。我从社会和别人证实了存在的意义。可是不成。我还有另外一种幻想,即从个人工作上证实个人希望所能达到的传奇。我准备创造一点纯粹的诗,与生活不相粘附的诗。情感上积压下来的东西,家庭生活并不能完全中和它,消蚀它。我需要一点传奇,一种出于不巧的痛苦经验,一分从我'过去'负责所必然发生的悲剧。换言之,即爱情生活并不能调整我的生命,还要用一种温柔的笔调来写各式各样爱情,写那种和我目前生活完全相反,然而与我过去情感又十分相近的牧歌,方可望使生命得到平衡。这种平衡,正是新的家庭所必不可少的!"

---

① 沈从文:《水云》,《沈从文全集》第12卷第103页。

> 因此每天大清早，就在院落中一个红木八条腿小小方桌上，放下一叠白纸，一面让细碎阳光晒在纸上，一面也将某种受压抑的梦写在纸上。……这一来，我的过去痛苦的挣扎，受压抑无可安排的乡下人对于爱情的憧憬，在这个不幸故事上，方得到了完全排泄与弥补。"①

这个"将某种受压抑的梦写在纸上"的牧歌就是《边城》。而细心的读者不难发现，沈从文关于《边城》创作缘由的自述，正可与他关于文艺是"情绪的体操"的说法相发明——

> 你问我关于写作的意见，属于方法与技术上的意见，我可说的还是劝你学习学习一点"情绪的体操"，让它把你十年来所读的书消化消化，把你十年来所见的人事也消化消化。你不妨试试看，把日子稍稍拉长一点，把心放静一点。到你能随意调用字典上的文字，自由创作一切哀乐故事时，你的作品就美了，深了，而且文字也有热有光了。你不用害怕空虚，事实上使你充实结实还靠得是你个人能够不怕人事上的"一切"。你不妨为任何生活现象所感动，却不许被那个现象激发你到失去理性。你不妨挥霍文字，浪费词藻，却不许自己为那些华丽壮美文字脸红心跳。②

两者的一致正可谓若合符节。这并非偶然，因为沈从文正是紧接着《边城》的出版而写作《情绪的体操》的：前者是1934年10月出版的，后者则是1934年11月10日发表的。时间如此相近，难怪《情绪的体操》几乎可以当作《边城》的创作经验谈来读。按，《情绪的体操》原是沈从文对一个文学青年询问创作问题的复信，作为名作家的他并没有敷衍了事，而是热忱地以其最近的创作经验现身说法、倾情传授自己辛苦悟得的创作之道，这实属难得。当然，在此之前沈从文已在创作中暗自摸索了好几年，只是至此才获得了理论上的自觉，所以经人一问即情不自禁地和盘托出，亦约略可见他获得理论顿悟后

---

① 沈从文：《水云》，《沈从文全集》第12卷第110—111页。
② 沈从文：《情绪的体操》，《沈从文全集》第17卷第218页。

的欣然自得之情。

其实,"情绪的体操"的创作观也并不像沈从文所自谦复自傲地那样"不雅相,不斯文",倒是颇有理论来头的——直接启发了他的就是京派大佬周作人很久以来的文学主张及其转介而来的英国性心理学家蔼理斯的文艺观。这种关联事实上是昭然若揭的,可是学术界却长期欠缺梳理,所以在此不妨略作追述。

如所周知,蔼理斯是和弗洛伊德齐名的西方现代性心理学家,在20年代介绍弗洛伊德精神分析学及其文学见解的大有人在,至于对蔼理斯的性心理研究及其文艺观的绍述,则几乎是周作人一个人独立完成的,尤其是他1923年前半年接连发表的《猥亵论》和《文艺与道德》两篇文章,在新文艺界影响广泛而且深远。说来有趣的是,当时的新文艺界因为郁达夫的《沉沦》和汪静之的《蕙的风》的接连出版,遂展开了关于文艺与道德尤其是与性道德关系的热烈争论,一时议论纷纭,莫衷一是。正是有感于此,周作人发现了蔼理斯理欲调和的人生观和文艺观的启蒙意义,所以为文反复推介、再三致意焉。《猥亵论》开篇即云——

> 蔼理斯(Havelock Ellis)是现代英国的有名的善种学及性的心理学者,又是文明批评家。所著的一卷《新精神》(*The New Spirit*),是世界著名的文艺思想评论。近来读他的《随感录》(*Impressions and Comments*,1914),都是关于艺术与人生的感想,范围很广,篇幅不长,却含蓄着丰富深邃的思想;他的好处,在能贯通艺术与科学两者而融合之,所以理解一切,没有偏倚之弊。①

在随后的《文艺与道德》一文里,周作人更长篇摘译了蔼理斯关于文艺是"感情的操练"或"情绪的操练"的独特见解,郑重其事地把它介绍给热情而不免懵懂的中国新文艺界——

> 淑本好耳(Schopenhauer)有一句名言,说我们无论走人生

---

① 周作人:《猥亵论》,《自己的园地》第108页,晨报社,1923年12月第4版。

的那一条路，在我们本性内总有若干分子，须在正相反对的路上才能得到满足；所以即使走任何道路，我们总还是有点烦躁而且不满足的。在淑本好耳看来，这个思想是令人倾于厌世的，其实不必如此。我们愈是绵密的与实生活相调和，我们里面的不用不满足的地面当然愈是增大。但正是在这地方，艺术进来了。艺术的效果大抵在于调弄这些我们机体内不用的纤维，因此能使他们达到一种谐和的满足之状态，——就是把他们道德化了，倘若你愿意这样说。精神病医生常述一种悲惨的风【疯】狂病，为高洁的过着禁欲生活的老处女们所独有的。伊们当初好像对于自己的境遇很满意的，过了多少年后，却渐显出不可抑制的恼乱与色情冲动；那些生活上不用的分子，被关闭在心灵的窨里，几乎被忘却了，终于反叛起来，喧扰着要求满足。古代的狂宴——基督降诞的节腊祭，圣约翰的节中夏祭，——都证明古人很聪明的承认，日常道德的实生活的约束有时应当放松，使他不至于因为过紧而破裂。我们没有那狂宴了，但我们有艺术替代了他。……艺术的道德化之力，并不在他能够造出我们经验的一个怯弱的模拟品，却在于他的超过我们经验以外的能力，能够满足而且调和我们本性中不曾充足的活力。艺术对于鉴赏的人应有这种效力，原也不足为奇；如我们记住在创作的人艺术正也有若干相似的影响。或评画家瓦妥（Watteau）云荡子精神，贤人行径。摩诃末那样放佚地描写天国的黑睛仙女的时候，还很年青，是一个半老女人的品性端正的丈夫。

"唱歌是很甜美；但你要知道，
嘴唱着歌，只在他不能亲吻的时候。"

曾经有人说瓦格纳（Wagner），在他心里有着一个禁欲家和一个好色家的本能，这两种性质在使他成大艺术家上面都是一样的重要。这是一个很古的观察，那最不贞洁的诗是最贞洁的诗人所写，那些写的最清净的人却生活的最不清净。在基督教徒中也正是一样，无论新旧宗派，许多最放纵的文学都是教士所作，并不因为教士是一种堕落的阶级，实在只因他们生活的严正更需这种感情的操练罢了。从自然的观点说来，这种文学是坏的，这只是那猥亵之一种形式，正如许思曼所说唯有贞洁的人才会做出的；

在大自然里，欲求急速的变成行为，不留什么痕迹在心上面，或一程度的节制——我并不单指关于性的事情，并包括其他许多人生的活动在内，——是必要的，使欲求的梦想和影象可以长育成为艺术的完成的幻景。但是社会的观点却与纯粹的自然不同。在社会上我们不能常有容许冲动急速而自由地变成行为的余地；为要免避被迫压的冲动之危害起见，把这些感情移用在更高上稳和的方面却是要紧了。正如我们需要体操以伸张和谐那机体中不用的较粗的活力一样，我们需要美术文学以伸张和谐那较细的活力，这里应当说明，因为情绪大抵也是一种肌肉作用，在多少停顿状态中的动作，所以上边所说不单是普通的一个类似。从这方面看来，艺术正是情绪的操练。①

从周作人的译文中就可以看出，蔼理斯所谓"情绪的操练"正是以体操来比拟艺术的伸张情欲—情绪的作用，② 而沈从文的"情绪的体操"的文学创作观正符合蔼理斯的原意。按，《猥亵论》和《文艺与道德》二文于1923年前半年在《晨报副镌》上发表后不久，即收入晨报社版的周氏文艺论集《自己的园地》中，当年连出四版，稍后又由北新书局出版改正本，至1930年已出至十四版之多，是新文学史上传播最为广泛的文艺论集。一直很关注性心理学、变态心理学及与其相关的文艺论的沈从文，对周氏的这两篇文章及其之后的文章里反复推崇的蔼理斯的学说当然不会不知，至此更是心领神会，以至"拿来主义"地据为己有了。

事实上，30年代的沈从文还从周作人以及鲁迅那里，领会到了节制的抒写和低调的抒情之好处，尤其是周作人散文之平和冲淡的抒情格调，实在潜移默化了沈从文的写作风格，使他的小说不再倾情宣泄、

---

① 转引自周作人：《文艺与道德》，《自己的园地》第115—118页。

② 按，自周作人译介之后，蔼理斯关于艺术是"情绪的操练"的观点开始传播，并不断有人重译。例如直到40年代后期，陈介白仍然重译了蔼理斯的这段语录："我们需要艺术与文学，以伸张和谐身内较细的活力，正如我们需要体操，以伸张和谐身体内较粗的活力。这里应当声明，因为情绪根本也是一种肌肉作用，在微微停顿状态中动作。从此看来，前面所说不仅是普通的一个类似了，这样我们可知艺术正是情绪的操练。"——《论艺术》，爱理斯著，陈介白译，载《文艺与生活》第2卷第2期，1946年9月1日出版。

一览无余,而逐渐变为含蓄隐秀且略带忧郁和涩味了。当然,此时的沈从文不独对周作人的文章风格佩服之至,更对其人生态度心向往之。所以当看到巴金讽喻周作人一类知识分子的小说《沉落》后,沈从文很不以为然,遂于 1935 年 12 月发表了《给某作家》("某作家"指巴金)的信,批评巴金热情义愤太过而为周作人的平和淡漠辩护说,"一个伟大的人,必需使自己灵魂在人事中有种'调和',把哀乐爱憎看得清楚一些,能分析它,也能节制它。……他必柔和一点,宽容一点。"① 甚至当周作人附逆之后的 1940 年 9 月,沈从文还发表了《从周作人鲁迅作品学习抒情》一文,对鲁迅的抒情之作和杂文可谓褒贬分明,而对周作人的抒情笔调及其人情思维仍然推崇有加,对其后来的日渐颓萎则委婉回护,于是引起了一些左翼作家如聂绀弩的严厉批评。② 其实左翼阵营何尝不看重周作人,只是眼见其言不顾行且伪言欺世,遂从人文统一的立场予以谴责,诚所谓"恨铁不成钢"是也;而沈从文则因偏爱其文遂宽假其为人,坚持的乃是不因人废言的纯文学立场耳。

从苦闷的"自叙传"到抒情的"爱欲传奇":沈从文二三十年代创作的"变"与"转"

与上述文学观念的变迁紧密相关的,乃是沈从文创作的"转"与"变":从 20 年代追随郁达夫发抒苦闷的"自叙传"叙事,转变为 30 年代独自致力于象征性抒情的"爱欲传奇"叙事。其中变迁明显的是叙事题材和叙述文体,而前后接续着的仍是对爱欲的深切关注,只是由主观抒情的自叙,转喻于乡土及都会的人与物,获得了较为"客观"的形态。然则这个"变"与"转"的具体过程是怎样的、它对沈

---

① 沈从文:《给某作家》,《沈从文全集》第 17 卷第 221 页。
② 参阅沈从文《从周作人鲁迅作品学习抒情》,载《国文月刊》第 1 卷第 2 期,1940 年 9 月 16 日出版,见《沈从文全集》第 16 卷;又,绀弩(聂绀弩):《从沈从文笔下看鲁迅》,载《野草》月刊第 1 卷第 4 期,1940 年 12 月 1 日出刊。另,李金发也写了《从周作人谈到"文人无行"》一文,批评了沈从文对周作人的"谅解"——李文收入《异国情调》,重庆商务印书馆 1942 年 12 月出版。

从文具有什么意义,都是需要重新探讨的问题。

说来,自郁达夫的《沉沦》集以及《寒灰集》问世以后,以近乎"自叙传"的主观抒情文体来表现时代新青年"生的苦闷"尤其是"性的苦闷"之作,就成为新文坛上的一股流行创作风气。不言而喻,对正在为这两种"苦闷"所苦的一代"新青年"作家来说,郁达夫的颇带主观抒情倾向和自我暴露色调的"自叙传"叙事,实在是特别富于启发性和感染力的"叙事模式",这不啻是给他们提示了发抒苦闷的不二法门,所以一时风气之下,响应者和模仿者颇多,跨越了社团、流派的界限——从男性的青年作家陶晶孙、王以仁、许钦文、叶鼎洛,到女性的青年作家庐隐、冯沅君直至丁玲,都曾以近乎"自叙传"的创作跻身于新文坛。

沈从文也是郁达夫"自叙传"叙事的众多响应者和模仿者中的一位。虽然自1924年初登文坛以来,沈从文转益多师、杂览博采,诸如鲁迅、废名的乡土抒情叙事之作,周作人翻译的希腊拟曲、日本小诗,赵元任译介的童话《爱丽丝漫游奇景记》,李青崖译介的莫泊桑小说尤其是关于都市士女的自然主义写实之作,等等,都曾经是他模仿学习的对象,但就中最吸引他的,无疑还是郁达夫自曝其生的苦闷和性的苦闷的"自叙传"叙事,这对年轻的沈从文来说,实在是最为倾心也最易效法的"叙事模式":只要把自己最感苦闷的问题、遭遇、感受直抒胸臆地或者稍加变形地表现出来,就算是尽了文学的能事、符合文学的职分,试想一下,还有什么"模式"比这更切合身心苦闷有加并且在文学上苦无门径的文学新青年沈从文的心性实际和创作实际的呢?此所以从1924年直到1929年的五年间,自诉苦闷的"自叙传"叙事,在早期沈从文的文学习作里占了最大的分量、几乎成为他屡试不爽的"叙事模式":诸如《一封未曾付邮的信》(1924年12月)、《到北海去》(1924年12月)、《遥夜》(1924年12月—1925年2月)、《公寓中》(1925年1月)、《流光》(1925年3月)《狂人书简》(1925年4—5月)、《绝食以后》(1925年7月)、《第二个狒狒》(1925年8月)、《用A字记录下来的事》(1925年8月)、《白丁》(1925年8月)、《月下》(1925年9月)、《棉鞋》(1925年9月)、《重君》(1925年10月)、《玫瑰与九妹》(1925年11月)、《一天》(1925年10月)、《生之记录》(1926年3月)、《一个晚会》(1926年

8月)、《Láomei, zuohen!》(1926年8月)、《此后的我》(1926年10月)、《松子君》(1926年11月)、《十四夜间》(1927年4月)、《看爱人去》(1927年5月)、《怯汉》(1927年6月)、《篁君日记》(中篇,1927年7月—9月)、《长夏》(中篇,1927年8月)、《一件心的罪孽》(1927年11月)、《老实人》(中篇,1927年12月)、《焕乎先生》(中篇,1928年5月)、《不死日记》(中篇,1928年8月)、《中年》(1928年8月)、《善钟里的生活》(1928年8月)、《诱——拒》(1928年10月)、《第一次作男人的那个人》(1928年11月)、《元宵》(中篇,1929年6月)、《一个天才的通讯》(中篇,1929年6—7月)、《一日的故事》(1929年6月)、《冬的空间》(中篇,1930年6月)、《知己朋友》(中篇,1930年8月)……这些作品其实都是自叙传或变形的自叙传。

这里即以最后的《知己朋友》一篇为例,看看沈从文的这类自叙传到底写了什么、写得怎样。按,《知己朋友》写于1930年8月的吴淞,发表在赵景深主编的《现代文学》第1卷第6期,1930年12月出刊。据赵景深在编后记里的介绍,此时的沈从文已转而任教于武汉大学文学院,而此篇小说其实乃是他稍前在中国公学工作和生活情形的自叙。作品是以第一人称自叙的形式叙说的,一开篇就是一番郁达夫式的自道苦楚的告白——

> 你们很多人是都知道我在生活上总是不大舒服的。我总是喜欢发一点空洞的感想。我总是有点灰色。我总是做梦,又在梦醒时节情形中,大声的嚷,这生活如此下去不行。我脾气很坏,非常容易动怒。这有什么奇怪可言?天生的脾气不大好,体质衰弱,神经过敏,过去的生活在我脑内画了一些古怪的符号,到现在,人又上了点年纪,在女人方面得不到一点好处……,这样那样,就使我永远不能如别人一般容易感到生存的幸福了。

在这样一个开篇之后,小说的主体部分展开了对"我"当时的不愉快的生活之自叙——在××学校之无聊无奈的教书生涯,和对一个年轻女孩子之无望无奈的恋爱,尤其是后者,使"我"苦恼到买了安眠药准备自杀。这些情景其实都折射了沈从文自己在中国公学的遭遇。

而恰在"我"企图自杀的时刻,却意外地碰到了一对来自北京的朋友夫妇,他们新婚南来游玩,夫妇二人也都是喜欢文学的人。从他们直呼"我"为"从文"等情况看,这对新婚夫妇当是以沈从文的知己朋友胡也频、丁玲二人为模特儿的。看到这一对新人的幸福生活,作为"从文"的"我"既非常羡慕,又自惭形秽、自感迟暮,因而也更加敏感和感伤——

> 真是一个可爱的人!若果不是我脑中还保留得有过去在北京时代××的寒伧影子,这时的××,无论如何也不能同我这样在一处谈话了。如今的××简直是一个最完全的少年绅士了。像他这样子,才真是做人。像他这样子,也才真是值得女人垂青的男子。我一面这样的欣赏到现在温文尔雅的××,才一面当真要记起往昔萧【消】沉萎惫的××。把今古作一对照,人事变迁之速,使我伤心到自己身上来了。我的手,自然而然离开了女人的手,搁到自己膝上了。无意中的碰触,究竟是为了什么理由?是为了在对照下使××夫妇得到一点快乐,还是给我一点惆怅?时代与习惯折磨了天才,这句话仍然是空话,××的天才,在他机会上是成就了他。他的天才是在事业同女人上都显出来他的完美无缺。……
> ……
> 在我心情上所造成的悲观与厌世气分,因为见到朋友夫妇的生活,更加浓重起来,我就说我有点事,非走不可了。

可是热情的朋友不许"我"走,于是"我"只好暂时放弃回去自杀的打算,陪这对新婚夫妇在旅馆住下来。期间一边是三人的说笑,有一搭没一搭的,显得琐琐碎碎,一边是"我"眼看着朋友的幸福生活而不断产生的心理活动,其中充满了对朋友恋爱有魄力的艳羡嫉妒与自感无能的感伤自卑,显得絮絮叨叨……最后,这对幸福的朋友转往西湖游玩去了——他们幸福地相伴着到来,无意中救了想要自杀的"我",而他们幸福地相伴着走了,留下的仍是孤独无偶的"我"。

显然,《知己朋友》延续着郁达夫开启的自叙传小说的主题,着力表现着新青年的"生的苦闷"和"性的苦闷",尤其是后者,在艺术上也同样是坦白的自我暴露和感伤的主观抒情。推而广之,沈从文自1924年之后五六年间的创作,其实大都可做如是观,它们相当完整地呈现了一个受"五四"感召的文学青年如何艰苦打拼成为一个青年作家的全过程,"层累"地展现了其所感受到的"生的苦闷"和"性的苦闷"之全部——准确点说,"生的苦闷"实际上是"性的苦闷"的原因,所谓"性的苦闷"往往是因穷苦潦倒故此欲有所爱而不得之"苦闷"。也因此,由厨川白村综合了弗洛伊德性本能学说和柏格森生命流观念而成的"苦闷的象征"的新浪漫主义文学观,就显然因其对人生爱欲不得满足之"苦"的张扬,更适合于引导沈从文用文字来释放其青春期的爱欲冲动,加上郁达夫自曝青春期苦闷的创作之示范,遂使年轻的沈从文觉得只要把个人受压抑的爱欲之苦尽情宣泄出来,就足为文学之能事、就已尽了文学之职分。这种宣泄无疑更偏于感性的和感伤的自我暴露,那时的沈从文还无法在心性上达成感性与理性的调和平衡,亦无力达致象征表现的艺术境界。应该说,在中国现代文学史上,像沈从文这样五六年始终不渝地倾心于"自叙传"的抒写,其执著不懈的程度,大概只有庐隐差可相比了,但就其成就而言,沈从文的此类作品实属平平,并无特别过人之处——既不能追步前辈作家郁达夫那种大胆自我暴露的冲击力,也缺乏同时好友丁玲的《莎菲女士的日记》的心理深度,并且在艺术上也长期陷于随意散漫以至粗制滥造的境地。这就难怪那时的鲁迅并不喜欢沈从文的文章做派,甚至连赞助沈从文的新月社台柱子徐志摩等,也并不赞赏他老写这类浪漫感伤的自叙传,而希望他能另辟蹊径、形成自己的特色。

这其实也是近三十年来沈从文研究不断升温、却一直很少有人关注其早年创作的原因。的确,沈从文的自叙传写作虽然持续了五六年之久,作品数量也实在不少,但很难说有什么过人的特色,如果他的创作仅此而已,则他在文学史上的地位也就无足轻重了。幸好沈从文并未就此止步,此后乃以独具特色的乡土抒情叙事,赢得了广泛的文学声誉和很高的文学史地位。学界如此忽视沈从文早年的写作而格外重视其后来的创作,当然是有道理的。不过,窃以为从沈从文个人的文学成长史来看,他的并不出色的自叙传写作也并非浪费笔墨,而自有相当的意义:其一,对于缺乏写作训练而试图自学创作的沈从文来说，自叙传的写作其实不失为最直接也最顺手的表达形式，正是通过此类写作，沈从文度过了一个相当漫长而又必不可少的练笔期，逐渐学会了如何更为妥帖地驾驭语言、怎样根据具体情况抉择叙述形式；其二，更为重要的是，正是通过"生的苦闷"与"性的苦闷"的抒写，沈从文逐渐认识了自己，也通过自我认识形成了他对人性或生命的关心之焦点——从其"自叙传"写作中，可以清楚地看出沈从文的关心先是集中在"生的苦闷"与"性的苦闷"两个方面并构成了两相交织的表现格局，随后则显然因为"生的苦闷"问题逐渐获得了改善，而"性的苦闷"问题却依然故我，迟迟得不到释放，甚至变得更为严重，于是他的关切也就逐渐偏移以至集中于后一个问题上了。此所以"性的苦闷"即爱欲的压抑问题，也便成为沈从文持久关心之所在和倾心抒写之偏好。就此而言，沈从文早期不成功的自叙传写作，对他后来更为成熟的创作事实上具有奠基的意义和导向的作用，所不同的乃是采取了别样的题材和别样的表现形式。

惟其有过这样长一个练笔的奠基时期和情感的积淀过程，所以当沈从文接受了徐志摩等的劝告，① 开始将笔触深入到自己熟悉的乡土题材时，他不仅惊喜地发现自己的创作进入了一个可以从容自如抒写的领地，而且也发现自己最为关心的男女爱欲问题，其实同样可以在乡土题材中得到表现，并且可以表现得更为得心应手。说来，沈从文之寓爱欲问题于乡土抒写的尝试，在其1927年的短篇小说《入伍后》、《连长》就已初露端倪，此后逐年增多：在1928年创作了短篇《柏子》、《雨后》等，至1929年则初获丰收，贡献出了一系列表现"农人与士兵"以及重构湘西苗族爱情传说的作品，如《阿金》、《会明》、

---

① 沈从文在1925年11月11日《晨报副刊》上发表散文《市集》，徐志摩特为附加了按语《志摩的欣赏》，称赞沈从文这篇描写苗乡市集的散文："这是多美丽多生动的一幅乡村画。作者的笔真像是梦里的一只小艇，在波纹瘦鳞鳞的梦河里荡着，处处有着落，却又处处不留痕迹。这般作品不是写成的，是'想成'的。给这类的作者，批评是多余的，因为他自己的想像就是最不放松的不出声的批评者。奖励也是多余的，因为春草的发育，云雀的放歌，都是用不着人们的奖励的。"但当时的沈从文似乎并未意识到这段话之指示创作"方向"的意义，直到两年后才有所觉悟，开始尝试乡土抒写，而在徐志摩即将失事的1931年11月13日，已经转向的沈从文致函徐志摩，报告自己的创作计划："预备两个月写一个短篇，预备一年中写六个，照顾你的山友、通伯先生、浩文诗人几个熟人所鼓励的方向，写苗公苗婆恋爱、流泪、唱歌、杀人的故事。"——《致徐志摩》，《沈从文全集》第18卷第150页。

《牛》、《菜园》、《龙朱》、《媚金·豹子·与那羊》、《神巫之爱》等。这些作品除个别篇章如《牛》乃是乡土写实外，其余大都是借农人士兵和苗族传说来表达着作者的爱欲想象，既散发出清新朴野的泥土气息，又显现出爱欲抒情的浪漫格调，所以在当时或侧重于乡土民俗写实（鲁迅与文学研究会诸作家）或倾向于都市个人抒情（创作社及其影响下的作家）的小说创作思潮中，也便特别地独具一格，初步展现了沈从文与众不同的创作特色。当然，与此同时，沈从文还有另一些尝试，如讽喻性的拟童话《阿丽思中国游记》，但作者一肚子的不合时宜通过刻露芜杂的叙述表现出来，在艺术上并不成功；至于缕述性的苦闷的"自叙传"也仍在续写，但分量明显地减弱了，上面所说1930年的中篇《知己朋友》，差不多已成了"自叙传"抒写的强弩之末。

而值得注意的是，恰在这个时候，沈从文对自己在创作上的何去何从，获得了宝贵的自觉，作出了坚定的抉择。这自觉的抉择之表露，见于他1930年4月24日为《生命的沫》所写的题记里。在这篇题记里，沈从文首先反省了自己以往的写作因为追随风气、人云亦云而"完全没有了自己"的教训——

> 我总是糟蹋自己卑视自己，一切道德标准在我面前皆失去了拘束，一切尊敬皆完全无用，一切爱憎皆与人相反，所以从无一时满意过往的世界同我的文章。在我一切作品上，因为产生的动机与结果完全没有了自己，我总不让那机会给自己作第二次的阅读，（看到它们不使我红脸就是使我生气）。

接着，沈从文就不无自傲和激愤地表达了自己梦返乡土以抒情寄意的创作抉择——

> 我愿意回返到"说故事的故事"那生活上去。我总是梦到坐一只小船，在船上打点小牌，骂骂野话，过着兵士的日子。我欢喜同"会明"那种人抬一箩米到溪里去淘，看见一个大奶肥臀妇人过桥时就唱歌。我羡慕"夫妇"们在好天气下上山做呆事情。我极其高兴把一枝笔画出那乡村典型人物的脸同心，如像《道士

与道场》那种据说猥亵缺少端倪【庄】的故事。我的朋友上司就是"参军"一流人物。我的故事就是《龙朱》同《菜园》,在那上面我解释到我生活的爱憎。我的世界完全不是文学的世界;我太与那些愚暗、粗野、新犁过的土地同冰冷的枪接近、熟习,我所懂的太与都会离远了。……把我的世界,介绍给都会中人,使一些日里吃肉晚上睡觉的人生出惊讶,从那惊讶里,我正如得到许多不相称的侮辱。用附属于绅士意义下养成的趣味,接受了我的作品的这件事,我是时时刻刻放在心上,不能忘记的。①

对沈从文来说,从倾泻于"自叙传"写作中的自卑,到倾注于乡土抒写里的自傲,乍看起来是如此的背反不容,其实乃是其人格心理的一体之两面、自我认识的两个阶段,恰合于弗洛伊德的弟子阿德勒所谓从"自卑"到"超越"的个体心理学之发展过程。

"梦回乡土"对沈从文的创作无疑具有至关重要的意义:一方面,这一回归使他真正获得了一个可以自如抒写的创作领地、一个可以取材不尽的根据地,从而超越了他以往那些充满自卑自怜情结的"自叙传",而傲然以独具一格的乡土抒写自信满满地站立于新文坛之上;另一方面,回归乡土并不意味着对"自叙传"抒写的简单克服,倒是对"自叙传"抒写所关心的爱欲问题的推而广之和深入开掘——惟其是"梦回乡土"而非"乡土写实",所以沈从文在都会里备受压抑和挫折的个人爱欲,乃正可转喻于对朴野乡土人事的回忆与想象,从而得以自由地释放和象征地抒发,且可借此获得一层"乡土"的保护色,这往往使读者一门心思地沉浸在如诗如画的乡野风景民俗传奇之欣赏中,而浑然不知此类乡土抒写其实乃是作者隐身的自我表现也。此诚所谓一举两得的美事,难怪沈从文一朝醒悟之后,会那么地欣然而且傲然于乡土民性的抒写,充满了向都会人夸耀以至示威似的意味,给人"此处不爱人,自有爱人处"之感。这反映了沈从文矛盾的个人情怀——正是兴起于都会的新文化唤起了他的人性的觉醒和爱欲的自觉,并且都会士女的摩登生活也让他羡慕不已,但是他自己的青春爱欲却

---

① 沈从文:《〈生命的沫〉题记》,载《现代文学》创刊号,1930年7月16日出版。按,在该刊目录页上,此文作者误署为钱歌川,但正文则署沈从文。另按,文中所谓"会明"、"夫妇"、"参军"都是沈从文的小说人物。

在都会里屡受压抑和挫折，于是"梦回乡土"、借乡野人事表达自己的爱欲感怀，并在回忆与想象中将乡土社会理想化，对沈从文来说也便成为一种自我补偿、自我救赎，其功能近乎自我慰藉的精神胜利法。如果说理想化的乡土抒写是所谓"诗"，则掩映在如诗如画的乡土背景之下的，乃正是现代人沈从文备受压抑的爱欲情结。当然，爱欲在乡土叙事里也被诗化了，而折射出的乃是沈从文视爱欲为人性之真谛、反抗压抑人性的不合理现实的真性情。

此所以自 1930 年以来，所谓乡土与都会的对立，从此成为沈从文高自标置、确证自我的惯用话头，而"梦回乡土"的象征性爱欲抒情，以及对等而下之的都会情色之写实性的讽喻，以至于借重构佛经故事展开的爱欲叙事，也便在沈从文笔下源源不断地出现了——《萧萧》（1930 年 1 月发表）、《灯》（1930 年 2 月发表）、《绅士的太太》（1930 年 3 月发表）、《丈夫》（1930 年 4 月发表）、《三个男子和一个女人》（1930 年 8 月作、10 月发表）、《石子船》（短篇小说集，1931 年 1 月出版）、《龙朱》（短篇小说集，1931 年 8 月出版）、《虎雏》（1931 年 5 月作、10 月发表）、《三三》（1931 年 9 月发表）、《泥途》（中篇，1932 年 1 月作、3 月发表）、《凤子》（中篇，1932 年 3 月完成）、《都市一妇人》（1932 年 7 月发表）、《若墨医生》（1932 年 7 月作、10 月发表）、《阿黑小史》（系列短篇小说集，1933 年 3 月出版）、《月下小景》（短篇小说集，1933 年 11 月出版）、《边城》（中篇，1934 年 1—4 月连载）、《大小阮》（1935 年 4 月作）、《顾问官》（1935 年 4 月作）、《八骏图》（1935 年 8 月发表）、《主妇》（1936 年作、1937 年 3 月发表）、《贵生》（1937 年 5 月作）、《王谢子弟》（1937 年 5 月发表）、《神之再现》（1937 年 7 月发表）、《小砦》（长篇，未完成，1937 年 7—8 月连载）……

这里面写得最出色也最为人所爱好的，当然是描写湘西风俗民性的抒情小说了，如果加上同时写作的系列散文《湘行散记》（1934 年 4 月以后陆续发表）、回忆青少年生活的《从文自传》（1934 年 7 月出版），再算上稍前创作的《入伍后》、《连长》、《柏子》、《雨后》、《阿金》、《会明》、《牛》、《菜园》等小说，此类作品委实不少，质量更是出色，它们共同构成了后来学术界习称的沈从文之散文化的"湘西抒情诗"。而问题是，沈从文的这些散文化的"湘西抒情诗"，尤其是其中的抒情小说,其所抒之情究竟为何?其文体是否因为散文化、抒情化而远离了小说之讲故事、叙传奇的正统?抑或它们仍属于浪漫传奇的现代变体呢?

此处不妨从后一个问题说起。事实上,与当代学界包括我自己早年的评论——近三十年来学界基本上认定沈从文以散文化、抒情化的叙述革新了小说之讲故事、叙传奇的正统——相反,沈从文自己在当年曾特别强调说,他是有意以"讲故事的故事"的方式来展开其湘西叙事的,前面所引他1930年在《〈生命的沫〉题记》宣告自己创作之转型的话,即云"我愿意回返到'说故事的故事'那生活上去。我总是梦到坐一只小船,在船上打点小牌,骂骂野话,过着兵士的日子。……",就是明证;当年的评论家也多认为沈从文是个"善于讲故事的人",而沈从文在40年代回顾其创作历程的文章《水云》中更明确说,他当年的名作《边城》乃"近于传奇",是一个"小小的悲欢传奇故事",① 李健吾在30年代和40年代两次论及《边城》时,也都比拟于传奇——一则曰:"他把湘西一个叫做茶峒的地方写给我们,自然轻盈,那样富有中世纪而现代化,那样富有清中叶的传奇小说而又风物化的开展。"② 再则曰:"他让我想到庄子,他让我回到唐代,他的人物是单纯的,他的气氛是浑然的,他的字句是感觉的。他的杰作《边城》好像唐代的传奇,更其质朴,更其真淳。"③ 至于重构佛经故事的《月下小景》和叙说苗乡传说的《神巫之爱》等,更其是浪漫的传奇无疑了。

但是,沈从文的乡土小说确也并非古典传奇的简单摹拟,因为他对之进行了现代的改造,其要诀用他自己的话来说,就是"用故事抒情作诗罢了"④。这是一个非常简洁的自我揭秘,而惟其简洁,就还需要一点解释。正好,李健吾先生对此已有非常精辟的解说——

---

① 沈从文:《水云》,《沈从文全集》第12卷第110—111页。
② 刘西渭(李健吾):《〈边城〉——沈从文先生作》,《咀华集》第72页。
③ 小山(李健吾):《沈从文》,《作家笔会》第29页,春秋杂志社和四维出版社,1945年10月出版。按,"小山"乃是李健吾在上海沦陷时期使用的笔名之一,具体考证见笔者:《相濡以沫在战时——现代文学互动行为及其意义例释》,《新文学史料》2011年第3期。
④ 沈从文:《水云》,《沈从文全集》第12卷第111页。

沈从文先生便是这样一个渐渐走向自觉的艺术的小说家。有些人的作品叫我们看，想，了解；然而沈从文先生一类的小说，是叫我们感觉，想，回味；……在他艺术的制作里，他表现一段具体的生命，而这生命是美化了的，经过他的热情再现的。……

沈从文先生从来不分析。一个认真的热情人，有了过多的同情给他所要创造的人物，是难以冷眼观世的。……沈从文先生是热情的，然而他不说教；是抒情的，然而更是诗的。（沈从文先生文章的情趣和细致不管写到怎样粗野的生活，能够有力量叫你信服他那玲珑无比的灵魂！）《边城》是一首诗，是二佬唱给翠翠的情歌。……在他制作之中，艺术家的自觉心是真正的统治者。诗意来自材料或者作者的本质，而调理材料的，不是诗人，却是艺术家！

他知道怎样调理他需要的分量。他能把丑恶的材料提炼成功一篇无瑕的玉石。他有美的感觉，可以从乱石堆发见可能的美丽。这也就是为什么，他的小说具有一种特殊的空气，现今中国任何作家所缺乏的一种舒适的呼吸。

在《边城》的开端，他把湘西一个叫做茶峒的地方写给我们，自然轻盈，那样富有中世纪而现代化，那样富有清中叶的传奇小说而又风物化的开展。他不分析，他画画，这里是山水，是小县，是商业，是种种人，是风俗，是历史而又是背景。在这真纯的地方，请问，能有一个坏人吗？在这光明的性格，请问，能留一丝阴影吗？……

……

《边城》便是这样一部 idyllic 杰作。这里一切是谐和，光与影的适度配置，什么样人生活在什么样空气里，一件艺术作品，正要叫人看不出是艺术的。一切准乎自然，而我们明白，在这种自然的气势之下，藏着一个艺术家的心力。细致，然而绝不琐碎；真实，然而绝不教训；风韵，然而绝不弄姿；美丽，然而绝不做作。这不是一个大东西，然而这是一颗千古不磨的珠玉。在现代大都市病了的男女，我保险这是一付可口的良药。

作者的人物虽说全部良善，本身却含有悲剧的成分。唯其良善，我们才更易于感到悲哀的分量。这种悲哀，不仅仅由于情节的演进,而是自来带在人物的气质里的。自然越是平静,"自然人"越显得悲哀:一个更大的命运影罩住他们的生存。这几乎是自然一个永久的法则:悲哀。

> 这一切,作者全叫读者自己去感觉。他不破口道出,却无微不入地写出。他连读者也放在作品所需要的一种空气里,在这里读者不仅用眼睛,而且五官一齐用——灵魂微微一颤,好像水面粼粼一动,于是读者打进作品,成为一团无间隔的谐和,或者,随便你,一种吸引作用。①

应该说,"用故事抒情作诗"乃是沈从文所有湘西小说共有的特点——传奇性的故事是一个必要的叙事骨架或者说线索,而作者用抒情的笔墨去精心点染、烘托和织绘的,则是美的自然与美的民俗、善良的民性和美好的情愫,它们以细节、背景、氛围、情调和意境的形态,赋予作品以丰富而且富于风韵的肌质,如此一来,叙事性的骨架与抒情性的肌质之相生相长,使作品成为骨肉停匀、诗意丰沛的艺术肌体。倘借用英美"新批评"的诗学术语来说,传统的传奇叙事乃是"架构大于肌质",而沈从文的湘西小说之佳作则是"骨架肌质"比较谐和般配的"抒情传奇",而当其偏至于"肌质大于骨架"时,也便给人抒情优美却不免散架或散文化之感了——沈从文写长篇常失败,原因即在此。此诚所谓成也抒情败也抒情了。

余下的问题是,沈从文的"抒情传奇"传的究是何等之"奇"、抒的又是何样之"情"?

以往的研究对这个问题的回答几乎是众口一词,皆以湘西边地奇特的风俗人事和特别的人情美以至自然美概之。这样的理解,自然不能说错,但失之笼统。其实,沈从文的湘西"抒情传奇"之根底,乃是发自人的自然本性的爱欲——正是由于爱欲,才诱发了这样那样悲欢离合的奇特故事,也是由于爱欲,才激发出当事人这样那样难解难分的感情纠结,而潜隐在这样那样的爱欲叙事之中的,则是作者沈从文对人类爱欲问题的复杂感怀,而写作这样那样的爱欲传奇,在他自己乃正是借奇情梦想的爱欲故事以发抒受压抑之情怀的"情绪的体

---

① 刘西渭(李健吾):《〈边城〉——沈从文先生作》,《咀华集》第70—75页。

操"。前边已经分析过,著名的中篇小说《边城》就是表里双层的爱欲"不凑巧"之抒叙:一方面,作品"借重桃源上行七百里路酉水流域一个小城小市中几个愚夫俗子,被一件人事牵连着一处时,个人应有的一份哀乐,为人类'爱'字做一度恰如其分的说明"①,而另一方面,作者自己"过去痛苦的挣扎,受压抑无可安排的乡下人对于爱情的憧憬,在这个不幸故事上,方得到了完全排泄与弥补"②。而综览沈从文30年代的湘西抒情小说,其所写之事与所抒之情,其实十有八九都与"爱欲"息息相关。这在沈从文的创作,乃是个一说就穿的"奥秘"、触目皆是的事实。就此而言,沈从文的湘西抒情小说,堪称是抒情寄意特别专一的"爱欲传奇"。至于《月下小景》和《神巫之爱》,更是显而易见的"爱欲传奇",《月下小景》中的一篇甚至径直以《爱欲》名篇,所以它们在爱欲的浪漫想象上与沈从文的那些抒情的"爱欲传奇"大体相同,所不同处乃在于这两集作品的传奇性更强而抒情性略弱而已。当然,这一时期的沈从文还写了不少都市小说,表面看来,它们似乎与作者的乡土抒情小说相对立,实际上仍是相反相成的,如其都市小说的代表作《绅士的太太》、《八骏图》等,其讽刺的矛头就是指向都会士女因权势、金钱、道德的压抑而使爱欲不能正常发抒,因而转向病态或堕落,这正与他的抒情的湘西"爱欲传奇"所咏歌的那种顺乎自然的爱欲之美构成了互文与对照。

所以一言以蔽之,"爱欲"之压抑与自由乃是沈从文30年代创作集中表达的中心情结,至于"乡村"、"都市"以至"古典"、"传说",不过是作者寄托其爱欲关怀的象征性喻体或者说借以抒情的载体。换言之,不论是乡土风情之象征性的抒写,还是都会情色之写实性的讽喻,以至于重构佛经传奇故事的《月下小景》和讲述苗乡爱欲传奇的《神巫之爱》,都钟情于"爱欲"的自由或压抑的情结之表现,共同反射着沈从文对人性问题的基本关切之所在。

在此也顺便讨论一下沈从文与海派文学的关系问题。作为首启"京""海"论争、严判"京""海"差别的京派文学重镇,沈从文与

---

① 沈从文:《习作选集代序》,《沈从文全集》第9卷第5页。
② 沈从文:《水云》,《沈从文全集》第12卷第110—111页。

"海派"之判然有别,似乎已成定论,但其实他与"海派"的关系乃是有异有同,而并非泾渭分明的;也正因为沈从文与海派藕断丝连,所以他作为京派作家也就不是那么十足纯正了——究其实,沈从文乃是个兼容京海的作家。

追溯起来,创造社也可谓现代海派文学之先声。盖自郁达夫自曝苦闷的"自叙传"小说、郭沫若的性心理分析小说、张资平的情色小说,再到年轻一代海派作家如叶灵凤的爱欲小说、刘呐鸥的都市色情风景之宣叙、穆时英的摩登洋场男女欲望之书写,以及施蛰存之重构古典爱欲故事与现代精神分析小说,显然构成了一条海派文学欲望书写之先后承继的脉络。而沈从文从 20 年代粗陈其"生的苦闷"与"性的苦闷"的"自叙传",到 30 年代精心撰写的抒情性"爱欲传奇",实际上与海派文学的这个欲望书写的脉络有着斩不断理还乱的共生关系,即使说沈从文的小说流贯着海派文学的血液,也不为过。事实上,沈从文 20 年代后期一度到上海借自曝苦闷的自叙和都会情色书写来获得市场销路以换取生活之资的行为,也与海派作家的作风如出一辙。就此而言,20 年代的沈从文毋宁更像个海派作家。也因此,沈从文 30 年代对海派文学的批评,在派别对立的表象之下,其实暗含着自我扬弃的意味。

然则,30 年代的沈从文为何会对海派有扬有弃,而其所扬与所弃又究竟是什么呢?

应该说,二三十年代之交的沈从文正处在人生与文学的拐点上。此时的他已成大学教师,所谓"生的苦闷"问题显然缓解了;并且自觉已"人到中年"的沈从文,在生活上和文学上也积累起了足够多的经验与教训,心性修养和文学修养也渐趋成熟;加之沈从文在高校教授的是新文学写作,这也使他有机会仔细检讨新文学诸名家之得失,而正是通过比较鉴别,沈从文的文学趣味发生了转变:从原先的偏好创造社一派作家之感伤叫嚣的自我暴露,转变为特别欣赏周作人、徐志摩、废名等人优雅节制的抒情之美。稍后,沈从文艰辛的恋爱也终于苦尽甘来,他甚至发现喜欢自己的摩登女性还不止一人,所以"性的苦闷"问题也得以改善。当此之际,沈从文清醒地意识到,写作已不再是自我暴露和拼命谋生的手段了,而是如何写得更好更美的问题,而检点同时的海派作家如穆时英、刘呐鸥,其浮光掠影的都市情色之描写，却让沈从文不能满意，他需要另辟蹊径；同时沈从文也感觉到自己在爱欲上所面临的问题，亦不再是无人可爱之苦恼，而是如何在多个可爱之间权衡取舍的纠结。换言之，如何调停自己初步成功后的身心理欲冲突，达成一种更和谐的生活状态，获得一种更优美的艺术境界，乃是进入30年代的沈从文所面临的新问题。在这种情况下，周作人所介绍的蔼理斯"生活的艺术"之人生观和"情绪的体操"之艺术观，也便成了沈从文最佩服和最需要的指南。的确，蔼理斯之理欲调和的人生观和艺术观，对事业和爱情初获成功后为新问题和多所欲而烦恼的沈从文来说，正好指明了一条使人生更合情合理的好办法和使艺术更上一层楼的好途径。正是循此而进，沈从文的生活和创作逐渐顺利实现变轨，至1933—1934年间俱臻佳境。

也就在这个时候，沈从文发起了对海派文人的批评，这是人所周知的事情，但人们却忽视了一个事实，那就是沈从文对海派文学的反思，早在这之前就已开始了，而首先被他拿来解剖的，即是海派文学的先驱、创造社的三元老郭沫若、郁达夫和张资平，时在1930年。

在1930年初发表的《论郭沫若》一文里，沈从文高度赞扬了郭沫若的诗情诗才，并且认为郭沫若早年的小说集《橄榄》（1926年9月初版）"把创作当抒情诗写，成就并不坏"，但对郭沫若后来在小说创作上的发展，沈从文却并不看好，他坦率直言："让我们把郭沫若的名字位置在英雄上，诗人上，煽动者或任何名分上，加以尊敬与同情。小说方面他应当放弃了他那地位，因为那不是他发展天才的处所。"在沈从文看来，郭沫若虽然有过人的天才、思想和热情，却缺乏小说创作所必需的艺术之节制和客观之观察，以及由于节制抒情和词藻而来的那份耐人寻味的文章亲切感——

> 他不会节制。他的笔奔放到不能节制。这个天生的性格在好的一个意义上说是很容易产生那巨伟的著作。做诗，有不羁的笔，能运用旧的词藻与能消化新的词藻，可以做一首动人的诗。但这个如今却成就了他做诗人，而累及了创作的成就。……郭沫若对于观察这两个字，是从不注意到的。他的笔是一直写下来的。画直线的笔，不缺少线条刚劲的美。不缺少力。但他不能把笔用到

恰当一件事上。描画与比譬，夸张失败处与老舍君并不两样。他详细的写，却不正确的写。词藻帮助了他诗的魄力，累及了文章的亲切。

此处沈从文所谓"创作"特指小说创作，"文章"则指小说的艺术经营。而就在指出郭沫若的不知节制感情和文字等艺术缺点之后，沈从文立即举了一个"用节制的文字表现一个所要表现的目的"的艺术典范——"我们可以找出一个对比，是在任何时翻呀著呀都只能用那朴讷无华的文体写作的周作人先生，他才是我所说的不在文学上糟蹋才气的人"。① 这个比较品评，显示出沈从文文学趣味的渐近成熟和艺术上的重新取舍——与海派文学先驱郭沫若的缺乏节制、艺术粗糙相比，沈从文显然更钦慕京派文学元老周作人节制抒写的艺术风度。

紧接着的1930年3月间，沈从文又发表了《郁达夫张资平及其影响》一文。在该文中沈从文敏锐地指出：郁达夫的作品"用他那所长的一套'情欲的忧郁'行动装到自己的灵魂上"，从而达到"表白自己，抓得着自己的心情上因时间空间而生的变化，那么读者也将因时间空间的距离，读郁达夫的小说发生兴味以及感兴。张资平，写的是恋爱，三角或四角，永远维持到一个通常局面下，其中纵不缺少引起挑逗抽象的情欲感印，在那里抓着年青人的心，但在技术的精神，思想，力，美，各方面，是很少人承认那作品是好作品的。……郁达夫作品告给我们生理的烦闷，我们却从张资平作品取得了解决"。这真是一针见血之论。而值得注意的是，正是在该文中沈从文不仅初步揭示了京派文学与海派文学的差异性存在——以为从王以仁到叶灵凤等一大批上海年轻作家的"作风与内含所间接为郁达夫或创造社影响的那一面，显出了与以北平作根据而活动于国内的文学运动稍稍异型。趣味及文体，那区别，是一个略读现代

---

① 沈从文：《论郭沫若》，以上引文见《沈从文全集》第16卷第155—160页。按，近些年颇有人以为郭沫若后来严厉批评沈从文，就是因为他对沈从文此文的批评怀恨在心。这种看法恐怕有点想当然了，其实郭沫若未必那么小气，他后来对沈从文的批评另有原因，其缘故可参阅笔者的《"乡下人"的经验与"自由派"的立场之窘困——沈从文佚文废邮校读札记》（载《中国现代文学研究丛刊》2008年第1期）一文的最后一节。

中国文学作品的人即可以指出的",还进而以郁达夫和张资平为例,对海派文学做出了有褒有贬的分析。对自己早年所仰慕的郁达夫从表现"性的苦闷"进到"能理解性的苦闷以外的苦闷"的文学倾向,沈从文保留了相当敬意和期待,但对于张资平创作之"成功"则难以首肯,以为他不论是写爱恋小说还是写左翼小说,都没有真正的严肃性和反抗性,只是用时兴的方式复活了旧海派文学趣味的"新海派"而已——"他们说爱情,文学,电影,以及其他,制造上海的口胃,是礼拜六派的革命者"。看得出来,沈从文对张资平小说创作极力迎合读者的低级趣味以获得商业上的成功之做派,是颇为不屑而语含讥讽的:"张资平,一个聪明能干的人,他将在他说故事的方向上永远保守到'博人同意'一点上,成为行时的人去了。张资平是会给人趣味不会给人感动的。因为他的小说,差不多全是一些最适宜于安插在一个有美女照片的杂志上面的故事。"不过,文章临末沈从文仍表示,张资平的小说并非一无是处,男女爱欲其实是值得一写的问题,关键是得有不同的精神才行——

> 伟大的故事的成因,自然不能排斥这人间男女的组织,我们现在应当承认张资平的小说,是还能影响到一般新兴的作者,且在有意义的暗示中,产生轮廓相近精神不同的作品的。①

如此一褒一贬之分析,正表明了沈从文对海派文学之欲望书写传统的抑扬——抑止的乃是张资平极力迎合读者的低级趣味以获得商业上的成功之做派,而企望在新的精神基点上发扬郁达夫那种有灵魂的"情欲的忧郁"之格调。

这种抑扬褒贬,也贯穿在沈从文随后对一些海派后起之秀的比较和品评中。比如,对名噪一时的海派新秀穆时英的创作,沈从文就很不喜欢,原因即在于穆时英的创作趋附流行的都市摩登趣味,而浮光掠影、华而不实,因之他毫不客气地直斥之为"假艺术"——

---

① 沈从文:《郁达夫张资平及其影响》,以上引文见《沈从文全集》第16卷第188—194页。

> 读过穆时英先生的近作,"假艺术"是什么?从那作品上便发生"仿佛如此"的感觉。作者是聪明人,虽组织故事综合故事的能力,不甚高明,惟平面描绘有本领,文字排比从《圣经》取法,轻柔而富于弹性,在一枝一节上,是懂得艺术中所谓技巧的。作者不只努力制造文字,还想制造人事,因此作品近于传奇;(作品以都市男女为主题,可说是海上传奇。)作者适宜于写画报上作品,写装饰杂志作品,写妇女电影游戏刊物作品。"都市"成就了作者,同时也就限制了作者。企图作者那枝笔去接触这个大千世界,掠取光与影,刻画骨与肉,已无希望可言。①

这批评与对张资平的批评显然是一致和一贯的。可是对另一位海派新秀施蛰存,沈从文就赞赏有加了,以为"在短篇方面,则施蛰存先生一本《上元灯》,最值得保留到我们的记忆里"。并且,沈从文还注意到施蛰存的艺术风格与一些京派作家如废名的作风颇为相似——

> 《上元灯》笔头明秀,长于描绘,虽调子有时略感纤弱,却仍然可算为一个完美的作品。这作品与稍前一年两年的各作品较,则可知道以清丽的笔,写这世界行将消失或已消失的农村传奇,冯文炳、许钦文、施蛰存有何种相似又有何种不同处。②

按,《上元灯》乃是一集近似京派风格的抒情小说,难怪沈从文对它格外欣赏了。当然,对施蛰存稍后的爱欲精神分析小说,沈从文也同样欣赏,因为它们写得颇为精深而且富于艺术魅力。事实上,终其一生沈从文都和施蛰存保持着文学上的相互欣赏和生活上的相互关心。

所以归拢来看,30年代的沈从文对海派文学确是一分为二、有褒有贬、有抑有扬的:一方面,他不满而欲加否斥的是一些海派成员之

---

① 沈从文:《论穆时英》,见《沈从文全集》第16卷第234页。
② 沈从文:《论中国创作小说》,以上所引该文见《沈从文全集》第16卷第219—221页。

"'名士才情'与'商业竞卖'"①的作风,以及铺张扬厉、不知节制的艺术作风,而由于沈从文早期的写作行为也不乏此类毛病,所以当他如此批评海派的时候,其实也包含了对自己早期写作的自我反思;另一方面,对海派之表现情欲苦闷的自叙传与展现都市男女爱欲之传奇,沈从文并不否定,但希望用他心仪的京派作家如周作人的节制抒写和废名的乡土抒情方式表现之,即转化为"以清丽的笔,写这世界行将消失或已消失的农村传奇"。在这方面沈从文确实获得了巨大的成功,而推原其成功之道,乃是走了一条折中京海、取长补短、综合转化的路——用京派优美节制的抒情笔法、如诗如画的乡土背景来转达海派所关切的爱欲问题,这正是沈从文的出奇之处和出色之举。

理想的人性乐园和愉快的抒情美学：沈从文30年代乡土抒写的得与失

正因为沈从文30年代的创作主要是"以清丽的笔,写这世界行将消失或已消失的农村传奇",这也就和鲁迅等20年代的乡土写实小说及30年代左翼的农村社会分析小说可有一比。盖自"五四"以迄30年代,"乡土中国"一直是新文学尤其是小说的描写重心,先后形成了三种有显著影响的乡村叙事范式：以鲁迅、台静农为代表的旨在对国民性进行文化批判的乡土写实小说,以茅盾、吴组缃为代表的着重揭示经济—阶级关系的农村社会分析小说,还有就是以废名、沈从文为代表的抒写自然诗意和人间牧歌的乡土抒情小说。此外,稍后还产生了芦焚从"生活样式"着眼对乡土中国"社会生态"进行整体观照的叙事路径。沈从文的乡土抒情比废名起步晚,但后来居上,而与其他乡土—农村叙事相比,则可谓有长有短。

最鲜明的差异,显然存在于沈从文的乡土抒情小说与左翼的农村社会分析小说之间。

左翼社会分析小说的特点,乃是严肃的写实叙事与宏大的社会分

---

① 沈从文：《论"海派"》,《沈从文全集》第17卷第54页。

析视野之结合，旨在通过对社会的经济、阶级、宗法的权力关系之揭示，对阶级的典型与阶级的冲突之描写，传达革命的意识形态、推动社会的改造。这种特点也贯穿在关于农村的社会分析小说中，其间当然也关涉人性，但一则重点不同——如果说"食色性也"是普遍的人性，则左翼的农村社会分析小说更侧重于"食"的一面，虽然它也对"色"即人的性欲望问题有所关切，如茅盾的"农村三部曲"中就写到荷花的"不要脸"的性挑逗，吴组缃的《箓竹山房》更注意到乡村社会的性压抑问题，叶紫的中篇小说《星》在大革命的叙事中，也穿插着一个"贤德的妇人"梅春姐与革命者黄先生的私情，但相比较而言，在左翼的农村社会分析小说里，"食"即经济问题无疑更为重要。茅盾的"农村三部曲"分别名为《春蚕》、《秋收》、《残冬》，叶紫的代表作题为《丰收》、吴组缃的代表作题为《一千八百担》，从这些命名也可以窥见左翼的农村社会分析小说的重心之所在，这样的侧重也更符合农村社会和乡土大众的生活实际；二则处理的态度和方式有别——在左翼的农村社会分析小说中，不论"食"与"色"，都与特定人物的经济地位、阶级关系和宗法关系紧密相关，打上了深刻的社会烙印，并从而被纳入对社会整体的分析架构里加以适当的处理，所谓"色"的问题很少作为人的自然本性而被格外突出和渲染。也因此，左翼的农村社会分析小说往往是写实严谨、分析深广而人性情趣不足。

沈从文的乡土抒情小说则大异其趣，他的创作旨趣，正是通过一个个小而美的微观叙事，持之以恒地传达和守望理想的人性之美——

> 这世界上或有想在沙基或水面上建造崇楼杰阁的人，那可不是我。我只想造希腊小庙，选山地作基础，用坚硬石头堆砌它。精致，结实，匀称，形体虽小而不纤巧，是我理想的建筑。这神庙供奉的是"人性"。①

这是沈从文30年代的文学纲领。如前所述，此时沈从文所谓"人性"，仍是以男女"爱欲"为根底的，它是人所皆有的自然本性，对

---

① 沈从文：《〈习作选集〉代序》，《沈从文全集》第9卷。

此，二三十年代的沈从文给予了一以贯之的深切关注，但在观感和表现上则有城乡之异和爱憎之别。对都市人在"爱欲"问题上的压抑和病态，沈从文感受特别深切，而且很为痛愤，并且他显然也明白都市人爱欲的压抑和病态与都市社会的经济权利结构和道德习惯等密切相关。比如，在他早年的"自叙传"抒写中，"生的苦闷"显然就是造成"性的苦闷"的社会原因。后来的沈从文虽然在都市里逐步解决了"生的苦闷"和"性的苦闷"的问题，但他对都市人在爱欲上的病态之观感并未改观，所以在一系列描写都市摩登士女爱欲病态的讽喻小说中痛下针砭，从中不难看出对造成都市爱欲之病态的原因——金钱的计较、权力的压抑和道德的虚伪等，沈从文也是心知肚明的。尤其对都市男性在重重"文明"的压抑下失去爱欲活力的"阉寺性"，沈从文特别痛切并视之为民族性无活力的病源，在 30 年代的都市小说中反复给予讽喻，如《八骏图》等。直至 40 年代沈从文仍不遗余力地批评"阉寺性"的都市男性病，以为"至如阉寺性的人，实无所爱，对国家，貌作热诚，对事，马马虎虎，对人，毫无情感，对理想，异常吓怕。也娶妻生子，治学问教书，做官开会，然而精神状态上始终是个阉人。与阉人说此，当然无从了解"①。可是当转向湘西乡土世界时，沈从文显然带着一腔的温爱来抒写，倾情创造了一个美轮美奂的人性桃花源。在这个人性的桃花源里，经济利益、阶级关系以及道德规范形同虚设，人人生活在一种自然谐和的状态里，男女爱欲作为基本的自然人性和生命活力，展现得格外自由奔放、无拘无束，并且爱欲也天然地具有带动一切向善向美的力量，所以人人正直善良、豪爽热情、敢作敢为，社会关系纯朴和谐，既没有经济的纠纷，也无所谓阶级的压迫，即使有一些社会规范和风俗禁忌，也只是约定成习惯、习惯成自然的事情，人们无须反抗它而只需坦然接受它就行了。

比如说吧，《三个男子和一个女人》，写两个士兵和一个年青的豆腐店老板，不约而同地对一个十五岁的美丽少女产生了爱欲，可是后来这个少女突然吞金自杀了，被埋葬在野外，至于她为什么吞金自杀，作者几乎一笔带过，他关心的只是由这个少女自杀后开始的一段奇特

---

① 沈从文：《生命》，《沈从文全集》第 12 卷第 43 页。

的爱欲传奇：那个瘸腿号兵不能接受少女已死的现实，他怀着难释的爱心天天摸黑去那姑娘的坟上守望，以至于想把少女从坟墓中救出，却不料已有人捷足先登——"这少女尸骸有人在去坟墓半里的石峒里发现，赤身的安全的卧到洞中的石床上，地下身上各处撒满了蓝色野菊"。两个士兵明白，这是那个年青的豆腐店老板干的。在世俗的眼中，这无疑是一个掘墓奸尸的伤风败俗故事，但沈从文却从人类爱欲之自然为美为善的观点出发，给予了抒情的叙写和礼赞。系列小说《阿黑小史》，则在苗乡的自然风俗背景之下，悉心描写了一对青年男女五明和阿黑的青春爱欲传奇——他们的爱是那样的自然奔放、欲仙欲死、如诗如梦，全然不受社会礼法的束缚。《媚金·豹子·与那羊》则重构了一个苗族的爱情传说：白苗美女媚金与一个人中豹子的孔武男子，由唱情歌而相恋，相约在一个山洞中聚会成婚；媚金乃盛装前行，却久候豹子不至；其实豹子是为了寻找一个可与媚金相般配的纯洁小白羊而耽误了约会，等他终于带着纯洁的小羊来到洞中时，媚金却误以为他后悔而爽约，已先行自杀了，但还剩得一口气，等到了豹子的来临。于是豹子拔出爱人胸中的刀，毅然插进自己的胸，二人含笑而死。至如著名的中篇小说《边城》，更借由翠翠与二老"不凑巧"的爱欲传奇故事，连带着刻画出边城社会之不分等级贵贱、人人善良仁义、风俗淳朴优美以及自然美好如画的人间桃花源境界，可谓集沈从文30年代乡土抒情、人性礼赞之大成。显而易见，边地边民在爱欲上的热情、勇敢、坦荡，与城里人在爱欲上的压抑、扭捏和暧昧是截然不同的。在这些边远之地，即使飘零如水手、低贱如妓女，也不缺乏爱欲这种最基本的人性，而且表现得格外有情有义、热烈奔放——

> 由于边地的风俗淳朴，便是作妓女，也永远那么浑厚，遇不相熟主顾，做生意时得先交钱，数目弄清楚后，再关门撒野。人既相熟，钱便在可有可无之间了。妓女多靠四川商人维持生活，但恩情所结，却多在水手方面。感情好的，别离时互相咬着嘴唇咬着颈脖发了誓，约好了"分手后各人皆不许胡闹"；……尤其是妇人，情感真挚痴到无可形容，……这些关于一个女人身体上的交易，由于民情的淳朴，身当其事的不觉得如何下流可耻，旁

观者也就从不用读书人的观念,加以指摘与轻蔑。这些人既重义轻利,又能守信自约,即便是娼妓,也常常较之知羞耻的城市中人还更可信任。①

如此等等由爱欲扩展至全人性之至善至美的乡土抒情,成为沈从文自20年代末直至抗战爆发前夕这一重要创作阶段的主导情调。这样的乡土抒情着力宣叙人性之超越一切的美与善,尤其是爱欲之冲决一切羁绊的美与力,成为那个美轮美奂的人性桃花源里最美也最有力的存在。这不仅与左翼作家注重经济—阶级分析的农村叙事迥然有别,而且也与"五四"及20年代鲁迅等作家旨在批判国民性的乡土写实叙事显著地"和而不同"。

不待说,沈从文如此倾心于优美的乡土抒情,当然免不了一个游子之情不自禁、美化故土的怀乡情结,也暗含着他个人在爱欲上备受都市压抑的补偿性想象。然而,事情并未到此为止。事实上,沈从文之所以如此呕心沥血营造这个充满爱欲之美和人性之善的桃花源,还有着意为民族性的改造别树人性典范的崇高理想。对此,30年代的沈从文是很自觉的。在《边城》的题记里,他首先诚恳申明了自己对故乡人情人性的偏爱——

> 对于农人与兵士,怀了不可言说的温爱,这点感情在我的一切作品中,随处都可以看出。我从不隐讳这点感情。……因为他们是正直的,诚实的,生活有些方面极其伟大,有些方面又极其平凡,性情有些方面极其美丽,有些方面又极其琐碎,——我动手写他们时,为了使其更有人性,更近人情,自然便老老实实的写下去。

接着沈从文就申明,他的作品是为那些"极关心全个民族在空间与时间下的好处与坏处"的人而写,他殷切期望读者能够理解他在乡土人性抒情里所寄托的重铸民魂之志——

---

① 沈从文:《边城》,《沈从文全集》第8卷第70—71页。

> 我的读者应是有理性,而这点理性便基于对中国现社会变动有所关心,认识这个民族的过去伟大处与目前堕落处,各在那里很寂寞的从事于民族复兴大业的人。这作品或者只能给他们一点怀古的幽情,或者只能给他们一次苦笑,或者又将给他们一个噩梦,但同时说不定,也许尚能给他们一种勇气同信心!①

在随后的《〈习作选集〉代序》里,沈从文又对读者再次重申了自己想以乡下人优美健康的人性来改造民族性的"狂妄的想象"——

> 以为在另外一时,你们少数的少数,会越过那条间隔城乡的深沟,从一个乡下人的作品中,发现一种燃烧的感情,对于人类智慧与美丽永远的倾心,康健诚实的赞颂,以及对愚蠢自私极端憎恶的感情。这种感情且居然能刺激你们,引起你们对人生向上的憧憬,对当前一切的怀疑。先生,这打算在目前近于一个乡下人的打算,是不是。然而到另外一时,我相信有这种事。②

这样一种通过理想人性的文学抒写来启发民族性之改造的人文理想,乃正是继承了"五四"之启蒙的"人的文学"的正统,与鲁迅的乡土写实小说之改造国民性的旨趣是一脉相承的——如所周知,鲁迅后来曾追忆道,"说到'为什么'做起小说来,我仍抱着十多年前的'启蒙主义',以为必须是'为人生',而且要改良这人生"③。

可是就在这个很相似的目标之下,30年代的沈从文与20年代的鲁迅之创作取径及价值取向却颇为不同。

在前期的鲁迅那里,"我的取材,多采自病态社会的不幸的人们中,意思是在揭出病苦,引起疗救的注意"④。所以那时鲁迅的侧重点乃在揭露国民性之缺乏人性的种种病态,而几乎没有展现过什么正面的人性理想,并且在鲁迅的那种来自西方的比较批判视野下,中国的

---

① 沈从文:《〈边城〉题记》,以上两段引文见《沈从文全集》第8卷第57—59页。
② 沈从文:《〈习作选集〉代序》,《沈从文全集》第9卷第6页。
③ 鲁迅:《我怎么做起小说来》,《鲁迅全集》第4卷第512页,人民文学出版社,1981年。
④ 同上。

国民性几乎都是病态,根本没有什么可以肯定的。当然,我们必须注意,"五四"及20年代的鲁迅之严酷的国民性批判,"其实暗含着对文化——社会改革策略的考虑。由于旧文化、旧传统的力量在新文化初期相当强大而且顽固,所以革新者为了打开新路,一开始不能不有意识地对旧文化、旧社会采取严厉的甚至过分严厉的批判态度。至于这种态度对旧文化、旧社会是否公正,并且是否完全表达了他们对旧文化、旧社会的真实感受,他们是无暇顾及、即使顾及也在所不惜的。此中隐衷,鲁迅曾向他深为信任的日本友人内山完造吐露过。据内山完造回忆,当他在《活中国的姿态》的漫谈中说了一些中国的优点的时候,鲁迅坦率地说:'老板,你的漫谈太偏于写中国的优点了,那是不行的。那么样,不但会滋长中国人的自负的根性,还要使革命后退,所以是不行的。老板哪,我反对。'换言之,鲁迅对旧文化的严厉批判和彻底否定,其实并未完全反映他对旧文化以至于旧事物的真实感受"①。不过无论如何,鲁迅20年代的小说及杂文之严酷的国民性批判,其"片面的深刻"毕竟是无可讳言的事实,而在积极的国民性肯定上则显然不足——读鲁迅前期的小说和杂文,甚至给人这样一个错觉,那就是中国的国民性以至整个中国的历史文化传统,几乎是一无可取的。这不但对国人、对中国的历史和文化有欠公道,其实也不利于当时中国人的民族自信心之建立。

　　回头来看沈从文,二三十年代之交的他不仅发现了乡土题材之可写,而且发现了乡村人性之可爱,并在与西化影响甚深的都市病态人性的对照中,肯认了以自然爱欲为中心的乡村美好人性具有重铸民族灵魂的价值。沈从文正是以此为志趣来展开他的乡土想象和抒情的。从这个角度来看,沈从文虽然与鲁迅一样怀抱着以文学来改造国民性或民族性的宏愿,但30年代的他乃是接着20年代的鲁迅写的,而非照着20年代的鲁迅写的——沈从文别具慧心地将改造国民性的问题,从鲁迅等人自外而观的否定性批判,转换为自内而观的积极性肯定。应该说,在30年代方兴未艾的农村社会分析叙事,和仍然不绝如缕的国民性批判的乡土叙事之外,像沈从文这样真诚地肯定在本民族的乡

---

① 解志熙:《"别有一番滋味在心头"——新小说中的旧文化情结片论》,《鲁迅研究月刊》2002年第10期。

土世界里仍然存在着健康优美的人性、可以成为民族复兴的基础者,委实是个异数。正是这一点使沈从文的乡土抒写具有了超越单纯爱欲抒情的高远寄意。这让人不禁想起美国新左翼学者费雷德里克·杰姆逊的一个断言——"第三世界的文学,甚至那些看起来好像是关于个人和利比多趋力的本文,总是以民族寓言的形式来折射一种政治:关于个人命运的故事包含着第三世界的大众文化和社会受到冲击的寓言"①。杰姆逊首举之例即是鲁迅的小说《狂人日记》、《药》、《阿Q正传》,窃以为沈从文的乡土抒情之作亦足为例证。而从鲁迅小说作为批判国民性的寓言,到沈从文的小说作为肯定民族性的寓言,既反映着时代思潮曲折转进的轨迹,也折射着民族危机日益加重的迹象。

事实上,在民族危机日益加重的时代背景下,30 年代的鲁迅也已意识到自己前期的国民性批判之偏颇,所以继早年的《补天》和20 年代后期的《铸剑》之后,又在 30 年代着力撰写了《理水》、《非攻》等正面弘扬中国伟大历史和民族强健人格的"故事新编",并且,鲁迅也在这一时期的杂文中断然肯定"我们有并不失掉自信力的中国人在"——

> 我们从古以来,就有埋头苦干的人,有拼命硬干的人,有为民请命的人,有舍身求法的人,……虽是等于为帝王将相作家谱的所谓"正史",也往往掩不住他们的光辉,这就是中国的脊梁。
> 这一类人的人们,就是现在也何尝少呢?②

当然,与此同时鲁迅也并未放松对中国传统文化和国民性弊病的批判,所以还有《奔月》、《采薇》、《起死》等反思传统的"故事新编"。这表明后期鲁迅对中国传统文化和国民性采取了有肯定有否定的辩证分析的历史态度。

与 30 年代的鲁迅对国民性的辩证分析相比,同时的沈从文则在城乡二元对立的比较视野下,将都市人性的病态概之为缺乏爱欲活力的

---

① 费雷德里克·杰姆逊:《处于跨国资本主义时代中的第三世界文学》(张京媛译),《当代电影》1989 年第 6 期。
② 鲁迅:《中国人失掉自信力了吗》,《鲁迅全集》第 6 卷第 117—118 页,人民文学出版社,1981 年。

"阉寺性",予以严厉的讽喻和批判,而对乡村人性的礼赞,则由富于原始生命强力的"爱欲"之发现扩展为尽善尽美的人性桃花源之神话,并将之树立为重铸民族优良品性的典范。如此二元对立的区分,尤其是对乡村人性之一面倒的礼赞,自然不免有些简单化,然而在沈从文却是有意为之,其中投射着一个自由主义作家之自由而复保守的人学观念、美学趣味和意识形态,而沈从文创作之得失亦于焉显现。

沈从文的人学观念当然来源于"五四"新思潮对"人的发现"。这个"发现"具有多方面的内容,而最重要也最抢眼的无疑是对人的自然本能即爱欲之发现,尤其在与所谓"存天理,灭人欲"的传统相对照之下,人的爱欲或者说人的性本能之发现,委实具有石破天惊的现代意义,以至于在"五四"之后的相当长一个时期内,爱欲的自觉与自由,几乎成了人性的自觉与自由的标志性指标,因而也成为各派新文学作家共同喜欢的主题。如前所述,20年代的沈从文,正是倾心于"生的苦闷"尤其是"性的苦闷"之自我表现的文学"新青年"之一,虽然因为艺术特色不足、无以自树立,却从此确定了他对爱欲的压抑与自由问题之执著的关心。而当沈从文在二三十年代之交蓦然回首、"梦回故乡"之际,他欣然发现那里才是爱欲自由的乐土和人性至善的乐园。正是这个发现,使沈从文乃转而在乡土世界里尽情发挥其泛爱欲的人学理想,贡献出一篇篇抒情的乡土"爱欲传奇","为人类'爱'字做一度恰如其分的说明",① 并由此扩展开来,建构了一个充满爱欲之美和人性之善的乡土桃花源世界。

一种颇为现代的人学理想居然在一向被认为是落后愚昧的边远乡村里得到完美的表现,这在沈从文当然不无为着寄托理想而不免把乡土世界理想化的因素,但公平地说,沈从文笔下的湘西世界也不完全是他的想象性的建构,而自有其经验的真实和现实的基础。事实上,边远的湘西乃正是一片王道礼教的化外之地,不可与中国正宗的传统乡土社会等量齐观。湘西处在湘、川、黔、鄂四省交界之地,且又是汉、苗、土等多民族杂居区,正因为僻远而且封闭,所以就比较地远离"王化"与"教化",颇有点"不知有汉,无论魏晋"之遗风,人民日与自然为伍,民风朴实而强悍,民性朴野而自由,尤其在性爱关

---

① 沈从文:《〈习作选集〉代序》,《沈从文全集》第9卷第5页。

系上是相当自然和自由的。不待说,沈从文的人学理想当然反映了"五四"之后崛起的资产阶级、小资产阶级之人性的自觉,然而这种自觉的人性意识却在都市里受到这样那样的压抑和阻遏,以致陷于"阉寺性"的病态,而当沈从文蓦然回首、"梦回故乡"之后,他才发现较之经济发达而人性"阉寺"的都市社会,边远的湘西虽然在经济上是落后的,但生活在那里的人们的人性和人际关系却更合乎现代的人学标准。正因为有了这个再发现,所以此后的沈从文才特别醉心于湘西乡土的抒情叙事,并且常常骄傲地自诩为一个"乡下人"。而说来有趣的是,一般读者和研究者往往因此而当真只把沈从文看成是一个单纯的"乡下人",而不察沈从文这个"乡下人"却有一颗强烈的现代人的灵魂,他在乡土抒情里所转喻和寄托的,恰是现代人的人学理想。换言之,在沈从文理想化的乡土抒情里,其实折射着"五四"后处在上升期的资产阶级、小资产阶级的生活趣味和意识形态。这并不奇怪也不难解。事实上,从贫穷的文学青年进到担任大学教师以至成为学院化的京派文学之重镇,沈从文一步步地接受了居于中国社会上层的知识精英之栽培,连他的写作活动之转向于乡土抒情,也是在徐志摩等人的启发下转型的,而转型后的沈从文着意在乡土社会发掘爱欲的人性之传奇,也恰好适合亦自觉迎合了徐志摩等都市知识精英的口味——1931 年 11 月沈从文致函徐志摩报告自己的创作计划时,对此就有毫不掩饰的表白:"预备两个月写一个短篇,预备一年中写六个,照顾你的山友、通伯先生、浩文诗人几个熟人所鼓励的方向,写苗公苗婆恋爱、流泪、唱歌、杀人的故事。"①

沈从文如此从"落后"的社会形态里发掘"先进"的人性价值之取向,颇类似于易卜生的个人主义文学之与挪威社会的特殊关系。普列汉诺夫曾经指出,易卜生个人主义文学的价值,恰在于它体现了"少数的智识分子的进步的努力,他们在一片荒凉的市侩主义的沙漠里,仿佛是一块肥沃的土地"②。而正如瞿秋白所强调的那样,"恩格斯有一封给艾伦斯德的信,说易卜生的文学,是中小资产阶级在初期的工业发展之中的意识的反映,他说:'挪威的小资产阶级是自由的农

---

① 沈从文:《致徐志摩》,《沈从文全集》第 18 卷第 150 页。
② 普列哈诺夫(普列汉诺夫):《易卜生的成功》(瞿秋白译),见《瞿秋白文集》文学编第 4 卷第 83 页,人民文学出版社,1986 年。

民的儿子','挪威的农民从没有做过农奴……这个事实就在整个的发展上留下了自己的痕迹。'"① 这并不意味着恩格斯对挪威农民—小资产阶级作为阶级的先进性之肯认,而只是指认了其不同于其他资本主义国家的农民—小资产阶级的独特性。在恩格斯看来,挪威"在自然条件上"提供了"市侩称为'个人主义'的东西的基础"。因为"这些地方居住的都是一些与整个世界隔绝的家庭。在这里,即在农村里,人们都是优美的、健强的、勇敢的、偏狭和狂热信仰宗教的"。② 恩格斯甚至认为挪威、德国两国小市民的首要区别在于"正常"和"不正常"。前者之所以"正常",是因为"挪威的小资产者是自由农民的儿子,因而比起德国的可怜的小市民来,他们是真正的人"③。一个吊诡的事实是,这些"真正的人"之人性健全的"先进"性,恰恰来自其社会发展和阶级属性的"落后"性,即他们处在一个相对蛮荒、粗犷的海洋文明中,因而具有一种落后于资本主义工业文明的新鲜气息,这使其在主体性上远超那些被扭曲在封建意识和资本主义市侩气息中的德国小市民。自然,这种新鲜气息落后于时代,并不具有阶级的先进性,所以它并不能真正解决资本主义社会的堕落,它本身就像一个封闭的桃花源,不得不面临被毁灭的命运。所以,英国左翼文化批评家雷蒙·威廉斯认为,"从历史剧到家庭剧,易卜生的世界始终展示这一事实:个人的欲望在某种毁灭性的虚伪情景中挣扎,以求得自由并了解自我",然而"从最佳意义上说,这仍然是一个自由主义的世界",但"这也是一个自由主义悲剧的世界",④ 它反映了20世纪的"英雄阶段的自由主义"的致命伤:"它进入了那个自我封闭、充满内疚并与人隔绝的即将崩溃的自由主义世界。"⑤ 苏联学者杰尔查文则指出:"易卜生顽强地坚持了挪威'自由农民'历来的道德原则,认为这些原则具有包罗万象和超时间的意义,把它们提高到一种即使不完善,但在论断上很顽强的哲学体系的程度。他分析了当时以及在他成

---

① 瞿秋白撰述:《文艺理论家普列哈诺夫》,见《瞿秋白文集》文学编第4卷第77页,版次同前。
② 恩格斯:《给弗·阿左尔格的信》(曹葆华译),见米海伊尔·里夫希茨编:《马克思 恩格斯论艺术》(一)第480页,人民文学出版社,1963年。
③ 同上书,第180页。
④ 雷蒙·威廉斯:《现代悲剧》(丁尔苏译)第93页,译林出版社,2007年。
⑤ 同上书,第94—96页。

长的社会环境内流行的一切真理，但是他仍然不能找到走向完整、进步的、新的世界观的道路。这里，妨碍他的还是那种'自由农民'，这种'自由农民'抑制着易卜生的思想向前突飞猛进。"① 要之，挪威"小资产阶级"的独特性——这是一种"农民式"的"落后"的小资产阶级，它虽然不能和现代性社会中的小资产阶级相提并论，而且根本不具备阶级的先进性，更谈不上代表历史的发展方向，但惟其处在"落后"的社会形态里，那里的农民—小资产阶级倒是保持了比较健全的人性和人格，这也成了"易卜生主义"所刻意强调的独异之"少数"的社会基础，而所谓"易卜生主义"恰是中小资产阶级在初期的工业发展之中的意识之反映，易卜生不过是其代言人而已。② 对30年代的沈从文及其乡土抒情之作，亦可作如是观——他没能在都市人身上找到值得肯定的人性，却转而在边远落后的乡土社会里找到了可为民族新人格典范的健全人性，诸如爱欲的自然与自由，人际关系的平等与善良，以及普遍的正直与刚健，等等，从而着力营造了一个爱欲美、人性善的桃花源。沈从文的这种人性抒写虽然以乡土为背景，却寄托着新兴的中国资产阶级、小资产阶级的人性理想，或者说，一种以人性的自由与解放为核心的自由主义意识形态。不待说，尽管沈从文借以转喻其人性理想的乡土社会是落后的，但他追求人性自由与企望社会和谐的进步趋向，却是不能否认的。

若说沈从文对理想人性的抒写有什么缺憾，则恰在其显然有意识地过分理想化——从所寄托的人性理想到所以寄托其理想的乡土社会直至借以表现的艺术，一切都过于完美了。

自然，当一个作家倾心抒写其人性理想时，自是难免有些浪漫化或者说理想化的。但沈从文对理想人性的抒写，几乎达到了完全遮蔽乡土社会复杂的社会矛盾和不合理现实的地步，同时也淡化了人性必有的社会性、简化了人性应有的复杂性，而将之理想化到过于完美单纯的境地。这就显然过犹不及了。其实，即使是边远特殊的湘西地区，也不会是一个尽善尽美的世外桃源，而必然存在着不合人性的社会等级制度、经济地位差异和阶级矛盾纠葛以及落后的道德礼俗之制约等

---

① 杰尔查文：《易卜生论》（李相崇、王以铸译）第5—6页，作家出版社，1956年。
② 以上关于易卜生的分析，节引自杨慧《瞿秋白"文化革命"思想研究》，清华大学博士论文，2008年。

因素，这些社会性因素才是压抑爱欲之自然、束缚人性之自由的真正原因。对此，自小生长在乡村社会、后来又接受了新文化洗礼的沈从文，并不是不知情也不是无认识，可是他的乡土小说却尽量拣选一些优美、奇异、愉快的人事来尽情抒写，几乎把湘西写成了一个人性尽善尽美、人人和平共处的和谐社会，而对于那些事实上存在着的丑恶、愚昧、落后、剥削、压迫、残杀等问题，则尽可能回避不写，即使偶尔有所涉及，也轻描淡写、一笔带过。比如说，《萧萧》里孤女萧萧去做一个三岁小男孩的童养媳，她与丈夫"弟弟"年龄差别那么大，这其实是很不合理的陋习，然而沈从文却带着赞赏的笔调写萧萧与"弟弟"多么要好、婆家人对萧萧又多么好，似乎萧萧生活得很幸福；至于孤女萧萧与婆家在社会地位上必有的差异，在作者笔下自然也不成为问题，而当长成少女的萧萧受引诱怀了孕，青春的爱欲似乎惹出了不小的麻烦，按习俗是不得不沉潭的，可是却由于婆家人的一念之仁得以被缓解为发卖，而在等待买家的过程中，却又一次很"凑巧"地由于——

> 没有相当的人家来买，就仍然在丈夫家住下。这件事既经说明白，倒又像不什么要紧，大家反而释然了。先是小丈夫不能再同萧萧在一处，到后又仍然如月前情形，姊弟一般有说有笑的过日子了。
>
> ……
>
> 萧萧次年二月间，坐草生了一个儿子，团头大眼，声响宏壮，大家把母子二人照料得好好的，照规矩吃蒸鸡同江米酒补血，烧纸谢神。一家人都欢喜那儿子。
>
> ……
>
> 这儿子名叫牛儿。牛儿十二岁时也接了亲，媳妇年长六岁。媳妇年纪大，方能诸事做帮手，对家中有帮助。唢呐吹到门前时，新娘在轿中呜呜的哭着，忙坏了那个祖父、曾祖父。
>
> 这一天，萧萧抱了自己新生的月毛毛，却在屋前榆蜡树篱笆看热闹，同十年前抱丈夫一个样子。

生活就这样周而复始地过着，一切都波澜不惊、浑若无事，原因就在于人人善良,此所以孤女萧萧也就总是能够逢凶化吉,直至超然地旁观着那个呜呜哭的儿媳妇进门的热闹,但愿她也能如萧萧一样侥幸吧。当然,人生并不总是能够侥幸的,生活总是难免悲剧的,这个沈从文也知道,但是他对悲剧有其独特的解释,那就是"偶然"的命运使然,而惟其是事出偶然,所以也就无伤于人性之美好。这种无伤于人性之美的"偶然"所引发的悲剧,最典型的例子便是《边城》。这其实是一个灰姑娘故事的中国乡村版,只是略带悲剧色彩,可是造成悲剧的,并不是有什么坏人从中捣乱,也不是男女主角或他们的家长的人性有什么缺点,更不是由于双方在阶级地位、经济关系或者礼教宗法上有什么障碍,而只是由于一个又一个阴差阳错的"误会"、接二连三的"不凑巧",结果便使有情人难成眷属了。这个故事确实写得很美——几个天真无邪的乡村儿女,一群正直善良的乡村父老,人性单纯朴质如童话中人,再加上美丽如画的自然,从而建构起一个爱欲美、人情好的人间桃花源。如此美好和谐的乡土社会图景,既与"五四"以来批判国民性弱点的乡土写实小说大异其趣,更与30年代左翼之揭示阶级矛盾、经济困局的农村社会分析小说判然有别。可以想见,当时的读者和批评家在欣赏《边城》等等之余,也难免有些起疑,而人们之所以起疑,倒也并不全是因为鲁迅等人的乡土写实小说和茅盾等人的农村社会分析小说之参照,其实也源于他们自己的乡土经验——现代的读者和批评家大都与乡土社会有着这样那样斩不断的联系,他们只要把自己的乡土经验与沈从文的乡土叙事比较一下,大概多多少少都会有些怀疑其"美而不真"吧。

正是针对人们怀疑他的乡土小说如《边城》等"美而不真",沈从文在1936年初为《从文小说习作选》所作的序言中,特地做了这样的辩解——

> 我要表现的本是一种"人生的形式",一种"优美,健康,自然,而又不悖乎人性的人生形式"。我主意不在领导读者去桃源旅行,却想借重桃源上行七百里路酉水流域一个小城小市中几个愚夫俗子,被一件人事牵连在一处时,各人应有的一分哀乐,为人类"爱"字作一度恰如其分的说明。文字少,故事又简单,批评它也方便,只看它表现得对不对,合理不合理;若处置题材表

现人物一切都无问题，那么，这种世界虽消灭了，自然还能够生存在我那故事中。这种世界即或根本没有，也无碍于故事的真实。①

次年，沈从文又在一篇带有自叙传色彩的小说中让男主人公——一位小说家——宣称："美是不固定无界限的名词，凡事凡物对一个人能够激起情绪引起惊讶感到舒服就是美。"②

到了40年代，沈从文在其创作自述《水云》中回忆到30年代的创作时，又一次重述了他当年和一个"偶然"（这个"偶然"大概是高青子）的一段美学对话——

我们从花鸟上说了些闲话，到后"偶然"方嚅嚅嗫嗫的问我："你写的可是真事情？"

我说："什么叫作真？我倒不大明白真和不真在文学上的区别，也不能分辨它在情感上的区别。文学艺术只有美和不美，不能说真和不真，道德的成见，更无从羼杂其间。精卫衔石，杜鹃啼血，情真事不真，并不妨事。你觉得对不对？我的意思自然不是为我故事拙劣要作辩护，只是……"

"我看你写的小说，觉得很美，当真很美。但是，事情怕不真！"

这种大胆怒疑似乎已超过了文学作品的欣赏，所要理解的是作者的人生态度。

我稍稍停了一会儿："不管是故事还是人生，一切都应当美一些！丑的东西虽不是罪恶，总不能令人愉快。我们活到这个现代社会中，已经被官僚，政客，银行老板和伪君子，理发匠和成衣师傅，种族的自大与无止的贪私，共同弄得到处够丑陋！可是人生应当还有个较理想的标准，至少容许在文学和艺术上创造那个标准。因为不管别的如何，美丽当永远是善的一种形式，文化的向上就是追求善的象征！"③

---

① 沈从文：《〈习作选集〉代序》，《沈从文全集》第9卷第5页。
② 沈从文：《主妇》，《沈从文全集》第8卷第358页。
③ 沈从文：《水云》，《沈从文全集》第12卷第106—107页。

以上几段话大体上表明了沈从文30年代小说创作的旨趣——着意于美善人性理想的象征性抒写,虽然故事的背景是乡土,但并不在意乡土的真实与否,而意在"借重"乡土来象征性地转喻其人性理想,所以便集中笔墨于美善人性之渲染,且为了读者读来舒服有美感,亦有意回避或少写丑陋不快的人与事,而多写美好愉快的情与境。职此之故,沈从文的这种美学趣味可称为"愉快的抒情美学"。这显然与鲁迅等人批判国民性的乡土写实小说和左翼的农村社会分析小说所要求的"生活的真实"及其批判现实的旨趣大为不同。应该说,正是坚持这样一种理想化的"愉快的抒情美学",30年代的沈从文深深地沉浸在他所构建的人性颂歌加田园牧歌中,尽情表达了构建新的民族人格和民族主体的人文改造理想。就此而言,沈从文正是他自己所说的"浪漫派"作家,并且是一个富于积极的建设性想象的浪漫派作家——通过美善的人性文学的美育启蒙达致"人的重造"进而实现"民族的重造",正是他锲而不舍的理想,这个理想别出心裁地承续和发展了"五四"之人性启蒙的"人的文学"传统。

当然,沈从文也为他这种理想人性的书写及其愉快的抒情美学付出了代价。一则,由于理想化的创作旨趣,沈从文大多数乡土抒情小说中的人性描写,都过于美好单纯以致到了简单化的程度,缺乏人性所应有也必有的复杂性和丰富性。这一点刘永泰已著文指出,他甚至认为"沈从文的作品不是表现了人性的优美健全,恰恰相反,他的作品表现的是人性的贫困和简陋"[1]。话虽然说得有点偏激,但并不是没有道理——一个稍有素养的读者面对沈从文的此类作品,倘若只看个三五篇,那一定会觉得清新优美之至,可是看得多了,就难免会觉得其中的人物性格或者说人性刻画,大多都单纯到简单的程度,并且翻来覆去的抒写也给人单调重复的印象,而之所以会这样,其实就源于沈从文过于理想化的并且竭力愉快的抒情美学。二则,尽管沈从文只是"借重"乡土来象征性地转喻其美善的人性理想,但他的那些小说毕竟也算是乡土小说,而就其对乡土社会的描写来看,委实是过于理想化或者说抒情诗化了,中国乡土社会的复杂性、矛盾性显然被大大

---

[1] 刘永泰:《人性的贫困与简陋——重读沈从文》,《中国现代文学研究丛刊》2000年第2期。

地简化或遮蔽了。说来，当年对这个缺点的比较尖锐的批评，倒不像当今学术界惯常想象的那样来自左翼阵营，而是发自沈从文最为看重的京派批评家李健吾（刘西渭）。那是在芦焚的第二部小说集《里门拾记》问世不久，李健吾即撰文比较了芦焚与沈从文的乡土抒写之异同。他认为二人的相似处在于："沈从文和芦焚先生都从事于织绘。他们明瞭文章的效果，他们用心追求表现的美好。"但李健吾显然更注意二人的差异："沈从文先生做得那样轻轻松松，……他卖了老大的力气，修下了一条绿荫扶疏的大道，走路的人不会想起下面原本是坎坷的崎岖。我有时奇怪沈从文先生在做什么。……沈从文先生的底子是一个诗人。"而芦焚的《里门拾记》则在不无诗意的抒情笔墨之下表达了几乎完全相反的乡土中国性相，令人感到那个乡里村落世界的"一切只是一种不谐和的拼凑：自然的美好，人事的丑陋"，以至于李健吾如此感叹——"读完了之后，一个象我这样的城市人，觉得仿佛上了当，跌进一个大泥坑，没有法子举步。……这象一场噩梦。但是这不是梦，老天爷！这是活脱脱的现实，那样真实。"所以李健吾比较的结论是："芦焚先生和沈从文先生的碰头是偶然的。如若他们有一时会在一起碰头，碰头之后却会分手，各自南辕北辙，不相谋面的。"①这个辨析切中肯綮、判断明敏精到，至今读来仍令人心折。看得出来，李健吾的话虽然圆润周到，其实言下还是表达了对沈从文的不满和对芦焚的赞赏。

按说，30年代的沈从文已是个颇有创作经验的成熟作家了，并且他对农村的现实和农民的性格也并非没有深切的了解，然则，他为什么会如此坚持这样一种理想化的人性加理想化的乡土之抒写，并配置以尽可能愉快的抒情美学呢？原因，除了对其独特的人学理想和美学趣味之自我固执外，恐怕也和沈从文日趋保守的自由主义意识形态以至政治倾向有关。美籍华裔学者夏志清在其《中国现代小说史》中曾经赞赏有加地指出这样一个事实——

在北京苦写了两年后，沈从文渐露头角，开始受到英美派胡

---

① 刘西渭（李健吾）：《读〈里门拾记〉》，《文学杂志》第1卷第2期，1937年6月1日出刊。

适、徐志摩、陈源等人的注意。……表面看来，这一批英美派教授和学者跟这个连一句英文都不会说的"乡下人"实在没有甚么相同的地方。……他们对沈从文感兴趣的原因，不但因为他文笔流畅，最重要的还是他那种天生的保守性和对旧中国不移的信心。……胡适等人看中沈从文的，就是这种务实的保守性。他们觉得，这种保守主义跟他们所倡导的批判的自由主义，对当时激进的革命气氛，会发生拨乱反正的作用。他们对沈从文的信心没有白费，因为胡适后来致力于历史研究和政治活动，徐志摩一九三一年撞机身亡，陈源退隐文坛——只剩下了沈从文一个人，卓然独立，代表着艺术良心和知识分子不能淫不能屈的人格。①

如果夏志清所说确是事实，则沈从文之"天生的保守性"加上受自由主义精英之询唤而来的"批判的自由主义"即自由保守主义，适足以使他"对当时激进的革命气氛"保持警惕，而不能不以自己的创作来起一点"拨乱反正的作用"——这或者就是沈从文明知农村社会的真实情况，却还是尽量把乡土田园写成理想的人性乐园，竭力为"人的重造"和"民族的重造"别树典范的潜在原因吧。准此，则沈从文与易卜生也好有一比。普列汉诺夫曾肯定易卜生用文学提倡个人主义道德的进步意义，但同时也批评易卜生的弱点"就是在道德里找着政治的出路"。② 所谓"在道德里找着政治的出路"，即指易卜生企图用提倡个人主义的道德来达到社会改良、政治进步的目的，而不会走向社会主义。沈从文的情况与此类似——他的天生的保守性和后天习得的自由保守意识，使他不能赞同用革命的阶级斗争来改造中国社会，而期望走人性改良以重建国族之路。就此而言，沈从文在30年代专寄托美善人性理想于乡土抒写并且尽量写得优美愉快，的确不无与左翼文学分庭抗礼的意思。此所以他的优美的乡土抒情在不得不涉及一些不愉快的人事时，才会显得那么的小心翼翼、含糊其辞、轻描淡写，而像《丈夫》那样真切地表现农民卑屈生活与悲惨命运的作品，则不过偶一为之而已。

---

① 夏志清：《中国现代小说史》第165—166页，香港中文大学出版社，2001年。
② 普列哈诺夫（普列汉诺夫）：《易卜生的成功》（瞿秋白译），见《瞿秋白文集》文学编第4卷第86页。

后来的沈从文也曾试图有所改变，尤其是当他后来的顶头上司——西南联大国文系主任罗常培——因为沈从文30年代以来的乡土小说过于理想化而在1944年4月不点名地批评他是"靠着卖乡土神话成名的作家"①，沈从文闻讯后深受刺激，从而做出了强烈而积极的回应：他既悲愤地指出了占中国人民大多数的农民的悲惨命运及其社会政治根源，也肯认了"文学的求真标准"，并反复宣示"对于这个多数的重新认识与说明，在当前就是一个切要问题。一个作家一支笔若能忠于土地，忠于人，忠于个人对这两者的真实感印，这支笔如何使用，自不待理论家来指点，也会有以自见的"。"一个有良心的作家，更不能不提出这个问题：关心老百姓决不能再是一句空话。"② 如此清醒的现实批判意识和文学求真意识，使人不禁对沈从文的创作产生了新的期待。然而耐人寻味的是，就在如此激昂地为农民请命之后，沈从文在40年代后期的整整五年间却还是逡巡不前、欲进还退，终于悄然放弃了激昂的诺言而未能在创作上"有以自见"。事情为什么会这样呢？原因就在于沈从文虽然认识到了占中国人民大多数的农民之悲惨命运及其现实根源，但他随即就发现倘若他如实地去揭露和表现这一切，那必然会在客观上带来动摇现存社会秩序、呼应"人民革命"的效应，而动摇现存社会秩序乃是他的根深蒂固的"农民的保守性"所不能赞同的，"人民革命"则是他所秉持的"自由主义知识分子的保守性"所深为忧虑而且难以接受的，于是他便只好重回其乡土爱欲传奇的抒写之老路，并且宣称"我们似乎需要'人'来重新写作'神话'"。③

不待说，要沈从文去为革命而写作，那既不可能也没有必要。可是身为"乡下人"的他，大半生写了那么多讴歌乡村美丽、人性美好的愉快抒情之作，而像《丈夫》那样揭示下民"活得如何卑屈，死得如何悲惨"的不愉快之作却写得如此之少，这毕竟是有失平衡、过于单纯了。此所以沈从文后来曾经追悔莫及地在《丈夫》书影边上写下

---

① 罗常培：《我与老舍——为老舍创作二十周年》，此据《中国人与中国文》第121页，开明书店，1945年。

② 沈从文：《〈七色魇（魇）〉题记》，《自由论坛》周刊第3卷第3期，1944年11月1日昆明出刊。

③ 沈从文：《北平的印象和感想》，《沈从文全集》第12卷第284页。

这样的题识："我应当和这些人生命在一处，移植入人事复杂的大都市，当然毁碎于一种病的发展中。""这应当是举例用最合长处一例。可惜不知善用所长，转成下坠，终沉覆于世故围困中。"① 这话虽然是沈从文在1949年初那段特殊的精神状况下写的，但还是比较真实地表露了他的愧悔的心声，包括对自己接受自由主义知识精英之询唤而努力上进却"不知善用所长，转成下坠"之反省。这也提醒我们，在继续欣赏沈从文优美的湘西小说的同时，对其"天生的保守性"与后来习得的"批判的自由主义"即自由保守主义的立场所加于他的创作活动之限制，似乎应该有所认识。换言之，特别的"乡下人"经验和保守性，与"自由主义"的人性理想及其政治立场之结合，在显著地成就了沈从文的同时，也显然限制了沈从文的发展——从人生到创作皆然。

事实上，到30年代后期沈从文的乡土抒写已陷于进退两难的困境：继续优美愉快的理想人性加理想乡土之抒情吧，那差不多已是写无可写，写了也是重复——所以原拟写十个《边城》的计划不能不搁浅，就是为此；进而按照"文学的求真标准"来开展对乡土社会的批判性写实么，那又面临着主观上的不忍心及不善于驾驭长篇和客观上的出版检查之困难（这个困难是存在的，但显然被沈从文及一些沈从文研究者夸大了，其实发表和出版总是"有机可乘"的，否则就无法解释在40年代的国统区何以出版了那么多比《长河》更严厉批判农村社会现实的中长篇小说了），于是他只好放弃——《长河》创作的半途而废，就是缘于这主观和客观的原因。

"抽象的抒情"之底色和"最后的浪漫"之背后：沈从文40年代"新爱欲传奇"的"诗与真"

当然，抗战爆发以来，尤其是进入40年代以后，沈从文的思考和创作仍在继续，并且别有发展，但这继续和发展却呈现出内外有别的复杂情态和相当紧张的矛盾境况。

一方面是那个公开亮相的沈从文，他作为一个坚定的爱国者，真

---

① 沈从文：《题〈沈从文子集〉书内》，《沈从文全集》第14卷第457页。

诚地关心着国族的命运,恳切鼓励知识分子清贫自守、支持抗战;同时作为一个坚定的自由主义者,沈从文也坚决反对"作家从政"而倡导"文运重建",极力要求文学脱离政治与商业的羁绊,重新与教育结盟,企望通过文学的美育作用为"人的重造"、"国家的重造"、"民族的重造"贡献力量。正是为着国家民族着想,沈从文在抗战胜利之初即率先反对内战、呼吁国共两党为国家民族放下分歧,而当国民党于1946年6月正式发动内战之后,沈从文又以"适之先生尝试的第二集"自居,积极接受采访、发表文章、直言不讳,表现得颇为活跃和坚定,甚至不惜亮出反对革命的立场,号召作家们坚持"'自由主义'在文学运动中的健康发展"、"从各种挫折困难中用一个素朴态度守住自己"①。……这些都具见于沈从文这一时期的散文和杂文中,乃是不可讳言也无须讳言的事实,读者从中既可以看出他一以贯之的爱国热情,也可以发现他确实继续并发扬了30年代自由主义的文学和政治立场。这一切在今天看来都无可非议。

然而另一方面,又同时并存着一个非常内向而且特别敏感的浪漫文人沈从文,他日渐孤独地咀嚼着个人生命的悲欢和寂寞,常常为倏然而来的生命幻念和爱欲冲动而欣然忘形亦复黯然伤神,有时甚至到了身心崩毁、几近疯狂的境地。正是为了排解和化解这种内在的紧张和压抑,沈从文离群索居、看虹看云;也是为了抒发和自解,沈从文乃尝试对自己的幻念、冲动和思考等进行自我分析或自我转喻,而将之写入到一种融合了梦想与真实因而亦小说亦散文亦戏剧独白等相杂糅的文体中,于是有了《七色魇》和《看虹摘星录》这样试验性的新作之问世。这两部作品上承沈从文20年代的"自叙传"及二三十年代之际讽喻都市士女之情色压抑的写作风格,而又有进一步的发展和创新,其中较为明显地吸取了西方现代主义的思想与艺术如精神分析学、性心理学、生命哲学以及意识流和心理独白等,但本质上并非现代主义的,而是将现代主义浪漫化了——沈从文自谓要借此"保留最后一个浪漫派在二十世纪生命挥霍的形式,也结束了这个时代这种感情发

---

① 沈从文:《从现实学习》,连载于1946年11月3日、10日天津《大公报·星期文艺》第4—5期,该文也在上海《大公报》刊载,此处引文据《沈从文全集》第13卷第394—396页。

炎的症候"①。应该说，沈从文在这些作品中确实程度不同地注入了相当私密的情感和想象，而写法也异乎寻常的越轨和大胆，带有很浓厚的生命幻思和欲望抒发的成分，尤其是《看虹摘星录》所叙情事之新和所用形式之新，无疑称得上是较前更为复杂也更为现代的"新爱欲传奇"。

把上述两个在40年代并存的沈从文对照一下，难免让人产生矛盾以至分裂之感。事实上，当时就有人批评沈从文是"人格破裂，精神分家"，甚至是"二重人格"。最早提出这种批评的是老作家许杰。按，许杰曾在王西彦主编的桂林《力报·新垦地》副刊（1944年2月11日）上发表《现代小说过眼录（下）——上官碧的〈看虹录〉》一文，批评沈从文这篇新作有色情倾向，沈从文则在随后的一封"废邮存底"中做出了不是回应的回应——

> 所说许杰先生批评可惜这里不易见到，但想想那作家指责处，一定说得很对，极合当前党国需要。……关于批评，弟觉得不甚值得注意，因作家执笔较久，写作动力实在内不在外。弟写作目的，只在用文字处理一种人事过程，一种关系在此一人或彼一人引起的反应与必然的变化，加以处理，加以剪裁，从何种形式即可保留什么印象。一切工作等于用人性人生作试验，写出来的等于数学的演草，因此不仅对于批评者毁誉不相干，其实对读者有无也不相干。若只关心流俗社会间的毁誉，当早已搁笔，另寻其它又省事又有出路的事业去了。

而在差不多同时的另一封"废邮存底"中，沈从文却又强调——

> 我想从各方面来写"湘西人与地"，保留此五十年来在这一

---

① 沈从文：《水云》，《沈从文全集》第12卷第127页。按，《水云》初载于《文学创作》第1卷第4期（1943年1月15日出刊）和第5期（1943年2月15日出刊），上引"保留最后一个浪漫派在二十世纪生命挥霍的形式"一句在《文学创作》第1卷第5期作"最后一个浪漫派在二十世纪生命取予的形式"，在收入1947年开明书店版《王谢子弟》集时，"最后一个浪漫派在二十世纪生命取予的形式"改为"最后一个浪漫派在二十世纪生命挥霍的形式"，《沈从文全集》第12卷据《王谢子弟》1947年8月校订稿收入。

片土地上生活人情与生活历史，希望可用它作更年青一辈朋友打打气，增加他们一点自信，为明日挣扎有所准备、增加一点耐性，来慢慢的战胜环境，力图自强！若能作到"地方一切长处可保留，弱点知修正，值得学习的进步知识都乐意拼命学习，举凡一切进步观念勇于接受"，这工作就不无意义了。

鉴于沈从文这两封信的说法显然有些脱节以至矛盾，所以许杰接着又写了《沈从文论写作目的》一文，发表在福建永安出版的《民主报》附刊《十日谈》第7期（1944年8月14日出刊）。在该文中许杰引用了沈从文的上述两封信，指出他所申述的两种主张是自相矛盾的，并坚持认为沈从文"人性试验"的新作《看虹录》、《摘星录》"只是色情，无关宏旨"。应该说，许杰是个严肃诚恳的老作家，他的批评并无党派偏见，其实倒是很为沈从文惋惜的——

> 只是，我们非常替沈从文可惜，因为他也吃饭，他也教书写文章，他虽然有他的精神生活，有他的超然的理想，但他也有一个肉体，要生活，要呼吸，要在这个社会里做人。他的理想要他那样，但他的肉体却叫他这样，而在一时之间，他的灵魂又不能超然出壳、驰骋太空，无可奈何，恐也发生苦闷，或至无可如何，以致人格破裂，精神分家，（不是破产）实属无可奈何的事。

所以许杰在文末特别强调说——

> 我们说这两种不同的态度，都是真的沈从文，都是出于同一的沈从文，这话并不挖苦，也不奇怪。在近代的文学史上，此种精神分裂的作家，也不能说没有。……
>
> 这种自陷于矛盾而又不知自己的矛盾的精神状态，便是心理学上所谓人格破裂。沈从文的前后的矛盾，自己的理论的主张的不一致，而且自己不知其所以不一致，便该属于这样的一类。但是，沈从文毕竟是国内文艺界中的一个有希望的作家，他那二十余年来的严正的创作经验与创作实践，是可能使他把这种矛盾克

服过来的。只要他能够虚心,不要固执,不要"硬头颈"更不要撒娇和依【倚】老卖老,克服这种矛盾是可能的。

我们在批判了沈从文的写作目的的矛盾,并且指出了他的目的之所以发生矛盾的来源以后,我们不禁发出这样诚恳的期望。①

许杰大概是第一个指出40年代的沈从文有两面性的人,他虽然使用了精神分裂、二重人格等病态心理学的术语,但批评态度诚恳有分寸,所以他的观察是值得研究者注意的。

大体说来,迄今学术界对40年代那个公开亮相的沈从文之研究,开展得比较充分、成果层出不穷,我自己在前几年也发表了《"乡下人"的经验与"自由派"的立场之窘困——沈从文佚文废邮校读札记》一文,基于新发现的文献并参照已有的相关文献,对40年代沈从文在社会关怀和乡土抒写上的困境给出了新的解释,所以此处不再讨论这方面的问题。这里想集中探讨一下后一方面的问题——那个在40年代日趋孤独内向、寂寞地沉湎于生命幻念和爱欲想象中的沈从文,及其比较内省的、私密的因而也更为个人化的实验性文本《烛虚》、《七色魇》和《看虹摘星录》。对这个内向化的沈从文,学术界虽有所涉及,但探讨显然不足。这一来可能是出于为尊者讳的心理,二来也受限于文献的匮乏和残缺。好在新世纪之初,北岳文艺出版社出版了《沈从文全集》,全书煌煌32卷,总计逾千万言,使作者一生的文学和学术心血第一次得到了集中的展现,为沈从文研究的深入开展提供了比较完备的文献。与此同时,拾遗补缺的文献辑佚工作也稳步开展,有些新发现相当重要。比如沈从文"文革"期间创作的小说残篇《来的是谁》之发现和刊布,等等。作为沈从文作品的爱好者,我和两位研究生裴春芳、陈越同学近年也陆续整理重刊了30

---

① 许杰:《论沈从文的写作目的》——按,该文原题《沈从文论写作目的》,原载福建永安出版的《民主报》附刊《十日谈》第7期(1944年8月14日出刊),后改题为《论沈从文的写作目的》,收入许杰的评论集《文艺,批评与人生》,江西上饶战地图书出版社,1945年。以上引许文及沈从文的两封"废邮存底"片段,均据《文艺,批评与人生》——见该书第162—168页。

篇沈从文佚文废邮,① 其中比较重要的是完整复原了沈从文40年代的两部重要创作集《七色魇》和《看虹摘星录》。把这些佚文废邮与《沈从文全集》的有关文献相校读,可以发现许多有意味的"问题"之关联,而循此以进,则有可能对沈从文的生活、思想和创作达致不同于既往的新认识。譬如,其间的许多线索都牵涉40年代沈从文其人其文之"常与变"、"进与退"之困局,尤其是他在创作上以至生活上都特别焦虑的"性与爱"和"疯与死"等问题,而追根寻源,这些令沈从文焦虑的问题其实都是其来有自、别有怀抱,而其原因也并非流行的解释那么简单。对此,我和裴春芳在此前也曾有过初步的探究,但限于能力和文献的不足,我们当时的探究未能深入且不无疏漏。②不待说,这些新发现的文献有助于我们进一步逼近问题,但要真正弄清问题的症结,无疑还需要在更大的范围里校读相关文献、在更大的视野里梳理问题的来龙与去脉,并且需要更仔细地倾听作家话里话外的心声,才有可能。只是由于问题相当复杂而且长期被遮蔽,所以想"弄清楚"40年代的沈从文何以日趋内向和紧张等问题,在我也许是个难以完成的奢望。不过,"抛砖"而"引玉"也未始没有可能,然则,我之姑妄言之亦或无妨吧?

这确乎是个比较困难的问题。本来,一个人、更勿论一个作家,对其隐秘的内在的幻念和想象、欢情与悲苦,往往是掩饰之不遑——所谓寂寞自甘、冷暖自知是也,纵使偶尔有所流露,也不过乍现其一点一滴、一须一爪而已,并且多半会采取比较隐晦曲折的话语方式,所以也就不免给人似有若无、无法捉摸之感。所幸沈从文不是这

---

① 参阅解志熙辑校:《沈从文佚文废邮钩沉》,裴春芳辑校:《沈从文集外诗文四篇》,并载《中国现代文学研究丛刊》2008年第1期;裴春芳辑校:《沈从文小说拾遗——〈梦与现实〉、〈摘星录〉》,载《十月》2009年第2期;解志熙、裴春芳、陈越辑校:《沈从文佚文废邮再拾》,载《中国现代文学研究丛刊》2010年第2期;解志熙辑校:《沈从文佚文辑补》,载《长沙理工大学学报》2011年第2期,又解志熙:《相濡以沫在战时——现代文学互动行为及其意义例释》(载《新文学史料》2011年第3期)也辑录了沈从文的一封佚简。

② 参阅解志熙:《"乡下人"的经验与"自由派"的立场之窘困——沈从文佚文废邮校读札记》,裴春芳:《"看虹摘星复论政"——沈从文集外诗文四篇校读札记》,以上并载《中国现代文学研究丛刊》2008年第1期;又,裴春芳:《虹影星光或可证——沈从文四十年代小说的爱欲内涵发微》,载《十月》2009年第2期;解志熙:《"最后一个浪漫派"的理想之重申——沈从文佚文辑校札记》,《长沙理工大学学报》2011年第2期。

样——由于在其文学起步阶段的 20 年代深受浪漫感伤的"自叙传"写作风气的影响,沈从文养成了自我表现、自我分析以至自我暴露的文学趣味,这种趣味在其 30 年代的创作里虽然暂告一段落,但在三四十年代之交却得以复活并有新的发展。事实上,沈从文在 1938 年 9 月至 1940 年 8 月之间,写了不少自析自剖的文字,其中比较重要的乃是散文文论集《烛虚》,尤其是其中的《烛虚》、《潜渊》、《长庚》、《生命》诸篇,此外还有一些性质类同而散佚在外的或被误置于别集的文章,如《潜渊》(第二节,现已被附录在《沈从文全集》第 12 卷的《烛虚》之后)、《谈家庭》(杂文,收入《沈从文全集》第 14 卷)、《莲花》(散文,收入《沈从文全集》第 15 卷诗歌部分,其实当属《生命》的刊落部分)、《读书随笔》(新发现的沈从文佚文,性质与《烛虚》诸篇近似),以及诗作如《看虹》(收入《沈从文全集》第 15 卷诗歌部分)、《文字》、《一种境界》(以上两篇为新发现的沈从文佚诗),等等。校读这些时间相近、内容相关的文字,再参证以其他材料,则大体可以肯定:在三四十年代之交,沈从文个人的感情生活确曾深陷危机之中,并且他也再次将自己的体验与想象写入到其创作之中,其代表性的作品便是他 40 年代最重要的两个创作集——《七色魇》和《看虹摘星录》。这两集作品在 1944 年由作者分别编了集、写了序,准备交付出版,可惜后来都未能如愿,但两集作品大都在刊物上发表过。因此,当年的沈从文究竟陷入怎样的情感危机及其危机的程度如何,则不仅在上述两部创作集里有变形的表现,而且首先可从《烛虚》集及其他相关的自剖自析的文字里看出一些端倪。

应该说明的是,当沈从文 1941 年把他写于 1938 年至 1940 年间的那些自剖自析的文字集中编入《烛虚》一集时,不仅有所删削和刊落,而且对入集的文字也做了倒置的编排——那些写作在后的比较外向的文字编在前头,而那些写作在前的比较内向的文字则编在后边,并且对各篇的写作时间之交代也很含糊。正唯如此,读者如果"顺着"作者的编排往后看,则不免会有错觉和误解,即如比较重要的《生命》一篇,研究者常常引用,但多循着作者"抽象的抒情"之"抽象"思路,解说得越来越玄乎,这反而启人疑窦——沈从文的思想真有那么玄乎么?他的抒情当真是那么"抽象"么?其实,只要按文章发表的时间顺序来看,并参读同时相关的其他文字,也就有可能还"抽象"于"具体",而沈从文当年焦虑的问题之眉目也会逐渐显露出来。鉴于多年来玄乎之论太多,越说越抽象,所以此处只得从头说起。

最早显示了某种端倪的,是沈从文用笔名"朱张"发表在1938年9月26日香港《星岛日报·星座》第57期上的《读书随笔》,就其性质而言,该篇也属于《烛虚》第一辑的自剖自析散文系列,尤其与《生命》一篇很相近,可是却被作者刊落于《烛虚》集外,长期不为人知,其实《读书随笔》对理解沈从文当年的心态和创作具有很重要的意义。在这篇散文里,沈从文表达了自己对来自"某种有教养的中产阶级女子,对于具有乡下老【佬】精神之男子"的诱惑以及由此引发的男女"战争"之感怀。在文章的一开篇,沈从文就说自己最近正在读东亚病夫译佐拉小说《乃雄夫人》(*Madam Nolgoon*),内容是写一"乡下老【佬】"青年与两个巴黎社交名媛的情色纠葛,然后沈从文便发感慨道——

> 故事虽是法国人写给法国人看的,其实放在当前中国场所,倒有许多相合。贵妇人的荒淫无耻处,事情极多,难于记载。某种有教养的中产阶级女子,对于具有乡下老【佬】精神之男子,用"老巴黎"方式卖弄风情时,更多极相似地方。
>
> 具有乃雄夫人(罗薏——引者按)风格的女子既随处可见,乡下老【佬】吃亏之事,因此书不胜书。间或有一二人不肯吃亏,自然也有可恼及中国产的乃雄夫人。此即所谓"战争"。人世中无处无时无战争。可惜的是大多数人都注意到另外一种战争去了,这种战争极少注意。

这里尤其值得注意的,是沈从文对发生在男女两性之间的风情"战争"的特别关注。接着沈从文又述说了自己读法郎士的爱欲小说《红百合》的感想——

> 读法郎士《红百合》,俨然看到一些法郎士所说的"开花似的微笑,燃烧似的眼光"女子。这些女子且真"洁净如同水【冰】壶"。这里那里,无处不存在。肉体的造形,艳丽与完整,

精妙之处,不胜形容。然而这些肉体中的灵魂,却很少是有光辉的。大多数所有的是一百磅左右的一具肉体罢了。因为中国的社会,适宜于生产这种女子。

对这种来自"有教养的中产阶级女子,对于具有乡下老【佬】精神之男子"之诱惑,沈从文这个"乡下佬"大概有点感同身受吧,而他对此类女子的态度则似乎是又爱又恨,原因据说是因为她们"即属娼妇型,却伪作贞洁,如不可干犯。虽做过许多不顾羞耻之事,却并不认识情欲之美"。于此我们看到了沈从文对"有教养的中产阶级女子"之关注和对"情欲之美"之重视,而作者的这种感慨也并不抽象,是一看就明白的表白。

当然,《读书随笔》里表达的这些感想也可以说是沈从文客观的观察和批评。然而,文本不是孤立的存在——把《读书随笔》与三天后发表的《梦和呓》参读,就可知作者确是别有怀抱了。按,《梦和呓》也以"朱张"的笔名发表在1938年9月29日的香港《大公报·文艺》第417期,随后又被作者编入《烛虚》一集的《生命》一篇里,但有所删节并更动了原文次序,所以下面的引文就以《大公报·文艺》本为据,原文误植处则参考《烛虚》初版以夹注更正之。很有意趣的是,沈从文在《梦和呓》的前半篇叙述了自己的一个奇美凄艳的梦境,和梦醒后怅然若失、乃以文笔描摹,而又写了复毁、毁了又想以小说转喻的过程——

  夜梦极可怪。见一淡绿白【百】合花,颈弱而花柔,花身略有斑点清渍,倚立门边动摇。好像有什么人说:
  "你看看好,应当有一粒星子在花中。仔细看看。"
  于是伸手触之。花微抖,如有所怯,上【亦】复微叹,如有所恃。因轻轻摇触那个花柄,花蒂,花瓣。近花处几片叶子全落了。
  _{............}
  雷雨刚过。醒来后闻远处有狗吠。吠声如豹。若真将这个白【百】合花折来,人间一定会多有一只咬人疯狗,和无数吠人疯狗。半迷胡【糊】中卧床子所想,十分可叹。因白【百】合花在

门边动摇,被触时微抖或微笑,事实上均不可能!狗类虽多,疯的并不多。

起身时因将经过记下,用半浮雕手法,琢刻割磨,完成时犹如一壁炉上小装饰。精美如瓷器,素朴如竹器。

一般人喜用教育、身分,来测量这个人道德程度。尤其是有关乎性的道德。事实上这方面的事情,正复难言。有些人我们应当嘲笑的,社会却常常给以尊敬(如阉寺)。有些人我们应当赞美的,社会却认为罪恶(如诚实)。多数人所表现的观念,照例是与真理相反的。多数人都乐于在一种虚伪中保持安全或自足心境,因此我焚了那个稿件。我并不畏惧社会,我厌恶社会,厌恶伪君子,不想将这个完美诗篇,被伪君子与无性感的女子眼目所污渎。

白【百】合花极静。在意象中尤静。

山谷中应当有白中微带浅蓝色的白【百】合花,弱颈长蒂,无语如语,香清而淡,躯干秀拔。花粉作黄色,小叶如翠珰。

法郎士曾写一《红白【百】合》故事,述爱欲在生命中所占地位,所有形式,以及其细微变化。我想写一《绿白【百】合》,用形式表现意象。

看得出来,沈从文的这场奇梦其实是一次爱欲行为的象征性表现。这不仅因为"花"和"折花"在中国文学传统里,乃是美好的女子和及时行乐的男女爱欲之象征,如杜秋娘《金缕衣》所谓"劝君莫惜金缕衣,劝君惜取少年时。花开堪折直须折,莫待无花空折枝",而且因为沈从文在文章里其实已经说得很明白——他的这个"折花"之举乃是关乎"性的道德"之举,并且正因为忌讳一般社会性道德的保守性,他不得不将记录此次"折花"经过的文稿焚毁,然而又实在难以忘怀,于是又想仿法郎士的爱欲小说《红白【百】合》而"写一《绿白【百】合》,用形式表现意象",以"述爱欲在生命中所占地位,所有形式,以及其细微变化"。值得注意的是,上述引文中"若真将这个白【百】合花折来,人间一定会多有一只咬人疯狗,和无数吠人疯狗。……狗类虽多,疯的并不多"这几句,在《烛虚》初版和《沈从文全集》里都被删去了,而正是这几句话暗示出,沈从文的这次"折花"之举委实非同寻常、很难为世俗社会所接受,但问题是沈从文又爱得很"疯"、陷得很深,所以他在《梦和呓》的下半篇便用极华美的文字形容那个女子,而深深地感叹自己对她的爱已到了"与死为邻"的地步——

> 门前石板路上有一个斜坡,坡上有绿树成行,长干弱枝,翠叶积叠,如翠翼,如羽葆,如旗帜。常有山灵,秀腰白齿,往来其间。遇之者即喑哑。爱能使人喑哑——一种语言歌呼之死亡。"爱与死为邻"。

不过,也许有人会争辩说,《梦和呓》所记不过是一场梦、顶多是一场绮梦而已,而文人多绮梦,想象较发达,又怎能一一当真呢?何况沈从文在这些文字中也反复强调他只是"抽象的爱"、"抽象的抒情"呀!这话自有道理,然而具体情况还得具体分析,不可一概而论——也许沈从文所谓"抽象"只是他既想暗示又欲掩饰其"具体"的一种修辞策略。事实上,"折花"折到一位极美丽出色的女子,确让人到中年的沈从文非常自豪和骄傲,以至于情不自禁地想表露一下,可又因为这种爱之非同寻常的特殊性很难被社会所容,所以他又不能不掩饰一下,于是乃托词于"抽象的爱"、"抽象的抒情"——如此矛盾的情态,也是其情难免的。

发表于 1940 年 8 月 17 日香港《大公报·文艺》第 905 期的短文《生命》,后来被编为《烛虚》之《生命》篇的开头,其言说乍看起来就颇为抽象——

> 我好像为什么事情很悲哀,我想起"生命"。
> 每个活人都像是有一个生命,生命是什么,居多【人】是不曾想起的,就是"生活"也不常想起。我说的是离开自己生活来检视自己生活这样事情,活人中就很少那么作。因为这么作不是一个哲人,便是一个傻子了。"哲人"不是生物中的人的本性,与生物本性那点兽性离得太远了,数目稀少正见出自然的巧妙与庄严。因为自然需要的是人不离动物,方能传种。虽有苦乐,多由生活小小得失而来,也可望从小小得失得到补偿与调整。一个

> 人若尽向抽象追究，结果纵不至于违反自然，亦不可免疏忽自然，观念将痛苦自己，混乱社会。因为追究生命"意义"时，即不可免与一切习惯秩序冲突。在同样情形下，这个人脑与手能相互为用，或可成为一思想家、艺术家，脑与行为能相互为用，或可成为一革命者。若不能相互为用，引起分裂现象，末了这个人就变成疯子。其实哲人或疯子，在违反生物原则，否认自然秩序上，将脑子向抽象思索，意义完全相同。
>
> 我正在发疯，为抽象而发疯。我看到一些符号，一片形，一把线，一种无声的音乐，无文字的诗歌。我看到生命一种最完美的形式，这一切都在抽象中好好存在，在事实前反而消灭。

这些话在沉痛表白的同时又含糊其辞、隐约其意——沉痛表白的是他"很悲哀"而且悲哀到了近乎"发疯"和精神"分裂"的程度，含糊其辞、隐约其意的乃是那"悲哀"和"发疯"的原因。乍一看，沈从文似乎在为追究"生命"之"抽象"的"意义"而悲哀而发疯，这很有点"哲人"之气，他自己也肯认"哲人"是人类中的异数，原因是他们脱离实际的生活而倾心于抽象的生命沉思，并承认这其实是违反人的自然本性，包括作为人的生物本性的那点兽性的，但他说自己就是禁不住要为"抽象"而发疯。可是如所周知，肯定人的自然本性或者说生物本性，一向是沈从文之人性观的基本点，怎么他如今变了、变成了一个倾心于抽象的哲人呢？并且一个哲人的抽象沉思和美丽幻想，怎么就至于"与一切习惯秩序冲突"、"痛苦自己，混乱社会"呢？何况像沈从文这样纯粹的个人沉思和幻想，至于引发那么大的危险么？然则，沈从文究竟在担心什么而又为何担心呢？于是细心点的读者也就不禁要问：沈从文这些"抽象"的话到底是他的真意，还是故意含糊其辞、隐约其意以至于反话正说呢？

好在紧接着的自剖文字就露出了抽象感怀的底色。与《生命》相隔仅两天，沈从文又以"雍羽"之名在1940年8月19日香港《大公报·文艺》第907期上发表了《莲花》一文——

> 湖面一片绿，绿中有紫，浅浅的，成球成串，这里那里。谁知道是去年还是今天，天空碧蓝如水。一双湿莹莹的眼睛，却有

火焰在燃烧。不是火焰应当是春天，眼里有这种春天，笑里也同样有这种春天。一双斑鸠啼着，在屋脊走着，同时飞去了，春天也去了。唉，上帝。

来了另外一种春天的象征，两条长长的腿子，秀雅而稚弱，神与道德都可从那种完整、精巧以及净白中见出。正是神的本体，道德的原【元】素。白得希奇。应当牵引妄念向上，向上即接近天堂。然而也远了，还来不及让妄想上前，人已走远了。多轻盈的步履！向道德低首与神倾心，是犯罪还是必需？收容这妄念应当是一个人，还是一种抽象？

猪耳莲还静静的开放，单纯而诚实，在无望无助中生活，沉默如一朵花，一朵知道沉默是一种高贵品德的花。很可怜的事，我们得承认，日常所见的几种花，就像是不知沉默为一种品德的。我也应当沉默？不，我想呼喊，想大声呼号。我在爱中，我需要爱。

我爱抽象，一片猪耳莲所能引起我的妄念和幻想。

一切虚无，我看到的只是个人生命中的一点蓝色的火。

火熄了，剩一堆灰。妄念和幻想消灭时，并灰烬也无剩余。

这显然是一篇自我剖白、自我抒发其爱欲真情的散文，就其性质而言，应同属于《烛虚》集中的《生命》篇之列，但很可能也正是因为它将此前隐隐约约、含糊其辞的隐情说破了，所以稍后从感情危机中恢复过来的沈从文在编辑《烛虚》集时，便将《莲花》一篇刊落在外，而《沈从文全集》虽然辑录了这篇散佚的文字，却将之编置于《沈从文全集》第15卷，并且不知出于什么考虑，将它改为分行排列的诗歌。这个改动在客观上是难免误导读者的——作为一篇分行的诗，《莲花》并不怎么出色，粗心的读者未必会注意，即使注意到了，也会以为那不过是诗的想象而已，却不知它原是当年的沈从文鼓足勇气、剖白隐情的散文！"**我也应当沉默？不，我想呼喊，想大声呼号。我在爱中，我需要爱**"——对年近四十、成名成家而且身为人师的沈从文来说，发出这样一声爱之苦闷的绝叫，委实不是一件容易的事，那不仅需要一种不计名利得失、不怕得罪名教道德的精神，而且也需要一种"不怕羞"地说出来、喊出来的勇气。此所以沈从文在与《莲花》

同刊于同日同报之同一副刊上的另一篇散文《烛虚》中，才会特别地讨论到"人之师"的"生活观重造"问题，并特别指出"怕"与"羞"两个字的意义——

> "怕"与"羞"两个字的意义，在过去时代，或因鬼神迷信与性的禁忌，在年青人情绪上占有一个重要位置。三千年民族生存与之不无关系。目下这两字意义却已大部分失去了。所以使读书人感觉某种行为可怕或可羞，在迷信、禁忌以及法律以外产生这种感觉，实在是一件艰难伟大的工作，要许多有心人共同努力，方有结果。文学艺术，都得由此出发。①

不难看出，沈从文的这段话，其实是周作人所介绍的英国性心理学家蔼理斯所谓理性与感性、禁欲与纵欲相反相成的"生活的艺术"观，以及用文艺来调和平衡身心的"情绪的体操"之艺术观的折射，而沈从文做出这种反应也并不奇怪——从《莲花》可以感知，到1940年的七八月间，沈从文的这场爱欲奇遇可能已从高潮趋于落潮，所以怅然若失的他便决意用"情绪的体操"之创作来处理自己这次的"情感发炎"（这是沈从文对其爱欲奇遇的一个新说法，见《水云》和《看虹摘星录》后记等②），以求身心平衡之恢复。其实，沈从文对此早有计划——在发表于1938年9月29日的《梦和呓》里，他就说自己想仿照法郎士的爱欲小说《红百合》，也写一篇爱欲小说《绿百合》以"述爱欲在生命中所占地位，所有形式，以及其细微变化"。只是那时沈从文的此番爱欲奇遇或者说"情感发炎"大概才开始不久，到了发表《莲花》的1940年8月则已有花自飘零水自流之势，黯然神伤的他也就定下神来，着手把自己的这次爱欲奇遇撰为小说以自排遣，自然，当此之际也可能还融入了此前其他爱欲体验和想象，其结晶便是系列性的新爱欲传奇《看虹摘星录》：最初一篇正完成于1940年7月，最末一篇则完稿于1941年7月，其中一篇多次以百合花喻女主

---

① 上官碧（沈从文）：《烛虚》，载1940年8月19日香港《大公报·文艺》第907期，参见《沈从文全集》第12卷第20页。

② 沈从文甚至想象应该有一本病理学的书，题目就叫《情感发炎及其治疗》——参见《水云》，《沈从文全集》第12卷第115页。

角,如"低下头,(一朵百合花的低垂)",另一篇则径直以"绿的梦"作为副题,而该篇也恰如《梦和呓》所设想的"用半浮雕手法,琢刻割磨"之爱欲事故《绿百合》,委实将女主角的色相之美刻画得无遗无憾。这些情况表明,沈从文的文学行为和人生行为确乎紧密相连、前后相继,所谓"诗与真"近乎打成一片了。

既说到《看虹摘星录》,就不能不首先提及它的版本问题——从某种意义上说,它的版本之云遮雾罩的神秘性,已超出纯然的版本学范围,而成为沈从文的文学行为以至人生行为的继续,并折射出此书内容的特殊性,所以在此做一点正本清源的梳理工作,似乎也有必要。

按,在迄今藏存的现代出版物中,人们是既看不到《看虹摘星录》原书也找不到其出版记录的。于是一位研究者邵华强(他是《沈从文全集》的主要编者兼《沈从文研究资料》的编者)只好去问沈从文自己——"据沈从文先生回忆,此书约抗战后期在西南出版。另据上海师范大学历史系程应镠教授回忆,抗战胜利后不久,沈从文曾赠他此书。程教授记得是江西某书店在 1945 年出版的"①。的确,沈从文那时确有出版此书的打算,并为此写了《〈看虹摘星录〉后记》,但这篇后记在 1944 年 5 月 21 日桂林版《大公报》"文艺"周刊第 29 期及 1945 年 12 月 8 日和 10 日天津版《大公报》上反复发表,按那时的惯例,这正说明《看虹摘星录》在"抗战后期"或"1945 年"尚未出版。何况此书各篇的特殊内容早已传在人口,正唯如此,倘若它确曾结集出版了,则不难想象好奇的读者一定会竞相购买,其流传的范围也就不会很小,即使经过战乱和动乱,也总会幸存个一本两本的,然则何以近三十年来大家找来找去,居然连一本也找不到,仿佛在人间蒸发了似的?这在现代出版史上和文学传播史上几乎是绝无仅有的事例。也因此,就不能不让人怀疑沈从文和程应镠两位老先生晚年的记忆有误——或许他们是把散文杂文集《云南看云集》误记为《看虹摘星录》了,也未可知。然而问题又来了:作为读者的程应镠先生在晚年诚然有可能出于误记而张冠李戴,但作为作者的沈从文先生会把自己的心血之作之出版和书名都记错,那也太匪

---

① 邵华强:《沈从文总书目》之《看虹摘星录》题目下的说明,见《沈从文研究资料》第 1029 页,花城出版社与三联书店香港分店联合出版,1991 年。

夷所思了点吧？

　　暂且放下这个疑问不谈，姑且承认《看虹摘星录》于"抗战后期在西南出版"过，但一个不得不慎思明辨的问题是，这本"抗战后期在西南出版"过的《看虹摘星录》，当真就是它曾经发表过的那个原样吗？自然，像许多现代作家一样，沈从文的不少作品在反复刊发的过程中，有不少文字上的修改，体现了作家对艺术的精益求精，这是完全正常、无须奇怪的事情。可是，《看虹摘星录》的情况非常特殊。如所周知，由于此书的一些篇什之内容的特殊性及其同样特殊的遭遇——主要是被人批评为"色情"，尤其是 40 年代末被郭沫若判为"桃红色"文艺的代表作，指斥作者"作文字上的裸体画，甚至写文字上的春宫，如沈从文的《摘星录》、《看云录》（当作《看虹录》——引者）",① 所以近三十年来研究者们一直苦苦寻找，想看个究竟。结果是，虽然苦觅原书不得，却也逐渐地找到了当年在刊物上发表的《〈看虹摘星录〉后记》、《摘星录》（亦作《新摘星录》）和《看虹录》，前两篇曾经收入花城出版社与香港三联书店联合出版的《沈从文文集》，至 2002 年北岳文艺出版社出版的《沈从文全集》始全部收入，只是在编排上没有沿用作者原定的集名《看虹摘星录》，却另拟新名作《虹桥集》，编入全集的第 10 卷，其中除了《看虹录》、《摘星录》，还收入了另一篇不属于《看虹摘星录》集的小说《虹桥》，至于《〈看虹摘星录〉后记》则编入作为"文论"集的全集第 16 卷。如此编排虽然有些不妥，但无论如何，《看虹录》找到了，《摘星录》找到了，甚至连《〈看虹摘星录〉后记》也找到了，终于使苦觅不得的小说集《看虹摘星录》得以复原，而且文本都用当日的刊发本，也堪慰人意了。应该说，这个从原刊复制过来的《看虹摘星录》，也就相当于沈从文预备或业已于"抗战后期在西南出版"的那个《看虹摘星录》——设想沈从文在抗战后期或者说 1945 年出版《看虹摘星录》，也就是而且只能是这个样子了。这样看来，似乎一切圆满解决，没有什么遗憾和问题了。然而不然，问题其实正隐藏于这个圆满之中：第一，《看虹摘星录》的全部其实并未找全，第二，已经找到的《摘星

---

① 郭沫若：《斥反动文艺》，《大众文艺丛刊》第一辑《文艺的新方向》，香港 1948 年 3 月 1 日出刊。

录》也不是原本的《摘星录》，真正的《摘星录》其实另有其文，但它却被移花接木地取代了。

如此不圆满的圆满之问题，其实并非《沈从文全集》的编者之疏误，他们只不过在不知情中接受了一个业已成型的事实而已，而真正的实情乃是，《看虹摘星录》原本包括三个系列性的新爱欲传奇《梦与现实》、《看虹录》和《摘星录》，但现在收入《沈从文全集》第10卷的《摘星录》，并不是本真的《摘星录》，而是《梦与现实》，真正的《摘星录》依然遗漏在集外，幸好裴春芳同学在2008年找到了它，连带着也找到了《梦与现实》的初刊本，遂使《看虹摘星录》成为真正珠联璧合的完璧，而整个事情之实情和过程之曲折也于焉显现。

诚然，由于战乱和动乱频仍，现代作家的一些作品散佚在集外，原本是平常习见之事。就此而言，《摘星录》的长期失收似乎也在情理之中，因为它原本连载于1941年6月20日、7月5日、7月20日香港出版的《大风》杂志第92期、第93期和第94期上，作者署名又是沈从文很罕用故而长期不为人知的笔名"李綦周"，加上1941年年末太平洋战争爆发，所以自此渐渐散佚，似乎就在所难免了。然而，事情其实没有这么简单。因为，一则即使一般读者和研究者不易见到这篇小说，作者自己手头却未必没有存留，二则为读者计，作者其实也可以在内地重刊这篇小说——比如，同样连载于1940年8月20日、9月5日、9月20日、10月5日香港出版的《大风》杂志第73期、第74期、第75期和76期上的《梦与现实》（作者同样署名"李綦周"）一篇，就曾被作者两次安排重刊于内地的杂志上。可是，令人纳闷的恰恰是这两次重刊行为，一则这两次重刊都没有用原题《梦与现实》——这其实还可以理解，因为作家重刊作品时修改题目也是常事——二则重新刊发的《梦与现实》所改换的新题目，先是题作《新摘星录》，连载于1941年11月22日、29日和12月6日、13日、20日昆明出版的《当代评论》杂志第3卷第2期、第3期、第4期、第5期和第6期上，接着更径直改题为《摘星录》，重刊于1944年1月1日桂林出版的《新文学》第1卷第2期上，现在收入《沈从文全集》第10卷的《摘星录》，依据的就是《新文学》上刊发的这个改头换面了的文本。作者如此有意识地一再用一篇作品代替另一篇作品的行为，实在是非同寻常、令人费解也引人思索。仔细想想看，沈从文的这种行为大概也只有两种解释：一、他的反复用《梦与现实》代替《摘星录》，表明他特别钟爱《梦与现实》，并试图以这种引人注目的反复发表的姿态来加强读者的印象；二、他的反复用《梦与现实》代替《摘星录》，乃是移花接木之策，表明他后来对《摘星录》心有忌讳，因而怕人知道和记住《摘星录》。

应该说，这两种可能性并不是相互排斥的，倒可能是共存且并行不悖的。

沈从文为什么特别钟爱《梦与现实》即后来的《新摘星录》、《摘星录》，这个留待以后再说。此处先说说他为什么特别忌讳初刊的《摘星录》被人知道和记住。事实是，沈从文一直保存着《摘星录》的初刊本，只是在"文革"中一度被收缴了，但万幸并没有引起特别的注意，并且可以肯定的是，到了"文革"后期，《摘星录》的这个初刊本又平安无事地回到了他的手中，证据见于他当时的一则题跋——《题旧书元稹〈赠双文〉诗》。据《沈从文全集》的编者估计，这则题跋大概题写于1975年，有意思的是沈从文在这个题跋里记述了一则非常奇特的情事：原来《元稹〈赠双文〉诗》乃是沈从文在1939年元旦应"某兄"之嘱而书写的——这位"某兄"先生"为记其一生重要遭遇，指明为写一和莺莺有关的诗文"，而元稹的《赠双文》正是一首写男女爱欲的艳体诗。那位"某兄"之所以要求沈从文为他写"和莺莺有关的诗文"，就是因为那正可以借喻自己与某个女性的爱欲关系。这个要求当然已非寻常，而更可怪的是，"某兄"特意送来"清初旧纸"请沈从文为之书写，但沈从文在1939年元旦写好后，却没有送给对方，而是一直保存在自己手里；更让人诧异的是这位"某兄"的情人虽然后来嫁给了别人并且育有二女，却心心念念难忘旧情人，在病逝前再三嘱咐两个女儿，将来一定要去拜访沈从文伯伯，"叙叙旧事，也问问旧事"，据说这关乎她们之所以来到这个世界的秘密，并说所有的秘密在三十年前还被"某伯伯"（指沈从文）写进了一篇小说，所以她又特别嘱咐女儿说——

"最好是能从某伯伯处，得到一篇小说，卅年前发表过，可不曾在集子里找得到。去北京也未必还有希望能得到，但这是唯一的希望。估计到将是唯一的,还相信必然留得有在手边。"

沈从文在题跋中接着说,自己得知这些情况及那对孤女即将来京的消息,不禁感慨万千,于是——

> 回到家里,我试从没收已十年新近始退还的,特别经过整理,另纸列有目录一大包已发表未曾集印的稿件中,发现了几页用绿色土纸某年某月文学刊物上,果然发现了个题名《摘星录》的故事。①

这个被沈从文精心保存的《摘星录》应该就是原本的《摘星录》,因为从沈从文所书元稹的艳体诗和他所加的题跋里可以看出,当年那对情人的关系已非止于眉目传情、说说情话阶段,而业已臻于肌肤之亲、肉体之爱的程度,而在《看虹摘星录》的三篇小说中,《看虹录》和原本的《摘星录》都写了肌肤之亲、肉体之爱,而尤以《摘星录》写得最为刻露。应该说,沈从文在《题旧书元稹〈赠双文〉诗》里叙述的乃是一件真实的情事,却不得不加一点"小说家言"——所谓写给"某兄"不过是托辞,其实沈从文是写给自己作纪念的,所以他才一直珍藏着所写元稹艳体诗的手迹,而某女士临终前再三嘱咐女儿去看他,说是只有他才知道一切秘密,并且将之写进了一篇小说。这些此地无银三百两的笔墨煞费周章,但在沈从文也是事出无奈、情非得已之词。其实,正因为《摘星录》描写肌肤之亲、肉体之爱非常刻露而又关乎作者自己的爱欲体验,所以沈从文后来才对此篇那么讳莫如深而又如此念念不忘。

如今回头综合各种迹象来看,沈从文在 1938 年到 1940 年间的恋爱,可能在浪漫的新爱中也夹杂着难忘的旧情。所谓旧情即指沈从文 30 年代与高青子的情事,此事算是寻常的婚外恋,且自 30 年代中期以来就已在京派文人圈中流传开了,对别人既无秘密可言,对沈从文自己也无甚新鲜可说。自然,这种关系在沈从文到达昆明后可能有所

---

① 沈从文:《题旧书元稹〈赠双文〉诗》,上引文字见《沈从文全集》第 14 卷第 509—510 页。

复燃,但也可能只限于顾念旧情、对她有所照拂而已。如 1939 年 6 月,西南联大聘沈从文为该校师范学院国文学系的讲师,而高青子也因沈从文的推荐在该月就职于西南联大图书馆,所以现在一些论者大都认为《看虹摘星录》所写即是沈从文与高青子的"风流韵事"。①这诚然但也不尽然。"诚然",乃是因为原本的《摘星录》所写故事就发生在抗战前的北平,大体可说是与高青子情事的记录,但其中似乎也夹杂着对其他更高贵的"偶然"的性想象——从女主人气度风韵之成熟和居室陈设之奢华,例如家有冰箱,而那时即使在北平高级知识分子家庭能配备冰箱者,也恐怕稀罕之至,显非家庭女教师高青子所能有,所以《摘星录》也是有"真"有"诗"的,也因此,女主角虽然主要以高青子为原型,但其中也综合了对其他"偶然"的爱欲体验和想象。"不尽然",则一来因为据考高青子到达昆明是 1939 年 5 月以后的事,而上述《烛虚》诸篇则显示沈从文在抗战时期的那次恋情,至迟在 1938 年 9 月就已经陷得很深了;二来因为《看虹摘星录》系列中最初写出的一篇乃是《梦与现实》,其中所写情事基本上可以判定与高青子无关,而显然是别有所爱或者说又有新爱——有人说其中女主角与沈从文的妹妹沈岳萌"接近"②,这种极端特别的说法似乎不大可能,反倒遮蔽了真正的特殊性;其实只要看看《梦与现实》中女主角的年龄、气质、修养,就可知另有其人、别有新爱也。的确,从《烛虚》及其相关文献中可以看出,1938 年至 1940 年间沈从文的新恋情委实很特殊,所以让他非常的激动、相当的痴狂,而又给人别有隐情、非常忌讳之感,这也正是他特别苦恼的原因。而不论是新爱的激情也罢,还是旧情的回忆也罢,对沈从文来说当然都是值得骄傲和铭记的,所以他在 1938 年 9 月就计划着追步法郎士、撰写自己的爱欲小说,首先写出的即是《梦与现实》,随后又写出了《摘星录——绿的梦》和《看虹录》,再后来又将《梦与现实》改题为《新摘星录》和《摘星录》,则所谓"摘星"、"看虹"乃各有所喻、一新一旧是也。

---

① 参阅刘洪涛:《沈从文小说中的几个人物原型考证》,《沈从文小说新论》第 235—240 页,北京师范大学出版社,2005 年。又,蔡登山:《沈从文的一次婚外情》,2011 年 9 月 4 日《济南时报》。

② 刘洪涛:《沈从文小说中的几个人物原型考证》,《沈从文小说新论》第 249 页。

不难想象，对自己的这种带有自叙传特色的写作行为，沈从文自不免担心熟人和熟悉他的读者会从中看出他自己来，然而有趣的是，沈从文又似乎怕别人不知道那是他在写自己，所以间或也对读者有所提醒，如《看虹录》中即云："我静静的从这些干枯焦黑的残余，向虚空深处看，便见到另一个人在悦乐中疯狂中的种种行为。也依稀看到自己的影子，如何反映在他人悦乐疯狂中，和爱憎取予之际的徘徊游移中。"然则，怎样才能既忠实地表达自己而又尽可能地掩藏自己呢？为此，沈从文在小说叙述形式上做了一些试验和改造，那就是把过于明显的主观宣泄、自曝苦闷的"自叙传"，改为看来比较客观的他叙形式和比较戏剧化的角色表演，特别加强了角色的性心理独白和男女主角之间的性心理博弈，并尝试运用了音乐主题逐次展开与反复变奏的作曲法。经过这样别出心裁的客观化、戏剧化以及音乐化的处理，于是也就有了在形式上虽非自叙传、却暗藏着作家自我爱欲经验和想象的"新爱欲传奇"《看虹摘星录》，其中的三篇作品共同构成了一个新爱夹杂着旧情的爱欲传奇抒情序列。

　　这样一种新的叙述形式，显然给了沈从文一种自觉安全的客观保护色，可是他似乎还是有点不放心，所以在《〈看虹摘星录〉后记》的开头，沈从文就着意强调小说是美的虚构，以此"预作注解，免得好事读者从我作品中去努力找寻本来缺少的人事背景，强充解事"。可是，就让读者只把《看虹摘星录》当作虚构的爱欲传奇来读吧，沈从文又似乎有点不甘心、不满足，于是他又情不自禁地提醒读者注意作品里的角色与作者是有关系的——

　　　　这其间没有乡愿的"教训"，没有腐儒的"思想"，有的只是一点属于人性的真诚情感，浸透了矜持的忧郁和轻微疯狂，由此而发生种种冲突，这冲突表面平静内部却十分激烈，因之装饰人性的礼貌与文雅，和平或蕴藉，即如何在冲突中松弛其束缚，逐渐失去平衡，必在完全失去平衡之后，方可望重新得到平衡。时间流注，生命亦随之而动而变，作者与书中角色，二而一，或在想象的继续中，或在事件的继续中，由极端纷乱终于得到完全宁静。科学家用"热力均衡"一名词来说明宇宙某一时节"意义之失去意义"现象或境界，我即借用老年人认为平常而在年青生命中永远若有光辉的几个小故事,用作曲方法为这晦涩名词重作诠注。①

所谓"作者与书中角色,二而一",岂不是对读者如何理解这个作品的启发和召唤?这其实也就意味着《看虹摘星录》带有作者的自叙传色彩,融入了作者的切身经验和基于经验的想象——自然,此时业已成熟的沈从文,是不会幼稚地仍用 20 年代那种过于明显自我暴露的自叙传形式的,而是经过了更充分的艺术加工,如前面所说的他叙化、戏剧化等。

然而,也正由于《看虹摘星录》都是些写爱欲、写性的苦闷与发泄的作品,并且带有自叙的色彩,所以沈从文还是不免担心读者会从道德的态度来看待这些作品,以至于把"作者与书中角色,二而一"的关系理解得过于狭窄,所以他又不得不反复提醒读者须从科学的性心理分析的角度、从生命的苦闷的象征的高度,来理解这些作品的人性底蕴和生命内涵。为此,沈从文在创作了《梦与现实》的不到一月之时,就发表了一次关于"小说作者和读者"的讲演,这可以看作是他对自己何以写作这些小说以及他希望读者如何理解这些小说的一个提示。在《小说作者和读者》里,沈从文先申说了小说创作的关键是"必需把'现实'和'梦'两种成分相混合,用语言文字来好好装饰、剪裁,处理得极其得当,方可望成为一个小说"。这话还有点笼统,因为"现实"和"梦"包括极广泛的内容,而究其实沈从文认为作家真正关切的"现实"和"梦",乃是性的欲望、体验和想象,这才是一个小说家创作的动力——

> 他的创作动力,可说是从性本能分出,加上一种想象的贪心而成的。比生孩子还更进一步,即将生命的理想从肉体分离,用一种更坚固材料和一种更完美形式保留下来。生命个体虽不免死亡,保留下来的东西却可望百年长青(这永生愿望,本不是文学作家所独具,一切伟大艺术品就无不由同一动力而产生)。

---

① 沈从文:《〈看虹摘星录〉后记》,以上引文见《沈从文全集》第 16 卷第 342—344 页。

自然，作家的这种欲望和理想总难免受到社会的制约和排斥，所以沈从文特别强调作家的写作行为其实包含着超越生殖欲望和现实束缚而重造生命的永生愿望——

> 生活中竟只能有一点回忆，或竟只能作一点极可怜的白日梦，一个作者触着这类问题时，自然是很痛苦的！然而活下来是一种事实，不能否认。自杀又违反生物的原则，除非神经衰弱到极端，照例不易见诸实行。人既得怪寂寞痛苦的勉强活下来，综合要娱乐要表现的两种意识，与性本能结合为一，所以说，写作是一种永生愿望。

也因此，沈从文期望读者能"从更深处加以注意，便自然会理解作者那点为人生而痛苦的情形"。当然，这对读者来说是一个比较高的要求，艰苦抗战中的读者未必能够欣赏作者那点为个人爱欲而苦闷之苦心，但沈从文仍然期望有"那种少数解味的读者"存在——

> 所以一个诚实的作者若需要读者，需要的或许倒是那种少数解味的读者。作者感情观念的永生，便靠的是那在各个时代中少数读者的存在，实证那个永生的可能的梦。①

紧接着，就在《摘星录》初刊的时候，沈从文又在该篇的后记里强调——

> 这作品的读者，应当是一个医生，一个性心理分析专科医生，因为这或许可以作为他要知道的一分报告。可哀的欲念，转成梦境，也正是生命一种型式；且即生命一部分。能严峻而诚实来处理它时，自然可望成为一个艺术品。②

随后，当沈从文准备结集出版《看虹摘星录》集的时候，他又一

---

① 沈从文：《小说作者和读者》，以上引文见《沈从文全集》第12卷第65—73页。
② 据裴春芳辑校：《沈从文小说拾遗——〈梦与现实〉、〈摘星录〉》，《十月》2009年第2期。

次在后记中强调说——

> 另外合乎理想的读者,当是一位医生,一个性心理分析专家,或一个教授,如陈雪屏先生,因为也许可以作为他要"知道"或"得到"的一分【份】"情感发炎"的过程纪录。吾人的生命力,是在一个无形无质的"社会"压抑下,常常变成为各种方式,浸润泛滥于一切社会制度,政治思想,和文学艺术组织上,形成历史过去而又决定人生未来。这种生命力到某种情形下,无可归纳抱注时,直接游离成为可哀的欲念,转入梦境,找寻排泄,因之天堂地狱,无不在望,从挫折消耗过程中,一个人或发狂而自杀,或又因之重新得到调整,见出稳定。①

在诸如此类自道创作初衷与理想追求的文字里,沈从文总是从"性"说到"人性"和"生命",尤其是"生命",乃是40年代的沈从文特别喜欢的概念,他反复申说自己的创作意在对"生命"作"抽象的抒情",这个被"抽象的抒情"的"生命",也就成为近年来一些研究者特别喜欢发挥的东西,并且似有发挥得愈益玄深之势。其实,与30年代的沈从文惯用的"人性"概念一样,40年代的沈从文所谓"生命"的观念,也着重指富于力和美的爱欲及其被压抑的痛苦,并不像乍一看那么"抽象"。应该说,对曾经流行于20年代的"生命力受到压抑而生的苦闷懊恼乃是文艺的根柢,而其表现法乃是广义的象征主义"②的生命观和文艺观,40年代的沈从文仍然非常钟爱,以至执著到了现身说法的地步。前面也说过,沈从文在20年代即受"苦闷的象征"观念的影响,偏爱郁达夫式的倾诉"生的苦闷"和"性的苦闷"的自叙传,其个人的感情生活也备受压抑而偏枯,到了30年代他接受周作人所介绍的英国性心理学家蔼理斯所谓感性与理性、纵欲与禁欲调和制约的"生活的艺术"观和"情绪的体操"的文艺观之启发,度过了一段比较平静的个人生活和创获颇丰的文学生涯。可是到了三四十年代之交,新爱旧情相交织,却使沈从文的个人生活又一次

---

① 沈从文:《〈看虹摘星录〉后记》,《沈从文全集》第16卷第344页。
② 厨川白村:《苦闷的象征 出了象牙之塔》(鲁迅译)第25页,人民文学出版社,1988年。

失去了平衡，陷入了危机，其生命观和文学观也打上了浓重的泛性论色彩，创作也因而呈现为螺旋式地向 20 年代之回归，贡献出了《七色魇》那样更深切的新自叙传和《看虹摘星录》这样更现代的新爱欲传奇，沈从文自视之为"最后一个浪漫派在二十世纪生命挥霍的形式"①，而为了使读者和公众理解其浪漫的真谛和创作的苦心，他便不断地强调和强化其抽象的生命意义与浪漫的抒情诗意。上面已引了他写给读者的几篇文字，下面就再引一段他说给公众的告白吧——

> 明智者若善用其明智，即可从此云空中，读示一小文，文中有微叹与沉默，色与香，爱和怨。无著者姓名。无年月。无故事。无……。然而内容极美。虚空静寂，读者灵魂中如有音乐。虚空明蓝，读者灵魂上却光明净洁。……
> 然抽象的爱，亦可使人超生。爱国也需要生命，生命力充溢者方能爱国。至为阉寺性的人，实无所爱，对国家，貌作热诚，对事，妈妈【马马】虎虎，对人，毫无情感，对理想，异常吓怕。也娶妻生子，治学问教书，做官开会，然而精神状态上始终是个阉人。与阉人说此，当然无从了解。②

这话听来颇为浪漫自信而又似乎有点信心不足。的确，对读者和公众的反应，沈从文当真是既充满期待而又不无担心的。

沈从文的担心并非过虑。尽管他已殚心竭虑地将其爱欲的"'现实'和'梦'"即经验与想象，"用语言文字来好好装饰、剪裁，处理得极其得当"，成就了一部出色的系列性爱欲传奇《看虹摘星录》，并期望它"脱离肉体"而成为"用一种更坚固材料和一种更完美形式保留下来"的"生命的理想"，但当年的一些比较高级的读者——另一些作家们——似乎都不大看好这部作品，严厉的批评倒是不少，并且那些批评也从文而及于人。前面已经引过许杰和郭沫若的批评，他们都认为这部作品颇为色情、趣味不高，下面就再举几个人的批评，他们的批评虽然都是后来的回忆，但口气与态度之严厉，也反证出当年

---

① 沈从文：《水云》，《沈从文全集》第 12 卷第 127 页。
② 朱张（沈从文）：《梦和呓》，1938 年 9 月 29 日香港《大公报·文艺》第 417 期。

阅读感受的不愉快。

一个批评来自沈从文当年的朋友孙陵1960年的回忆。按，孙陵于1939年冬天到昆明后，与沈从文等《战国策》派文人交往颇多，成了几乎无话不谈的好朋友，孙陵觉得那时的沈从文"一定是醉心于佛洛伊特的学说"，因为"当时沈从文曾一再认为吴宓需要性欲的大解放，那时他的恋爱病便自然好了"。这话倒也不是夸张，只要看看沈从文当时在《战国策》上发表的《烛虚》和《谈家庭》等文，坦然把"性的解放"视为解决男女问题、家庭问题的灵丹妙药，就知孙陵所言非虚。但孙陵不能认同沈从文的观点——"当时我深深感觉沈从文不真懂爱情，并且把吴宓的价值大为降低了"。由此，孙陵便谈起了他对沈从文当年的爱欲观、爱欲追求及其爱欲传奇《看虹摘星录》的看法——

> 沈从文在爱情上不是一个专一的人，他追求过的女人总有几个人，而且，他有他的观点，他一再对我说：
> "打猎要打狮子，摘要摘天上的星子，追求要追求漂亮的女人。"他又说："女子都喜欢虚情假意，不能说真话。"
> 他对于女人有些经验，他对我说的是善意的，我复述也并无恶意，虽然我并不同意。这时他还发表了一篇小说，《看虹摘星录》，完全是摹拟劳伦斯的，文字再美又有何用？几位对他要好的朋友，都为了这篇小说向他表示关心的谴责。他诚恳地接受，没有再写第二篇类似的东西。①

孙陵的话，除了"《看虹摘星录》，完全是摹拟劳伦斯的"这个判断略有不妥（其实，《看虹摘星录》与劳伦斯的作品在情趣上是不同的，这且不谈）外，其余大抵都是实情。即如"打猎要打狮子，摘要摘天上的星子，追求要追求漂亮的女人"，沈从文就确实说过类似的话——在稍后发表的《水云》里，沈从文就曾感叹道："什么人能在我生命中如一条虹，一粒星子，记忆中永远忘不了？世界上应当有那

---

① 孙陵：《沈从文看虹摘星》，上引文字见《浮世小品》第55—56页，台湾正中书局，1961年。附带说一下，当时的孙陵以为毛泽东和江青的结合"是极不自然的一件事……但是沈从文为他（指毛泽东——引者按）辩护说：'毛泽东也有恋爱的权利。'"——同上书第54页。

么一个人。"① 此中所谓"人"即指女人，因为《水云》乃是沈从文自述其二十多年爱欲历险的自叙传，其中详细说及的"偶然"即进入他生命中的女性，就有四个，尤以第四个也即最后一个"偶然"最让沈从文铭心刻骨，这个"偶然"其实也就是《看虹摘星录》一些篇章的女主角之所本。顺便说一句，沈从文在三四十年代之交，多次为文说"花"、说"星"、说"虹"，直至用"看虹"、"摘星"名篇，其实都是女性和爱欲的隐喻。显然，孙陵等几位要好的朋友，并不能理解沈从文的爱欲观和爱欲传奇《看虹摘星录》，对此，沈从文"诚恳地接受"的态度之真诚自无可疑，但私意以为那未必就意味着他当真接受了他们的批评意见，倒更可能是出于不被理解而只好不予置辩的无奈之举。

再说另一个人的批评，那个人即是著名小说家吴组缃先生，他的批评更严酷。按，吴组缃先生并没有留下亲笔的文字，但他晚年曾与一位现代文学研究者谈及自己对《看虹摘星录》的观感。谈话是从老舍说起的——吴组缃是老舍的好友，当年目睹老舍苦心支持"文协"，而又看到沈从文对老舍的工作采取不甚友好的讽刺态度——回忆到这些情况，吴组缃不禁生气地数说沈从文道："他自己更差劲，就写些《看虹》、《摘星》之类乌七八糟的小说，什么'看虹'、'摘星'啊，就是写他跟他小姨子扯不清的事！"并说其中的一篇抒写之露骨达到了"采葑采菲，及于下体"的程度，"创作趣味多低下啊"。② 由于是私下的谈话，吴组缃先生说得比较坦率，用语也比较率直，这是可以谅解的，而他的话也折射出自己与沈从文的生活态度和文学趣味的差异。吴组缃是支持老舍及"文协"团结作家、宣传抗战的立场的，沈从文当然也支持抗战，但他对 30 年代直至抗战以来的文运颇为不满，以为其前与"商场"后与"官场"相混，有违纯文学的自由主义精神，所以在 1940 年提出"文运的重建"的命题，多次不点名地把老舍、郭沫

---

① 沈从文：《水云》，《沈从文全集》第 12 卷第 96 页。
② 以上所引吴组缃先生的回忆，据笔者 2009 年 12 月 30 日对方锡德先生的电话采访记录稿。方锡德先生是吴组缃先生晚年的助手，也是其研究者和文集的编者，他是在上世纪 80 年代中期的一天与吴组缃先生聊到老舍时，听到吴先生这么说的。需要说明的是，由于是即席的谈天，所以吴先生说及《看虹摘星录》中的"一篇抒写之露骨"，用语更为直截了当，不便在此引用，故以"采葑采菲，及于下体"代之。感谢方锡德先生同意笔者引用这个电话采访记录稿。

若当作"作家从政"、不务正业的典型,而力主作家应该埋头创作能够浸透"人生崇高理想,与求真的勇敢"①的作品,并且隐然以自己那些表现"抽象的爱"、"抽象的抒情"而实即抒写爱欲之作作为"人生崇高理想,与求真的勇敢"之范型。吴组缃对沈从文的这种态度显然是不以为然的。其实在性爱问题上,吴组缃并不是一个保守的人,他的小说名作《菉竹山房》,就饱含同情地描写了一个农村妇女的性压抑和性饥渴,但是对沈从文在抗战的艰难时世下那样推崇个人爱欲之伟力,以至推为文学创作之正道和救国救民之妙法,对集中体现他的这种文学趣味的《看虹摘星录》,特别是《看虹录》、《摘星录》两篇的"及于下体"之露骨,吴组缃还是难以认同,所以批评作者"什么'看虹'、'摘星'啊,就是写他跟他小姨子扯不清的事"。这样的理解自然不免狭窄了点、局限了些。其实《看虹摘星录》,尤其是《摘星录》,显然也融合了沈从文对 30 年代和高青子的爱欲记忆——这件旧情事在文艺圈中早已是"公开的秘密",而吴组缃所说则是沈从文的新浪漫情事,这说法也并非空穴来风。事实上对沈从文来说,与高青子的关系乃是藕断丝连的旧情,而他在三四十年代之际的新浪漫则可能别有所爱——倘若他当真是迷恋上了自己的小姨妹子,那无疑是非常浪漫也非常忌讳的事情了。

撇开往日的道德褒贬不谈,从纯学术的立场来看,如果 40 年代初的沈从文确曾将自己的旧情新爱写入小说,那无疑有助于解开他 40 年代的生活、思想和创作的一些疑难问题。的确,对沈从文这样浪漫的作家来说,爱情的体验实在不是可以忽略不论的小事,何况是不思量自难忘的旧情继之以痴迷到近乎疯癫的新浪漫呢。关于沈从文在 30 年代与高青子的情事,已有学者考证过,学界并无不同意见,此处不赘述。需要略加说明的乃是沈从文三四十年代之际的新浪漫——倘若此次新恋情属实,那必然深刻影响他 40 年代的生活与创作,此所以就学术而言,这次新恋情就成了沈从文研究所无法回避也不应回避的问题。而事到如今,沈从文先生及其夫人张兆和也都去世多年了,则谈谈这些往事,不仅有必要,应该也无妨。

按,吴组缃所说《看虹摘星录》与作者小姨妹子的关系,应该是

---

① 沈从文:《文运的重建》,《沈从文全集》第 12 卷第 83 页。

得之于当年的传闻,而既然是传闻,则在当年昆明和重庆的文艺界中,听到这个传闻的应该不止吴组缃一个人。那么,还有没有人听闻过此事呢?有的,即如朱自清先生在其 1939 年 10 月 23 日的日记中,就特地记载了这样一句:"从文有恋爱故事。"① 那时的朱自清曾与沈从文一块编教材,又为沈从文来西南联大任教事宜多所费心,两人的相互交往是比较密切的,所以他应该知道一些真实情况,而朱自清先生为人一向诚笃,日记也只是写给自己看的,并无造假的动机和必要,所以当他记载"从文有恋爱故事",那就一定是有"故事"无疑了,问题只是沈从文的这次新恋爱究竟是爱上了谁?这个朱自清没有记述,而吴组缃说是沈从文爱上了其小姨妹子即张充和女士。这有没有可能呢?按说,像沈从文这样性情浪漫的文人,长期与一个漂亮的小姨妹子在一起生活和工作,情不自禁地爱上她,倒也不是没有可能,尤其是前述沈从文自剖其爱欲体验的《生命》一类文字,就写于 1938 年以来的几年间,而这一时期恰好是他和张充和交往甚为密切的时期——抗战爆发后,沈从文参加杨振声负责的教科书编纂工作,稍后他就推荐张充和也参与了此项工作——1938 年 4 月末沈从文抵达昆明,大概不久张充和也从成都来到昆明参与工作②,两人成为朝夕相处的同事,而张兆和则直至 1938 年 11 月才抵达昆明;1939 年 3 月教科书编撰工作基本结束,5 月沈从文一家迁居呈贡的杨家大院,张充和亦与比邻而居,大概一直住到 1940 年秋冬之际,然后张充和赴重庆就职于教育部音乐教育委员会。如果说沈从文对张充和产生过恋情,那大概就发生在 1938 年到 1940 年之间吧。然则,究竟有没有这回事呢?应该说是有的——在沈从文一方可以肯定是热恋,至于张充和一方的情况如何,不可得而知之,不过她的离开昆明远赴重庆,似与避嫌有关。因为据可靠信息,当张充和到重庆以后,沈从文还给她写了热情的情书,其中有"我不仅爱你的灵魂,更爱你的肉体"之类情话;可能由

---

① 朱自清:《日记(下)》,《朱自清全集》第 10 卷第 55 页,江苏教育出版社,1997 年。
② 目前通行的一个笼统说法是,张充和是 1939 年赴昆明参加教科书编纂的,其实不确,因为教科书编撰工作到 1939 年 3 月就基本结束了,她迟迟去了又干什么?只有《张充和事略年表》将她到昆明参与教科书编纂事系在 1938 年,这就比较合乎实情——参阅《曲人鸿爪》第 269 页,广西师范大学出版社,2010 年。

于此事在当时的重庆颇有传闻,所以据说张充和在收到此信后,曾特地把它拿给一位德高望重的女作家看,表白了自己的清白和无奈。直到 80 年代的一天,那位资深女作家在和一对作家夫妇——其中的男士同时是那位资深女作家和沈从文的好友——说起此事时,还不能谅解沈从文当年的行为,仍然耿耿于怀地说,倘若当年写信的那位先生去世了,我既不会写信去吊唁,也不会写文章悼念他。后来她果然如此。①

这样看来,事情确乎是真的,并且由于此次所爱的对象之特殊,所以在沈从文心中引起的激动和苦闷也就特别的强烈。明白了这一点,回头再看沈从文写于 1938 年 9 月—1940 年 8 月间的《烛虚》集及其他相关的自剖自析的散文,那些宣叙抽象的生命情怀和美爱理想的象征性文字,也都有了具体的意味。其中既表达了如诗如梦、如醉如痴的爱之激情——"'如中毒,如受电,当之者必喑哑萎悴,动弹不得,失其所信所守。'美之所以为美,恰恰如此"②、"这颗心也同样如焚如烧。……唉,上帝。生命之火燃了又熄了,一点蓝焰,一堆灰。谁看到?谁明白?谁相信?"③ 也折射出为情所困的痛苦挣扎和自觉难以解脱的无奈情怀——

> 夜已深静,我尚依然坐在桌边,不知何事必须如此有意挫折自己肉体,求得另外一种解脱。解脱不得,自然困缚转加。直到四点,闻鸡叫声,方把灯一扭熄,眼已湿润。看看窗间横格已有微白。如闻一极熟习语音,带着自得其乐的神气说:"荷叶田田,露似银珠。"不知何意,但声音十分柔美,因此又如有秀腰白齿,往来于一巨大梧桐树下。桐荚如小船,中有梧子。思接手牵引,既不可及,忽尔一笑,翻成愁苦。④

---

① 这则材料及所引那位资深女作家的话,请恕我不加引号并暂不注明出处,但所引所记均有原文可按,并且原作者在不止一篇文章里说及此事,只是隐去了沈从文的名字,而我偶然看到这些文章,觉得当年那个写信人可能就是沈从文先生,乃于 2008 年 8 月 2 日下午访问了原文作者,得以证实,我手头也有访问记录。
② 沈从文:《烛虚》,《沈从文全集》第 12 卷第 24 页。
③ 同上文,见上书第 25—26 页。
④ 同上文,见上书第 26 页。

"吾丧吾"，我恰如在找寻中。生命或灵魂，都已破破碎碎，得重新用一种带胶性观念把它粘合起来，或用别一种人格的光和热照耀烘炙，方能有一个新生的我。①

一国家养兵至一百万，一月中即告灭亡，何况一人心中所信所守，能有几许力量，抵抗某种势力侵入？一九三九年之九月，实一值得记忆的月份。

读《人与技术》、《红百合》二书各数章。小楼上阳光甚美，心中茫然，如一战败武士，受伤后独卧荒草间，武器与武力已全失。午后秋阳照铜甲上炙热。手边有小小甲虫爬行，耳畔闻远处尚有落荒战马狂奔，不觉眼湿。心中实充满作战雄心，又似乎一切已成过去，生命中仅残余一种幻念，一种陈迹的温习。②

同时，沈从文也反复暗示说他确是"看了不许看的事迹"即爱了不该爱之人因而必然面临世俗道德的压力，但深爱中的他也坚定地表达了对世俗所谓"不应该"的不屈抗辩，以及把爱神话化的泛神论爱情观，以至表现出"爱与死为邻"即为爱而发疯自杀的不祥预感——

人生实在是一本大书，内容复杂，分量沉重，值得翻到个人所能翻到的最后一页，而且必须慢慢的翻。我只是翻得太快，看了些不许看的事迹。我得稍稍休息，缓一口气！我过于爱有生一切。爱与死为邻，我因此常常想到死。在有生中我发现了"美"，那本身形与线即代表一种最高的德性，使人乐于受它的统制，受它的处治。③

多数人所需要的是"生活"，并非对于"生命"具有何种特殊理解，故亦不必追寻生命如何使用，方觉更有意思。因此若有

---

① 沈从文：《烛虚》，《沈从文全集》第12卷第27页。
② 沈从文：《潜渊》，《沈从文全集》第12卷第30—31页。
③ 沈从文：《烛虚》，《沈从文全集》第12卷第23页。

一人，超越习惯的心与眼，对于美特具敏感，自然即被称为痴汉。此痴汉行为，若与多数人庸俗利害观念相冲突，且成为犯罪，为恶徒，为叛逆。换言之，即一切不吉名词无一不可加诸其身，对此符号，消极意思为"沾惹不得"，积极企图为"与众弃之"。然一切文学美术以及人类思想组织上巨大成就，常惟痴汉有分，与多数无涉，事情显明而易见。①

美固无所不在，凡属造形，如用泛神感情去接近，即无不可以见出其精巧处和完整处。生命之最大意义，能用于对自然或人工巧妙完美而倾心，人之所同，惟宗教与金钱，或归纳，或消灭。因此令多数人生活下来都庸俗呆笨，了无趣味。某种人情感或被世务所阉割，淡漠如一僵尸，或欲扮道学，充绅士，作君子，深深惧怕被任何一种美所袭击，支撑不住，必致误事。又或受佛教"不净观"影响，默会《诃欲经》本意，以爱与欲不可分，惶恐逃避，唯恐不及。像这些人，对于"美"，对于一切美物、美行、美事、美观念，无不漠然处之，竟若毫无意义。②

我目前俨然因一切官能都十分疲劳，心智神经失去灵明与弹性，只想休息。或如所规避，即逃脱彼噬心嚼知之"抽象"。由无数造物空间同时间综合而成之一种美的抽象。然而生命与抽象固不可分，真欲逃避，惟有死亡。是的，我的休息，便是多数人说的死。③

可是任何时代一个人用脑子若从人事上作较深思索，理想同事实对面，神经张力逾限，稳定不住自己，当然会发疯，会自杀！再不然，他这种思索的方式，也会被人当作疯子，或被人杀头的。④

---

① 沈从文：《潜渊》，《沈从文全集》第 12 卷第 31—32 页。
② 同上文，见上书第 32—33 页。
③ 同上文，见上书第 34 页。
④ 沈从文：《长庚》，《沈从文全集》第 12 卷第 37 页。

再对照着前面已经引用过的同属于《烛虚》集之《生命》篇的自剖自析散文《梦和呓》所谓"雷雨刚过。醒来后闻远处有狗吠。吠声如豹。若真将这个白【百】合花折来,人间一定会多有一只咬人疯狗,和无数吠人疯狗。……一般人喜用教育、身分,来测量这个人道德程度。尤其是有关乎性的道德。事实上这方面的事情,正复难言。有些人我们应当嘲笑的,社会却常常给以尊敬(如阉寺)。有些人我们应当赞美的,社会却认为罪恶(如诚实)。……因此我焚了那个稿件。我并不畏惧社会,我厌恶社会,厌恶伪君子,不想将这个完美诗篇,被伪君子与无性感的女子眼目所污渎",以及在《莲花》里发出**"我也应当沉默?不,我想呼喊,想大声呼号。我在爱中,我需要爱"**之绝叫,足见此次新恋爱之特殊及其在沈从文内在生命中所引起的风暴之强烈。

在这种情况下,用"情绪的体操"的文学来平衡和平复自己的感情,也便成了沈从文顺手的选择。事实上,还在爱情的风暴之当中,沈从文就用上述文字记述着自己的爱欲体验和苦恼,而在风暴渐渐平静之际,他也定下了撰写爱欲传奇的写作计划,并将之提升到有助于"民族自信心"之生长的"经典重造"的地位,且以为"经典的重造,在体裁上更觉用小说形式为便利"。① 这便有了"作者与书中角色,二而一"的《看虹摘星录》,也因此,书中的人物大都有所本,当然,各个人物及其关系在写入小说之后也都有所变形,那是自不待说的。

正唯有所变形,所以"诗化"的小说就不可能与生活的"真实"完全一致,而只能是大体仿佛吧。好在沈从文对其生命中屡有"偶然"即美丽的女性之闯入是颇为自豪、颇多记述的——"我真近于用人教育我,陆续读了些人类荒唐艳丽传奇。……这些偶然为证明这些长处的是否真实,稍稍带点好奇来发现我,我因之能翻阅这些奇书的",但是这最后一次的"偶然"实在非同寻常,所以沈从文说到她时就不得不遮遮掩掩,而又禁不住特别地自豪,所以也不能不有所言说。即如在其创作与生平自述《水云》中,说到这个进入自己生命中的最后一个美丽女性——即所谓"第四个'偶然'",沈从文便故意卖关子道:"第四个是……说及时,或许会使一些人因嫉妒而疯狂,不

---

① 沈从文:《长庚》,《沈从文全集》第12卷第40页。

提它也好。"可是又禁不住暗示道:"至于家中的那一个呢……",这实在有趣地像煞"此地无银三百两"了,所以后文还是忍不住叙述了这最后一个"偶然"的大致情况及其在"我"的家庭所引起的矛盾:"一个聪明善怀的女孩子,年纪大了点时,到了二十五六岁以后",她虽然与"我"保持着多年的友谊,然而友谊渐渐地掺和了爱情,而"我俨若可以任意收受摘取",因为她就近在"我"的身边,其时正是战争年月,"我"住在乡下,"耳目所及都若有神迹存乎其间,且从这一切都可发现有'偶然'友谊的笑语和爱情的芬芳。这在另一方面说来,人事上彼此之间自然也就生长了些看不见的轻微的嫉妒"。换言之,这最后一个"偶然"与"我"的妻子产生了矛盾,却又不闹破,最后,这最后一个"偶然"竟然为了保全"我"的"幸福完美的家庭"而"当真就走去了"。① 这其实也就是说,这最后一次浪漫关联着张氏两姐妹。虽然现在已难以知悉张兆和作何反应,但看来并非巧合的是,就在沈从文于 1940 年 8 月 19 日发表了"我也应当沉默?不,我想呼喊,想大声呼号。我在爱中,我需要爱"的爱情宣言书《莲花》不到十天的 8 月 28 日,就有张兆和"还住在铁路饭店",进而要带着两个孩子离开昆明到昭通国立西南师范中学部任教的消息,而这些消息却来自沈从文 8 月 28 日写给张充和的一封信(1940 年沈从文的书信存量极少,这是仅存的三封信之一,也是唯一存留的沈从文三四十年代致张充和的信)。与姐姐姐夫就近相住的妹妹竟然不知道姐姐出走的消息,却劳沈从文特地写信告诉她,这些都意味着什么呢?一个比较合情合理的推测是,大概身为姐姐的张兆和不愿再纠缠于与亲人的矛盾,只得带着孩子离开,可是随后张兆和却又回来了,据有人的解释,那是"后因卡车司机出于安全考虑,拒绝张兆和与孩子同坐载货卡车顶部,张兆和多日搭不上车而返回龙街"②。这恐怕不是真正的原因,或者只是次要的原因,主要原因倒可能是张充和离开了昆明,去了重庆。关于张充和离开昆明的具体日期,现在难得其详,但公认她是"1940 年"离开的,则不应早于收到沈从文那封信的 1940 年 8 月末——或者就在 9 月之后吧,而她的去重庆,一个标准的说法

---

① 沈从文:《水云》,以上引文见《沈从文全集》第 12 卷第 116—118 页。
② 吴世勇:《沈从文年谱》第 232 页,天津人民出版社,2006 年。

是,"一九四〇年间,重庆政府又给了她一份工作,这次是为教育部新建立的礼乐馆服务"①。这恐怕也有误,其实国立礼乐馆是 1943 年才建立的。所以,在昆明住得好好的张充和之去重庆,应该别有原因。无论如何,随着她的离去,"一个幸福完美的家庭"确实得以保全。而恢复了理智的沈从文,后来也曾写了第二篇以《主妇》命名的小说来安慰妻子,就像在 30 年代与高青子出轨之后,写了第一篇《主妇》来安慰妻子一样。

与上述情况大致相同的三人情结纠葛,具见于《看虹摘星录》中的《梦与现实》即后来收入《沈从文全集》里的假《摘星录》之中,因为这个缘故,所以下面就以原本的《梦与现实》为据。作品并不复杂,三个人物的关系是这样的:作为女主角的"她",一个已二十五六岁却仍然独身的美丽知识女性,长期寄居在一个同性"老同学"家里,并与一位年纪较大的男性"老朋友"保持着友谊,至于"老同学"和"老朋友"到底是什么关系,则写得影影绰绰,似乎像夫妻,又仿佛是一对老情人,总之呢,第三者的"她"与"老朋友"之间日渐亲密的关系,不仅引起了传言,而且也引起了"老同学"的嫉妒、吵闹以至离家出走——

> 更重要的是那个十年相处的老同学,在一种也常见也不常有情绪中,个人受尽了折磨,也痛苦够了她,对于新的情况实在不能习惯。虽好像凡事极力让步,勉强适应,终于还是因为独占情绪受了太大打击,只想远远一走,方能挽救自己情感的崩溃,从新生活中得到平衡。到把一切近于歇思的里的表现,一一都反应到日常生活后,于是怀了一脑子爱与恨,当真有一天就忽然走开了。

三人都为此而痛苦,于是为了解脱困局,"她"想自己走开,但是否走得开,不得而知。应该说,《梦与现实》中三位角色的关系大

---

① 金安平:《合肥四姊妹》(凌云岚、杨早译)第 304 页,三联书店,2007 年。据沈从文 1941 年 2 月 3 日致施蛰存函,"四小姐已去四川"(《沈从文全集》第 18 卷第 389 页),至于张充和赴渝的具体时间,尚不清楚,根据各种情况推测,当在 1940 年冬季和 1941 年春季之间,就职的单位乃是教育部音乐教育委员会。

体上类似于沈从文与张氏两姐妹的关系,而沈从文完成这个作品的时间是 1940 年 7 月 18 日,其时张兆和尚未出走,张充和也还没有离开,但沈从文似乎预感到她们俩迟早总会有人离去似的,而他到底是希望妻子走开还是妻妹走开,或者是希望二人能够和睦相处,不得而知,也无需细究了。值得注意的倒是作品里的一个"错误":本来"她"与"老同学"乃是同学关系,"她"只是长住于"老同学"的家中,算是特别要好的"闺蜜"吧,但是在作品的叙述中,却突然地冒出了姐妹关系的迹象。那是在"老朋友"鼓励"她"说,"人并不可怕。倘若自己情绪同生活两方面都站得住,友谊或爱情都并无什么可怕处",而"老同学"却提醒"她"自尊自爱,不该有那么多追求者比如一个苦苦追求的大学生、自己却还心猿意马的时候,"她"于是转向"老朋友"申诉道——

"这不能怪我,我是个女人,你明白女人是有的天生弱点,要人爱她。那怕是做作的热情,无价值极庸俗的倾心,总不能无动于衷;总不忍过而不问!姐姐不明白。总以为我会嫁给那一个平平常常的大学生。就是你,你不是有时也还不明白,不相信吗?我其实永远是真实的,无负于人的!"①

"她"这样熟络地改称"老同学"为"姐姐",这看似突兀而且莫名其妙的一笔,或许恰如弗洛伊德所言,"口误"或"笔误"正曲折地折射着萦回在作家潜意识中的真情或真相吧,甚至可以说,写出"她"的这个"口误",其实并非作者的"笔误",而是有意为之的笔墨。

比较而言,《梦与现实》算是《看虹摘星录》中写人物性心理较为深入而且文字也较为含蓄有分寸的一篇,读来亦不无浪漫诗化之美,至于《看虹录》和《摘星录》二篇,则率性直写男女的性挑逗以至更亲密的性行为,展现出难忘的爱欲记忆和无忌的爱欲想象,笔墨非常刻露,甚至连古典情色小说写女体的滥调套语都用上了,于是也便诗

---

① 以上所引《梦与现实》的文字,均据裴春芳辑校:《沈从文小说拾遗——〈梦与现实〉、〈摘星录〉》,载《十月》2009 年第 2 期。

意无多了。这或许就是许杰、郭沫若、吴组缃和孙陵等并不保守的现代作家对之特别反感的原因吧。当然,这些现代作家的看法也不一定就是的评或定论。在文学的性描写尺度已大大放大的今天,像《摘星录》和《看虹录》这样的小说,或许也可被追认为"身体写作"的先锋或先驱,亦未可知。

总之,事情大概也就是这么个事情,文本则确实就是这么个文本,至于今天应该怎么评价这些个事情和这些个文本,那自然是可以也可能见仁见智的。

"余响"费猜详:关于沈从文40年代末的"疯与死"

就事论事,当年的事情似乎并没有那么快就结束,也还有一些或轻或重的余响,这里也顺便说说,而由于文献不足,下面所说不无推测之词,那就聊备一说、聊供参考和批评吧。

说来,从1940年7月到1941年7月,沈从文完成了《看虹摘星录》三篇爱欲传奇系列的写作,算是用"情绪的体操"的写作行为基本上治愈了自己的"情感发炎"症,甚至可说是把自己从疯狂与自杀的精神危机中拯救了出来。此后,沈从文又多次修改、重刊《梦与现实》和《看虹录》,并先后将《梦与现实》两次改题为《新摘星录》和《摘星录》,悄然代替了真正的《摘星录》。这种修改和替代行为,正说明曾经面临深刻情感—心理危机的作者,渐渐恢复到正常状态了。如此看来,似乎没有什么可以担心的了。并且就在抗战即将胜利之际,沈从文准备结集出版《看虹摘星录》,这也很正常。但问题是沈从文在1944年5月和1945年12月反复发表的《〈看虹摘星录〉后记》里,却于回顾往日情事之后另有话说——

> 时间流注,生命亦随之而动而变,作者与书中角色,二而一,或在想象的继续中,或在事件的继续中,由极端纷乱终于得到完全宁静。

值得注意的就是这个"或在想象的继续中,或在事件的继续中"

两句话，它们究竟是什么意思呢？尤其是"或在事件的继续中"一语，似乎隐含着余情未了、有望再续之意，若然如此，则沈从文所谓"由极端纷乱终于得到完全宁静"，也许就会前功尽弃了。

　　事实上，高青子早就离开了沈从文而另嫁他人，张充和却在抗战胜利后又一次来到了沈从文的家，又一次进入了沈从文的眼帘。至于沈从文是否在张充和到来之前就知道她会来、或者期望她会来，这些情况，今日都已难得其详，但至少可以肯定，张充和的到来是得到了沈从文的同意的。然则，张充和的重来会不会引起沈从文新的幻念？或者说，沈从文是否已有足够的理性和定力来抵抗美的魅力？这些问题都有待回答而暂无答案。只是，就在张充和于1947年春夏之间来到北平的沈从文家中的差不多同时——4月16日，沈从文就又著文大谈人类的"一切与性有关"，不仅文学为然，甚至连政治也是如此。① 不过这也许只是巧合吧。至少在沈从文的家里，从1947年春夏之交到1948年3月的将近一年，看来也还平安无事，并且1948年3月沈从文认识了北大美籍教师傅汉思，傅汉思从此常来沈从文家中，稍后傅汉思便与张充和相恋、1948年11月结婚，12月新婚夫妇便离开北平赴上海。这当然是件迟来的好事，沈从文夫妇大概都如释重负吧。加之在1948年3月以后，由于香港《大众文艺丛刊》上郭沫若的批判文章，沈从文的政治压力陡然增加，心情不佳，遂于该年7—8月间接受老友杨振声的邀请，住进颐和园的霁清轩休养身心。1949年1月，张充和、傅汉思夫妇乘船去了美国，而沈从文则于该月出现了比较严重的精神问题，但这同样也许是巧合——因为众所周知的事实是，沈从文的精神问题乃是政治压力所致，以至3月28日自杀未遂。沈从文自己这么说，迄今的学界也都这么说，我也一直相信这是事实。

　　可是，最近发现的两则资料，却多少动摇了这个一直被确信无疑的答案。

　　一则资料是资深女作家方令孺1949年"五月廿日"写给远在美国的张充和的一封信（发现者说"五月廿日"可能是笔误，实际应该是"四月廿日"），信的主要内容是报告中国的新气象，敦促张充和回国。这是一封私信，方令孺说的都是真心话，并没有政府或政党指派她这

---

① 参阅沈从文：《性与政治》，《沈从文全集》第14卷。

么写，这且不谈，真正让我感到惊讶莫名的，乃是这封给张充和的信中有这么几句话——

> 听说卞之琳回到北平了，还是那样以自我为中心。听说很恨从文，说从文对不起他，而他竟忘了从文对他的好处。从文在生病，你大约知道了。这人也可怜，吃了自己糊涂的苦。①

如所周知，沈从文曾经热心扶持卞之琳走上文学道路，并且曾经热心玉成卞之琳和张充和的感情。就此而言，沈从文对卞之琳不仅有好处，而且是有恩德的，所以多年来从未听说卞之琳对沈从文有什么意见。不料如今突然冒出这么一封信，而且是从张充和那里返回来的方令孺当年的亲笔信，信中却说卞之琳"很恨从文，说从文对不起他"，这究竟是怎么回事呢？方令孺似乎不能理解，所以她指责卞之琳忘恩负义，而为沈从文抱不平，这也在情理之中。可是，问题恐怕没有方令孺所认为的那么简单——如果一向为人厚道的卞之琳居然指责自己的前辈恩友沈从文"对不住他"，那一定有点问题，而且不是小问题。

于是，突然想起了我去年年初发现的一封佚简《给一个出国的朋友》。这封佚简先用"章矞"的笔名发表在 1945 年 10 月 20 日出版的《自由导报》周刊第 3 期上，其中也没有说明收信人的姓名，但从各种情况来看，应该是沈从文写给即将赴英国做访问学者的卞之琳的，今年我又在 1946 年 7 月 15 日《世界晨报》上看到了沈从文用本名重新发表的这封信，证明此前的考证无误。按，沈从文的这封信写于 1945 年 9 月 25 日，内容是很有趣的——它其实是沈从文写给卞之琳的一封谈爱情和促远行的长信。所谓"谈爱情"主要是分析卞之琳恋爱失败的教训。卞之琳追求张充和十多年迄无成功，原因何在？据沈从文的观察，那就是卞之琳"生命中包含有十九世纪中国人情的传统，与廿世纪中国诗人的抒情，两种气质的融会，加上个机缘二字，本性的必然或命运的必然都可见出悲剧的无可避免"。这话说白了，也就是卞之

---

① 转引自章洁思：《写在一张纸正反面上的两封信》，2010 年 12 月 17 日《文汇读书周报》。据章洁思文，方令孺以及章靳以当年给张充和的两封旧信的影印件，乃是张充和托 1980 年访美的卞之琳带回来的。

琳虽有柔情去爱却缺乏足够的勇敢去抓也——这里面显然也包含了沈从文自己恋爱成功的经验。正是有鉴于卞之琳性格上的优柔寡断、徒自苦恼,沈从文便劝卞之琳索性潇洒放手、浩然远行,并激励他到了国外正好可用文学来转化其被压抑的爱欲——

> 你正不妨将写诗的笔重用,用到这个更壮丽的题目上,一面可使这些行将消失净尽而又无秩序的生命推广,能重新得到一个应有的位置,一面也可以消耗你一部分被压抑无可使用的热情,将一个"爱"字重作解释,重作运用。

这也是沈从文的经验之谈,所以他便以壮怀赋远游、创作抒爱欲来鼓励卞之琳,此即"促远行"是也。其时,卞之琳已收到英国文化委员会发来的正式邀请函,但对张充和还有些恋恋不舍,沈从文是他最信任的前辈,所以大概有所商量,沈从文便写了这封信,于是卞之琳便促装远游英伦,直至1949年初归国,4月任教于北大西语系,又与沈从文成了同事。

当卞之琳远游返国之时,也正是沈从文精神危机之际。按照常情常理,尤其考虑到卞之琳与沈从文多年深厚的交谊,则卞之琳对正在挣扎中的沈从文应该伸出援手才是,至少也应不出恶声才对。可是却传出了卞之琳"很恨从文,说从文对不起他"的传言,以至连远在上海、消息并不怎么灵通的方令孺都听说了,这就有点非同寻常了。然则,卞之琳究竟因为什么问题才会"很恨从文,说从文对不起他"?这应该无关政治问题、经济问题以及文学问题,而恐怕只能是个人感情问题。如上所述,1949年1月,新婚的张充和、傅汉思夫妇乘船去了美国,难不成卞之琳是因为这个在生沈从文的气?可是,在这个问题上沈从文并无过错——张充和要嫁给一个美国人,沈从文怎么能去阻拦?而且这件事对沈从文和卞之琳来说,恐怕都是出乎意料之外,所以问题应该不在这里。于是,剩下的一个症结,也就差不多成了唯一的选项,那就是此时的卞之琳已经发现了沈从文对张充和的爱,而由于这个发现,卞之琳甚至有可能觉得沈从文1945年9月25日写给他的那封谈爱情和促远行的长信,其实暗含着把他支开以便于自己的意思吧,他甚至很有可能觉得正是沈从文的"乘虚而入",才逼得张充和不得不远嫁异域——应该说,只有这个发现才能引发卞之琳"很恨从文,说从文对不起他"的反应。只是此中曲折,已难得其详了。但可以肯定的是,至迟到 1949 年春天,卞之琳确已发现了沈从文曾经迷恋张充和却把自己蒙在鼓里的秘密,此所以一向宽厚的卞之琳才不能原谅沈从文。可以理解,这个发现对卞之琳的打击有多大,因为一个是自己多年深爱的女友,一个是自己多年交心的好友,而其情如此,那真是——情何以堪。

尤其让卞之琳难堪的是,自 1941 年起他放下了诗笔,转而写作一部"大作"——长篇小说《山山水水》,其中的男女主人公就是以诗人自己和张充和为模特儿的,而卞之琳写作这部长篇巨制本身就是追求张充和的一个行为,所以他用心多年,念兹在兹,把它从中国带到英国,一边仔细修改,一边自译为英文。如今他回来了,却发现女友远嫁了,而自己最信任的前辈朋友,却对自己的女友别有关心,这让卞之琳如何对待自己的心血之作《山山水水》呢?卞之琳的处置是一把火烧了,但为何要烧,卞之琳给出的公开解释是这样的——

> 回到解放后不久的北平,我在自己也卷入其中的热潮里,首先根本忘记了我曾写过的这部小说稿子。过了年把,原留在国内的上编中文初稿的发现,促使我想起了还有下编稿子在身边,就找出来一并付诸一炬,俨然落得个六根清净。原因就在于我悔恨蹉跎了岁月,竟在那里主要写了一群知识分子且在战争的风云里穿织了一些"儿女情长"!①

这是一个很政治也很可爱的解释,符合新中国之初的那种让人头脑发热的气氛,所以不由人不信,也因此我是一直相信卞之琳的这个解释的。可是,读了上述方令孺所谓卞之琳"很恨从文,说从文对不起他"的信,并且对相关情况有所了解,我有点怀疑卞之琳的这个解释很可能是以政治的说辞来掩饰难言的苦衷。不难想象,在知悉了一切隐情之后卞之琳怎么还能淡若无事地出版那本长篇小说——事实证

---

① 卞之琳:《山山水水·卷头赘语》,《卞之琳文集》上卷 270 页,安徽教育出版社,2002 年。

明，那本书的写作对卞之琳来说可谓白费心血，倘使出版了岂不成了文艺圈的笑柄？所以他也就只能把它一把火烧了，"落得个六根清净"，而烧书的苦衷又不能直白道出，所以卞之琳也就只好给出这么一个堂而皇之的政治化解释。

对卞之琳烧书苦衷的这个小小的发现，促使我不禁要重新思考一下沈从文40年代末的"疯与死"问题——除了显然的政治因素之外，其中还有没有被忽视了的原因以至于隐衷？

学术界对沈从文40年代末的"疯与死"问题，向来的解释是由于政治压力，尤其是郭沫若的批判，北大学生的大字报，等等，都无不与40年代末的政治斗争紧密相关。于是，沈从文的"疯与死"也就成了一个不言而喻的政治悲剧。沈从文自己这么说，大家也都这么说，我也一直这么相信无疑。不待说，政治的压力确实存在，然而现在看来，政治压力未必是唯一的原因，甚至有可能不是主要的原因。一则，对于来自左翼文人的批判，沈从文原是有所准备的。并且追溯起来，在那次交锋中沈从文实际上是先主动发起批判和进攻的一方——自抗战胜利以来，尤其是被胡适聘为北大教授之后，沈从文即以胡适的《尝试集》第二集自居，勇敢地挑起了自由主义的大旗，频频接受采访，多次发表文章，声明反对革命、反对政治干预文学的立场，表现出当仁不让的勇气，并现身说法，热情鼓励同道者"从各种挫折困难中用一个素朴态度守住自己"①——这话是在1946年11月说的，它表明沈从文对左翼的批判确有足够的准备。迟到一年多之后，才有郭沫若等人的批判，而沈从文直至1949年2月接受北平《新民报》记者采访回应郭沫若的批判时，仍然表现得从容如常，看不出有什么紧张。二则，沈从文与左翼文人之间的相互争论，不过是文化思想之争，这种论争自30年代以来，就经常发生，司空见惯，卷入的人很多，沈从文并不是最早一个，也不是最后一个，更不是最受批判的一个，并且批判也是针对思想而言，而不是要消灭一个人，这个沈从文也不是不知道，所以与他同时挨批的朱光潜、萧乾等也都没有怎么惊慌，然则沈从文又何必惊慌失措、惶惶不可终日？事实上，沈从文也不惊慌，

---

① 沈从文：《从现实学习》，连载于1946年11月3日、10日天津《大公报·星期文艺》第4—5期，该文也在上海《大公报》刊载，此处引文据《沈从文全集》第13卷第396页。

1949年1月31日解放军进城，威严而和气，沈从文看得高兴，觉得早知如此，自己就该当一名随军记者，可见他的自信还在；并且在这前后，一些地下党人、革命干部，以至中共的高级干部陈沂等，都去看望过沈从文、安慰过沈从文，他又有什么好惊慌的？然而实际情况是，沈从文的内心确是很苦闷、很焦灼，几乎可以说是挣扎在死亡线上。尤其是1949年3月20日左右东北野战军后勤部政委陈沂来看过他之后，沈从文的危机显然加重了，在不到十天的3月28日便有自杀之举。然则，难道是陈沂给沈从文施加了政治压力么？似乎没有。事实上，陈沂也曾是中国公学的学生、张兆和的同学，他来看望老师沈从文，鼓励沈从文学习、进步，这些都没有什么恶意。问题或许是陈沂在鼓励沈从文的同时，还鼓励张兆和尽快走出家门，参加革命工作，而张兆和也接受了这个鼓励，这本来也没有什么问题，却可能在无意中触动了沈从文敏感的神经。

此时的沈从文最担心的是什么？那无疑是张兆和的离开。现有的资料，不足以让我们判断张兆和在1948年后半年和1949年初是否有意离开沈从文，但从沈从文在1949年前三个月情绪不稳，尤其是住在梁思成、林徽因家写给妻子的信和话，多少可以窥见一点蛛丝马迹：一方面，沈从文绝望而又恳切地写信给妻子，把活下去的希望寄托在妻子身上——"我用什么来感谢你？我很累，实在想休息了，只是为了你，在挣扎下去，我能挣扎到多久，自己也难知道！"① ——这可说是悲哀的陈情书；另一方面又对妻子发牢骚说："衣洗不洗有什么关系？再清洁一点，对我就相宜了？我应当离婚了。"② ——这又像是小孩子赌气，而突然冒出的"离婚"二字显然并非空穴来风，但真正要"离婚"的也许并非沈从文，所以他虽然说"我应当离婚了"，可听起来倒像是在对"离婚"表示抗议。这就间接地暗示出此前的张兆和或有离婚之议。倘使张兆和当真有这样的想法，也很能够理解——沈从文是个好小说家，也是个善良的好人，但未必是个好丈夫，结婚以来总是难改浪漫习性，不断出轨，以至于爱上自己的小姨妹子也即张兆和的妹妹，作为一个妻子而且是个受过现代教育的妻子，张兆和宽容

---

① 沈从文：《复张兆和》，《沈从文全集》第19卷第7页。
② 这是沈从文写在张兆和1949年1月13日信上的批语，见《沈从文全集》第18卷第10页。

忍让、辛苦坚持了十几年，如今孩子大了，妹妹也终于出嫁有望，作为主妇的她有点"倦勤"之意以至离婚之念，不也在情理之中吗？但沈从文很显然是不想离婚的，这从他1948年7—8月间从颐和园霁清轩写给张兆和的多封情书里可以看出。其时正值暑假，杨振声邀沈从文一家去颐和园小住，正在与傅汉思相恋的张充和似乎也跟着去了，如此一家人一块去休假，是很难得的，可是张兆和很快就回城里去了，留住在那里的沈从文也不受用，于是不断给张兆和写情书，情意绵绵犹如当年，这不论对沈从文还是张兆和来说，都算是久违了的事——

> 不知为什么总不满意，似乎是一个象征！……尤以情绪上负重不受用，而这负重又只有我们自己明白。……而写这个信时，完全是像情书（着重号为原有，下同不另说明——引者按）那么高兴中充满了慈爱而琐琐碎碎的来写的！你可不明白，我一定要单独时，才会把你一切加以消化，成为一种信仰，一种人格，一种力量！……
>
> 我回到中老胡同，半夜睡不着，想起许多事情：第一是你太使我感动，一切都如此，我这一生怎么来谢谢你呢？第二是我们工作得要重新安排一番，别的金钱名位我不会经营，可是两人生命精力要在工作上有点计划来处理处理了。我不仅要恢复在青岛时工作能力和兴趣，且必需为你而如此作，加倍作了。……
>
> ……让我们把"圣母"的青春活力好好保护下去，在困难来时用幽默，在小小失望时用笑脸，在被他人所"倦"时用我们自己所习惯的解除方式，而更加上个一点信心，对于工作前途的信心，来好好过一阵日子吧。……
>
> ……这是一种新的起始，让我们把生命好好追究一下，来重新安排，一定要把这爱和人格扩大到工作上去。我要写一个《主妇》来纪念这种更新的起始！①

在经过了那么多年那么多事之后，沈从文终于认识到了妻子人格的伟大，这虽然是一个迟到的认识，但应该是发自衷心的感动，而问

---

① 沈从文：《致张兆和》，《沈从文全集》第18卷第496—500页。

题是沈从文为什么在这样的时刻如此情意绵绵、连篇累牍地向妻子倾诉衷肠？这不会是没有缘故的，那缘故应该有两个：一是沈从文自觉到了这些年对妻子的忽视和委屈，二是他也感觉到了妻子对他的疏远——沈从文在颐和园休假和随后在清华园发疯闹自杀期间，张兆和都缺席不在场，这似乎暗示出张兆和已经倦勤于这个难为而且难堪的"主妇"的位置了，而她实在也可说是受够了。意识到、感觉到这些，沈从文无疑是遇到了最大的危机——所有的"偶然"都可以走，但妻子是不能走的，她一走，沈从文就失去了最忠实的支持，而家也就完了。这或许就是沈从文在1949年3月20日左右听陈沂鼓励张兆和出去工作而张兆和也乐意这么做，他随后便决意实施自杀的真正原因。换言之，沈从文的自杀很可能是一次绝望的挣扎——既因为过度敏感于妻子的要"出去"而绝望自杀，也试图挣扎着用自杀来表达对妻子之深切的爱以挽回妻子的去意。至于对人说，自然只能说是因为政治的压力而发疯欲自杀，这其实同卞之琳说自己烧掉《山山水水》是因为政治一样，或许都是个托词。并且不巧的一个凑巧是，恰在这个时候，沈从文又面临着失去卞之琳友谊的压力：据张兆和1949年1月28日给沈从文的信，王逊转来"之琳划我们的十五块美元，当时我没有留下，我想既然之琳快回来，他一定需要钱用"①，然而随后却传出卞之琳"很恨从文，说从文对不起他"的传言。这个传言可能也由王逊带给了张兆和，因为紧接着的2月1日张兆和复沈从文的信中就说，再次复来的"王逊提起另一个人，你一向认为是朋友而不把你当朋友的，想到这正是叫你心伤的地方"②。这个被沈从文一向认为是朋友而今却不把他当朋友的人，似乎就是卞之琳。显然，正在气头上的卞之琳不来看沈从文，当然不知沈从文的精神状况；而最好的朋友卞之琳的责难并且这个责难已经传开，这无疑让沈从文更加难堪。如此等等因缘于感情问题而来的内在压力，恐怕就成了沈从文3月28日自杀的导火索。

这并不是漠视政治压力的存在，但如前所说，沈从文对来自政治的压力其实是有足够的准备的，并且政治压力也实在没有大到让人非自杀不可的地步，所以它也就不可能是导致沈从文发疯闹自杀的真正

---

① 见《张兆和致沈从文》，《沈从文全集》第19卷第5页。
② 同上书，第14页，版次同前。按，有人说这个一向被沈从文视为朋友而今却不再把他当朋友的人乃是丁玲，恐属妄断。

原因，至少不是主要原因，而大概只是一个看得见的也比较适合让人看见的外因，真正的内因可能是缘于感情纠葛的累积而来的精神危机和家庭危机。不幸而又赶巧的是，外在的政治压力和内在的家庭—情感危机同时俱来，于是外来的政治压力便成了掩饰内在的家庭—情感危机的恰当说法。这只要看看沈从文在发疯闹自杀期间写给张兆和的那些信，以及写在张兆和信上的批语，表面上看来在诉说着政治的不公，但字里行间的真意却是在强调"我现在怎么样，那可全看你了"，就可以明白个八九分。这当然不是说沈从文的发疯闹自杀是假的，他委实是当真的——事实上除此之外，沈从文也没有别的办法可以挽回张兆和，但他对人以至于对妻子，却只能以政治压力为辞，这也是情非得已之言——想想看，沈从文总不能直说是因为张兆和要走，而张兆和之所以要走，乃是因为我的反复出轨吧，或者说是因为老朋友恨我，而他之所以恨我，则是因为我对不住他吧。张兆和当然也明白这一点，而她实在是个忠厚善良的女性，还是心疼，还是有情，心里还是珍重着沈从文，所以也就默默地承受着过去和现在的一切，忠诚地陪伴着沈从文，直至走完生命的全程；而在度过了这次危机之后，沈从文也确实一改多年来浪漫多情的旧习，成了一个忠实的好丈夫。然而，如此一来，中国似乎就失掉了一个才情浪漫的优秀作家沈从文，虽然同时也多了一个优秀的学者沈从文。这一得一失之得失利弊，具有耐人寻味的多重意义：对沈从文的家庭来说，这未尝不是"塞翁失马，焉知非福"的事；对爱好沈从文作品的读者和研究者来说，那当然会觉是得不偿失、难以弥补的损失；而对于沈从文自己来说，这一转身倒可能是顺势而为、未必遗憾的选择——其实，作为一个作家，沈从文已经写出了也写完了他想写和能写的一切。

"诗与真"的纠结之归结：新的与旧的浪漫性之统一

说了归齐，"述爱欲在生命中所占地位，所有形式，以及其细微变化"①，乃是沈从文从20年代到40年代文学行为的中心情结，这个中

---

① 朱张（沈从文）：《梦和呓》，1938年9月29日香港《大公报·文艺》第417期。

心情结同时也体现于他的人生行为中,此所以沈从文的爱欲抒写既基于他切身的经验和体验,也寄托着他由衷的想象和理想——这也是他所理想的"人性"和所抽象的"生命"的基本内涵,不论用什么概念术语,其精神一以贯之;至其在文学上的表现形态,也同样地"变"而不失其"常",有时偏于真实体验的自叙抒写,有时偏于象征转喻的诗化抒写。这"诗与真"之纠结,归根结底都出于其浪漫性——不论是真实的自叙还是象征转喻的诗化,其实都传达了沈从文视爱欲为人性或生命之重中之重的浪漫心态。就此而言,沈从文委实如他自己所说是一个典型的浪漫派作家,准确点说,乃是一个经过了现代心理学和现代生命观念洗礼的"新浪漫派"作家,但与理想幻灭了的"后浪漫派"即现代主义文学还有不小的距离;当然,沈从文同时也多少继承了中国的"老浪漫派"——传统的才子文人——对女性之一厢情愿的绮思异想以至于猎艳猎奇趣味。如此新旧浪漫性的统一,既成就了沈从文的人与文,也限制了他的人与文。从这个自认为"最后一个浪漫派"①的作家对其人性—生命理想的特别执著与自信,也可看出沈从文是多么的浪漫。事实上,纵使在上世纪六七十年代日渐政治化的语境中,沈从文也不改其在文学上的浪漫本色和浪漫理想。即如写于1961年的重要文论《抽象的抒情》,一开篇就申说——

> 生命在发展中,变化是常态,矛盾是常态,毁灭是常态。生命本身不能凝固,凝固即近于死亡或真正死亡。惟转化为文字,为形象,为音符,为节奏,可望将生命某一种形式,某一种状态,凝固下来,形成生命另外一种存在和延续,通过长长的时间,通过遥遥的空间,让另外一时另一地生存的人,彼此生命流注,无有阻隔。文学艺术的可贵在此。文学艺术的形成,本身也可说即充满了一种生命延长扩大的愿望。至少人类数千年来,这种挣扎方式已经成为一种习惯,得到认可。凡是人类对于生命青春的颂歌,向上的理想,追求生活完美的努力,以及一切文化出于劳动的认识,种种意识形态,通过各种材料、各种形式,产生创造的东东西西,都在社会发展(同时也是人类生命发展)过程中,得

---

① 沈从文:《水云》,《沈从文全集》第12卷第127页。

到认可、证实，甚至于得到鼓舞。因此，凡是有健康生命所在处，和求个体及群体生存一样，都必然有伟大文学艺术产生存在，反映生命的发展、变化、矛盾，以及无可奈何的毁灭（对这种成熟良好生命毁灭的不屈、感慨或分析）。文学艺术本身也因之不断的在发展，变化，矛盾和毁灭。但是也必然有人的想象以内或想象以外的新生，也即是艺术家生命愿望最基本的希望，或下意识的追求。……①

看得出来，沈从文虽然在努力运用新习得的唯物辩证法和社会发展史来说话，但真正要表达的其实仍然是他所谓创作即在于表现生命欲望以求获得永生的旧观点，只是由于此文大概准备在那个短暂的文艺松绑时期公开发表吧，所以还是带着些曲折的修辞，说得不是那么显豁而已。而在写于1975年的一则私下题跋里，沈从文的中心思想就说得非常坦白了——

即从这个永远成为文学艺术的基本动力，同时又受社会旧意识制约的限制，永远不许可更真实的反映的两性关系而言，我们所处的时代，即大大不同于新社会。在种种制约中的不同意义的开明解放，即容许或包含了引人生命向上升举的抒情气氛，浸透到生命中，以至于于行动中，把财物权势放在一个不足道的位置上。我生命动力大部分，可说[是在]这种热忱、敏感、智慧、知识在社会中的位置，大大超过了权势、财富的风气中形成、生长，得到应有的发展的。这既是文学艺术的动力，同时也是革命动力的基础。这种超越现实的抒情，恰恰是取得目下社会现实的源泉。年青一代是无从理解的。②

的确，理解一个作家，尤其是像沈从文这样经历丰富、情感复杂、创作繁复的作家，殊非易事。此所以沈从文在《抽象的抒情》一文前边感慨系之地写下这样的题辞："照我思索，能理解'我'。照我思

---

① 沈从文：《抽象的抒情》，《沈从文全集》第16卷第527—528页，版次同前。
② 沈从文：《题旧书元稹〈赠双文〉诗》，《沈从文全集》第14卷第512页。[是在]为原书所有。

索，可认识'人'。"① 这则题辞表明，沈从文其实也渴望着人们能更准确也更人性地理解他的复杂性。余不敏，虽然已尽可能地这么做了，但究竟符合与否，岂敢自必如是，只不过所见所识确乎如此，也就只能如此实感实说了。那么，就暂且说到这里吧。

  2011年2—3月草成前二节、11—12月草成其余各节，上距1981年后半年以沈从文小说为题作本科毕业论文，已整整三十年矣——2011年12月29日谨志于清华园北之聊寄堂。

---

① 沈从文：《抽象的抒情》，《沈从文全集》第16卷第527页。

沈从文佚文废邮再拾

废邮存底·致丁玲①

××：

你的信我见到了。你说一切问题都应由专门的研究者来解决和讨论，谈到妇女问题时，你自己便感到一种责任。你不是"妇女问题研究者"，但你是一个"妇女"，所以从责任或权利各方面着想，你都有资格说你对于这问题的一切意见。××，我同意你这个提议。你是个写小说的人，所以你打量在你的创作上容纳你整个的见解，不必问措辞能否得体，但我相信你一定可以说到一些男子疏忽了或误解了的地方，那是毫无可疑的。你自然能够使一些人对于你这个工作十分同意，你自然不会把你这个工作放到空虚意义上努力。现在关心这个问题的大有其人，另外还有更多的人，即或不怎样关心到这件事上，但你得相信，他们对这问题仍然感到"趣味"。不要小看这个"趣味"。懒惰的中国人，对于一件事情能够使他们从懒惰的积习里发生趣味，也就很不容易了！

××，你问我对这个问题有么②意见，我很为难。我是一个男子，

---

① 此函载《西湖文苑》第1卷第3期，杭州，1933年7月1日出刊，原题《废邮存底》，目录页署名"甲辰编"，正文里作者署名"甲辰"，"甲辰"是沈从文的笔名之一，函末并有他的附识："这是我一九三〇年在武昌时写给最近失踪的丁玲女士若干信中的一封信从文识。"查沈从文1930年9月16日到达武汉大学任教，12月下旬离开武汉回到上海，据此则函当写于1930年9—12月间。为示区别以便引用，此处将题目酌改为《废邮存底·致丁玲》。为免校记的繁琐，个别显然不妥的标点符号则径改不出校。下同不另说明。

② 此处"么"前似漏却了"什"字，但就口语而言，单作"么"也可通。

我的性格又不什么①同你们女人谈得来，凡是你们欢喜的我常常觉得可笑，凡是另外男子注意的，我也觉得好笑。一个生活仿佛同人离得很远的人，他的见解自然也不会与人相近的。我想说，我没有什么好见解。我有的只是"偏见"。我对于女人措辞永远是不甚得体的。我将说：女子由我看来只是一样"东西"。我说这个时，凡是你们以为男子应给你们的"尊敬"处，我并不缺少，你们以为男子应给你们的"宽容"处，我也不因此失去。虽然有许多男子，他们却常常既不要人尊敬，也不要人宽容，还仍然能够老虎一样骄傲雄强的活到这世界上，我认为是人的女子，她就应当如此计算她过日子的方法。可是若女子以为这只是"属于男子的品德"，我也应承认这解释有些理由。

女子若有了这种"个性"，使自己单独无所依恃的活下来，既不要社会的特权，又不承认自然派给她的一分，她只要做一个"人"，那许多男子活到这世界上，一定感到生活没有趣味，另外还有一些男子，又一定感到十分威胁恐怖了。前一种男子是预备作好丈夫的人，后一种男子是正在作好丈夫的人，两种人生活观念常常有不同处，他们对于女人，这两种男子却有同一的见解，就是并不想到女子会从"女子"的身分上离开，来取到一个"人"的身分。轻视女子或尊重女子，同样却皆在无形中把女子看成"东西"，已不当作一个人了。

"人"是不应当有多少特权活下的。一切社会制度的恩惠，一个好男子，他决不会注意到它。一切社会制度的恩惠，只颁给那些俨然遵守秩序的公民。这世界，女子为了作母亲的原因，所得的社会地位，是全在一种恩惠意义下取到的。一个明事女子，她便知道她所得到的社会特权，常常超越了男子若干倍以上。若果她聪明一点，她还可以取到更多的权利。若放弃了这些特权，有许多名为受过高等教育的女子，是即刻就得挨饿的。她们学了许多，学会的还是不外乎承认特权与享受特权。她们是"家庭"的，不是"社会"的。别在名辞上分辨以为家庭并不在社会以外。我懂那个意思。我说的是女子不适宜于到普遍社会里来同"一切生活"作战，她因此更不能同"习惯"作战。

---

① 此处"什么"似应作"怎么"。

习惯不利于女子很多,性道德是其中之一种。关于这个偏见,我在给××的信的一段里稍稍提到一下,我没有在某一种女子的生活调查里,找寻到那些统计上的数目,作为我承认女子自觉的证明,我没有从什么作品里,看到一般人对这问题的正确意见。大体这个问题是为人所注意到却从无人愿说到的。一个男子若能考量一下他自己的家庭生活,他会发生可笑的结论,以为"太太"是一个"太太",不十分像一个人。一个女子若能注意一下自己,她先得到的困难就可以使她倒下,无从重新爬起。

许多女人都以为自己是解放了,因为在一般事业里,我们都已见到女人的白脸同衣裙了。许多事业里都有了女子的地位,甚至于在世界上任何一国家还没有女子一分的军人事业,我们的国内,凡是稍稍明白二十年来政治的,就不敢否认女子在这方面进行调解或增加纠纷的能力。但这能力,不问是小小职业如女招待一类,或大……,是出于女子的竞争,还是出于女子的"呼吁"?既不竞争又不呼吁的女子,一点点所得,其实就多数只是在一种"赏赐"与"恩惠"意义下得到。名为最进步的一簇女作家,她们所得的一切,也还是由于俨然女子的特殊便宜,就不是平等的竞争的结果。她们不否认这个特权的独占,甚至于忘却了这其间有些不是自己应当得到的东西。她们不能努力做人,就不下于一个平常家庭中的少奶奶。所不同的是后一种人知道一切权力操之于男子手中,不敢多事,前一种人知道男子给了她一些权力,引起了她们的贪欲,更需要这种赏赐较多一点罢了。小小的做作,换取大量的阿谀,有些女作家是那么活着下来的。她们从不拒绝过任何优待,同时在这优遇情形中,女子就算是得到解放了。其实不行的。她们应当明白这是件可羞的事情,但无一个人愿意明白它。

××,原谅女子,别太苛责到她们,我知道,我们得原谅她们的。一个女子她不能同我们竞走,这是自然的。我们不适宜于用一个健康的男子的一切能力,期待一个女子。我们可以保留这个希望,等候一个长长的年份,帮助她们坚实长成。不过,说到了这些,我的偏见得到了一个结论,这结论,很可以作为你所关心的一种问题参考,我希望你别忘记女子还是一种"东西"的意见。在一切事业里,并不缺少那种以为"女子是人"的观念的人,可是我却不见到一个女子愿意忘掉了由于历史所给的（等于性的购买）所给的①优待，来同男子作一切生活竞争，具一切男子独立的观念，而活着打发日子。××，倘若你写创作，你要在作品中有一个理想女子，就写那么一个新的女子罢。这女子，别的什么技能都没有也不怎么重要，她至少应有"自己的见解"，这见解，却不是为男子方便的打算，只为自己尊严而打算的。

应当写一个真能自私的女子。她不庸不懦，她自私可以使她伟大。她不必如菩萨以善心待人，她应作英雄同一切抗议。女子中要这样女子，在现在似乎不道德，然而因为有这种女子，另一时才能有另一种新的人的道德产生。

……

别以为我是骂了你们，我实在同你太熟了一点，才说到这些话。若是我这个信你觉得伤害了你们女子时，也别生气，因为一生气，就更见得你们无希望了。一个值得我们注意的男子，照例他是孤孤单单做他的事业，用不着世人的赞美作他的生活粮食的。他自己建筑他的事业基础，自己选取材料，着手工作，作错了，自己重新修正，作成了，他还自己欣赏……一切都由于他他自己的选择结果，他就疏忽了别人对这件事的评价。女子从事文学的有许多人，全不是她欢喜的，她常常因为无意中的一唱，为一群男子或一群朋友过分的奖励了一下，因此她就满意自己的行为，以为自己应这样作下去了。她是为一些掌声怂恿而工作的。你若也愿意作这样的女子，我什么话也不必说了。我希望你有你自己，既不是为多数的朋友而努力，也不是为多数的仇敌而努力。你的读者并不能使你伟大，你的敌人并不是那些比你有名一点的人。你若忘不了你的成功，你还是不必写那么重要的问题，你的朋友只要你写一个仿佛本身写照的浪漫故事，你就成功了，同时你还可用这个成功打倒别人的成功，这全是极方便的事情（其实你如今已可以说是成功了）但你不是还可以做些更艰难更伟大的工作吗？

……

我早告诉你过了，关于女人你要问到我的意见时，是只有这样遍

---

① 此句中"所给的"重复使用，第二个"所给的"当为衍文，疑是作者笔误或原刊误排失校。

见①来说明的。同时我得说，女子只只②是一样东西，许多男子还不配说是东西。因为我所见到不是东西的男子可太多了。……

不谈这件事，我的信一定就温柔了一些。我最尊敬崇拜你们女子，不过这尊敬崇拜不是像对于男子那种情形，因为你们与男子相差实在太远了。学做个男子，你以为怎么样？

让我们想到过去的友谊快乐一点。

×××

这是我一九三〇年在武昌时写给最近失踪的丁玲女士若干信中的一封信从文识。③

废邮存底·辛·第廿九号④

辛·第廿九号·从一个海边寄到另一个海边。一个三十岁的女人，寄给一个十九岁的男子。她不是基督徒，却信仰了一次上帝。⑤

××：

寄来一点石头，放入一个小小碟子里用水泡湿，你就可以来想像它们在海边时躺到水中的情形。这边的海水永远透明，不像你那边昏浊，所以石子也非常干净。它们是晒了无数太阳，过了无数寂寞日子，

---

① 此处"遍见"应作"偏见"。
② 此处第二个"只"字为衍文。
③ 这段附识在原刊用小一号字体排在函末。
④ 此函载《西湖文苑》第1卷第4期，杭州，1933年8月1日出刊，原题《废邮存底》，署名"甲辰编"，信前并有编者"甲辰"的一段题识云："辛·第廿九号·从一个海边寄到另一个海边。……"信后注明的写作时间是"二十年、十一月"即1931年11月。为示区别以便引用，此处将题目酌改为《废邮存底·辛·第廿九号》。按，从各种情况看，这封信很可能是沈从文从青岛写给在吴淞的恋人张兆和的情书。考证见另文。
⑤ 这是编者"甲辰"即沈从文发表这封信时加在信前的一段题识。按，此处所谓"一个三十岁的女人，寄给一个十九岁的男子"，以及信中所谓"一个上了点年纪的女人"和"一个男子"，这些说法和称呼可能是沈从文有意设置的一种障眼法，目的是保护恋人张兆和不被暴露。详见考证文。

如今在一种意想不到的命运里，又才休息到你的桌子上来的。中间有种放光的螺蛳，名字叫真珠①螺，××妹一个人在海滩上寻找了多久日子才得到。有种黑水晶，不从海边得来，（它们是乡巴老②，）它的生长地方，在有仙人来去的劳山③。

这些东西分量徒重，价值很轻，同这个世界上有些人的爱情差不多。不讨厌它时，你不妨放到读书的桌子上，让它仿佛同你很接近，玩厌了时，就扔掉它得了。你想想，我们一天活着，在学校里，在别的地方，一面虽像是匆匆忙忙的在那里拾取知慧④，一面不是把日子在一种无可奈何的情形中向身后扔去吗？我们每个日子的生命，差不多就常常是像很任性很随便扔去的，（虽然我们总不大容易忘记那些好的过去，但总不能使那些值得注意的现在不成过去，）我自然不敢希望这些石头或爱情，是你应当特别看重的东西。

丁玲女士你见到了没有？我希望你们成为一个朋友，你们值得互相尊敬。

这里天气忽然变了，近日来冷了许多，上帝意思，派各处树木的叶子全脱尽了，（好像这就可以使许多无衣可穿的人，从自然中看得他同另外一件东西平等一点，）可是另外有一种人却多穿了许多衣服。这里虽在冬天，若出太阳时，太阳是使人身上很暖和的；但能够使我心上暖和，却是你"随随便便"一个信。你是一个男子，你有理由注意到比向一个上了点年纪的女人来敷衍的行为还重要的事情可作。你是不是还高兴把你那个昂起的英雄的头向脚下看看，是不是还能从一种小小惠施中，给人以一点最大感谢的幸福？我自己很显然是无从帮助我自己，使我的信写得稍好一点，使我这爱你的心，表现得稍有条理、稍完美、稍值得你关心值得你顾盼一下。如今我只希望上帝帮助我的忍耐，使我不断的盼望到生活中有一个人事上的春天，事实上，却能始终在冬天的日子里支持。

我知道我老了，若是我聪明一点，就是我在这时能有一种决然的打算。我死了比我活下还好。我可并不想死。我将尽这件事成为一个

---

① "真珠"通作"珍珠"。
② "乡巴老"今通作"乡巴佬"。
③ "劳山"是"崂山"的旧称，位于青岛市区东部。
④ "知慧"今通作"智慧"。

传奇，一个悲剧，把我这种荒唐的热情，作为对这个新旧不接榫的时代，集揉凑成的文明，投给一种极深的讽刺。让我求你许可把这种信每次送到你身边的日子，由两个月改成一个月的期限。海潮每天来去两次，天上的月是四个礼拜圆一回的，我只求你间或昂头看天上的圆月，并不逼你时时俯首注意脚下的海水。

××
二十年、十一月

旱的来临①

石砖苍颓的古城，
　　贴著几块干枯的苔，
包子岩的河坝上，
　　发闪着太阳的强光。

黄焦焦树巅的叶子，
　　根株蒸起如火的热；
小鸟们的音调哑嘶，
　　婉啭的歌喉就涩塞。

赭色的田土裂裂深口，
　　标出白线的禾苗萎瘦；
像这鸡也令渴死的天气，
　　准儿是今年又没了秋收！

---

① 此诗载《西湖文苑》第 2 卷第 6 期，杭州，1934 年 10 月 15 日出刊，作者署名"岳焕"。按，沈从文原名"沈岳焕"，"岳焕"也是他的笔名之一。

读书随笔①

读佐拉小说《Madam Nolgoon》，东亚病夫译《乃雄夫人》，写一"乡下老"②青年，对巴黎社会毫无经验，心怀幻想，初初接近社交时，就碰着几个女人。对佩德与罗薏尤倾心。两女人视之为小雏儿，各利用其青年人对于女子情感上的弱点，代为丈夫运动议员。于是处处给以小便宜，奖励其向前，煽发其心中火焰。罗薏丈夫当选议员后，这乡下老不明轻重，对罗薏有所表示，却被所倾心之巴黎妇人，貌作庄重，加以拒绝，并好好教训一顿。正所谓"乡下老"与"老巴黎"对面，一场自然悲剧是也。

故事虽是法国人写给法国人看的，其实放在当前中国场所，倒有许多相合。贵妇人的荒淫无耻处，事情极多，难于记载。某种有教养的中产阶级女子，对于具有乡下老精神之男子，用"老巴黎"方式卖弄风情时，更多极相似地方。

具有乃雄夫人（罗薏）风格的女子既随处可见，乡下老吃亏之事，因此书不胜书。间或有一二人不肯吃亏，自然也有可恼及中国产的乃雄夫人。此即所谓"战争"。人世中无处无时无战争。可惜的是大多数人都注意到另外一种战争去了，这种战争极少注意。

读法郎士《红百合》，俨然看到一些法郎士所说的"开花似的微笑，燃烧似的眼光"女子。这些女子且真"洁净如同水③壶"。这里那里，无处不存在。肉体的造形，艳丽与完整，精妙之处，不胜形

---

① 本文载 1938 年 9 月 26 日香港《星岛日报·星座》第 57 期，作者署名"朱张"。按，"朱张"当是沈从文的笔名，考证见另文。

② "乡巴老"今通作"乡巴佬"。下同不另出校。

③ 此处"水"字疑当作"冰"字，可能是原报排印之误。按，汉代已有以冰比拟人格的说法，如司马迁《与挚伯陵书》："伏唯伯陵材能绝人，高尚其志，以善厥身，冰清玉洁，不以细行。"六朝刘宋时期的诗人鲍照用"清如玉壶冰"（《代白头吟》）来比喻高洁清白的品格，唐开元时期的宰相姚崇因作《冰壶诫》，此后盛唐诗人王维、崔颢、李白、王昌龄等都曾以"冰壶"自喻喻人。如王昌龄《芙蓉楼送辛渐》里的"一片冰心在玉壶"，就是传诵千古的名句。但本文以"冰壶"喻女性，乃是讽刺她们的"冰清玉洁"是徒有其表。

容。然而这些肉体中的灵魂,却很少是有光辉的。大多数所有的是一百磅左右的一具肉体罢了。因为中国的社会,适宜于生产这种女子。

分量一百磅左右的一具肉体,此外,加上一件褒衣,一件衬衣,一件罩衣,一个钱箧,一双鞋子,一枚约指,合拢来就是一个名媛。不拘属谁,从言笑中与呻吟中,灵魂终是黯然无光的。不拘有如何教养,表①有多少不同,内容是一样的。

肉体也依然极可珍贵,造形的完整即可崇拜与赞赏。精美的肉体,犹如芳春及时的花,新从树枝上采摘的果。大多数时髦妇女,却什么都说不上。肉体照例是不完整的,有毛病的,歪的,扁的,不成形的。

这种妇人能够在社会中称为"名媛",只为的是父亲或丈夫在社会上有钱或有权。《旧约》上《耶米利书》中,诅詈这种名媛的话语,极有意思:

> 你虽穿上朱红衣服,佩带黄金装饰,用颜料修饰眼目,这样标致,是枉然的。
> 你还是有娼妓之脸,不顾羞耻。
> 并且你的衣襟上有无辜的穷人的血,你杀他们,并不是遇见他们挖窟窿,乃是因这一切事。

许多名媛若将上述诅咒相加,转而成为颂歌。因为这些名媛纵极端修饰,却并不标致。即属娼妇型,却伪作贞洁,如不可干犯。虽做过许多不顾羞耻之事,却并不认识情欲之美,如《红百合》一书中女主角海德司其人。

---

① 原报在"表"字后或许漏排了"面"字。

梦和呓①

夜梦极可怪。见一淡绿白合②花，颈弱而花柔，花身略有斑点清渍，倚立门边③动摇。好像有什么人说④：

"你看看好，应当有一粒星子在花中。仔细看看。"

于是伸手触之。花微抖，如有所怯，上⑤复微叹，如有所恃。因轻轻摇触那个花柄，花蒂，花瓣。近花处几片叶子全落了。⑥

……

雷雨刚过。醒来后闻远处有狗吠。吠声如豹。若真将这个白合花折来，人间一定会多有一只咬人疯狗，和无数吠人疯狗。⑦ 半迷胡⑧中卧床子所想，十分可叹。因白合花在门边动摇，被触时微抖或微笑，事实上均不可能！狗类虽多，疯的并不多。⑨

起身时因将经过记下，用半浮雕手法，⑩琢刻割磨，完成时犹如一壁炉上小装饰。精美如瓷器，素朴如竹器。

一般人喜用教育、身分，来测量这个人道德程度。尤其是有关乎性的道德。事实上这方面的事情，正复难言。有些人我们应当嘲笑的，

---

① 本文载1938年9月29日香港《大公报·文艺》第417期，作者署名"朱张"。"朱张"当是沈从文的笔名，因为此文已纳入《烛虚》（文化生活出版社，1941年8月初版）里的《生命》一文中，但对段落次序有较大调整，并对字句有若干重要的增删，《沈从文全集》第12卷即据作者校订的《烛虚》初版收入。为便研究者比较参考，仍将这个刊发本辑校于此。

② 此处"白合"原报排印有误，当作"百合"。《烛虚》初版仍误作"白合"，《沈从文全集》第12卷（以下简称《全集》）改为"百合"。下同不另出校。

③ 《烛虚》初版及《全集》此处有"轻轻"二字。

④ 《烛虚》及《全集》此句改为："在不可知地方好像有极熟习的声音在招呼"。

⑤ "上"不可通，当为排印错误，《烛虚》初版及《全集》改为"亦"。

⑥ 《烛虚》初版及《全集》以下另起行有"如闻叹息，低而分明"一句。

⑦ 《烛虚》初版及《全集》删去了"若真将这个白合花折来，人间一定会多有一只咬人疯狗，和无数吠人疯狗"数句。

⑧ 《全集》改"迷胡"为"迷糊"。

⑨ 《烛虚》初版及《全集》删去了"狗类虽多，疯的并不多"二句。

⑩ 《烛虚》初版及《全集》此处有"如玉工处理一片玉石"。

社会却常常给以尊敬（如阉寺）①。有些人我们应当赞美的，社会却认为罪恶（如诚实）。多数人所表现的观念，照例是与真理相反的。多数人都乐于在一种虚伪中保持安全或自足心境，因此我焚了那个稿件。我并不畏惧社会，我厌恶社会，厌恶伪君子，不想将这个完美诗篇，被伪君子与无性感的女子眼目所污渎。

白合花极静。在意象中尤静。

山谷中应当有白中微带浅蓝色的白合花，弱颈长蒂，无语如语，香清而淡，躯干秀拔。花粉作黄色，小叶如翠珰。

法郎士曾写一《红白合》②故事，述爱欲在生命中所占地位，所有形式，以及其细微变化。我想写一《绿白合》,③用形式表现意象。

有什么人能用绿竹作弓矢,④射入云空，永不落下。⑤人想像犹如长箭,⑥向云空射去，去即不返。长箭所注，在碧蓝而明净之广大虚空。

明智者若善用其明智，即可从此云空中，读示一小文，文中有微叹与沉默，色与香，爱和怨。无著者姓名。无年月。无故事。无……。然而内容极美⑦。虚空静寂，读者灵魂中如有音乐。虚空明蓝，读者灵魂上却光明净洁。

门前石板路上⑧有一个斜坡，坡上有绿树成行，长干弱枝，翠叶积叠，如翠翣，如羽葆，如旗帜。常有山灵，秀腰白齿，往来其间。遇之者即喑哑。爱能使人喑哑——一种语言歌呼之死亡。"爱与死为邻"。

然抽象的爱，亦可使人超生。爱国也需要生命，生命力充溢者方

---

① "（如阉寺）"，《烛虚》初版及《全集》去掉了括号、前加逗号。下面的"（如诚实）"亦作同样处理。

② 《红白合》当作《红百合》，参见《读书随笔》。下文《绿白合》也当作《绿百合》。

③ 沈从文的这一创作设想，实现于他稍后写作的爱欲传奇《摘星录》，其副题即作"绿的梦"，1941年6月20日、7月5日与7月20日连载于香港《大风》杂志第92—94期，作者署名李綦周。按，载于《大风》的是《摘星录》原本，《沈从文全集》第10卷《虹桥集》中的《摘星录》其实是沈从文的另一篇爱欲传奇《梦与现实》，也首载于《大风》。参阅裴春芳：《沈从文小说拾遗——〈梦与现实〉、〈摘星录〉》，《十月》杂志2009年第2期。

④ 自此句以下部分，在《烛虚》初版及《全集》中被改置于上文之前。

⑤ 《烛虚》初版及《全集》改"。"号为"？"号。

⑥ 《烛虚》初版及《全集》改此句为："我之想像，犹如长箭"。

⑦ "极美"，《烛虚》初版及《全集》改为"极柔美"。

⑧ "门前石板路上"，《烛虚》初版及《全集》改为"大门前石板路"。

能爱国。至为①阉寺性的人,实无所爱,对国家,貌作热诚,对事,妈妈虎虎②,对人,毫无情感,对理想,异常吓怕。也娶妻生子,治学问教书,做官开会,然而精神状态上始终是个阉人。与阉人说此,当然无从瞭解。

文　字③

　　人生脆弱如一支芦苇
　　在秋风中一阵摇就"完事"
　　也许比芦苇不大"像"
　　日月流注,芦苇年年"长"
　　相同的春天不易得
　　美在风光中难"静止"
　　生命虽这般脆弱这般娇
　　却能够做梦能够"想"
　　(万里长城由双手造成
　　百丈崇楼还靠同样两只手)
　　用力量堆积石头和钢铁
　　这事情平常又"平常"
　　一弯虹一簇星光"一个梦"
　　美丽的原来全在"虚空"
　　三五十个小小符号
　　几句随随便便的家常话
　　令你感到生死的"庄严"
　　刻骨铭心的爱和"怨"

---

　　① "为"当作"如",可能因为"如"、"为"草体近似而误排,《烛虚》初版及《全集》改为"如"。
　　② 《烛虚》初版亦作"妈妈虎虎"今通作"马马虎虎",《全集》已改为"马马虎虎"。
　　③ 此诗载1939年12月9日昆明《中央日报·平明》第140期"诗之页",作者署名"雍羽",沈从文的笔名。

你不相信试"想一想"
试另外来说个更美丽的"谎"。

敌与我①

今年是民国三十年，若就个体的年龄说来，正是一个人精神与肉体同时发育完成，准备从社会学与生物学两种意义上负责尽职的年龄。古人说"三十而立"，称为"壮年"，就是这个意思。"大可有为"是这个年龄用于个人的赞颂，其实也适于用作国家的赞颂。

中国现在是战时，是集中全个民族人力与财富，智巧与勇气，来与一个横强残忍而又狡诈阴狠的恶邻周旋拼命时。三年半的经验，证明了一件极其重要的事情，即恶邻所加于我们的忧患，分量虽然并不轻，然而近二十年来（从五四运动以来），我们这个民族所产生的一点民族自信心和自尊心，用战争来做试验，实在担当得起这分②忧患。战争去结束时期尚远，除了少数精神不健全的份子③，向敌人投降，大多数中国人，即在沦陷区内，都无不对这件事认识得极其明白；承认任何牺牲来临，还将继续沉默忍受下去，在忍受中并且相信：胜利属于我。中华民族决不是做奴隶的民族，不特要在恶劣环境中求生存，同时还要在这个环境中求发展！

在前方，目下敌人军事上已感到束手，无可为力了，因此即用一种卑劣战术，与小岛民族性相称的战术，向中国后方不设防城市作着普遍轰炸。一面屠杀中国平民，一面还用无线电广播，或散荒谬传单，作种种可笑宣传，向中国平民说谎，企图引起一点作用。这种又下流又糊涂的手段，正和在沦陷区残杀中国人后，再送点小糖果给那些无父母中国小孩甜甜口，就以为即可同中国人讲亲善情形一样。一切努

---

① 本文载1941年1月5日昆明出版的《民族思潮》第1卷第1期，作者署名"沈从文"。按，沈从文曾在1940年12月30日香港《大公报》上发表《废邮存底·给一个广东朋友》，本篇即据该信改写而颇有增删，已另成一文，所以特为辑出，并与《废邮存底·给一个广东朋友》（《沈从文全集》第17卷）参校。
② 此处"分"通作"份"。
③ "份子"通作"分子"。

力除增加中国民众的切齿,则无意义。使他们这么作,正证明近卫①以次,敌人的支那通,实在完全不明白现代中国抗战为何事。

一个朋友对于日本的支那通,批评得极有意思,以为这些自命支那通的人物,照例只懂中国唐宋时代的文化,清末民初时代的政治,此外中国较远一点的文学艺术,所表现这个民族的伟大感情伟大思想,照例不大明白。较近一点的文学艺术,如五四以来的白话文运动,由于这个运动所煽起的爱国热情,以及对于民族复兴国家重建的信心,尤其十分隔阂。不懂古代中国,至多还只是附庸风雅时,见出一点小家子相,玩瓷器只知买均窑,玩字画只知买夏圭牧谿,虽不免寒伧,还不算大失败。至于不明白现代中国,到处理中日事件时,见武力不能征服,就只是用他本国流氓来勾搭中国流氓,流氓和流氓混在一起,这里来个委员会,那里来个伪组织,即以为可由分割而成功。其实这种拙劣方式,在政治上还绝对会失败。失败原因简单,即敌人把现代中国的能力完全估错了。别的不说,即以文学革命而言,将文字当成工具,从各方面运用,在中国读书人方面,近二十年来保有若干潜力,远在东京派兵百万到中国,用战争赌国运的近卫,就根本不明白的!

这件事即从当前本地情形说来,也可看出一二。敌人总以为在云南方面,虽不宜作军事冒险,却无妨作政治投资。用谣言挑拨离间,可以分化上层分子。用滥施轰炸以及封锁滇越货运,听物价高涨,可以摇动下层分子。至于中层分子,却听其神经受前者影响,生活受后者影响。此等情形挨到一年半载,军事方面纵无结果,政治方面必会有很大收获。其实支那通的白日梦到头来还是毫无作用。挑拨离间的方法,可一不可再,玩久了只成为笑话。滥施轰炸毫不害怕,物价上涨则反而好了有业下层,就中情绪不大安定,生活相当困难的,是中层分子,严格一点说来还只限于薪水阶级的教书先生。然而,在心理上反日与敌人绝无妥协思想的,也就正是这部分中层分子。物价越涨大家生活越加简单,把战争亦看得单纯而自然,"打下去,忍受一切,在任何情形下决不投降!"这只看看在几个大学校服务的同人生活状况,也可明白。一个优秀图书馆员的薪给,不如某某委员的门役,他

---

① "近卫"当指近卫文麿(1891—1945),1937年及1941年两度出任日本首相,积极推进侵华战争,战败后畏罪自杀。

忍受。一个学有专长的教授薪给，不如昆明市的理发师和洋车夫，他同样忍受。使这些读书人能忍受的理由，是大家都透彻了解这次战争的意义，对于民族存亡问题实太严重。战争既是争国格，争民族人格，并为世界民主制度争取人类生存一个不可少的庄严名辞，即"正义"。这事从有知识的中层分子看来，当然是要无条件的长期忍受下去的。

忍受不是最终目的。在中层分子中，必更能看出这个民族未来的命运，凡事值得乐观。目前我们正在牺牲中抵抗敌人所加于我们的忧患，明天还得从努力中想法摧毁敌人的武力。我们不仅在焦土抗战，还要从瓦砾中建国！

不过目前抗战要人力和物力，智巧和勇气，我们从各方面取证①虽都不缺少，明日建国却似乎更需要作较多的准备。提到准备，使我们想起一件事，即不管幸运还是不幸，事实上这点责任已落到当前二十岁到三十岁左右的中国读书人头上！建国不特需要知识，还需要比知识更多的做人做事的勇气。三十岁左右的人不用说了，即目下在大学校念书的二十来岁的大学生，十年二十年后，也就必然是这个民族历史上的悲壮场面负责者。这些人在负责"做事"以前，如何来养成"做人"的气概，这件事在当前实在是值得特别关心的一个问题！

做人问题很多，要紧的应当把生命看得异常庄严，凡事临之以诚与敬，思索向深处走，充满热情与勇敢，来从书本与人事两方面，追究了解人之所以为人，究竟特点何在。就生物学说来，人比较上是个如何复杂的动物。虽复杂依旧脱不了受自然的限制，因新陈代谢，只有一个短短的时期活到阳光下。（愿望永生，肉体终不免要死亡。）然而从人类文化史上看来，这生物也就相当古怪，近万年来知识观念的堆积，而且传继不绝，即是一种奇迹。近百年来种种知识因工具便利而运用得法，更产生多少奇迹！我们如能明白人之所以为人，兽性与神性如何同时并存，就一定会承认，如果处理得法，世界会有个较好明天的。使这个较好明天实现的方式，必需许多正在活着的人，活下来，像个"人"，且肯努力贴近"神"，方有希望可言。做一个中国人尤其任大而责重。想战胜强悍敌人，还先得从征服个人的弱点起始。青年运动若值得再来一回，"重新做人"是这个运动最合理的口号。

---

① 原刊此处一字漫漶不清，疑似"证"字，录以待考。

这"做人"意见说来虽很浅显，作来倒也相当费事。正因为人与猿猴本来有一点远亲，虽相去已百十万年，这个世界却照例到处可以发现兽性的遗留。即以中国读书人而论，明分际知自重能爱国的固不少，活下来所作、所为、所思、所愿，都显得懒惰而小气、平凡而自私的数量似乎也就相当多！这些人对于举凡一切表示人类向上的理想与事实，照例是不大关心的。举凡一切表示人类伟大处，崇高处，深刻处，也都不怎么需要的。过日子俨然只是吃喝生殖与死亡，然而即属于吃喝生死问题，便依然不能向深处思索，只是在一种极端庸俗打算中浮沉。一生所读的书虽极多，亦不能帮助他把人生看得较深刻。这些人情绪上竟像是与猴子相差并不十分多，都甘心乐意一生在地上爬行，还以为手足能同时贴地，走动时又稳当又便利，并且姿式非常潇洒而美观！但另外自然也尚有一种人，明白人类之所以进步原因，主要的事是在多少万年前，即已能够挺直脊梁骨，抽出两只手来供头脑指挥，充满好奇的兴趣，发明的欲望，更抱着一种战胜一切的雄心与远志，来从事各种工作各种试验，方有今日的成就！我们这个民族今后命运的荣枯，实决定在这两种人生型式的消长。一个现代中国人，如能对于这两种人生型式的美恶，认识得清清楚楚，知道有所取舍，学做人的事就不成问题了。

民国三十年一月七日昆明

新废邮存底·关于《长河》问题，答复一个生长于吕家坪的军官（残）①

石如先生：

　　［……］我想从各方面来写"湘西人与地"，保留此五十年来在这

---

①　此函辑自许杰的《论沈从文的写作目的》一文，许文原载福建永安出版的《民主报》附刊《十日谈》第7期（1944年8月14日），原题《沈从文论写作目的》，后改为《论沈从文的写作目的》收入许杰的论文集《文艺，批评与人生》，江西上饶战地图书出版社，1945年。此据《论沈从文的写作目的》转辑。据许文，沈从文此函是答复"石如先生"的，整理稿即以"石如先生"开头。沈从文原信写作年月及原刊处待考。又，由于难知残简每段话的前言与后语，所以辑校者在每段话的前后酌加了［……］，表示残缺，下同不另。

一片土地上生活人情与生活历史,希望可用它作更年青一辈朋友打打气,增加他们一点自信,为明日挣扎有所准备、增加一点耐性,来慢慢的战胜环境,力图自强!若能作到"地方一切长处可保留,弱点知修正,值得学习的进步知识都乐意拼命学习,举凡一切进步观念勇于接受",这工作就不无意义了。[……]

[……]中国问题多,事事需要有人充满热忱而诚恳从事。即以写作言,在社会上如虾米蚱蜢活动要人,如蛀米虫(?)① 埋头苦干的更要人。我大约比较适宜从后面一个方式上工作,成功成名,都非个人兴趣所在,能继续在一个太困难环境中写,写成后还能给一万小朋友从作品中所涉及的种种问题,有会于心,因之做人更勇敢诚实一些,做事更负责认真一些,做人情感上所得的报酬就够多了。[……]

新废邮存底·致莫千(残)②

莫千先生:

[……]所说许杰先生批评③可惜这里不易见到,但想想那作家指责处,一定说得很对,极合当前党国需要。王西彦先生在北平时候常被(?)④ 未发表文字给弟看,今编副刊,⑤ 能刊出许先生大作,文虽

---

① 此句中"蛀米虫"后的问号可能是许杰在引用时所加,他大概觉得用"蛀米虫"来比喻"埋头苦干"的人有些不妥,所以有此疑问。

② 此函辑自许杰《论沈从文的写作目的》一文,出处同上。据许文,沈从文此函是写给"莫千先生"的,整理稿即以"莫千先生"开头。沈从文原信写作年月及原刊处待考。

③ 据许杰在《论沈从文的写作目的》一文中的说明,莫千报告给沈从文的来自"许杰先生批评",指的是许杰的《小说过眼录——上官碧的〈看虹录〉》。按,许文的完整标题作《现代小说过眼录(下)——上官碧的〈看虹录〉》,刊登在王西彦主编的桂林《力报·新垦地》副刊(1944年2月11日出刊)。

④ 此句中"被"后的问号可能是许杰在引用时所加,他大概觉得"被"字用得不合汉语习惯,所以有此疑问。

⑤ 此处"副刊"当指王西彦主编的桂林《力报》副刊《新垦地》。

刊出都①不寄弟看看，想必甚有道理也。〔……〕

〔……〕关于批评，弟觉得不甚值得注意，因作家执笔较久，写作动力实在内不在外。弟写作目的，只在用文字处理一种人事过程，一种关系在此一人或彼一人引起的反应与必然的变化，加以处理，加以剪裁，从何种形式即可保留什么印象。一切工作等于用人性人生作试验，写出来的等于数学的演草，因此不仅对于批评者毁誉不相干，其实对读者有无也不相干。若只关心流俗社会间的毁誉，当早已搁笔，另寻其它又省事又有出路的事业去了。〔……〕

给一个出国的朋友②

××：

我因答应好家中人今天下乡，回去作火头军，所以来不及送你了。留下的×××，冲水吃，对你去国前极端疲劳的体力或许稍有帮助。你实在应该保重一下身体，为的是还有多少事要做！近年来看到你常常伤风，我真说不出的难受，这正看出一般熟人在长时间××××××下所受的摧残。你还有个另外担负，即属于情感方面来自心中深处的一种扰乱，一种抽象的压力，分量多沉重！纵勉强捺住心坐在书桌边翻杂书，作杂事，想用一堆书一堆人事再加上百十场开会谈天，也挪不开那个有热不见火的继续燃烧！你在燃烧中寻求支撑，不凑巧得到的又恰恰是两根脆弱的芦苇。事实上体力还是不能不在一种近乎宿命的情况中逐渐毁去。你自己明白这种沉下的情形，你无从自救，少数朋友更无从用言语相慰解，为的是这依然无助于你。这问题别人不易明白，我应当明白。昨晚上谈到的一切，增加我对你的理解和爱敬。由于你生命中包含有十九世纪中国人情的传统，与廿世纪中国诗

---

① 此处"都"似应作"却"，当系手写近似而误排。按，因为许杰的《现代小说过眼录（下）——上官碧的〈看虹录〉》发表在王西彦主编的报纸副刊上，而王西彦小说处女作《车站旁边的人家》（1933 年）乃是在沈从文主编的《大公报》文艺副刊上发表的，所以沈从文有此抱怨，而许杰则在《论沈从文的写作目的》一文中指责沈从文此信"无端的拖出王西彦来，似乎他是一个忘恩负义、大有阴谋的人，非刺他一枪不可"。

② 此函载 1945 年 10 月 20 日出版的《自由导报》周刊第 3 期，作者署名"章矞"，当是沈从文的笔名，收信人应是卞之琳。考证见另文。

人的抒情，两种气质的融会，加上个机缘二字，本性的必然或命运的必然都可见出悲剧的无可避免。我把一切知道的事重新温习，不明白的加以体会补充，俨然即看过一本书：《一个不露火苗的生命燃烧发展史》。半夜不能睡，天不亮又醒了。我不用世人漠不相关方式劝你用逃脱解除心情上的困惑，只想说你得尽可能分点心注意身体，把身体弄得好一点，再来接受一切分定。最先应接受的即是上路走一万里长途，你还得随时照料一个眼目快瞎值得怀念的长者（做官的不要他，不管他的死活，国家可少不了他），一个但知读书不照管自己生活的哲学家，一个体力比你更脆弱的历史学者。这一群，恰好也就是近八年战争由于统治××××××，所加于吾人的痛苦摧残象征所作成的文化标本！想起你们这一群标本，如一群难兵踏上异国国土，受人接待时，从那个接待中由他人眼光里所表示的理解和同情，我为我们的国家实感到羞辱。这羞辱你在那个环境中也必然会觉得，身体若不济事，也许在那个场合中就会堕泪的！你说属于个人情感上的纠纠纷纷，已得到解放，不用朋友担心。事实上这一切过去，都还纠住你，束缚你，咬住你。每一种抽象每一个微笑影子在你生命中都还保有极大的势力，我看得清清楚楚的，这不止当前如此，还会影响到你的未来。明天的生活，明天的恋爱，都必然还要受它的控制，受它的统治。它们且将在一段时间一颗孤寂的心中生长，扩大，直到你自己承认为止，你能用隔离逃脱事实，可无从逃脱抽象！一切爱即使是孕育于长时间的沉默里，触着心的边际时，却照例有个明朗清澈的回声。更何况你去的是一个有充分抒情风景有充分伤感气氛的国家，过的又必然是种有完全绅士性的生活。有的是你在平静自然景物下温习"过去"的机会，也更容易想念着个人以外那个终生寄托的国家，在发展下如何乱糟糟的，多少年青人的正直热忱灵魂，如何为现代"政治"二字压扁扭曲，得不到正常发展，由于武力与武器自足自恃者贪权争利的传统，会合了充满市侩人生观的风气，形成明日的种种悲剧的堕落。这一切出自内得诸于外的痛苦感印，原样保存在生命中，沉重分量你担当不住。想转移它成为一种生命动力，依我私意，只有一种方式，即从文化史上多留点心，尤其是东方或中国艺术史。由于情感受"过去"陶冶，既已十分深沉，又相当纤细，一与各个民族在不同时代使用金石土木颜色和线条等等材料，运用智慧和巧思，交织着热情与忧郁，而产生的种种艺术品接触,即必然有一种较深的领会,只要用点心加以分析与排比,这成就,无疑的即可作成一首庄严伟大而且美丽的史诗!这新的史诗纪录的不是伟人名王的赫赫武功,也不是圣哲贤士的原则观念,却是千载以来各个孤立的心,充满人情中的温爱,浸透于不同材器中所有的各种各样优美纯粹表现。所表现的与价值和道德多不相干,却与人性对于崇高的向往和善美的鉴赏有关,历史中属于情感的史诗,亦必须有人来如此发掘与表现。这工作期之于当前的艺术家和历史家,既均若无可望,你正不妨将写诗的笔重用,用到这个更壮丽的题目上,一面可使这些行将消失净尽而又无秩序的生命推广,能重新得到一个应有的位置,一面也可以消耗你一部分被压抑无可使用的热情,将一个"爱"字重作解释,重作运用。这是你热情的尾闾。工作的成果中将永远保存有你对于人生热忱的反光,也还可望从另一世纪另一类人生命中燃起熊熊的大火!现代中国政治特点之一,即民族情感的阉割与毁灭。因之一种简单十分的口号,短短的演说,一与功利是归懦怯无主的新生灵魂接触,即但闻一片呐喊,一片掌声。真正所谓"思想"不特在多数的群中极端缺少,在少数的领导者中,亦常常不免用"阿谀"群的情趣相代替。对国家共同的幻念,即建设于一种宿命迷信和无知自大基础上。负责者惟用谎话自骗或互骗,再共同以小群的青年与大群手足贴地的人民为对象,行使其传统不变的刍狗原则,大家徒然希望这个国家会转好,其实明日那会轻容易①转好!我们从这一点看去,用历史,文学,和美术,来重新燃起后一代人的心,再来期望这个民主政治罢。也让我们从工作的试验中,消耗自己至于倒下,却从工作成就中,实证生命的可能罢。熟人关心你生活的,常以一个合理幸福的家庭,在一种新的情绪意②境中,得到一点休息,更得到接受明日更大的勇气。事实上一个有深刻思想的人,生命热忱的充沛,又那是一个女孩子能消耗,能归纳,能稳定?热情的挹注,对女人,将是一种母性正常发育与使用,对男子,怕还是需用长久耐心和深致析剖并重新组合的艰难工作,方始有望!对另一具体国家,我们的战争已结束了,对抽象人生,我们的战争将从生命接近中的今

---

① 此处"轻容易"是很别扭的用法,疑原稿先作"容易"后改"容"为"轻",却被误排为"轻容易"了。

② 原刊此处一字漫漶不清,疑似"意"字或"背"字,录以待考。

日起始。你和我都知道，这正是一种完全孤立绝望无助的战争，不能退后也不应当退后，因为生命本身即有进无退，接受它时，虽不免稍感悲伤，然而都无所用悲观。小政治一浸入学校里，朗诵诗俨然就足够装点一切了，所以你们的出国对学校虽近于一种损失，然而对个人，也许反而可从国外广泛的学来一些知识，成为一种坚强结实单纯的信念，准备明日为××××的愚顽势力与堕落风气而长久对峙！

三十四年九月廿九日

诗人节题词[1]

追求抽象原则，保有一种坚贞的人格，永远不与腐败势力妥协，这才是我们每年纪的[2]诗人节，举行诗人节的本意。

新书业和作家[3]

随同五四运动的发展，为推行出版物，中间产生了个新书业。这个新的企业，也可以说是一种事业，因为它的起始，兴趣所在，精神效果实在重于物质获得。和作家用笔有个一致性，是采取"玩票"态度作下去的。"玩票"意思并不是对工作不大认真，却是不大顾及赚钱赔本。换言之，是还有点服务理想，对社会改造国家重造的理想，来进行这个企业的。

在北方，起初是北京的《晨报副刊》的合订本单独发行，并有选集讲演集等等著作附带的单行本印行。这些刊物既得到一种分配上的

---

[1] 此则题词辑自 1946 年 6 月 1 日广州出版的《文坛》新 5 期（总第 17 期）所载一些作家关于诗人节的《一束题词》，作者署名"沈从文"。按，诗人节在旧历的五月五日。

[2] "纪的"可能有笔误或误排，似应作"纪念"，"纪念诗人节"与下文"举行诗人节"是近似和并列的句式。

[3] 此文载 1947 年 1 月 18 日天津《大公报》"图书周刊"第 3 期，作者署名"沈从文"。

便利，一起始即见得很成功。然而它的成功意义，也还是精神重于物质的。这部分业务上的发展，虽有超过报纸社会地位，成为一个单独组织的可能，惟主持其事的，却似乎还看不出它的前途，有多大希望。

在南方，《时事新报》的"学灯"，《民国日报》的"觉悟"，都各自尽了当时对于副刊所课①的责任，也得到应得成功。报纸在经济上虽见不出什么大影响，在精神上实增加了报纸抽象地位。南北情形相同，即不曾对于这个部门的发展，作过企业远景的瞻望。

至于第一期的新书业，时间上却比副刊活动稍早些。民六七时代，陈独秀先生主持的《新青年》杂志，实可谓国内最有销路的杂志，印行这个刊物的书店，是不会赔钱的。随后是胡适之先生所整理标点的旧小说，以及陈、胡二先生文存的印行，初期诗歌、小说、戏曲、翻译的单行本出版，由于销路广大形成一个初期的繁荣。印行书店虽赚了钱，作家可不曾想到这个钱他也有一分。亚东、泰东、群益……几个新书店实独占了国内新书业市场。商务也分出了一部分印刷力，供文学研究会运用。上海虽是个经商俾利②市场，有利可图的事总有人注意到，群起投资，可是经营新出版事③，却似乎还引不起人注意。主要的也许是作家虽已不少，作品却并不多，其他方面即欲投资，亦几于无可着手。这个局面的突破，实从民十五方起始，这事和北伐不无关系。

先是创造社郭沫若、郁达夫、成仿吾诸先生的努力，一面感于受当时有势力文学社团压迫，一面感于受出版方面压迫，作品无出路，想突破这个独占不合理局面，希望作品有以自见，也希望能用作品自给自足，因此来自办出版，直接和读者对面。努力的结果，虽若于短时期即作成两面的突破，过不久终因为经济方面转手不及，不易维持。随创造④而起的是北方语丝社，鲁迅、钱玄同、刘半农、李小峰诸先生，用"打平伙"⑤方式，各凑几元钱，来出《语丝》。一切还离不了

---

① 原报此处一字漫漶不清，疑似"课"或"谓"，录以待考。
② "俾利"今通作"牟利"。
③ 此处"事"似应作"业"，但作"事"也可通。
④ 此处"创造"指"创造社"。
⑤ "打平伙"是流行于中国各地的一种生活习俗，同时也是一个俗语，多指众人聚餐，费用均摊，近似于今天的"AA制"，但更淳朴爽气一些，作为一个俗语的"打平伙"也可以用来形容合伙做事、凑份经商等。

"玩票"意味，不过是自管收支罢了。本意以为赔本赔厌了即收场，万一有点剩余尾数呢，大家上东来顺吃顿涮锅子。一切打算离企业隔多远！但是这个小小刊物却得到意外成功，因之产生了个北新书局。国内名记者萧乾，就在这个小书店做学徒，站柜台卖过《呐喊》，《语丝》。同时北大几外①几个教授，周鲠生、王士杰②、杨端六、丁西林诸先生，也凑了点钱办个《现代评论》。目标和《语丝》虽稍稍不同，对刊物经济方面却同样并不寄托远大理想，以为能办下去就已很好。既对于这方面缺少理想，也缺少技术，所以刊物每礼拜行销到八千份时，还仅仅能自给自足。当时好像只维持了一个作家职业，或产生一个职业作家，那即是管发报事务的我。每月固定可以拿三十元钱，不至于再欠公寓火食③账！到出纪念增刊时，我一个人又用种种笔名，小说戏剧，诗歌散文，一应具全④，写了四篇文章，拿了一笔稿费，其他方面似乎即不曾有开支。这个增刊卖到一万五千本，只是在账目上有个纪录。刊物这么办下去不关门才真是奇迹！所以北伐前迁过上海，依然给太平洋书店出版，再过不久，也就停了。

于时胡适之、徐志摩先生，也正办新月书店，预备出文学书的单行本和《新月》杂志。北新、新月移到上海后，北伐成了功。光华、现代、新中国、开明、华通、乐群、创造社出版部、生活、良友等等书店，在上海陆续成立。有股份公司，有版税制度，有这样那样文学丛书的印行，有各种定期刊物出版，报纸上于是有了大幅新书广告，小报上有了不大可靠的文坛消息，而批评、检讨、捧场、攻击，一切慢慢出现，却共同形成了个新的局面。这个企业的兴起，既是在一个新的自由竞争环境中生长发展，这才真有了所谓"职业作家"，受刺激、争表现，繁荣了个新出版业，也稳定了新文学运动。然而我们应当知道，即这个"职业作家"，还是近于一个相当抽象的名词，这名词且多少包含了一点儿讽刺意味的。为的是这个职业比起其他职业来，

---

① 此处"几外"疑有排印错误，似应作"另外"——此句中说到的几个人当时多是北京大学教授。

② "王士杰"当作"王世杰"（1891—1981），湖北崇阳人，时任北京大学教授，1924年末创办《现代评论》。

③ "火食"今通作"伙食"。

④ "一应具全"今通作"一应俱全"。

实费力而难见好，且决不能赖以为生。即以五四文学运动的元老胡适之、陈独秀、鲁迅，或冰心作品而言，虽有个版税制度，真实收入数目是极可笑的。（当时或有点点收入，到后来且什么都没有了。）这些人就没有一个敢大胆希望，可以从印行作品中，取得一点分上利益，能一年半载不做事也可生活下去。新露面的一群，自然更不敢妄想工作三五年后，印行五本书后，即可以把日子过得从容一点了。由于这个新的企业的兴起、繁荣，已变更了作者与读者的原有关系，可是作者却依然居多还是要用个"玩票"精神作下去。受不了这个试验的，倒也好办，因为已可用作家名分消失到许多职业里，尤其是有意消失到党政军学方面时，极其容易。但也就因此使这个部门的进步，受了相当损失。最大损失还是由改图而在那个大混乱中所作成的牺牲，影响到这个企业的发展。一面是有了出版机构，却得不到什么好书，一面是由于竞争营业，在别方面越浪费，在作者方面反而越企图减少消耗。直到民十八到二十左右，印行鲁迅、郁达夫、冰心全集的某某书店，每月约付作者二百元版税的事还到时不能履行，而某某当时最知名的女作家，一个十五万字的小说版权出卖，换个一百元还费尽唇舌，始能交涉成功。即可知新书业的发展史上，对于作家关系，实保留一个如何不健全待修正的习惯！但这个不健全也可说对于一部分作家，还是有意义的，即对于那个徒负"职业作家"名分，日子过得十分狼狈，在任何试验中还不曾放过笔改过业的那一群。他们的"玩票"精神，先是自愿的，后来是被迫的，新的认识且完全放弃了收入打算，更认真的玩下去。因为他们的挣扎，不仅繁荣了个新书业，还产生了许多优秀作品，支持了个文学运动对社会的健康关系。而从民二十到二十六这一段各方面的成就，即由于他们所保持的纪录，以及更新一群为这个纪录突破而有所努力共同作成的。在这个过程中，对新书业也有了个检汰作用，即凡重制度，能注意到作品的质的认识，而出版上又不苟且，对读者对作家都若有个交代的，因之基础稳固，能存在，能发展，即经过十年战事，迁移后方，蒙受极大损失，由于制度和信用，还好好保持，复员后依然可恢复并居领导地位。凡过分利用一时聪明，投机取巧，一切只顾目前，对读者与作者之间，不曾尽过应尽责任，又只图从制度外有所经营的，虽一时间可发点小财，终于还是完事。这个现象正说明一件事情，即经营这个新企业，虽有资本还得会经营，能经营还得重制度，有制度依然尚需要一点理想，比发展业务还高一点远一点的理想，方可望能稳定，能发展，还有个新的未来！

从近二十年这个企业加以注意，我们即可知因战事时间太长，有些书店损失太大，加上复员后的由南到北，一片战火的扩大，国家全部机构都若在麻痹僵固状态中，新书业一时间自无从谈发展。半官性的，或因接收的物资从纸张到店面无一不备，还不至于见出窘态。但有个致命伤，即所印行书籍销路问题，求好转恐不容易。属于私人经营的，或因兼印教科书，从政府得到纸贷款的补助，各省分配机构还存在，也容易稳得住。至于几个单纯印行文学书籍的出版机构，如近二十年对于这部门尽过最大责任、有过极大贡献的文化生活出版社，战后兴起的作家出版社，……分配周转上实值得人关心。国内这种出版机构既不多，政府负责方面如对于这个问题能有点认识，即应不经请求也能给予一笔贷款才合理。如有个三五亿贷款周转，一年内出版的贡献，当可比官营出版机构费三五十亿得来的成绩还大得多。新文学明日的正常发展，这类出版机构有其重要作用。

还有一点是书业方面和作家间的关系，一起始似乎即不怎么合理。这对于文学运动本身，固然是极大损失，即对于新出版业，也大不经济。最明白显然的事实，即在这个情形下，作家有成就的不易保留，并继续生产优秀作品，待发展的更容易为其他职业夺去，近于未成熟即夭殇。这部门工作的推进，我们与其寄托希望于政治，还不如寄托希望于出版家。书业目前有它的困难，原是事实，但即再困难，也会觉得分布在各处的分配机构得维持，否则明日更加困难。可是以印行新书发展营业的几个书店，似乎很少会想到作家也应算作机构中一个重要成分。政府对于书业已有个补救制度，凡有资格请求的，都得到相当结果。可是直到如今为止，我们却似乎还不曾听说这些书店，在固定版税制度外，肯为作者想点办法。而这个作者群，实在又还有三五十个人，有权利向新书业作这个提议而需要即刻实现的。

这个结论和我原说的作家"玩票"到底精神似乎有点冲突，因为真的欢喜唱戏的票友，应当能够赔本钱玩下去，一切不大在乎，何况一个有理想的作家？我意思倒是从书业方面看去，这是修正或补救过去不大合理的分配制度机会。这个分配制度使作家繁荣了新书业，支持了与书业有关的万千寄食者，自己群中却有因穷而病，死去时板木也得向宏善堂领去的事。到现在，多数作家生产的枯窘现象，已影响到出版水准。新书业的一部分负责者，对作家是不是还有点义务待尽？以个人私见，目前的补救和明日的分配制度如何修正，不仅仅有关作家，实在更有关出版家。若照战时那个分配方式来说，用个人作例，有好些书十年中不曾得到一文版税，有些一年半载所得的还不够购买本人一本书。① 这方面的不合理，恐怕和社会其他方面一样，都在促成枯窘、贫乏、解体，不是好现象。作家固然要理想，方能有好作品产生，但经营新书业有成就得信托的，似乎更要一点理想，明日才可望有个新的局面展开！在作家方面，我们希望永远有人能用"玩票"精神工作下去，尤其是那些有成就有贡献的老作家。在出版家方面，我们却希望能记住这不是纯粹商业。

纪念诗人节②

每年旧③五月五日，为了纪念诗人节，国内文学刊物、文学团体照例有些应景文章和仪式，点缀这个从历史接收下来的节令。这节日本为二千年前一个不甘哺糟啜醨④却在众醉醒醒中自沉清流的屈原而设。龙舟竞渡虽已失去本来意义甚远，角黍招魂却尚留些古典悲伤。然而诗人若有知，在这个举国一致文人团体新仪式中，必反而觉得稍稍厌倦。因生者宜自哀处甚多，却像是毫无所知、不以为意。尤其是一个对本身责任似还少自知之明，对下一代又缺少真正爱情的诗人群，若仅仅会在战火扩大作成的情绪状态中，鼓励自残，夸大战果，或在诗句上浪费廉价的"为人民"的空洞同情，这个新的纪念仪式越热

---

① 据记者子冈的访问记《沈从文在北平》（载1946年9月19日《大公报》）报道，沈从文说本年开明书店与他结算稿费，结果是"我拿到三百六十元，因为按照伪币折合的。算起来要自己一本书十八年的版税才能买一本书，这是书店的制度"。

② 此文载1948年6月1日北平《平明日报》，作者署名"从文"，当即沈从文，他曾应邀担任《平明日报》"星期文艺"副刊（1946年12月29日创刊）主编，并在该报上发表过不少文字。

③ 原报此处可能漏排了"历"字，但"旧×月×日"作为约定俗成的说法，也可通。

④ "哺糟啜醨"语出《楚辞·渔父》："众人皆醉，何不哺其糟而啜其醨？"

闹，恐怕反而只会使那个旧的历史上人物精神光辉越减色。所得效果可能也是负的，和需要相反的。所以纪念诗人节要不失本意，先还得从认识屈原的真正人格以及历代大诗人传统信念入手。用不失赤子之心来把握工作还不够，必将诗人的"爱与不忍"侵透①于人格作品中，变成一种悲悯与博大远见和深思风度，才会有真诗、有好诗，有让下一代还可从作品取得无私热情和纯粹信仰来用爱与合作而活下去的人性的诗。这种作品这种诗人都不是每年纪念即能产生的。在此更让我们对于那些生活仿佛失衡孤独、工作异常严谨、近三十年来因故早世②的诗人，尤其是就中因反对糊涂战争，反对专制强权，而牺牲了生命的一位朋友，值得表示诚实而永久敬意。③ 或于二千年前自杀，或于二十世纪被害，他们的死，实近于对不④公正腐败残忍现实的抗议，都守住一个信念，为了更多数人应当得到合理的生！

2010 年 3 月 20 日重校于清华园之聊寄堂
2011 年 12 月 8 日复校《梦与呓》一文

---

① "侵透"通作"浸透"。
② "早世"义同"早逝"。古典用例如《左传·昭公三年》："则又无禄，早世殒命，寡人失望。"又，唐韩愈《与崔群书》："仆家不幸，诸父诸兄皆康彊早世，如仆者又可以图于久长哉？"
③ 这位被沈从文称为"因反对糊涂战争，反对专制强权，而牺牲了生命"的诗人朋友，可能指闻一多。
④ 原报此处漏空一字，疑漏排了"不"字，录以待考。

遗文疑问待平章
——新发现的沈从文佚文废邮考略

　　收集在这里的沈从文佚文废邮十三篇，是我和裴春芳、陈越两位同学近两年来陆续发现的。其中《废邮存底·致丁玲》、《废邮存底·辛·第廿九号》、《敌与我》、《新废邮存底·关于〈长河〉问题，答复一个生长于吕家坪的军官（残）》、《致莫千（残）》、《给一个出国的朋友》、《诗人节题词》七篇由我辑录，《读书随笔》、《梦和呓》、《文字》三篇由裴春芳辑录，《旱的来临》、《新书业和作家》、《纪念诗人节》三篇则由陈越辑录。这些长长短短的佚文废邮诚然零碎不成系统，不能与重要的创作相比，但其中一些篇什也包含着相当重要的信息，或许为沈从文研究者所乐见，所以我又对辑录稿通校一过，并酌加注释，集中刊布于此。坦率地说，由于个人闻见有限，有些篇什或已被人发现在先也未可知，倘如是，则理当以先发者为准，我们的后发自然作废。关于一些文本的考辨以及其他相关情况的介绍，说来颇为繁琐，不便夹杂于校注之中，所以在这里归总交代一下。

友谊与爱情的遗迹：
沈从文致丁玲的信和给张兆和的情书

　　前面的《废邮存底·致丁玲》、《废邮存底·辛·第廿九号》、《旱的来临》三篇，都是沈从文在上世纪30年代初期写作的，均刊载于杭州发行的《西湖文苑》杂志上。

　　刊载于《西湖文苑》第1卷第3期上的那封《废邮存底》，目录页署名"甲辰编",正文里又署名"甲辰",而"甲辰"乃是沈从文的笔名之一,并且这封《废邮存底》末尾的附识——"这是我一九三〇年在武昌时写给最近失踪的丁玲女士若干信中的一封信从文识"——已完全点明了写信者和收信者的真实身份;复查沈从文 1930 年 9 月 16 日至 12 月下旬在武汉大学任教,则此函当写于这一时期。为示区别以便于研究者援引,我在整理时酌改为《废邮存底·致丁玲》。刊载于《西湖文苑》第 2 卷第 6 期上的诗作《旱的来临》,不论在目录页还是正文里,作者都署名"岳焕",而沈从文原名"沈岳焕","岳焕"也是他的笔名之一。查收录在《沈从文全集》(以下简称《全集》)中的诗,多为情歌、拟情歌和情诗,像《旱的来临》这样咏叹乡村旱灾、农民艰辛的诗篇,是颇为少见的。《废邮存底·致丁玲》则尤为珍贵。近年来,沈从文与丁玲的关系已成学界的一个热门话题,涌现出了《沈从文与丁玲》(李辉著,湖北人民出版社,2005 年)等专题研究著作,该书并附录了相关的讨论文章和参考文献,但这封《废邮存底·致丁玲》却未见涉及。研究者们利用较多的还是沈从文的《记丁玲》及其续篇等,在这些著作中沈从文也摘引了他与丁玲之间的多封往来信函,可惜大都不完整。比较而言,这封《废邮存底·致丁玲》可能是现存最长也最为完整的沈从文致丁玲书信,从中可以推知,丁玲曾经写信与沈从文讨论妇女问题,所以沈从文便复函给她,非常坦率地陈述了自己对这个问题的意见。看得出来,两位好朋友在妇女问题上的观点并不一致,但分歧显然无碍于他们之间的友谊。而时当丁玲遭难之际,沈从文特地发表这封致丁玲的旧函,并加附识点出丁玲的"失踪",这无疑有声援友人、问难当局之意。所以,不论对研究沈、丁的关系还是探讨沈从文的妇女观,这封《废邮存底·致丁玲》都是不可多得的文献。

颇为有趣也颇难辨识的,是发表在《西湖文苑》第 1 卷第 4 期上的那封《废邮存底》。

在该期目录页和正文里,这封《废邮存底》都署名"甲辰编",信前并有编者"甲辰"的一段题识云:"辛·第廿九号·从一个海边寄到另一个海边。一个三十岁的女人,寄给一个十九岁的男子。她不是基督徒,却信仰了一次上帝",末尾有写信时间"二十年、十一月"。为示区别并便于研究者引用,我在整理时改题为《废邮存底·

辛·第廿九号》。这显然是一封情书,写得颇有情趣,可究竟是谁写给谁的呢?不待说,"甲辰"自然是沈从文,但既作"甲辰编",则他或许只是这封信的编发者也未可知,何况"甲辰"又特别加上那么一段题识,径直告诉读者该信是"一个三十岁的女人,寄给一个十九岁的男子"的呢!但问题是,不论那个"三十岁的女人"抑或那个"十九岁的男子",都无名无姓,难以稽查。当然,在当年(1930年代初期)沈从文的交往圈子里,也颇有几个年近"三十"而仍然热情敢爱的知识女性,可要说她们竟然会爱上一个年仅"十九岁"的男子,那也似乎太超前了些,几近于不可能。即使在沈从文的朋友圈里确有这样的人、这样的事和这样的信,可随之而来的问题却也更加难解——事关年龄如此悬殊的一对男女私情(几近于今日所谓"姐弟恋")的情书,又怎么会落到沈从文的手里,并且任他拿来公开发表呢?倘说是沈从文无意中得睹一位三十岁的女性的情书,也很难设想她或她的年轻情人会同意沈从文把如此"出格"的情书拿去发表呀!然则,难不成沈从文是偷窥、偷抄出来抑或是胁迫别人同意他拿来发表的吗?虽然在绯闻满天飞以至人们已经不以绯闻为非反以为荣的今日,情书的公开被"晒"已是稀松平常之事,但我们恐怕很难设想为人正直善良的沈从文在当年会如此不负责任地行事吧!

既然按照"甲辰"即沈从文的"题识"之提示去看,这封私密的情书的被发表反倒成了让人难以置信的事情,我们也就只好返回到"甲辰"即沈从文自己那里——或许他才是这封情书的真正"编写者",而他所谓"一个三十岁的女人,寄给一个十九岁的男子"的说法,也可能是小说家惯用的有意诱导读者的障眼法,旨在掩饰一个暂时不愿被人知晓的真实:这封信实际上是"一个三十岁的男人,寄给一个十九岁的女子"的情书,而那"一个三十岁的男人"和那"一个十九岁的女子",则很可能就是当时正在恋爱中的沈从文和张兆和。

这当然只是我的一个"大胆的假设",但窃以为这种可能性还是存在的。

查沈从文自1929年9月起在吴淞的中国公学任教,也就在这年冬天他爱上了该校外文系二年级学生张兆和。次年2月新学期开学,沈从文也开始了对张兆和的辛苦追求,中间颇多曲折而锲而不舍,至

1931年前半年渐有转机——张兆和不再拒绝他的爱情了。欣喜若狂的沈从文在1931年6月某日写信给张兆和，随后并将这封信以《废邮存底（一）》的题目，发表在该年6月底出版的《文艺月刊》第2卷第5—6号合刊上，现改题为《由达园给张兆和》，收入《全集》第11卷——据说这是沈从文"写给张兆和数百封情书中唯一公开发表的一件"①，可见其珍贵。从此之后，二人的感情发展就比较顺利了。1931年8月沈从文到青岛大学任教，其九妹岳萌也跟随他到青岛读书，而张兆和则仍在吴淞的中国公学学习，到次年7月张兆和毕业，沈从文则乘暑假之机到苏州张家看望她。……这封编号为"辛·第廿九号"的《废邮存底》，很可能就是沈从文在1931年11月的某一天写给张兆和的一封情书。按照中国过去的习惯算法，1931年的沈从文恰值三十而立之年，而张兆和也正当十九、二十岁的花季，并且他们也恰好各在一个海边——沈从文在青岛而张兆和在吴淞，这正与"甲辰"即沈从文在这封《废邮存底》前面的题识里所提示的情况——"从一个海边寄到另一个海边"——的情况相合。至于题识里所谓"一个三十岁的女人，寄给一个十九岁的男子。她不是基督徒，却信仰了一次上帝"的说法，虽以无名无姓并且性别颠倒的障眼法掩饰了当事人的真实身份，却也真实地表达了三十而立的沈从文对年轻的张兆和的深情和隐忧。那深情与隐忧正可与半年前的《由达园给张兆和》相校读。由于来自湘西那样一个颇有些神秘的地方再加上受"五四"以来流行的爱情神圣观念之感染，沈从文很喜欢把男女爱欲作泛神论的理解。即如他在前一封信中就对张兆和说"我赞美你，上帝！"并谦卑地自称为她的"奴隶"，在这封信里又以一个爱情迟到的盛年女性自喻，情不自禁地向对方倾诉自己的崇拜与感激之情，一如题识所言"不是基督徒，却信仰了一次上帝"。然而由于二人的年龄差距不小，沈从文也不免有些担忧和忧郁，所以他在上封信里乃以诗人自喻，以为"'一个女子在诗人的诗中，永远不会老去，但诗人，他自己却老去了。'我想到这些，我十分忧郁了"。而在这封信里，作为沈从文化身的那位年长的女性也同样对其年轻的爱人感叹道："我知道我老了，若是我聪明一

---

① 沈虎雏编：《沈从文年表简编》，《沈从文全集》附卷第15页，北岳文艺出版社，2003年。

点，就是我在这时能有一种决然的打算。我死了比我活下还好。我可并不想死。我将尽这件事成为一个传奇，一个悲剧，把我这种荒唐的热情，作为对这个新旧不接榫的时代，集揉凑成的文明，投给一种极深的讽刺。"……不难理解，好不容易得来的爱情，既让年纪不小的沈从文倍感幸福，但两人在年龄以及其他一些方面的差距，也让沉浸在幸福之中的沈从文同时不无自卑和忧郁，如此矛盾的情结在两封《废邮存底》中是完全一致的，甚至连表达爱情的比喻——如把心爱的人比作"上帝"和"月亮"——也如出一口。

此外，这两封《废邮存底》还有一些值得注意的细节关联。那半年，正是沈从文与张兆和的恋爱取得可喜进展之际，却又是胡也频牺牲之后丁玲最感孤苦无助之时，作为好友的沈从文对丁玲自然特别关心，但无奈自己身在异地，于是他寄望于与丁玲就近的张兆和，所以在给张兆和的第一封《废邮存底》里探问道："听说×女士到过你们学校演讲，不知说了些什么话。我是同她顶熟的一个人，……"①，这"×女士"即曾到中国公学讲演的丁玲；无独有偶，在《废邮存底·辛·第廿九号》里，写信者也殷勤询问丁玲的情况，并殷切期望收信者能与丁玲成为好朋友："丁玲女士你见到了没有？我希望你们成为一个朋友，你们值得互相尊敬。"……诸如此类的关联不能说是偶然的巧合。顺便说一句，《废邮存底·辛·第廿九号》一开头提到寄给对方的"真珠螺，××妹一个人在海滩上寻找了多久日子才得到。有种黑水晶，不从海边得来，（它们是乡巴老，）它的生长地方，在有仙人来去的劳山"，也正暗示着沈从文当时的所在地青岛，"××妹"当指跟随着沈从文一起生活在青岛的妹妹沈岳萌。

如果我的推测和考证多少有点道理，则沈从文对他的这封情书做如此特别的处理，也应该有点特别的考虑才是。窃以为这或者与张兆和也是《西湖文苑》的作者有关。发表在《西湖文苑》第1卷第3期上的兰姆作品《水手舅舅》及第1卷第4期上的托尔斯泰作品《苏拉脱的咖啡店》，都是张兆和翻译的。她的这些译作很可能是沈从文拿去发表的，而《废邮存底·辛·第廿九号》也发表在第1卷第4期上。不难推想，这样一封热烈的情书如果原封不动地发表在同一刊物上，

---

① 沈从文：《由达园给张兆和》，《沈从文全集》第11卷第90页。

一定会把年轻的张兆和暴露在读者的视野之下，而让她感到难堪的，所以沈从文不得不对这封情书做改头换面、颠倒性别的处理，即以障眼法保护年轻的爱人也。

按，刊载上述四篇沈从文佚文废邮的《西湖文苑》虽然是个地方性的小刊物，却是一个相当严肃的纯文学刊物，在那上面假冒沈从文之名与笔名发表作品，是不大可能的。然而惟其是个地方性的小刊物，研究者一向不大注意，而沈从文当年身在异地并且辗转不定，这个刊物他未必期期都能收到，纵然收到，也由于战乱迁徙而未必能够一一保留下来，这或者就是这些文字长期散佚在集外的原因吧。复检《全集》第15卷收有沈从文的诗作《微倦》，编者并于诗后注明"本篇发表于1933年5月14日《西湖文苑》第1期，署名季蕤"。可见《全集》编者是知道《西湖文苑》这个刊物曾经发表过沈从文的作品，但又为何不收沈从文在该刊上发表过的其他几篇文字呢？这些文字在今天看来也毫无违碍之处呀。推想起来，《全集》的编者也许只是依据沈从文的存件编入《微倦》的，而未及翻检原刊吧，所以才把其他几篇遗漏在《全集》之外了。可能由于同样的原因，《全集》附卷里的《沈从文年表简编》，以及吴世勇所著《沈从文年谱》，也都没有著录《微倦》之外的其他几篇发表在《西湖文苑》上的沈从文文字。这自然不足怪，因为不论《全集》还是年表、年谱都属草创，任谁也难以遍检群刊，有所疏忽其实是难免的。说来可笑而又侥幸的乃是我自己。其实，《西湖文苑》乃是我此前亲眼看过的刊物——我整理的《沈从文佚文废邮钩沉》（发表于《中国现代文学研究丛刊》2008年第1期）中收录的一篇沈从文佚文《〈三秋草〉》，就是从《西湖文苑》第1卷第2期上辑录的，其他如《废邮存底·致丁玲》、《废邮存底·辛·第廿九号》，我当时也翻阅过，并有简单的记录，可是不知为什么，当时的我误以为这两篇可能已经收入《全集》了，因而也就没有翻检《全集》进行核对，遂与这两篇重要的沈从文废邮失之交臂。直到最近，为了整理下面的另一些沈从文佚文废邮，我重新翻查自己阅读旧书报刊的笔记本，又一次看到了几年前关于《西湖文苑》的记录，这才突然意识到自己也许有失误——既然《〈三秋草〉》是佚文，则同一刊物上的两封《废邮存底》，也很有可能被《全集》漏收了啊！于是托陈越同学去把这两篇复制回来，而陈越是个仔细的人，他翻检该刊还发现了我疏忽未记的沈从文诗作《旱的来临》以及张兆和的译文，这才使得这几篇长期遗漏在外的沈从文佚文废邮得以重新捡拾回来。虽然"楚弓楚得"的豁达是自古相传的美谈，但文献的拾遗补缺所要求于我们的，不是豁达与随便，而是细心和耐心，像我这样与沈从文的佚文废邮交臂失之而又居然复得之，真是侥幸得让自己惭愧不已。

爱国与爱欲的焦虑：
沈从文抗战及40年代的佚文废邮

其余十篇佚文废邮都写于抗战及40年代，其中有些篇什之出于沈从文之手，应无庸议。如《敌与我》、《诗人节题词》、《新书业和作家》、《纪念诗人节》四篇，在原刊或原报上都署名"沈从文"或"从文"，这些充满了感时忧国精神和人文关怀的文字，多可与沈从文已经入集的某些作品相参证，并且发表它们的刊物也与沈从文关系密切——他或是其编者或曾为其特约撰述人等等，所以在那些报刊上冒名顶替沈从文发表文字的情况是完全可以排除的。诗作《文字》的作者署名"雍羽"，这是沈从文40年代发表诗作时比较常用的一个笔名。至于《新废邮存底·关于〈长河〉问题，答复一个生长于吕家坪的军官（残）》、《致莫千（残）》两封废邮，则是从许杰先生的批评文章《论沈从文的写作目的》（该文在报纸副刊上发表时原题《沈从文论写作目的》）里转辑出来的。从许文中不难推知，沈从文的这两封信曾在当年的报刊上公开发表过，可惜许先生在引用时没有注明原信发表的出处，所以这里转辑的乃是不完整的残篇，完整的信函应该还存在于世，希望大家帮助找到它们。需要说明的是，沈从文有些公开发表过的文章和书札，也不乏改题入集者，所以此次我也尽可能地把上述文字与《全集》进行了核对，但《全集》卷帙浩繁，我实在不敢保证自己就没有疏漏或误断之处。例如《新废邮存底·关于〈长河〉问题，答复一个生长于吕家坪的军官（残）》、《新书业和作家》和《纪念诗人节》三篇，我读着总觉得有些似曾相识，可是怎么翻检也查不出它们曾经改题入集。这或许因为同样的意思，沈从文也曾在别的文章中多次申述过，因而难免出现言近似而文不同的情况。当然，也不能排除我的翻检还不够彻底、核对还不够细心，所以倘有失检与误断之处，还请读者和研究者指正。

需要考定归属的，是《读书随笔》、《梦和呓》和《给一个出国的朋友》三篇。

《读书随笔》与《梦和呓》两篇，分别发表于香港《星岛日报·星座》第57期（1938年9月26日）和香港《大公报·文艺》第417期（1938年9月29日）。两文发表的时间如此接近，而且都发表在香港的报刊上，则它们的作者"朱张"很有可能是同一个人。这个"朱张"显然不大像一个人的真名，而更像是某个作家的笔名。然则"朱张"到底是谁呢？从他接连写作的这两篇文章来看，其时的"朱张"似乎在感情生活中深有感触而不能自已，于是埋首读书，借以遣怀，而他读的书中恰有法国现代作家法郎士的爱欲小说《红百合》，这让他颇有会心，遂萌生了也创作一部类似的小说《绿百合》的想法——

白【百】合花极静，在意象中尤静。

山谷中应当有白中微带浅蓝色的白【百】合花，弱颈长蒂，无语如语，香清而淡，躯干秀拔。花粉作黄色，小叶如翠珰。

法郎士曾写一《红白【百】合》故事，述爱欲在生命中所占地位，所有形式，以及其细微变化。我想写一《绿白【百】合》，用形式表现意象。

有意思的是，同样的事情和意思也出现在沈从文同一时期的文字《生命》里。按，《生命》一文已经收入《沈从文全集》第12卷，编者在该文末尾附注云："本篇前三个自然段曾于1940年8月17日在香港《大公报·文艺》第905期发表，署名雍羽。1941年8月以全文收入上海文化生活出版社初版《烛虚》集。"应该说，《生命》与上述两文的相同并非偶然的巧合。事实上，读者只要把《梦和呓》与《生命》略作校读，就不难发现前文乃是后文的一部分。就此而言，《梦和呓》已不能说是一篇佚文了，而之所以仍然把它作为佚文，一则因为沈从文曾经单独发表过它，所以单篇辑录在此，以存其旧，二则由此可知"朱张"乃是沈从文的笔名之一，据此则同样署名"朱张"的《读书随笔》也当出于沈从文之手，并且《读书随笔》也在谈论着《红百合》和男女问题，所以它属于沈从文的佚文，应该是没有疑问的。

较难辨别的，是那封《给一个出国的朋友》的信。这封信写于1945年9月29日，发表于同年10月20日出版的《自由导报》周刊第3期，作者署名"章蓦"。几年前我就碰到过这封信，但由于对"章蓦"实在陌生得很，误以为他是一个无名作者，他的信也无关紧要，所以就没有细看。幸而因为要校录《自由导报》上的冰心佚文《请客》和沈从文佚文《我们用什么来迎接胜利》（二文均载该刊第5期），我不得不反复翻检该刊，也就不免与《给一个出国的朋友》多次碰面了。去年春天又一次碰到这封长信，心想何妨看看呢。这一看，才感觉到它很可能是沈从文写给即将出国的卞之琳的一封长信，大概因为信中涉及卞之琳和张充和之间曲折而无果的恋爱等私密问题吧，所以沈从文不得不隐去自己和卞之琳的真名。

当然，这也是我的一个"大胆的猜想"，要证明这个猜想，自然还需要一点考证。

按，《自由导报》周刊创刊于1945年9月29日，乃是西南联大文科师生的一个小园地，先在昆明、后在上海出版，沈从文和卞之琳都是该刊的特约撰述人。按理说，发表在该刊上的《给一个出国的朋友》，其写信人和收信人很有可能就在西南联大的文人学者圈中。而我之所以判断这封长信是沈从文写给卞之琳的，大体有以下三方面的理据。

最为显然的一面是，这封信的笔调实在很像沈从文的。即如开首的"我因答应好家中人今天下乡，回去作火头军，所以来不及送你了"几句，就是典型的沈从文口吻。这在沈从文乃是其来有自的，因为他少年从军，与司务长、火头军之类中下层军人混得很熟、感情很深，他早期的小说《会明》、《灯》就表现了对这类人物的"温爱"。应该说，这种感情已转化为沈从文的生活情趣，所以成家后的他是很乐意为妻子儿女"作火头军"的，以至于为妻子儿女"作火头军"成了他颇喜欢说的口头禅。直到晚年，沈从文在致一位老友的信中说到两个业已成家、在外工作的儿子，他仍欣然表示："我们可能将来要去那边作'婆婆'和'火头军'的！"① 沈从文的这种生活情趣，如今在他的家乡凤凰县已成为人们津津乐道的美谈，即如"凤凰旅游网"上最近的一篇文章说到沈从文等凤凰名人的爱情时，就有这样的称道："在日常生活中，他们让女人管家理财，而且常常自愿做火头军煮饭、炒菜给自己心爱的女人、孩子们吃，并以能炒两三个好菜而自豪，亲情盎然。"② 诸如此类沈从文式的语句，在这封长信中还有不少，熟悉沈从文作品的人读后便知，无烦列举了。

不过，仅从语言风格来判定文章的归属，是未免冒失的。更足资参考的，也许是人、事、情的关联。就此而言，也确有一些值得关注的线索。即如从这封信的上下文可以看出，收信者过去曾为诗人而今身为教师，他刚刚幸运地获得出国的机会，却因为与女友的关系不顺而苦恼殊甚，而在那时的西南联大里，能够同时遭遇这等幸运和如此不顺的教师兼为诗人者，几乎可以说是非卞之琳莫属了；并且特别巧合的是，在当时的文坛和学院圈子里，最了解卞之琳多年来"为情所困"（恕我用了这个有点庸俗的套语）之底细的人，同样可以说是非沈从文莫属——他既是卞之琳的好友又是张充和的姐夫呀。据卞之琳先生晚年回忆——

> 1945年夏天，日本投降前夕，英国文化委员会新任驻华总代表罗思培教授（Prof·Roxby）前往重庆赴任，路过昆明，经西南联大同事英国作家白英（Robert Payne）为我介绍与罗思培及其夫人晤谈，并找我的英文著作译稿向他们吹嘘，提供审阅，当年冬天我从重庆英国文化委员会总代表处接到通知，邀请我次年去牛津大学拜里奥（Balliol）学院作客一年。……③

卞之琳说自己在1945年冬天接到了出游英伦的通知，这当是指英国文化委员会正式发来的邀请函件。实际上，由于有西南联大的英国同事白英的居间介绍与沟通，卞之琳稍前些时候就已得到了将被邀请

---

① 沈从文1970年9月22日复萧乾，《沈从文全集》第22卷第380页。
② "凤凰古城"：《凤凰名人与爱情》，文章来源：凤凰旅游网（http://www.fhmjy.com）。
③ 卞之琳：《赤子之心与自我戏剧化：追念叶公超》，《卞之琳文集》中卷第188页，安徽教育出版社，2002年。

出国的讯息，并有可能将这个消息告诉了自己最知心的前辈兼同事沈从文。得知这个消息，沈从文自然很为卞之琳高兴，然而以他对卞之琳感情隐秘和优柔个性的了解，又不禁担心卞之琳会因为感情的原因而恋恋不舍、裹足不前。于是沈从文便写了这封长信给卞之琳，既中肯地分析了卞之琳恋爱失败的原因和教训，劝他接受无情的现实，同时也鼓励他好男儿志在四方，眼光应该远大点，不要恋恋于诗和情，还要有更大的文学抱负以至政治抱负——"也许反而可从国外广泛的学来一些知识，成为一种坚强结实单纯的信念，准备明日为××××的愚顽势力与堕落风气而长久对峙！"

诚然，这些关联乃是我根据相关情况分析和推测出来的。即使我的分析和推测合乎实际，也难向沈从文和卞之琳两先生求证了，所以临了我们还得求证于文本深层关联的校读，即把这封信与沈从文的其他文字相参校，看看能否在它们之间寻找出一些共有的而又只属于沈从文的元素——他所独有的思想观念、情感态度及其修辞策略等。这样的元素似乎不难寻找。尤其是这封信所表达的爱欲观和文学观，与沈从文的观点非常契合。譬如，沈从文在小说《梦与现实》（此篇后来被沈从文用以代替真正的《摘星录》）中，反复用"十九世纪"和"二十世纪"以及相近的语词"古典"与"现代"，来标示笔下人物在个人情感生活中无法解决的内在矛盾之两极，这可以说是沈从文特有的观念和修辞。非常巧合的是，就在这封《给一个出国的朋友》的信中，写信人也对收信人在爱情上的矛盾态度作了同样的分析——

> 由于你生命中包含有十九世纪中国人情的传统，与廿世纪中国诗人的抒情，两种气质的融会，加上个机缘二字，本性的必然或命运的必然都可见出悲剧的无可避免。

正因为洞察到收信人情感气质的矛盾而使他在爱情上难免失意，所以写信人便敦劝收信人干脆潇洒放手，并激励他到了国外正好可用文学来转化其被压抑的爱欲——

> 你正不妨将写诗的笔重用，用到这个更壮丽的题目上，一面可使这些行将消失净尽而又无秩序的生命推广，能重新得到一个

应有的位置，一面也可以消耗你一部分被压抑无可使用的热情，将一个"爱"字重作解释，重作运用。

这些话不仅像沈从文的口吻，而且径可说是其生活与创作的经验之谈。如所周知，用文学留住行将消失的生命之根、为人情人性尤其是人的爱欲做写照，并以此促进民族品德的重造，正是沈从文反复表达的审美理想。即如在《〈长河〉题记》里他就再三致意："农村社会所保有那点正直素朴人情美，几乎快要消失无余，代替而来的却是近二十年实际社会培养成功的一种唯实唯利庸俗人生观。……十年来这些人本身虽若依旧好好存在，而且有好些或许都做了小官，发了小财，生儿育女，日子过得很好，但是那点年青人的壮志和雄心，从事业中有以自见，从学术上有以自立的气概，可完全消失净尽了。……因此我写了个小说，取名《边城》，写了个游记，取名《湘行散记》，两个作品中都有军人露面，在《边城》题记上，且曾提起一个问题，即拟将'过去'和'当前'对照，所谓民族品德的消失与重造，可能从什么方面着手。"① 在《〈习作选集〉代序》里，沈从文更坦承他之所以创作《边城》——

  我主意不在领导读者去桃源旅行，却想借重桃源上行七百里路酉水流域一个小城小市中几个愚夫俗子，被一件人事牵连在一处时，各人应有的一分哀乐，为人类"爱"字作一度恰如其分的说明。②

两相校读，从思想观念、情感态度到用语修辞都契合到难分彼此。这实在不能不说是"良有以也"。

倘说单一层面还不足以说明问题，我想把上述三方面的因素综合起来看，则似乎可以证明《给一个出国的朋友》确是沈从文写给卞之琳的一封谈爱情和促远行的长信，其中贯穿着沈从文式的用文艺来发挥个人受压抑的爱欲情热以促进国家民族重建之大业的旨趣——

---

① 沈从文：《〈长河〉题记》，《沈从文全集》第 10 卷第 3—5 页。
② 沈从文：《〈习作选集〉代序》，《沈从文全集》第 9 卷第 5 页。

这是你热情的尾闾。工作的成果中将永远保存有你对于人生热忱的反光,也还可望从另一世纪另一类人生命中燃起熊熊的大火!……我们从这一点看去,用历史,文学,和美术,来重新燃起后一代人的心,再来期望这个民主政治罢。也让我们从工作的试验中,消耗自己至于倒下,却从工作成就中,实证生命的可能罢。熟人关心你生活的,常以一个合理幸福的家庭,在一种新的情绪意境中,得到一点休息,更得到接受明日更大的勇气。事实上一个有深刻思想的人,生命热忱的充沛,又那是一个女孩子能消耗,能归纳,能稳定?热情的挹注,对女人,将是一种母性正常发育与使用,对男子,怕还是需用长久耐心和深致析剖并重新组合的艰难工作,方始有望!对另一具体国家,我们的战争已结束了,对抽象人生,我们的战争将从生命接近中的今日起始。你和我都知道,这正是一种完全孤立绝望无助的战争,不能退后也不应当退后,因为生命本身即有进无退,接受它时,虽不免稍感悲伤,然而都无所用悲观。

劝人亦所以自劝。把这些新发现的和我们此前两次公布的另一些沈从文佚文废邮①,与《全集》中的其他文本相校读,不难发现其间许许多多的"问题"之关联,最终都指向沈从文 40 年代以来特别焦虑的国家重建和个人爱欲两大问题。满怀热忱的沈从文在此力劝朋友努力奋斗、不要悲观、抽象抒情、不计功利,这在某种意义上也可说是沈从文对自己的勉励。只是一个孤独的知识分子的承受能力毕竟有限,此所以由于国家政治和个人爱欲两方面都不尽如意的压抑之交攻,还是在 40 年代末把沈从文逼入到"疯与死"的绝境中不能自拔。

对这些问题,此前我和裴春芳也各从或一方面做过初步的探究,

---

① 解志熙辑校:《沈从文佚文废邮钩沉》,裴春芳辑校:《沈从文集外诗文四篇》,并载《中国现代文学研究丛刊》2008 年第 1 期;又,裴春芳辑校:《沈从文小说拾遗——〈梦与现实〉、〈摘星录〉》,载《十月》2009 年第 2 期。

但限于能力和文献的不足,那些探究未能深入且不无疏漏。①这些新发现的文献自然有助于我们进一步接近问题,但要真正弄清问题的症结,无疑还需要在更大的范围里校读相关文献、在更大的视野里梳理问题的来龙与去脉,并且需要更仔细地倾听作家话里话外的心声,才有可能。而要把可能变为现实,自然有待于花更大的功夫和篇幅去作仔细的平章分析,那就需要另文专论了。而本文只是一篇介绍文献的考证小文,已唠叨词费而不免破费刊物的篇幅了,且就此打住吧。

2010 年 3 月 24 日草于清华园之聊寄堂

---

① 解志熙:《"乡下人"的经验与"自由派"的立场之窘困——沈从文佚文废邮校读札记》,裴春芳:《"看虹摘星复论政"——沈从文集外诗文四篇校读札记》,以上并载《中国现代文学研究丛刊》2008 年第 1 期;又,裴春芳:《虹影星光或可证——沈从文四十年代小说的爱欲内涵发微》,载《十月》2009 年第 2 期。商榷意见请参阅商金林:《关于〈摘星录〉考释的若干商榷》,载《中国现代文学研究丛刊》2010 年第 2 期。

沈从文佚文辑补

人的重造——从重庆和昆明看到将来①

来自重庆方面熟人通信中,似乎有个共通现象,即对国家前途浸透了悲观感情,对个人工作常表现一种渺茫烦忧,而对于昆明一切,却又不免歆羡神往。

这种熟人有高级公务员,大学教授,办社会教育的和作报馆编辑的中层分子,弄小工业和经营出版物的事业家,照例还大都是所谓真正"自由主义"者,也即是真正"民主政治"制度下的好公民。论工作意义,实极贴近国家各部门的荣枯,论爱国热忱,也决不后于任何有明确党派信仰的在朝在野分子,论认识和经验,或许比起别的人来还更深刻,更广泛,更客观!然而正当国是问题的僵局,由于协议得到转机,内战可以避免,各党各派都在铺陈为民主而奋斗的事功,以为业已将那个"昨日"完全结束,引导历史转入一个崭新时代,对于在会议中相互预计的明日社会国家作种种好梦,而使多数普通人也信以为真时,这群在政治上无所属的,却不免对当前和明日感到一点杞忧。这杞忧自然也有个原因,不是毫无意义。

他们寄身在重庆,重庆的特点又以"特务"活动著名。特务世界禁忌多,这对于少数人也许反而还可收宣传效果,对多数人则必然造成一种空气,或时怀戒惧,或见鬼疑神,久而久之,被人侦察或侦察人的,都不免神经异常。"沉默"或为此一部分人求安全的方法,"阿

---

① 本篇刊载于 1946 年 3 月 8 日上海《世界晨报》第二版,署名"沈从文"。

谀"亦即成为另一部分人求发展的政术。多数人在这个势利,污浊,阴晦虚伪,变态环境中,既过了八九年日子,早坐实了"政治是谎骗"一句格言,从最近三个月的局势变动中,什么人用什么上了台,什么人因什么原因吃了亏,什么组织由何背景而产生,什么纲领宣言代表了何等情感与愿望,他们又都清清楚楚。从表面说,一月之中什么都变了,但是试从深处看,他们当然知道"人"并不变。上来的和下去的那个"人",近于历史传统所保有的不良气质既不容易变,出于现代政治的习惯弱点也不容易变。如今想凭那么一群新旧官僚,政治掮客,职业爱国家,空头的文化人,勉强凑合成功一个上层组织,来支配一切,来控制一切,希望在短期中即克服所有矛盾困难,把那么一个庞大国家导①入于常轨中,使专家抬头而材尽其用,自然是无可希望的奇迹。他们的悲观和渺茫感,正说明消极的可代表一部分知识分子对当前现实局面所造成的空洞乐观表示否定与疑惑,积极的也可能形成一种新的势能的团结与发展。这新的势能的团结与发展,一部分期望即寄托于彼等所歆羡神往的昆明。但是昆明方面的一切是否即是②寄托这点期望?

若从印刷物上表现的种种看来,对民主争原则的勇敢方式,对国事检讨批评的坦白精神,皆可证明昆明多的是"自由",若自由思索自由表现即是培养民主的土壤,昆明也的确可说是民主思想的温室。但我们也得明白,阳光能生长一切,臭草与香花即可同样有机会生长于阳光中,寄托于此天然温良气候下,固多奇花珍果,也不乏带刺的仙人掌,和栖息于这种植物间的彩色斑斓的有毒蜘蛛。自由在此固可培养激发若干青年人生命中的尊严情感,形成一种争人权争原则的热忱和勇气,然而另一面泛滥到每种人事上,副作用反作用所见出的恶果,也就相当可观!至于因"倘来物"过多而作成的抽象气候,固间接直接支持了民主思想的发展,但事实上也就更支持了社会若干方面腐败堕落的继续与扩大。如果我们能仔细注意一下,即可知这种腐败堕落,不仅仅与民主思想原有同样繁殖机会,且有更多机会形成一种矛盾的结合,或且因为这种结合而将腐败堕落继续与扩大,我们就不

---

① 此处一字漫漶不清,疑似"导"字,录以待考。
② 从上下文义看,此处"即是"或当作"即足"——原报可能因"足"、"是"形近而误排。

能不对于无选择的"自由"感觉到相当痛苦!就个人所接触狭窄范围熟人说来,即见有本分应当杀头反而升官的将军,因赃去职忽成战士的中级官僚,借亏空为名取非其道的艺术家,办小学发洋财的校长,这些人寄生息于这个自由空气中,即丝毫不受社会法律或道德的限制,而且有几位还在社交方式上"民主"、"自由"不去口,作成十分关心国家爱护青年的姿态,最近向某方面投了点资,即俨然将过去种种一洗而尽,忽然在争自由群中成支持者。由于经济势力与社会地位的特殊,进一步,亦即可望成为明日政权重新分配最有希望分子。活到这个现实中的我们,不能如远方人的徒然歆羡神往,却另抱有一点杞忧,也不为无因由了。

两地情形似异而实同,即见出国家重造的希望,能否实现,重造的结果如何,实在还建立于"人"上面,人的重造将是个根本问题,人的重造如果无望,则重庆协议中所作成的种种,不过一堆好听名词作成的一个历史动人文件而已。昆明的自由,则产生的仙人掌或且行将掩盖那所烈士墓。行将产生的四十个国府委员,和属于这个委员会下的新政府,即使名分上有个各党各派与无党无派贤能参加,事实上只能说到分配上的暂时平衡,与国家的真实进步和人民的真实幸福,相距实在还远得很。

人的重造在明日属于一个纯粹技术问题,在当前则也可成为一个运动,一种政治要求。表现于更新的政治趋势上,必需是跟随军队国防化后,将所谓各党各派纳入普通的人民代表所形成的议会中。各党各派的活动竞争,虽能产生一个政府,属于政府的各部门,却分别由专家负责,政客或政治家决不能插足其间,其宣传工具更不许在政府所属任何机构服务。表现于国家设计上,则将是两组专家——一为心理学大师,神经病专家,音乐作曲家,雕刻,建筑,戏剧,文学,艺术家等等,一为物理,化学,电机,农业,各专家,共同组成一个具有最高权力咨询顾问委员会,一面审查那个普通人民代表会议所表示的意见与愿望,一面且能监督那个政府的一切措施,人的重造才真正有希望可言!

(二月十五日①)

---

① 当即 1946 年 2 月 15 日。

《〈断虹〉引言》附函①

××先生②：

寄奉小文，或可供尊刊刊载。各地交通隔绝，读者似亦无大不相同印象。弟在此似已近于"落伍"，不大写什么。写来好像也不为什么人看。因此间读者常常把提笔的人一例称为"作家"，许多作家也只要写一首十行朗诵诗即自足，风气所趋，作家辈出，相形之下，弟即不免落伍矣。因私意总以为"作家"权力极少，义务实多，义务之一即得低头努力十年二十年，写点好作品出来，才不辜负这个名分。但时代一变，此种看法已不时髦，亦自然之理也。

沈从文（四月二十日③）

一个理想的美术馆④

我们且假想这是五年后的一天，气候依然那么温和，天日云影依然那么美丽，昆明广播电台，正播送云南美术馆正式开幕的节目，向群众报告来到些什么人，某一馆有些什么特别陈列。我是被邀参加特别讲演，坐飞机从北平赶来的。一到地，我就住在翠湖南边一所大房子中。那房子有上百个房间，都已经住满了远道惠临的嘉宾，客人名

---

① 《〈断虹〉引言》分上、中、下连载于1946年5月2日、3日、4日《世界晨报》第二版，署名"沈从文"，这则附函则置于《〈断虹〉引言》正文之前，当是作者致《世界晨报》编者的一封信函。另，《〈断虹〉引言》此前已在1946年4月1日上海出版的《春秋》杂志复刊号（总第3卷第1期）发表，稍后作者略有修改，《沈从文全集》第16卷据以编入，但编者的附注误将该文初刊时间系为"1945年4月1日"。

② "××先生"可能是《世界晨报》主编姚苏凤（1906—1974）。据冯亦代《记姚苏凤》一文回忆，"抗战胜利后，苏凤和我在上海办《世界晨报》，这是张四开小型报。他任总编辑，但只编二、三版副刊，一、四版戴文葆、袁鹰、袁水拍、李君维等人都编过。"（《大家文丛·冯亦代》第46页，古吴轩出版社，2004年。）

③ 当即1946年4月20日。

④ 本篇刊载于1946年7月21日上海《世界晨报》第二版，署名"沈从文"。

单中可发现教育部长和社会教育司长，国立博物院长，国立美术馆长，美术专门学校校长，和若干教授，专家，名画家，国内第一流的摄影记者，向海外推销中国工艺品的华侨巨擘。房子本是私人的产业，经过种种努力，已转交美术馆保管，有了三年，平时多用作有关全国性文化科学年会的会场，现在又特别重新布置过一番，作为招待专家来宾下榻的住所。从这大房子临湖一面，广阔洋台①望出去，可看见许多私人住宅，罗列翠湖周围，云南大学新落成的半透明的科学大厦，与圆通公园山上的一簇玻璃亭子，如俯瞰着城中区的新景象，浴在明朗温和阳光下十分动人，最触目的将是占据翠湖中心，被繁茂花木包围的一列白色建筑物，内中包含廿个陈列室和两个大小会场的美术馆给外来客人一种温静优美梦魇一般离奇的印象。洋台上一角，大群客人正围着一位年纪已过六十的美术馆馆长谈天。这人个子虽不十分魁伟，却于温和儒雅神气中，正依稀可见出一点军人强直风味。其时正和客人谈起这个美术馆成立的经过。时间虽不过五年，说起它来时，也好像一个故事了。因为几年来国家已有了很大的变化。光是国内拥有武力武器政团自足自恃情绪的扩张，演变而成内战，蔓延至国内每一处。不久之后，因国际特别压力和本身经济危机，战事停止而得到转机。各党各派既不能不从武力以外找寻调整机会，因之会议重开，亏得几位折冲樽俎的负责人，② 总算从会议中决定了一些民治原则。政党既无从藉武力巩固政权，武力也无从再利用其他名分随便鱼肉人民，宪政从七拼八凑方式中慢慢转入正轨，有用知识与健全理性抬了头，割据内战已成一个历史名词，再不使我们害怕担心。政客于是也成为一个不大尊严名词，因为任何聪敏政客也再不能空头取巧，用空泛原则美丽文词换得何等名分。从地方建设言，则凡知振作，能实事求是，关心多数福利注重文化教育的，都得到很大进步，凡只会粉饰表面社会，把教育当成点缀，私心自用，只图少数特权得以维持的，都吃了极大的亏。这位美术馆长，本来是个军人，抗日战事发生后，曾经为国家很出过力，胜利后退职归来，先还以为受强有力者所挟持感觉失意，郁郁不欢。随后是忽然若有所悟，心境随之明白开朗，因

---

① "洋台"通作"阳台"。
② 原报此处为句号，但句意未完，故酌改为逗号，特此说明。

此即完全放弃了原有古怪念头，想切切实实来为地方人民做点事。当和几位常相过从的朋友谈起这件事时，经几位朋友一怂恿，因此从公私两方面筹了一笔钱，在三五位专家计划指导下，又得到十来位年轻工作人员的热忱合作，经过五年的努力，终于克服了一切困难得有今日成就。当这位老军官叙述到这个故事时，从他兴奋神色间，可以看得出一种真诚的愉悦，实比另一时叙述个人的战功还得意。因为战争实近于结束历史的"过去"，八年战争的牺牲，既净化了这个民族，而当前的工作，却在创造一个国家的"未来"，提高这个民族对文化的自信心和自尊心。二十个陈列室中最出色的①陈列室，应当数美术馆长个人的精美收藏，和若干种有鲜明地方性的优秀美术品，还有一个房间，是三迤②边区人民起居食宿住宅的模型。还有五个房间，都是国内最优秀画家，对于云南壖③玮秀丽景物与人民生活的写真，这些特别惊人成就，又差不多是得到美术馆在精神物质多方面的赞助下方完成的。另外几间工艺品的陈列室，每一种还附设有指导机关，可供外地专家咨询那些美术品生产制作的过程。那个能容一千八百个坐位④的会堂，将有三十场充满地方性的歌舞演出，能容一百五十坐席⑤的小会堂，还准备有十五回专门艺术讲演。这种纪念美术馆成立的会期，将延长时候到一个月。所印行的出版物，因为精美而价廉，不仅当时成为本地年青人的一种教科书，此后多年，必然还将成为旅行西南的人选择礼物的对象。……

　　凡此种种，我说的都好像一个梦，一个虽然美丽可不大切合实际的荒唐梦。因为事实的昆明，当前不是这个样子，五年后也未必能有这一天。现代政治的特点，一切不外应付现实。应付现实最具体的方法，即将钱堆上去比赛谁的数目最多，一切却又离不了一个市侩人生观的巧妙运用，谈文化建设，终不出宣传装点范围，那能作长远设计？现代商业自更不足道，除了赚钱，什么都说不上！凡事过分重实际效

---

① 原报此处一字漫漶不清，从上下文义看，作"的"、"之"均可通，录以待考。
② 清王朝先后在云南置迤东、迤西、迤南三道，合称"三迤"，后来人们就用"三迤"来代指云南全省。
③ "壖"当作"瓀"，"瓀"不常用，原报可能没有这个铅字而以形近的"壖"代替，也可能是手民误认误排。
④ "坐位"今通作"座位"，但现代作家常常并用这两种写法。
⑤ "坐席"今通作"座席"，但现代作家常常并用这两种写法。

用的结果，不可免会使得这个地方壮年早衰而青年早熟，壮年早衰，则三四十岁的上层人物，凡事都不免只顾目前，对社会国家难作远大的憧憬，青年早熟，因此二十岁上下的知识分子，一切待发扬的优美天赋，无不在一种近于夙命①情况中，为世故湮抑摧残殆尽。满街走着是二十岁的老少年，脸上不是罩上一层黯灰，即浮上一层油气，见强有力者即打拱作揖，社交礼貌都超过了需要，而年龄中对国家对生命应有的进步幻想与不可一世气概，反而千中选一，不易寻觅。一入社会即只想兼个差赚点小钱，再无横海扬帆的远志和雄心。这种现象对目前言，虽然可以维持一时社会安定与繁荣，以及个人谋出路的小小便利，对未来言，就未免太可怕了。为地方未来作计，这样一个理想的美术馆的实现，当不为无意义！

　　这样一个美术馆的实现，说来相当困难，作来其实也并不真正如何困难。云南有的是极合理想的美术馆馆长。家中收藏了许多好字画，平时来共同欣赏的人就不多，长久搁在家中真只会喂蠹鱼吃，若公开陈列，有助于云南青年学习就极多。至于爱好艺术的兴趣，若作一美术馆长，也许比带甲十万对国家还有贡献。云南还有的是最合理想的美术馆地址。翠湖中心那所大房子，环境既良好，地点又适中，公园的房子，正合用来作民众教育的地点，那里是杀气腾腾的军事机关宜于长期占据？只要稍稍费点力，交涉一下，花点钱收拾改造，不是正可象征西南偃武修文新局面的开始？云南还有的是足以接待国内外嘉宾的房子，你们试看看翠湖边上那座最新最讲究的大房子，不是常年都大半空着，让日晒雨淋？这房子既是由三迤人民的劳力积聚而成，房主人若明白事理，明白历史，就会觉得人民生活如此穷困不幸，个人却拥有此不祥之物，不仅无骄傲可言，实应当深觉羞愧。希望这房子到另一时不至于如其他房子租给洋人作写字间，使他还有点历史价值，历史意义，当然是交还人民为合理。云南还有的是用不尽的钱，有的是另外一种不为世故腐蚀充满热忱来学习来创造的有用青年，只要善于使用，凡是促进这个社会使之进步的任何工作，都无不可望有三五个领导者，及一群年青人努力下慢慢完成。目下所缺少的只是这样一种理想——与经商作官习惯不大相合的社会重造理想如何能在一

---

　　① "夙命"通作"宿命"。

些人的头脑中，占据一个位置，浇灌以相当理智的营养，慢慢发芽生根。这些人若能把文化二字看得深刻一点，① 明白国家重造社会重造的工作，决不是当前所见如彼如此的表面粉饰宣传所可见功，还得作更多的设计，而艺术所影响到民族情感的丰饶和民族自信心的加强，有助于建国又如何大，如何重要，能在这种健康观念下，将知识，技术，金钱，以及年青人待使用的热忱来重新好好结合，再过五年，我当然就可望有一天重来昆明，参加这个美术馆成立的典礼了。我实希望有那么一天，来证明所谓"理想"二字，倘若对人类进步是合理的，对文化发扬是需要的，对多数人民是有益的，就终会有实现的一天！若有人对于他当前所处环境，所在负责地位上，敢疑其所当疑，而能信其所当信，对"理想"有所认识，这人即为明日地方之主人，青年之先知。

---

① 原报此处为句号，但句意未完，故酌改为逗号，特此说明。

"最后一个浪漫派"的人文理想之重申
——沈从文佚文辑校札记

从《立言画刊》上的《废邮存底补》说起

沈从文也许是现代作家中最爱写信也写信最多的人。尤其自30年代以来,他作为京派文学的重镇,主持《大公报》"文艺"等副刊和刊物,常常接到文学青年求教的稿件和书信,体贴人情的他尽可能地复信给予鼓励和辅导,其中一些复函也曾以"废邮存底"之名择要刊登在刊物上。在这些"废邮存底"中,沈从文往往结合自己的创作经验,针对文学青年的创作难题给予中肯的分析和恰切的指导,同时也联系文坛的热点问题,与同行交流看法,所以它们发表后曾经引起广泛的反响。事实上,这些"废邮存底"也可说是沈从文特创的一种可与读者互动的文论形式,它们在京派文学观念的传播以至京派文学圈子的形成过程中,是起了显著作用的。稍后,接编《大公报》"文艺"副刊的萧乾也追随沈从文,写作和发表了不少"废邮存底"。1937年1月,上海的文化生活出版社出版了《废邮存底》一书,这是沈从文以及萧乾的"废邮存底"的首次结集,但还有不少遗漏,所以有心人很快就动手辑补。

前不久,我随意翻阅北京沦陷期间的一份戏曲曲艺刊物《立言画刊》,没有想到在那样一个时刻的这样一份刊物上,居然有人为沈从文和萧乾的废邮存底做补遗连载。这个连载题为《废邮存底补》,下署"沈从文 萧乾合著 陈醉蓼拾遗",它先后重刊了沈从文和萧乾的十一封"废邮存底",其各期的目录如下——

第 77 期（1940 年 3 月 16 日出版），废邮存底补一、《野心应该逼视着成绩》（沈从文）

第 78 期（1940 年 3 月 23 日出版），废邮存底补二、《关于"批评"一点讨论》（沈从文）

第 79 期（1940 年 3 月 30 日出版），废邮存底补三、《梦是现实的推动力》（萧乾）

第 80 期（1940 年 4 月 6 日出版），废邮存底补四、《论技巧》（沈从文）

第 82 期（1940 年 4 月 20 日出版），废邮存底补五、《给志在写作者》（沈从文）

第 83 期（1940 年 4 月 27 日出版），废邮存底补六、《从艰难中去试验》（沈从文）

第 84 期（1940 年 5 月 4 日出版），废邮存底补七、《天才与耐性》（沈从文）

第 86 期（1940 年 5 月 15 日出版），废邮存底补八、《意识与技巧》（萧乾）

第 87 期（1940 年 5 月 25 日出版），废邮存底补九、《别怕难别偷懒》（沈从文）

第 88 期（1940 年 6 月 1 日出版），废邮存底补十、《不用写恋爱诗》（沈从文）

第 89 期（1940 年 6 月 8 日出版），废邮存底补十一、《实生活：创作的至上原料》（萧乾）

此后的《立言画刊》再未见续刊《废邮存底补》，则陈醉蓼所补沈从文、萧乾的废邮存底，大概就这么多了。辑录者陈醉蓼的情况不详，从他 1939 年在《中国公论》第 1 卷第 4 期上发表的旧体诗《近作二章》来看，当是一个羁留沦陷区、卖文为生的文人，能为旧诗，喜欢京剧，常有剧评发表，同时也能够欣赏新文学，所以才会辑补沈从文、萧乾的废邮存底，可见他是个颇为留心新文学文献的有心人。那时的学界文坛还普遍缺乏新文学的文献意识，得到重视的也只有鲁迅的佚文遗文，其他作家的散篇文字还没有进入人们的学术视野。就此而言，《废邮存底补》不仅是最早的沈从文、萧乾佚文的辑录成果，也可谓现代文学文献整理的开风气之作。虽然在今天这些文献已不难见到，比如上述《废邮存底补》中的沈从文八篇废邮存底，均已收入北岳文艺出版社2002年出版的《沈从文全集》第16卷和第17卷，但陈氏的率先辑佚之功仍不可没。特别难能可贵的是，陈氏整理重刊的这些废邮存底，乃是根据沈从文、萧乾的底稿，并且与《大公报》上的刊发本作了校勘。这一点，他在《立言画刊》第77期开始重刊这些废邮存底时，特意写了一段话做了交代——

  事变前，萧乾主编《大公报》"文艺"，当时有许多作家与读者以关于文艺上写作的问题相质，经沈从文与萧乾分担答复。后蒐集成书，曰《废邮存底》，由上海"文化生活出版社"出版，编入"文学丛刊"中，定价四角五分。内容收入沈作十四篇，萧作二十二篇。书到北京，即告售罄，足见此书之价值！惟当时《大公报》上所发表者不只此数，读者咸认为憾事。且该报旧存经事变后，多拉杂焚烧，无法寻觅。近在友人某君处得见底稿，认为珍贵异常！商之抄录，按期发表于本刊，幸蒙慨允，料读者定保存而珍惜之也。

  或许有人会怀疑这段话只是刊物编者吸引读者的一种编辑术，然而只要把陈醉蓼的辑补稿与《全集》里的废邮存底对校，就可知他所言非虚。比如，《废邮存底补》之四《论技巧》开首作"××先生："末尾又谓"因为艺术与技巧原本不可分开，莫轻视技巧，莫忽略技巧，莫滥用技巧。您以为对吗？"这开头的称谓和最末的"您以为对吗？"显然保持了原信的口吻，可是却不见于《全集》第16卷里的《论技巧》，而《全集》的编者乃是按照1935年8月31日《大公报·小公园》第1782号上的发表本收录的。事实上，陈醉蓼不仅据原稿重刊了这些信，还对原信与《大公报》的刊发本之异同做了校勘补正。最足为证的当属《废邮存底补》之十一《实生活：创作的至上原料》（萧乾），该信前有陈醉蓼的一段按语云——

  按：这信原排入《废邮存底》第十八，题为《生活的舆图》，但与原来的复信有些出入,即首段被删去;且来书至为重要,而亦未附录,特在此处补全。

陈醉蓼在下面不仅补上了萧乾复信的被删段落,甚至连读者"费君"的长篇来信也完整附录。这是无法作假的,足见陈氏辑补的诚心和细心。从安排连载、酌加按语等情况来看,陈醉蓼与《立言画刊》编者金受申的关系非同一般——或许陈醉蓼与该刊的另一位趣味相近的作者陈蝶生都是金受申的笔名或化名也说不定。无论如何,这段文坛掌故都值得我们记念。

《世界晨报》上的沈从文文章书简

前不久,翻阅 1946 年 5 月号的《中坚》杂志,发现那上面有一篇文章提到,"在三月八日的《世界晨报》上,读到沈从文先生一篇文章,题为《人的重造》"①。如所周知,"人的重造"是沈从文多年一贯的思想,他曾经在不少文章里表达过类似的意思,但专门发为《人的重造》一文者,则似乎未之见,翻阅《全集》也没有这样题目的文章,所以我估计这很可能是沈从文的一篇佚文。

于是抽空到国家图书馆去查《世界晨报》,顺利地在那上面找到了沈从文的这篇《人的重造》——完整的题目是《人的重造——从重庆和昆明看到将来》,果然是一篇重要佚文。同时,还在该报上发现了沈从文的其他几篇文字:《〈断虹〉引言》(连载于 1946 年 5 月 2 日、5 月 3 日及 5 月 4 日的《世界晨报》第二版)及沈从文给《世界晨报》编者的一封附函(写于 1946 年 4 月 20 日、附载于 1946 年 5 月 2 日发表的《〈断虹〉引言》题下),一封长信《给一个出国的朋友》(载 1946 年 7 月 15 日《世界晨报》第二版)、《一个理想的美术馆》(载 1946 年 7 月 21 日《世界晨报》第二版)、《新文学与青年情感教育》(载 1946 年 11 月 2 日《世界晨报》第二版)。在一份小报上这么集中地发现六篇沈从文的文章和书简,并且除了《〈断虹〉引言》和《新

---

① 袁微:《读沈从文〈人的重造〉》,《中坚》5 月号,1946 年 5 月 1 日。

文学与青年情感教育》外，其余四篇都是《全集》漏收的佚文佚简，这实在是一件让人高兴的事情。

按，《世界晨报》是上海出版的一份四开小报，但办得比较严肃，它1931年7月创刊，出至1937年8月停办，到了抗战胜利后的1945年12月重新出版，出至1946年11月再次停办。姚苏凤是抗战胜利后重新出版的《世界晨报》的主编，而冯亦代亦曾参加编辑。据冯亦代晚年所撰《记姚苏凤》一文回忆——

> 抗战胜利后，苏凤和我在上海办《世界晨报》，这是张四开小型报。他任总编辑，但只编二、三版副刊，一、四版戴文葆、袁鹰、袁水拍、李君维等人都编过。①

如此，则沈从文附发在《〈断虹〉引言》题下的那封短信——

> ××先生：
> 　　寄奉小文，或可供尊刊刊载。各地交通隔绝，读者似亦无大不相同印象。弟在此似已近于"落伍"，不大写什么。写来好像也不为什么人看。因此间读者常常把提笔的人一例称为"作家"，许多作家也只要写一首十行朗诵诗即自足，风气所趋，作家辈出，相形之下，弟即不免落伍矣。因私意总以为"作家"权力极少，义务实多，义务之一即得低头努力十年二十年，写点好作品出来，才不辜负这个名分。但时代一变，此种看法已不时髦，亦自然之理也。
> 　　　　　　　　　　　　　　　　沈从文（四月二十日）

这很可能是给姚苏凤的——在上述参与编辑的诸人中，沈从文比较熟悉的也就是姚苏凤了。从这封信中可以看出，沈从文在抗战胜利之后的心情并不乐观，而难得的是他仍然不改初衷，在《人的重造——从重庆和昆明看到将来》、《〈断虹〉引言》、《给一个出国的朋友》、《一个理想的美术馆》、《新文学与青年情感教育》等文章和书简

---

① 冯亦代：《大家文丛·冯亦代》第46页，古吴轩出版社，2004年。

中,一如既往地高扬其浪漫的人文理想。《〈断虹〉引言》和《新文学与青年情感教育》已经收入《全集》中,其他几篇都是集外佚文佚简。其中《给一个出国的朋友》这封书简,也曾刊登在1945年10月20日出版的《自由导报》周刊第3期上,而作者则署了一个很陌生的名字"章鼐",我在此前曾经费了老大的工夫考证其为沈从文写给即将出国的诗人卞之琳的一封佚简①,如今在此又看到沈从文署本名重发的这封信,得以证明我先前的考证无误,心里自然是很感欣慰的。

人的重造:"最后一个浪漫派"的人文理想之重申

剩下的《人的重造——从重庆和昆明看到将来》和《一个理想的美术馆》两篇佚文,乃是沈从文浪漫人文理想的最后重申,而事情还得从沈从文对抗战中期以来文运的观察说起。

从1940年以来,蒿目时艰、忧国忧民的沈从文就以为,在战时"(把)文学当成一个工具,达到'社会重造'、'国家重造'的理想,应当是件办得到的事情"②,但前提是文艺必须解脱政治与商业两种势力的束缚,而应像"五四"时期那样与教育和学术重新携手——

> 文学观既离不了读书人,所以文学运动的重造,一定还得重新从学校培养、学校奠基、学校着手。把文运从"商场"与"官场"中解放出来,再度与"学术"、"教育"携手,一面可防止作品过度商品化与作家纯粹清客家奴化,一面且可防止学校中保守退化腐败现象的扩大(这退化腐败现象,目前是到处可见的)。我们还得认识清楚,一个作家在写作观念上,能得到应有的自由,作品中浸透崇高的理想,与求真的勇敢批评精神,方可望将真正的时代精神与历史得失,加以表现。能在作品中铸造一种博大坚

---

① 解志熙:《遗文疑问待平章——新发现的沈从文佚文废邮考略》,《中国现代文学研究丛刊》2010年第3期。

② 沈从文:《"文艺政策"检讨》,《沈从文全集》第17卷第274页。

实富于生气的人格，方能启发教育读者的心灵。①

两年后的 1942 年 9 月，沈从文再次重申此旨——

> 文学运动待重新起始，事极显明，需要有个转机，全看有远见的政治家，或有良心的文学理论家、批评家、作家，能不能给"文学"一种较新的态度。这个新的态度是把文学再度成为"学术"一部门，则亡羊补牢，时间虽晚还不算太晚。……文学运动成为学术一部门，一面可防止作品过度商品化，与作家纯粹清客化，另一面还可防止学校中腐败退化现象的扩大，（这个腐败退化现象，是到处可见的！）这个运动在消极方面，即已有如此伟大作用。在积极方面，却尚可望除旧更新，使文学作家一支笔由打杂身分，进而为抱着个崇高理想，浸透人生经验，有计划的来将这个民族哀乐与历史得失加以表现。且在作品中铸造一种博大坚实富于生气的人格，使异世读者还可从作品中取得一点做人的信心和热忱。使文学作品价值，从普通宣传品而变为民族百年立国经典。②

可是，伴随着抗战的进程，文学的社会化、政治化以及商品化，已经成为沛然莫之能御的文学大趋势，沈从文欲使文学学术化、学院化进而对国民进行精神人格教育的文学重造之梦，只能是一个孤独无助、不合时宜的呐喊。于是孤独的沈从文只有反求诸自身，如他 1943 年在其创作自述《水云》中就郑重地对自己说——

> "你这个对政治无信仰对生命极关心的乡下人，来到城市中用人教育我，所得经验已经差不了。你比十年前稳定得多也进步得多了。正好准备你的事业，即用一支笔来好好的保留最后一个浪漫派在二十世纪生命取予的形式，也结束了这个时代这种感情发炎的症候。你知道你的长处，即如何好好的善用长处，成功在等

---

① 沈从文：《新的文学运动与新的文学观》，《沈从文全集》第 12 卷第 51—52 页。
② 沈从文：《文学运动的重造》，《沈从文全集》第 17 卷第 295—297 页。

待你,嘲笑也在等待你,但这两件事对于你都无多大关系。你只要想到你要处理的也是一种历史,属于受时代带走行将消灭的一种人我关系的历史,你就不用迟疑了。"①

这是沈从文个人的文学理想——他有志于把自己半生遭逢"感情发炎"即爱欲经验作为"最后一个浪漫派在二十世纪生命挥霍的形式"、作为"一种人我关系的情绪历史"写出来,为历史作证、也为民族的生命增添一点浪漫的活力,为人的重造进而实现民族的重造尽点力,其具体的结晶便是《看虹摘星录》等描写个人生命—爱欲体验的作品。这些作品很个人化,却寄托着沈从文由"文学重造"来实现"社会重造"、"国家重造"的孤怀宏愿。

看得出来,沈从文抗战时期的文学观,其实仍然继承着"五四"以来"美育代宗教"(蔡元培)、用文艺改造国民性(鲁迅)、艺术是生命力受到压抑而生的苦闷的象征(经由鲁迅介绍的厨川白村综合了弗洛伊德和柏格森的生命力文艺观)、文艺是人类"情绪的体操"(经由周作人介绍的蔼理斯的文艺观)这样一些文艺观,浸透了注重人性启蒙的浪漫主义精神。

本来,沈从文以为"民族中所保有的理性和热情,可望在战事好转结束后,重新结合而抬头"。但抗战胜利之初,沈从文即忧心忡忡地注意到,一方面国共内战迫近,一方面政府腐败、知识界消沉,使"民族品德在另一方面既无力作有计划的提高,这方面则将在无可奈何情形中下落。说痛苦,一个有心人不管他是习什么,做什么,明日还将有的是痛苦,实明明白白!"② 正是在这种忧心中,沈从文

---

① 沈从文:《水云》(下),《文学创作》第1卷第5期,1943年2月15日。按,这段文字中在1947年收入开明书店版《王谢子弟》集时,"最后一个浪漫派在二十世纪生命取予的形式"改为"最后一个浪漫派在二十世纪生命挥霍的形式","属于受时代带走行将消灭的一种人我关系的历史"改为"属于受时代带走行将消灭的一种人我关系的情绪历史"——参阅《沈从文全集》第12卷第127页。

② 沈从文:《我们用什么来迎接胜利》,《自由导报》第5期,1945年11月3日。《沈从文全集》失收此文。

于"双十协定"签订不久，即写作了《人的重造——从重庆和昆明看到将来》，郑重地提出了"国家重造的希望，能否实现，重造的结果如何，实在还建立于'人'上面，人的重造将是个根本问题，人的重造如果无望，则重庆协议中所作成的种种，不过一堆好听名词作成的一个历史动人文件而已"。而沈从文的"人的重造"计划所揭橥的乃是一种专家治国化民的精英主义方案，所以他以为"人的重造"——

　　表现于国家设计上，则将是两组专家——一为心理学大师，神经病专家，音乐作曲家，雕刻，建筑，戏剧，文学，艺术家等等，一为物理，化学，电机，农业，各专家，共同组成一个具有最高权力咨询顾问委员会，一面审查那个普通人民代表会议所表示的意见与愿望，一面且能监督那个政府的一切措施，人的重造才真正有希望可言！

沈从文之所以首先提出"心理学大师，神经病专家，音乐作曲家，雕刻，建筑，戏剧，文学，艺术家等等"，就因为这些人都是深通"人性"因而最有助于"人的重造"的专家。即如新文学作家就曾对青年的养成发挥过不可替代的作用，所以在随后的1946年11月，沈从文又在《世界晨报》上发表了一篇文章，强调指出——

　　年青人从近二十年养成的社会习惯上，大部分是用新出版物取得娱乐和教育的，一个优秀作家在年青读者间所保有的抽象势力，实际上就永远比居高位拥实权的人还大许多。现实政治聚万千人于一处争城争地所建树的功勋，即远不如一二书呆子所具有的信用来得可靠而持久。在这个问题上便让我们明白一件重要事实，即语体文中的文学作品，于当前或明日的"国家发展"和"青年问题"，还如何不可分。政治上的混沌，若还将继续下去，清明合理一时无可望，凡有做人良心的文学作家，游离于争夺以外，近于事势所必然。他虽游离于争夺以外，他的理想，却可能将一个新的社会秩序,引导入于健康合理发展中!①

而在稍前的7月间发表的《一个理想的美术馆》一文里,沈从文更发挥他的艺术想象,设想着在云南的昆明有那么一位老军官幡然觉悟、偃武修文,筹建了一座美术馆,以帮助"创造一个国家的'未来',提高这个民族对文化的自信心和自尊心"。虽然沈从文明白他的设想乃是"一个虽然美丽可不大切合实际的荒唐梦",但他仍然认定"这样一个美术馆的实现,说来相当困难,作来其实也并不真正如何困难",因为云南并不缺乏"极合理想的美术馆馆长"、"最合理想的美术馆地址",并且"云南还有的是用不尽的钱,有的是另外一种不为世故腐蚀充满热忱来学习来创造的有用青年",所缺的乃是美育文化立国的理想——

> 目下所缺少的只是这样一种理想——与经商作官习惯不大相合的社会重造理想如何能在一些人的头脑中,占据一个位置,浇灌以相当理智的营养,慢慢发芽生根。这些人若能把文化二字看得深刻一点,明白国家重造社会重造的工作,决不是当前所见如彼如此的表面粉饰宣传所可见功,还得作更多的设计,而艺术所影响到民族情感的丰饶和民族自信心的加强,有助于建国又如何大,如何重要,能在这种健康观念下,将知识,技术,金钱,以及年青人待使用的热忱来重新好好结合,再过五年,我当然就可望有一天重来昆明,参加这个美术馆成立的典礼了。我实希望有那么一天,来证明所谓"理想"二字,倘若对人类进步是合理的,对文化发扬是需要的,对多数人民是有益的,就终会有实现的一天!若有人对于他当前所处环境,所在负责地位上,敢疑其所当疑,而能信其所当信,对"理想"有所认识,这人即为明日地方之主人,青年之先知。

---

① 沈从文:《新文学与青年情感教育》,《世界晨报》1946年5月11日。按,该文曾以《文学与青年情感教育》为题,重刊于1946年9月1日《经世日报·文艺周刊》上,《沈从文全集》第17卷据以收入,但缺了最后的"他虽游离于争夺以外,他的理想,却可能将一个新的社会秩序,引导入于健康合理发展中!"几句。

这是多么浪漫可爱的人文理想啊，它是沈从文最后的也是最诚恳的文化诉求。然而内战还是不以人的意志为转移的爆发了。直到新中国成立后，沈从文才接近实现他的理想，亲自参与创建了中国历史博物馆，并一直工作到终老。这对沈从文来说正可谓求仁得仁的理想归宿，此所以当后来的人们为他的改行而惋惜不已时，他自己却坦诚地表示无怨而且无悔。

　　　　　　　　　　　2010 年 12 月 24 日草于清华园之聊寄堂

相濡以沫在战时
——现代文学互动行为及其意义例释

相濡以沫在战时：沈从文给李健吾的慰问信及其他

书信的首要功能，当然是彼此感情的沟通和信息的交流。在古代交通不甚发达的情况下，人们偶尔得到远方友朋的一封问好的书札或外出游子的一封报平安的家书，那该是何等感激欢欣的事啊，惊喜动情以至潸然泪下的事也是有的。如元稹《得乐天书》诗即云："远信入门先有泪，妻惊女哭问何如？寻常不省曾如此，应是江州司马书。"职是之故，书信在古代被人珍若拱璧也就在情理之中了。到了现代，交通条件大大改善，但书信的地位似乎不减，其作用也显著增加——除了沟通信息、交流情感的传统功能之外，它还被发展成一种散文或小说文体，甚至文论形式和文学互动方式，丰富了现代文学的书写形态。

沈从文是个特重感情、很爱写信的作家。《沈从文全集》（以下简称《全集》）收集了他的不少书札，但仍有一些遗漏在外。如1944年11月1日上海出版的《万象》杂志第四年第五期上所刊沈从文《自滇池寄》两函，第二封已编入《全集》第17卷之《新废邮存底续编》中，但不知为何却遗漏了第一封，或者这封信改题收入了《全集》？然而翻检《全集》，迄未检得，也许我的检索有所疏漏亦未可知，所以暂以《自滇池寄》（一）为题补录如下——

××：

　　人有说你已过福建的，得□□①信，方知犹在上海，未作他计。法国文学史工作想已完成甚多。这里熟人多如旧，生活或已如"黔娄先生"，情绪还像不大寒伧，见面时有说有笑。惟分住各乡的，一年中见面亦不多耳。甫先生②犹如当年从容，常问及你情况。佩弦略见老态。之琳作五十万言小说，已完成。一多以刻图章补助生活，且有兴趣译新诗（中译英）。毓棠尚能于教书之外写诗。冯至、广田，亦多能写作，且可常见面。我住乡下已五年，每星期只在城中一二天，孩子们于乡村中长大，顽健比似城中略胜一筹。气候温暖，过日子平平静静，故不觉长久。原来与冰心诗人相去一里许，近则唯戴世光陈达相去不多远。三小姐③一切照常，精神则比过去转好，大约因凡事自己动手，每天在家中自己做酸菜，霉豆腐，劳作不息。欢笑歌呼，尤增加大人快乐，④ 因之岁月虽逝，生命中所保留青春活力，转若在任何情形中均不至于消失，老友闻之，定必愉快！徽因寻常在四十度高热中，相去过远，信息不明，病既是原有之病，想不至于如何沉重！宗岱精神似尚好，可从填旧词兴趣看出。巴兄⑤或尚在桂林，小说改戏，各处上演，亦甚热闹。孟实久无消息，只间或在刊物上见说教小文章耳。占元⑥甚用功，已结婚。萧乾无信，不知生活如何。相去万里，六年来大多数人已发鬓成雪，幼小者多成童

---

① 原刊用□□隐去了人名，究是何人，待考。
② "甫先生"前似漏排了一个"今"字或"金"字——"今甫"（亦作"金甫"）是杨振声（1890—1956）的字，他是"五四"文学革命时期新潮社的骨干，后与朱自清筹办清华中文系，继而出任青岛大学校长，又曾参与组建长沙临时大学（西南联大的前身）。按，作为资深新文学作家和教育家的杨振声，乃是李健吾的清华老师之一并曾提携过沈从文。下面的佩弦（朱自清）、之琳（卞之琳）、一多（闻一多）、毓棠（孙毓棠）、冯至、广田（李广田）、徽因（林徽因）、宗岱（梁宗岱）、孟实（朱光潜）、萧乾等，也都是京派文人学者。
③ "三小姐"指张兆和，她是张氏四姐妹中的老三。
④ 此处疑有排印错简——"欢笑歌呼，尤增加大人快乐"，显然是说孩子的，却既前缺主语，又不能融入后面说"三姐"的语句"因之岁月虽逝，生命中所保留青春活力，转若在任何情形中均不至于消失"；窃疑原信或许作："孩子们于乡村中长大，顽健比似城中略胜一筹，欢笑歌呼，尤增加大人快乐。"
⑤ "巴兄"当指巴金。
⑥ "占元"当指陈占元（1908—2000），广东南海人，法国文学翻译家。

子，相见何日？能不令人悒悒！望各自珍，并为朋友珍重。××，××，并盼致意。

弟文　一月二十日

据《万象》的出刊时间和《自滇池寄》（一）中所谓（抗战）"六年来"等语，沈从文撰写此信的"一月二十日"当即是1944年的1月20日。此时按阳历说已进入1944年，但按旧历说，则仍在1943年岁末也，正合抗战爆发"六年来"通信双方天各一方之况。

两封《自滇池寄》集中表达了沈从文对羁留上海沦陷区的文化界朋友的殷切关怀，诚所谓纸短情长，字里行间浸透了深厚的情谊。比较而言，《自滇池寄》（一）的内容更重要些，然则沈从文的这封信究竟是写给谁的呢？细绎其内容、措辞，并联系相关情况，大体可以推定，接受这封信的人必须具备四个限定条件：其一，从沈从文在信中称对方为"老友"的亲切口吻来看，收信人显非沈从文的前辈或晚辈朋友，其年龄资历应与沈从文相当。其二，沈从文在信的开头慰问对方之后，紧接着就说"这里熟人多如旧"，然后一一报告了流徙西南尤其是昆明的"熟人"的情况，涉及杨振声、朱自清、卞之琳、孙毓棠、闻一多、冯至、李广田、林徽因、梁宗岱、朱光潜、巴金、陈占元等，这些人乃是沈从文和收信者共同的"熟人"，除巴金、陈占元外，其他都是战前就活跃在北平的京派文人学者，据此则收信者也当属于京派圈子无疑。其三，这个被沈从文称为"老友"的人又是个法国文学专家，曾经计划撰写《法国文学史》。其四，此函开头一句——"人有说你已过福建的，得□□信，方知犹在上海，未作他计"，既透露了收信人的一点行藏消息，也包含着对其处境的一点含蓄暗示。其所透露的消息是，收信人自抗战爆发后一直蛰居上海，后来曾想离开上海，但未能实现，截至1944年初仍羁留上海；然而作为朋友的沈从文专此致函问候，却只说了一句话就转了话题，这又耐人寻味地暗含着顾虑日伪的书信检查、担心"老友"的安全之意，令读者从字里行间隐约可以体会到，其时收信人很可能受到了某种威胁，不得不预谋出走福建而未能成功，则他在沦陷时期的上海文坛上当是一个非同寻常、因而招惹日伪注目的角色也。

应该说，在彼时的沈从文的友人中，符合以上四项条件之一者是颇不乏人的，但同时符合其中两项者，就很少见了，而完全符合所有四项者，则似乎只有一个人，那就是李健吾。

　　李健吾比沈从文小四岁，但两人几乎同时走上文坛。李健吾早年参与的文学青年小社团曦社和于赓虞为骨干的绿波社是友好社团，稍后于赓虞又组织无须社，沈从文也曾参与无须社，并且李健吾和沈从文都是《晨报副刊》投稿者，所以通过这些相互交集的文学小社团和共同的文学园地，或许李健吾和沈从文在20年代中期即使未曾谋面，也应该是相互知道的。20年代中后期李健吾和沈从文在小说创作上渐露头角。30年代初李健吾赴法留学，致力于法国文学和文学批评的研习，沈从文则在乡土抒情小说创作上成就显著，因此成为京派文坛骨干。1933年8月李健吾学成归国，虽然也继续致力于小说以及戏剧创作，但把主要精力放在文学批评和法国文学研究方面。他以刘西渭为笔名的精彩批评文字，多刊载于沈从文主编的《大公报》文艺副刊上，可谓闻名遐迩，但当时只有沈从文等少数知友知道刘西渭就是李健吾。此时的李健吾已成为京派文人集团中的一员，他的批评才识尤其令沈从文叹赏，以至于沈从文40年代创作了爱欲传奇系列小说《看虹摘星录》后，曾把"批评家刘西渭"预列为自己的这本小书的两个"最好读者"之一。① 在法国文学研究方面，李健吾精心撰写的专著《福楼拜评传》，先在一些刊物上分章发表，如郑振铎主编的《文学季刊》创刊号（1934年1月出版）就发表了最精彩的第二章《包法利夫人》，立即赢得学界的一致好评，他因此被公认为后来居上的法国文学研究专家。李健吾晚年在回忆郑振铎时仍念念不忘道："对我生活最有影响的是我在创刊号上发表的论文《包法利夫人》。这篇论文引起一些文化界知名人士的注意。从未谋面的林徽音女士看后，给我写过一封长信，约我到梁家见面。……论文《包法利夫人》也引起了你（指郑振铎——引者按）的注意。后来约我到上海国立暨南大学教书，就是为了这篇论文的缘故。"② 或许正是因为《福楼拜评传》太成功了，才催生了李健吾撰写一部《法国文学史》的学术抱负吧，而在当时中国的法国文学研究界，他也确实是最堪此任的学者。说来，在那时的

---

① 沈从文：《〈看虹摘星录〉后记》，《沈从文全集》第16卷第343页。
② 李健吾：《忆西谛》，《咀华与杂忆——李健吾散文随笔选集》第278页，中央编译出版社，2005年。

文坛上比较熟悉法国文学的虽有十数人，但多从事译介或批评，如梁宗岱、傅雷、盛澄华等，至于从事法国文学史研究的则不过寥寥三五人而已。年资较老的是李璜和袁昌英，李璜编著的《法国文学史》，乃少年中国学会丛书之一，1923年由中华书局出版，袁昌英的《法兰西文学》，为万有文库之一种，1929年商务印书馆初版，1944年改订为《法国文学》——以上两书原都是简介常识的小册子。30年代涌现出了三个对法国文学有专深研究的年轻学者吴达元、李健吾和徐仲年。任教清华大学—西南联大的吴达元经过差不多十年的刻苦努力，终于在1944年完成了他的学术巨著《法国文学史》，并于1946年由商务印书馆出版，至今仍然是难以超越的著述；任教于中央大学的徐仲年在抗战前后分别出版了《法国文学ABC》（世界书局，1933年）和《法国文学的主要思潮》（商务印书馆，1946年）；至于李健吾则因其《福楼拜评传》的学术水准之高，让人们对他撰作一部高质量的法国文学史寄予了最大的期望，而他也是上述诸人中唯一蛰居于沦陷了的上海的人，人或以为他可以埋头学术著述了，那不过是美好的幻想。事实上，自太平洋战争爆发后，失去"孤岛"掩护的留沪文人处境更为艰窘而且艰险——面临着维持生存和坚守气节的双重考验。即如李健吾，就在一夜之间失去了养家糊口的所有职业来源，而他又有腿病不能跋涉到大后方，就在此时——1942年春梢——正"荣任"华北伪政府教育督办的周作人托人传话给李健吾，劝诱他"回到北平来做北大一个主任罢"，但刚硬不苟的李健吾拒绝了："我写了一封回信给那个人，说我做李龟年了，唐朝有过这个先例，如今李姓添一个也不算怎么辱没。"① 由此，李健吾下海了，成了一个演员和编剧，解决了一家的生活问题，抵挡住做了汉奸的老师之诱降。然而，危险仍然存在：尽管李健吾和他的戏剧同道们尽量走"商业化"的戏剧道路以规避日伪的迫害，但是他们的戏剧活动毕竟难以完全掩饰民族情怀，所以作为沦陷时期上海戏剧活动头面人物的李健吾还是被日伪警宪盯上了。李健吾对此不可能没有感觉，他因此而有出逃福建的计划，也在情理之中，只是尚未得到适当的机会实行。而听到风声的大后方友人们如沈从文等，自然也很担心李健吾等人的安危。这很可能

---

① 李健吾：《与友人书》，《上海文化》第6期，1946年7月1日出刊。

就是沈从文写这封信的缘由。

当然，尽管一切似乎都把《自滇池寄》（一）的收信人指向李健吾，但这毕竟出于我的推测，还需要其他材料来旁证。凑巧的是，与《自滇池寄》（一）同时同刊发表的《自滇池寄》（二），就是一条旁证材料。按，《全集》虽然编入了《自滇池寄》（二），但对收信人的身份未予考证，窃疑或是《万象》的编者柯灵也未可知，这个暂且不谈。值得注意的是，沈从文乃是在《自滇池寄》（一）不足一月之后写《自滇池寄》（二）的，然则写发时间如此接近并且都是寄往上海的两封《自滇池寄》，在内容上是否会有一些关联呢？有的。看《自滇池寄》（二），一开首说的恰正是"健吾诸兄"的安危——

> 二月十七日从×××兄处见到你去年十一月廿七寄的来信，真是喜出望外，尤其是从信中
> 知道健吾诸兄均安好无事。

此处"健吾"当指"李健吾"无疑，而沈从文如此喜出望外于"健吾诸兄均安好无事"的信息，正好印证了李健吾前一阵确实面临危险，令好友沈从文非常担心，因而设法多方打听，这也就间接证明了《自滇池寄》（一）乃是沈从文风闻李健吾的危险处境后，特意写给他以表达慰问的信。明白了这一点，我们也就不难理解《万象》的编者柯灵为什么要把沈从文的这两封信标为"自滇池寄"同时予以发表的含义了——他其实是借此向大后方的所有关心李健吾等人安危的友人报平安，而那时的李健吾自身恐怕已经无法给沈从文回信了。说来，李健吾的平安其实很短暂，他并未逃过日伪的魔爪：1945年4月19日的半夜，他还是被日伪警宪抓走而备受折磨，好不容易打通各种关系保释出狱；不久，连柯灵也再次被捕入狱，李健吾终于下定决心逃离了上海。这是后话，在此无须赘述。还有一条重要的旁证材料，也同样出自沈从文的战时书简——1944年9月16日沈从文曾致函在美国的胡适，谈及不少国内友人的情况，其中有这样两句："健吾虽还在上海，闻努力编《法国文学史》。"[①] 这个"健吾"显然也是指李健

---

① 沈从文：《致胡适》，《沈从文全集》第18卷第432页。

吾，由此可知那时确有李健吾在沪埋首编撰《法国文学史》的传闻，这与沈从文在《自滇池寄》（一）里慰问对方"法国文学史工作想已完成甚多"恰可互证，如此则收到沈从文这封慰问信的"老友"几可谓非李健吾莫属了。至于《自滇池寄》（一）所谓"人有说你已过福建的，得□□信，方知犹在上海"一句，无疑暗含了对收信人企图离开上海到福建却未能成功的焦虑，而收信人倘是李健吾，则可知他出逃的目的地乃是福建，可是李健吾为什么要选取福建而非昆明或重庆呢？这理当有个解释。窃以为，这或许因为李健吾曾经任教的暨南大学已于1942年6月全迁到福建北部的建阳——不难理解，计划出逃的李健吾也必须考虑出逃后的工作以维持一家的生计，而在那时的重庆、昆明等地，工作并不好找，惟其如此，有暨南大学在那里的福建，也就自然而然地成为李健吾出逃的首选之地了。

海上羁客有所思：李健吾对林徽因、沈从文的感怀

回头再说羁留上海的李健吾。他在受到大后方朋友如沈从文的关怀的同时，自己也关怀着大后方的朋友如林徽因（原名林徽音），而使得他的关心得以放下心来的，很可能就是沈从文的这封《自滇池寄》（一）。这也正可为《自滇池寄》（一）乃是沈从文写给李健吾的信的另一个旁证。

如上所述，林徽因乃是李健吾特别感激的文学知音，所以当听到原本体弱的她转徙大后方后困窘劳累、旧疾复发、可能病逝的传言，李健吾自然是非常焦急，羁留在上海的他逢人就打问林徽因的消息，后来知是误传，遂惊喜地写了《林徽因》一文，真可谓情见乎词——

> 足足有一个春天，我逢人就打听林徽因女士的消息。人家说她害肺病，死在重庆一家小旅馆，境况似乎很坏。我甚至于问到陌生人。有人笑我糊涂。最后，天仿佛有意安慰我这个远人，朋友忽然来信，说到她的近况，原来她生病是真的，去世却是误传了。一颗沉重的爱心算落下了一半。
>
> 为什么我这样关切？因为我敬重她的才华，希望天假以年，

能够让她为中国文艺有所效力。

《林徽因》写于上海沦陷后期，用的是笔名"渭西"，收录在一本上海沦陷区作家的散文合集《作家笔会》里，该书1945年10月才得以出版。据姜德明先生的考证，"渭西"就是李健吾。①《林徽因》一文中所说的那个春天，大概是1944年的春天吧，因为据柯灵先生1945年9月为《作家笔会》所写的题记，他在"去年冬天"也即1944年冬季就编好了这本散文集，②如此则李健吾所说的"春天"也就最有可能是距离最近的1944年。

然则，究竟是哪个远方的朋友那么有心地在那时给李健吾写信报告林徽因的病况而让他放下心来的呢？按理，有这种可能的"朋友"不止一人，但是考虑到当时交通的不便，尤其是大后方与沦陷区通邮的忌讳，则那个给李健吾来信的远方朋友必定是与他特别相契的好友，而且这个人也一定像李健吾一样特别尊敬林徽因，并且这个人也肯定深知，以李健吾与林徽因的关系，他必定很惦念林徽因的境况。就此而言，则这样的一个远方朋友，即使不能说非沈从文莫属，也应该说他是最有可能的了。现有文献也可以证明这一点，那文献就是沈从文的《自滇池寄》（一）。从这封信中可以看出，沈从文显然体谅到了"老友"对身在大后方的诸多师友之牵挂，所以在简短地对"老友"

---

① 姜德明：《怀人的散文》，《梦书怀人录》第137页，汉语大词典出版社，1996年。姜先生在该文中指出，《作家笔会》中所收《塞先艾》一文的作者"子木"和《林徽因》一文的作者"渭西"都是李健吾："'子木'合在一起是'李'，'渭西'是'西渭'之倒置，更可从那文章的内容和风格来判断。"姜先生的这个判断得到了原书编者柯灵先生的首肯，当年也曾羁留上海，并担任《万象》助理编辑的徐开垒先生，也证实了姜先生的判断——参阅徐开垒：《书情与友情》，《书屋》1988年第3期。附带说一下，陈学勇先生在2001年10月24日《中华读书报》上发表了《李健吾与林徽因》一文，重新发现了"渭西"即李健吾的《林徽因》一文，他或许没有看到过姜德明和徐开垒的文章吧；韩石山先生的《李健吾传》新版（山西人民出版社，2006年，我没有见到1996年的初版）第23页引"子木"即李健吾的《塞先艾》一文，注释原书《作家笔会》为"1938年上海春秋杂志社"，则时间有误、出版处不全——《作家笔会》是1945年10月由春秋杂志社和四维出版社合出的。另按，"渭西"这个笔名此前也有人用过——在1936年9月20日出版的《东北》杂志第1卷第3期上，就有署名"渭西"的文章《"圆宝盒"里的诗人卞之琳》，这另一个"渭西"不可能是李健吾，因为他的这篇文章正是对当年刘西渭即李健吾与卞之琳之间的那场解诗讨论的批评。

② 柯灵：《关于〈作家笔会〉》，《长相思》第205页，上海文艺出版社，1982年。

表示慰问之后，接着就一一报告了后方诸师友的境况。首先说到的金甫、佩弦二先生，乃是李健吾一直感念的清华老师杨振声和朱自清，并且杨振声也是提携过沈从文的前辈之一，所以放在前面，随后说到的其他人也都是李健吾和沈从文共同的同辈朋友（除了"冰心诗人"），其中关于林徽因是这么说的——

> 徽因寻常在四十度高热中，相去过远，信息不明，病既是原有之病，想不至于如何沉重！

这话既向收信人报告了林徽因的病情，而又语含宽慰，生怕收信人着急。如此体贴，显见得沈从文是感念到收信人对林徽因的感情和关切的。从这些情况来看，《自滇池寄》（一）很可能就是李健吾在那个春天忽然收到的那封让他对林徽因放下半个心来的远方朋友来信。

如果以上的猜测和考证还说得通，则沈从文对李健吾的关切，真是体贴到了并及其所关心的地步。不难想象，面对老友如此深情体贴的关怀，李健吾于理于情都应该有所反应。令人颇感欣慰的是，李健吾当日的回应似乎还有迹可循。即如同样收录在《作家笔会》中的《沈从文》一文，就很像李健吾的手笔。此文也很简短，不妨过录于此——

> 徐志摩编辑《晨报副刊》，有一个叫做休芸芸的人常常投稿。他的文章惹人侧目，内容尤其启人好感。我们这些喜好文学的年轻孩子，猜想不到他的来历。我有时候也写些诗文送去发表，但是永远缺少他字句之间的那种新颖的感觉。过了两年，他抛掉那个笔名，我们知道他的真名实姓。他叫做沈从文。
>
> 他说他是一个兵。我以为他身体魁梧，横眉大眼，有如一个山东人。想不到他有理想的张生的清秀，一般书生的文弱。在中国现代文学作家里面，气魄浩瀚如鲁迅，如茅盾，如巴金，如曹禺，全是瘦小的身材，看过去不太和他们的精神相衬。鲁迅和巴金的面貌还可以说有些奇特，不同凡俗。至于茅盾，曹禺，尤其是沈从文，简直属于同型的平常面貌。你奇怪他们的渺小的物质的生命，会产生了（将来还要产生）千百万言不朽的钜著！那样文弱的身体会装满了取之不竭用之不尽的精灵！伟大这两个字，

使用到精神方面，没有尺度可以比量。它最好的例子是拿破仑。

和文学的同伴放在一起看，我往往觉得，他的文字（内涵的，精神的）最最富有中国的传统的气息。他让我想到庄子，他让我回到唐代，他的人物是单纯的，他的气氛是浑然的，他的字句是感觉的。他的杰作《边城》好像唐代的传奇，更其质朴，更其真淳。即使他写些粗犷的男女，例如他的另一部杰作《从文自传》，也是可爱的。忧郁和茁壮，两个不应当连在一起的生命，他会以同一的魔力在同时呈现。

我们相知很早，但是谈到相识，却又很晚。我认识他，在他结婚以后，在他编辑"文艺"的时候。他没有受过正式教育，但是，勤学，好问，成为他的性格的一个特征。他写王字，他读古书，他好古画，他爱古瓷，他看名人，他买各样新书，尤其是翻译。他不认识外国文，他的文章往往看见外国名词，科学名词，一切生涩的东西。他有奇大的吸收力。但是，他固执，他争竞，他不示弱，他以精神的强者自居。

风格是一个作家的标记，同时却是模仿者真正的祸害。沈从文的风格渐渐变成一种风气，引起不少读者的反感。许多男女学习他的字句。有人简直可以乱真。但是，拜他为师，不失自己的朴实，乃是他的夫人三小姐。三小姐为他主持家务，有时候教他英文，若干年不相晤了，我相信他的英文程度大概远在他的"老虎"儿子之下。他羡慕，妒忌，恼恨那些外国留学生：他们可以直接领会外国大作家，然而他们那样浅妄，不负责任，译些坏东西，万一译些好东西，又那样让他看不出好来。写些创作，又似绝未承受外国作家良好的影响。看过巴尔扎克的《葛郎代》，他摇摇头，说："小山，巴尔扎克原来如此！"我苦笑了，问他是否把译文当做原文。他叹了一口气，说："你应当给我这种读者好好儿译几部书来。"惭愧之至，我没有丝毫敬还他的期许。

关于此文作者"小山"，姜德明先生的文章未予考证。徐开垒先生在读到姜德明先生的文章后透露说，对《作家笔会》中其他署名者的真实身份"我倒知道几位"，其中就有"小山"，可惜的是徐先生语焉不详，并没有说出"小山"究竟是谁。就我所知，在现代文献中也颇有几个人曾经署名"小山"的，但皆无足多者，并且几乎都非文学界中人，所作与《沈从文》一文的文情迥不相侔。就文与情而论，"小山"的这篇《沈从文》，与"子木"所写的《塞先艾》、"渭西"所写的《林徽因》，似乎出自同一手笔，都写得文情并茂而又简练通脱，很像李健吾的文字风格。复查"小山"在文中说到自己与沈从文从相知到相识等情况，正与李健吾和沈从文的关系若合符节。比如他们早年都曾给徐志摩主编的《晨报副刊》投稿，因而相知，但相互认识则在沈从文结婚后编辑"文艺"（这个"文艺"显然指的是《大公报》的文艺副刊）的时候，由此成为好友，"小山"并曾向沈从文介绍过外国文学名著，特别是法国文学，答应他好好儿译几部书。而事实上，李健吾在沦陷期间的一大工作，就是潜心翻译福楼拜等法国文学名著。再看"小山"文中对沈从文作品的评价，与李健吾对沈从文作品的评论，也几乎完全一致。比如，当年的李健吾（刘西渭）对《边城》一类田园牧歌赞赏有加："沈从文先生便是这样一个渐渐走向自觉的艺术的小说家。有些人的作品叫我们看，想，了解；然而沈从文先生一类的小说，是叫我们感觉，想，回味"，"他把湘西一个叫做茶峒的地方写给我们，自然轻盈，那样富有中世纪而现代化，那样富有清中叶的传奇小说而又风物化的开展。……在这真纯的地方，请问，能够有一个坏人吗？在这光明的性格，请问，能留一丝阴影吗？……没有再比那样的生活和描写可爱了。""可爱，这是沈从文先生小说的另一个特征。他所有的人物全可爱。……各自有一个厚道然而简单的灵魂。"①《沈从文》一文虽非文学评论，但同样强调了沈从文的文学特点："我有时候也写些诗文送去发表，但是永远缺少他字句之间的那种新颖的感觉。""我往往觉得，他的文字（内涵的，精神的）最最富有中国的传统的气息。他让我想到庄子，他让我回到唐代，他的人物是单纯的，他的气氛是浑然的，他的字句是感觉的。他的杰作《边城》好像唐代的传奇，更其质朴，更其真淳。即使他写些粗犷的男女，例如他的另一部杰作《从文自传》，也是可爱的。"两相比较，唯一的区别是"刘西渭"时期的李健吾觉得《边城》"富有清中叶的传奇小

---

① 刘西渭（李健吾）：《〈边城〉——沈从文先生作》，《咀华集》第70—72页，文化生活出版社，1936年。

说"的风味,而"小山"的《沈从文》则认为"《边城》好像唐代的传奇,更其质朴,更其真淳"。这种区别反映了一个批评家力求判断更为准确的自我修正。的确,就其真纯质朴而言,《边城》更像唐传奇。此外,还有一个不能忽视的细节,即在《作家笔会》里《塞先艾》、《沈从文》和《林徽因》是前后连排的三篇文章,而知道这三篇文章真实作者的柯灵先生作为一个有经验的编辑,应该不会在李健吾的两篇文章之间插入另一作者的文章,所以他这样接连编排这三篇文章,其实也意味着它们的作者"子木"、"小山"、"渭西"乃是同一个人,即李健吾是也。姜德明先生已对"子木"、"渭西"的取名有所解释,则"小山"也当有所取义,然而义从何来,已难考释——窃疑或与李健吾父亲李岐山有关。如所周知,前人命名取字的一个传统,即是从父亲的名号取一字再前置"小"字。如李健吾的老师朱自清,其祖父朱则余字"菊坡",其父亲朱鸿钧就字"小坡"。李健吾应该也知道这个传统,所以当身在沦陷区的他为文不得不多用笔名时,或许就从这个传统得到启发而起用了"小山"吧。不过,"小山"究竟是否如此取义,我实在不敢武断,好在这只是个无关宏旨的小问题,亦无须深究了。

临风寄意怀远人:柯灵组编《作家笔会》的苦心

从《自滇池寄》到《作家笔会》,其间都牵连到一个人,那就是接近左翼、坚守沪上的抵抗作家柯灵先生。前边曾推测沈从文的《自滇池寄》(二)可能是写给柯灵先生的,不论这个推测是否正确,有一点是肯定无疑的,那就是作为《万象》编者的柯灵,在彼时彼地一并刊发沈从文的这两封《自滇池寄》,并不是一个单纯的编辑行为,而包含着向滞留在沪的文人作家们传达来自大后方的慰问之意。并且,柯灵随后就着手组织留沪作家们撰文怀念远在大后方的作家们,其结集就是《作家笔会》一书。由此,沦陷区作家和大后方作家彼此珍重、相敬为国的真情互动,成为有组织的互励行为。此心此旨,柯灵在为《作家笔会》所写的题记里有所告白,可惜的是,该书 1945 年 11 月出版之时却漏掉了这篇题记,直到上世纪 80 年代初才改题为

《关于〈作家笔会〉》，收入柯灵的散文集《长相思》中。这是一篇非常珍贵的战时文坛史料，却很少进入文学史研究者的眼帘，所以特为抄录于此，以广知闻——

关于《作家笔会》

海内存知己，天涯若比邻。——王勃

去年冬天，我曾经为春秋出版社编过三本书，是：晓歌的《狗坟》；石挥的《一个演员的手册》；还有一本，就是《作家笔会》。（这社里还编的有一些别的书，却与我毫无关系。）

抗战以来，文艺工作者大部分离开了上海，少数人无力远行，只好蛰居一隅，咬紧牙关打发艰窘的日子。在这顽固的沉默中，冷眼看看各种倚门卖笑的丑剧，营营扰扰，有如日光下的微尘，昏瞀忙乱而毫无活气，那心境的悲凉真是无可形容。这小书所辑集的，原是为一个杂志所预备的特辑稿件，当时上海和内地的联系已经完全切断，关山迢递，宛然是别一世界；而我们所处的地方，只要沾一点点"重庆派"或"延安派"的气味，就有坐牢和遭受虐杀的危险。苍茫郁结之余，我却还想遥对远人，临风寄意，向读者送出我们寂寞婉曲的心情，表示我们对于祖国的向往：这就是这些怀人的文字的由来。

这小书最初的题名，本来就叫做《怀人集》；后来觉得应该隐晦一点，这才改成了《作家笔会》，原定计划，是想将远在内地的作家尽可能写到，但世乱纷纷，谋生日亟，结果大大地打了折扣；我自己一字无成，幸亏还有几位前辈和朋友帮忙，这是很可感激的。现在抗战胜利，时移势易，这类东西本没有再出版的必要；但书版排成既久，我又曾收受过一点编辑费，借此度岁；债不能不还，约不能不守，也只好任它"灾梨祸枣"，自生自灭去罢。

一九四五年九月二十九日①

---

① 此据柯灵的散文集《长相思》转录，上海文艺出版社，1982年。

从这则题记可知，《作家笔会》"本来就叫做《怀人集》"，而《怀人集》"原是为一个杂志所预备的特辑稿件"，那个杂志应该就是柯灵当时正在编辑的《万象》。柯灵组编这批特殊的稿件，显然是一个有计划有目的的活动——按"原定计划，是想将远在内地的作家尽可能写到，但世乱纷纷，谋生日亟，结果大大地打了折扣"。尽管如此，该集所收17篇文章，除《暨南四教授》一文所写王统照、郑振铎等四位是羁留沪上的老前辈之外，其余16篇共计对先后迁徙到大后方的20位作家表达了情真意切的感怀，这实在不是个小数目和小事情了，而柯灵如此精心组织留沪作家撰写这批怀人散文，其目的就是"遥对远人，临风寄意，向读者送出我们寂寞婉曲的心情，表示我们对于祖国的向往"，这是我们至今读来都深为感动的。

然则，柯灵是怎样想到发动这样一次有特殊意义的怀人散文写作活动的呢？那缘由或许并不单一，但我们有理由相信，就中沈从文的《自滇池寄》很可能起了直接的启发和催生作用。不难想见，接连读到沈从文从大后方辗转寄来的那两封情深义重的慰问信，柯灵一定深受感动，所以他特意把它们编发在自己主编的《万象》杂志上——对艰苦坚守在上海的作家们来说，来自大后方作家的深情慰问，真不啻是及时雨；同时也不难想象，正是沈从文的这两封来信启发了柯灵，让他想出了发动留沪作家撰写怀人散文的主意——在彼时彼地，还有什么活动能比这个更适宜表达对大后方同行的亲切回应、兼以寄寓对祖国的眷眷深情呢！

此中底细，当然只有已故的柯灵先生最清楚，可惜我们再也没有机会向他当面请教了。

不过，即就现在掌握的文献和情况来说，《自滇池寄》和《作家笔会》之间的连带互动关系，仍可得到印证。一则这两封信和这一本书，都是经柯灵先生之手编发的，而它们之间的内容显然有着相互呼应的关系，这一点上文已有具体分析。二则从收信、组稿和编发的时间上来看，这两封信和这一本书也是前后相继、紧密相关的。不待说，为一个刊物组织那么一大批怀人的特稿，是很不容易的事，既需要时间联络诸多作者，也需要费心筹划刊出事宜，然则柯灵是何时开始发动这项活动的呢？查《作家笔会》中的17篇怀人散文，恰好有三篇是附注了写作时间的，最早的一篇是写于"卅三年二月十日"的《方光焘》,即在《自滇池寄》(一)发寄的二十天之后(原信写寄于"一月二十日"即1944年1月20日),其时沈从文的这封信当已传递到上海,柯灵也有机会看到了,而他也随即着手组织留沪作家开展怀人散文写作活动,《方光焘》一篇当是他最早收到的稿件之一;《作家笔会》中另外两篇文章的写作时间很接近——《老舍与闻一多》写于"三十三年初冬"、《记北国二友》写于"一九四四年十一月",这也正是这批怀人散文即将截稿的日子,收集齐了稿子的柯灵准备在他主编的《万象》杂志上作为特辑连载,而沈从文的两封《自滇池寄》则成了这批怀人散文的引子,被安排首先发表在《万象》杂志第四年第五期上,出刊时间恰是1944年11月,同期发表的另一远方来稿是端木蕻良的创作自述《我的创作经验》。编者柯灵在编后记里对这两种"远方的来稿"做了郑重的介绍,并特别提醒上海的"文艺读者"注意沈从文这两封信"足慰远思"的意义——

> 沈先生的文字风格,有他独特的造就,是前辈中最切实的一位,这里发表的虽是两封短信,却是情思丰腴,感慨深沉,令读者如对其人。其中还提到好些为文艺读者所关怀的前辈作者,足慰远思。①

几乎就在同时,柯灵又将他组编的这批怀人散文编为《怀人集》一书交付出版——据他1945年9月补写的题记所述,他是"去年冬天"即1944年冬天编好该集交付"春秋出版社"的,而题记所谓"遥对远人,临风寄意,向读者送出我们寂寞婉曲的心情,表示我们对于祖国的向往",也正与沈从文那两封"足慰远思"的《自滇池寄》遥相呼应。如果说这一切都是偶然的巧合而非有意的呼应,那也巧合得太让人不可思议了吧?倘非偶然,则从《自滇池寄》到《怀人集》(后改题为《作家笔会》),乃正是后方作家与留沪作家之间相互关怀、砥砺志节的互动行为,在这一过程中,沈从文自发的两封《自滇池寄》首开其端,以深情的叩问启发了亲切的回应,而促使这种互动从个人的自发行为转换为自觉的文坛互动活动者,则是柯灵先生。当我

---

① 柯灵:《编辑室》,《万象》杂志第4年第5期,1944年11月1日出版。

们体察到这其中隐含的关节之后,就会明白《自滇池寄》与《作家笔会》并非各自孤立的文坛史料,而是分处两地的中国作家在战时互动互励、相敬为国的文学抵抗活动之结晶,其文学的与历史的深长意味是不可轻忽的。

顺便解释一下,柯灵在《作家笔会》的题记里说,上海的作家们"蛰居一隅,咬紧牙关打发艰窘的日子。在这顽固的沉默中,冷眼看看各种倚门卖笑的丑剧,营营扰扰,有如日光下的微尘,昏瞀忙乱而毫无活气,那心境的悲凉真是无可形容"。此中"顽固的沉默"一语可能包含着一个"今典",那就是法国抵抗文学的杰作《海的沉默》(Le Silence de La Mer)。按,Le Silence de La Mer 原是一个法文成语,暗喻人的内心世界及其相互之间复杂深隐、暗潮涌动的情绪和意志。《海的沉默》的作者韦科尔(Vercors)取喻于此,在这部小说中精心描写了法国沦陷区一个老人和他的侄女以顽固如"海的沉默"冷对德国侵略者的抵抗意志,所以该书秘密出版后不胫而走,不仅法国人民争相传阅,而且迅速传播到世界各地——伦敦、北非、美国、苏联,以及中国。①不难想见,柯灵对法国人民"海的沉默"的抵抗意义一定心有同感,因为他和许多羁留沦陷区的中国作家也曾如此冷对日伪。而柯灵们从"顽固的沉默",到集体发声以"怀远"的形式寄托"对于祖国的向往",那抵抗无疑是更进一步了。

文人交往有深致:文学互动行为的文学史意义

如此不避繁琐地考释这几篇书简短文,其实是想借此检讨两个较为重要的问题:第一,文学上的互动行为除了成为掌故谈助,还有没有更为严肃的文学史意义?第二,文学史研究的真正对象和中心任务究竟是什么——是对文学作家及其文本进行孤立封闭的纯文学解读或开放到想当然的话语化批讲,还是对曾经实存的文学活动进行实事求是的具体分析?

---

① 关于《海的沉默》在中国的传播等情况,可参阅笔者的《乱世才女和她的乱世男女传奇——张爱玲沦陷时期的文学行为叙论》,《考文叙事录——中国现代文学文献校读论丛》第397—405页,中华书局,2009年。

我所谓的文学互动行为，指的是发生在一些文学主体之间的交际和交集及其连动而生的效果或影响。大概自有文学活动以来，就有了文学上的互动。只是古代由于交通不便，文士之间虽不乏书函往来和宦游交际等互动行为，但其范围和频率毕竟很受限制，加上文献有缺，不少文学互动行为已失记不传了。然而纵使如此，仍有不少文学互动行为见诸记载，传为美谈。降及近现代，大都市迅速崛起，文人作家集居于此，空间距离的缩小自然增加了人文互动的机会，加上现代传媒的居间作用，文人作家之间的互动也就似突然而实必然地大大加剧了，从个人之间到社团流派之间，频繁的文学互动如影随形，互动形式也花样百出，其广度和深度远非古代文士的书函往来和宦游交际所可比拟了。就此而言，即使说广泛而且深入的文学互动乃是现代文学的一个"现代性"特征，也不为过。

文学互动行为当然既可发生在个人之间，如作家与作家、作家与读者或批评家之间，也可表现为文学社团流派内部的集体交流，甚而可以扩大为跨社团、跨流派以至跨地区和跨国度的文学之间的交集与互动，而其互动的效果和影响，则既可能积极地推动文学的发展，也可能产生刺激性的反作用，却不可能没有作用——只要互动当真产生了，就必定会有这样那样的效应和影响。上面考释的一些文学互动事例，显然都是现代文人相濡以沫的美事。无须讳言，由于立场有别、趣味不同加上个性的差异，文人之间也难免产生分歧、滋生矛盾以至发生相轻相斗的行为，这不免让人遗憾，但必须注意的是，不同的文人及社团之间的关系是相当复杂的，有时可以纷争到势不两立的程度，有时却又可以宽容互动到积极互助的地步，并且即使相轻相斗的交锋也未必只有负面的效应，倒可能刺激相关者暗自反省、激发对立者加强交流，从而推动文学在"矛盾运动"中向前发展。下面就举几个例子略为申说。

大而言之，在流派纷呈、思潮纷争的30年代文坛上，京派和海派文学趣味的差异以至论争，左翼文学思潮和自由主义文学思潮的尖锐对立，当然是最为引人注目的事情了。然而这只是事情的一面，倘若仔细观察就可发现，在这些相互分立以至对立的文学流派思潮之间，并不像一般所想象的那样壁垒森严，事实上它们在各自的"派性"之外也各有包容的一面，彼此之间也同样存在着宽容的互谅、积极的互

动的。此类事例并不少,此处按年代和刊物略述其荦荦大者如下:
1931年9夏中共党组织决定由丁玲出面在上海创办《北斗》杂志,旨在克服"左联"初期的左倾幼稚病和关门主义,所以这份左翼文学杂志广泛联络、发动了南北各派作家,自9月出版的创刊号开始,陆续推出了不少好作品,而远在北平稍后又到青岛的沈从文虽然并不赞成左翼作家的革命立场,但他还是热心为《北斗》的成功出谋划策,甚至亲自登门代丁玲向冰心等作家约稿;1932年5月在上海创刊的大型文学杂志《现代》,虽然被称为"现代派"的大本营,但其实《现代》杂志的骨干成员如施蛰存等与冯雪峰等左翼作家一直保持着比较友好的关系,施蛰存并曾冒险推出鲁迅的名文《为了忘却的记念》等;1933年7月创刊的《文学》是另一个举足轻重的大型文学杂志,它由表面上政治色彩不浓的郑振铎、傅东华主编,其背后的支持者则是左翼文坛重镇鲁迅和茅盾,所以《文学》实际上是左翼—进步作家的阵地,但它显然有意克服早期左翼的公式主义和关门主义偏颇,广泛吸纳从"五四"过来的新文学名家到30年代崛起的各派文学新人,发表了从革命现实主义到唯美颓废主义的众多作品,显著地促进了各文学派别在互动中共同发展;紧接着,以上海的《文学》为后盾、由北上燕京大学任教的郑振铎出面,热诚邀请平津的资深京派作家和其他文学后劲,于1934年1月在北平创办了《文学季刊》,进一步推动了左翼文学与非左翼文学、北方文学与南方文学的交流互动;此外,还应提及的是自北来南的林语堂,他先后在上海创办了《论语》(1932年)、《人间世》(1934年)和《宇宙风》(1935年)三个刊物,广邀海内各派作家文人,尤其属意于京海文学的沟通,成功地促使京海作家在趣味相投的文学互动中共同发展出一股超越南北的趣味主义文学思潮……应该说,诸如此类的文学互动行为,乃是30年代文坛上最值得注意的文学活动——从这一时期最为出色的一批文学杰作就是在此类文学互动中产生和问世的,即可知跨越派别地域的文学互动之意义非同小可了。可惜的是,我们的文学史研究从过去的大讲斗争到今天的贬斥斗争,其实都只纠缠于文坛各派纷争互斗到不可开交的一面,都忽视了纷争的文坛其实也有积极互动到相互促进的一面。

具体而论,作家间的互动自然也会有"不友善"因而令对方"不愉快"之处。冰心和林徽因之间的一些颇带较劲味的连续互动行为就是典型事例。其中最引人注目的节目是冰心的小说《我们太太的客厅》所引发的反响，直到近年还有余响——所谓"林徽因冰心两大才女的恩怨情仇"之争，似乎成了近年热议的一个焦点问题。然而，这"两大才女"间的文学过节是否仅限于"太太的客厅"的范围，而其意义是否也仅限于文人相轻的意气呢？余窃有疑焉。因为，稍微扩大点视野而又仔细点观察的话，研究者就不难发现，所谓冰心与林徽因的文学过节，乃是一个比《我们太太的客厅》发生更早、范围更大、延续更久的连续互动过程，而其效应也相当复杂、意义更耐人寻味，远非一般所谓文人相轻、才女争锋那样简单。据沈从文之说，从1931年9月冰心发表《我劝你》一诗，二位女作家就有了文学上的过节，而据李健吾说，冰心1933年9—10月间发表的小说《我们太太的客厅》，则使这场文学过节愈益加重了……其实冰心不过是把京派文人的美丽新风雅作为一种人生现象加以典型化的描写，要说她有讽刺也是指向这种美丽新风雅的做派，而并非针对哪个具体人物的讥嘲。虽然好强要面子的林徽因的反应确是一度很不愉快，但从她随后的创作可以看出，她的《九十九度中》、《文珍》和《梅真与他们》，恰恰折射着冰心稍早些时候创作的《我们太太的客厅》、《冬儿姑娘》和《相片》等作品的积极影响。事实上，正是冰心的这些作品以及她所推重的丁玲的作品，刺激着也推动着林徽因摆脱偏见和傲慢，走出她的客厅或窗子，看到下层妇女所处的不公平地位及其人格自尊，从而给予了倾注着深切同情和可贵理解的书写。尽管林徽因这么写带有对冰心不服输的意味，但其实当她这么做的时候已暗含着对冰心文学观的认同。而1940年代的冰心亦以清苦的潜心笔耕，心照不宣地回答了林徽因等对她在艰苦的抗战期间可能攀龙附凤的担心与批评。然则，还有什么比这样的文学互动行为更积极有益呢？我近年因为校录冰心的佚文，才注意到这个问题的曲折关节，曾写了一篇小文，只是文体近乎"百家讲坛体"体，所以自己颇不满意，此处撮述大概，聊供关心此事者参考吧。

回头来看，以往的文学史研究，对文学上的互动行为也并非完全无视，事实上也常常说到的，而常见的言说方式不外二种：资为谈助或资为考证。"资为谈助"即把文学上的互动行为作为名人轶事来说道。如王羲之等东晋文人的兰亭之会、李白与杜甫的交往、鲁迅与瞿秋白的相赏，就一向传为美谈。不过这种"资为谈助"的谈论近乎"插花式"的点缀，虽然给文学批评和文学史研究增加了些许趣味，但肤浅不及深入，所以往往给人可有可无之感。"资为考证"即把文学上的互动行为作为考证文人关系的材料，比如古典文学研究中就颇多文人交游考、师友关系考之类文章。如此"资为考证"当然比仅仅"资为谈助"进了一步，然而这种考证虽说旨在"关系"，可它对"关系"的探讨常常限于单向的探索和静态的追究，鲜见彼此应有的双向互动，因而其所揭示的关联仍然是片面的和有限的。

其实，文学互动行为所涉及的不仅是双方的"关系"，更触及双方的"关心"之所在。所以即使有些文学互动没有产生积极的效果，至少也足以澄清双方的差异，从而对文学史的研究具有重要意义。比如，发生在沦陷末期的以迅雨（傅雷）为一方而以张爱玲和胡兰成为另一方的那场论争就是典型的事例。一般以为，那场论争只关系到迅雨与张爱玲、胡兰成文学观的差异。这诚然但也不尽然。事实上，在傅雷充满善意的文章中也包含着一些超越了单纯艺术得失的严肃批评，其最耐人寻味之处，是他说"心理观察，文字技巧，想象力"这些"优点"既能够成就《金锁记》那样的杰作，却又会把张爱玲"引入危险的歧途"。这是为什么呢？细读上下文，原来傅雷在文章的一开头就指出，产生文学杰作还有一个更为重要的不可或缺的条件，即作家必须有"深刻的人生观"并从而富有深度地写出人生的或者说人性的"斗争"。傅雷显然是考虑到了沦陷区作家置身"在一个低气压的时代，水土特别不相宜的地方"①的特殊情况，所以他特别强调的乃是加强和深化对人生斗争的主观方面或者说内在方面之表现，殷切期望沦陷区的作家们能够在这方面纵深开掘、于人生的内在斗争描写中彰显出人性的不屈不灭。而在彼时彼地坚持这样一种人生—人性的内在斗争观去做人和作文，这其实是二而一的事情。对张爱玲能否坚持不动摇，傅雷是委实有些担心的，在他的语重心长的劝告里，无疑隐含着对张爱玲为文以至为人的某种不忍明言的担忧。而张爱玲也非常敏感，她对迅雨即傅雷的批评作出了反应，而且反应速度非常之快——

① 以上所引迅雨（傅雷）语，均见《论张爱玲的小说》，《万象》第 3 年第 11 期，1944 年 5 月 1 日出刊。

《自己的文章》从写作到发表不过短短半月！而紧接其后为张爱玲辩护、对迅雨进行驳难的，就是胡兰成——他在《杂志》第13卷第3期（1944年6月10日出刊）上发表了第二篇《评张爱玲》。可以肯定的是，业已情好日密、常在一起消磨的张胡二人在看到迅雨的批评后，必然有过沟通和讨论，然后便决意分工协作、相互呼应、共同对付迅雨的批评。明白了这中间隐含的关节，也就不难理解《自己的文章》和第二篇《评张爱玲》两文有那么多相通相似之处，以至有些地方简直如出一手、难分彼此的来由了。看来，张爱玲和胡兰成的确是一对旨趣相投的乱世才子才女，所以他们要求个人现世安稳自由的观点不仅相通到几乎难分彼此，而且相互配合着先后发表在最重要的"和运"刊物《新东方》杂志和转向"和平阵营"的名刊《杂志》上，此呼彼应地附和着"和运"的意识形态。这种情况正是迅雨即傅雷最为张爱玲担心的，然而恐怕连傅雷也没有料到会来得这么快。事已至此，傅雷也就无话可说了。所以，当年发生在傅雷和张爱玲、胡兰成之间的论争，只一个回合就结束了，而他们之间分歧的关键显然不是单纯的艺术趣味问题。这只要看看傅雷对"人生一切都是斗争"尤其是人生的内在斗争的着意强调，和胡兰成、张爱玲对乱世人寻求现世"自由，真实而安稳的人生"之当然性的特别揄扬，就泾渭分明了，尤其是张爱玲对"斗争"的刻意消解和对"安稳"的再三致意，确乎无疑地与傅雷对"斗争"的坚持构成了针锋相对的对立。这种对立首先是人性观—人生观的分歧，其次才体现为文学观—美学观的分歧——后者不过是前者的延伸而已。由此可见，这场"不成功"的文学互动，实际上亮明了双方不同的文学与人生立场，具有非常重要的意义。

说来，文学互动行为乃是"文学活动"的一部分。不错，一切都是"文学活动"，我们常常这么说，可是在我们的文学批评和文学史研究中，却很少真正把文学活动作为研究的中心，主导了我们的批评与研究思维的，过去是现在仍然是孤立的"作家中心主义"和封闭的"文本中心主义"，在这样的双重影响下，我们忙着确立经典作家、阐释经典作品，这当然是必要的工作，但问题是我们对经典作家和作品的研究往往是静态的观照和封闭的分析，排斥掉了文学活动之丰富的社会历史关联，只剩下孤零零的作家文本给文学研究者做封闭的纯文学解读，或者就是把作家的文学文本作为构建某种想当然的理论话语的垫脚石。事实是，文学现象原本是关联复杂的活动或行为——从创作到出版、阅读、批评，都莫不如此，留在纸上、传给后人的文本不过是前人文学活动或文学行为的痕迹而已，也因此，要解读这些痕迹的意味，就不能不回到一个朴素的原点，重新定义文学活动的性质及其与作家自身、和他人和社会到底是个什么样的关系。所谓"回到一个朴素的原点"，无非是要重新确认这样一个显而易见的事实，即人类的"文学活动"当真是一种行为、一种活动，而且是一种最具主体性的实存行为。确认这一点，那些曾经困扰我们的许多高深问题也许就有了比较明了的意味。即就作为创作主体的作家而论，其文学创造行为当然不可能只是纯粹的不及人、不及社会的虚构与想象，但也决不是时代社会背景之简单的反映和被动的反应，而是他们对其身内与身外种种问题的发之自觉的应对、有所企图的行为、预谋了效果的活动——当然是以文学特有的方式。我把这样一种研讨思路姑且称之为文学行为的实存分析，以区别于传统的社会历史批评。从这样一种视野来看，就不再是孤立的作家作品，而是关联深广的文学活动或者说文学行为，将占据文学研究的中心位置，而那些看来似乎琐细的并无深意的文学互动行为，则因其是有助于说明某一时代的某些作家为什么如此做而不如彼做的实存行为，也就具有了值得深入分析的文学史意义，而不再是可有可无的文坛掌故、文学谈助或名人轶事之类了。

2010 年 11 月 20 日于清华园之聊寄堂

关于《春蚕》评价的通信
——从吴组缃和余连祥的分歧说起

一

解老师：

我看到您说的《中国现代文学研究丛刊》今年第4期上余连祥先生的文章《稍叶——吴组缃先生不了解的一种蚕乡习俗》了。一开始觉得还不错，他下了那么大的工夫，部分解决了"稍叶"问题。论文做到这个程度，没有功劳也有苦劳嘛。可是看到"编者记"里对这篇文章进行了重点推介，我又觉得这篇论文的某些硬伤可能还没有被指出来，想和您闲谈一下。

首先，这篇论文对吴组缃先生的《谈〈春蚕〉——兼谈茅盾的创作方法及其艺术特点》（载《中国现代文学研究丛刊》1984年第4辑）的微词是放在篇首的。甚至可以说，要超出微词，简直就是对吴文的批判，觉得它被后来的研究者拿来作为例证，批评茅盾创作上的问题（潜台词是：如果还没有人站出来批判，可能吴文的经典性地位就不可动摇了）。这篇论文以此为缘起，当然没有问题，而翻案文章最好看，那是一定的了。由此带给我的阅读期待是：这篇论文可以驳倒吴文的主要观点。比如，吴指出的，茅盾小说多是"理念先行"。可惜作者又策略性地退缩了。他只谈吴文的一个段落。这样谈很具体，倒也不错。自然，首先要转入对江南社会经济史的论述。到这一部分，就显现出作者经济史方面的欠缺了，有两处硬伤：

一、以笔记和调查报告为例证。显然这些笔记和调查报告都是指向具体的时地的,其中的判断很难用来涵盖一个大的区域长时段的社会史。这是社会史研究的常识,作者其实是犯了大忌讳。

二、武断地认为吴组缃在用"落后"的皖南农村境况来推断茅盾所写的"江南",缘木求鱼。这个话说的无凭无据,倒像是意气之辞。这点先不去管它。从常识上讲,吴组缃笔下的皖南,具体指向是泾县茂林村。这个地方,可以肯定,同属江南。安徽的经济,南北差距很大,而南又远胜于北。吴组缃所写的茂林,又是这"南"中的大村落,其历史文化经济之盛,毫不比茅盾的家乡乌镇逊色。另,他觉得吴组缃不了解的是一种"蚕乡习俗",其实"稍叶"是一种"明清以来江南蚕桑区叶市上的远期交易"(《复旦学报》2009 年 1 期,黄敬斌文),与"习惯风俗"只是字面意义上的联系而已。

然后作者又回到文学论述中来,他竟然找出了老通宝的创作原型。这点很有意思。吴组缃显然是没读完茅盾的作品,要不怎么会发现不了这么明显的证据呢?可能吴组缃写这篇文章时,茅盾的全集还没有出版出来吧。但我觉得,即便茅盾全集出来了,吴组缃也通读了,他的判断仍然是可以立得住的。道理很简单:吴文谈的是茅盾现实主义创作的得失。这里面需要我们首先详细地拆分生活真实和艺术真实之间的区别。通篇看吴文,吴组缃对茅盾不满的出发点,正是立在他对艺术真实的理解基础上的。这点,我觉得,作者是没法批驳的。举一个小例子:茅盾本人在建国后就曾经改初版本里的三张蚕叶为五张,可见他确实有疏漏。

这就导致了作者的结论左支右绌、不知所云,大谈茅盾文学创作的复杂性,而不知吴组缃同样是在谈茅盾创作的复杂性。用架空的复杂性来对复杂性,一点意义都没有。你至少得提出来一种新的复杂性,才算得数吧?

总之,翻案文章一定要建立在对对手文章的整体把握基础之上。要不,绕来绕去,被对手绕进了他的思路圈套里面。本来很好的一个研究角度,到后来竟变成了琐屑的考辨,就没意思了。

现在有些日本的学者,通过对《子夜》《春蚕》等著作的阅读,认为茅盾对中国社会性质的理解,更接近于托派一些。也即是说,他更多地是把当时的中国社会,整体地看成一个资本主义社会。从余文里对稍叶投机这一乌镇农民的经济行为的详细分析来看,这一判断,并非空穴来风。我想，这篇翻案文，给人的启发，倒是可以落实在这个地方。即是说，对吴组缃所分析的那些茅盾创作的时代背景的重新叙说。

因为是我们师徒间的闲聊，所以话说得放肆了些。言不及义啊。

尹捷 敬上　8月28日下午4点半

尹捷：

你好。我这两天忙着改文学史稿，同时因为你对《稍叶》的质疑，我也需要重新看看《稍叶》这篇文章，所以回复就迟了些。

看文章真是因人而异。我重新看《稍叶》这篇文章，仍然觉得文章写得相当扎实而且语气很有分寸。所以我不知你所谓硬伤的判断是怎么得出来的。就这篇文章而论，作者为了论证稍叶的习俗在"杭嘉湖蚕乡"早已存在，举了大量有根有据的文献，你觉得还不够么？他又不是写关于稍叶的经济学论文，在他的论题下只要证明"杭嘉湖蚕乡"有此习俗就够了，他举了6条文献，而这些文献是吴组缃全然不知的，而吴却敢于断言《春蚕》"小说主题正是植根于这些情节和老通宝、阿多的思想认识中的。但这些情节和思想是否真实呢？我认为很不真实，甚至有点架空和无中生有"。你觉得谁武断？至于吴先生家乡虽然也属于大江南地区，但江南那么大，安见得皖南必同于杭嘉湖蚕乡？你的质疑提出了什么根据？其实，余连祥先生并不需要去调查皖南，他只要证明杭嘉湖蚕乡的情况就可以了。作者既不是写稍叶的专著，我们却要求他做一个大区域长时段的社会经济史再来说话，这是不是有点苛求了？

其次，关于生活真与艺术真实的问题，吴组缃正是从生活的不真实质疑《春蚕》艺术的不真实，所以余连祥也就从生活的真实证明《春蚕》艺术的真实。我觉得这没有什么错呀！如果吴组缃只是从艺术的不真实着眼，那就更好回答了——你觉得不真实，只是你的感觉，我觉得真实呀！这当然不是诡辩，其实，我读《春蚕》从无不真实之感。特别挑剔它不真实的人，不外二类：一类是压根儿就不喜欢左翼文学，一类是艺术趣味有别。吴组缃属于后者，而现在的许多质疑《春蚕》、《子夜》的人属于前者。吴组缃虽是左翼的社会分析派作家，可是他的文学趣味与茅盾显然有别，他是个更注重个人感觉而且感觉细腻的人，所以他能写很好的短篇，却写不了长篇，因为长篇不可能处处周到细腻，它需要理性的架构。茅盾恰恰擅长于此，他的《农村三部曲》其实是长篇的结构和写法，吴组缃用他那一套趣味来要求，就对茅盾不很满意了。他的文章欲抑先扬，结论是否定性的，而且口气那么满，相比之下，批评他的余连祥就客气多了，你不觉得么？三张蚕叶还是五张蚕叶，并不是什么大问题。吴组缃自己的《一千八百担》初版（收《西柳集》，上海生活书店1934年出版）写了一个拥有"一百八十多房，二千多家"的名门望族，到1954年人民文学版《吴组缃小说散文集》中，不也改为"八十多房，好几百家"了么？（据方锡德先生见告，这个改动是当年人民文学出版社负责人之一的楼适夷建议的，而楼之所以有此建议，也是有感于原作那样写多少给人夸大之感，改动后就更为严谨了。）但我们能因为有过这样的修订，就说初版的《一千八百担》不真实么？一个作家对作品的细节做一点订正，是很正常的。可是，为了给吴先生留一点面子，余连祥还是把《春蚕》的这个细节挑出来加以批评，我觉得也很够意思了。

作家的趣味才性可以不同，但在批评上要有异量之美。吴组缃能写很精粹含蓄的短篇，但他写长篇如同写短篇，那就作茧自缚了，所以他40年代写《鸭嘴崂》就难以收场，读来沉闷琐碎。记得老舍和曹禺都就此提醒过他，但才性难改，趣味难变，所以他后来就索性不写了。可他却用自己的艺术趣味来要求茅盾。他的批评又被后来一些对左翼文学心怀偏见的人利用，成为来自同一阵营的"反戟"，似乎格外有杀伤力。此所以今日不能不辩也。至于非左翼的人士，我想他们可以不喜欢茅盾的作品，但不必拿真实来说事儿，他们何尝关心什么真实。

你的信最后说，"现在有些日本的学者，通过对《子夜》《春蚕》等著作的阅读，认为茅盾对中国社会性质的理解，更接近于托派一些。也即是说，他更多地是把当时的中国社会，整体地看成一个资本主义社会。从余文里对稍叶投机这一乌镇农民的经济行为的详细分析来看，这一判断，并非空穴来风"。这确是一个有意思的问题。我觉得写《蚀》三部曲的茅盾，对中国革命和中国社会的看法，在反左倾盲动主义的同时，其实是主张走一条"小资产阶级"的革命道路，当然，他的"小资产阶级"概念比较大，但无论如何不是无产阶级的。这或者正是他对南昌起义消极观望的原因，因为他觉得那只是徒劳，正确的道路是依靠广大的"小资产阶级"慢慢来。经过革命文学论争，眼看红军和苏区的发展，30年代的茅盾改变了自己的立场，重新站到了革命阵营，开始了他的左翼作家的生涯。社会性质论战和他的思想及创作的因果关系，因此是一个非常重要而且有意义的问题。希望你能够通过切实的工作，推进我们的理解。我对茅盾实在缺乏研究，所以只能够谈一些感想，仅供你参考，不强求你同意。

顺便说一句，你的上一封信和这一封信，似乎都表现出一个优点同时也都暴露出一个问题，优点是富于批判精神，问题是对别人的观点缺乏认真的理解，而往往有些苛求，甚至语气之间流于轻薄，颇有些不屑一顾的味道。人年轻时有点锐气甚至傲气是好的，但同时也要学会对他人有同情的理解，实在难以苟同并且确有根据，不妨从容道来。在这一点上，余连祥先生至少比你要有分寸。我曾经年轻过，有过这样那样的教训，所以希望你们能够吸取我的教训。我现在的文章尽量写得平和，就是自我反思的结果。

当然，在私信中尽可像现在这样率性道来，只是不要把率性的辞气带到论文中去。

专此奉答，即祝顺利。

解志熙 8月30日午

二

解老师：

您好！非常感谢您如此长篇如此真诚的回应。您说我"问题是对别人的观点缺乏认真的理解，而往往有些苛求，甚至语气之间流于轻薄，颇有些不屑一顾的味道"，我信发给您后，其实就意识到此点了。您批评得对极了。这种对别人的观点和文章不够尊重的做法，本来是我所要警惕的，但一写东西出来，就难免自己的态度也沾染上"拳经出手"的恶劣习气，当在以后的人生中自省再自省。

对余老师的论文，信发出后我又搁着和吴文一起重读了两遍。余的文章,有理有据,在某些点上,确实能抓住吴文辞气浮躁、急于批驳茅盾农村写作之要害。比如说,他抓住了吴文中认定的老通宝保守性的武断之处,也抓住了吴组缃不了解桑叶在大眠之时仍可能价格剧烈波动的市场特性等。我都很佩服,对自己信里的观点,确实也有点汗颜,甚至后悔发出了这样一封思虑不周的信。

所以,我就仔细学习了一下"稍叶"这种经济行为的流程和吴、余的原文以及《春蚕》,发现了以下几点余文可能疏漏的地方:

一、吴文中所提及《春蚕》不真实之处,不在于老通宝清明时节借债稍叶的事情。这时的老通宝,由儿媳四大娘通过其父借贷30块钱,稍了20担叶。这个情节,是讲稍叶的,也即是说,它是一个远期交易,在"桑拳上怒茁出小绿叶"的时候就已经向叶行定下的。到后来,至大眠之时,又将家里最后一块桑地押上,去买4块钱一担的贵叶(和稍叶时1块5一担相比,简直就是天价)时,就已经称不上是稍叶(预卖预买),而或可称作"现叶"(钱物两清)了。当时老通宝算的账是:"四块钱一担,三十担可要一百二十块呢,他哪来这许多钱!但是想到茧子总可以采五百多斤,就算五十块钱一担,也有这么二百五,他又心一宽。"对此,吴文的计算很准。("何况老通宝家共需七十五担叶,而其中指着买叶的竟占了六十担之多。这不是农业户的养蚕办法。")而茅盾在此则出现了低级错误:老通宝家里的15担叶,加上稍来的20担,大眠时现买的30担,也不过是65担,和5张蚕种所需的75担蚕叶之间,缺口还有10担之多,没有75担蚕叶,哪里来的后来的丰收?所以,茅盾以后修改小说,将这一马脚部分地补了上来。而余文的问题则在于:将老通宝清明时的稍叶(远期)和大眠时的买现叶(当期),与其"借债买桑叶养蚕"这一投机行为混杂在一起讨论。实际上,借债这一行为并不构成稍叶的必要条件,稍叶并不都是通过借债的,而借债也只有一部分为着稍叶的;论述的逻辑上出了大岔子,所以我才说他社会经济史方面有缺欠。而且,在余文中,还可以再举出一个例子说明他在用稍叶资料时的混乱:在谈到老通宝不听劝执意稍叶时,说"老通宝会冒险,却缺乏规避风险的意识"。那么,自然稍叶这一行为就是他所理应规避的风险了。而对稍叶功用的定义,千百年来,却是养蚕户规避叶价风险的一种经验性选择。只有在预期叶价高于稍叶价时,蚕农才愿意稍叶(在《春蚕》中,老通宝也是根据自己的经验,清明天热,正预示着一个蚕茧丰收之年景,才下决心多布四张蚕种和举债稍叶的)。这是常理了,不知道余文为什么非要在这里把稍叶当作风险来看。

二、回到吴文,他所力批者,也是老通宝借债买桑叶而不知有止的问题。我觉得在此点上,在生活真实和艺术真实上,也都批判得很到位。可想而知,一个家里本有 300 多块钱外债的老农,竟然前后为春蚕借贷 150 块钱(稍叶时靠亲家作为中人借贷 30 元,买现叶时以桑地为质押借贷 120 元)。——这从情理上是不是确实说不过去?这不是茅盾为文造意,还是什么呢?难道在 30 年代初的江南"富庶之乡",一个对洋种尚存排斥态度的老农,就能有如此之胆量,而竟置身家于不顾,贸然行事吗?涉险而不知有度(这个度很重要,量变催生质变的辩证法在这里完全适用),开玩笑地说,那他真是"也有这么二百五"了。

三、吴文中其实对余先生文中的批评,也有预先的回应。余文没有涉及此点,引之如下:"如果说老通宝这样做是铤而走险的话,当然不能否认有这种可能性。但那意义就完全不同了。因为第一,这毕竟只是个别人的行为,就失去了典型意义。第二,尤其重要的,是老通宝的失败亏本,也就成为个人处理不当的问题,这与小说所要表现的主题就联系不起来了。"(1)就第一点来说,吴组缃这里说的"个别人的行为",结合上下文和《春蚕》,所指的是"借债买叶,企图大捞一把,好似投机商人干的那样"。这一行为,据我的理解,其重点不在老通宝"稍叶"(如余文指出的,"桑蚕生产中最具冒险色彩的是从事稍叶的中间商,即叶行老板"。在叶市上翻云覆雨,大搞投机的实在是这类商人,其对象主要是"叶户"。老板与"叶户",构成了"稍叶"这一经济行为的主体。像老通宝这样叶行的转手"买家",实在谈不上是茅盾所言的"叶市的'要角'"。),而在于其通过借债来买叶养蚕。即便是茅盾,在《春蚕》中,对老通宝借 30 块高利贷稍叶的行为也并没有当个事来细说。反倒是对他在大眠时抵押桑地(他们家最后一块产业)换钱现买贵叶时的心理活动加了些笔墨。因为正是这一带有一定普遍性的投机行为,才是最终导致"因为春蚕熟,老通宝一村的人都增加了债"的主要原因。关于这一点,更为有力的证据则在于:假如老通宝"能占",所需蚕叶缺口 60 担全部靠"稍叶"解决的话,统共不过 90 块钱,和最后到无锡卖蚕茧所得净剩的 100 元比起来,还是有得赚的，至少可以说是"惨胜"。由此可见，对于吴文来说，这里问题重心不在于知道"稍叶"与否，而在于巨额借贷之合理与否。我觉得，吴组缃抓这一点还是很准的。退一步讲，即便稍叶市场在蚕乡已经很成熟了，但一个家底并不殷实的老农，竟然靠着借贷参与这种需要本钱的投机活动，也确实说不过去。这是余文的第二个问题。他把吴文对于老通宝不管不顾的举债养蚕（结果是"赔上十五担叶的桑地和三十块钱的债"）这一行为的批评，直接置换成了吴缘于对"稍叶"这一市场行为的不了解而导致"误杀"茅文"借债买桑叶养蚕"这一"主要情节"，却对于其中的转换关节则思虑甚少。说句大白话，稍叶这种资本游戏，像现今的股市楼市一样，你有钱玩，赔了赚了的都是自己的钱；你借高利贷炒股炒楼，赔了个一塌糊涂的，还真不能单把由头扯到股市楼市不健全、投机性太强云云的问题上来，一样还是得擦干眼泪，骂骂自己的赌性。我觉得，对《春蚕》中的稍叶问题的解读，也似可作如是观。茅盾压根就没把它当作写作的重心，吴组缃（可能还真不了解此点）也没把它当作批评的关键。（2）吴组缃批评的关键在第二点：经由市场投机而导致的老通宝的失败亏本，如果退一步讲，着实符合茅盾"生活真实"的话，那"就变成了个人处理不当的问题了"，压根就不具备样本（典型）意义。这样一来，一旦《春蚕》的"主要情节"被简化成了个人行为，那这一行为就不符合新现实主义对人物典型性的基本要求了，而典型人物形象的塑造，又恰恰是文中所论的茅盾革命（新）现实主义写作实践的一个根本点。这也是对余文最后找出来老通宝的原型丫姑爷的一个比较有力的反驳：这篇小说，毕竟不是一篇报告文学（或者当时流行的速写体小说）。如果对其内容做单纯个人性的分析，它背后的宏大追求（以个人之折冲起伏影射30年代中国乡村破产之状况），就必然被这一纯粹的个人行为所架空。应该说，这里的拆分还是很清楚的：即便稍叶是彼时业已高度市场化的蚕乡的一个真实存在，作为一家之主的老通宝个人行为中近乎赌博式的借贷选择（月息二分半，绝对是高利贷了，而不是如余文所实际指出的一块五一担的平价"稍叶"选择），也很难说在蚕乡具有典型性，更不能说这样写，就可以反映出彼时由个人而至村庄，以至于整个中国农村的破产根由了。吴组缃敏锐地看出了老通宝、吴荪甫式个人奋斗的破灭，与茅盾整篇小说所要表达的关于中国社会性质的理念之间的格格不入。我觉得，余老师如果能把吴文的这段驳倒，那就善莫大焉了。其实，余老师那篇文章，在对这段的批驳上，是有话说的。江南一带（具体到杭嘉湖蚕乡），明清以迄的资本主义萌芽和市场经济的发展，都在整个中国的经济史上有独特的地位。从这一点出发，完全有可能重新解释老通宝（而不仅仅是其单一的经济行为）这个 30 年代蚕乡中国农民的典型性和真实性的。可惜他对吴文中所刻意强调的新现实主义的真实性和典型性的题眼，着墨太少，而对茅盾用力过猛处的评价不是说那是"小说家言"，就是说茅盾"太注重戏剧性"，甚至在算出老通宝不过还需借贷 40 元（10 担叶），即可渡过难关之后，也不愿和吴组缃一起深究这戏剧性和小说家言背后的问题所在，以致别立新说。这点我很不满意，总觉得他没有抓住吴文的重心，一直在其外围绕来绕去。

　　四、余文用的"杭嘉湖蚕乡"这个概念我其实也是不满意的。历史地看，这个概念的涵盖性严重不足。因为我看到的所有关于叶市的讨论，都是用江南这个概念。不必说苏锡常（老通宝就是去无锡卖的蚕）在 30 年代的纺织业也都很发达，就是他对皖南落后这一判断，我觉得也存在问题。前段读吴组缃《一千八百担》时，我接触了很多《泾县县志》、《文史资料》以及有关皖南经济研究的文章，对皖南经济发展状况还是有点了解的。且不说茂林有"江南第一村"的美誉，就是在蚕业上，皖南在明代一直就是"官府的纺织品供应基地"，"到明中叶，全国有 22 个织染局，皖南就占了 3 个"而且，"休宁人金瑶还总结植桑养蚕的经验，写成《蚕训》一书"。历史如此悠久，加之徽州在历史上的商业之盛（吴组缃的父亲好像就做过一段时间的商人），吴兄半农先生本来就是专攻农村社会调研的经济学家，吴组缃初入清华上的就是经济学系这些因素，怎么就可以轻率地说皖南就一定"落后闭塞"，吴组缃就一定不了解稍叶，对其"隔膜"，谈起来也都是"隔靴搔痒"呢？

　　五、我说余老师用生活真实来打吴文的艺术真实。这句话确实是欠考虑。如您所言，吴文是靠自己臆断的"生活真实"来衡量《春蚕》人物塑造的真实性的。但他整个文章的重心，却着实落在革命现实主义写作对人物形象艺术真实的特殊要求之上，简略地概括，这一真实观是要求作家塑造典型环境里的典型人物。这是一个特指的真实。

在吴组缃眼里，茅盾是"五四"以来能将现实主义与浪漫主义创作手法相结合，并创作出惊人成熟的革命现实主义作品的作家。我想，这一文学史定位，还是比较到位的。在一种创作潮流的起源处的作家，我们对他的评价，既不可过高，也没必要过低，一切都要回归当时的具体情境里面，做具体的分析吧。我觉得，由于曾经同处30年代的文化场域里，吴文对茅盾这一时期创作的得失，揣摩得仍可算是比较准的。至于那些借此文打击左翼文学的研究者，看不看得懂，甚至有没有耐心看完这个长篇论文，都在未知数，对其断章取义，甚至别有"会心"，那也就在所难免了。但是，站在历史的立场上，对吴文的修正乃至辩驳，是不是也应该建立在知其全篇的基础上呢？吴文谈的是一种现实主义的写作，那对它的辨正，我觉得最好也能从现实主义出发，至少是从现实主义的真实观出发，首先把附着于茅盾小说之上的目的意识剥离出来，考察一下。由此，余文那种仅仅从小说之外的历史现场出发的做法，我不敢苟同。进而我对他推断出茅盾创作原型，并以此为据来证明茅盾小说真实性的做法，确实有些不以为然，觉得他倒实在是把生活中的真实和小说中的真实（比如说，老通宝的债务是丫姑爷的3倍，稍叶借贷是他的4到5倍。要说后者是前者的原型，那么，茅盾在这里是逼着"丫姑爷"老通宝失掉他最后一块产业，走向破产了。我看这个原型的寻得混淆得有些过了，有点不知蝴蝶是否庄生了）。

六、我之所以对余文心存不满（不是不屑——对写出了《逃墨馆主》的人，我还是心存敬意的。只是私下行文，想到那里说到那里，忍不住就把网络论坛中的冷嘲热讽气带了进来），就在于它是通过抓住一个未必站得住的观点的手法，来批驳别人具有高度整体性的文章。这也是我的毛病，看到自己的毛病在别人那里出现，难免有点移情。而且，我最近在看关于两个口号论争的文章。论战文字最激烈，潜移默化之下（比如鲁迅指责徐懋庸抓住一面旗帜的说法，对我影响就很大），总有想把对手"一下子驳倒"的冲动，这确实是年轻而少历练的大毛病。您说的"我曾经年轻过，有过这样那样的教训，所以希望你们能够吸取我的教训。我现在的文章尽量写得平和，就是自我反思的结果"，让我很感动，并深以为然的。所谓言传身教，也不过如此了吧？

对吴组缃的评价，我在部分上是接近于您的判断。他是一个有些拘谨的作家，以至无力写作长篇。他的文学批评，也有这样的毛病，过分地拘泥于某个细节、概念和人物形象，过分地依赖自身的经验，而显得不那么大气。这一点，在写关于《一千八百担》的论文时，我其实到现在也没法处理好，卡在这个地方了。

拉杂说了这么多，您就随便看看。

尹捷 敬上 8 月 31 日晨 2 时

尹捷：

你好。我半夜起来侍候孩子吃药，随后睡不着觉，于是打开电脑，就看到了你的信。这封信写得很好，对问题分析很细致，尤其是对吴、余二文得失的分析很有启发性。

你说，"可想而知，一个家里本有 300 多块钱外债的老农，竟然前后为春蚕借贷 150 块钱（稍叶时靠亲家作为中人借贷 30 元，买现叶时以桑地为质押借贷 120 元）。——这从情理上是不是确实说不过去？这不是茅盾为文造意，还是什么呢？难道在 30 年代初的江南'富庶之乡'，一个对洋种尚存排斥态度的老农，就能有如此之胆量，而竟置身家于不顾，贸然行事吗？涉险而不知有度（这个度很重要，量变催生质变的辩证法在这里完全适用），开玩笑地说，那他真是'也有这么二百五'了"。这确是很敏锐有力的观察。

不过，我觉得事情还可有另外的理解。老通宝之所以在春蚕上那么投入，一则因为他原是个有地有房的中农，现在接近破产，他急于翻身，于是对春蚕寄予很大的希望。二则他的养春蚕买桑叶行为有一个不依他的意志为转移的发展过程，一开始的投入风险，还在他能够预计和承担的范围里，可是紧接着发生的事，完全超出了他的预计，桑叶价被抬得那么高，而他此时已经骑虎难下，没有退路，只好继续走下去。此时的他所抱的期望是，只要咬紧牙关过了这一关，换得春蚕丰收，卖个好价钱，那就一切都有了。可问题是 30 年代世界经济危机对中国农村，尤其是江南农村经济的冲击，完全是老通宝无法预计的。结果是，春蚕丰收了，他大赔特赔。老通宝的这一系列行为虽然如吴组缃所说有些冒险，但我以为他的冒险行为仍然在一个江南老农民的行为所可理解的范围里。真正的问题是"世道变了"，中国农村，尤其是江南农村被纳入了半殖民地化的进程，老实巴交的农民是难以预估和应对横扫当时世界的经济大萧条对中国的冲击的——由于经济危机的影响，来自日本的恶意倾轧，中国的丝织业急剧萎缩，蚕厂关张等——丰收了的春蚕不但卖不上好价钱，反而赔了本。这是老通宝怎么也预计不到，所以他想不通，大病一场。但是他还是不死心，所以又辛苦种夏稻，幸运的是丰收了，然而他想不到同样的问题又来了，谷子卖不上价钱，他又赔了。这又一次打击就彻底要了他的命。所以，问题不在老通宝，而在"世道变了"。丰收成灾、谷贱伤农是那时引人注目的大问题，其原因不在农民的冒险不冒险，事实上老通宝的计划都没有错，但世界形势变了，江南农村被纳入了世界经济体系，农民想不到他得承担这个他无法承担的后果。所以，我觉得茅盾的"农村三部曲"真正要揭示的问题在这里，即半殖民地化对中国农村和农民的冲击以及中国农村社会的出路在哪里，而不是江南农村的资本主义有没有发展、老通宝有没有商品市场经济意识的问题。吴的文章抓住一个细节做文章，却忘记了这一点，余的文章也因此把重点放在这里、给茅盾辩护，我以为都有点看走了眼，而没有理解茅盾的真正的"问题意识"。如果我的这个观察有点道理，那也就同时说明茅盾与托派不一样。

总之，我以为老通宝的一系列行为虽然有点冒险，但仍然都在传统的农民经验所允许的范围内，问题不在他的冒险而在世道变了。所以我对吴组缃所谓老通宝的行为和心理有点超越常规、不够典型的看法，并不以为然。不要以为农民不会冒险、没有商品意识，我祖、父两代都是农民，我的祖父与老通宝年龄差不多，他和他的弟弟都经过商，我父亲从解放前到解放后都一心想经商，而他做事也很冒险，有时到了动摇家庭根本的地步，弄得我和我的哥哥非常被动，以至于我后来给他"下了一道命令"——不准再经商。虽然老通宝有点冒险，但他那样做仍然在一个农民的习性之内，他的急于翻身的苦衷，我很能理解，并且他的冒险也都"成功"了呀，真正的问题在于这"成功"难以抵挡完全改变了的世道。就此而言，吴组缃的批评是过于拘泥了，并且忽视了茅盾的真正的问题意识。其实，单就农民的意识和行为而论，吴组缃的小说也有非常出格的描写，比如他的名作《樊家铺》写农家女线子为了救她那不成器的丈夫，情急之下竟然把自己的母亲打死了。把线子的行为和老通宝比较一下，谁的行为更不可理解、更不合情理？可是从来也没有人包括吴先生自己质疑过线子的行为有多大的真实性和普遍性。比较起来，老通宝的行为和心理完全可以理解，他是个老派农民，但还没有保守到面对破产就随性认命的地步——这样的老农民所在多有——所以他不甘心，还要挣扎，而他的行为其实也是知止的，他的计划出自积累起来的老经验，按生活的老皇历来看，原本是没错的而且可行的，因为那是拼了命的生产自救而非什么见钱眼热的商业投机。他只是不知道这世界已经变了，受着他根本无法想象的东西的控制，那完全超出了他所能够预料和理解的范围，所以他最后是抱着迷茫不解离开人世的。通过他的不适应的悲剧性遭遇，茅盾要暗示什么、说明什么，才是真正的问题。这是我的一点理解，不一定对，说来供你参考。在学术上师生平等，这样讨论问题，对我们都有促进。

解志熙 8 月 31 日晨 5 时

三

解老师：

考虑到您"内外交困"（要改文学史，还要照顾生了病的解宝宝，这都是"大事"），而且您关于茅盾小说主题与人物性格间关系的解释很厉害，我其实是想驳的，但驳不动，就没敢下笔，但还是得回应一下，以求在讨论中来理解您的一些治学思路和文学史观点吧。

其实，吴文里有一段和您对茅盾主题的理解是比较一致的，抄录如下：

> 由于经济基础不变，生产方式不变，老一套的生产经验是可贵的，也是可以解决问题的。由于政权本质不变，老年人的一套世故，明哲保身、苟且偷生的哲学，安于作奴隶顺民的思想也就自然成为权威思想（这是您所批驳的吴文里对农民保守性和冒险性交织在一起的复杂性认识不足）。但是一旦帝国主义势力入侵，这个古老的社会基础动摇起来了。可是虽然动摇，却未根本改变

和被摧毁,尤其是在农村里。……等到帝国主义侵略与压迫转入新阶段,发展为更残酷的掠夺时,国内统治者完全投入帝国主义的怀抱,从而农村的最后一滴血也被喝干,农民们再也无法生活下去,这现实就与过去任何时候不同了(就是您说的世道变了。也是余老师文章里大谈蚕乡稍叶传统时所不注意的一面:传统可讲,现实尤其要谈,30年代蚕乡的借债稍叶更要谈,才可以批驳吴文叙述。)……这样,不但老通宝死了,老通宝的思想也死了,再也传不下去了。

吴文接下来又说:"作者写出他家有二十多亩稻田,十多亩桑地,还有三开两进的一座平房。……但凭这个,就知道他是个中农,而且是个上升的中农。……当然,他的经济地位已因帝国主义侵略等原因而日渐下降,到了《春蚕》中,实际已没有了那二十多亩地,并且还欠了三百元债,已成为贫农了。但他原有的上升的中农意识却仍然保持着。他还要向上爬,还要借债来大量养蚕,凭着过去的经验,凭着家中几个很强的劳动力,来挽回失去的好光景。作者着重交代了这一些中农的向上爬的自发性的资本主义思想。"(这正是您信中所说的,老通宝所做仍在一个农民的习性之内,他急于翻身的苦衷,也很可以理解。)对吴组缃来说,"这些是和他们(按:上文所说这一代中农)整套保守思想分不开的"(这又回到了您信里所说的,吴文抓住文章一个细节做文章的弊病。吴组缃认为当时的农民的保守性是一个真实存在,而且是像老通宝这样中农的思想之根。而在《春蚕》中,茅盾写到老通宝的养蚕计划时,直接把这个根挖掉了,所以不"真实")。

那么,茅盾为什么不选择小说中"陆李"这样的贫雇农,而是选择老通宝这样一个高度冒险的中农作为中心人物呢?吴文认为,"像陆李这样的人家,早就一贫如洗了,新的形式,新的农村破产的现实所造成的影响,对他们来说,就远不如老通宝家所遭受的更为显著突出和深刻重大"(这就是我理解的,吴文中茅盾小说艺术的论述重心:茅盾是将老通宝作为一个经受了1932年一·二八事变及农村破产现实种种外部环境冲击最为严重影响的人物来写的,以反映其小说主题的)。——也就是说,老通宝的投机,在"丰收成灾"的农村现实状况下,是最要命的。其原因,吴组缃其实和您的分析还是比较一致的——

> 真正的问题是"世道变了",中国农村,尤其是江南农村被纳入了半殖民地化的进程,老实巴交的农民是难以预估和应对横扫当时世界的经济大萧条对中国的冲击的——由于经济危机的影响,来自日本的恶意倾轧,中国的丝织业急剧萎缩,蚕厂关张等等——丰收了的春蚕不但卖不上好价钱,反而赔了本。这是老通宝怎么也预计不到,所以他想不通,大病一场。但是他还是不死心,所以又辛苦种夏稻,幸运的是丰收了,然而他想不到同样的问题又来了,谷子卖不上价钱,他又赔了。这又一次打击就彻底要了他的命。所以,问题不在老通宝,而在"世道变了"。谷贱伤农是那时引人注目的事实,其原因不在农民的冒险不冒险,何况老通宝的冒险都"成功"了,但世界形势变了,江南农村被纳入了世界经济体系,农民想不到他得承担这个他无法承担的后果。

你们都是在谈老通宝的"致命"选择。但你们的分歧也在这个选择上面:在吴组缃看来,老通宝的这一选择,是茅盾没有考虑到中国农民保守性是其根本性格的前提下"设计"出来的。而您更多的是强调这一选择的现实可能性,以及茅盾的叙述重点不在于人(30年代中国的一个中农),而在于势(世界性经济危机和中国半殖民地状况的加深),所以老通宝不但可信,而且也仍可称作是一个成功的典型人物。

我觉得,您这个批驳,就是我想看到的,是站在吴文所指向的30年代现实主义创作的问题与状况的出发点上提出的,因而也就显得有的放矢。但是,需要在这里强调的一点是:吴组缃文学批评和文学创作的中心点是对人物形象的重视。对他来说,一个作品有没有创作出令人难忘的人物形象,是评价一个作品最重要的标准。所以他以老通宝为中心,而不是以茅盾所想要表达的,30年代中国半殖民地化更为严重的社会现实对中国农民的冲击为中心。这一批评策略,就其个人而言,还是合理的。

而您的批驳,则集中在茅盾小说的主题,以及老通宝这一人物命运的变幻，与此主题的契合度。我很浅陋地感觉到，可能还是中了茅盾创作"主题先行"的圈套。为什么要这样说呢？如果茅盾的小说重心不在人物情节，而在于其预先设定的世道人心上的大变化的话（也即您说的"问题意识"），那他可能就是主题先行的。这样，吴文对《春蚕》的批评，从老通宝的"真实性和典型性"方面入手，就仍旧是有力的。而您认为这个"真实性和典型性"都是有的，只是吴组缃没有认识到罢了，这样的批评，到底能不能动摇吴文对茅盾农村小说创作的历史评价，还在两可之间。

  为什么我会在读完您和吴组缃的文章后会得出这样的印象呢？一个原因是您举的线子嫂的例子。其实，就线子嫂违背纲常、弑母救夫这一情节而言，80年代中美恢复文化交流时，吴组缃在美国被"发现"，并能得到很高的赞誉，其中就有这么一个情节之功。美国那帮人觉得吴组缃这么早就懂变态心理学了，不简单。而我以前看过的一个材料（不是林希给吴先生的信，就是吴先生接受的一个访谈）里，吴特别提到此点，觉得很多人都没有注意到小说中的一个对话，才会觉得人物之极端与变态——

   "三个没有用的货，八个小的，这几年稻子不值钱，丝茧没人受，老大到城里当了团丁了，还是赵老爷的面子，天大天大的面子。老二老三在城里做杂货店，一个一个做了'茴香'了！这一家饿痨臭虫，不就在我一个老棺材身上叮血吃？一个女儿还同我红眉毛绿眼睛的！"

   "线姑娘脾气扭一点，"那尼姑说着把声音放小了："上次在这里碰着你，我看她那颜色，也真不象个见娘的颜色。看不得，唔，看不得。你是奶头上送来的呀，唔，不嵌肉也难怪。"

  这里面最关键的一句则是："你是奶头上送来的呀。"根据我的记忆，吴先生在这里其实是写出了皖南农村的重男轻女的恶劣风气和童养媳陋俗。线子嫂作为一个女娃，在还没断奶时就送给了狗子家做童养媳。因此，她和其母实际上只有血缘上的联系，而少有生活上的亲情。反倒是和自己丈夫狗子一起长大，那种同根生的感觉要更强烈一些。——退一步说，这里吴先生所受的"委屈"和茅盾被他"误解"，倒也有异曲同工之妙（而且，《樊家铺》也写到过线子嫂夫妇找她妈妈借债买叶养蚕而赔了血本的事情，倒是可以驳一下余文说吴先生不懂这种农民投机的指责）。我觉得现实主义其实是最难的创作手法，不像现代主义可以天马行空地来写作和解读。

另一个原因，则在于吴文里其实包含吴先生的自我批判在里面（这也是我觉得他的研究被批左之人断章取义的原因之一，他对茅的评价并不低）："茅盾的《子夜》、《春蚕》等作品正是这时写的。在这些作品中，茅盾表现了与同时代作家显著不同的新的思想观点和艺术方法。他和当时一般现实主义作家不同。当时一般的现实主义作家采用的都是批判现实主义创作方法。他们以为艺术文学的任务只止于反映现实、揭露现实。从思想上说，他们只停留于对现实的不满和否定，而未想到他的理想和应该肯定的前途。……表现在人物描写中，即是多写被否定的人物或反面人物，而写不出正面的、被肯定的足为模范与学习榜样的人物。"

通过对吴组缃一系列 30 年代短篇小说的阅读，我发现，他其实是这"一般的现实主义"小说家中的一员（虽然严先生给他分了个类）：采用的是批判现实主义的创作方法，而对中国农村的判断止于"破产"和"没有出路"，也写不出来一个正面人物（《一千八百担》里有一个"白马小将"式的人物，却在再版时被删除了）。我一直觉得，对照现在那些无聊的不痛不痒自以为激烈的小说而言，这种饱含了对中国前途命运之关切的小说，仍旧是有价值的。现在看来，和某些所谓的"无主题变奏"的小说比较起来，这种高度自觉的主题先行的创作追求，仍旧是中国现代文学之所能称为现代文学的一个价值所在。甚或可以说，作为投枪和匕首的鲁迅杂文，也应在这个讨论范围之内。

祝秋安！

尹捷 敬上 2009 年 9 月 3 日 17：36

尹捷：

你好。解宝宝的病已好、文学史的稿子也已经改完了，正好接到你的信。你对我和吴组缃先生的异同的比较很有意思，同的地方不论，关键在异的地方。

你的来信指出："你们都是在谈老通宝的'致命'选择。但你们的分歧也在这个选择上面：在吴组缃看来，老通宝的这一选择，是茅盾没有考虑到中国农民保守性是其根本性格的前提下'设计'出来的。而您更多的是强调这一选择的现实可能性，以及茅盾的叙述重点不在于人（30年代中国的一个中农），而在于势（世界性经济危机和中国半殖民地状况的加深），所以老通宝不但可信，而且也仍可称作是一个成功的典型人物。"你接着说："我觉得，您这个批驳，就是我想看到的，是站在吴文所强调的30年代现实主义创作的问题与状况的出发点上提出的，因而也就显得有的放矢。但是，需要在这里强调的一点是：吴组缃文学批评和文学创作的中心点是对人物形象的重视。对他来说，一个作品有没有创作出令人难忘的人物形象，是评价一个作品最重要的标准。所以他以老通宝为中心，而不是以茅盾所想要表达的，30年代中国半殖民地化更为严重的社会现实对中国农民的冲击为中心。这一批评策略，就其个人而言，还是合理的。而您的批驳，则集中在茅盾小说的主题，以及老通宝这一人物命运的变幻，与此主题的契合度。我很浅陋地感觉到，可能还是中了茅盾创作'主题先行'判断的圈套。"

你的这两段话里，包含着三个可以讨论的问题。

第一个问题是，究竟应该怎样理解农民的保守性，也就是说老通宝是不是茅盾没有考虑到中国农民保守性是其根本性格的前提下"设计"出来的？吴说是，我说不是。然则分歧何在呢？我以为吴组缃对农民的保守性的理解过于"保守"了，他虽然是个左翼作家，可是他骨子里对农民的保守性的理解，与鲁迅为代表的"五四"一代人的启蒙视野下的农民观一脉相承，在那种视野下，农民是纯然保守、愚昧、落后的生物，等待着被启蒙。其实农民未必纯然和皆然如此。不论从我个人的生活经验还是对老通宝的观感，我都以为不能如此教条地理解农民的保守性，因为那不合农民生活和农民性格的实际，并且那样一来所谓保守的农民也就只有一种性格、一个典型了，就像在启蒙视野下的农村妇女只能是祥林嫂一样，可事实并非截然如此。一个农民保守，并不等于他对生活毫无企图心，并不意味着他在破产的边缘只会坐以待毙，而倘若他不甘完蛋、拼命挣扎一下，那就好像不是个保守的农民了。世上恐怕没有这样简单的道理。其实，老通宝的行为说不上什么投机不投机，他只是不甘破产，不愿坐以待毙，还想拼了老命挣扎一下而已，而春蚕和夏稻就是他能够抓住也必须抓住的最后两根救命"稻草"，他怎么能够不挣扎一下就认命？而他的挣扎的企图及其所作所为，其实也都在一个老农民所应有的生活经验和性格可能性的范围之中——按生活的老皇历，他的那些挣扎和拼命是有可能挽救他的家庭和产业于破产边缘的，可问题在于世道不同了，老皇历不灵了，所以他究竟还是个不合时宜的老农民。也因此，我不能同意吴先生抓住那么一个小细节，依据他的经验以及他的经验背后的启蒙主义的农民保守性教条大做文章。

第二，关于老通宝形象的真实性问题。正如你说的，"吴组缃文学批评和文学创作的中心点是对人物形象的重视"，他要求创造出可信的令人难忘的典型人物，这没有错。但是他从自己的经验、观点、趣味出发判定老通宝性格不真实，这未必符合《春蚕》的实际。在我的观感里，《春蚕》里的老通宝和《林家铺子》里的林老板，是茅盾写得最生动感人、令人难忘的两个人物形象，这两个人物其实都属于茅盾所谓广义的"小资产阶级"范畴，并且是左翼批评家所谓走向没落和破产、即将失掉既有地位的"小资产阶级"，也可以说是60年代所谓的"中间人物"的先行形象。你撇开吴组缃的挑剔，试回到自己的阅读经验，是否觉得他不真实、不鲜活而只是被理论设计出来的木偶呢？至少我觉得老通宝给我的真实、鲜活、深刻的印象，远远超出了吴组缃自己的小说人物——他的小说我都读过，除了一些情节还略有记忆外，人物都是模模糊糊的，没有一个给我留下如《春蚕》里的老通宝和《林家铺子》里的林老板那样难忘的印象，我以为单是这两个人物的成功塑造，茅盾在现代小说史上就应该有他一席之地。我们应该承认，茅盾并非因为赶左翼的时髦而浪得虚名，他在艺术上其实比许多现代小说家都强。可是我们的许多批评家和文学史家却有意无意地漠视这一点。这在艺术上也是不公平的，不客气地说，他们是睁着眼睛说瞎话。

第三个问题，老通宝的形象以至于《春蚕》是"主题先行"、"理论设计"的产物么？从我对上面两个问题的回答里，你可以明白，我以为不是——如果茅盾对老通宝的最后挣扎的描写是合乎一个老农民的生活经验和性格范围,如果这个人物给我们的感受是真实的、过目不忘的,那他就不是理论设计和主题先行的结果。这并不是否认茅盾曾经有过"主题先行"的失败教训,那是发生在写《子夜》、《农村三部曲》前一段时间,如《三人行》之类,我甚至认为他的著名的、现在仍然被人肯定(这唯一的肯定是值得玩味的,它反映了人们的文学趣味的变化,即不是对严肃的社会问题写实而是对表现时髦男女闹着玩的革命加恋爱情趣的作品更感兴趣了)的《蚀三部曲》对小资产阶级知识分子的描写也有预设的成分,所以那些时髦男女多是类型化的,不要说性格,连面目也模糊难辨,总是让人记不住,可我对老通宝和林老板的阅读记忆,毫不勉强,过目难忘。这差异说明了什么?事实上,写作《子夜》和《农村三部曲》的茅盾不仅在社会分析能力上显著地提高了,而且在艺术的感觉与表现上也明显地成熟了,他既吸取了社会科学的营养,也吸取了此前艺术失败的教训,所以在创作《子夜》和《农村三部曲》时,比较好的把社会分析与艺术把握结合了起来,其创造过程应该说是一个社会科学的理性分析与艺术敏感的感性把握之互动的过程,或者说循环生发的过程,所以我们既不能简单地在这里面区分是"主题先行"还是"感受先行"——这样的区分可能么、有意义么?也不能拿他后来对自己作品的自我总结反过来说他是主题先行。更何况有谁能够证明一个比较感性的小说家在他的创作中就毫无理性参与呢、或者一个比较有理论素养的小说家就一定没有感性经验因而其作品必然是概念化的呢?由于80年代初所谓"形象思维"热,于是人们得出了另一个简单化的新教条,那就是创作是纯感性的,甚至是无意识的,任何理论理性都要不得。其实,古今中外的文学史足以证明,无意识可以产生好作品,有意识也可以产生好作品,甚至主题先行也不一定妨碍产生好作品。归根结底最终出来好作品就好。而我认为《子夜》、《春蚕》和《林家铺子》不仅是茅盾本人的好作品,也是现代文学史上难得的好作品,而它们的好,既显然因为它们对中国社会的表现有社会分析的宏大视野,也因为它们在艺术上比同时的京派海派都要大气而且厚实。要说这些作品的缺点,那或者是它们过于严肃正经了而趣味性不足吧。所以我对茅盾这些作品的判断,并不是因为它们证明了什么理论,而是在首先承认它们是相当成功的艺术作品这一前提下,来尝试探讨它们所达到的社会分析的深度和广度及其成因，于是也就不能不追索他的社会科学修养以及当时来自社会科学论战的刺激。倘若这些作品仅仅只是某种社会科学的简单印证，我哪有闲工夫去理它们，自然也不会建议你去做这个题目了。说句笑话吧，茅盾未必有什么圈套，有圈套的可能是我们自己。

话就说到这里吧。即祝尹捷快捷地把翻译的事办了吧。

解志熙 9 月 3 日 20：42

附　记

以上是我和尹捷同学就《春蚕》及茅盾的思想与创作问题交换意见的 6 封电子邮件，写于 2009 年 8 月末—9 月初的一周间。其时，尹捷正在写作的博生论文涉及茅盾的《春蚕》，以及吴组缃先生的论文《谈〈春蚕〉——兼谈茅盾的创作方法及其艺术特点》（载《中国现代文学研究丛刊》1984 年第 4 期），所以我推荐他阅读余连祥先生刚刚在《中国现代文学研究丛刊》2009 年第 4 期上发表的论文《稍叶——吴组缃先生不了解的一种蚕乡习俗》。尹捷读后回信谈了他的一些感想，我接着谈了自己的一点意见，由此反复商榷，书信往返不断。前几天，临近年终了，清理邮箱，得以重读这些书札，觉得我们师生之间的讨论虽然不够深入，而何妨抛砖引玉呢，所以略作整理，公布于此。所谓整理，只是改正了打字的一些笔误，至于内容则一仍其旧，以存其真。不待说，由于是率性而写、匆匆走笔的私函，所以语气比较随意和率直，现在都未加修饰，希望被涉及的先生们能够谅解。

连带着，想起了唐弢先生在《晦庵书话》里对《春蚕》和《林家铺子》的回忆和评论，重温之下，深佩其谈言微中，启人思考，所以摘引于此——

> 我自己，还清楚地记得初读《春蚕》（包括《秋收》、《残冬》和《林家铺子》）时候那种激动的心情。在我看来，《春蚕》对于

农村生活的描写,比起"五四"时期的小说来,的确向前跨进了一大步,也给同时期描写农村的作品以一定的影响。三十年代初,中国农村经济急剧崩溃,作为一九三二年的一个特点,叫做"丰收成灾"。"丰收"而会"成灾",今天的青年恐怕是很难理解的,然而事实却又的确是这样。……当时选择这一题材的作品不少,只是能够以艺术力量给予较深的概括的,《春蚕》而外,不过叶圣陶的《多收了三五斗》、夏征农的《禾场上》、叶紫的《丰收》、洪深的《农村三部曲》(剧本)等几个而已。作家有责任去反映人民生活中迫切的问题,却没有理由把自己束缚在一个狭窄的主题上,随俗浮沉。茅盾先生在艺术构思上,保持着独特的风格。他在《跋》(作为小说集的《春蚕》之跋——引者按)里说过:"我很知道我的短篇小说实在有点象缩紧了的中篇——尤其是《林家铺子》;我是这样写惯了,一时还改不过来。"在丰富的生活内容上构成严谨的布局,寓精练于从容裕如之中,作者有他自己的特点。举凡这些,我觉得都应该放到文学史上去总结。还有值得一提的是:和今天的电影《林家铺子》一样,一九三四年,《春蚕》也曾由夏衍(当时化名蔡叔声)同志改编,在明星影片公司拍成电影,虽然物质条件、技术水平和目前相差很远,但这却是第一个被搬上银幕的新文学作品。当年鲁迅先生就把《春蚕》的放映,看作是国产电影从"耸身一跳,上了高墙,掷出飞剑"中挣扎出来的一个进步的标志。回想起来,短篇而有足够的情节可供改成电影,似乎这一点也和作者所说"缩紧了的中篇"有关。(《唐弢文集》第5卷第312—313页,社会科学文献出版社,1995年)

历史虽然未必像鲁迅常常感叹的那样在无谓地循环,但相似的现象确实常常出现在社会史以及文艺史的不同阶段。譬如说,在所谓"全球化"的大背景下,"三农"问题又成了中国的社会问题,像老通宝一样"丰收成灾"的农民、像骆驼祥子一样背井离乡进城打工的农民工的遭遇,又成了时事新闻,至于股市和楼市的涨落,更是占领着每日的新闻眼;与此同时,借着新启蒙主义的幌子来在乡土中国的背景中寄托新知识精英性幻想的"大红灯笼"、"大染坊",则成了中外人士乐此不疲的审丑或审美对象,而"耸身一跳,上了高墙,掷出飞剑"的武侠小说和功夫电影,也又一次大行其道。在这种情势下,来重读茅盾的《子夜》、《春蚕》、《林家铺子》,真让人抚今追昔、感慨良多。

解志熙 2010 年 1 月 6 日补记

补遗与复原
——冰心40年代佚文辑校录

默庐试笔①（前六节）

（一）

刚到呈贡时节，秧针方才出水，现在已经是一片澄黄②，因风生浪了。

坐在书案前外望，眼前便是一幅绝妙的画图，近处是一方菜畦，畦外一道欋枒的仙人掌短墙，墙外是一片青绒绒的草地。斜坡下去，是一簇松峦，掩映着几层零零落落的灰色黄色的屋瓦。再下去，城墙以外，是万顷的整齐的稻田，直伸到湖边。湖边还有一层丛树。湖水是有时明蓝，有时深紫，匹练似的，拖过全窗。湖水之上，便是层峦叠翠的西山。西山之上，常常是万里无云的空碧的天。这是每天眼前的境界，但一有晦明风雨的变幻，就又不同了。

早起西窗满眼的朝霞，总使人不忍再睡，披衣起立，只见湖上笼着一层薄薄的朝霭，渔舟初出，三三两两的扯满了风帆，朝阳下几点绯红，点缀在淡蓝的微波上，造成一种极娇嫩的鲜明，西山在朝霭中有时全现，有时只露出一层，两层，三层。这一切都充满着惺忪，柔媚，清澈，使人欢喜，使人长吁，使人兴奋。

黄昏时候，红日半落，新月初上，满城暖暖的炊烟，湖水如同一

---

① 本篇发表在1940年1月1日香港《大公报》"文艺"副刊第763期。
② 此处"澄黄"或当作"橙黄"，原刊有可能因为"橙"、"澄"形近而误排。

片冻凝的葡萄浆酪，三三两两的白鹭，在湖光中横过稻田南飞。古城村降龙寺大道两旁的柏树，顷刻栖满，如同忽然开了满树的灿白的花。这时岩①有晚霞，这光艳落在天南的梁峰上，染成了浓紫，落在北峰外的文笔山塔上，染成了灿黄，落在人的衣上颊上，染成淡红，落在文庙的丛柏上，染成了深黑，这一切，极复杂又极调和的合奏着夕阳的交响乐，四山回应着这交响的乐音！

有时遇到月夜，要悄悄的叫，轻轻地说呵，这月夜最光明的是湖水，轻盈，闪烁的一片，告诉人这一切都在梦里，西山在几条黑影中睡去了，他不管人间凄清的事。满城满村的人，也都睡去了罢？只有一点两点淡黄的灯影，在半山中，田野上飘着，是在读书？是在织布？四山濛然而又廓然，此时忽有一两声鹰鸣，猛抬头的人，便陡然的感到看到了光雾中分明而又隐约的一切，松峦，山岭，田陇，城墙，高高下下的，还有在草地上几条修长的人影。低声说，低声笑罢，宇宙在做着光明的梦呢，小心惊醒了她！

写了这一大篇，究竟说了多少？这些字都未曾描写到早晚风光的千分之一，万分之一。我只能说呈贡三台山上的一切，是朴素，静穆，美妙，庄严，好似华茨华斯的诗。

（二）

刚到呈贡时候，从万丈尘嚣的城市里，投身到华茨华斯的诗境中来，一天到晚，好像是在做梦。最难受的是，半夜醒来，一天月色，隔着帐儿，倾泻在床上，西窗外吹扑着呜呜的湖风，正是"满地西风天欲曙，半帘残月梦初回，十年消息上心来"②，此时情绪，不是凄婉，不是喜悦，不是企望，不是等待，不是忏悔，不是恋爱，唇边没

---

① 此处"岩"似应作"若"，原刊可能因"若"、"岩"形近而误排。

② 语出宋徵舆《浣溪沙》词："满地西风天欲晓，半帘残月梦初回。十年消息上心来。"按，宋徵舆（1618—1667）是江南华亭（今上海松江人）人，据说是柳如是的初恋情人，工词，与陈子龙、李雯并称"云间三子"，初以义气相赏，后来他应试仕清。冰心对这首词似乎感触深切，当她1958年3月31日提笔写作《再寄小读者》（之一）时，曾经感慨地说："自从决心再给你们写通讯，我好几夜不能安眠。今早四点钟就醒了，睁开眼来是满窗的明月！我忽然想起不知是哪位古诗人写的一首词的下半阕，是：'卷地西风天欲曙，半帘残月梦初回，十年消息上心来。'"由于冰心是凭记忆引录的，所以引文中的个别字词与原作略有不同。

有笑，眼角没有泪，抚着雪白的枕头，久久不能捉摸自己的感觉……是的，这两年来，笑既不真，哭亦无泪，心灵上划上了缕缕腥红重叠的伤痕，这创痕，一条是羞辱，一条是悲愤，一条是抑郁，一条是惊讶，一条是灰心，一条是失望，一条是兴奋，一条是狂欢……创痕划多了，任何感觉都变成肤浅，模糊，凝涩。这静妙的诗境，太静了，太妙了，竟不能鼓舞起这麻木的心灵。

抚着雪白的枕头，静静的想到天明，忽然觉悟到这时情绪，也是凄婉，也是喜悦，也是企望，也是等待，也是忏悔，也是恋爱。不是少年人的飞跃，而是中年人的深沉，我不但是在恋爱，而且是在失恋，我是潜意识的在恋着那悄然舍去，凄然生恨，别后不曾一梦见的北平！

（三）

有几个朋友到默庐来，凭了半天的西窗，又在东廊上喝茶，他们说我的东廊像南京，西窗像西湖。真倒有几分像。呈贡是个"城压半山头"的小城，默庐是在山巅上，城墙从楼廊前高冈上蜿蜒而下，城内外都是田陇，文笔山上的塔和并立的碉堡从重重松影中掩映进来，好似南京和平门一带。西窗呢，上面已说过，昆明湖上山水是明媚，并不下于西湖。我听了微笑觉得很满意，而我的潜意识在心里向他们呼唤着说："请说罢，这里可有一两处像北平的呢！"

南京，西湖，我都去过，每处都只玩过七八天，如同看见一本好书，一幅好画，一尊好彫刻①，一个投机的新朋友，观者赞叹，不能忘情，但印象虽深，日子则浅，究竟不是青梅竹马耳鬓厮磨的伴侣，"物不如新，人不如故"，这里有什么地方可以仿佛一二我深深恋着的北平呢？

这里完全是江南风味，柔媚的湖水，无际的稻田，青翠的山，斗笠，水牛，以及一切的一切，都在表现着南国的风光。像北平的，只有山外蔚蓝碧晴的天，但这也太微少了，义大利，瑞士，不也有蔚蓝碧晴的天！

真的，离开北平一年多了，我别时不曾留恋，别后不曾做梦，只

---

① "彫刻"通作"雕刻"。

一次梦见大雪，万山俱白，雪珠在脚下戛戛有声，雪的背景，说不出是在那里①，而醒来却有无限的低回和怅惘，我战栗的知道，我的心里无时不在留恋着北平！

（四）

到默庐来过的朋友，都说"在这样静美的环境里，你真应该写点东西了。"真的，我早应该写点东西了！我回答不来，只有惭愧。这里，美自然不必说，静也是真静。往往黄昏时送客下山回来，在山头平台上小立，"人散后，一钩新月天如水"②，黄昏以后的时光，就都是我一个人的了。每晚七时以后，群鸡杂乱的喔喔的争入窠巢，小孩子们在倦极了的山头奔走之后，也都先后的渐入浓睡。这时常常是满庭的月色，四围的虫籁和松涛。西窗之下，书架上一枝红烛，书案上一枝红烛，两重荧荧的烛光之中，我往往在独坐。默庐的四个月，一百二十个夜晚，虽然有客的时间占了大半，而其余独在的光阴，也不算少，而我却只在烛影下看看书，写写短信，作作活计，再也提不起笔来，无他，我只觉得心乱，腕也酸，眼也倦，笔也涩，写了几次，总写不出条理来。感谢几位朋友的催迫，为了怕见他们的面，赶紧在未见面之先，在静夜里试着运用我的笔，因名这篇文字为"默庐试笔"。

（五）

我的不写，难道是没有材料？两年前国外的旅行，两年来国家的遭遇，朋友的遭遇，一身的遭遇，死生流转之中，几乎每一段见闻，每日每夜和不同的人物的谈话；船上，车上，在极喧嚣的旅舍驿站中，在极悄静的农舍草棚里，清幽月影下，黯淡的灯光中，茶余，酒后，新的脸，旧的脸，老年人，中年人，少年人，男人，女人的悲哀感慨，愤激和奋兴，静静听来，危涕断肠，惊心动魄，不必引伸③，无须渲

---

① 此处"那里"通作"哪里"，下文类此不再出校。
② 语出宋代词人谢逸的《千秋岁》词："修竹畔，疏帘里，歌余尘拂扇，舞罢风掀袂。人散后，一钩新月天如水。"丰子恺20年代在春晖中学任教时，曾用此词的意境画过一幅《人散后一钩新月天如水》的漫画。
③ "引伸"通作"引申"。

染，每一段，每一个，都是极精采①、极紧凑的每一个人格、每一个心性对这大时代的反应与呼叫！在这些人的自述和述事之中，再加以自己的经历和观察，都能极有条理有摆布的写出这全面抗战的洪涛怒吼的雷声！

这洪涛冲决了万丈堤防，挟滚滚泥沙而俱下。涛声里夹杂着万种的声音：有枪声，炸弹声，水雷爆发声，宫殿倒塌声，夜禽惊起声，战马鸣嘶声，进行曲合唱声，铁蹄下的呻吟声，战壕中的泥水声，婴儿寻母声，飞机振翼声，火炬燃烧声，宣誓声，筑路声，切齿声，赞叹声，……北平景山上的古柏，和天安门两旁的华表，我也看见他们在狂风中伸着巨指，指着天，听见他们发出如雷的洪声，说，"中华的儿女那里去了？没有北平无宁死！"

岂止北平？南京，西湖，广州，东四省……

这洪涛冲决了万丈堤防，冲洗出我中华三千年来一切组织、制度、习惯的一切强点和弱点，暴露出每一个人格的真力量和真面目。在这洪涛激荡，泥沙流走之中，大时代又捏成形成②万般的情境和局势：拆散，摄合，沉迷，醒悟，坠落，奋兴，决绝，牵缠，误会，了解，怨毒，宽恕，挣扎，屈服……这其间有万千不同的人物，万千不同的局境，是诗，是戏剧，是小说，拿得起笔儿的人，那会没有材料可写？

细细想来，是自己的心太乱了，洪涛激荡之中，自己先攀援不及，站立不住。雷轰电掣，神眩目夺，感觉不能深刻，观察不能缜密，描写不能细腻，结果只能以一位朋友所说，"这是蕴酿③的时候，不是写作的时候"的两句话，以自宽慰，以自解嘲。

（六）

我怎知自己心乱？呈贡四月的山居，健康渐渐恢复，生活渐渐就绪，每天的日程，几乎像十五年前海外养病时光，那样的纪律，呆板。在这清静幽闲的情境之中，似乎随时可以提笔，随时可以写出几百字，几千字，而实际上，在静境中，我常常觉着自己心思之飘忽与迷茫。最实在的是：我每夜都在做着杂乱无凭的乱梦，梦里没有一个熟识的

---

① "精采"通作"精彩"。
② "捏成形成"词义重复，疑作者匆匆走笔时有所误增。
③ "蕴酿"通作"酝酿"。

脸,没有一处旧游的地方,没有一串连贯的事实。乱梦醒时,在惺忪朦胧之中,往往不知自己身在何处!

我常常凭着梦,来推测自己潜在的意识,断定自己真正心思之所寄。这习惯在十九年前,已经养成了,在《繁星》中,我记得曾说道:

> 梦儿是最瞒不过的,
> 他清清楚楚的
> 告诉你灵魂里的蜜意和隐忧。

因着我的心乱,梦乱,我至少断定了,对于这伟大的神圣的抗战,我是太柔弱,太微小了,抬头我望不着边际,张口我哽咽着叫不出赞颂的声音,低头我便重重的被压在这"伟大"底下,挣扎着也不得翻身。

于是我伏在"伟大"的脚下等,我只幽幽的吐了人云亦云敷衍随和的话语……

我在等——但要等到几时?我要等什么?等自己的了解?等时代的划分?等……?

于是我不顾自己的渺小,我试,试着拿起笔,试着写,凭着笔儿的奔放,我试出了一种情绪,万千人格、万千情绪之一种,是我自己在潜意识中苦恋着北平。

由评阅蒋夫人文学奖金应征文卷谈到写作的练习①

今天张总干事②要我藉着纪念周③的机会和大家讲讲话,所以我就从"评阅蒋夫人文学奖金应征文卷谈到写作的练习。"

---

① 本篇发表在《妇女新运》第 2 卷第 9—10 期合刊(1940 年 12 月或次年 1 月出版),署"谢冰心讲 宋雯记"。
② "张总干事"当指张蔼真(生卒年不详),她早年在美国密西根大学获得硕士学位后归国任教,20 世纪 30 年代成为中国基督教派妇女运动的代表人物,抗战爆发后任新生活运动促进总会妇女指导委员会总干事。
③ "纪念周"可能指的是 1940 年 10 月的"双十纪念周"。

这次应征蒋夫人文学奖金的姊妹有五百五十二人，收到的应征文卷只有三百六十本，经本组初审后，刷去了二百四十本，保留一百二十本，除论文卷子由陈衡哲先生及其他四位评判员评阅外，文学的由我们五个来看，大概说来，不好的较多，好的较少。在好的方面说：

第一作者写她们自己亲切的生活环境。

第二作者描写其本地风光，如蒙古，平津等地的风光，这一点是近代欧美小说最注意的一点。

说到坏的方面，普通的缺点是：

一、不会运用标点符号，例如引号的不对，每段的第一个字不低一格。

二、别字太多，这多半是由于粗心的缘故，例如"恐怖"误为"恐佈"，"颤动"误为"擅动"等等。

三、技术之劣，这是普通一般初学写作者的共同缺点，现在分为三点来说：

A 英雄主义——如古弹词之十全十美的英雄美人，主人翁必是"文章魁首"，或是"仕女班头"。在心理的过程上没有矛盾没有冲突，而矛盾冲突便是悲剧中的最重要的条件。

B 作者只描写大时代中的大事——如战场，间谍，毒杀敌方军官等，像这样冒险描写非本身经验以内的事，完全凭一种想像，所谓"努力出棱，有心作态"，不但不能感动人，且适得其反。说到这里，我又想起了我那篇《一个军官的日记》，也是犯了同样的毛病。

C 缺少剪裁——文章的剪裁是艺术中最重要的一个条件，很多作者都不善于剪裁，以致事实杂乱，人物太多，轻重倒置，无法收场。譬如说《西游记》，《封神榜》，《水浒》，《儒林外史》等小说，都是人物很多，事实相当的繁杂，但是最后都有个总结束，如《西游记》之"八十二难"，《封神榜》之"封神"，《水浒》之"一梦"，《儒林外史》之"入祠"。短篇小说都不能这样收束的。

现在说到写作的条件。

有人说："写作靠天才。"其实，这话并不尽然，所谓天才是什么？天才的定义，是一分灵感（Inspiration），九分出汗（Perspiration），这句话就是说要多写多看。

关于多看,中外书籍都应当看,不但是文学,就是心理学,自然科学,社会科学等都应当抱着"开卷有益"的态度去多看。胡适之、梁任公,都有青年必读书目,要选择去读。因为多看可以:

一、扩充情感上的经验,使未经验过的事能以从书上经验到。

二、学习用字,用字对于写作,正像钥匙开锁一样,只要运用得纯熟,便可门门俱通。拿个事实来说吧:有一次我在轮船上,锁钥丢了,无论怎样打不开箱子,后来找到一个专门开锁的人他有一大串锁钥,他告诉我,这串锁钥曾经打开了许多人的箱子,果然,我的箱子也被打开了。这字眼便像钥匙可以打开许多难题。

三、学习用一些譬喻。会讲演的人,多是用比喻,以具体的事物去形容抽象的东西,如孔子论"君子之过也,如日月之蚀焉",这便是说明了君子之过失,好像日蚀月蚀一样的显明,人人都能看得见。又如耶稣讲天国,也是把天国比做具体的事物。

除以上所述以外,一个作者还应当:

一、多接近前辈作家,多和他们谈话,因为谈话也是一种艺术,富于热情的人,他的谈话有力,富于想像力的人谈话很美,头脑清楚的人,他的谈话有条理;这三种便是写作三个最重要的条件。使你听了,自然感觉到轻松,愉快而有意味。

二、多认识不同性不同行的人,尤其是医生、律师和心理学家,听他们述说经验以内的事。有一次,我在火车上,碰着了几位空军壮士,于是我便问他们,"当你们驾机腾空和敌机战斗的时候,心情究竟怎么样?是不是像一般人所认为的那样英勇?那样光荣?"他的回答是:"那儿有的事,当敌机快来轰炸我们的时候,我们马上就得加好了汽油,穿好了服装,配备好了战斗的工具,然后坐在机房内,把握了飞轮,看准了时刻,一分、二分、三分、五分、十分、二十分的等待着,眼不能展①,头不能动,四肢连伸都不能伸,周身像木片一般的麻木,敌机临空了,便起飞,当驱逐和战斗的时候,既不惧怕,也不英勇,心里只好像一张白纸。"由此看来,一般作者形容的空军壮士,

---

① "展"应作"眨",可能是记录者误听以至误记,冰心随后据此文改写的《评阅述感》已更正为"眨",参阅《我自己走过的路》第47页,人民文学出版社,2007年。

都是客观的，不是主观的；① 是想像的，非经验的。

三、多旅行多看山水风物，城市乡村的一切，便可多见事物的背景，多搜集写作的丰富材料。例如各地的风俗，人情，习惯都是值得作者研究和宝贵的。

再说到多写，多写和多看同样的重要。

一、兴到就写不拘体裁——当你有什么感触的时候，马上就把她写下来，留待以后再整理。

二、不要写经验以外的东西——一定要写你经验以内的事实，不然，便太冒险了。

三、细心观察——凡是一个写作对象的一举，一动，一言，一语，都要仔细去观察，分析，不但是大事，而且小事，不仅是表面，而且内衷，尤其要注意话后的背景和引起的反应。

四、练习观感——这也是写作中重要的条件。

a 视觉——要注意形式颜色等，譬如说白人、白马、白玉和红布、红绒、红绸，虽然都是白的和②红的，然而她们中间有着很大的差别。

b 听觉——当你和别人谈话时，要注意音调和字句，即使你一个人静侍③的时候，也应当留心周围环境的声音。譬如《秋声赋》，完全是各种声音的描写。

c 嗅觉——如同香，臭，辛，辣，而且要会描写出来。

b④味觉——要辨别各种食物的滋味，就如说，那种东西是甜的，它是怎样的甜，那种东西是苦的，它又是怎样的苦。

e 肤觉——如同冷热，松紧，粗细，干湿等，而且要会描写出来。

最后是作者本身的修养。一个作者一定有其作者的风格，并且每个作者都有其特殊风格。

平常说风格有两个定义。

一、作者把适当的字眼用在适当的地方。

---

① 此处记录者显然有误，因为从上文转述的空军战士的话来看，一般作者形容的空军壮士心理恰恰是出于作者的主观想象而非客观纪实，冰心随后据此文改写的《评阅述感》已将此句更正为"一般作者形容的空军壮士，都是主观的，不是客观的"，参阅《我自己走过的路》第47页。

② 此处"和"似应作"或"，可能是记录者误听以至误记。

③ "侍"应作"待"，原刊可能因"待"、"侍"形近而误排。

④ 从上下文看，此处"b"当作"d"，这显然是原刊排字之误。

二、风格就是代表作家自己，(style is the man himself) 换句话说，就是文如其人。

所以一个作家要养成他的风格，必须先养成冷静的头脑，严肃的生活和清高的人格。

一、作家应当呈示问题，而不应当解决问题。也就是说作家应当站在客观立场上来透视社会，解剖社会，社会黑暗给暴露出来。就好像易卜生的拉那①，也不过是呈示妇女问题吧②了。

所以当着妇女们欢宴恭请他的时候，他只说了一句"我写拉那的时候，并没有想到您们。"

二、不要先有主义后写文章。因为先有主义便会左右你的一切，最好先根据发生的现象，然后再写文章。

三、不要受主观热情的驱使，而写宣传式的标语口号的文艺作品，使人看到感觉滥调和八股。

现在还有五分钟，（她看一看手上的表）让我来给大家说个笑话，作为结束吧。

话说某某老翁，有几亩田地，让张三耕种，他每次要谷的时候，张三总是杀鸡给他吃。但有一次的例外，没有杀鸡，于是这个老翁便生气了，便在墙上写着"此田不与张三种"七个大字。张三看见了，连忙杀了一只鸡送来。这个老翁见了鸡，连忙又写了"不与张三更与谁"一句。张三见了很奇怪，便问他究竟是什么意思？老翁说："上句是无鸡之谈，下句是见鸡而作。"两人哑然而笑了。今天我所讲的也是无"稽"之谈，希望各位见"机"而作。

冰心词稿
——洞仙歌·题石屏李右侯尊堂《机灯课子图》③

孤灯频剔，来往穿梭急、笑听诵声清且晰。纵牵萝补屋，受尽千

---

① 此处及下一处"拉那"当作"那拉"，通译"娜拉"，即易卜生戏剧《玩偶之家》的女主角。
② 此处"吧"当作"罢"。
③ 本篇发表在1942年10月10日昆明出版的《建国学术》第3期。

辛、赢得个不愧敬姜劳绩。

丹青传懿德，曲径幽篁，写取坚贞松筠节。有子显家声，体慈怀，留余爱，甘棠永植。展画图神往笔端春；更忆起，当年断机画荻。

请　客①

藻②和我都喜欢客人。我们都不能过酒食征逐，酣歌狂舞的社交生活，而最喜欢的是请几位知好的朋友，吃菜吃饭，茶余酒后，围炉剪烛，总是乐而忘倦。近年来，"贫病交逼"，不但无此能力，也无此精神，朋友们又是天各一方，风流云散，而且因着交通关系，即使在方圆数十里的路程，也有咫尺天涯之叹。因此"请客"二字，几乎要从我们日常生活的字典中，轻轻删去。

但如遇忽然有朋友送来一筒好茶叶，一瓶好酒，一罐好咖啡，一包好烟，或是偶然买到两斤肉一只鸡，这请客的毛病便要发作，呆立室中，踟蹰搔首，我们想到人，想到时间，想到路程，结果总是"无结果而散"！

前春病中，在床上看到美国《读者文摘》二十年纪念文选里，有一篇巴登先生写的《五位最好的饭客》，在他的幻想中，他挑选了五位他认为最合式③的古人，来做他的饭客。这五位是苏格拉底，约翰孙，巴毕斯（S. Pepys），孟大尼（Montaigne），和林肯。他说"那些只在钱财上富足的人，不能使我们发生兴趣。这五位是享有了世界，而不被世界所据有……他们享有了他们所经验的一切，如好的书籍，好的谈话，好的思想，和好的朋友。和他们同在，使我们更为富足，也就是在'生命'——我们唯一的真正的财产中，更为富足。"

看毕使我拊枕欢笑！这幻想多么洒脱，多么美丽！抛书倚枕，我也就拟出我们请客的名单。凑起一桌客人，本是难事，要他们兴趣相同，嗜好相近；为谈话流畅起见，也不能有一人太狂放，也不能有一人太拘谨，而且两位主人都要列席，单请女客或单请男客，似乎都不

---

① 本篇发表在1945年11月3日昆明出版的《自由导报》第5期。
② "藻"即冰心的丈夫吴文藻先生。
③ 此处"合式"即"合适"之意。

大相宜。若请夫妇一对，这客人人选，就难而又难。经过长时间的思索，依据我们从前请客的习惯，我们拟定四对夫妇，连两个主人，正好一桌。名单如下：

第一对是李易安和赵明诚。这一对诗人学者夫妇，是最理想的客人，他们对于文学艺术的造诣和鉴赏，都是卓绝一时，无劳介绍。

第二对是管道昇和赵松雪。他们二位也都是书画名家，而且从管夫人小词中，可知他们夫妇的情好，一定会谐谑风生，四座绝倒。

第三对是谢道韫和王凝之。我们谢家这位姑奶奶，咏絮才高，而且能敷青纱步障，为小郎解围，她的谈锋一定不弱。至于王姑老爷凝之，虽然使他的夫人有"天壤王郎"① 之叹，我以为这是因为王谢门风太高，贬低了他的地位，事实上，谢家肯招他为婿，以配道韫，他也一定不会俗到那里去。

第四对是周瑜和乔夫人。周都督羽扇纶巾，翩翩儒将，在"吟肩双耸"的文人学士之间，需要这么一位风流俊逸，顾盼如神的少年将军，来调剂一下空气，使它不至过于酸涩。小乔夫人，号称国色，才学谈吐，我们虽无从知道，但她初嫁之年，会使得周郎雄姿英发，这"灵感"一定不浅！满坐② 倾谈，只要她把酒含笑，已够四座春生的了。

想象在潜庐廊上，松光掩映，山头开遍了杜鹃。藤床竹椅，瓦壶陶杯，略加布置。这四对嘉客，陆续莅临，读书，谈画，谈金石，谈词曲，谈火烧赤壁……直到明月中天，山风峭厉，才呼车乘马，纷纷离散，送客回来，余香在座，碧天如水……

幻想是多么痛快的一件事，这样请客，真是惠不伤廉。贫和病不能减少了我们精神上的愉快，我们所引以为虑的，是即使在幻想里，只因主人太平凡了，这些客人，会不会在请帖上题覆了"敬谢"两字？

---

① 刘义庆《世说新语·贤媛》记谢道韫语云："一门叔父，则有阿大中郎；群从兄弟，则有封、胡、遏、末，不意天壤之中，乃有王郎。"言下表示了对丈夫王凝之的轻视和不满。

② 此处"满坐"似应作"满座"。

从歌乐山到箱根①

到东京的第三天,便有朋友们邀游箱根。

那天夜里由羽田机场到的东京,一路灯光之下,觉得东京一片萧瑟荒凉,路上简直没有什么行人,和车水马龙的上海比较起来,有天壤之别!那时我还以为是夜里,没想到白天也没有一点昇平气象。特别从东京到横滨一条路上,瓦砾场有时可以一望无际!路边偶然有几所新支起来的木屋,几个衣服褴褛的妇女,在凉晒些破烂的衣裳,这些都使人起无尽的凄凉之感。

不过道路仍是平坦光滑的,一般的整齐清洁。将到箱根时节,树密林深,斜阳下红艳夺目,迂曲行来,引人入胜。山路萦回之中,远远地看见富士山峰,雪积云绕,一种清寒挺拔的气象,真是难以形容比拟!

到了箱根,旅馆里面的广场,和欧美一般大旅馆没有什么分别,但窗外风光,便充满着东方的意味:屋瓦、檐角、石塔、木桥,都是极其幽雅,极其妥帖……。

这夜睡的不稳,心中似乎感慨万千,但这感慨的情绪,却乱乱的解说不出。

第二天清晨一觉醒来,卷起窗帘,看见了一山的浓雾,雾里隐现着浓绿的松枝……呵!我的歌乐山,我的"渝西第一奇峰"的歌乐山。

让我来介绍我的歌乐山。

歌乐山比箱根小,也没有这许多红叶,但歌乐山是遍山的松树,春来是满地的红杜鹃花。当杜鹃鸟在春天夜里,声声哀唤的时候,会使你想到案头所供养的,是它一夜吐出的一朵朵的血花。

歌乐山在重庆西边十六多英里,在重庆受最猛烈的轰炸时节,是最美丽安全的"疏建区"。海拔三千英尺,在渝西一带山岭之中,

---

① 本篇发表在1947年1月1日上海出版的《世界》半月刊第1卷第5期。

最为幽秀挺拔,而且山上栽遍了松树,终年是重重叠叠的松影,山径上遍铺着软软厚厚的松针。一个空军军官对我说,他从空中认得歌乐山,就是因着这一带树林。他在兔儿山和陈家山浓密的松影之中,可以认得出我们小屋一角的灰瓦。

若没有抗战,我不会到得重庆,若没有猛烈的轰炸,我不会到得歌乐山。我对于歌乐山的回忆,固然有许多愉快的,美妙的,清丽的,但最使我不能忘记的,就是在轰炸时节的白天和夜间!

轰炸的白日,总是万里的晴空,松林和竹树,青翠得沁人心脾,而我们总不能幽闲的欣赏,我们在惨厉的汽笛声中,忙忙的预备食粮,饮水,蜡烛,毡毯,抱儿携女的赶到冷阴阴的防空洞里,在那里常常是充满了恐慌惊惶的妇孺,和带着大箱小箧的公务人员,黑压压的水泄不通!我们静默无声的听着沉重的机声,从头上缓缓过去,听见了重庆震响的弹声,大家喘过一口气,纷纷走到洞外山头,来认重庆城里烟焰的方向,猜想我们亲属的安全。

夜间轰炸,总是最清美的月夜,我们照例是不下洞去。在安顿小孩子就寝以后,自己抱膝坐在廊上,看山下丛丛的灯光,逐一熄灭,万籁无声,微闻犬吠。嘉陵江像一条银白的缎带,在月光中无可隐藏的闪烁着。然后机声从屋后的天空中传来,直到你头上,在几条探照灯光聚射之点,看见了灯蛾似的,九架,六架,三架银白的飞机,徐徐的向重庆前进,然后是几阵巨响,几片火光……。

这样的过了五年,这样的度过了歌乐山五年的"好天良夜"!

可恨可恨的战争!

经过战争的才懂得"恨",经过战争的也更懂得"同情"和"爱",所以当我末两年在歌乐山,听到东京天天被炸的消息时,心中总有说不出的难过!我知道有无数的东京妇女,心中记挂着丈夫和父兄伯叔的安全,身上背负着病弱的儿女,在警报声中,急急忙忙的走到防空洞里去。

看见东京,我想到重庆,看见箱根,我想到歌乐山。让我们在创钜痛深之后,得到最宝贵的教训:最彻底的繁荣与安乐,是不能从侵略争夺中得来,只有同情和互助,才是"共存共荣"的基础。

让歌乐山,和箱根一样永远成为风景区而不是"疏建区",容我们这些爱好山水的人们,在山头悠闲的欣赏眺望,而不是急急忙忙的抛开天光云影,跑下到黑暗的防空洞里去。

三五年十一月廿二日东京①

冰心女士对于日本妇女的印象②

丈夫和妻子研究学问是耻辱

日本的妇女很使我失望。在我未去日本之前,我以为日本妇女的地位一定比中国好些,但是一去之后,我替她们难过,替她们悲哀。譬如说:日本的女人,在家庭里根本就没有发言权。我有二个朋友,一个是生长在美国的,回到日本来之后,嫁了个美国留学生,他们一起到华盛顿去,好几年之后,她的丈夫死了,她才又回到日本来做事。有一次我跟她谈起,她说她丈夫这多年来就从来没有跟她谈到过智识上的任何问题,他们所谈的全是柴、米、油、盐……这些家常的琐事。

这不是非常奇怪的事情吗?他俩都是留学生,她念的是经济,她的丈夫是念政治的,他们之间不是有许多问题可以谈论吗?然而在日本人心里,丈夫和妻子研究学问是一种羞耻的事情。

另外有一位朋友是教书的,除了以她的收入养活一家人之外,她还要处理家事,但是她在家庭中依然没有任何权利,依然是被虐待的。——这种例子在日本真是太多了。

宴会请客,太太是女侍

在中国,男女也是不平等的,但是还比较好,尤其是母亲,她在家庭中无论如何有一点地位;但是日本的家庭如果有宴会请客,不论请的是丈夫的朋友,或者是女客,女主人是没有和客人坐在一起的规矩的。她必须在旁边侍候,敬酒,侍应完毕就跪在门口送客。假使有什么座谈会之类的集会,女人是很少出席的。

日本的歌妓(就是艺妓)是公开的,这对于日本的家庭妇女是一种很大的损害;但是在日本,妇女职业部门是这样的狭隘,只有侍女

---

① 此处"三五年"当是民国"三十五年"(即1946年)的缩略。
② 本篇由陆以真记录、发表在1947年8月15日上海出版的《妇女》第2卷第5期。

和茶馆中的歌妓才全部是女的，此外小学教员也有女的，校长以上就几乎全是男的担任了。日本大学里的女学生很少，女的大学教授根本一个都没有！

妇女刊物的编辑是男人

自从我到了日本之后，日本各个妇女刊物如《妇女之友》，《主妇之友》，《妇女生活》等的编者就纷纷来访我。奇怪的是这些刊物的编者都是男的，"他们怎么会知道女人的需要呢？"我的心里想。但是在日本，男人的需要决定着女人的需要，因此妇女刊物的编辑也几乎全由男的来担任，这也就不足为奇了。

自从麦可沃塞下令日本国会中必须要有女议员之后，日本才有了三十九个女议员。但是日本人民对她们是不满意的，她们只注意小节，最多是注意一些智识妇女的问题，因此第二次选举时，女议员就减为十五人。这有一个原因：上次选举时每人可以投二票，选一男一女；此次每人投一票，一党选一人，女的在党中地位低，被选的也就少了。

没有感想的女议员

日本女人平时不敢说话的，有一次有一个女议员来看我，也带着男的同来，女的就不开口，只有男的才说话。

我也曾经到日本国会参观过，发觉日本的女议员不大谈得出话来。我问她们"做了女议员，有什么感想？"她们说"没有什么感想。"一个年纪大些的才说了一句"我们希望各国对日本战犯从轻发落。"

因此我们觉得日本虽然从中国学去了许多学问，如雕刻、建筑等，（西京，奈良的古迹还是唐宋时候的）但是却没有从外国学到科学的思想和哲学，一向相信"领袖不可侵犯，皇军不败"，因此一旦失败就莫名其妙，简直不知道自己该往何处走！

同样是受压迫的

日本妇女对天皇还是崇敬服从的，虽然程度上是差得多了。日本现在人民的生活很苦，米、蔬菜有配给，暗市物价就比上海高二十倍，银行存款冻结，每月只可提七百元，因此他们大多衣衫褴褛；当然发财的人是有的，三井三菱，新圆阶级等仍旧没有没落。

日本妇女常常问我："中国对我们怎样看法？"我就告诉她们："我们对日本人民没有仇恨，我们只说'打倒日本帝国主义'，因为五十年来，日本对中国的欺侮是日本军阀所造的罪孽。事实上，你们受军阀的压迫和残害比我们还厉害，比我们还可怜。因此，军阀是军阀，你们是你们。"

我觉得日本要实行真正的民主，就必须改变他们民族优越的观念，明白他们是和其他民族平等的；其次就是不要以为男人比女人高，这样就好了，民主的实行可以依照一般规定的程度做去。

和日本的人民携起手来吧！

我希望以后中国能够多有人到日本去，如"中国妇女访日团""参观团"等，及跟她们亲善——我到处讲亲善，但是所谓"文化亲善，共存共荣"必须跟从前要改变方式和内容了，现在即刻可以做的是：（一）中日妇女刊物书籍的交换；（二）中国妇女团体的活动和日本妇女取得联系；（三）经常的通讯，促进彼此的了解。

我们必须和她们携手，给日本的妇女以帮助和感应。

附录一

做　梦①

重庆是个山城，台阶特别的多，有时高至数百级。在市内走路，走平地的时候就很少，在层阶中腰歇下，往上看是高不可攀，往下看是下临无地，因此自从到了②重庆以后，就常常梦见登山或上梯。

去年的一个春夜，我梦见在一条白石层阶上慢慢的往上走，两旁

---

① 此篇初为《力构小窗随笔》之一，发表于1943年12月13日《生活导报》周年纪念文集；后单独成篇，重刊于1945年10月27日昆明《自由导报》第4期和1947年5月6日北平《诗文学》第3期。《生活导报》本已收入《冰心全集》第3卷，但笔者未见原刊，此处以《自由导报》本为底本，与《诗文学》本对校。

② 《诗文学》本无"了"字。

是白松和翠竹，梦中自己觉得是在爬北平西山碧云寺的台阶，走到台阶转折处，忽然天崩地陷的一声巨响，四周的松针竹叶都飞舞起来，阶旁的白石阑干，也都倾斜摧折。自上面涌下一大片火水，烘烘的在层阶上奔流燃烧。烟火迷漫之中，我正在惊惶失措的时候，忽然听见上面有极清朗嘹亮的声音，在唤我的名字①，抬头只看见半截隐在烟云里的台阶。同时下面也有个极熟习的声音，在唤我的名字，往下看是一团团红焰和黑烟。在梦里我却欣然的，不犹疑的往②下奔走，似乎自己是赤着脚，踏着那在阶上流走燃烧的水火，飘然的直走到台阶尽处，下面是一道长堤，堤下是③充塞的更浓厚的红焰和黑烟，黑烟中有个人在伸手接我，我叫着说"我走不下去了！"他说"你跳！"这一跳，我就回到现实里来了！心还在跳，身子还觉得虚飘飘的，好像在烟云里。

这真是春梦！都是重庆的台阶和敌人的轰炸，交织成的一些观念。但当我同时听见两个声音在呼唤的时候，为什么不往上走到白云中，而往下走入黑烟里？也许是避难就易，下趋是更顺更容易的缘故。

做梦本已荒唐，解说梦就更荒唐。我一生喜欢做梦，缘故是我很少做可怕的梦。我从小不怕鬼怪，大了不怕盗贼，没有什么神怪或侦探的故事，能够扰乱我的精神。我睡时开窗，而且不盖得太热，睡眠中清凉安隐④，做的梦也常常是快乐光明的，虽然有时⑤乱得不可言状，但决不可怕。

记得我母亲常常笑着同我说："我死后一定升天，因为我常梦见住着极清雅舒适的房子。"这样⑥说，我死后也一定升天，因为我所看过的最美妙的山水，所住过的⑦最爽适的房子，都是在梦里看过住过的。而且山水和房屋都是合在一起。比如说，我常常梦见独自在一个读书

---

① "字"《诗文学》本作"子"。
② "往"《诗文学》本误作"住"。
③ 《诗文学》本无"是"字。
④ 《自由导报》本和《诗文学》本均作"安隐"，似应作"安稳"，原刊可能因"稳"、"隐"形近而误排。
⑤ "有时"《诗文学》本作"有时候"。
⑥ "这样"《诗文学》本作"同样"。
⑦ 此处《诗文学》本作无"的"字。

楼上，书桌正对着一扇极大的玻璃窗，这扇窗几乎是墙壁的全面，窗框①是玲珑雕花的。窗外是一片湖水，湖上常有帆影，常有霞光。这景象，除了梦里，连照片图画上，我也不曾看见过②——我常常想请人把我的梦，画成图画。

我还常梦见月光：有一次梦见在潜庐廊下，平常是山的地方，忽然都变成水，月光照在水上，像一片光明的海，在水边仿佛有个渔夫晒网。我说"这渔夫在晒网呢……"身边忽然站着一位朋友，他笑了，说"月光也可以晒网么？"在他的笑声中，我又醒了，真的，月光怎可以晒网？

"梦是心中想"，小时候常常③梦见考书，题目发下来，一个也不会，一急就醒了。旅行的时候，常常梦见误车误船，眼看着车开出站外，船开出口④外，一急也就醒了。体弱的时候，常常梦见抱个⑤极胖的孩子，双臂无力，就把他摔在地上。或是梦见上楼，走⑥到中间，楼梯断了，这楼梯又仿佛是橡皮做⑦的，把我颤摇摇的悬在空中。但是，在我的一生中，最常梦见的，还是山水，楼阁，月光……

单调的生活中，梦是个更换；乱离的生活中，梦是个慰安；困苦的生活中，梦是个娱乐；劳瘁的生活中，梦是个休息——梦把人们从桎梏般的现实中，释放了出来，使他自由，使他在云中遨翔，使他在山峰上奔走。能做梦便是快乐，做的痛快，更是快乐。现实的有余不尽⑧之间，都可以"留与断肠人做梦"。但梦境也尽有挫折，"可怜梦也不分明"，"梦怕悲中断"，"怎不思量，除梦里有时曾去。无据，和

---

① "框"《诗文学》本作"匡"。
② 《诗文学》本无"过"字。
③ 《诗文学》本少了一个"常"字。
④ 此处"口"指港口。
⑤ "抱个"《诗文学》本作"抱着"。
⑥ "走"《诗文学》本改为"爬"。
⑦ 《诗文学》本无"做"字。
⑧ "有余不尽"是一个成语，简洁地表达了戒满留余、方能长久的治生治家理念，其中凝聚着通俗化的儒道思想，但各种辞书均失收这一成语，考其源头可能来自宋理宗时人王伯大。王字幼学，号留耕，福州人，嘉定七年（1214）进士。其《四留铭》云："留有余不尽之巧以还造化，留有余不尽之禄以还朝廷，留有余不尽之财以还百姓，留有余不尽之福以还子孙。"此后《四留铭》广泛流传，"有余不尽"成了一句成语。

梦也新来不做"。① 等到"和梦也新来不做"的时候,生活中还有一丝诗意么?

附录二

冰心女士讲旅日感想②

她说:"我们不发愁它再来侵略我们,发愁
的乃是我们自己胜利后不能复兴"。

现在中国和日本间尚未允许一般人民自由旅行,所以除了报纸上偶而登载的一点消息之外,我们很少听见日本国内的近况,但是我们对于日本战后情形的关心并不因此淡薄,我们希望更多知道他们国内各方面的情景。这次冰心女士,以驻日代表团的眷属资格在日本居住了半年多,此次因出席参政会,所以回国,这是一个难得的好机会给我们带来她在那面所见所闻的情形。北平女青年会,在六月十九日邀请冰心女士在该会作公开讲演,本刊为当日未能前往听讲以及外埠读者方便起见,特将会场之情形及讲演之内容概括地介绍如下:

由于冰心女士大名的吸引力,以及上述的理由,虽然定在四点钟讲演,三点不到女青年会的大礼堂就宣布满座,拥挤不堪,讲台下及窗外两旁挤满了人,大部分为学生以及青年军人。

冰心女士该日身穿浅地白花短旗袍,配着翡翠叶镶金的头针及黑亮玻璃皮包,头发光滑的卷在头后,白鹿皮鞋白短袜套,特别显得精神的是一双含蓄深刻的眼睛。

在太台上她先申明所要谈的,仅就这次个人短短六个月在日本所见到听到的一点。女士首先讲她到日本时的情形。那是在去年十一月。飞机一着陆,只见一片荒凉,满街多是废铁和瓦片。过去重庆,汉口,

---

① 语出宋徽宗赵佶被掳北行途中所做词《燕山亭·北行见杏花》,原词末句作"和梦也有时不做"。

② 本篇发表在1947年7月16日北平出版的《现代知识》第1卷第6期,署"女青年会干事 钱琴女士记"。

桂林，长沙等地遭受到日机轰炸尚不及此，日本所遭受的要比我们惨到一千倍以上。战后因为缺乏房屋，教授们大部①住在郊区，也有许多临时搭制木棚。去年冬天有三四千人根本就住在地下铁道里，一年中曾挤死过七八个人；生活困苦，衣冠褴褛，但秩序很好。华侨配给比日本人多，生活较战前为佳，他们说这回可翻身了。

驻日代表团有二百余人，分四组。（一）军事：与各盟国负责共同管制日人，（二）政治：参与各盟国会议，与我外交部联络，（三）经济：这是工作最忙碌的部门，每日工作直至夜半，有国内各机关代表，在清算赔偿损失，（四）教育文化；此外尚有侨务秘书两处。侨务亦颇复杂，因为包括一部台胞的缘故。秘书处则统管国内公文来往。

我去时许多记者，妇女，还有小读者都来访问，《寄小读者》一书在日本销路极广。他们都异口同声的说，他们现在是陷于极端的颓废，疑惧，惶恐，不安的情绪中，不知应该走那②一条路。我告诉他们东亚依然是东亚人的东亚，如果中日像英美那样亲善，东亚不会不复兴的；我到日本去时，我的小女儿说：妈我不去，我恨日本！可是她到日本不久，就和我说，奇怪，日本人也有好的。我告诉她说，日本人不但有好的，而且大多数人都是好的；只因在日本军阀错误的领导和训练下，才走向悲惨的卑鄙的道路。中国对日本原来没有仇恨，在"五四"时代，我们喊过的也是打倒日本帝国主义，不是打倒日本人。他们听了都低下头说，他们很抱歉，他们不知道日本军阀到中国都做些什么事情。我说该抱歉的不是你们，是他们。如果将来我们还不能亲善，才可以说我们很抱歉，我们双方都很抱歉。有人看见日本复兴很快，怀疑他们是否要在不久的将来仍来侵略我们。我想他们不能，因为他们没有诸如盐，碱，糖，煤，铁，棉等重工业原料，都感缺乏。如管制得宜，将来会成为一个像瑞士国一样和平，纯良的游览区。日本人每天在报纸上看到战犯公审内容，都异常诧异。他们的确不知道日军会在外国如此作恶。我在此地（指青年会）正好说一句，像耶稣所说的：愿上帝饶恕他们，因为他们所做的，他们并不知道！我们不发愁他们再来侵略我们，我们发愁的乃是我们自己不能复兴。

---

① "部"似应作"都"，但"大部"也说得通。
② "那"当作"哪"。

胜利两年，内乱不已，依然不能负起领导这个悔过的小弟弟的责任。尤其是日本妇女，她们在国内毫无地位，不论何时何地，都没有说话的权利，也不能与男子受同等教育。不自由，不民主。我希望进化的中国妇女，凡以前有过日本朋友的，现在仍应互通音讯，来安慰她们。冰心女士就这样的结束了她的讲词，她等待听众提出问话，——详加答复后至五时半才散会。

人与文的成熟
——冰心 40 年代佚文校读札记

对冰心老人的人与文，我自是敬仰已久，但在研究方面则未敢赞一词。自然，有时翻检民国时期的旧报刊，也曾碰到一些不甚熟悉的冰心作品，亦曾随手记录，可是不过聊以备忘而已，迄未仔细探讨。今年春初，承蒙冰心文学馆惠寄了一本《我自己走过的路》（人民文学出版社，2007 年 6 月）。该书汇集了冰心老人的佚文和遗作近 50 篇，可谓集辑佚与补遗之大成，不论对读者的欣赏还是研究的开展，都功莫大焉。我在不胜欣悦地拜读之余，发现还有若干可补之作和个别可商之处。适值暑期得空，于是翻检复制件，参考文献，为之校录，公诸同好。此处略述各篇的相关背景情况并及个人的一些辨正意见和若干感想，以备检讨。

《默庐试笔》补遗："沉默已久"后的冰心新作

冰心在 1940 年 11 月 27 日致梁实秋的信中曾说："前作《默庐试笔》，断续写了三夜，成了六七千字，又放下了。"① 查《冰心文集》（上海文艺出版社，以下简称《文集》）第 3 卷里和《冰心全集》（海峡文艺出版社，以下简称《全集》）第 3 卷里，都收录了这篇《默庐试笔》，两书文本完全相同，但只是一篇两小节、约二千六百余字的短文，和冰心致梁实秋信中所说"六七千字"的《默庐试笔》相比，差

---

① 冰心：《致梁实秋》，《冰心全集》第 3 卷第 175 页，海峡文艺出版社，1994 年。

了三四千字。这表明《文集》、《全集》所收的《默庐试笔》并不完整；而倘若冰心所谓"又放下了"只是说停止写作而非搁下来不发表，那就意味着残缺的《默庐试笔》还有补全的可能。

事实上，《默庐试笔》的其余部分确曾发表过，那就是辑录在此的《默庐试笔》前六小节，将近四千字，与已经入集的那两小节文字相加，正符合冰心自己约计的"六七千字"之数。说来，这两部分《默庐试笔》原本就是一篇文章，全文共八小节，只是因为比较长——在冰心的散文中，这是颇长的一篇——所以分两次发表在1940年1月1日的香港《大公报》"文艺"副刊第763期和1940年2月28日香港《大公报》"文艺"副刊第792期上，前一次刊出的是一至六节，即此处辑录的部分，后一次刊出的是七至八节，即《文集》和《全集》已经收录的部分。可以理解，由于这篇散文发表在战时的香港报纸上，流传不会很广，加上时间过去很久了，恐怕连作者自己手头也未必保有这两期"文艺"副刊，这或者正是它未能被完整收录的原因吧。只是不解《文集》和《全集》为何要把《默庐试笔》的七、八节改为一、二节？这给人貌似完整的错觉，却在无形中迟滞了全文的补遗。即以我自己来说，在打电话托北京大学的方锡德先生代为翻检《全集》，得知《默庐试笔》已被收录之后，根本没有想到《全集》收录的是残篇，遂将自己手头的两份刊发本复制件弃置一旁；直到前几天借阅《全集》以核对其他文字，顺便翻到《默庐试笔》，一读之下，惊讶于文字少了许多，始觉《全集》所收此文可能有遗漏，于是重新核对，侥幸补录如上。复查范伯群先生在上世纪80年代所编《冰心著译年表》，虽然失记了先发的《默庐试笔》一至六节，但关于后发的七、八节却有如实的记录："《默庐试笔》（七、八）载1940年2月28日《大公报》（香港版）。"① 这虽然表明所著录的《默庐试笔》只是个残篇，却向研究者提示了辑佚的线索。

如今回头来看，《默庐试笔》不仅是冰心作品中较长的一篇，而且也是比较重要的一篇。在这之前——从1937年6月29日自欧洲重返北平，到次年暑假离开北平南渡昆明，直至1939年夏迁居昆明郊外的呈贡生活了四个月——的两年多时间里，冰心几乎没有写作，并且

---

① 范伯群：《冰心著译年表》，《冰心研究资料》第437页，北京出版社，1984年。

是自觉地保持着沉默,所以她把呈贡的住所命名为"默庐",而《默庐试笔》则是她打破沉默、重新开始的试笔之作。正因为如此,首发这篇散文的香港《大公报》"文艺"副刊编者(应该是萧乾)在该期发布的一则消息里欣然报告说:"沉默已久的冰心女士继续撰写《默庐试笔》。来信说非常的忙,但这部开始后期创作的长文一定要写下去。"① 编者所谓"这部开始后期创作的长文一定要写下去"乃是转述冰心来信中语。虽然《默庐试笔》的后期创作未能坚持写下去,但已有的八节《默庐试笔》确乎与冰心以前的创作不同了,其中表达的情绪显然不像其早期作品那么单纯,而呈现出头绪纷繁的复杂性——

  ……是的,这两年来,笑既不真,哭亦无泪,心灵上划上了缕缕腥红重叠的伤痕,这创痕,一条是羞辱,一条是悲愤,一条是抑郁,一条是惊讶,一条是灰心,一条是失望,一条是兴奋,一条是狂欢……创痕划多了,任何感觉都变成肤浅,模糊,凝涩。这静妙的诗境,太静了,太妙了,竟不能鼓舞起这麻木的心灵。

  抚着雪白的枕头,静静的想到天明,忽然觉悟到这时情绪,也是凄婉,也是喜悦,也是企望,也是等待,也是忏悔,也是恋爱。不是少年人的飞跃,而是中年人的深沉……

是的,正是从这篇作品开始,冰心的创作终于告别了为少男少女写作的天真与单纯,而具有了中年人的深沉与复杂。并且,《默庐试笔》在修辞上也不像冰心早期的作品那样一味温柔的优美,而由于自觉情怀复杂、一言难尽,于是作者索性"凭着笔儿的奔放",因而作品的语言修辞就有了回环往复的曲折与跌宕顿挫的力度。由此看来,两年自觉沉默后的新作《默庐试笔》委实不同于既往之作,它本身的未得续写固然让人惋惜,但冰心由此开始的创作新探索却并未中断,这无疑是更让人欣慰的事。

---

① 《新年广播——作家与刊物》,香港《大公报》"文艺"副刊第763期,1940年1月1日。

复原与辨正:《请客》、《做梦》及《从歌乐山到箱根》

坦率地说,拿到《我自己走过的路》,我最为关注的乃是收录其中的两篇新发现的冰心散文《梦》和《请客》。据《爱心》杂志第 27 期所载王炳根先生的《"冰心佚文与遗稿"发布稿》介绍,《请客》和《梦》先是由日本京都立命观大学的非常勤讲师岩崎菜子女士在日本刊物上发现了日译文,然后由旅日的爱知大学国际问题研究所研究员虞萍女士回译为中文的。恰好去年冬天,我也在 1945 年 10 月 27 日昆明出版的《自由导报》第 4 期和 1945 年 11 月 3 日出版的《自由导报》第 5 期上,读到了冰心接连发表的两篇散文《做梦》和《请客》,觉得和以前的冰心散文颇有不同,而目前的各种冰心集子中似乎未见收录,很有可能是佚文,于是复制存档;稍后又在 1947 年 5 月 6 日北平出版的《诗文学》第 3 期上见到了《做梦》的重刊本,也一并复制下来。所以,我一拿到《我自己走过的路》,在目录上看到《梦》和《请客》两篇题目,即不禁揣测它们的中文原本很可能就是我偶然找到的那两篇冰心散文。校读之下,果然如此。不待说,由于中文本的失而复得,终于使两篇散佚的冰心散文得到没有遗憾的复原,这确实让人感到分外的高兴。

可是,近日我找来《文集》和《全集》仔细核对,只确证《请客》乃是佚文,却发现《梦》的中文原本《做梦》其实早已收入《文集》和《全集》中了,所以不能说是佚文。按,在《文集》和《全集》中,《做梦》并非单独成篇,而是作为《力构小窗随笔》中的一小篇收录的。所谓《力构小窗随笔》内含三小篇散文——《力构小窗》、《探病》和《做梦》,据文末的附记,这一组散文最初发表于 1943 年 12 月 13 日出版的《生活导报》周年纪念文集里,后来《做梦》一篇虽然两次单独发表,但只能说是重刊本。说实话,面对这个"再发现",我虽然也有点怅然若失,但更多的是暗自庆幸。而推原自己和别人先前之所以把《梦》误断为佚文,除了核对不很细心之外,可能还有两个共同的原因:一是我们在稽核佚文的时候都有一个习惯,那就是常常从作品题目着手考察,但也往往止于题目的考核,而不去仔细比勘文本的具体内容；二是我们据以核对题目的作家全集在编排上多少有点问题，例如当编排作家在一个大题目下成组发表的作品时，目录却常常只排大题目而不列小题目。《全集》第3卷对《力构小窗随笔》就是这样处理的。这样一来，一个研究者除非把现有的冰心全部文字读得烂熟，否则像我这样一个对冰心作品一知半解的人，若只靠翻检目录来辨别作品，那是很容易失误的。其实，较早收集《力构小窗随笔》的《文集》在目录上倒是底一格依次排列了《力构小窗》、《探病》和《做梦》，后来的《全集》正是以《文集》为基础的，而且《文集》和《全集》出自一人之手，却不知为什么在《全集》目录上减去了《力构小窗随笔》的细目。

《做梦》和《请客》都是写得很别致的散文佳作，尤其是《请客》一篇，可以说是冰心散文的压卷之作。在《由评阅蒋夫人文学奖金应征文卷谈到写作的练习》中，冰心曾经把富于热情、富于想象力和头脑清楚有条理视为写作的三个重要的条件，这些在《请客》中得到了完美的体现。虽然是在艰苦的抗战岁月里，作品却表现了"贫和病不能减少了我们精神上的愉快"的情操，令人想起"一箪食，一瓢饮，在陋巷，人不堪其忧，回也不改其乐"的传统，而又别出心裁地发挥想象力，使"尚友古人"具体化为一次古今雅士美眷的精神聚餐；与此相得益彰的则是精练优雅和富于韵味的语言：凡此，都显示出冰心在情感修养和文章艺术上达到了超越早年诗文过于诗意抒情的成熟。这种精练优雅和富于韵味的语言是很难准确翻译的。例如作者写自己在病中偶尔得读巴登先生尚友古人的文章之后，紧接着如此说——

> 看毕使我拊枕欢笑！这幻想多么洒脱，多么美丽！抛书倚枕，我也就拟出我们请客的名单。

这短短几句话的意思，自日文回译为中文后，变成了这个样子——

> 读完以后，我情不自禁地抱枕大笑。
> 这个想像是一个多么游离现实的美丽的幻想啊！我放下书，依偎着枕头。我也曾经为了招待我们的客人而整理名单，然后挑

选其中几位同桌共饮。

两相对照，原文的雅致和韵味在回译后几乎都消失了，人到中年的成熟女性冰心似乎变成了一个喜欢开派对的浪漫少女。当然，我无意苛求回译本，只不过借此比较来说明冰心成熟期的文章造诣而已。其实，回译乃是由于找不到中文原本的不得已之举，而翻译总是难免遗憾的艺术，何况又经过两重翻译——说句公道话，即使让冰心老人自己来回译她中年的这两篇散文，恐怕也难以保证完全复原当年原作的格调与情韵。

类似于《请客》这样可以复原的冰心散文，还有《全集》第3卷所收的《从重庆到箱根》一篇。这篇散文是冰心1946年11月22日在东京所写，随后被译为日文发表，收入《全集》的文本就是刘福春先生从日文本回译的。在找不到中文原作的情况下，把从日译文回译的文本收入《全集》，这没有什么不妥，但编者加在文后的说明"本篇最初发表于日本，原为日文"，则似有未当。其实，冰心不谙日文，《从重庆到箱根》的原文肯定是中文，而在未有确证的情况下，也是不宜遽断"本篇最初发表于日本"的。其实，中文原本也曾经在国内的刊物上发表过，那就是刊载于上海版《世界》半月刊第1卷第5期上的《从歌乐山到箱根》，出刊时间是1947年1月1日，距冰心写作该文的日期1946年11月22日不过月余，《全集》的编者没有提供日译本发表的准确时间，估计也不会比1947年1月1日早多少。从回译本推测，日译者可能是觉得小小的"歌乐山"不像战时陪都"重庆"那样被日本人所熟知吧，所以把文章题目改为《从重庆到箱根》了。此外，中文原本和回译文本相校，也还有一些出入。例如，作者在原文里说她到箱根的"第二天清晨一觉醒来，卷起窗帘"，可是在回译本里，此句却变成了"这二天，天还没亮就起来，卷起窗帘"。这个歧义或许无关紧要。最重要的差异乃是作者原文里有一段文字，诉说她在美丽的歌乐山的月夜，常常眼看着日军的飞机通过自己的头顶，大摇大摆地飞往重庆进行狂轰滥炸——

……机声从屋后的天空中传来，直到你头上，在几条探照灯光聚射之点，看见了灯蛾似的，九架、六架、三架银白的飞机，徐徐的向重庆前进，然后是几阵巨响，几片火光……。

读者不难从字里行间体会作者的心情是何等沉痛，而悲愤的控诉尽在无言之中。然而此情此景，在回译本里却变成了打下敌机的欢呼——

> 淡淡的月光中看不见机影，只有爆炸声渐渐地传来，突然有几条探照灯光在天空中一扫而过。
> "打中了！""打中了！"九架，六架，三架，白蛾一样的飞机摇晃着冲向重庆，紧接着是震撼大地的爆炸声，火光冲上了天空。

这就完全错会了原文的意思。当然，在翻译和回译中出现这样那样的误解和误译，乃是在所难免的事，加上40年代的冰心为文趋于简约，更增添了翻译的难度。只不知这些误解和误译是发生在日译文里还是从日文回译的过程中——如果日译本就是如此翻译的，则与其说是出于误解，不如说是有意的改写，倘如此，则依据日译文的回译也就不免将错就错了。

无论如何，原汁原味的原作都是无法代替的，所以我们还是应该尽可能地为那些回译的冰心作品找回中文原作。这说来或许有点可遇而不可求，即如我的发现《请客》和《从歌乐山到箱根》就近乎偶然，尤其是后一篇差点交臂失之。其实，《世界》半月刊是我曾经阅读过的旧刊，以前在该刊上就曾翻到过《从歌乐山到箱根》，当时隐约记得《全集》里收有此文，而疏忽了《全集》中的文本是从日译文回译的，所以对《世界》半月刊上的这篇冰心散文也就没有太在意。直到最近重翻《世界》半月刊，再一次看到《从歌乐山到箱根》，此时倒是记忆有些模糊，拿不准《全集》是否收录了这篇文章，于是随手打电话咨询北京大学的方锡德先生，他当即翻检《全集》，说是有一篇题目近似的散文《从重庆到箱根》，乃是从日译文回译过来的，并且在电话上和我对校了几段文字，我这才意识到《从歌乐山到箱根》与《请客》的情况类似，于是才有了现在的补辑。倘若没有方锡德先生的细心和耐心，则《从歌乐山到箱根》一定会再次从我手下溜掉的。《请客》和《从歌乐山到箱根》的侥幸复原，使我得到一个启示或者说教训,即收入《全集》和《我自己走过的路》中的那些从日文回译过来的冰心作品,其原作或许大多都在当年国内的报刊上发表过,所以我们不应以现有的回译本为满足,相信只要大家耐心和细心地去搜寻,必定会有更多的冰心原作重现于世。

合与分:有关"蒋夫人文学奖金应征文卷"评阅的三篇文字

《评阅述感》是《我自己走过的路》收录的佚文之一,据附录的日本学者牧野格子的《〈评阅述感〉发现记》所述,她是在台湾发现这篇佚文的,原刊《妇女新运》杂志第3卷第3期,该期是"蒋夫人文学奖金征文"专号,冰心的这篇佚文乃是她参与评阅"蒋夫人文学奖金征文"的感想。这个发现重新披露了冰心40年代文学活动的一个侧面,自然是很有意义的。只是由于台湾有关机构限制查阅资料,使牧野格子无法看到该刊其余各期,也就遗漏了一些相关文献和史料,而《我自己走过的路》的编者据此判断说:"'蒋夫人文学奖金征文'于1941年7月揭晓,之后,才有了冰心的这篇文章",这就有些失察了。其实,《评阅述感》乃是冰心据她此前的一篇讲演记录稿删订而成的。

据1940年2月30日出版的《妇女新运》第2卷第2期所载《蒋夫人文学奖金简则》,这次征文评奖活动是这样安排的:应征者"须于今年六月底以前向妇女指导委员会文化事业组报名",投稿期至"廿九年八月底截止",预定的评奖揭晓时间则为"廿九年双十节",接受报名和收集来稿的正是设在"重庆曾家岩求精中学内妇女指导委员会文化事业组"。这个"简则"在此后也不断重刊,并且在各地妇女刊物如《湖南妇女》第1卷第4期上转载。当各地应征稿件集结到重庆之后不久,冰心正好应蒋夫人宋美龄的约请,来到重庆接替沈兹九担任妇女指导委员会文化事业组组长①,于是组织评阅文艺卷的工

---

① 按,该组织全称为"新生活运动促进总会妇女指导委员会",简称"新运妇女指导委员会",更约称"妇指会",宋美龄是其"指导长",冰心担任的是该会文化事业组的组长而不是"部长"。

作自然就由她来负责了。评阅工作大概到1940年"双十节"前夕就结束了,至于是否按时揭晓尚不清楚,但很可能有一些应征的女青年聚集在重庆的"新运妇女指导委员会"总会,又正好赶上"双十节纪念周"、举办纪念讲演活动,"新运妇女指导委员会"的总干事张蔼真就请冰心给女青年们讲话,刚结束了"蒋夫人文学奖金"征文评阅工作的冰心,便给热心写作的女青年们做了一次即兴讲演。辑录在此的《由评阅蒋夫人文学奖金应征文卷谈到写作的练习》就是冰心的讲演稿。

这篇讲演稿全文发表在1940年出版的《妇女新运》第2卷第9—10期合刊上,但原刊没有标记出版月日。按,《妇女新运》是"新运妇女指导委员会"的机关刊物,月出一期,一般都是月末出刊,从标记的出版日期看,自第2卷第1期至第5期都按时出版了,但刊载了冰心这篇讲演稿的第2卷第9—10期合刊,却在"编后拾零"里向读者道歉说:"本期出版延期,有劳读者殷勤垂询,特此致歉"。此后的第2卷第11—12期合刊当然只能继续推延,并且仍然没有标记出版月日,直到第3卷第1期才标记为1941年3月出版。据此推断,则第2卷第9—10期合刊当在1940年12月至1941年1月之间出刊。至于延期的原因,则有可能是因为临时插出了一期"欢迎孔宋两夫人专号"(1940年5月出版,非卖品),遂导致此后各期延期,并不得不从第2卷第6—7期开始出版合刊。

把《由评阅蒋夫人文学奖金应征文卷谈到写作的练习》和《评阅述感》略作对比,就不难发现后者是从前者删订而来。《评阅述感》增加了这样一些内容:一是新的开头和结尾,二是由于此时冰心乃是代表全体评委对所有应征文卷发表感想,所以增加了一点关于"论文卷子"的意见——略谓获奖"论文"卷"思想纯正"云云,这显然是为了敷衍国民党官方的。三是增补了关于参与评卷的评委们和一些获奖作品及其作者的信息,这些信息在先前做讲演时可能因为评奖结果尚未揭晓,所以不便透露,现在就不妨明说了,这使我们对于此次征文评奖活动的参评者等情况有了更为具体的了解。不过相较于增订的部分,被删掉的部分更多。查《由评阅蒋夫人文学奖金应征文卷谈到写作的练习》全文约2700余字,到《评阅述感》则只保留了前篇的三分之一,而被删掉的部分恰是《由评阅蒋夫人文学奖金应征文卷谈到写作的练习》这篇讲演的精华部分。正是在这一部分,冰心针对一般初学写作者的通病,提出了一些中肯的忠告和切当的建议,其中显然凝结了冰心自己半生的创作经验,并且暗含着她对三四十年代以来新文艺屡犯难改的一些毛病的批评,所以《妇女新运》的编者才在"编后拾零"里特别强调说:"谢冰心先生的《由评阅蒋夫人文学奖金应征文卷谈到写作的练习》一文,不但详尽论到这次应征稿件的品质,并且发挥了许多文学理论珍贵的意见,是值得仔细阅读的。"尤其是最后的三条——

一、作家应当呈示问题,而不应当解决问题。也就是说作家应当站在客观立场上来透视社会,解剖社会,社会黑暗给暴露出来。……

二、不要先有主义后写文章。因为先有主义便会左右你的一切,最好先根据发生的现象,然后再写文章。

三、不要受主观热情的驱使,而写宣传式的标语口号的文艺作品,使人看到感觉滥调和八股。

这三条应该说是冰心自己的文学写作观念的集中概括。由于冰心一生公开发表自己文学主张的时候并不多,所以这次即兴的文学讲演就显得特别的难得和重要。而讲演之末所说的一段笑话,则在无意中表现出冰心性格中幽默的一面,读来也让人忍俊不禁。①

正因为如此,那些被删掉的部分就更让人感到可惜了。大概连冰心自己也做此想吧,所以她其实并没有随手丢弃,只是删而存之,这删剩稿后来又在别的场合重刊了。最近,我复查《全集》第3卷,读到其中的《写作的练习》一篇,觉得分外眼熟,仔细一看,这不就是《由评阅蒋夫人文学奖金应征文卷谈到写作的练习》改订为《评阅述感》后被删去的部分么?《写作的练习》收录在重庆天地出版社1943年9月出版的《文艺写作经验谈》一书中,它的唯一改动就是把原讲

---

① 冰心似乎很喜欢这个笑话,所以时有仿作。据1946年9月10日广州出版的《先进》旬刊第1卷第4期所刊的一则"文艺新闻"记载:"女作家燕大教授谢冰心,在司徒雷登出任大使时,曾与大使同机由平抵京。有人问她今后对于文艺工作的动向。她笑说:要看是否'有机可乘!'她说飞来了,还要'乘机'飞回去。"

演最后一段讲笑话的口吻由对听众改为对读者了。

如此看来，《由评阅蒋夫人文学奖金应征文卷谈到写作的练习》、《评阅述感》和《写作的练习》三篇文字其实是合与分的关系：前一篇分开来，就是后两篇，后两篇合起来，就是前一篇。当然第二篇有所增订。因此，《全集》如果有机会修订重印，似乎可以把前两篇都收入，而第三篇收则重复，并且它已经失去了原来讲演的语境和语气，所以不妨做存目处理。

两篇访谈：冰心的日本观感和对战后中日关系的思考

在抗战胜利后至新中国之初这一时期，能够亲临日本的中国作家很少，冰心几乎是唯一的一位，所以她这一时期在日本的活动、观感和写作，不仅是她自己一生的重要的篇章，而且也是中日现代文化交流的重要一页。此前，由于文献的缺乏，我们对冰心这一时期的生活和创作研究不够。令人欣喜的是，近些年来日本学者和旅居日本的中国学者在这方面做了不少工作，尤其在文献史料的发掘上取得了显著的成绩。即以《我自己走过的路》一书来看，旅日时期的作品和文献史料就占了大半，并且多是从日文翻译的，它们当初或者没有中文本、或者即使有中文底稿现在也几乎难以寻觅了，所以更觉弥足珍贵。

不过，相关或相近的中文文献也不是一点都没有。事实上冰心旅居日本期间也有文字寄回国内发表，① 而更值得注意的是她1947年夏季短暂归国的情况，此行是为了参加1947年7月在南京召开的第四届国民参政会。关于这次归国的情况，学界似乎了解不多。《全集》附录的《冰心生平、著作年表简编》就简单地记述为"1947年7月回国到南京参加第四届国民参政会"，这个时间是有点问题的。其实冰心5

---

① 事实上，此时的冰心生活压力颇大，不得不尽力给国内的刊物写稿以挣取点稿费来贴补生活——据风信子发表在《世界》月刊第1卷第9期（1947年5月1日出刊）的《四月艺文坛》之"十九"所记："住在日本东京的名女作家谢冰心女士，近来受着经济的压迫，生活很苦，终日埋头写作，现在预备给《世纪评论》写日本通讯。她来信对她的朋友说：希望祖国和平了，给她们住在外国的争一口气，好使她们见外国人也伸直了腰。又关于她的三期肺病，大夫说养也不会养好了，她用精神去抵抗大夫的诊断，却依然活着。"

月 20 日就回国了①，重返日本则是 8 月间的事情了。这次归国，冰心在上海、南京和北平都有停留，期间除了开会，还多次应邀在各处座谈和讲演，介绍她对战后日本社会，尤其是对日本妇女的观感，以及她对中日关系问题的看法，受到渴望了解日本现状的国内人士的欢迎，所以有关讲谈记录曾不止一次地见诸当时的报刊。这里辑录的《冰心女士讲旅日感想》和《冰心女士对于日本妇女的印象》就是其中的两篇。这两篇访问记分别发表在 1947 年的 7 月和 8 月，它们与冰心在日本发表的言论正可以对照和互补。其中引人注目的有三点。

一是关于战争责任的反思问题。作为战胜国驻日代表团的家属且又是著名的女作家，冰心在与日本各界接触时难免要碰到这个沉重的话题，而每次遇到日本人士向她惶愧谢罪的时候，她总是表现出极大的宽容、谅解和友好的态度，一再强调中国人民对日本人民没有怨恨，因为真正的罪魁祸首是日本军阀，日本人民没有责任。例如在接受两位日本女作家佐多稻子和林芙美子的采访中，就有这样一段对话——

  佐多：对于身在日本的我们来说，这次战争使我们感到非常羞愧。

  谢：前几天来了一位日本年轻作家，他说："作为日本人，这次战争使我们对中国惭愧不已。"但是我说："这种想法是不可取的。参战的不是所有的日本人，而是一部分，也就是说不是'我们'，而是'他们'。"这是中国人，特别是知识分子普遍的认识，我们对日本的民众绝没有恨意，这种恨意只是针对一部分军阀。

  林：说实话，我今天是怀着一种不知该怎样和您交谈的沉重心情来到这儿的，但听了您的这番话后，我的心情舒畅多了。②

---

① 按，我在此文初稿中，根据冰心在国内发表讲演的情况推测她至迟在 1947 年 6 月中旬就回国了，后来苏州大学的李勇先生来函纠正说冰心 5 月 20 日就回国了——2007 年 11 月补注，并谢谢李勇先生的纠正。

② 《对日本民众没有怨恨》，《我自己走过的路》第 129—130 页，人民文学出版社，2007 年。

同样的态度也贯穿在冰心归国后的讲演中,如在《冰心女士讲旅日感想》中她就向国内听众报告说,自己曾以小女儿的转变来说服日本人士相信中国人民对日本人民并无仇恨——

> 我告诉他们东亚依然是东亚人的东亚,如果中日像英美那样亲善,东亚不会不复兴的;我到日本去时,我的小女儿说:妈我不去,我恨日本!可是她到日本不久,就和我说,奇怪,日本人也有好的。我告诉她说,日本人不但有好的,而且大多数人都是好的;只因在日本军阀错误的领导和训练下,才走向悲惨的卑鄙的道路。中国对日本原来没有仇恨,在"五四"时代,我们喊过的也是打倒日本帝国主义,不是打倒日本人。他们听了,都低下头说,他们很抱歉,他们不知道日本军阀到中国都做些什么事情。我说该抱歉的不是你们,是他们。……日本每天在报纸上看到战犯公审内容,都异常诧异。他们的确不知道日军会在外国如此作恶。我在此地(指青年会)正好说一句,像耶稣所说的:愿上帝饶恕他们,因为他们所做的,他们并不知道!

以前,我还以为把日本人区分成无辜的人民和有罪的军阀,只是中国共产党本其阶级分析的观点所做出的区别对待之道,读了冰心的谈话才明白这实际上是历届中国政府和所有中国人民的共同态度。这种态度除了中国人一以贯之的不念旧恶、宽以待人的忠恕之道外,在冰心显然还包含了基督教的博爱观念。现在检讨起来,中国人民的这种宽厚忠恕态度,加上美国出于其冷战战略的考虑对日采取的宽纵态度,也许有助于日本顺利渡过战后的难关,但其消极作用却使日本国民如释重负地放弃了对战争责任的反思。事实的真相是当年参战的并不仅仅是一小部分日本军人,那时的日本其实是"举国体制"、"前赴后继"地进行战争的,即使战时因为当局的新闻限制看不到真实的报道,但一个有良知的日本人并不难想象日本的百万大军为什么要"进入"中国和南洋、"进入"后那么多年究竟都干了什么?可在日本当局的军国主义教育下,当时的日本国民并不想或不愿意想这些问题,绝大多数日本国民都信从、盲从着日本军阀和天皇的战争政策,努力地支持着战争。尽管冰心清楚地"知道日本妇女曾经相信服从他们的命令是爱国的表现这一事实"①，可是她仍然宽厚地安慰日本妇女说："事实上，你们受军阀的压迫和残害比我们还厉害，比我们还可怜。"②这就宅心过于仁厚了。宽容仁厚当然是美德，但因此就取消日本人民对战争责任应有的反思，那就未必妥当了。问题似乎就出在这里：当日本人民在战败之初刚刚开始有所反思之时，他们却意外地发现自己不需要反思，因为他们听说自己作为普通国民对战争并无责任，甚至受害更甚于被侵略的人民，于是他们也就释然于怀了，随后便是重新坦然自若地拜祭起靖国神社，以至于渐渐地连那"小部分"日本军阀的罪责也忘得一干二净了。这不能不对战后中日关系的长远发展埋下隐患。当然，我无意于埋怨冰心老人的宽容与仁厚，真正让人感慨的乃是来自中国人民的宽容与仁厚，居然就那么不被珍惜地付之东流了。

像当时大多数中国知识分子一样，冰心关心的重点不是战争责任的反思，而是战后中日关系的重建问题。关于这个问题，她在日本和中国都发表了意见，但各有侧重。面对日本听众和读者，冰心殷切地反复鼓励他们："日本和中国必须携手共进，这是两国的一种严肃的宿命。"③ 并恳切地告诉他们："中国完全没有想过要对目前刚结束的中日战争施以报复。中国和日本的合作是东方复兴的基础。而且我认为只要双方之间有好意以及合作意向的话，中日的合作就能马上实现，这并不是一件很难的事。"④ 1947年5月回国后冰心在对国内听众说话时，除继续宣扬中日友好之外，也增加了一些与在日本的演说不同的东西。这是因为当时眼看日本在美国的扶助下迅速复兴而中国却爆发了内战，国内政坛和知识界对中日关系的看法也有分歧：国民党及接近官方的知识精英因为亲美所以也支持美国的对日政策，中共和左翼知识界以及更广大的民间知识分子则对美国的远东政策不满，对中日关系的前景不免有所担忧，所以发起了"反美扶日"运动。正是针对国内的疑虑与纷争，冰心在女青年会的讲演中特别强调——

---

① 《对日本妇女的期待》，《我自己走过的路》第95页。
② 《冰心女士对于日本妇女的印象》，见1947年8月15日9上海出版的《妇女》第2卷第5期。
③ 《对日本妇女的期待》，《我自己走过的路》第96页。
④ 《向复兴中的日本进一言》，《我自己走过的路》第147页。

有人看见日本复兴很快，怀疑他们是否要在不久的将来仍来侵略我们。我想他们不能，因为他们没有诸如盐，碱，糖，煤，铁，棉等重工业原料，都感缺乏。如管制得宜，将来会成为一个像瑞士国一样和平，纯良的游览区。……我们不发愁他们再来侵略我们，发愁的乃是我们自己胜利后不能复兴。胜利两年，内乱不已，依然不能负起领导这个悔过的小弟弟的责任。

应该说冰心的立场比较接近中美官方的立场。这无须讳言也并不奇怪，因为当时的冰心是国民参政会的参政员和驻日代表团的家属嘛。但重要的是冰心同时也发出了恳切的警告："我们不发愁他们再来侵略我们，发愁的乃是我们自己胜利后不能复兴。"这警告至今读来仍然具有振聋发聩的意味。

冰心在国内的几次讲演中最让人感兴趣的，可能是她对日本妇女问题的观感。《冰心女士对于日本妇女的印象》一篇题下两段近似编者按的话，就清楚地显示出了解的渴望——

像一个谜一样，战后日本妇女的生活状况，在我们中国人的心底，是一个迷糊不清的问题。"日本在迈向民主之途了"，"日本妇女参预政治了"，这些乐观的论调虽然不时出现在报端，然而因为它是抽象浮泛的报导，因此还不能使我们获得清晰明确的观念，相信日本妇女到现在为止，已经获得了多少真正平等的权利和解放。

驻日盟军总部限制各国人民的移入，更把战后的日报和世界各国的实际情况隔阂了起来，除了各国的代表团之外，没有一个外国人能在战后这一段长远的时间内踏上日本的土地。谢冰心女士的丈夫吴文藻先生是"中国驻日代表团"政治组主任，因此她才得以"眷属"的身份，随着代表团居住在日本，我们现在能够从她的口里探得一些日本妇女生活的状况和她个人旅日的印象，这不能不说是一种偶然的幸运。

有意思的是，冰心在日本和国内谈到日本妇女问题时，所发表的意见有明显的区别：在日本说的多是肯定和鼓励的意见，而回到国内的演说则说得更为质直坦率。这大概是因为客居日本接受彼方的访谈或约稿,觉得她们更需要鼓励并且碍于情面,故此语多客气,而面对渴望了解日本妇女实情的国内听众和读者,冰心也就无须客套而实话实说了。如《冰心女士对于日本妇女的印象》一开头就坦言:"日本的妇女很使我失望。在我未去日本之前,我以为日本妇女的地位一定比中国好些,但是一去之后,我替她们难过,替她们悲哀。"然后条分缕析,桩桩件件,披露的事实让人震惊。两相比较,冰心觉得虽然"在中国,男女也是不平等的,但是还比较好,尤其是母亲,她在家庭中无论如何有一点地位",可即使是日本的知识女性在家中也是没有地位的。在冰心看来,这差异的原因除了两国的传统有所不同外,还与日本近代以来只注意吸收西方的技术而"没有从外国学到科学的思想和哲学"有关,换言之,即是忽视了思想文化的现代化——民主化。正是有鉴于此,冰心提出了"日本要实行真正的民主"的课题。从这些观感中我们依稀可以看见冰心作为一个"五四"新青年的姿态。

人与文的成熟:关于40年代的冰心

冰心的创作态度素来严谨,所以她并不是一个多产作家,但将近八十年的创作历程毕竟非比寻常而创获不菲,在这过程中自然难免有些作品散佚集外,期待着研究者去发现和收集。即使经过近年研究者的辛勤搜集,一些线索表明冰心还有些作品和言论散佚在外。例如,著名女记者子冈在1935年所写的一篇冰心访问记中就说,她曾经在冰心的家里亲眼看到"有人送来两本《婴儿日记》,那上面有冰心的序"①。这本《婴儿日记》应该不是什么著作,大概与今天一些商家推出的"宝宝成长录"、"儿童日记本"相似吧,至于请冰心做序其实也是商家的一种推销手段。翻检冰心老人一生的序跋,此序似未收集。又如据范伯群先生的《冰心著译年表》,冰心还有一篇讲演词《日本观感》,发表在1947年6月出版的《妇女文化》第2卷第4期,这有

---

① 子冈:《冰心女士访问记》,载《妇女生活》第1卷第5期,1935年11月1日出版。

可能也是散佚的文献，但也有可能是现有的哪篇讲演词的重刊，我没有看到这期《妇女文化》，难以判断。再如，我曾在 1941 年 2 月出版的《妇女新运通讯》第 3 卷第 3—4 期合刊上，看到有个署名"冰"的作者在该期"摆龙门阵"栏目里发表了四则短评——"人不如猫"、"谈谈拿干薪"、"出钱劳军"、"职业托儿所的重要"，而此前的 1941 年 1 月出版的《妇女新运通讯》第 3 卷第 1—2 期合刊"摆龙门阵"栏目，刊载的正是冰心的《从昆明到重庆》，已经收入《冰心文集》第 3 卷和《冰心全集》第 3 卷，但误将刊物栏目"摆龙门阵"作为文章的正题了。由于这两期刊物是相继出版的，那四则短评的作者又署名"冰"，其中的一则并写到三岁的小毛随妈妈到重庆不久，这让我觉得那四则短评有可能出自冰心之手；但是在《妇女新运通讯》上也有名为"剑冰"者发表过文章，不能排除这个"冰"即是"剑冰"的简署，这又使我觉得难以遽定归属，所以在此附带说明情况，以待方家考定是非。

附带说明一下，冰心虽然是最著名的新文学女作家，但她对旧文学也有湛深的修养和相当的研究，如她 1926 年在美国威尔斯利女子大学完成的硕士论文，就以李清照词为题。所以，冰心于旧文体如旧体诗词，也并非不能为，但她一生坚守新文学的立场，偶尔在一些社交场合写点旧体诗词，不过应付场面而已（同样为了应付场面，冰心有时也会把一些旧体诗词翻译成英文[①]），所以随写随散，并不爱惜，收集在《全集》里的只有寥寥数篇旧体诗词。这里辑录的《冰心词稿——洞仙歌·题石屏李右侯尊堂〈机灯课子图〉》，就显然是一篇应酬之作。按，云南石屏李氏家族是当地的名门望族，"李右侯"者或许出于其中，但具体情况已难考知，也不必费心考证，总之是，有这么一个人拿着那么一张画，请名人题词，目的是为了表彰其母亲，求到冰心门下，她也就徇情随例地写了这么一首词。词并不出色，也不可能出色，因为"机灯课子"的苦心和苦行早已被人写滥了，尤其是自清中叶的著名学者诗人洪亮吉拿一幅"机声灯影图"四处索人题咏以表彰其节母之节以来，许多读书稍有成的人往往依样画葫芦地请人

[①] 如冰心英译的李后主词"无言独上西楼"（《乌夜啼》），载《上海留英同学会月刊》第 3 卷第 10 期，1935 年 10 月 5 日出版。

画图题诗,把表彰母亲变成了自我表扬的一种惯用手段,于是乎,诸如此类的题画诗词,也就如陈衍所说,"率见不鲜,难得佳章也"①。

　　真正重要的当然还是冰心的新文学作品。对此,人们已经做了许多重要的研究工作,但无疑还有一些疏忽和薄弱环节。所以,结束这些琐碎的校读札记,我想斗胆强调的是——

　　近年发现的冰心佚文多写于上世纪的 40 年代,把这些新发现的佚文和已有的冰心同时期作品联系起来看,似乎可以说 40 年代的冰心在创作上终于完成了一个期待已久的转型,找到了属于自己的创作增长点,在文思文风上显示出成熟的格调。这一转型对一个早年成名的名作家来说是很不容易的。如所周知,自 20 年代初偶然涉笔创作,冰心很快就以其咏赞母爱、童真和自然的优美诗文,以及探讨新青年诸多困扰难题的问题小说,赢得了广大读者的喜爱,成为新文坛上女性作家的首座,为新文学的发展做出了不可替代的贡献。然而,到了 20 年代末期和 30 年代中期,丁玲和萧红等一茬又一茬女作家接连引人注目地崛起了。与她们那些视野开阔、描写深入、笔致越轨的作品相比,作为文坛前辈的冰心之写作却停滞于既有的温柔抒情格套中难能出新,仿佛已经定格在爱与美的优美抒写上了,这不免给人单调和单薄的印象,以至于当年的评论家给她一个"闺秀作家"的定评。有人甚至批评"冰心女士变成林黛玉"②。这种论评当然包含着"进步"的傲慢和偏见,但无论如何冰心的创作的确面临着如何转进出新的问题,倘若照旧再写下去,委实近于重复。冰心自己显然也感觉到了转进的必要和出新的压力,但这需要一个酝酿和准备的过程,不可能来个突然的飞跃,冰心也清醒地意识到每个人的情况和个性不同,不应该跟风而进,所以她虽然衷心地赞扬丁玲"有魄力,《水》,《夜会》都写得

---

　　① 《石遗室诗话续编·卷二》,《陈衍诗论合集》上册第 518 页,福建人民出版社,1999 年。
　　② 沙龙:《冰心女士变成林黛玉》,《青年战线》第 3 期,南京,1932 年 12 月 14 日出版。沙龙在该文中引用了冰心"近作"的一首旧体诗——"花开花落掩关卧,负汝春光奈汝何! 天下事原如意少,眼中人渐后生多。声声暮雨萧萧曲,去去流光踏踏歌。今日今时有今我,茶烟禅榻病维摩。"——并据此批评冰心"大约就是林黛玉,否则为什么这样像林姑娘的《葬花词》呢?"其实沙龙所引的那首旧体诗出自黄遵宪之手,诗题是《遣闷》,见《人境庐诗草》卷五。

非常好",可又叹息"这是每人的个性,勉强不来的"。① 于是谨慎的冰心没有冒进,而是明智地减少了写作,从而给予自己一个在沉潜中拓展视野、积累体验、预备转型的过渡期。这个过渡期直到 1939 年末的《默庐试笔》方告结束。在冰心的创作生涯中,《默庐试笔》既是过往的结束,也是转型的试笔,所以它集优美的诗意和复杂的情怀、细腻的笔墨和奔放的笔触于一体,给人尚不稳定的印象复兼成熟在望的期待。果然,此后的冰心没有让读者失望,她陆续推出了系列散文《关于女人》,以及《做梦》、《请客》、《从歌乐山到箱根》、《丢不掉的珍宝》等散文佳作。读这些作品,让人不禁感到那个曾经熟悉的"新青年"诗人和小说家已经隐退,而一个真正成熟的散文家则于焉现身。这是人与文的双重成熟。此时的冰心已经人到中年,经过自觉沉潜的准备和抗战风雨的洗礼,她的视野开阔了,体验丰富了,情感深化了,而又深知不能勉强自己写作超出个人经验的题材,不能单凭主观热情制作抗战八股,不能先有主义后写文章,所以她还是决意只写自己熟悉的人和事,但由此而来的作品却并非"与抗战无关",反倒如冰心自己所说的那样,"我没有特别写宣传性的作品。我只是根据自己的经历写了一些作品,却因时势变成了抗战作品"。② 这是为什么呢? 因为冰心的这些散文在书写身边人事的过程中,自然而然地溶入了民族的历史传统与现实情境、道德情操和文化趣味,从而达到了以小见大的效果和寓深厚于平淡的境界,读者从她那些从容洗练的文字中,可以亲切地体会到一个民族特有的风骨和胸襟,感受到作者成熟练达的人间情怀和宽厚坚韧的人格修养,因此获得的是深长的回味和成熟的风度。正因为如此,叶圣陶先生当年读到《关于女人》的一些篇章后,曾欣然赞誉道:"冰心女士的作风改变了,她已经舍弃她的柔细清丽,转向着苍劲朴茂。"③

叶圣陶先生的这个判断堪称明敏切当。事实上,冰心整个 40 年代的散文都给人一种苍劲朴茂之感,与早年的柔细清丽大不相同了。即以 1946 年 11 月写于日本的《从歌乐山到箱根》一文为例,其中描绘

---

① 子冈:《冰心女士访问记》,出处同前。
② 《对日本民众没有怨恨》,《我自己走过的路》第 130 页。
③ 翰先(叶圣陶):《男士的〈我的同班〉》,见《国文杂志》第 1 卷第 4—5 号合刊,1943 年 3 月 19 日出版。

了作者赴箱根途中所见的景色,而写景正是冰心文章向来最见精彩之处。这里不妨先看看刘福春先生在从日文回译的文本——

> 快到箱根,森林渐渐深起来,红叶映着夕阳,弯曲的道路,更增添了一层秀媚。在山路大转弯的地方,富士山头顶雪冠、裹着紫云,真有一种难以形容的美。

公正地说,刘福春先生的译笔不仅忠实地译出了冰心的意思,而且相当成功地追摹了冰心早年文章的柔细清丽风格,长期以来学术界也一直以为这就是冰心一以贯之的风格,所以刘先生如此翻译,不但无可指责的,而且应该说是相当出色当行的。但事实是,人到中年的冰心即使在写景上也不再追求柔细清丽,如上面一段文字在中文原本《从歌乐山到箱根》里,就恰以苍劲朴茂见长——

> 将到箱根时节,树密林深,斜阳下红艳夺目,迂曲行来,引人入胜。山路萦回之中,远远地看见富士山峰,雪积云绕,一种清寒挺拔的气象,真是难以形容比拟!

这里不再是漂亮的华彩段落,而在行云流水般的散行文字中,自然而然地融入了一些古雅洗练的文言骈语,恰到好处地传达出一种超越了柔细清丽的苍劲朴茂之美。同样的变化也体现在抒情上。仍以《从歌乐山到箱根》为例,这篇散文写的是作者1946年11月初到日本的感怀。其时战败了的日本也是百废待举,从东京到横滨一条路上,瓦砾场有时可以一望无际!而作者从曾经备受日机狂轰滥炸的中国陪都重庆,来到已被美军轰炸得面目全非的日本首都东京,诚所谓触景生情,浮想联翩,其感怀之复杂,真是说不胜说。然而,饱经风霜的冰心并没有慷慨陈词,她的抒情叙事非常克制。文章只从眼前东京被炸后萧瑟荒凉的景况和凋敝不堪的民生写起,随后由日本旅游胜地箱根的美丽景色而联想到同样美丽的渝西奇峰歌乐山,于是不由得回想起当年在歌乐山躲避日机轰炸时最为难忘的两种情景:"轰炸的白日,总是万里的晴空","夜间轰炸,总是最清美的月夜",人间的"好天良夜"居然变成了天外横祸乘机飞来的最佳时节。在这个沉痛的回忆之后，作者只写下短短两句感怀——

> 这样的过了五年，这样的度过了歌乐山五年的"好天良夜"！可恨可恨的战争！

这两句感怀之沉痛无疑胜了过千言万语的抒情渲染。而惟其宅心仁厚，所以身经苦难、痛定思痛的冰心才将心比心、推己及人，发出了消除战争、共建和平、共赏自然的呼吁——

> 经过战争的才懂得"恨"，经过战争的也更懂得"同情"和"爱"，所以当我末两年在歌乐山，听到东京天天被炸的消息时，心中总有说不出的难过！我知道有无数的东京妇女，心中记挂着丈夫和父兄伯叔的安全，身上背负着病弱的儿女，在警报声中，急急忙忙的走到防空洞里去。
>
> 看见东京，我想到重庆，看见箱根，我想到歌乐山。让我们在创钜痛深之后，得到最宝贵的教训：最彻底的繁荣与安乐，是不能从侵略争夺中得来，只有同情和互助，才是"共存共荣"的基础。
>
> 让歌乐山，和箱根一样永远成为风景区而不是"疏建区"，容我们这些爱好山水的人们，在山头悠闲的欣赏眺望，而不是急急忙忙的抛开天光云影，跑下到黑暗的防空洞里去。

这呼吁没有热情洋溢的高调，只是诉诸于安居人世间、共赏好山水的人之常情，所以给读者特别朴素恳切的感受，而又蕴涵着不忍明言的悲怆和超越恩仇的关怀，所以风骨之苍劲、意味之深远，实非早年美丽的抒情文章所可比拟。令人敬佩的是，像这样苍劲朴茂、意深韵长的好散文，40 年代的冰心不只是写了一篇，而是贡献出了一批，它们堪称中国现代散文艺术宝库中的精品，实在值得我们仔细品赏和深入探讨。

2008 年 7 月末为"冰心文学第三届国际学术研讨会"作，11 月末略作修订。

附 录

  我在本文中曾感慨于冰心在战后对日本人民说:"事实上,你们受军阀的压迫和残害比我们还厉害,比我们还可怜。"认为"这就宅心过于仁厚了。宽容仁厚当然是美德,但因此就取消日本人民对战争责任应有的反思,那就未必妥当了。问题似乎就出在这里:当日本人民在战败之初刚刚开始有所反思之时,他们却意外地发现自己不需要反思,因为他们听说自己作为普通国民对战争并无责任,甚至受害更甚于被侵略的人民,于是他们也就释然于怀了,随后便是重新坦然自若地拜祭起靖国神社,以至于渐渐地连那'小部分'日本军阀的罪责也忘得一干二净了。这不能不对战后中日关系的长远发展埋下隐患。当然,我无意于埋怨冰心老人的宽容与仁厚,真正让人感慨的乃是来自中国人民的宽容与仁厚,居然就那么不被珍惜地付之东流了。"就在这年的岁末,我无意中看到了日本记者泽田猛的报道《不要忘记轰炸重庆的惨剧》(日文本原载 2008 年 12 月 26 日《每日新闻》,2008 年 12 月 28 日《参考消息》刊发了中译文,译者不详),由此知道日本还有人没有忘记日军的罪行,真是欣慨交集。所以我把这篇报道的中译文附录在此,希望读者能够把它与冰心的《从歌乐山到箱根》相参读。

不要忘记轰炸重庆的惨剧
[日] 泽田猛

  近几年,我对二战中在重庆遭受轰炸袭击的受害者进行跟踪报道。人们普遍都知道美军在二战中曾对东京进行过猛烈的轰炸,还有广岛和长崎的原子弹爆炸,然而,知道重庆轰炸的人似乎并不多,这一事件可以说被遗忘了。重庆轰炸是日军对重庆及周边进行的一系列不加区分的狂轰滥炸,造成了很多非战斗人员的死伤。

  现在,法庭上正在就战后的补偿问题进行辩论。与当年遭受轰炸的日本人一样,中国受害者也带着战争的创伤艰难地活了下来。为了不让历史的健忘症给将来留下祸根，我一直在重庆进行有关的报道。

日中战争期间，重庆是国民党政府的临时首都。为此，日军对重庆等地进行了轰炸。2006 年 3 月，中国受害者和家属向东京地方法院提起了诉讼，要求日本政府就这一事件进行道歉，并赔偿每人 1000 万日元的损失。在总共 3 起诉讼案中，原告共有 107 人，要求赔偿的金额累计达 10.7 亿日元。

根据诉状的内容，日军在 1938 年至 1943 年的 5 年半期间，共对重庆市实施了 200 多次轰炸，造成约 6 万名平民死伤。这些轰炸并非针对特定的军事目标，是不加区分的轰炸，违反了国际法。

对于原告等人要求，日本政府要求予以驳回，不承认也不否认事实，因此双方发生了对立。

重庆轰炸之所以在日本被遗忘，原因之一是远东国际军事法庭没有对这一事件做出判决。东京审判的起诉书上没有提到日军的轰炸行为，虽然其附属文件当中提到了南京和广东有很多平民在空袭中死亡，但是规模最大的重庆轰炸却根本没有提到。当时是顾虑到美军等对日本进行的不加区分的轰炸，担心在日本国内引起连锁反应。

迄今为止，我在重庆进行了三次采访，听取了 10 多名原告的诉说。

现年 79 岁的赵茂蓉家住重庆市磁器口，1941 年遭受了日军的轰炸。当时她只有 12 岁，由于家中贫困，正在当地的纺织厂劳动，一枚炸弹的碎片刺穿了右脸颊，赵茂蓉家的房屋也被烧成灰烬，家人流离失所。由于受到爆炸的强烈冲击，她的左耳听不见。不过，让她真正受苦还不止这些，"回到了原来的工厂，由于右脸有伤，同事们笑我是'半面美人'。我现在仍对日军的轰炸怀恨在心"。

空袭加剧了一家的贫困，赵茂蓉被剥夺了上学的机会，至今仍不识字。

76 岁的吴绍武是峨眉山人，他在 1939 年 8 月遭受了日军的轰炸，年仅 7 岁。当时居住在重庆以西的乐山市，家有 5 口人。他的母亲和兄弟在爆炸中丧生。

"母亲只剩下了下半身，是从她穿的黄色的袜子上分辨出来的。为了替亲人们申冤，我要坚决斗争下去。"

吴绍武一想起黄色的袜子便老泪纵横。袭击过后，他在商店当伙计,也没能上学。

亲历东京空袭并且将经历写成作品的日本作家早乙女胜元回忆说:"过去只知道自己亲身经历的空袭所造成的伤痛,20年前通过一本书了解到日军曾经对重庆人也进行过同样的轰炸,感到非常震惊。因此我深深感到不能只讲自己受害的历史。"

继重庆轰炸诉讼之后,去年3月份日本方面有人集体向东京地方法院提起了东京空袭诉讼。空袭受害者向政府提出了赔偿的要求。原告指出,东京空袭是日军对重庆进行轰炸等行为导致的结果,是国家的责任。

加害者与受害者联手起诉日本政府,这真是历史的奇妙组合。

如今,日中两国已进入"战略互惠"时代,但另一方面,在如何进行战后补偿的问题上,日本司法的大门始终关闭着,这是一个严峻现实。日中双方只有正视历史,才能开拓真正友好的未来。重庆轰炸事件也是如此,我从受害者的呐喊中得出了这样的感受。

惟其是脆嫩　何必是讥嘲
——也谈所谓"冰心—林徽因之争"

作家间有友善的互动，自然也会有"不友善"因而令对方"不愉快"的互动。不论友善也好、"不友善"也罢，都是理由固然、其情难免的事，而无须诧异的。冰心和林徽因之间的一些颇带较劲味的连续互动行为，就是典型的"不友善"的事例。其中最引人注目的节目是冰心的小说《我们太太的客厅》所引发的反响，直到近年还有余响——所谓"林徽因冰心两大才女的恩怨情仇"之争，似乎成了近年热议的一个焦点问题。然而，这"两大才女"间的文学过节是否仅限于"太太的客厅"的范围、其意义是否也仅限于文人相轻的意气呢？余窃有疑焉。因为，稍微扩大点视野而又仔细点观察的话，就不难发现所谓冰心与林徽因的文学过节，乃是一个比《我们太太的客厅》发生更早、范围更大、延续更久的连续互动过程，而其互动效应也相当复杂、意义更耐人寻味，远非一般所谓文人相轻、才女争锋那样简单。

来自"我们太太的客厅"的观察：
沈从文和李健吾观点的片面性

查冰心与林徽因之间的文学过节，其最初的迹象据说是冰心在丁玲主编的《北斗》杂志创刊号（1931年9月出刊）上发表《我劝你》一诗。此时的冰心已经搁笔一段时间了，但出于对丁玲文学才华的赞赏和不幸遭遇的同情，冰心还是提笔写了这首诗，以表示对丁玲的支持；而应丁玲之请去向冰心等北方女作家约稿的乃是沈从文，他既曾是丁玲的好友，更把林徽因视为生活和文学上的知音，所以当他从冰心那里拿到《我劝你》一诗后，立即敏感到这首诗的讽劝似有所指。对此，沈从文在1938年的一篇文章里有婉转的暗示——

> 冰心女士是白话文学运动初期人所熟知的一个女诗人。……直到她搁笔那一年，写了一篇长诗给另一个女人，告那人说："惟有女人知道女人的心。""诗人的话是一天花雨，不可信。"那首诗写成后，似因忌讳，业已撕碎。当那破碎原稿被另一个好事者，从字篓中找出重抄，送给我这个好事编辑时，我曾听她念过几句。……那首诗是这个女诗人给另一个女诗人，用一种说教方式告给他不宜同另一个男诗人继续一种友谊。诗人的话既是一天花雨，女诗人说的当然也不在例外，这劝告末了不免成为"好事"。现在说来，已成为文坛掌故了。①

沈从文所说的冰心长诗，显然指的是发表在《北斗》上的《我劝你》，只是沈从文凭记忆援引，个别字词与原作有点出入，如"惟有女人知道女人的心"当作"只有女人知道女人的心"。看得出来，尽管沈从文下笔也有所顾忌，但他所谓"那首诗是这个女诗人给另一个女诗人，用一种说教方式告给他不宜同另一个男诗人继续一种友谊"，其实已经近乎说破了——在那时的北京文坛上，除了冰心"这个女诗人"而外，那"另一个女诗人"及与其有特殊友谊的"另一个男诗人"，不就是林徽因和徐志摩么？并且，林徽因和徐志摩也恰好与冰心一同在《北斗》创刊号上发表了诗。事情如此巧合，很可能让所谓被讽劝者颇觉尴尬吧，但事实上，《我劝你》并未讽劝住什么人。到1933年9—10月间，冰心又在京派文学主阵地《大公报》"文艺副刊"上连载了小说《我们太太的客厅》，也立即被眼尖的京派文人看出来是讽刺林徽因及其沙龙文友之作，所以据说这篇小说不仅让林徽因本人很生气，而且几乎招致了京派文人们的"众怒"。比如一向温厚的李健吾在十年之后，还颇动感情地指证说——

---

① 沈从文：《谈朗诵诗》，《沈从文全集》第17卷第243—244页。

冰心写了一篇小说《太太的客厅》(?) 讽刺她（指林徽因——引者按），因为每星期六下午，便有若干朋友以她为中心谈论时代应有的种种现象和问题。她恰好随丈夫由山西调察庙宇回到北平，她带了一坛又陈又香的山西醋，立时叫人送给冰心吃用。她们是朋友，同时又是仇敌。……①

由于沈从文和李健吾都是人文俱佳、普受尊敬的作家和批评家，话既然从他们口中说出，那就不由人不信其为事实了，那也就难怪"林徽因冰心两大才女的恩怨情仇"成了近年的学界热门话题，网络上更把此事炒成了两位女作家到底谁才高，甚至谁美貌、谁更有魅力的较劲了——从网上那么多"冰心为什么嫉妒林徽因"的帖子来看，林徽因的粉丝显然多于冰心。网络炒作的非理性可无论矣，介入论争的冰心、林徽因研究者都是严肃的学者，但若情不自禁地以各自研究对象的拥护者自居，也难免会因个人的偏爱而把问题的讨论引向简单化以至庸俗化。其实，揆诸情理，平心而论，才女也罢、女作家也罢，也都是凡人，她们之间的关系有合有不合、彼此看得入眼或看不入眼，都是人之常情，倘若她们只是相互恭维或只要对方恭维叫好，那倒未必是好事——谓天下之美尽在是矣，非美之也，是谀之也，此所以冰心对林徽因有些看法，也并不是什么罪过，林徽因研究者大可不必为此愤愤不平，冰心研究者也无须为此而苦心替冰心弥缝，仿佛不为她解脱干系就心不自安似的，这又何苦来着。

事实上，简单化的倾向在沈从文和李健吾当年的言论里就已肇其端。他们所谓讽劝或讽刺林徽因之说，原不过是他们基于个人阅读感受和个人偏爱而来的猜测之词，冰心自己既没有宣布说她写那些作品是讽刺林徽因，谁又能断言她必定有那个意思呢——她的作品也明明题为《我劝你》和《我们太太的客厅》，而非《徽因，我劝你》和《林徽因的客厅》呀。当然了，我这样说似乎有点跟两位前辈抬杠的味道了，那么我愿意坦率地承认，我倒是倾向于相信冰心这些作品里确有林徽因的影子，否则林徽因的好友们也不至于一

---

① 渭西（李健吾）：《林徽因》，《作家笔会》第 30 页，春秋杂志社和四维出版社，1945 年。

眼就认出了女主人的原型,林徽因自己也不至于如李健吾所说生气到给冰心送醋的地步了,而这些反应不也反证出冰心抓取林徽因的某些做派确也拿捏得很准么?可问题是,即使在冰心的这些作品里有林徽因的影子,那也不能简单地说她就是直接针对林徽因的"多事"讽劝或有意"讽刺",更难说冰心的讽刺是由于她和林徽因是什么"仇敌"云云。因为,一个作家的创作总是基于自己的切身经验以及观察周围世界而来的间接经验,当他觉得这些经验足够典型、值得一写的时候,自然会把它们写进创作里去,而进入创作里的经验也必定会有所增删、变形、夸张,才能成为更有普遍意义的文学典型,也因此一个稍有素养的读者(更无论沈从文、李健吾那样的高级读者了),从某一作品里看到自己的以及熟人的某些影子,自不必大惊小怪,更不必简单地把文学形象与自己或自己的熟人划等号。对这样一个文学常识,身为名批评家兼作家的李健吾不可能不知;而身为名作家的沈从文自己就不止一次地这么创作过,他的小说《八骏图》和《自杀》就是著名的两例。有一位迂执的教授曾自动与后一篇中人对号入座,以为那作品是骂他的,沈从文不得不写信给他,诚恳地解释说——

> 我给您写这个信的意思,就是劝您别在一个文学作品里找寻您自己,折磨您自己,也毁坏了作品艺术价值。其中也许有些地方同您相近,但绝不是骂您讽您。我写小说,将近十年还不离学习期间,目的始终不变,就是用文字去描绘一角人生,说明一种现象,既不需要攻击谁,也无兴味攻击谁。一个作品有它应有的尊严目的,那目的在解释人类某一问题,与讽嘲个人的流行幽默相去实在太远了。您那不愉快只是您个人生活态度促成,我作品却不应当负责的。①

这话说得真好,借过来足释迄今所谓"冰心—林徽因之争"之众疑。

然则,为什么像沈从文这样富有经验的作家和像李健吾这样深明

---

① 沈从文:《废邮存底·五·给某教授》,《沈从文全集》第17卷第193页。

文理的批评家，会对林徽因的"不愉快"那么在意以至念念不忘，却对所谓冰心的"讽刺"耿耿于怀而毫无耐心去体会其作品的意义呢？这里面当然难免个人的偏爱与偏见。沈从文、李健吾都是才情浪漫的人，自然比较偏爱风雅浪漫的林徽因，而不免觉得冰心的人与文都保守过气了。沈从文在30年代初致友人的一封信中就说过："冰心则永远写不出家庭亲子爱以外"①，李健吾在《林徽因》一文中标举出他欣赏的几位女作家，而独独把冰心排除在外，也都是基于同样的理由。人有偏爱，本不足怪。可是，沈从文和李健吾对所谓"冰心—林徽因之争"竟然那么敏感和在意，这恐怕就不止是单纯的个人偏好，而不能不牵涉到京派文人的人文理想及其限度了。

美丽的新风雅：京派的人文理想和冰心的冷眼旁观

此事说来话长，这里只能长话短说。就个人之管见，30年代前期聚集起来的京派文人，多是社会地位相对稳定、生活条件较为优裕、因而可以比较从容地追求学艺的学院中人。他们当然也对现实有所不满，但又不愿像左右翼文人那样被介入现实所累，所以企图走一条与社会现实不即不离而能超越左右羁绊的中间路线，着意在风雨飘摇的十字街头之塔上构建其独立的"自己的园地"，倾心以"距离的美学"在不完全的现世营造一种与世无争、情理调适、趣味风雅的"生活之艺术"，这同时也就成为他们的文章艺术之精魂。由于京派文人的这种人文理想既汲取了西方从浪漫到现代的新风尚，而又承袭了中国本土的清流文人士大夫悠然自得的旧风雅，所以我觉得可以称之为"现代的新风雅"，恰与海派之"摩登的新感觉"相对应也相补充，共同丰富了30年代的文化与文学。而不论是"现代的新风雅"还是"摩登的新感觉"，都瞩望于人和文贯通一体、生活与创作打成一片。就京派文人而言，最让大家敬仰的现代风雅典范，当然是苦雨斋里的知堂先生，而最吸引人的现代风雅典型，则非林徽因莫属。知堂的境界自然不是一般人所可企及的，加之知堂人到中年后的"生活之艺术"也不

---

① 沈从文：《复王际真》，《沈从文全集》第18卷第39页。

免清寂了些，所以大家虽心向往之，但能至者并不多，所以常到苦雨斋的只有几个偏爱中式风雅趣味的现代名士；林徽因的风雅显然更富现代情趣，所以比较喜欢西式浪漫风尚的现代文人，就多去她的客厅了。由此，京派文人集团又隐然分为两个并行不悖、间有交错的小圈子。李健吾和沈从文都是林徽因客厅的常客。顺便说一句，有研究者以为李健吾之所以对林徽因念念不忘，是因为当年还默默无闻的他得到了当时文学界知名"大作家"林徽因的提携而心存感激，这恐怕有点错会了意。实际上，当李健吾去见林徽因的时候，他已是创作十年、颇有成就的知名作家了，而林徽因则不论在学术和创作上都还在起步阶段。然则李健吾为何会对林徽因的赞赏那么感激莫名呢？这可能别有原因。那时的李健吾刚留法归来，欧洲的沙龙文艺传统不仅是他熟知的也是他向慕的，那样的沙龙女主持人例出于上流社会或富有之家，人首先必须漂亮善交际，其次当然最好也能略通风雅，但是否真有文学才能和文学成就，那其实并不重要，因为文人艺术家乃是把沙龙女主人当作一个可触发创作灵感的"文艺女神"之化身、一个浪漫的"生活之艺术"的偶像来看待的。就此而言，出身世家、留学欧美、美丽风雅的林徽因，不仅在那时的中国委实是独一无二的美丽才女，而且在世界范围内也可谓颖然秀出的美之化身，即使与主持布鲁姆斯伯里知识精英沙龙的维吉尼亚·伍尔夫相比，恐怕也无遑多让——林徽因确实像伍尔夫一样极富文学天赋，但伍尔夫却未必能与林徽因媲美了。正是这一切，使得林徽因的客厅成了最吸引京派文人学者的去处。像李健吾一样，沈从文也对林徽因敬慕有加。尽管沈从文日常自许为"乡下人"而对"城里人"颇多讽刺，但那或许只是个表象，他骨子里其实是个特别向往现代新文化，尤其渴望浪漫感情生活的人，所以在他心目中浪漫风雅的林徽因不仅是自己文学上的知音，而且是情感生活的导师。有一则故事恰好说明了这一点。那是1934年的一天，林徽因在家中接待了沈从文。其时的沈从文还在新婚的余韵中，写于此际的小说《边城》也正好推出，赢得了一片喝彩，所以朋友们都觉得苦熬多年的从文如今可谓感情与创作的双丰收，真是生活在美满幸福的生活之中，谁也没有想到他正深陷在一场婚外恋中备受煎熬。深感难以自拔的沈从文不得不去向擅长处理浪漫感情纠葛的林徽因求教和求救。听着沈从文激动地倾诉其感情的困扰，林徽因十分惊讶而又非常惊喜，因为她由此发现了一个与自己有着相同苦恼的现代人沈从文。在开导了沈从文之后，林徽因特地写信给美国友人费正清、费慰梅夫妇报告了自己的这一发现——

> 不管你接不接受，这就是事实。而恰恰又是他，这个安静、善解人意、"多情"而又"坚毅"的人，一位小说家，又是如此一位天才。他使自己陷入这样一种感情纠葛，像任何一个初出茅庐的小青年一样，对这种事陷于绝望。他的诗人气质造了他自己的反，使他对生活和其中的冲突茫然不知所措，这使我想到雪莱，也回想起志摩与他世俗苦痛的拼搏。可我又禁不住觉得好玩。他那天早上竟是那么的迷人和讨人喜欢！而我坐在那里，又老又疲惫地跟他谈、骂他、劝他，和他讨论生活及其曲折，人类的天性、其动人之处及其中的悲剧、理想和现实！……
> 过去我从没想到过，像他那样一个人，生活和成长的道路如此地不同，竟然会有我如此熟悉的感情，也被在别的景况下我所熟知的同样的问题所困扰。这对我是一个崭新的经历。而这就是为什么我认为普罗文学毫无道理的缘故。好的文学作品就是好的文学作品，而不管其人的意识形态如何。今后我将对自己的写作重具信心，就像老金一直期望于我和试图让我认识到其价值一样。万岁！①

在某种意义上，林徽因的这封信及其所说故事乃是京派文人浪漫风雅的艺术生活之实例，就像在某种意义上，林徽因本人乃正是不少京派文人心目中的文艺女神之化身一样，而当时的李健吾和沈从文正执迷于此，此所以当他们敏感到冰心的诗文对林徽因及其沙龙文友们有所讽喻时，才会那么在意和不快，也正因为执迷于此，他们也就难以自我反省其限度或局限，从而既轻看了冰心诗文的意义，又夸大了林徽因的气愤且低估了她的反应态度和反省能力。

诚然，冰心在"五四"及20年代的创作，大致如沈从文所说

---

① 林徽因：《致费正清、费慰梅·一（1934年）》，见梁从诫编：《林徽因文集·文学卷》第354—355页，百花文艺出版社，1999年。

"不出家庭亲子爱以外"。可是,当沈从文在30年代初断言"冰心则永远写不出家庭亲子爱以外",那就未免武断而且不无偏见了。乍一看,冰心在20年代末30年代初创作量确是在锐减,但这并不意味着她就固步自封、停滞不前了,事实上那时的冰心正在默默调整着自己的文学路向,努力扩大自己的社会和文学视野。这个自我调整和扩展的初步成果,就是不久之后陆续写出的《我劝你》和《我们太太的客厅》等诗文。此时的冰心之灵气和才气,或许不如年轻的林徽因那么灵光,但论修养、经验、眼界和气度,则人到中年的冰心就非年轻气盛的林徽因可比了。如所周知,冰心也曾是大家闺秀,并且也是见过摩登浪漫世面的过来人,但其为人与为文却始终不失朴实,而看人看事则眼光锐利而且严肃,所以她对30年代京派文人怡然自得的那种现代新风雅恐怕并不怎么欣赏。惟其如此,尽管冰心的资历足够而且人也常在北京,她却从不介入京派的活动,倒是冷眼旁观着那些现代风雅的排场、美丽浪漫的做派,自不免觉得那风雅也有雅得俗不可耐之处,那浪漫也有虚荣自私的成分,其神气活现已足为某一类生活现象和某一类人物性格之代表,于是也就顺手把自己的观察写进了《我劝你》和《我们太太的客厅》等诗文中。所以无须讳言,在冰心的这些诗文中显然有林徽因以及不少京派人士的影子,当然,她在写作过程中也有所取舍、夸张和变形,即所谓文学的"典型化",至于其创作目的,则恰可借用沈从文自我解释其作品的话来说,"就是用文字去描绘一角人生,说明一种现象,既不需要攻击谁,也无兴味攻击谁"。如果说这些作品有所讽刺的话,它们的锋芒乃是指向摩登浪漫而不免虚荣造作的生活方式和艺术趣味的,而并非刻意要跟哪个人过不去或对谁拈酸吃醋了。就此而言,冰心的这些作品乃是迥然不同于流行风尚的反浪漫—反摩登之作,不仅鲜明地标志着她自己的创作走出了"家庭亲子爱以外",而且在现代文学史上也具有不可轻忽的开创意义——自此之后,这类反浪漫—反摩登之作就不绝如缕,其集大成者则是钱锺书的长篇小说《围城》。可惜的是,由于太执迷于京派的现代风雅趣味,沈从文以及李健吾都不能认识冰心这些新作的独特意义,却只把它们简单地视为讽刺林徽因之作,这足证即使天分及判断力很高的人,也会因偏见和偏爱而盲目失察。而难能可贵的是,冰心自己既不纠缠于此,也没有京派文人那样的对左翼文学的傲慢与偏见。所以,当她看到丁玲在《北斗》上连载的小说《水》和在《文学月报》上发表的小说《夜会》后，曾发自衷心地赞扬丁玲"有魄力，《水》，《夜会》都写得非常好"，而自叹"这是每人的个性，勉强不来的"。① 但其实冰心还是从左翼文学，尤其是丁玲的左翼"新小说"中受到触动和推动，从而很快就致力于新的尝试，如小说《冬儿姑娘》（1933年11月写、次年1月发表在《文学季刊》第1卷第1期）就是一例。

至于林徽因看了《我劝你》尤其是《我们太太的客厅》之后，是否当真生气到送醋给冰心吃那样失态，抑或那只是李健吾的夸张渲染之词（其实，林徽因送山西老陈醋给冰心，也可以理解为善意的亲和之举，而她倘若另有说辞如李健吾所叙者，则倒是不无精神胜利法的味道了），已不可考，但她看了这些诗文后肯定不愉快，那大概是没有疑问的。这在她1936年夏受萧乾之托为《大公报》文艺副刊编"小说选"时有所表现。据说该书的编选范围是"一年多"来《大公报》文艺副刊所刊发的小说，但其实选文涵盖了从1933年9月《大公报》文艺副刊创刊以至1935年9月这两年间的小说，所以林徽因选了她很欣赏的萧乾小说处女作《蚕》（1933年11月1日发表）以及塞先艾的小说《美丽的梦》（1933年10月1日发表），可是却舍弃了同一时期的冰心小说《我们太太的客厅》（1933年9月27日至10月21日连载）。且不论冰心当时的社会地位和文学地位远非萧乾、塞先艾以至林徽因可比，单就这篇小说对生活现象、人性隐微的慧眼发现及其相当成熟的艺术来说，它也是理应入选的，然则为什么被摈弃了呢？我觉得有理由判定林徽因这样做不是出于嫉妒，而是由于生气。当然，以林徽因的聪明，她是不会直接表白自己很生气的，而是绕着弯在该书"题记"里借论《大公报》文艺副刊上的小说创作之演变来说事——

前一时代在流畅文字的烟幕下，刻薄地以讽刺个人博取流行幽默的小说，现已无形地摈出努力创造者的门外，衰灭下去几至绝迹。这个情形实在也【是】值得我们作者和读者额手称庆的好

---

① 子冈：《冰心女士访问记》，载《妇女生活》第1卷第5期，1935年11月1日出版。

现象。①

所谓《大公报》文艺副刊"前一时代"讽刺个人的小说，不就是《我们太太的客厅》吗！看来林徽因是当真生冰心的气了。生气自然情有可原，然而毕竟理不直气不壮，因为诚如沈从文面对对号入座者而为其小说《自杀》所做的辩解："其中也许有些地方同您相近，但绝不是骂您讽您。……一个作品有它应有的尊严目的，那目的在解释人类某一问题，与讽嘲个人的流行幽默相去实在太远了。您那不愉快只是您个人生活态度促成，我作品却不应当负责的。"对这个简单的文学常识，林徽因不可能不懂。然而道理归道理，人情自人情，尤其对照着据说是她为沈从文开编《大公报》文艺副刊而写的代发刊词《惟其是脆嫩》里的话——

难道现在我们这时代没有形形色色的人物、喜剧悲剧般的人生作题？难道我们现时没有美丽、没有风雅，没有丑陋、恐慌，没有感慨，没有希望？!②

侃侃而谈的林徽因大概没有想到，她话音刚落，《我们太太的客厅》就出现在《大公报》文艺副刊上，而这篇小说显然是把所谓"美丽风雅"的人事当喜剧来写的。当然，冰心未必是有意跟林徽因唱对台戏的，一则冰心并不是那样一个促狭的人，二则她也确乎不像林徽因那样才思敏捷，不大可能在看了林徽因的代发刊词之后短短三五天里，就立即构写出这样一篇相当复杂并且超越了其既往写作路向的小说，而更可能是应沈从文的约稿，遂将自己长期的观察和思考付诸笔端而已。但无论如何，冰心的这篇喜剧性地拿当时上流社会"美丽风雅"做派做题材的小说，紧接着林徽因的代发刊词《惟其是脆嫩》而在《大公报》文艺副刊第 2 期上开始连载，也的确巧合得让林徽因起疑和尴尬。才女也是人，即使是深明文理的林徽因也有理不胜情的时候，她碰到如此令人扫兴和尴尬的巧合，自然觉得面子上下不来，而

---

① 林徽因：《文艺丛刊小说选题记》，《大公报文艺丛刊小说选》，大公报馆，1936年8月初版，此据同年10月的再版本，上海书店，1990年影印。
② 徽音（林徽因）:《惟其是脆嫩》，《大公报》文艺副刊第1期，1933年9月23日。

惟其正乃当年被京派文人学者趋奉为北京客厅里最美丽风雅的太太，那就难怪她特别地生气了。

毕竟不一般：林徽因和冰心心照不宣的相互回应

但是，林徽因毕竟非同寻常。即使她觉得冰心的文学行为是"不友善"的因而颇为生气之时，她的反应也是有分寸的，并且正因为冰心的作品喜剧性地描写了一些上流社会人士附庸风雅而其实雅得俗不可耐的做派，这对年轻的林徽因来说真不啻当头一棒，促使她警醒和反省，从而不论在做人还是在作文上都努力摆脱某种来自上流社会的傲慢与偏见，而将同情和肯定的眼光投向社会下层。这也就是说，一场不愉快的文学过节也会有积极的互动效应。

那积极的互动效应在文学上的表现，就是从此之后林徽因的文学创作其实深受冰心创作动向之影响，二人由此开始了一场心照不宣而又堪称积极的文学竞争。

比如说吧，冰心在《我们太太的客厅》里不仅写了一位美丽风雅、浪漫摩登的太太，而且写了一个洋气十足、附庸风雅的侍女Daisy，紧接着她又写了《冬儿姑娘》和《相片》两篇小说，前者通过一个老妈子的絮絮叨叨而又不无自豪的叙述，成功地塑造了一位"穷人的孩子早当家"的冬儿姑娘之自尊自立的形象，后者则非常细腻地描写了一个来自美国的小姐与她的中国养女之间的复杂关系——这位美国小姐厌烦美国的浮华生活，欣赏养女的娴静并同情其不幸遭遇，所以收养了她，二人情同母女，相依为命，可是当她带着养女回到美国后，发现养女因为爱情而日渐活泼，显示出青春的活力时，她又怅然若失，想带着养女回到她的"中国"了。由于所谓"太太的客厅"事件的刺激，林徽因自然很关心冰心接下来会写些什么，所以我们有理由相信她是看过冰心的这一系列新作的。然则林徽因会做出什么样的文学反应呢？她的文学反应就是创作出了《九十九度中》、《文珍》和《梅真同他们》等一系列作品。这些作品，尤其是《九十九度中》，近年来颇受重视——重视它在艺术上的成功，特别是引入意识流的成功，但研究者似乎忽视了它不同既往的"思想意识"之改变。其实，改变后者比运用前者更难，所以殊为难得。读者应该不难发现，这篇作品在当年北平城罕见的九十九度高温下，通过一场寿宴和一场喜宴，不动声色地串联起北平社会的三教九流，上至福气逼人的达官富贾，下至为生存挣扎的贩夫走卒，中间穿插着婚姻不自由者的感伤和小丫鬟的饥饿……既显示出难得的艺术笔力，也显示出难能可贵的社会关怀以至某种阶级分析意识。这在那时竟写着恋爱的悲欢、现代的风雅的京派文学中确实是独树一帜的。而推原林徽因在思想意识上的进步，则不能不说与冰心的"刺激"以及冰心所推崇的丁玲的创作之间接推动有关。最能说明这种推动的，乃是《文珍》和《梅真与他们》两篇。这二篇都以一个大家庭的丫鬟或者说上流社会之家的侍女作为主角，在前者是文珍，在后者是梅真。文珍是一个很能干但也很自尊因而绝不愿受上流社会"提拔"或"照顾"的丫鬟，而同样能干且很自尊的侍女梅真则在那个不属于她的家里处境尴尬，因为那个家既让她受过一定的教育，又让她处处为难，同样为难的还有她喜欢的二少爷，他们最后能否打破传统的偏见、结为青春的伴侣，面临着许多困难。《梅真与他们》并没有写完，归根结底与这个难题有关。无论如何，这些颇有个性光彩的丫鬟侍女形象能够出现在林徽因笔下，显然与冰心作品的刺激和启发有关。换言之，正是冰心的作品以及她所推重的丁玲的作品，推动着林徽因摆脱傲慢和偏见，进而走出她的客厅以外，看到下层妇女所处的不公平地位及其人格自尊，从而给予了倾注着深切同情和可贵理解的书写。尽管林徽因这么写带有对冰心不服输的意味，但其实当她这么做的时候已暗含着对冰心文学观的认同。然则，还有什么比这样的文学竞争更有意义呢？

更为不俗的是冰心对林徽因等人的一些讥议的回应。

那是在1940年底，冰心因为丈夫吴文藻"到设在重庆的国民党政府国防最高委员会参事室担任参事"①，一向夫唱妇随的她也便随丈夫举家迁往重庆。而恰在这时沈兹九因事辞去了宋美龄任指导长的"新生活运动妇女指导委员会"文化事业组组长的职务，宋美龄就热情邀请冰心来渝代行文化事业组组长职务，首先负责"蒋夫人文学奖金"

---

① 中央民族大学纪念吴文藻先生诞辰95周年筹备委员会：《中国著名学者吴文藻先生介绍》，《吴文藻纪念文集》第299页，中央民族大学出版社，1997年。

征文卷的阅卷、评奖事宜。考虑到宋美龄原是美国威尔斯利大学的老学长，而又在抗战的艰难时世中有良好的表现，所以一向洁身自好的冰心只好应允，但答应只是暂代文化事业组的组长。此事本来无可非议，但那时的高级知识分子比较清高，好以远离官场自诩，所以一时之间也颇有人以攀龙附凤议论冰心。林徽因及其一些欣赏者就持这种看法。如林徽因在当年11月给其美国友人费蔚梅、费正清夫妇的一封信里，就不无讥嘲地报告说——

> 但是朋友"Icy Heart"却将飞往重庆去做官（再没有比这更无聊和更无用的事了），她全家将乘飞机，家当将由一辆靠拉关系弄来的注册卡车全部运走，而时下成百有真正重要职务的人却因为汽油受限而不得旅行。她对我们国家一定是太有价值了！很抱歉，告诉你们这么一条没劲的消息！这里的事情各不相同，有非常坚毅的，也有让人十分扫兴和无聊的。这也是生活。①

这是林徽因风闻冰心将行未行之际所写的私信，显然有些猜测臆断之词。但这样的议论却似乎在京派文人学者中暗暗流传不绝——直到两年之后，傅斯年在为梁氏昆仲及林徽因请求救济而写给国民政府教育部长朱家骅的信中，还说"思成之困，是因其夫人林徽音女士生了 T.B.，卧床二年矣。……其夫人，今之女学士，才学至少在谢冰心辈之上"②，仍以冰心的才情与职位之不称为辞，足见成见与偏见之误人。其实，林徽因与冰心才性不同，未必可以是此非彼，而冰心作为新文学女作家的首座之地位乃是历史地形成的，其他女作家纵使年轻才高，恐怕也无法而且也无须去挑战一个既成事实，更何况三四十年代的冰心在创作上又有新的进展，只是她不是那样露才扬己的人，傅斯年有所不知罢了。不难想象，对诸如此类的议论，包括林徽因的议论，冰心虽然不可能亲耳听到，却不可能没有预感和风闻，但她却不以为忤，因为她知道人们那样说乃是秉持着君子爱人也以德故责之也

---

① 林徽因：《致费正清费慰梅·十三（1940年11月）》，见梁从诫编《林徽因文集·文学卷》第379—380页。按，林徽因信中的"Icy Heart"即指冰心。

② 《傅斯年致朱家骅》，附录于梁从诫编《林徽因文集·文学卷》——此处引文见该书第393—394页。

严的人文传统，所以其实并无恶意而是为她可惜的。也正因为如此，冰心并没有让人们担心的事情在她身上发生：在 1940 年年终完成了"宋美龄征文奖"阅卷及评奖工作之后，她婉言退回了文化事业组组长的聘书与薪金，继续过自己清苦的作家生涯。稍后，冰心索性告别热闹的重庆，迁居到郊外的歌乐山，以无可挑剔的安贫乐道的五年"潜庐"笔耕岁月，回答了包括林徽因在内的文坛学界友朋们的议论、怀疑和担心，而也正是在这段潜心笔耕的岁月里，冰心迎来了她的创作的第二个收获期，贡献出了一系列被叶圣陶称誉为"苍劲朴茂"①的散文佳作……

韩子《争臣论》云："《传》曰：'惟善人能受尽言。'谓其闻而能改之也。"林徽因虽然一度对冰心讽喻京派文人新风雅做派的诗文颇为生气，但从她随后的创作看，她其实还是接受了冰心的批评而有所改变，此诚可谓"能受尽言"而不失风度。至于林徽因和傅斯年等人抗战以来对冰心的讽议虽然不过是因风生议，但冰心既没有生气也从未剖白自己的委屈，而是默默地忍受着、静静地以行动回答了他们的误解。"人不知而不愠"，这就是冰心的风度了。

2010 年 11 月 20 日草于清华园之聊寄堂

---

① 翰先（叶圣陶）：《男士的〈我的同班〉》，载《国文杂志》第 1 卷第 4—5 号合刊，1943 年 3 月 19 日出版。

"献上我们的智与力"
——老舍抗战及40年代诗文拾遗

战壕里的呼声 ①

  租了一间房，在绿扬饭店。三块五毛钱一天。只租一天。白天并没有动静，三位都睡在一架大床上；横着睡，脚都放在小凳上。他们的工作是在夜间，三位文艺作家。晚八点，开始有烟气；八点半，有语声；九点本当开始讨论；但因哈欠没有打净，又延迟了半个钟头。
  开始讨论，讨论题材。他们非常热烈。黑毛的声音沙哑，可是拼命的喊叫，一片破锣似的。白皮的话像重机关枪。紫膏的话少一些，颇像高射炮，讲究准确有力。
  从新闻纸上，刊物上，和记忆中，大家把所积储的材料都拿出来，像筛谷似的细细筛过。他们要精选三个或五个故事，写成顶好精彩的抗战小说；假若能选出五个，就留下两个稍微软一些的，作成两首诗。
  十二点，他们讨论得最高兴，锣，重机枪，高射炮，一齐响，屋里满是烟，真像展开了大战一般。
  隔壁来了旅客，至少也有两个人，皮鞋的响声很重。然而皮鞋的声响绝压不住文艺家们的枪炮。三位文艺家根本没有理会隔壁来了客人。就是隔壁唱起了大戏，他们也不会听到的。
  一点了，壁上有敲叩的声音。文艺家没有听见。即使听见，也总以为是墙那边有人钉钉子。他们既在夜间一点可以枪炮齐发，还拦得

---

① 本篇发表于1938年7月15日汉口出版的《内外什志》战时特刊第4卷第5期。

住人家钉钉子么？他们继续谈他们的。

水已喝过五壶，心中的子弹已快发完，他们三位慢慢的有些起急了。材料都用不上。还不是用不上，哪件材料都不错，可是拿来一讨论，就像拿起二尺布而想裁一件大褂似的，绝对不够。材料挺好，就是不够。

台儿庄的□①妇人，肉炸弹，舰……都是顶好的故事。可是，乡下老太婆的习惯，生活，言语；空军的生活，飞机的驶法，战舰的构造，都哪里去找？事实是好的，好得那么简单。要作成小说，就不能像几行新闻那么苟简。

可是他们还得谈下去，不能白白开一间房，而全无所获；三块半钱呢，小账还在外。越谈可也越焦躁，越不着边际。墙那边又敲起来了。

三点了，没有任何结果。隔壁的门开开，过来一位睏而没法睡的客人。高身量，光着脚，穿着裤叉，光臂上刺着字：军人的样子。

光脚大汉来敲他们三位的门。他们没有听见。大汉推门进来了：

"你们捣的是什么鬼？你们不睡，也不许别人睡吗？"

三位很惊异，不明白大汉说的是什么。大汉嚷开了，意思是大家谁也不用睡了，全部客人都不用睡了。大汉嚷得起劲，第二位大汉也光着脚出来了。

"揍他！"第二位大汉，也是军人的样子，极坚决的说："揍！半夜里穷吵！"

紫膏看明白二位大汉都是军人，在惊异之中得到些灵感。

"我们在这讨论怎样写抗战小说呢！"

"讨论就讨论吧，嚷嚷什么？"大汉一齐斥责。

"假若你们二位——二位是军人吧？——要能参加我们的讨论，我们必定能得到非常宝贵的材料与意见！"紫膏极诚挚的说。

"打他妈的三个月的仗了，好容易到这儿休息两天，偏碰上你们这些夜里欢！"第一个大汉唠叨着。

紫膏向黑毛白皮笑了笑："看他俩，已经打了三个月的仗！一肚子

---

① 原刊此处漏排一字，联系下文"乡下老太婆的习惯"来看，此处似应作"老妇人"。

准保都是好材料！"然后极客气的向二位军官说："坐坐，谈谈！我们急需你们所知道的事实！"……

"没那个工夫！告诉你们，你们要是还吵，教我合不上眼，留神你们的脑袋！"第一位大汉很硬的向墙上吐了口吐沫，往回走。

"你们找材料，上前线呀！反正坐在旅馆里看不见打仗！再嚷，我准把你们揍哑巴了！"第二位大汉也走回去，把门摔得很响①。

三位文艺者重新点起烟来，半天没言语。紫膏忽然跳起来了："是得到前边看看去！"

黑毛和白皮又想了一会儿，不约而同的说："咱们一同走！"

他们不再说什么。不久，就听隔壁二位军官的呼声像铁甲车似的，忽忽的带着许多不同的音响。

"战壕里的呼声，大概就这样！"黑毛留神细听，不由的赞叹着。

老舍的话
——答《青年向导》"青年问题专号"征文函②

朋友：

事忙，不克详答所询，只有极简单的一语送给你：身强力壮，愿赴前线杀敌或服务，祈即前去；对学问有趣味，也有聪明，即当勤苦读书；徘徊于二者之间，心慌意乱，走也不是，坐也不安，自误误国，最要不得。匆祝

吉！

老舍　十、六。

---

① 原刊此处漏排一字，从上下文推测，可能漏排了"响"字或"重"字，录以待考。

② 此函发表在1938年11月15日重庆出版的《青年向导》第18期，副题为辑校者所加。按，该期是"青年问题专号"，该刊上期预告说已就"青年问题"向政界文坛名人发函征稿，老舍以此函代文做了简洁的回答。

两年来抗战中的文艺运动①

主席、诸位先生：

今天大家要我来作学术讲演，自己是不学无术的人，讲不出什么道理来，今天仅能略略报告一下，抗战两年来的文艺运动和今后的路线。

谈到文艺，必定先谈到人，因猫不要文艺，狗不要文艺，苹果树也不要文艺，而文艺是人产生出来的，它是人类自觉的表现，是综合的语言的艺术。抗战以来，全国文艺界是空前的大联合了，这是中国五千年历史上未有的奇迹。文艺界的联合，并不是希奇的事，不过因为过去文人难以合作，常常一句不投，就会打起来，所以虽有人几次喊过团结，但只是一个口号而已。现在却不然了，全国文艺界抗敌协会的成立，可说是中国文人空前未有的大团结，"文协"去年三月在汉口成立，后来以武汉失陷，移重庆工作，到现在一年多工夫，差不多全国作家都网罗无遗，其成绩多寡姑且不论，而精诚团结，即足以夸耀全世界。这有事实可以证明：全国作家，无论在重庆总会，在各地分会，只要不是沦陷区域失掉连络②的，没有不对"文协"关切的，"文协"的刊物，《抗战文艺》就有三百多位作家，以一向作家贫乏的中国能有三百多位作家为"文协"写稿，真是空前未有的现象。过去好多刊物，都是少数人包办，而现在的"文协"，却得到全国作家的支持，如去年茅盾先生到兰州，也为"文协"宣传，散处各地的文人，都为"文协"写稿，虽然没有稿费，他们却认为这是光荣的事，都要拿出最好的文章来支持"文协"，加强抗战的宣传。文人相互对骂的事情是没有了，大家的笔，像枪杆一样对着敌人打去，表现出它在抗战中的力量。所以"文协"很迅速的取得政府与人民的信任，一

---

① 这篇讲演稿发表在1939年10月20日兰州出版的《现代评坛》第5卷第4期，乃是老舍1939年10月11日在甘肃学院讲演的记录稿，由禾丰、赵西笔记，稿后有记录者的一段附注："此稿因老舍先生随慰劳团赴西宁，未及亲加校正，如有与原意出入之处应由记者负责。笔记者附志。"

② "连络"通作"联络"，下同，不另出校。

直向前发展着。"文协"的组织分四部：总务由我与华林负责，组织是王平陵、郑伯奇负责，研究部是胡风和老向，出版部是姚蓬子和□□①。即以这八人而论，抗战以前，无论在政治的立场上，文学的见地上，各不相同，然而现在是抛去过去的成见，共同来支持"文协"。还有大部分"文协"会员是分散在前线工作，我这次随慰劳团到过五个战区，凡是较大的城市，都有"文协"的会员或通讯处的成立，作家们在军队或在民间，而精神上是团结一致的，所感缺乏的是连络工作不够。前方的困难，确实太多了，可是后方的困难，也不比前方少。即以兰州来说，物质条件不够，人力不够，一切困难和重庆成都差不多，当前的急务，是能做到精神上的联合与文稿的交换就很好了。在战争中纸张的缺乏出版的不易，与运输的困难，彼此直接的援助都不可能，非分头努力不可。这并不是使各地方各自独立，而事实上必需这样做的。我希望各地文艺界的朋友刻苦努力以加强"文协"的宣传力量。现在敌人在侵略的前线上，文化的食粮非常充足，反之我们理直气壮②的抗战，倒短少宣传的读物，这是足以使人警惕的。我甚愿兰州的文艺界同人，能来做一种扩大的宣传工作，物质条件困难，要想法克服，没有铅印，石印也可以，油印也可以，甚至抄写，口说，都无不可。只要有利抗战，什么方式都可以采用。

抗战二年来的文艺已广泛的在发展着，文艺家到处在推动这种工作。我所见到的各战区宣传品，不论其内容如何，他们的热忱已足够钦佩了。现在我概括的叙述一下二年来抗战文艺的贡献和缺点：

二年来文艺创作成绩最好的是歌。我们在先是个无音乐的民族，一切的哀愁和悲苦情绪都闷在肚子里，无从发泄。现在，无音乐的民族，变为会唱歌的民族了。乡下偏僻的地方，孩子们也会唱，"起来，

---

① 原刊此处漏排二字，所缺的显然是"中华全国文艺界抗敌协会"（以下简称"文协"）出版部另一负责人的名字。查 1938 年 4 月第一届理事会推选老向担任出版部副主任，1939 年 4 月第二届理事会则推选罗荪（孔罗荪）为出版部副主任，而老舍这次讲演的时间在 1939 年 10 月，他所讲的虽然是"两年来抗战中的文艺工作"，但所说"文协"各部门负责人名单基本上与第二届理事会所推选的人员相同（不同处只是有的资料或文章说郑伯奇和老向在第二届理事会后分别担任研究部副主任与组织部副主任，但老舍在此却说郑伯奇和老向分别是组织部与研究部的负责人之一），据此似乎可以推定漏空处的二字当作"罗荪"。

② 原刊此处一字漫漶不清，疑似"壮"字，录以待考。

不愿做亡国奴的人们"了，把我们抗战的雄壮情绪，都从喉管里唱出来了。这是文艺界在抗战中的一大贡献。但富有实感的诗反缺乏了，因之有人悲观新诗没有出路，这是不正确的。从"五四"以来的诗，差不多是抒情的，只是个人一点小小的感情的表现，譬如恋爱的人给爱人写去信，没有答复，就有失恋后的愤慨的诗，酒后苦闷，就有月亮冷漠之感的诗，所以抗战一来，这种诗便给碰回去了。现在的诗是用全民族的血肉写成的，是从可歌可泣伟大的现实抽取出来表现全民族悲壮的抗战诗，抗战以后诗人被碰回去不敢写诗，是由于他根基太脆弱，并不是新诗没有前途。

现在初学文艺的人，最喜欢写诗，认为诗是最容易写的，三句也好，两句也好，照诗的形式排列起来，啊①字下面划一惊叹号，便是诗了。这样写法，结果只有失败，因为感情太脆弱同时写诗的态度也不够严肃。中国廿年来，没有伟大的诗产生，便是这种缘故。英国最高贵的桂花冠是赠给诗人，而不赠与小说家戏剧家，可见诗人是最不容易做。这里我希望青年朋友们，应先加深自己的艺术修养，不要草率的从事写诗。

谈到抗战中的剧本，也脱不了贫乏的厄运。到今天为止，还没有产生一个伟大的剧本，这毛病全在没有充丰②的时间去写。在一个星期两个星期内，就要写成一个剧本，世界上那有这样容易的事情。天才的莎士比亚的剧本写的最快，但倘若他写得慢就更会好的。这里我们对中国的剧作家是能够原谅的，实在因为战争的刺激太强烈，表现的需要太紧促，常常是限期交卷，不得不很快的写成，而各处又都发生剧本荒，这样严重的问题，没有法子解决。剧作家们实在抽不出三年两载的工夫去写比较大的剧本，为被迅速的表现，便决定作品的质的降低。易卜生的剧本的产生平均二③年一个，我们至少也该费一个月的工夫，才能写出比较好的剧本。其次是写地方戏，最好用地方的土语，比较容易深入民众，但我在各处所看到的演剧，多是说官话。记得广西有一次演剧，演员有广东人，湖南人，也有四川人，而事件

---

① 原刊此处一字漫漶不清，疑似"啊"或"哟"字，录以待考。
② "充丰"通作"充分"。
③ 原刊此处一字漫漶难辨，既似"二"又像"四"，查易卜生五十年的创作生涯中撰写了二十余部剧作，则当以"平均二年一个"剧本为是。

的发生却在陕西，他们都说官话，结果演得一塌糊涂。又一次王莹女士在湖北演剧，演员们也是说官话，演完后，问观众演的如何，大家说布景很好，因为他们连话都听不懂，当然谈不到批评剧的好坏。王莹知道失败了，第二次便改用湖北土话，就得到相当的效果。我们知道编剧本的人，大抵是知识阶级，言语、动作都模仿洋人，而剧本根据自己的言语动作写成，导演又根据剧本来排演，及至演出时，演员都是洋里洋气，观众莫名其妙，不知他们是中国人还是外国人。洋化的戏剧，让外国人看或许见效，然而搬到中国的乡下，便是天大的笑话。如妇女被强奸后的痛苦，中国有自己的表现方式，圣马利亚祈祷式的来表现那种痛苦，谁都看了莫名其妙。我们中国人有自己的生活方式，何必要学洋鬼子呢。

话剧而外，对于旧戏如二黄、秦腔、蹦蹦戏的改良，也就是旧形式的利用，这种运用，对抗战的宣传相当有利，但困难也就繁多。比如写民间戏剧，情节是越细密越好，在平剧中演《铡美案》只搬上铡刀，虚应过场，便算完事，至于乡下演《铡美案》，就不同了，那时包公要卷起袖口，亲手执行，观众也以目睹人头落地为快。由此可见，文化越落后的地方，戏剧的表演是越细密越好。利用旧剧还有一种困难就是用行头的问题。我写的剧本是要用行头的而结果成绩不好，据他们说，行头的过时①还会破坏全剧的效果的。长沙有一次演一位抗战大将，涂上红脸，大叫"俺大将某某也，"结果观众都莫明所以。因此就有人主张穿便衣，同时也有人反对，以为穿上便衣，摇着马鞭，走台步撩靴底，人们看了是不伦不类。其实这些都不成问题，第一次人们看着滑稽，但是看的多了，就习惯了。在上海的海派戏就是一半穿行头，一半便衣，人们也不以为奇。这次西安演过一出不穿行头的秦腔，故事是捉汉奸，观众看了非常感动。这便证明穿行头穿便衣没有多大关系，只要取材民间，是民众所熟悉的故事，他们便可以看懂。因此，利用旧形式，要在地方的趣味中，多搜集乡间的词曲，就是装上新的歌词也无妨，如何有利于抗战，就如何去做，不能过于顾及艺术上的完整。

小说还是参加过前线工作的作家所产生的作品比较充实。这是因

---

① 原刊此处两字因墨染而难辨，疑似"过时"，录以待考。

为作家在实生活中能摄取真实资料的缘故。但抗战文艺不一定是只写前线的炮火,如在兰州的文艺作家们,因为你到底没有听过火线上的大炮声,所以不会有这样的实感。抗战中后方的社会生活,是前线士兵极需要明白的,我们在怎样除奸①,怎样募寒衣的情形,都是很好的材料。不要以为抗战文艺不写前线的炮火而引为耻辱,假若你硬写上一连串的"轰轰轰",不过是徒增手民的烦恼而已,倒是兰州裹小脚的痛苦值得写,因为一有警报裹脚的女人即有寸步难行之苦。现在后方重于前方,宣传和抗战同样重要,而且抗战文艺的作品不应该写的太短,使伤兵转瞬的念完了,感到不满足而去搜集全部的《济公传》一类东西做无味的消遣。这种现象确实严重,我们应该大量的写能减轻伤兵痛苦的较长的作品。

最后所讲的是报告文学。抗战以来的报告文学已争取到很高的地位,因为它确能实实在在的给我们报告一些事物,它的反映确能把握住一些激变的事实。如双十节西安被狂炸了,但我们的想像还很模糊,如有一篇真诚的报告,就能由感情的激动产生出我们更大的抗战力量来。所以初学写作者最好先写报告,起码你的作品里还有真诚存在,因为小说还有它自然的结构,技巧不够反会弄成四不相②。在前线的作家常跟着军队跑③,如今的文人是既穷又忙,没有更多的机会完成一篇结构庞大的作品,报告便成为最合适的体裁④,以故报告文学的迅速发展实在是事实逼成的。在兰州实有大量的报告资料存在着,我们应该热心的开拓它。为了抗战文艺的质的提高,文艺的批评还是需要的,但不应是故意的攻击,唯有批评才能使真理发扬光大。在全国作家大团结下,对骂或互相攻讦的现象确少见了,因为抗战到底,是我们的国策,文艺界在如今是不须分散力量的,我们要支持到抗战胜利。此外文艺通俗化的问题,如今尚未完全解决,写戏剧应该是对象能理解的事件,是群众知道的或听过的,剧的演出并不令人感觉隔膜,这便⑤是通俗化的正义。通俗化现在已不是该不该的问题,而是人能

---

① "除奸"通作"锄奸"。
② "相"通"象"。
③ 原刊此处一字漫漶不清,疑似"跑"或"走",录以待考。
④ 原刊此处两字漫漶不清,疑似"体裁",录以待考。
⑤ 原刊此处一字漫漶不清,疑似"便",录以待考。

否接受的问题，争论家都有点妥协，就是不论写什么都该通俗，所以话剧、小说、诗歌、旧剧都非通俗不可。只要能深入民间搜集民间语汇，以及他们的思想、意识、感情、文化的感受力，则通俗化便有解决的途径了。但语言的通俗化容易么？我肯定的答复不是。如白话诗，以知识阶级的语言写出便觉容易，反之以土话写去便困难了。举例来说，此次中央宣传部征收通俗军歌，应征诗歌有二千余首，但选中的只有六首便是明证。所谓伟大的文学是熔炼了的本国言语，和民族感情的。自古以来最高的文学就是最浅显的文学，此种论断已是不容否认的了。现在的文艺作品，不妨的粗枝大叶，只要有朴素的实感。中国廿年来文学作品多半是空虚，太缺乏真实的内容。向来写身边琐事的极其细腻的文学，现在却落得没得写，美丽的文字是支持不了文学的，只要是从实生活内产生的作品，那怕有几个白字，也不会伤害文学的艺术价值。

　　末了，我有点微小的建议给文艺青年，便是不要被文学理论吓倒。我经过的地方，即有不少的青年要求我讲文学理论，就是我能讲三天三夜挣死①我而你依然是弄不清楚。在抗战中谁都知道机关枪的厉害，然而万一没有了它，手中操有大刀能吓退鬼子兵，当然我们是不能放弃大刀不用的。现在的文学理论，是为了抗战才写文章的，你应该写自己知道的需要写的事件，尽可以不必模仿别人而忘了自己；能写得清楚、简单动人就是好作品；同时也不要离开社会生活，倒要从实生活中去充实人生的经验，这是很明显的事情。文学理论和加深文学修养不一定靠着书本，文艺的力量不在书本上，而是在活人中间；是在生活的社会上，不然你立志要跟书本子死拼，准会变成书呆子的。我希望兰州的文艺青年应充实自己的作品，以求有益于抗战。我自己安慰自己的是能写一曲大鼓词那怕是减少了一个伤兵五分钟的痛苦，就算是给抗战是有功劳，也就是自己的光荣，虚造名誉或一下想变成托尔斯泰的想头，该把它早早的肃清掉。

---

　　① "挣死"意即"累死"，可以肯定在陕甘方言里确有"挣死"的说法，只不知北京话里有没有同样的说辞？如果有，那么记录者就是忠实记录了老舍的原话，如果没有，则当是记录者以本地话"翻译"了老舍的话。

军　歌①

中国军人好，
打仗勇而巧，
子弹不空发，
敌来休想跑，
放！一枪一个，
敌人插翅也难逃。

中国军人壮，
愿来战场上，
鬼子枪炮多，
日夜胡乱放，
哼！我不慌，
鬼子近必挨枪。②

中国军人好，
地形用得功，③
哪怕坦克车，
哪怕枪与炮，
看！战车滚滚，
手榴炸弹一齐抛。

---

① 这首军歌发表在1939年12月1日广东韶关出版的《大众生活》第1期。
② 按，这首军歌每段尾句例为七言，独此句为六言，既不合全歌之例，唱念起来也不顺口，然则原刊或许漏排了一字，原句有可能是"鬼子近了必挨枪"或"鬼子近来必挨枪"——但这只是一个推测，聊供参考。
③ "用得功"不词，疑"功"当作"巧"，可能因字形相近而误排，并且作"巧"也可从本节换韵得到印证。

中国军人壮,
爱国把命忘。
敌来上刺刀,
打开交手仗,
杀!以一当十,
杀得小鬼喊亲娘。

中国军人壮,
身强智又巧,
敌从正面来,
我从旁边绕,
杀!布置好了,
小鬼慌忙把枪交。

中国军人壮,
战场去算帐,
小鬼欺侮我,
仇如山海样,
啊!仇人见面,
看看谁弱与谁强。

中国军人好,
爱民把国保,
百姓给我衣,
百姓给我炮,
是!钢刀磨快,
杀敌为是保同胞。

中国军人壮,
国耻断难忘,
东洋强盗来,
我把刺刀上,

> 喂！有好男儿，
> 我死先杀你一双。

劳军感言①

很荣幸的，我在廿八年六月底，得追随北路慰劳团到北方各战区去慰劳英勇的抗战将士，一直到十二月初才返归首都。很荣幸的，我在各处见到我们的名将与战士。就我所看到的将官士兵，我可以放胆的说，抗战必胜不仅是一个信念，而且也是真理。请看看下列的事实吧：

（一）求学：中国一向是重文轻武的，所以作军人的只要能够忠勇，就算是好军人。及至与日本作战，我们才明白过来，我们不但是要忠要勇，还须要②丰富的知识，才能够智勇双全，效忠于国家。现在，我在各处遇到的将官，几乎都知道读书的重要，而且热烈的欢迎知识分子去给他们的士兵讲话，随时输入新的知识。这真是件了不起的事，因为中国地大物博人多，无论从人力上，还是从物力上说，我们都是源远流长，取之不尽，用之不竭的；可是要充分的运用人力去作战或开发富源，我们必须先把知识丰富起来；有了知识才能够从各方面去对付敌人，粉碎敌人亡我种族的毒计。现在，我们的将士已经有此觉醒，并且诚心的求知读书，岂不是我们最大的光明么？知识是最大的力量；我们若能把我们的伟大的人力物力用这最大的力量发动起来，还能不越打越强，还能不战胜那小小的日本么？将士们，继续努力，努力，把这种好风气更普遍的展开，一方面使我们从心智策略方面抵对得住日寇，一方面使我们的兵士都能完全了解杀敌的意义；能作到这样，胜利当然属于我们，这是真理。同时，全国的同胞必须设法多多供给军队以书籍刊物，以期助成这个好风气的广播普及。更希望有知识的人多能到前方去，和军队多有往来，播下知识的种子。

（二）纪律：在抗战以前恐怕多数老百姓的心里是怕军队的。现

---

① 此文发表在1940年1月16日重庆出版的《慰劳》半月刊（全国慰劳抗战将士委员会总会编印）第8—9期合刊。

② 此处"须要"通作"需要"。

在，军民的合作已成为事实，而且是在各处我们造成胜利的重要原因。我们军队的纪律好。据我所见到的军队，不论是驻在城里，还是乡间，都能够尽其保民守土的责任；并且于这些责任而外，还能把地方收拾得十分整洁，领导着老百姓去作卫生上公物上种种建设。以前，军队经过的地方，往往使人民惶恐，或破坏公物；现在，军队之所在，必有一些新的气象与建设。这就说明了，不但军队的纪律好，而且好到足以影响百姓实行新生活的地步。这是抗战军人最光荣的表现。这样的军人，在后方能守土建业，开到前线上去也必能卫民杀敌。有了这样的军队，何愁我们打不退日寇呢？这又是个真理。抗战的勇士们，保持这荣誉，我们不但是要在战场上勇于杀敌，也要在日常的生活上为人民的表率呀。有好纪律才会有好的组织；我们的人民一向缺欠组织，所以必须我们军人给他们示范，使他们知道怎样组织起来，从学习我们的整齐严肃而纪律化起来。

以上的事实是我亲眼见到的，所以我一方面必须报告出来，使人们都晓得，并且感激，我们的军队是怎样的天天进步，怎样尽责于抗战与建国的任务上；另一方面，我是想唤起同胞的注意，怎样多供给军队以精神的食粮，怎样更加强军民的合作。知识与团结是足以打退顽强的日寇的两件宝物，我们要个人尽力于此①，给军队以更大的鼓励。我们的军队真好。我们感激他们，也就应更加十倍百倍的爱护尊崇他们。抗战必胜是条真理，我们人人须明白真理，依着这真理努力前进！

怎样开始写作？②

（一）只注意文字的技巧是永不会成功的。

据我自己的经验，你若愿意写东西，最重要的是不学旁人。然而

---

① 此句中的"要"或当作"每"，但"我们要个人尽力于此"也讲得通。
② 这是老舍 1940 年 12 月 22 日在中国青年写作协会举办的"文艺写作经验座谈会"上的讲话，由冀北、李拙记录，发表在 1941 年 2 月重庆出版的《今日青年》第 10 期。按，该刊本期目录上标明老舍的讲题是"怎样开始写作？"正文则只有多人讲话的总题《文艺写作经验谈》，每个人的讲话不再单列题目。

青年写家大半都欢喜学旁人,他们说"我的作风像鲁迅的"、"我的作风像巴金的"、"我写出的北平调,比老舍的还好"。他们专在文字的技巧上用功夫,一个"然而"也得推敲三天三夜。这样即使偶有成功,也只是成功在耍笔杆方面。要知文字并不就是文艺,把"文字"当做文艺那就是"八股",只有你自己的话,才是你可能创造的文艺。你学鲁迅最多也不过是做个"鲁迅第二",而鲁迅之所以成为鲁迅,就因为鲁迅不学你。世界上精美小巧的作品,并不伟大;而伟大的作品,小地方往往都有毛病。这正如一座伟大的山,有森林,有崖石,有矿苗,也有看着不顺眼的腐叶枯草。只求文字上的技巧,小地方即使无毛病,至多也不过装成陈设在客厅里的假山;只注意文字的技巧,是永远也不会成功的。

(二)我是廿七岁开始写作的。

关于写作的开始,只有一句话,就是:"勇敢的写"。我是廿七岁开始写作的。那时是糊糊涂涂地写,写出来也只是糊糊涂涂的东西。但现在却缺乏着青年时糊糊涂涂的热情了。但所谓"勇敢的写"不是说我们写出了不接受旁人的批评。有些青年写家勇敢地写了,但自信过甚,认为自己写的已尽善尽美,这是不会有进步的。我们要勇敢地写,但也要虚心地求进,勇敢与虚心是不相冲突的。

(三)所谓创作,是代世界上创造几个人。

最难说明的是观念的拟托。一篇作品的拟托是一篇作品成功失败的关键。拟托成功,一切都成功。拟托失败,一切都失败。拟托最应注意的,是要把握了人。只在事上用功夫,虽可写出些大怪的事,然而这些事总不会比报上登的消息好些。没有人就没有世界,也没有事。所谓创作,就是代世界上创造几个人;伟大的作品,都是人的创造。

(四)当你写开头的一句话时,你应想好结尾的一句。

一篇作品,不应像重庆的雾,没有来处,也没有去处,而且随处都有。不要想到了什么就写什么,要肚里有整个的东西再写。说到穿插,最重要的还是要把握了人;专注意事,在事上弄些奇奇怪怪的小穿插的,只是侦探小说的风格,但今日念侦探小说的人,已经大大的减少了;这足以证明一般人鉴赏能力的进步。

一年间的文学①

关于文学方面，我们首先必须指出，中华全国文艺界□□②协会的积极领导及普遍发展。到现在为止，香港、桂林、晋东南、晋察冀边区等地已先后成立了分会，各地的文艺作家们已在抗建的旗帜之下团结起来了。诗歌朗诵的兴起可说是抗战文学运动的新动态，而在游击区、□③后方及大后方大批新干部及新作品的出现更是一大收获。一年以来，许多文艺刊物由小型而大型，由游击战而阵地战。无论在质与量上都相当使人满意。

关于理论方面，一年来各方面所争论得最热烈的是文艺的现实主义与民族形式和大众化问题。但所谓现实主义必须以正确的世界观为基点。一个有着模糊而落后的世界观的作者，决不会写出现实的好作品。新的正确的现实主义，必须能够表扬光明，同时也能够暴露黑暗，不孤立地观察事物，而要从整个发展过程中去认识事物。至于民族形式和大众化并不是文艺作品之质的降落而是提高，是五四运动以来的进一步发展。必须吸收继承中国文学及外国作品的精髓，以求达到形式与内容之内在的统一。大众文学必须注意两点：（一）代表大众的利益和要求，（二）提高作品水准同时使之浅近易为大众所了解。

抗战以来的文学运动，可以分为两个时期。在抗战的初期，一般文艺作家们由于过度狂热的感情，只看到战争或与战争直接有关的一面，而忽略了全面的现实，犯了浪漫的热情、廉价的乐观、盲目地期待光明、无条件地等待胜利等毛病，只正视战争的正面而忽略了抗战

---

① 1940年12月28日上午，军委会政治部文化工作委员会在重庆国泰大戏院举行文艺演讲会，主席为郭沫若，老舍等文艺家做了报告，会后记者黄薇的报道以《丰饶的一年——一年间文艺工作的检讨》为题，刊登在香港《星岛日报·星座》第819号（1941年1月8日），此处摘出来老舍的发言，题目为辑校者所拟。另按，张桂兴的《〈老舍全集〉补正》（中国国际广播出版社，2001年出版）也据重庆《新华日报》1940年12月29日的报道，摘录出老舍的发言，以《在文艺演讲会上的讲演》为题编入该书中，但文字比较简略。

② 这是因为香港当局书报检查而删去"抗敌"两字的代替符号。

③ 这是因为香港当局书报检查而删去"敌"字的代替符号。

的侧面与背影，因之产生出来的就是标语口号式的文学，宣传价值超过了艺术价值。到了去年，可以说是第二个时期的开始，文艺作家们冷静下来了。对于抗战的现实，知道也敢于作全面的重新认识，再加以消化和批判，加强了创作的深度，也把握住了现实的各方面。

我们希望明年——一九四一年会有综合性和历史性的作品出现，能够更深入地反映时代，使文艺成为新时代的主流。自然这是需要文艺战士们特别努力的。

献上我们的"智"与"力"①

我是在第一次世界大战后到英国去的。在伦敦，我的房东是一位很老实的中年人。住了还没好久，房东太太就很恳切的嘱告我："请你别和我的丈夫谈论大战的事！你看，他去从军，却因有点心脏病而被检查掉，只要人家一提到大战，他就脸红。"

同我一道住，也是我的好友好②艾格顿上校，亦有心脏病，可是不但参加了大战，而且很快的升到上校。他是个很有学问的人，单就语文一项说，他便会希腊、拉丁、德文、法文，而且英文写得很好——著过好几本书。据他告诉我：当他去从军的时候，他本来是因为心脏不十分健康而被检查掉的。可是，他溜③进检查所的后门，向主管人苦苦求情，居然被收留了。

后来，我见到不少的房东那样的人，都是一提到大战便面红过耳。听得他们的意思，他们并不一定都是喜爱战争。反之，他们的多数是有家有业而爱好和平的老实人。他们之所以脸红害羞者都是因为国家有了危难，而他们不能去尽力效忠于沙场，尽管国人原谅他们，他们也自惭形秽，明乎此，我们才能明白为什么西洋人那么争先恐后的去从戎。西洋在中古的时候，社会上最尊武士。武士的道德是见义勇为，

---

① 本文发表在《兵役月刊》第6卷第5—6期合刊上，刊物残损，无版权页，初步推断该刊当是军政部兵役署编、重庆出版的《兵役月刊》（此外1940年代还有4种《兵役月刊》），本期大约出版于1944年6月之后。按，本文排在该刊"学生从军运动特辑"栏。

② 第二个"好"字疑似衍文。

③ 原刊此处一字漫漶不清，疑似"溜"字，录以待考。

舍己救人。道德传统，至今未灭，再加上近代的爱国心，遂使每一个国民都认为为国杀敌是义不容辞的事。中年人如此，青年就更热烈，因为青年不但在这个尚武好义的传统中认为从军是他们必当尽的义务，而且觉得战场是最光荣的地方。

至于像艾格顿上校那样的人呢，他们也并非天性喜战，不，他们是有学问的人，晓得人生目的并不是要去作炮灰的，但是，他们从军决不后人。因为第一，他们知道他们不应当因爱和平而使自己成为亡国奴，第二，现代的战争不仅是"力"的搏斗，而且也是"智"的此①赛；那么，有学问的人或不能不献上他们的力或智，以争取胜利。现代的一尊大炮，不仅是用力才能放开，而且也需要相当的数学知识才能，才能放去出②有效。

中国人，也许是文化过熟了吧，几乎已经把因循不武当作了爱好和平，又因为教育落后，读书人都成了"宝贝"，于是，虽然"有好事必有武备"③，古有名训，可是"投笔从戎"从属④稀罕，并不盛行，今日的知识青年应当为历史矫正这个错误。我们要有勇，不但是在今天我们应当为国效忠，就是将来在建国的事业上，也还需要能为一事一职，以身殉之的勇气。经过七年的苦战，我们的国家算是才能由爬伏在地面抬起头来。我们不能只在一旁赞叹农工的勇敢，而把自己的头缩到脖子里去。我们也应当乘着这千载一时的机会，把自己教育成文武双全的人，也教历史上记一笔智识⑤青年的光荣，从而使贫弱的民族，改为威武英扬。

再说：今天的战争是紧紧的与科学携着手。战争需要我们的血肉，也用我们的脑子。没有智识，炮是白放，飞机开不出，坦克也不会动。没有机械化部队与科学的战法，我们不能打退敌人。智识青年们，知道吗，我们的老百姓心虽勇而智不足，力有余而学不够，战场上，等

---

① 此处"此"当作"比"，原刊可能因"比"、"此"形近而误排。
② 此处"去出"疑有排印错误，从上下文义看，或许当作"出去"。
③ 此语的源头可能是《史记·孔子世家》："有文事者必有武备，有武事者必有文备。"至于"文事"之变为"好事"，到底是因为记录者的失误、作者的记忆不确、或是刊物的误排，则不得而知。
④ 此处"从属"或许当作"从来"，但若把"从属"理解为"从来属于"，也可以勉强讲通。
⑤ "智识"通作"知识"。

着你们该打胜战呢,不要专从报纸上找盟国胜利的消息以自慰,你次知道英美苏的军队中有多少青年学生呀!①

乙酉重阳于、程两诗翁招饮赋此述志并以致谢②

干戈余痛在,菊酒不胜情。风雨八年晦,贞邪一念明。双江秋水阔,万树远烟平。缓缓移帆影,思归白发生。

劫后逢重九,登高倍有情。黄花连影瘦,霜叶入云明。蜀道知艰苦,乡思系太平。文章能换酒,笑傲遣余生。

美国来鸿——致吴云峰 ③

云峰兄:

接示快慰奚似!

前寄家璧《离婚》小序一文,内有关于《离婚》译事一些消息,如愿用,祈向家璧索要。

天天写一点《四世同堂》,头总昏昏,不敢再写别的小文。在此,食住都不舒服,而且感到非常寂寞。每晨掀报,见国事日非,亦使我无从打起精神多写文章。

希望能在年底写完《四世同堂》,然后归国。

朋友在此甚少,偶然能见到王莹,还谈得来。她相当用功,身体

---

① "你次"显然不词,细查原刊排版,"你次"一句与上文"战场上,等着你们该打胜战呢"左右相邻,排字者很有可能将"该"、"次"两字放错了行位,据此校理,则这几句或许应作:"战场上,等着你打次胜战呢,不要专从报纸上找盟国胜利的消息以自慰,你该知道英美苏的军队中有多少青年学生呀!"

② 此诗发表于1947年6月10日上海出版的《草书月刊》复刊第1卷第3期,作者署名"舒舍予","于、程两诗翁"可能指于右任和程潜,本期所载程潜的诗即题为《乙酉九日奥于右任院长宴集同仁于上清寺为祝胜登高之会得成字》。——按,此诗题中"奥"或是"与(舆)"之误排。

③ 此函发表在1947年6月上海出版的《自由》杂志("中国编译出版社"发行)第1卷第2期,副题为辑校者所加。按,吴云峰是该刊两主编之一,从信的内容可以看出,老舍的这封"美国来鸿"当是给吴云峰的。

也好。新友不敢交往，不知他们是干什么的。

美国政治自罗斯福总统去世，大开倒车，这容或引出经济大不景气，有识者多为忧心。现在物价较我来时已增了许多，钱已不值钱了。

世界上无一块干净土，处处是祸乱饥荒，这难道真是末日了么？我不懂，也没办法！这个，也使我终日闷闷，我已经不大会说笑话了。组缃兄已返国，他知道我的情形。如见到，祈与一谈。匆覆，祝

吉！

弟舍六月九日。

"风雨八年晦，贞邪一念明"
——老舍抗战及40年代佚文校读札记

抗战及40年代，尤其是抗战八年，无疑是老舍人生和创作中最重要的一个阶段，期间身负"文协"重任的他殚精竭虑，为战时文坛的团结抗战、健康发展做出了无可替代的贡献，也为我们这个苦难民族的解放和复兴奉献了一片赤诚。"风雨八年晦，贞邪一念明"——抗战胜利后，老舍曾经数次感慨有加地如此吟咏，亦可见他对这风雨八年是非常珍重的。辑录在这里的八篇诗文和两封书札，都写于抗战及40年代，虽然算不上特别重要的文字，但吉光片羽，仍足珍存，所以略加整理，公诸同好。不过，我得老实承认，自己只是老舍作品的爱好者，对老舍丰富的著述并不都熟悉，对浩繁的老舍研究文献也所知不多，虽然也尽可能地做了核对，可仍不免担心自己的无知——说不定有的篇什已被别的研究者们发掘在先，或者已以别的题目编入了《老舍全集》（以下简称《全集》）也未可知；事情倘若如此，则自当以先发现者或《全集》为准。在此且对这些文字的相关情况略作说明，以就正于学界同行。

一篇小说、一次讲演及一场座谈：老舍对初期 "抗战文艺"的反思及其与延安文艺界的呼应

《战壕里的呼声》是老舍抗战初期在武汉所作，刊载它的《内外什志》在目录栏上标识为"散文"，这有可能是编者所加。由于《内外什志》不是文艺杂志，编者的分类不免粗略。其实，我们只要读读

这篇作品，就不难发现这是一篇小说，准确点说是一篇小小说，但从中却可以看出老舍对一个大问题——抗战文艺的困境与出路——的反省和思考。如所周知，抗战爆发后，作家们被压抑的抗战热情喷薄而出，团结御侮、抗战到底的呼声成了初期抗战文艺的共同主题。这种热情当然可嘉，但是如何把满腔热情转化为真切生动的艺术，并不是那么容易的事。这不是一个单纯的艺术技巧问题，而是如何深入把握抗战实际的问题。可以理解，大多数作家对抗战军民的实际生活并不熟悉，所以他们空有一腔热情而使不上力，勉强创作的抗战文艺往往是向壁虚构出来的，尽管他们煞费苦心，读者却并不买账。《战壕里的呼声》这篇小小说，就是对初期抗战文艺的这种普遍困境的形象化表现，同时也展现了老舍对克服这种困境的思考。作品写得生动而且幽默：三位文艺作家特意租了一个房间，准备集体创作抗战文艺，他们从晚八点开始，踌躇满志、高谈阔论，可到夜半却唉声叹气、坐卧不安，因为他们闭门造车的创作毫无进展，反倒搅扰得两个好不容易从前线下来轮休的军官不得安眠。但面对两个军官的斥责，这三个文艺作家不但没有生气，反倒从中受到启发，觉悟到"是得到前边看看去"，才能写出有实感的抗战文艺。

"是得到前边看看去！"当老舍这样说的时候，他是把自己包括在内的，而不像梁实秋批评抗战文艺那样，给人站在旁边说风凉话的轻薄之感，并且老舍很快就行动起来了。1939年6月14日，老舍在重庆欢送作家战地访问团一行十三人出发之后，自己也于当月28日以中华全国文艺界抗敌协会代表的身份，随全国慰劳总会北路慰劳团（团长是所谓"黄浦三杰"之一的贺衷寒，时任军委会政治部第二厅厅长、新成立的"三青团"临时中央干事，而全国慰劳会总团长、国民党元老张继亦随团而行）从重庆出发，经内江、成都、绵阳、梓潼、剑阁、广元，7月5日出川入陕，历沔阳、汉中、秦岭、宝鸡、西安、华阴，7月中旬由潼关转赴河南临宝、洛阳、临汝、叶县（中间一度返回西安讲演）、南阳，8月3日从老河口入湖北，抵襄樊等地慰问，8月中旬又转入河南邓县、内乡，经商南、蓝田复回到西安，8月底由西安出发至泾阳、三原、耀县，9月1日谒黄帝陵后，过洛川、鄜县、甘泉，于9月9日抵延安访问，随后赴绥德、米脂、榆林等地慰劳，9月21日再回延安，9月23日离开延安经同官、耀县、三原返西安，10月

24日到达甘肃重镇平凉，10月6日来到了甘肃省会兰州，此后又奔赴青海、宁夏以及内蒙古等地慰劳……最后于1939年12月9日返回重庆。

老舍此行历时将近半年、历经五个战区，不论对他自己来说还是就抗战文艺而言，都可谓不虚此行：一方面，尽管鞍马劳顿、栉风沐雨、艰苦备尝，老舍毕竟因此得以深入前线和后方，真所谓见所未见，不仅眼界大开，而且深受各地军民抗战热情的鼓舞；① 另一方面他也得以广泛地与基层各地的文化工作者接触、座谈、交流，切实推动了抗战文艺的发展和扩展。可是，迄今为止除了曾光灿先生多年前的《老舍资料三题》外，似乎很少有人追究老舍此行对他自己以及抗战文艺到底有什么意义，即使在文献的搜集上，也只有周启祥先生所发现的老舍1939年7月《在西安的一次讲演》，被细心的张桂兴先生收入《〈老舍全集〉补正》里。其实，老舍此行每到一地，都尽可能地与当地的文艺团体座谈交流，并就抗战文艺的现状和发展问题发表了不少讲演，可惜大多仍然散佚在外。辑录在此的《两年来抗战中的文艺运动》，就是一篇关于抗战文艺运动的重要文献。本篇发表在1939年10月20日兰州出版的《现代评坛》第5卷第4期上。按，在1939年10月5日出版的《现代评坛》第5卷第3期"半月短评"栏里就有《欢迎慰劳团》的短讯，预告了"张继团长所率的北路慰劳团就要来"的消息，同期的"文化动态"更预告："在张、贺（张继和贺衷寒——引者）正副两团长领导之下的北路慰劳团不日莅兰，同来者有老舍、宋之的，等著名作者，本市各机关及文化界准备盛大欢迎云。"《现代评坛》第5卷第4期的《文化动态》则记载："本社于本月九日，举行文艺茶会，欢迎作家老舍先生……席间老舍先生对文艺界抗敌协会的两年工作，有详细报告，并决定在兰成立文艺界抗敌协会兰州通讯处，推动西北文艺运动。"紧接着又有这样一条记载："本社与西北青年记者学会于本月十一日敦请老舍先生在甘院公开讲演《抗战两年来的文艺运动》。参加者五百余人。""甘院"即甘肃学院，《两年来抗战中的文艺运动》应该就是老舍11日在甘肃学院那次讲演的记录稿，当其随后在《现代评坛》上发表时，老舍已赴西宁慰劳，未及亲加校

---

① 参阅老舍：《归自西北》，《老舍全集》第14卷第221—227页，人民文学出版社，1999年。

正,所以大概连老舍本人也不知道他有这么一篇讲演稿留在偏远的兰州。现在我们重读这篇讲演稿,可以发现这是老舍对抗战两年来文艺运动的"贡献和缺点"的一次相当全面的总结,对我们研究初期抗战文艺运动无疑具有重要的参考价值。

关于老舍这次讲演的具体内容,大家读后便知,无须赘述。此处想略做申说的乃是两点扩大化的感想。其一,追踪老舍此行及其一路的见闻可以看出,抗战的爆发显著地推动了启蒙的新文化和新文学向基层各地的开展、与军民大众的接近,这一点恰与所谓抗战救亡压倒了文化启蒙的流行见解相反。即以西北的甘宁青而论,抗战前基本上可以说是新文化和新文学的"化外之地",如果没有抗战,老舍等新文学作家也不会到偏远的西北去,如果没有抗战,那里的现代文教事业就仍是一张白纸,而当地自然也难以产生自己的新文学作家和读者。换言之,正是抗战迫使新文化人、新文学作家从两个中心城市北京和上海向基层各地迁移,同时也是抗战的社会动员有力地打破了基层各地的封闭保守,减轻了新文化和新文学传播的阻力,催生了基层各地的"现代"人文与科学之自觉。《现代评坛》本身的变迁就是一个例子。该刊原是一些有志于新文化和新文学的西北"新青年"办的刊物,创刊于1935年,却是在新文化和新文学中心城市之一的北平出版的,直至抗战爆发后因为北平沦陷,才于1938年初被迫迁移西安继续出版,同年8月再迁至兰州复刊,真正在西北生根,也使新文学在那里开花结果——该刊先后出版了"诗歌专号"、"通俗文艺专号"等。编者之一的赵西在"通俗文艺专号"的"后记"里就坦言:"出这一次专号的动机,和五卷里的'诗歌专号'差不多,是想做一点提倡的启蒙的工作。文艺在西北,正如政治经济教育及其他各部门情形一样,比别的地方就形成一种落后的现象。"[①] 抗战期间,茅盾、老舍等新文学大家的莅兰,就给当地的新文化、新文学发展非常及时的指导和有力的鼓舞,沙蕾、陈敬容、于赓虞、万曼等新文学作家先后来到甘肃工作,也给那里的新文学发展以显著的推动,从而才催生了牛汉等新生代作家。这些在抗战前都是不可想象的事情。其二,抗战也有助于新文艺与大众关系的改变,有力地推动新文艺向群众化、通俗化的方

---

① 《现代评坛》第6卷第3—4期合刊"后记",1940年10月26日出版。

向发展。如所周知，虽然"五四"文学革命反对贵族文学、提倡平民文学，可是它的高调的精英启蒙主义姿态和艺术上的欧化—西化倾向，却使它成了大众无福消受的新派雅文学；30年代左翼作家从大都市的亭子间里发出文艺大众化的呼声，当然其志可嘉，但由于脱离实际，所以他们制造的大众文艺其实只是想当然的向壁虚构，与他们要发动的工农大众还远得很。抗战的爆发大大缩短了新文艺与普通大众的距离，新文艺作家不复是聚集在文化城里的作家，而是身处战区前线或后方基层的新文艺工作者，他们近距离地与军民大众接触，不能不深切地感觉到新文艺的通俗化、大众化，已不再是抽象的言人人殊的理论问题，而是迫切需要解决的当务之急。这正如茅盾后来所总结的那样，新文学从大都市向内地基层的迁移和扩展，乃是一个变危机为转机的重大变化——"由于江［沿？］海的大都市相继沦陷，本来聚集在那里的文艺工作者分散到内地来了，文艺工作者从大都市里的亭子间走到了小县城和乡镇，走到了农村，他们更靠近民众，他们的视野扩大了，经验丰富了，而文化落后的内地县镇农村也开始了前所未有的文艺活动……抗战初期在内地各县出现的无数文艺性的小型刊物乃至街头壁报，就是明证。"① 与此同时，新文学家也扬弃了自我封闭的纯文学观念，文学的现实功用得到了理直气壮的强调，新旧文学不相往来的鸿沟也得以打破，旧形式的利用和改造进入了新文艺家的视野，新文艺的中国化或者说民族化成为被普遍意识到的问题。这一切在老舍此行一路的座谈和讲演中都有生动的反映。应该说，在新文学的名作家中，老舍是少有的真正出身平民阶层并且少受"五四"新文学精英启蒙主义和欧化作风沾染的作家，这使他与平民百姓有一种与生俱来的亲近感，他抗战前的创作就一直力求平易近人的通俗性，所以他对抗战爆发后新文艺的不适应症和应有的新变化，不仅比一般作家更为敏感而且更为热心，几乎成为国统区中最为积极地推动新文艺通俗化、大众化以至于民族化的人。也因此，读老舍的《抗战两年来的文艺运动》，总让我联想到毛泽东的《在延安文艺座谈会上的讲话》。这两篇讲演在强调文艺深入生活和坚持群众观点方面，是那么的不约而

---

① 茅盾：《文艺节的感想》，《月刊》第1卷第2期，上海1945年12月10日，权威出版社出版。

同，这使我不禁有一个感想，那就是毛泽东1942年的讲话，也许并非像我们今天的一些人所想象的只是出于政党意识形态的考虑，倒是确实抓住了新文艺的一些痼疾的对症下药之谈。即就当时的延安文艺界来看，不少自以为革命的新文艺家对生活、对群众的理解事实上还停留在概念上，他们私心里仍以指导革命、教导群众的革命知识精英自居，所以要指望他们自己真正放下身段去深入群众生活、真心实意去为工农兵服务，那其实是不大可能的事。这或者正是毛泽东在《讲话》里不得不动用革命政党的政治权威和组织力量，坚决要求文艺家改变立场、端正态度的原因。而老舍自己后来在政治上由无党无派到逐渐倾向延安，直至听到新中国的消息毅然回国，在文艺上发自衷心地认同毛泽东的文艺思想，成为全心全意为人民服务的人民艺术家，都可能与他深深的平民情结有关。当然，《讲话》所开启的用政治组织的力量来解决文艺问题的方式，用郭沫若当年所做的并且得到毛泽东认同的评论来说，只是"权"而非"经"，可是它却终于由"权宜之计"变成了"天经地义"，其流弊恐怕不仅是老舍而且也是毛泽东自己所始料未及的，但却是理由固然、势所必至的事——用我的老师支克坚先生的话来说，那大概是因为"一切历史必然性本来就同时包含着历史局限性"吧。

关于老舍此行在延安的两次停留及其活动情况，张桂兴先生在《老舍年谱》中综合各种文献，有比较详细的叙述，略嫌疏略的是关于1939年9月22日下午的那场有毛泽东和老舍等参加的座谈会的情况，这或许是文献不足吧。其实，除了张先生援引的延安9月26日《新中华报》的简短报道外，当年"孤岛"上的大型综合杂志《现实》第6册对这次座谈会的情况还有颇为详细的报道，题目就叫《陕北一个有历史意义的座谈会》。① 据报道，参加这次座谈会的来宾有张继、贺衷寒、王右瑜、梅公任、老舍以及美国记者斯诺（即《西行漫记》的作者）等八九人，主人则有毛泽东、高自立、艾思奇、何思敬、陈伯达、赵一民等十数人，会议主席是艾思奇。座谈会从下午四时三十分开始，在前半场贺衷寒和毛泽东因为单独谈话，所以未能参加大家

---

① 这是该期封面上的题目，正文的题目则作《一个有历史意义的座谈会》，《现实》第6册，上海1939年11月15日，现实出版社出版。

的座谈，但他们在单独会谈结束后立即赶来参加了后半场座谈。从名单可以看出，参加这次座谈会的既有国共两党人士也有大后方和延安的文化界人士，其时尽管国共两党团结抗日的蜜月期已经结束而摩擦频生，但双方显然都不愿意分裂，所以这次座谈，包括贺衷寒和毛泽东的单独谈话，都重在两党政治的沟通和团结的宣示，但文艺和文化问题仍然受到较大的关注，宾主座谈的气氛热烈融洽。老舍在前半场有这样一段发言——

  主席，我想利用诸位想问题的时候，说几句话，（掌声）这次兄弟代表"文协"出来，各地都受到热烈欢迎，在个人是觉得非常惭愧的，但在文艺界全体，却是极大的光荣。过去军人向来不大重视文艺，对于文人也是一样。但现在前线将士大都很想我们多多供给他们文章，诗歌，或剧本，好像需要机关枪和子弹一样！

这个记录比较简单，因为据座谈会主席艾思奇（《现实》的文本将艾思奇的简称"艾"误作"文"了——笔者按）的话，"方才老舍先生给了很多宝贵的意见，想我们延安文协分会一定很感激的！何思敬同志不是有几个问题想提出吗？"于是何思敬就抗战文艺的若干问题做了较长的发言，而就在他发言中间，毛泽东和贺衷寒入场了，在全体热烈的掌声之后，何思敬继续发言，他特别谈了抗战文艺的通俗化问题——

  有一个问题，若在抗战以前文艺界早已因它打得狗血喷头了，但现在却平安让它过去。这就是"通俗化"问题。抗战以来，文艺需要通俗化，是不可否认的。问题在于能不能做到，以及如何通俗化？现在这问题已不在讨论中，而在实验中。一开头写上"他妈的"三个字，下面全是文章的笔调，算不得通俗化，特别是戏剧，应尽量译成方言。同时不要胆怯，要大胆地写，大胆地去尝试！一下子就想做托尔斯泰或莎士比亚，太不对了。你如能写出一段可以拿给伤兵看的诗歌，使他们忘却几分痛苦，那你的功绩比托尔斯泰还要大！不怕不好，只怕不写，即使免不了被人骂"公式化"也要写，只要于抗战有利！"忠孝节义"四个字，不是世世代代地提出来，如何能使今天每一个农民都奋起抗战呢？若是五百年提出一次，中华子孙早把它忘得干干净净了！（笑声，鼓掌声。）

随后陈伯达又就文化的革新与言论的自由对国民党提出了批评，并发出了国共两党在团结中也可以开展竞争的倡议，这实际上是说给在座的国民党反共政工专家贺衷寒并希望他转达给蒋介石听的，其中也援引了老舍的话——

> 今天要想发展中国文化，应该除却汉奸的书报外，任何言词著作，一律准其发表，邮递亦不该加以扣留；现在有许多地方，都没有这样做，不仅限制扣留和禁售抗战文字，而且反让肆意造谣污蔑挑拨离间的文字，到处流行，至为亲者所痛，仇者所快。
> 　　方才老舍先生说得很对，真理是从辩论中得来的，我以为辩论之外，还要靠施行，谁说谁不对，可以公开辩论，竞相实行，看结果谁对抗战贡献得大，谁对老百姓有好处，谁就是真理；因此我提议国民党与共产党竞赛。例如：双方实行三民主义竞赛，看谁实行的彻底些，我相信国民党一定愿意的。

可能是为了缓和因陈伯达的发言而多少有点紧张的气氛吧，外圆内方的老舍再次发言，也对延安提出了一点批评——

> 主席，今天因为看见有好几个"鲁艺"的朋友在座，想关于一件小事，提出点意见。就是今天上午和张先生到城外清凉山看石像，周围很缺乏适当的保卫，那几尊石像，都是六朝造像，无论其年代悠久，为世所罕，即其姿态和用刀方法，都是宝贵的历史遗物，现在到处摧残我国古代遗物，希望"鲁艺"的朋友们稍稍注意一下！

"鲁艺"院长赵一民对老舍的话显然心领神会，立刻虚心接受批评道："老舍先生前后两番谈话，指出批评的地方，我们十分接受。"

座谈会最后在贺衷寒和毛泽东分别讲话后，圆满结束。其实，老舍对延安的新气象是很欣赏的，尤其激赏延安文艺界在文艺的通俗化、群众化方面的率先尝试，只是当时时间仓促来不及多做申说。待到10月11日在兰州作《两年来抗战中的文艺运动》的讲演时，老舍在演讲之末特别强调说——

> 文艺的力量不在书本上，而是在活人中间：是在生活的社会上，不然你立志要跟书本子死拼，准会变成书呆子的。我希望兰州的文艺青年应充实自己的作品，以求有益于抗战。我自己安慰自己的是能写一曲大鼓词那怕是减少了一个伤兵五分钟的痛苦，就算是给抗战是有功劳，也就是自己的光荣，虚造名誉或一下想变成托尔斯泰的想头，该把它早早的肃清掉。

这话显然是对何思敬在延安那次座谈会上的发言的呼应。顺便说一下，稍后在兰州出版的《现代评坛》第6卷第1—2期合刊，还转载过老舍的《通俗文艺底技巧》。① 这是从中华全国文艺界抗敌协会编写、上海杂志出版公司1939年10月30日出版的《通俗文艺五讲》一书中节选的，《通俗文艺底技巧》现已收入《全集》第16卷。

"诗歌"传统的复兴与军民关系的新变：
老舍抗战时期几篇劳军—拥军诗文所传达的信息

抗战爆发以后，大批文化人走出书斋、来到前线后方、深入基层各地，"文章下乡"、"文章入伍"的口号响彻文坛，劳军—拥军的诗文层出不穷，成为抗战文艺运动中最为靓丽的文艺风景。在这方面，身为"文协"负责人的老舍始终努力不懈，是抗战八年中发表劳军—拥军诗文最多的作家。当然，也有些新文学作家觉得这样的为时为事之作，在文学上过于功利实用、不够艺术的纯粹、缺乏永恒的人性深

---

① 老舍：《通俗文艺底技巧》，《现代评坛》第6卷第1—2期合刊，1940年9月25日出版。

度、有损作家的艺术个性。但爱国心切的老舍不在乎这个，他认为用文字鼓吹抗战、为国家"献上我们的'智'与'力'"，是自己作为一个文化人对国家对军民应尽的本分，所以只要对抗战有利，需要他写点什么，他绝不推迟，新文体、旧文体，怎么方便就怎么写，即使文学性不足，甚至有点"抗战八股"和"公式主义"，他也在所不计。辑录在此的《军歌》、《劳军感言》和《献上我们的"智"与"力"》，就是几篇散佚在集外的劳军—拥军诗文。

《军歌》是献给抗日将士的一首赞歌。按，当时的国民党中宣部为了鼓励在前线浴血奋战的将士，曾经发起军歌征集活动。时任国民党中宣部部长的乃是叶楚伧，据1938年10月29日出版的《抗战文艺》第20期所载"文协"会务报告，"叶楚伧先生为制撰军歌事，约请本会会员多人，共同讨论军歌作法，并嘱托试写"。作为"文协"负责人的老舍自然热情响应，积极撰写了不少拥护和歌颂抗战将士的军歌，有些歌词并且谱曲传唱，如《丈夫当兵去》就由老舍作词、张曙谱曲。说起来，中国虽然并非完全缺乏军歌的传统，但即使"古曾有之"，也大多失传了，尤其是曲谱，几乎荡然无存。近代的军歌撰写，大概始于晚清的"诗界革命"诸子，如黄遵宪、梁启超等就有所尝试，嗣后的民国也制作过一些军歌，但一般而言，清末民初的中国军歌，其歌词常常据古诗词改编或采撷模仿日本者为多，曲调则多经由日本转采西方尤其是德国军乐，所以其现代性和民族性都比较薄弱。正由于缺乏可借鉴的成功先例，所以抗战军歌的撰写也颇不容易。即如老舍在兰州的那次讲演中就坦率地说，"此次中央宣传部征收通俗军歌，应征诗歌有二千余首，但选中的只有六首便是明证"。虽然如此，满怀抗战爱国热情的众多作家、音乐家以至军政要人如冯玉祥、于右任、郭沫若、田汉、老舍、罗家伦、冼星海、贺绿汀、张曙等，都积极参与了抗战军歌的写作。

抗战军歌写作活动，可以说是30年代的救亡歌曲和抗战爆发前夕的"国防诗歌"运动在新语境下的延展，而这一系列的活动的最有价值的艺术收获，乃是在新的基础上恢复和发展了"诗歌"合一的艺术传统，涌现出了一大批亦诗亦歌、广泛传唱的抗战名曲。追溯起来，诗乐合一原本是中国艺术的古老传统，从《诗经》、汉乐府诗，直到唐代的绝句、宋词和元代的散曲，其实都是有诗词有音乐的，但诗乐合一的情况总是时起时落、难以持续，加上记谱法的不发达，音乐更容易失传，所以每一种诗乐合一的新"诗歌"在流行一段之后，就会演变成没有音乐的纯诗体；降及明清，诗与乐更无可挽回地分流，虽然填词写曲仍然是文人士大夫的雅事，但其实他们所谓"倚声"的填词写曲所能谨守的乃是"格律"而非音乐。作为"五四"文学革命先声的新诗仍只以诗鸣而与音乐无关，虽然在20年代也有赵元任的《新诗歌集》，但得到谱曲的新诗毕竟是少数作品。从"九·一八"以后情况有所改变，新诗人与作曲家携手创作救亡歌曲，最著名的例子就是田汉作词、聂耳作曲的《义勇军进行曲》。到1936年，民族危亡的局势加剧，人们迫切需要"诗歌"合一的救亡歌曲，于是一些主张"国防诗歌"的左翼诗人率先发出了"全国诗人作曲家联合总动员"①的倡议，由他们主持的"诗歌杂志社"推出了通俗的救亡歌曲专刊《大众唱本》。抗战爆发后，更多的诗人文人与作曲家联手，积极创作通俗易懂、便于传唱的抗战"诗歌"，而激励军人奋勇抗战的"军歌"一时成了创作的热点；随后抗战"诗歌"运动又扩展到鼓舞后方群众踊跃参军抗战或努力生产支前等各个方面，单是老舍就写了《抗战民歌》（塞克作曲，初载1938年11月22日重庆《扫荡报》）、《丈夫去当兵》（张曙作曲，载1939年10月25日出版的《战地知识》半月刊第1卷第8期）以及大量鼓词；在抗日民主根据地如延安和晋察冀根据地，抗战"诗歌"运动更是开展得如火如荼，如贺绿汀作词作曲的《游击队歌》就是具有抗日民主根据地特色的军歌，而冼星海和光未然联手创作的《黄河大合唱》则成为中国现代音乐史和诗歌史上的辉煌杰作。如此昂首高歌、壮怀激烈的景况，在中华民族的历史上是久违了的。如所周知，鲁迅曾经悲叹中国的无声，可当老舍1939年后半年随北路慰问团行程两万华里、走遍五大战区，他欣喜地发现到处是嘹亮雄壮的抗战歌曲，中华民族已不复是忍气吞声的民族了——

    别的暂且不提，只就抗战歌曲来说，无论是在乡村里，还是军队中，不论是在西安兰州那样的大都市，还是在山村与塞上，

---

① 见《诗歌杂志》创刊号末页的广告，1936年10月上海出版。

我都听见军队壮丁与儿童的歌唱。中华民族已不复是忍气吞声，甘受欺侮，像以前那样；而是昂首高歌，有英雄气概的民族了。敢打的才敢唱，亡国奴是永不出声的。文艺者的歌，音乐家的谱，给了全民族以战斗进行曲。有了歌，有了音乐，向牺牲之路走去的步伐才更齐整，更有力；从而也一扫往日民间的靡靡之音，谱上一些激昂慷慨的词调，吐出民族的正气。作歌的人们呀，你们使这睡狮会吼叫了。①

也因此，老舍在总结初期抗战文艺成绩的时候曾这样强调说："二年来文艺创作成绩最好的是歌。我们在先是个无音乐的民族，一切的哀愁和悲苦情绪都闷在肚子里，无从发泄。现在，无音乐的民族，变为会唱歌的民族了。乡下偏僻的地方，孩子们也会唱，'起来，不愿做亡国奴的人们'了，把我们抗战的雄壮情绪，都从喉管里唱出来了。这是文艺界在抗战中的一大贡献。"② 这是一个特别重要的观察和判断。可惜的是，由于各个学科的分隔和纯文学观念的牢笼，学术界至今都未能对当年层出不穷、成就辉煌的抗战"诗歌"运动给予应有的重视。这里因老舍的这首《军歌》而连带说及，有心者或可就此做更为细致的专题研究。

回到老舍的这几篇劳军—拥军诗文上来，它们还传达了另一个鼓舞人心的信息，那就是抗战以来国统区军民关系的可喜改变。在这之前，除了20年代中后期短暂几年里国共合作的"北伐军"曾经得到民众的支持之外，其余时期国民党新军阀和大大小小的地方军阀混战，只是各个统治集团的争权夺势之战，真是"洒向人间都是怨"。所以，遭害受罪的老百姓对国民党军队及各地军阀部队无不视若灾星，躲之唯恐不及，"好铁不打钉，好男不当兵"的民谚广泛流传，就真切地反映了老百姓对国民党军队及各地军阀部队的抵斥态度。抗战是一致对外的民族自卫战争，军民同心方可保家卫国的共同意识显然拉近了军民双方的距离，显著地缓和了"国军"与老百姓的紧张关系。对抗

---

① 老舍：《文艺成绩》，原载1940年1月4日《新蜀报》，此据《老舍全集》第14卷第230页。

② 老舍：《两年来抗战中的文艺运动》，载《现代评坛》第5卷第4期，1939年10月20日兰州出版。

战爆发前后军民关系的不同，老舍是颇为敏感的，他写于抗战前的名作《骆驼祥子》一开头关于祥子外号来历的叙述，就折射出军阀部队糟害老百姓的恶劣现实，所以抗战爆发后感受到军民关系的可喜变化，让老舍特别的欣慰。尤其是1939年后半年老舍参加北路慰问团到北方各战区去慰劳前线将士，亲眼看到了军队的两大变化，一是爱学习，二是有纪律。爱学习的风尚尚有待于从将官向士兵的普及，有纪律则已是一个普遍的事实，而纪律好的最大的收获乃是军民关系的显著改善，所以劳军归来的老舍今昔对比，对军队纪律的改进津津乐道，对军民关系因而好转更是赞不绝口——

  在抗战以前恐怕多数老百姓的心里是怕军队的。现在，军民的合作已成为事实，而且是在各处我们造成胜利的重要原因。我们军队的纪律好。据我所见到的军队，不论是驻在城里，还是乡间，都能够尽其保民守土的责任；并且于这些责任而外，还能把地方收拾得十分整洁，领导着老百姓去作卫生上公物上种种建设。以前，军队经过的地方，往往使人民惶恐，或破坏公物；现在，军队之所在，必有一些新的气象与建设。这就说明了，不但军队的纪律好，而且好到足以影响百姓实行新生活的地步。这是抗战军人最光荣的表现。这样的军人，在后方能守土建业，开到前线上去也必能卫民杀敌。有了这样的军队，何愁我们打不退日寇呢？这又是个真理。抗战的勇士们，保持这荣誉，我们不但是要在战场上勇于杀敌，也要在日常的生活上为人民的表率呀。有好纪律才会有好的组织；我们的人民一向缺欠组织，所以必须我们军人给他们示范，使他们知道怎样组织起来，从学习我们的整齐严肃而纪律化起来。

老舍并且强调"以上的事实是我亲眼见到的"，此所以差不多同时所写的《军歌》里对抗日军民的关系有这样发自衷心的歌颂——

  中国军人好，
  爱民把国保，
  百姓给我衣，

> 百姓给我炮,
>
> 是! 钢刀磨快,
>
> 杀敌为是保同胞。

由此想到艾芜的小说《秋收》,过去一个时期人们曾经教条地认定国统区的军民关系必定一直糟糕,不会有那样的故事发生;其实艾芜显然也是与老舍有同见有同感才欣然命笔,体贴入微地写出了抗战初期军民关系改善的过程,遂使《秋收》成为鼓舞人心的抗战小说名篇。

抗战是一场旷日持久的战争,兵源的补充成为坚持抗战的大事。后来抗战又汇入了第二次世界大战,为与现代化的美英盟军合作,开辟印缅战场,需要组建高素质的远征军,这就对兵源有了更高的要求。1943 年后半年,出任中国远征军司令官的陈诚要求国民政府军事委员会为其补充有一定文化素质的兵源。于是从是年 11 月开始,在国统区掀起了一场动员大中学生参军的"学生从军运动"。热血青年反应热烈,争先恐后报名参军,"一寸山河一寸血,十万青年十万军"的口号响遍大后方。至 1945 年 2 月,从军的知识青年总计 15 万余人,超出原定数量的一半。当月,国民政府军事委员会决定召集第二期知识青年入伍,由于不久之后抗战取得胜利,第二期青年学生从军运动便自行结束。看得出来,青年从军运动得到了社会各阶层的积极支持和新闻媒体的广泛宣传,著名的文人学者纷纷发表文章或谈话,不少刊物都推出了"青年从军运动"专号,有的地方甚至出版有专刊,如《四川知识青年从军专刊》,在其第 1 期(1944 年 12 月 25 日出版)上就有著名史学家钱穆的文章《知识青年从军的历史检讨》,《中外春秋》杂志第 3 卷第 1 期(1945 年新年特大号)也是"青年从军专辑",其中就有茅盾等作家的文字。专门的兵役刊物当然更是热情有加,宣传不遗余力。老舍的《献上我们的"智"与"力"》就发表在《兵役月刊》的"学生从军运动特辑"上,这或许正是它散佚至今的原因——一般文学研究者大概很难想象老舍会给一份兵役杂志写文章,所以这篇文章也就长期被忽视了。其实,满怀爱国热忱的老舍写这样的文章是一点也不奇怪的,而这样的文章出自文章老手老舍的笔下,也就有了非同一般宣传文字的特色。文章的题目非常准确地点明了青年学生从军的特殊意义,可是正文却没有一点应景宣传的口吻,老舍先是平易近人地从自己早年在英国工作期间的房东和友人说起,生动地叙述了英国国民以从军为荣的风尚,揭示出一个现代国家普遍自觉的国民意识,最后水到渠成,发出了充满激励的号召——

> 今天的战争是紧紧的与科学携着手。战争需要我们的血肉,也用我们的脑子。没有智识,炮是白放,飞机开不出,坦克也不会动。没有机械化部队与科学的战法,我们不能打退敌人。智识青年们,知道吗,我们的老百姓心虽勇而智不足,力有余而学不够,战场上,等着你们该打胜战呢,不要专从报纸上找盟国胜利的消息以自慰,你次知道英美苏的军队中有多少青年学生呀!(最后两句疑有错简,或许当作"战场上,等着你们打次胜战呢,不要专从报纸上找盟国胜利的消息以自慰,你该知道英美苏的军队中有多少青年学生呀!"——引者)

所以,《献上我们的"智"与"力"》不仅是一篇很有鼓动力的宣传文字,而且也是一篇文情并茂的好文章。今天我们回头来看老舍的这篇拥军文章,还有一个难得的收获——关于老舍早年在英伦的生活情况,对此他很少说及,而在这篇拥军文章里却有生动的回忆。

诗函答问见心声:
热情爽朗的老舍及其在抗战后的忧愤

文如其人。在一封答问的短简里老舍为人为文的干脆利落给人深刻的印象。如题所示,《老舍的话——答〈青年向导〉"青年问题专号"征文函》是对一个刊物的"青年问题专号"的回答。那是在抗战初期,一个国民党方面主办的青年指导刊物开展了这项活动,为之撰文的就有周佛海、罗敦伟等国民党的理论家和青年党的左舜生等名流,他们的复函摆足了青年导师的架子,侃侃而谈,其实他们说的那些大道理都是毫无意义的套话和教条。作为著名作家兼"文协"负责人的老舍也被征询到，他显然对那些无聊的问题和无聊的复函很不感冒，但又不能不有所回答，于是只写了这样短短几句话："事忙，不克详答所询，只有极简单的一语送给你：身强力壮，愿赴前线杀敌或服务，祈即前去；对学问有趣味，也有聪明，即当勤苦读书；徘徊于二者之间，心慌意乱，走也不是，坐也不安，自误误国，最要不得。"话说得干脆爽利，毫不客气，而其起顽立懦的感发力量，显然是那些充满套话和教条的官样文章无法比拟的。

其实，老舍是个非常热情、乐于助人的人，尤其是对那些向他求教创作问题的文学青年，他总是有问必答、竭诚而言。看他抗战期间所写的"文协"工作报告及有关文章和书札，时时以培养文学青年为念，肯认"'文协'最应帮忙的正是这种青年，为了抗战的宣传，为了文艺的发展，我们都该设法帮助他们，使他们的笔由不准确者准确，使他们的思想能有条有理的落在纸上。至少我们得有个函授学校一类的组织，专办这件重大的事"①。只是由于"文协"缺乏经费，函授学校办不起来，面对每月将近一百篇纷至沓来寻求指导的文学青年来稿，老舍和"文协"的几个驻会作家只有竭尽全力，义务为文学青年改稿，唯恐挫伤了他们的文学热情。后来"政府成立青年写作指导委员会随来随改；好的尽量介绍给各文艺丛书发表，不好的略加批评退回。改稿的还是'文协'会员……"② 与"青年写作指导委员会"同时成立的还有"中国青年写作协会"，出版有会刊《今日青年》。"中国青年写作协会"经常举办讲座，邀请作家讲述写作经验、解答文学青年们的各种问题。类似这样的活动，老舍总是勉力参加，毫无保留地把自己的经验和教训告诉文学青年们。辑录在这里的《怎样开始写作？》，就是1940年12月22日老舍在陪都重庆举行的"文艺写作经验座谈会"上的讲话。据报道，这次由"中国青年写作协会"举办的座谈会"邀请名作家老舍诸先生讲述文艺写作经验，到会听众约五百余人，情况极为热烈"。老舍讲话的记录稿随后发表在1941年2月重庆出版的《今日青年》第10期上。在这篇即席讲话中老舍现身说法道，"我是廿七岁开始写作的"，热情鼓励文学青年们"勇敢的写"；又以

---

① 老舍：《一年来"文协"会务的检讨——四月九日在年会上的报告》，原载1939年4月25日出版的《抗战文艺》第38期，此据《老舍全集》第18卷217页。
② 老舍：《"九九"茶会上的讲话》，《老舍全集》第18卷第242—243页。

他特有的幽默,告诫文学青年们:"一篇作品,不应像重庆的雾,没有来处,也没有去处,而且随处都有。不要想到了什么就写什么,要肚里有整个的东西再写。"特别值得注意的是老舍在讲演中强调了这样两点:一是针对初学写作者往往喜欢模仿名家笔调、过于注意文字技巧的偏向,老舍提醒说——

> 文字并不就是文艺,把"文字"当做文艺那就是"八股",只有你自己的话,才是你可能创造的文艺。你学鲁迅最多也不过是做个"鲁迅第二",而鲁迅之所以成为鲁迅,就因为鲁迅不学你。世界上精美小巧的作品,并不伟大;而伟大的作品,小地方往往都有毛病。这正如一座伟大的山,有森林,有崖石,有矿苗,也有看着不顺眼的腐叶枯草。只求文字上的技巧,小地方即使无毛病,至多也不过装成陈设在客厅里的假山;只注意文字的技巧,是永远也不会成功的。

二是针对有些文学青年喜欢编撰离奇情节的叙事偏好,老舍纠正道——

> 只在事上用功夫,虽可写出些大怪的事,然而这些事总不会比报上登的消息好些。没有人就没有世界,也没有事。所谓创作,就是代世界上创造几个人;伟大的作品,都是人的创造。

这些真知灼见不仅对初学写作的文学青年是珍贵的教言,而且对当时一些正沉迷于把小说写成诗的小说家或正醉心于制作摩登传奇的小说家来说,也是及时的忠告。

1945年8月15日,艰苦的八年抗战终于取得胜利。自始至终投身抗战、历经艰难曲折的老舍感慨万千,这在他的两首旧体诗《乙酉重阳于、程两诗翁招饮赋此述志并以致谢》中得到了深切而又痛切的表达。诗的作者署名"舒舍予",说起来在当年的文坛上曾有好几个"舒舍予",但写这两首诗的"舒舍予"当是老舍无疑,证据就是此诗中的句子有见于老舍其他诗作。如"风雨八年晦"一句就是老舍稍后《赠赵清阁》(1945年10月23日作)一诗的首句,这应该是对

《乙酉重阳于、程两诗翁招饮赋此述志并以致谢》中成句的移用，因为农历乙酉重阳是1945年10月14日，比《赠赵清阁》略早几天。此外，"文章能换酒"的诗意也见于老舍稍后给胡风的题词："有客同心比骨肉，无钱买酒卖文章。"按，老舍虽然是作风最为通俗的新文学作家，但其实他对旧体诗修养颇深并以擅长旧诗写作著称于时，当年的一些文坛朋友也很称道他在这方面的功力。如他的好友吴组缃就回忆说，"老舍很讲究词句的调遣和语言的技巧。他喜欢作旧体诗，作的很多，兴来落笔，讲究工稳，讲究意境。得一佳句，就自我欣赏，拍桌叫好；可别人提出了不同意见，他斟酌一下，往往从善如流，毫不固执"①。剧作家潘子农也说老舍"擅作旧诗，律句尤为工整"②。可惜的是，老舍对自己所做的大量旧体诗并未留心保存，不少作品都随作随散。辑录在这里的《乙酉重阳于、程两诗翁招饮赋此述志并以致谢》二首，就不见于《全集》和张桂兴先生的《〈老舍全集〉补正》，所以应该是两首散佚的诗作。写这两首诗的时候，老舍尚滞留重庆处理"文协"善后事宜，适逢重阳佳节，参加文酒之会，于焉回首前尘、遥望故乡，真所谓抚今追昔、感慨万千，遂将一腔复杂的情怀一寄于诗：一方面，此时抗战虽已胜利，但"干戈余痛在"，回想起抗战八年的艰难与坚持，老舍欣感交集地写下了"风雨八年晦，贞邪一念明"的诗句，对自己也对一代知识分子在战时的心迹做出了非常恰切的总结；另一方面，作为参与了中国历史上唯一一次可以北返的"南渡"抗战之旅的知识分子，在佳节聚会之际遥望乡关与前途，老舍情不自禁地发抒了"蜀道知艰苦，乡思系太平"的感怀，非常真切地表达了饱经战乱的知识分子期望回归家园、重享太平的美好愿景。当此之际，老舍一定想起了因为安史之乱而曾经流落西南的唐代大诗人李白和杜甫，他们最后都客死他乡，未能实现北返中原、重建家国的梦想，尤其是忠心耿耿、忧患元元的杜甫入蜀出川之间的那些沉郁顿挫、悲欢交集的名篇，肯定让老舍油然而生"千载有余情"的同情，此所以我们读《乙酉重阳于、程两诗翁招饮赋此述志并以致谢》，不难发现其中自然而然地融入了杜甫

---

① 吴组缃：《〈老舍幽默诗文集〉序》，载《十月》1982年第5期。
② 潘子农：《往事如烟，寻梦何处——老舍写剧始于重庆》，载《龙门阵》1985年第2期。

的诗情与诗意。这一点,在老舍随后的一首旧体诗《乡思》中表现得更明显——

  茫茫何处话桑麻,破碎河山破碎家。一代文章千古事,余年心愿半庭花。
  西风碧海珊瑚冷,北岳霜天羚角斜。无限乡思秋日晚,夕阳白发待归鸦。

  毋庸讳言,老舍的《乡思》与杜甫的《秋兴八首》显然有着一望可知的关联——二者不仅意象情调如出一手,甚至连韵律节奏也如出一辙。这对老舍来说绝非一时偶然兴到的模仿所致,而是相近的体验和感兴使然。事实上,像老舍这样在中年乱离人生中对杜甫诗作产生由衷认同的现代作家,也不止一二人。追溯起来,中国现代文学"三十年"对杜甫的认识倒是不无曲折的。在"五四"时期,文学革命的先驱者们急于创造一种白话的平民的新文学,于是明白易懂成了不二的文学信条,它落实在新诗学上便是"作诗如说话"的主张。从这种信条和主张出发,在那时受到肯定的杜甫作品就只有"三吏三别"等新乐府诗,至于他晚年那些诗律精细、情思深曲的律诗,则颇受新诗坛的贬斥。如新文学兼新诗的开山胡适,就对杜甫入蜀以后的那些律诗名篇很不满,曾经质疑道:"'一去紫台连朔漠,独留青冢向黄昏',是律诗中极坏的句子。上句无意思,下句是凑的。'青冢向黄昏',难道不向白日吗?"① 又批评说:"老杜晚年作律诗很多,大概只是拿这件事当一种消遣的玩艺儿",即如"《秋兴八首》,传诵后世,其实都是一些难懂的诗迷,这种诗全无文学价值,只是一些失败的诗玩意儿而已"。② 这种简单化的否定表达了当时新文坛主流对旧体诗,尤其是律诗的基本看法,而杜甫入蜀以来的律诗则成了最碍眼的坏典型。1930年代的新诗坛对旧诗词的看法有所改变,如南北合和的"现代派"诗人群,就很有些人对晚唐五代以迄于宋的婉约诗词颇为醉心,

---

  ① 语出胡适1918年7月26日复任叔永函,见1918年8月15日出版的《新青年》第5卷第2号。
  ② 胡适:《白话文学史》第十四章,此据《胡适全集》第11卷第500—502页,安徽教育出版社,2003年。

可是人们对杜甫晚年的律诗仍然缺乏理解。直到抗战爆发,情况显著地改变了。颠沛流离的新文学作家,尤其是新诗人亲身遭遇了与杜甫相似的经历,因此对他入蜀以来的诗作所表达的复杂体验就有了亲切的体会,于是对杜甫及其诗作的价值也就有了一个认识上的大转变。如诗人冯至就惭愧地承认:"携妻抱子流离日,始信少陵字字真;未解诗中尽血泪,十年佯作太平人。"① 于是这位曾经"早年感慨恕中晚"的新诗人也便"壮岁流离爱少陵"了。② 坦率地说,老舍虽然一直爱好旧体诗,但平常所作大多是出于应酬的需要和游戏的兴致,若要在现存的老舍旧体诗作中找出不仅工稳精湛而且情思深湛的佳作,那大概就是《乙酉重阳于、程两诗翁招饮赋此述志并以致谢》和《乡思》了,而它们都与杜甫晚年的律诗构成了意味深长的回应。古人云"诗为心声"。读老舍的这两篇诗作,我们感受到的不是他惯常的幽默与乐观,而是劫后重逢的苍凉感叹、思乡悲老的寂寞情怀,以及渴望家国太平却又唯恐和平难期的隐忧。

这隐忧很快就成了不幸的现实。1946年2月15日,老舍自重庆抵达上海,一边忙着处理"文协"的结与转——转型为"中华全国文艺协会"并筹办《中国作家》,一边耐着性子准备赴美讲学的事宜。在此时离开家国到美国去,老舍的心情是很矛盾的:一方面,在那时来自美国国务院的邀请确是难得的荣耀,而且其时老舍的名著《骆驼祥子》已被翻译为英文在美国成功出版并有可能出售电影摄制权,这使他在美国有一笔不菲的收入③,可以专心把巨幅长篇《四世同堂》写完;然而另一方面,此时国共内战风云渐紧,国家前途玄黄未定,在这样的时刻抛家离国,老舍心情之黯淡也可想而知。然而行期已定,1946年3月4日下午,老舍与同时受邀的曹禺登上美国的运输船史各特将军号,开始了他们的美国之行。临行前夕,老舍特意将原来附在抗战回忆录《八方风雨》之末的七律《乡思》,改题为《离国前》在

---

① 冯至:《赣中绝句四首》之二,《冯至全集》第2卷第192—193页,河北教育出版社,1999年。
② 所引诗句见冯至的《杂诗九首》之一《自遣》,《冯至全集》第2卷第206页。
③ 《骆驼祥子》的电影摄制权出售事宜后来也确实达成了。据1948年3月1日出版的《世界》月刊第2卷第9期上的《二月艺文坛》(风信子)报道:"名作家舒舍予(老舍)近在美国将其长篇小说《骆驼祥子》之电影摄制权,以两万五千美金售与好莱坞名摄影师黄宗霑。"

刊物上单独发表，以表达他依依不舍、忧虑重重的复杂情怀。《全集》对这个曾经改题单独发表的情况未作交代，致使我曾误以为《离国前》是一首佚诗，所以在此说明一下，以免有人也像我一样因为不明就里而再犯糊涂。

　　过去由于文献资料缺乏，学界对老舍在美国的经历了解不多。可喜的是，近些年老舍旅美的"海外书简"包括英文书简陆续发现，给研究者提供了可靠的第一手资料。应该说，佚简的发现比佚文的发现更难，因为佚简往往隐藏在私人手中，而由于时移世易、人事代谢，许多佚简恐怕都被弃置不顾而难免湮没的命运。所幸现代报刊有发表作家书信的习惯，因此还有些书信仍散存在旧报刊上，这就使得一些现代作家佚简还有重见天日的机会。辑录在此的这封"美国来鸿"就是当年曾经发表过的一封老舍书简。信是"六月九日"自美国写给上海《自由》杂志编者之一吴云峰的，末尾并说"组缃兄已返国，他知道我的情形。如见到，祈与一谈"。查吴组缃先生是1947年6月16日回到中国（上海），他启程回国前曾在纽约与老舍多次会面，知道老舍的近况，所以老舍在信中乃有这样的说法。据此推断，老舍写这封信的"六月九日"当是1947年的6月9日，吴云峰收到信后立即将它刊布在当月出版的《自由》杂志第1卷第2期上，非常及时地向国内友好和广大读者传达了老舍在美的最新消息。从这封信中可以看出，旅美的老舍过得并不开心，心境相当寂寞而且苍凉。这除了水土的不服、朋友的缺乏，更由于"每晨掀报，见国事日非"和目睹"美国政治自罗斯福总统去世，大开倒车"，使老舍痛感"世界上无一块干净土，处处是祸乱饥荒"，几乎没有心情写作。然而，独在异乡为异客的老舍也只有写作可慰岑寂。据1947年年末的一则文坛消息报道，"老舍在纽约专心写作《四世同堂》第三部，山东大学聘书亦因之辞去，最近有信寄上海友人说：'在此寂处斗室，至感孤独，美国社会虽纸醉金迷，与弟无关也'"①。幸好随后的中国政局渐趋明朗，这让忧国忧民的老舍看到了光明和希望。于是，不愿在美独善其身的老舍毅然回国，满怀热情地参与了一个百废待兴

---

　　① 风信子：《十一月艺文坛》，载《世界》月刊第2卷第5期，1947年12月1日出版。

的新国家的建设。尽管老舍生命的最终是个令人悲愤的悲剧，但"虽九死其尤未悔"——一生忠爱国家、关怀百姓的赤子老舍肯定不会后悔他的归来。

2009年1月为"纪念老舍110周年诞辰暨第五届国际老舍学术研讨会"作，3月12日补订。

卞之琳佚文佚简辑校录

流　想①

人心之不同如其面焉。这一句我小时候在《左传》里读了，觉得有些神秘。原来《左传》里有许多话含有极深的诗味。只是简单的几个字，就把原始的永远的东西象征化。但是与刚才举出的这一句的意思仿佛相反的现象也有。偶然遇见一个人和自己以前认识的人相似，这是人人都有的经验吧。倘若与自己并不十分相关切，那也就平平的过了。不然则不免多少受些影响。因为人的心遮掩不了，如同空中的暗电两两相遇就会发光。或是如同什么地方的一个深潭上面悄悄的掠过一片云影，那也是心心相印。有些人确实是不错，但是他的鼻子使我想起小时候我所不喜欢的一个人，于是这个先入主就牢不可破，被蜂刺过的人，见蜂就怕。可是偶然在露天的茶席上，邂逅了一个人与自己所关怀的人相似，那可不好处了。何况他还要与自己打什么交涉，似乎他就是另外的那人的影子。在动摇的水中累累的照出来的月亮的影子。科学家研究什么部分的因果，但是从艺术的见地看来，世界简直是一团影子，或是一片茫茫的东西，水天相宜似的，而从这里面又

---

① 本篇原载《骆驼草》第17期，1930年9月1日出版，署名"大雪"，"大雪"乃是卞之琳曾经使用过的笔名之一。据卞之琳晚年的回忆，"大约1930年废名和冯至同志办《骆驼草》（开本像早期《语丝》的小刊物）。我出入北京大学第一院（即今旧'红楼'），在大门东侧小门房，每期必买（一期只化几枚铜元），开始欣赏其中经常刊登的几章《桥》或《莫须有先生传》及别人的一些诗文"（《〈冯文炳选集〉序》，《卞之琳文集》中卷第335页，安徽教育出版社，2002年）。本篇应是卞之琳当时投给《骆驼草》的稿子。

呈出光怪陆离的现象，丝毫不紊乱。怪了，他的神气越看越像，尤其是在眉宇之间，如晨光的熹微。如果我们遇见这样的人，最好，或只好叫他和他做兄弟了。

痴痴的呆望着山房的北窗——那里仿佛有什么神光。实际，在那里盛夏的白昼的阳光如同新月的银光逗留在明亮的部分上，快要溢出来。他到底望什么，不是在望我吧。然而总之他确实是在凝视着，是在恍惚的心境中，至少，他的眼界的周遭里闪着我的影像。人是喜欢旁人看的。这是人类的亲和力罢。假使没有这个，恐怕人人都要如同灰尘，七零八落的飞散在空中。因为它和地心的引力，有同样的效力。

夜间看不清楚海棠的花，就愿意在温和的空气里闻它的浮荡的馨香。太阳落了，但是月亮上照出来的反光岂不是如同回忆中的光景，加倍的柔和而可爱。明明知道他是住在那个地方，不过视线射不到，声音传不到，但是大风一吹起，就如同架空的蜃气楼，广播的无线电，于是他的相貌声音居然在眼前了。天到处与人方便，但是必须善用它，桥梁是给人过河的不是久住的。

为什么这里不热闹。因为太热闹，所以反而不热闹。在盛夏的卓午，试走到开旷的平原里，坐下想想。不是非常寂静吗。热气从地底蒸出，化成闪烁的光波。地面膨胀到了极度。马蚁和许多的细虫都被热和光蒸发得乐极了。有些在热狂的盲目的工作，有些沉湎在恍惚的梦中。小河汤汤的流着，在凉爽的微风里。绿阴阴的细草都在烂漫的睡眠中，有时摇摇头。但是四围的寂静，一点一点深化起去，沙砾，土壤，草木，流水，云气，一切都在炎热的世界中，合奏着寂静的交响乐。

看人以第一次的印象为最准，虽然也有例外。低着头走路，上凸的一字形的嘴巴生得特别。年纪也不大轻了。看他的后面又有点驼背。说不出那里，总有些清寒气。但是怪了，请你从新对过面吧，他另是一个人了。好像修理得很整齐的圆树一样氄氄的幢幢的绿发底下有一只明星似的眼睛闪烁地开阖着，那是智慧的门户。长椭圆形的颜面也是聪明的象征。越发使得你冷清清地沉静下去，只感到自然的创造的神秘。这眼前的人不就是他吗。他似乎恢复了少年时的美貌在新的环境里，无意识地努力显出自己的最美的颜容。如同在晚春的晴朗阳光里柔嫩平滑的水面消失了一切的皱纹。原来在小孩的脸上也可以看见老人的雏形。我觉得最令人不满意是他太过于稚气，幸亏他的好友是耐磨性的母性的人。他们真是如同鱼水的相得。

人生的欢乐也似流水不绝的消逝。干涸的河床，渺茫的沙漠又那里是水的绝对的消灭。桃源的纹石一沾水就醒活了。华丽的莹澈无碍。何况温馨密润的美玉呢。

人格的灵秀的辉映使得水彩的瓜果也化为高原的粹玉了。在上界的缥缈的紫氛里出浴着朗朗的慈祥的新生的明月。神州的灵气浸淫到山国的境内了。在这地球毁坏之先，文化的曙光须照遍一切的地方。

四海之内皆兄弟也，但是隔壁的邻人不是更可亲爱吗。虽然是那里移来的，但本来而且到底是这里出产，而且况且这是先天的预定呢。鲜红的粉白的小桃夭夭的垂在潇洒的淡青的脂白的桌上，把这桃儿一口吞了罢，在这迷离恍惚的电灯光的白霭里。而且跳舞起来吧，合着圆舞曲的声音，忘掉那烟雾浓浓，火光冲天，轰声动地之中的飞舞腾跃的骷髅。

"一日不见如三秋兮。"但是纵然二万四千岁不相见也毕竟如同昨日才别离了一样。柏拉图说现世是过去的回想。若加以科学的解释，这大约因为人在母胎中最是幸福，自出生以后，就追慕那过去的理想乡，或极乐世界，但是它有更深甚的意义。

斜阳送来一抹淡红的火热的反光，房子里面仿佛变成了打铁的工场。茶几上放置着牧羊神的铜像似乎带起君临四围的辉映的紧张的光景的神气。向来非常阴凉的红炼瓦的走廊也受着微黄的烘烈的光线的直射另外显出了一个世界，开拓了新生面，使人禁不住高兴地连叫几个哈哈。人生除了劳动和享受之外，还有什么可求。离开了生活，这世界就等于零。执着在生活上哪，尤其是在磅礴的大块的地土上。在薄暮的闇光里回来，遇着一个穿淡青色竹布上衣的姑娘，腹部的曲线鼓起来特别惹人，原来是那一个农家的哑姑娘。走过了几步她回头向我叫了几声哑哑。不具的人反而比较真挚。于是这一段朦胧沉默的处所从地心发出歌笑来了。西方的天边还有浓暗的红霞，是许多地方的人人的留恋的所在，也是一些远国的欢欣的方向。

年　画[1]

　　掭一把锁好比从枯树根上摘一只木耳。那还不容易！偏不进藏东西的屋子。已经冻够了——你听外边，风，风——黑妞儿，好妞儿，你也愿意我到藏人的屋子里去暖和一下吧，可不是？对，你笑了。好过了一点吗？还发烧吗？笑，笑什么？闲话少说。我便一闪闪进了最里边的院子。糟，撞到了灯光。可是很淡，亮在正房西头上一间的窗子上。东厢房有人打鼾，一个老妈子打鼾，打鼾是"人不犯我，我不犯人"的表示，不要紧。偏去探探那灯光。一只眼睛贴到一条细缝上一看，呀，是你吗，黑妞儿？躺在那里，看样子怪不舒服的，被也没有盖好。真的，简直就是你。跟你在我刚才出去的时候差不多，一样。女人，你莫非也病了？唔，这间是闺房，连接的那间准是书房什么吧。我进去了。

　　哼，你看我胡子一把——笑什么？我想我真有这样一把胡子哩，捋给你看——哼，久经沙场的，如今到了这个安全地带，温柔乡，且让我舒服一下再说。我就摸到了一张沙发上仰天一坐，嘿嘿嘿，真不错——呃，这张破藤椅可真不中用，怎么，早就拐了一条腿了！

　　闲话少说，且让我用电棒来照一照看。像这样。黑妞儿，这儿顶篷上几时裂了这么两个大窟窿了，叫怪风钻在里头玩什么把戏？

　　闲话少说：

　　向右边，电棒照亮：镜框，灰的，黄的。

　　向左边，电棒照亮：镜框，灰的，蓝的。

　　向后边，电棒照亮：镜框，灰的，绿的。

　　让我细看一看，到底装的什么？

　　向后边，一道光：海。

　　向左边，一道光：海。

　　向右边，一道光：海。

　　哎呀，怪了，今回迷入了什么阵了，四面都是海！自然，我还清

---

[1] 本篇原载《水星》第 1 卷第 4 期，1935 年 1 月出版，署名卞之琳。

楚，前边是窗子，可是窗外这时候黑沉沉一片，大白天多半是蓝蓝的一片，不也是一角海吗，还好，"四海之内皆兄弟"，这时候如果有人一把抓住了你的领子，你就说哥哥，如果有人一把抓住了你的袖子，你就说弟弟。唉，你叫我弟弟，还是哥哥，黑妞儿？对，多肉麻，闲话少说。

我想起了人家说有些痴心人会成天都坐在窗口看海，想东想西，想人。譬如你，坐在这儿，沙发上，向蓝天，想东想西，想我：哎，人呢？东京。西京。什里吉里。格拉达拉。……哎，海上黄昏了。哎，白鸥。哎，白帆。……

这个女人一定是一个多情的，和你差不多，一样，黑妞儿。干脆更进一层，钻进锦匣去细看一看这个宝贝。

嘿，橙色的纱罩底下一个白嫩的脸蛋，一片红晕，害羞吗？发烧吗？还发烧呢，黑妞儿，额上还烫手哪，可是不要紧，不要紧，你会好的，别哭。哎，你多心吗？你怪我瞎闯人家的闺房吗？唉，都是为了你呀。我把躺在那边的宝贝当是你了。你看，白泥炉的火光不像笼了纱罩的灯光吗？

是的，你躺在那儿，嘴上挂一小行口脂，像熟桃子溢出了一点汁。一定甜。紫被上乱漂着三四张白信笺，白鸥？白帆？哎，人呢？

不是吗？床头一张像片，好一个漂亮小伙子。这是我，这是我。躺的是你，黑妞儿。

"唔——"唔，嘴唇动了，"可以回来了……"

不是梦话，是你说的话呀！你口渴了。你不能起来拿开水壶，真的，深更半夜谁给你拿。你嘴唇都焦了，你要我。

"是，宝贝，"我说，"我回来了。"

"哎——"哎呀，女人醒了！

所以，宝贝，我就回来了。

说故事的说：这个乖贼的故事完全是向壁虚构了哄那个病榻上的小姘头。这一夜他出去是出去过的，不过出门不远就听得半空里一声夜鸟的怪叫，认为不吉利，唾了一口痰就回来了，看女人已经醒了，就这样瞎吹一顿。喂，小子，你看火都要灭了，给我住口吧。

笔者按：说故事的原来是一个逃债的浪子，大年夜躲到乡下一个破庙里，同一个伙伴挤坐在一块儿，傍着一堆柴火守岁，现在他已经睡着了，不知又做了些什么梦。

五个东北工人①

竹中自己拿三百块钱一个月，由日本兵拿着枪跟着，在村子里作威作福。卢家庄早就逃剩了一小部分住户。可是就在这一小部分的住户中，当然也不难找出年轻女子，就是所谓"花姑娘"。汉奸给指引上了门，一个随从兵给拿了匣子炮在门外站好了，竹中就大踏步进去干他的好事了。一次又一次。村民不胜其苦，有一次竟然告了状。向谁告呢？"也只有向住在村里的日本部队里告呀"，李说，带了苦笑。有什么结果？和他一鼻孔出气，日本兵会惩戒他吗？会惩戒他们自己也干的勾当吗？可是他们敲了他一次，大吃了一顿。没有事了，竹中照旧干他的好事。

电气区工长忙着钻老百姓的闺房，电气工人就忙着爬电杆，电线化了两天的工夫修复了，回到住处，第二天电话又来叫修了，总是如此。修也不难，断更容易。可是转湾处一根电杆的支撑线一拉断，三四根电杆一倒，在他们熟练工人就听到了一块块银元叠起来差不多和电杆一般高的一根柱子倒坍的悦耳的声音——"六七百块钱又完了！"过了这唯一感愉快的瞬间，他们又动手做不愉快的工作了，立杆接线，为了敌人。

可是希望在道旁招手呢，驾着一叶叶红红绿绿的小纸片。他们读了我们的军队和老百姓散发出去的告东北同胞和日本士兵的印刷品。

"日本兵准你们看吗？"

"他们自己也看呢，"李回答我说，经常严肃的脸上浮起了笑意。"他们照例骂一声'马鹿'，板起面孔来把传单抢过去，看了几个字，装起一副鄙夷的样子，往口袋里一塞，然后走到树背后或者岩石背后，

---

① 本篇原载《新华日报》华北版第 10 号，此据重庆《群众周刊》第 2 卷第 14 期（1939 年 2 月 14 日出版）的转载，署名卞之琳。

又拿出来看了,看了一遍又一遍。"

希望不但是呈现在纸面上,而且还呈现在人面上。有一次在工作的时候,有人走近来教会了他们看见中国兵就摘下帽子。

十月间他们又到西沟村修理电线。

"这一次游击队破坏得可真出色",年纪最大的那位说,"电线和电杆都给背走了。破坏了足有一里路长呢!丢了七根电杆。"

就在那一次李对伙伴们说:"我要走了!"

"走到那里去呢?"大家问。

接下去是一场商讨。

"三个鬼子三支枪总容易收拾,"李说,仿佛重复着当时说的话。

他们商议了不止一次。

李还向一同工作的两个山西人作了一次试探:

"我要报游击队去了。"

哪儿会有这回事!当然是说着玩的。可是他们又何必认真地提出"有家小呵,走不开呵?"算了,算了。李当真生气了,虽然还带着笑容:"我真就走,可不含糊。"

"哼,看吧。"

"看吧。"

"你们怎么知道中国军队就在近边呢?"我问。

"我们知道最多三十里外一定有中国军队,看电线破坏得那么快。"

的确,例如卢家庄附近的东赵村六天内电线就破坏了三回。年龄最大的那位山东人对于数目字总记得最正确。

看吧,机会终于来了。十一月十三日是星期日。竹中大发豪兴,要和那两个日本兵到山里去打野鸡。把工人也带去了,为了好监视。当时只有他们六个人在那里。于是九个人一起出发了。

也是命该倒霉,他们走了半天,没有打着野鸡,只发了一枪,其余的子弹就留在枪膛里。他们三个人一共带三枝枪,竹中和一个兵各带一枝盒子枪,另一个兵拿了那枝大枪。走累了把大枪给驯良的亡国奴背吧。对!大枪交过来了,李走过去接了。看他那副高兴的样子真算得好奴才,受宠若惊了。日本兵很得意。

大人们当然得走在前头,李向后边那五个伙伴打手势,要他们索性再落后一点，自己拿起枪来，向前瞄准了，不是对野鸡，是对的竹中。机关动了，可是听不见枪响，竹中没有倒地而回过头来骂了一声"马鹿"。慌不得！李云升先装起了笑脸，用玩枪的神情搪塞了竹中的疑窦，然后检点枪膛，卸去了里边刚才打野鸡的那颗子弹所剩下来的空壳。他第二次又瞄准了。"砰！"响了！竹中完了。"够本了！"李说："我就放了心，大起了胆子。"旁边那个日本兵回过头来，从腰间拔盒子枪。可是拔枪慢，拨机关快，第二次枪声才响，子弹已经穿过了他的胸膛。另外那个兵没有枪了，从棍子里抽出一把刀。可是"那有什么用呢？"李说，很从容地向我笑了，李给他再一弹扫到了河里。时机迫切，一列火车已经在半里外出现，他们刚来得及解下了那三个可怜虫的武装就上山了。

到了游击司令部的第二夜，他们看见部队在院子里预备集合，经探问后，知道他们又要去破坏，他们就要求参加，没有听从队长的劝阻，"你们乏了下次去吧！"终于一同出发了。这次带的家具太差，一把小锯子锯了半根电杆就断了，于是李和他的老伙伴更得了显身手的机会。他们来归的时候身边带得有钳子。他们从电杆上爬上去了两回，开始做了和以前相反的工作，很熟练地剪断了电线。

"我们本来都想就留在前方工作，他们说后方要求看看我们，给我们送来了这里。现在，我们等待着分派工作。"

日华亲善①

"日华亲善"，和其余一切日本法西斯统治者对本国老百姓和中国老百姓所巧立的许多名目一样，是十足活污辱了文字。亲善自然是好事，我前几年曾经以一个中国老百姓的资格在日本住了几个月，觉得周围的老百姓都很可爱，不用口头提，自然亲善。我在那边最讨厌的是警察，而日本老百姓最怕的也正是警察。除了法西斯统治者的这些走×以外，我在日常生活里所接触到的一切，我都愿与之亲善。至于侵略者所口口声声提出的"日华亲善"，则我与全中国人民一样，已

---

① 本篇原载香港《大公报·文艺》第 628 期，1939 年 6 月 1 日，署名卞之琳。

经看得很穿了。可是"日华亲善"的具体表现我们当真都想像到了吗？前些日子，翻阅了去年四月间长乐村战斗中被八路军缴获的日本一〇八师团二十五旅团一一五联队的一个未署名的士兵的日记，我才愕然发觉自己的想像力太不够了。那个被日本军阀打发到中国来一路胡闹（从全部日记中可以见到）的士兵很痛快地为我们道破了"日华亲善"的真谛。

他在去年一月十二日在临清写的日记中有如下的一段：

> 归途往大队医务室，将内山大尉所托带之信交与小泉军医，并谈及与军医部等取种种联络之方法。来时见花柳病之多令人吃惊。在顺德时军医部亦有此类事，曾有一次送去二十名者。回分队途中，巡视各处，因系不战市街，颇为美丽的女子也见到了。可是为了日华亲善的目的？……

在同地一月十七日，他又写着：

> 午后偕进乐（？）伍长，寺内上等兵等上街散步，主要是往日华亲善那方面去。一看，这里也完全是中国风气。（？）也很多，其中很美丽的也看到了。我也日华亲善了一下。四时回中队……

读者也许以为那个"？"号，那个日华亲善的目的，大约是指的中国妓女吧。那个荒淫的士兵在日记里有时也提到朝鲜女子以至日本女子。可是我往后又读到了三月二十五日他在封邱写的这一段日记：

> 今天和一个五十六岁的老妇〇〇了，和年轻的女子也没有什么大分别。

五十六岁的老妇当然不会再卖淫了。这更证实了×性的日本兵确乎把中国所有的女性都当作"花姑娘"，都当作他们"日华亲善"的对象。

当然，"日华亲善"最方便的来源还是汉奸的家里。这本来已经是谁都知道的事实。我在八路军缴获的许多重要文件中发现了一方不重要的废纸。一方比中国普通信笺还小一些的连史纸，对折着，一面用铅笔歪斜的写着中国字"王少甫家姑娘名字"，一面用毛笔画了到卫生饭庄的路径图，旁边写了两行中国字，其文曰："王少甫在卫生饭庄"、"大太太君请吃饭。"

谢谢一〇八师团的那个士兵启发了我的想像，我现在也想到很多了：王少甫大约是某地的一个有钱有势的大汉奸，说不定已经做了维持会长。一个日本的什么队长一流人先把王少甫找到了卫生饭庄。他用铅笔写字问一个小汉奸"王少甫家里有什么姑娘"，听了回答说"王少甫家里就算大太太最漂亮"，于是打发人去叫大太太出来陪酒。他们的"日华亲善"的方式不会仅止于陪酒吧？可是，够了，我断然把我已经染了污秽的想像的去路就在这里截断了。

武安下站二月二十四日，一九三九。

游击队请客[①]

面条还热呢，游击队一定在近边。

游击队确乎在近边，在村北的平野里，玉蜀黍田里，才溜出去了半里路。

年轻的晋豫游击队第一次出远门，作一个小小的学习旅行，在路上倒也见识了不少世面，打了几次小仗，竟尔胆大如天，到同蒲铁路线上的曲沃城外逗引敌人了，一次又一次，总逗不出敌人来，于是骂了一声"没出息的"，轻敌了。

二中队就在城南不远的陵角村里歇下来，全队如一人，松开了腰间的皮带，埋锅造饭，做面条。

"一大队敌人出城来了！"

说话的是一个充便衣侦探的乡下老。看他那股慌劲儿，跑得那么气咻咻的，谁都要发笑。

---

① 本篇原载延安《中国青年》第 3 期，该期版权页误署出版时间为"1, 6, 1938"，实际上当为 1939 年 6 月 1 日（该刊第 1 期出版时间为 1939 年 4 月 16 日，第 2 期出版时间为 1939 年 5 月 1 日），作者署名卞之琳。

说话的哨兵用手指村西半里路外的一颗①白杨树。大家望过去，白杨树底下已经出现了四匹高头大马。

"别慌，"参谋长说得可真从容，"把面条盛起来请他们吃。"

参谋长的话不能不听，等一碗面条摆出来了，大家才绕出北村口，四百条腿飞过了墙头。

四百个日本兵，也就直进了西村决②。

面条还热呢，游击队一定在近边。

可是村子里空空的：老百姓早就跑光了，游击队现在还没有子影③。

"搜索呀"，金钟大头儿生气了。

可是没有影子。

"搜索呀"，金钟大头儿顿脚了。

面条还冒着热气呢，可是客人太客气了，谁也不吃。主人也未免太失礼，竟藏得不见一点影子。

北门是关着，东门也没有门，他们自己从西门进来的，游击队，一定是出了南门。

近就在村子里，远就在南山上，大队长的判断不会错。大队长的命令会有价直④：双管俱下吧，一面搜索一面开跑⑤。

面条快凉了，为什么还不吃呢？客人未免太忙了，一面提防着空房子的坑洞里跳出来一个手榴弹，一面发抖的紧捏了枪上的机关钻着每一个毛房，一面开跑一面又开一炮。

他们向南上⑥扔过去一百大鸡蛋，可惜游击队偏不在那里，没有人接，尽让它们打碎在石头上，一个又一个。

面条已经凉了，真可惜。客人便兴尽而返。

慢慢走吧。游击队的二大队也太客气了，招来了老弟三大队，在半路上，从青纱帐跳出来，硬要留客。拉扯了一阵，客没有被留下，

---

① "颗"通作"棵"。
② 此处"决"字疑衍。
③ "子影"当作"影子"。
④ 此处"直"当作"值"。
⑤ 此处"跑"字疑当作"炮"。
⑥ 此处"上"字疑当作"山"。

一挺重机关枪留下了作为一件小小的礼品。

渔　猎①

去年二三月间率部冲进东阳关，攻破长治，打下临汾，自以为不可一世的日本一〇八师团的苫米地旅团长在当年三月二十六日写给家乡一个朋友的信上说：

>……牛伏山狩野川的风景常浮脑际。钓鱼之道与猎共产军相似处颇多，不胜愉快。

这封军邮信寄到了被他称为"共产军"的八路军的手里。事情是这样的：八路军的一二九师于去年三月三十一日在东阳关外的响堂铺，邀请了不少参观者，作了一次大狩猎，猎下了×军的九十多辆汽车。这封信也就成了八路军的猎获物。

苫米地旅团长后来在四月间的九路围攻晋东南中是一个中心人物，在四月十六日长乐村一战碰碎了围攻，吃了八路军又一次大亏以后不知道还"不胜愉快"否。可是我们在华北×人的后方的战争里除了类似响堂铺那种大狩猎以外，小狩猎还有的是：

前这②些日子我们在山西境内曾经遇见了五个东北来的工人。他们和其余百多人在去年七月间开进关来，到正太铁路线上专负责修理我们的游击队常去割断的电线，一共十个人经常住卢家庄，由叫作电气匠工长的竹中和另外两个日本兵监督。十一月十二日，星期日，玩腻了村子里的所谓"花姑娘"了，竹中忽然想到山里去打野鸡，随即带去了两个日本兵和六个东北工人。野鸡没有打到，竹中和那两个日本兵被我们那六个工人中名叫李云升的，趁日本兵交枪给他背的机会，三弹三中的从他们背后把他们逐一打死了。他们六个人带了死者的三枝枪投奔了八路军。这就是一场痛快的狩猎。

---

① 本篇原载香港《大公报·文艺》第633期，1939年6月6日，署名卞之琳。
② 此处"这"字疑衍。

我们在华北×人的后方的战争中钓鱼的故事也确乎有：

就在前几天，我们在这里河南境内遇见了两个被某部解送来不久的两个①朝鲜人，一大一小，大的叫金丽根，小的叫金基昌。金丽根是随了日本军队到邯郸来做不知究竟是什么生意的，金基昌是他的内弟。内弟老远从朝鲜的新义州跑来看被"皇军""打平"了的邯郸城里的姐夫。姐夫陪内弟逛遍了全城，又到东门外的河边去钓鱼。鱼不知钓到了没有，事实是他们自己因言语不同，被我们的游击队误认是日本人而捕来了。这就是一场滑稽的钓鱼。

可是还有许多手法上漂亮得全然像打猎和钓鱼的，我可以信手拈来两个例子：

去年八月六日，八路军一部夜袭平汉铁路线上潞王坟车站的时候，他们一枪打下了×人司令部门前放在树上的哨兵，像打下了一只鸟。

平汉铁路线上的马头镇附近西佐煤矿的机器工人，在拆毁了那条小支线，搬走了路轨以后，自制了不少小地雷，常常把它们埋在铁路底下，侍候×人。七日②间一个三十斤重的小地雷炸翻了一列×人的兵车。他们总是远远的坐在高粱田里牵着引火线，像垂钓的渔夫。

我们在华北×人的后方，在艰苦中奋斗的战士们与非正规战士们总是很愉快的，因为他们经常有渔猎的乐趣。

武安下站，四月二十三日，一九三九。

又坐了一次火车③

丢到没有什么可丢了，不错。将近一年半来，数数看，北平陷落，天津陷落，保定陷落，太原陷落，上海陷落，苏州陷落，南京陷落，杭州陷落，济南陷落，青岛陷落，徐州陷落，开封陷落，九江陷落，广州陷落，汉口陷落。每一个大城市的陷落，像沉重的铁锤的打击一样，打在身历其境的中国人的背上，使他们流血流眼泪，也打在听无

---

① 此处"两个"为衍文。
② 此处"日"字疑当作"月"。
③ 本篇原载香港《星岛日报·星座》第418期，1939年9月30日，署名卞之琳。

线电广播、读报的中国人的心上，使他们至少皱一皱眉头。可是并没有打碎，反而炼硬了他们的背，他们的心。大家都有了训练了。这不是说大家都可以无动于中的静待挨打，而是说大家都不怕损失了。也不是说我们不要大城市，不要文明，要开倒车，要入山做野民，而是说我们已经不在乎丢几个大城市，我们正预备将来有完全属于我们自己的新的更好的大城市。"完了，完了"的伤感和忧虑换上了"丢就丢吧，不要紧"的信念。大家也就作如此想，对于仅余的几节铁路。

"又坐了一次火车，"自然，你是会这样想的。如果你是一年前或者半年前从沿海各省逃难或工作到内地来的。如果你坐上了西北仅存的这一段陇海铁路的火车，尤其是在这条铁路西段上随便哪一个较大的车站，譬如说咸阳车站吧，看到了散列在那里的许多车皮，上面写着："北宁"，"平绥"，"平汉"，"津浦"，"胶济"，"京沪"，"沪杭"，……认出了这些旧相识，当更难免感喟了。我自己就有这样的经验，在今年夏末秋初的时候，在一个阴雨的日子。那时候我正从还没有铁路的四川出来，已经一年没有坐火车了，在宝鸡才又换上了这种现代的交通利器。由于说不出的一种感情，我在心里说了，"也许是最后坐一次旧中国的火车了。"可是车轮又向前滚动了，把我连人带心的载上前，不由我多所留恋的让旁边那些飘零的车皮落后去，连同那些里边所载的我的记忆。去吧，去吧，"北宁"，"平绥"，"平汉"，"津浦"，"胶济"，"京沪"，"沪杭"……

可是我又坐火车了，想不到，在将近三个月以后，在十一月十七日，一九三八。十一月十二日在□□出发前，爬上载货大汽车的时候，我就对送行的朋友们说，"又可以坐一次火车了。"可是到了西安，听说陇海路铁路的潼关附近那一节暂不通车，因为桥断了。东行的时候我坐的是汽车。虽然如此，我到底还与铁路有缘，恰巧因为汽车通不过一条河，我又在车站，灵宝车站等火车了，等开往渑池去的火车。

车站临黄河。对峰是山。大风沙。河湾里的夕阳虽红，很黯淡。

我在车站前，在候车的人群里，看完了墙上一张寻人启事以后，忽然听到了一声"□先生，你上哪里去？"

简单的回答了一句"预备过河，"我有点惊讶的看发问者，那是一个二十岁左右的年轻人，穿了军服，却没有臂章和符号，样子像学生，可是我并不认识。经了他一说破，我才释然：原来这位青年在报章杂志书本上见过我的名字，如今见到它在我胸前的符号上了。再谈了一阵以后，我知道了他是徐州附近的邳县人，战事发生以后，曾在山西临汾的民族革命大学里学习，日人进到风陵渡以后，曾在山西西南角的万年漪氏①一带干过游击队的政治工作，现在是从西安来，在这里等东开的火车。到哪里去呢？"回老家去，"他说。因为徐州一带日人也只占了一两个较大的城市，他的家在乡下，回去只须走，倒用不着打，他到那边的企图倒和流行的口号"打回老家去"相反，要从老家打出来。抱这样想头的当然不止他一个人。中国有无数的老家在日人后方了，可是并不在日人手里，中国有无数的青年，失学、流亡在外的要回老家去"干"。战争已到了这个阶段了：日我成对流作用，居少数的日人愈深入，居多数的中国军民也愈深入日人的后方。

听了我对他说出了我自己正计划过河到日人后方的华北各处去看一看以后，又问了他到徐州去是怎样个走法，徐州青年回答说："先到郑州，然后到东南边的尉氏过河。"

也过河么？黄河？唔，对了，普通在报纸上叫"黄水"。著名的"黄水"，在今年五月间，在开封陷落，日兵临郑州的期间，已在全世界的报纸上泛滥过了。"黄水"虽然是黄的，其实未尝不可以称之为"赤水"，因为这实在是中国在破碎了石的长城，倒了几个②血肉的长城以后，从身上流出来的一道血泓。这一道血泓的重要性倒并不在暂时挡住了日人的前进，是在对全世界宣示了我们的决心。

"大家一条心了，"我们的老百姓也会说了，不错，大致差不多。看那边，也就在站上，在离我和徐州青年十几步外，那个服装比较讲究的中央军军官拉住了我的两个旅伴，臂上有"八路"两个字的，正在热烈的谈话呢。他谈些什么呢？我们不时的可以听到这一些字眼："共同抗战"，"共同建国"……

等在车站上的还有七八十个八路军。他们看起来大致都一律灰灰的，其中却有各级人员，有政治委员、参谋、炮兵观测队员、办事处职员、军医、勤务员以及少数持枪的卫兵。他们差不多都聚在一大堆药品、书籍、棉背心的木箱或麻袋周围，有立，有坐。活泼，爱唱歌，

---

① 此处"万年"或写作"万泉"，后二字漫漶不清，疑似"漪氏"，录以待考。按，民国时期的万泉县和漪氏县都在山西西南部。

② 此处两字漫漶不清，疑似"几个"，录以待考。

是八路军一贯的作风。可是他们现在在车站上，却不像在路上，却①相当严肃的，不跳不蹦，不是沉默，就是三三五五的轻轻的谈话。

他们是先一日下午跟我一块儿离开西安的，一共坐了四辆运货大汽车。汽车走了小半个白昼，又走了大半个白昼，载了一群灰衣的军人。没有什么特别戒备，也没有什么特别命令，他们一律不谈一句而心里谁都知道他们中间有一位谁。并非有意化装，八路军的官兵服装本来就差不多，士兵认识长官并不从身上的装饰，而是直接从面孔，像在家里。走了小半个白昼，在村镇上歇了一夜，又走了大半个白昼，他们并未存心，事实上也并未引起什么反应，而他们都知道他们中间有他们的"老总"。"老总"者目前华北抗战的大台柱八路军的朱总司令也。

不过朱德将军也是个人，也没有什么奇怪。早上四辆汽车在华阴城外息下，大家买馒头、红薯吃的时候，我看见，大家都看见，他在吃一条麦芽糖。这种最便宜的土产糖，在买不起朱古律的中国乡下，尤其在华北乡下，也就是最流行的，也就是我自己在路上喜欢吃的，因为他②甜而不腻，而且它从麦芽里打出来，无须加令人害怕卑劣的日人下毒的洋糖。

火车开到的时候已经天黑，大家上了已经不分等级的车厢。车厢里没有点灯，人是满满的，虽然还不挤。车开了以后，不知为什么，大家沉默了，沉默与黑暗。只有车厢一角里一个年轻的四川兵在那里唠叨，乱得很，一会儿讲到东阳关，一会儿扯到茅津渡，又用幼稚可笑的词句来神话八路军。也难怪，上次从宝鸡到西安的火车上我就听到一个军人讲八路军简直是神兵，他们过河，马上就不见了，打起日人来又到处都是。

天真烂漫的四川兵讲得真起劲，可是恼了两个每人占两个座位③的军人，骂他打搅了他们的睡眠了。

可是再过去两个座位上一个中年妇人，却向一个中年男子说，"你去问问看吧，他说炸了车站呢，"对方回答说，当然都轻声的，"你听他又说开了。"我知道他们要问的大概是什么，因为刚才那个四川兵正在谈昨天午间西安的空袭，来了十三架飞机（这是真的，我在西安亲

---

① 此处"却"字疑当作"都"字。
② 此处"他"字当作"它"字。
③ 此处七字漫漶不清，疑似"每人占了两个座位"，录以待考。

眼看到），炸塌了车站附近几所民房，炸死了几个老百姓。这种新闻在我们已经听了一年多了，已属于家常便饭，可是家常便饭里有血肉的，尤其要是自己至亲至近的呢？我了解那对夫妇的忧虑。

我对面坐的恰巧就是那位徐州青年。

外面天黑风大。火车冲刺前进，仿佛就是时间本身，由于一股前进的主流，载了满车厢的老老少少，男男女女，健全与不健全的，重要与不重要的，不由自主，进向一个新时代。

徐州青年在默默的养神。我们没有再多谈。我也需要休息：后半夜下了车，早起就得爬山呢。歇息吧，可是我会梦到很舒服的坐了新中国的火车。

山西故县①　十二月二日。

寄自峨眉山②

××：

在北边走了一年，虽得了不少见闻，于创作上，并未直接得什么大收获。个人经验无什么惊心动魄处可说。通讯报告一类的文字，我曾在去年十二月底有系统的写过一篇，不足三万字，在桂林出版的《文艺战线》上发表，我今夏才看见第三期开始登了三分之一，以后还不曾见过。这篇文字我自己很不喜欢。在延安和在前方途中还写过一些故事小说，零星发表出来，似还能吸引读者，当初打算写足二十篇这种东西（有些像散文诗，有些像小说，有些只是简单的小故事，有些则完全是访问记），凑一本小书叫《游击奇观》，现在因为失去了兴趣与自信力，取消了这个计划。现在又想写些诗，都叫"慰劳信"。前几天总算还了一笔心愿，写全了一篇算是历史：《第七七二团在太行山一带》。这篇写的是这一团参加抗战一年半的经过，完全纪实（虽

---

①　此处两字漫漶不清，疑似"故县"（"故县"在山西长治），录以待考。
②　此函原载上海《大美报》1939年12月8日第8版"浅草"副刊，署名卞之琳；该刊编者特加"编者按"云："卞之琳先生自陕北返川后，现住峨眉山，在四川大学教课。这是他最近寄与上海某先生的一封信。"

然其中想必有错误的地方），因为事迹本身颇多动人与有趣的地方，令人读起来或不太觉得枯燥。我在这个团里曾随军作客了一个多月，各方面还算熟悉，从政治主任借给我看的日记又得了很大的帮助。稿子现在整理与修改中。本文约有四万字，另附录一万字，地图（我自己画的）五六幅，照片（我自己照的）一二十张。……

我预备这一年内好好的读些书。现住在山中一小庙内，除星期日外，相当清净，宜于埋头。不过过几天又得搬下山去。

之琳　十一月七日

儿　戏①

"看我的村子，这样子。"

这么一说，小虎，从东安村来的一个六岁大的孩子，抛下了当马骑来的高粱秆，早已做起了榜样：两腿跨开了，向前弯腰，弯到一张弓所达不到的程度，他用颠倒了的眼睛向后望出胯间，宛然一座拱门。

二小，小虎的表弟，也就放下了坐骑，另一条高粱秆，照样做了，一下子像到了一个陌生地方的门口，望去一切熟悉的东西却变得新鲜，奇异，不实在。

可是他们只看到东安村的远景。东安村只能算是这幅画中的背景，在蓝天底下，在一列远山前蹲着——一堆破破烂烂的泥土和砖瓦的房子，一座半毁的小塔，一棵特别高的老树，上面有无鹊巢也不能分辨……火车站的房子顶上高悬着一个白点，想来那上面正中还有一个红斑。从村外穿过的铁路也看不见，因为在差不多高低的平地上，此刻也没有火车标明其位置，由北往南，或由南往北，游过一长串黯灰的车皮，十几个，二三十个，真像箱子。画幅的中间倒一无所有，只是荒在那里的田地，一片黄土。黄土中间却有一条裂缝，愈

---

① 本篇原载香港《大公报·文艺》第929期，1940年9月19日，署名"薛理安"，卞之琳的笔名。按，该篇按原计划续载于《大公报·文艺》第930期，1940年9月21日出版，但当日该报在"儿戏　薛理安"下开了天窗并注明"此文下半被检"，所以本篇并不完整。

近愈宽——一条路直伸到河滩。再前面就是汾河的黄水。这里是渡口。对面河滩上立着，走着一个戴钢盔的日本兵。由于黄泥军服的保护色，他在黄土上很容易被忽略过去，可是一经发现了，因为就近在面前，庞然大物，仿佛不但碍着对于东安村的视线，甚至还碍着对于它的思路。可是他的头现在正顶着这两个孩子的臀部了，因为他们很淘气的蹲下了一点。

这样看是不能持久的，他们不约而同的终于站直了。于是前面，向西半里路外的白杨村子就是他们刚才偷跑出来的地方，李郭村，二小的家长那里。近边几块田里绽开着一团团的白棉花，可是只有二小家的邻居李老太婆，那个"不要命的"，一个人在捡，提着一只篮子。也许因为偏西的太阳迎面照着吧，已经坐下在河岸上的他们，转过身来，又向东，向河那边看去。沙滩，土路，半毁的小塔，远山……不像刚才嵌在胯间倒看去那么精彩了。可是总还有点蹊跷，不同于往常。

往常在二小是指的今年春天以前，那时候他常到这里河滩上来玩。这里有渡船，因此河东河西不像两个世界。现在听说只有在夜里，当对岸的日本哨兵撤回到东安村去的时候，偶然会有船，也不知道从那里弄来的。有一个夜里他同小虎想跟一队路过李郭村的游击队过河去玩，当即听到一个游击队员喝退了他们："那边没有人给你们奶吃，小鬼！"小虎觉得特别受了屈辱，可是得了"小鬼"的称呼却觉得体面，因为这个名字，南边来的名字，似乎变成了身上挂盒子炮和队伍在一起过日子的孩子们所专有的尊号。此刻小虎的心绪却渐渐集中到河那边的村子上了。

从前东安村在他是并不存在的，除了在黄昏，如果他出去耍了一个下午，当他看见牛羊都找了一个一定的方向走去的时候。到了自己的村子里，村子又没有了，只是些泥土和砖瓦的房子，一些爱喝酒的男人，一些爱吵嘴的女人，一些和他一样爱淘气的孩子。家也只有存在在他要吃饭的时候，在他要睡觉的时候。家里的夜晚是："爸爸打妈妈，妈妈哭"——他确曾用这样的话语偷偷的告诉过他的游伴，当他听到人家说："昨儿晚上爸爸纠妈妈的头发。"所以家也没有什么可爱。也许从前会好一点吧，因为老祖父老是叹气说："一年不如一年。"小虎只觉得村庙前的戏台上最近愈少演戏了。去年还是前年呢，反正是铁路修到村东口的时候，大家说"好了，好了，我们的村子。"

可是火车很少在这里停，而村子里的男人，女人，甚至小孩子，倒都向侯马跑了，向太原跑了。小虎也想跑。可是去年冬天，一切又开始反过来，许多人都逃回来了，说是日本兵打来了。老祖父也不再埋怨"这个年头儿"，而只说"不得了。"于是铁路上天天过着兵车，一车一车的叫嚣，咒骂，不合调的歌唱。然后是沿路过着难民，然后又夹着散兵，伤兵。再过些时候，有一天，他在田里玩，忽然头顶上出现了三架飞机，渐渐大起来，正纳罕它们翅膀上露出来的两块大红膏药呢，有些孩子就嚷了"日本飞机！"随即来了几声巨响，只见自己的村子里应声而冲上天去几柱土和烟。等飞机飞远了，奔回村子去，只见全村混乱，有些瓦砾挡住了村巷，女人小孩子乱叫乱哭。一块街上的石头和一块屋顶的瓦片互相交换了位置。走进没有炸倒可是显得异样了的自己的家屋，小虎看见父亲坐在门槛上，呆对着卸下了在地上的门板上躺着的老祖父，面孔板着，不像睡觉的样子，虽然不见伤在那里，心里一亮：死了，于是他哭，不知道为什么。忽然想起了母亲，他问父亲说："妈妈呢？""你不看见吗！这里。"他向父亲所指的小板凳上看去，只见一条手指，再细看上面有一个小黑痣，确乎是母亲的食指，常给他拭鼻涕的。他不再问下去，可是倒没有眼泪了，不知道为什么。爸爸倒为什么眼泪汪汪呢，他不是常常咒他①早死吗？爸爸真是怪人，他也常常打他的，可是也就用打他的手有时候给他两条从外边买来的麻糖。他现在倒很想念父亲了，是的，一直自从他过了几天以后，当全村人向东边山上和河西逃跑的时候，把他送到李郭村二小家，他的外婆家，说过一年半载就来看他，自己又过河进山去了以后。事情总是那么奇怪，自从大家嚷"日本兵要来了"以后，譬如，小虎自己从不曾喜欢过自己的村子，现在离开了，倒觉得怀恋起来了，远看去那棵大树总像在对他招手。

一群乌鸦从头顶上飞过河去，一转一转的，似乎正飞向那棵远村的大树。

"那棵大树上，"小虎一边指点一边说，"许多老鸦常去歇夜。"

"老鸦笑你，你听，"二小说了就笑。

实在没有什么可笑，小虎觉得真有点不及老鸦。他不是很想回家

---

① 此处"他"当作"她"。

去看看吗，可是不能去。同村里逃过河来的都说去不得。有些也逃在李郭村的，上了年纪的，曾经绕道回去了一下，几天又偷偷的跑回来了，带了比原先少了几个的家眷，垂头丧气。听小虎天真的问他们为什么又回来，他们只是说"你不懂事"。经这么一说，他倒觉得又懂了许多……

可是小孩子当然不耐久思，尤其当另外还有一个小孩子在身边的时候。小虎要玩了；二小正等在那里。玩什么呢？玩"娶媳妇"吗？不，决不。那大飞机轰炸东安村的时候，小虎在田野里，在太阳底下，也就是玩"娶媳妇"，自己做新郎，因为几个孩子正谈起村子里常新友盖好了新房子，这几天就要结婚了。小虎在村公所里看见常新友拿去请隔壁小学教员写的几幅门联。鲜红的纸上写的黑字，小虎知道是说的琪花，瑶草，鸳鸯，鸾凤之类，他从不曾见过，从不能确切想像得到的美丽的花儿，鸟儿，以及它们的好事情，好福气。这些东西引起了他对于文字的兴趣，虽然他还没有进学校，他常到小学校去玩。那天炸死了他的母亲，炸死了他的祖父的日本飞机，炸坍了常新友的新房子。第二天小学校学生没有上课，他跑去找的时候，他们正在隔壁村公所里把还未拿走的那几副门联翻过来在背面东倒西歪的写着："□□□□□□"①。不错，他从此认识了这几个字。"□□□□□□□□！"大家叫着，喊着，就把写好的纸条拿起来，拥出村公所，走到常家，贴在破房子剩下的半座断墙上。常新友见了，在哭丧脸上露出了一点笑意，说了，"对，□□□□□□□□！"

现在儿童世界里到处都流行着"□□□"②了。

"你是从东边来的，你是日本。"

二小一说，就拿起高粱秆，做了防御的姿势。

小虎，仿佛当真生气了，不说一句话，就用自己的高粱秆向二小身上戳去——完全是日本兵对付中国老百姓的态度。他当然默认□□□□③。

"对，我是中国，"二小仿佛当真自觉了，态度坚决的招架着。

---

① 此处是被香港当局书报检查时检去而留空的代替符号，检去的文字可能是"打倒日本帝国主义"。下同，不另出校。
② 此处检去的三字可能是"打日本"等类似文字。
③ 此处检去的四字可能是"扮日本鬼"等类似文字。

战争开始。

二小向后沿棉田退却。小虎大踏步前进。二小翻身在路中间伏下了，平持高粱秆作瞄准射击的姿式。小虎也伏下了，瞄准射击。

战斗激烈。

并无子弹横飞。可是有枪声："砰，砰，砰，砰！"发自人口。仿佛两方用的枪式不一样，枪声也有别：小虎的嗓子有点沙哑，二小的，若唱起歌来，大约可以跟任何女孩子比高。

女人，女人①

一

手从左颊上斜扫下去，到嘴底下把尖尖的下颔在"虎口"里夹一会儿，然后像从悬崖上跳下去，宛然一头残忍的贪婪的小兽，向领口硬钻下去。"啊！"她叫着，可是没有声音。手还是土拨鼠一般狠狠钻下去。她又叫着没有声音的"啊！"全肺部的气仿佛都压缩到那只手坚持要去的地方，等到手一碰到那里，气就爆出了，轰然一声——"啊！"她终于听到了自己的声音。

心还在那里直跳，她发觉自己的右手滑离了左胸前的乳房。

这叫做"检查！"她咬咬牙齿。

她仿佛又听见呢："快解开纽扣！"

她不记得抬起头来看过，可是知道说话的有一副浓眉毛方面孔。

"饶了她吧，先生。"

在旁边说话的老人是村子里的黄老爹吗？好像是。

"一定得检查！"

"到底是女流之辈呀！"

"尤其要检查！"

她不知道自己和黄老爹怎么都懂□□②话，或者他们两人都是讲

---

① 本篇连载于香港《星岛日报·星座》第719期（1940年9月27日）、第721期（1940年9月29日）、第722期（1940年9月30日），署名"薛理安"，卞之琳的笔名。

② 这是因香港当局书报检查而删去原文的代替符号，原文可能是"日本"，下同不另出校。

的中国话吧？可是老人清清楚楚的用中国话接下去嘟囔了一句，显然是不一定要那个□□兵听懂：

"哼，倒像自己家里就没有娘儿们的！"

□□兵还是懂，回答说：

"你还要多嘴，老不死！"

她又懂了，接着更丝毫无疑的听懂了立即接上来像给这句急话打最后一个有力的拍子似的一声"拍！"——黄老爹挨了一个耳光。

打耳光的手随即转落到了她的左颊上，不作猛击，而如此残忍的——

她不忍想下去了，只觉得脸上像被一条大蜈蚣爬过似的热辣辣，还在发烧——烧得更厉害了，仿佛要遮羞似的。她翻过身来，把左颊深深地埋到枕头里去。

好在没有人看见。不用睁开酸溜溜的睡眼，他①就知道这间小屋里的小炕上，只靠窗一套睡具由她自己充实了，另外两套被袱是被卷起了堆在角落里；她的姐姐和十二岁的妹妹到二姨母家里去了还没有回来，现在即使哭一下，睡在隔壁的父亲也不会听见，可是她不由得要笑了：根本就没有这回事呀，只是一个梦。

现在她是清清楚楚的在梦以外了。可是狰狞的事实比这个噩梦还要可怕。她已经红过多少次脸，直红到耳根的听说了许多。那些上了年纪的女人们说话尤无忌惮，描述不避详尽，若不是痛苦的经验使然，一定该说是疯了。既然村子离□□兵驻守的城市只有五十里，而且被他们侵占过两次，大家耳闻了、目睹了再加以身历的种种可能性自然很大。她还能用泛泛的概念淹没城里刺人的□□的尖角。可是昨晚在妇女会接受分派的工作，领十双鞋料的时候，也去领鞋料的彭全福老婆讲了一则城外五里铺的新闻以后的结论又崭然浮现出来了：

"检查到底还不算一回事。最可怜，银花，像你这样又年轻又长得一副好模样……"

"算了！"她说，生气了；可是当时截断了彭全福②的饶舌，现在却压不住许多零碎印象的涌现：被撕裂的衣服……算了！缢死他们③

---

① 此处"他"当作"她"。
② 从上下文看，此处当作"彭全福老婆"。
③ 从上下文看，此处"他们"当作"她们"。

的缠脚布！远近传说的这条缠脚布的观念果然生效，把那些蠢乱的可怕的光景连同那些□□□□①一起了结了。

那个女人如果没有死，以后一定也不再缠足了。现在不是大家都开通了吗？上次江姨母到陈南庄去参加县妇女会的时候，走到一处，见山水发了，遮断了山沟里的去路，就首先脱去了鞋袜，涉水而过——"看我！"她还嚷呢。江姨母真有意思，她不知道从什么时候起开始放了足。她自己很庆幸家里向来开通，从小她们三姊妹就没有缠过脚。因为已经去世的母亲向来尊重从前常跑北平天津的母亲②的意见，前两次逃难进山，父亲就更有了得意的机会："她们都行！"那些乡下老顽固也改变了原来的偏见，甚至于改变了审美观念。父亲却转被引起了一点忧愁，"尤其在这种兵荒马乱的时候。"他叹息着，"你们这样……"他照例不讲完，可是三姊妹都懂他的意思。

年青，好模样……与人家有什么相干呢！她想到这里，忽然觉得受了什么委屈似的终于滴了两颗眼泪在枕头上。刚才那个恶梦又使她不但感觉受了侮辱，而且感到犯了罪似的，对不起谁似的羞愤，于是枕头上的泪渍扩张到手掌这么大了。

再翻过脸来，她忽然发觉一夜的大风已经不知道从什么时候起就已经③停了。这是什么鸟的声音呀，又不是斑鸠？她张开眼睛。太阳已经照满了窗纸，一片金黄上划着格子的黑纹，还横着树枝的黑影，连带着一些大黑点——院子里那株杏树在几天的不留意中竟开了花了。

她坐了起来，整理胸衣，禁不住又想到如果梦里是另外一只手呢……

可是她猛然停住了思索，因为面前急射过一道金光。原来她仿佛要试验一下手指的力量似的，莫名其妙的用右手的食指使劲的钉穿了窗纸上的一点花影。

他④离炕到一面镜子前一看，刚才那一阵炽烈的脸红还没有退了多少。今天真古怪！

---

① 这是因香港当局书报检查而删去原文的代替符号，原文可能是"日本鬼子"，下同不另出校。
② 从上下文义看，此处"母亲"当作"父亲"。
③ 此处"已经"重复使用，当是作者笔误。
④ 此处"他"当作"她"。

二

现在村子里差不多走空了，仿佛应了春天的太阳的召唤的蜂房。早上大家乱纷纷闹了一阵。他们是应了农民会的号召：出发十里外的黄土坡开荒。近村已经种了麦子以外的田地规定明天以后才开耕，今天先由代耕团动员十个农民五条牛代耕五家抗战军人家属的二十亩小米田和玉蜀黍田。村南半里外的大路口，昨晚已有决定，下午由儿童团担任放哨，上午由妇女会担任，两个人分两班，第二班由十点钟光景到正午时份就轮到她，银花。幸好她派到了这第二班，不然她已经误了事了。她将怎么回答呢，如果人家问她为什么来得这么晚？

今天她的确起来得太晚了。当她早上走去开鸡埘的时候，她的哥哥已经在院子另一头切谷草，父亲也已经开始〇①骡子和黄牛，骡子今天要由她的哥哥带去三十里外送差，黄牛则等代耕团派人来领了备用。鸡在埘内似已等得不耐烦，你挤我嚷的闹做一团，等她一拨开埘门的木板馈就一拥而出，在院子里乱奔一阵，拍着翅膀。两只母鸡在飞奔中撞在一起，学公鸡预备打架的姿势，相对伸直了颈项，随即敷敷衍衍的相扑一下，咯咯的笑几声，掉头各向打麦场那里去追赶大队。这时候，恰好一群羊，后边跟着看羊的和狗，在场外小路上，叫着，跳着，正向村外去……

现在该是时候了吧？她从打谷场的石碾上站起来，打量一下树梢头的太阳的高度。

几株白杨的苗条的细干，拦住东北方，却只像走廊的柱子挡不住麦田送来碧色。紧接麦田，半里路外一片黄土上聚着的一堆蓝布身影也随之入目了。两条牛也看见了。这是黄老爹家里的一块田，她知道。多少人几条牛聚在一起耕一块田真有点不同的味道，看他们在那里有说有笑的，好像听得见声音呢。黄老爹也在那里吧？可是他，坐在地上的那一位？他又该说什么话了？记得去年秋天他在村公所里说得多高兴呵："一个儿子出去打仗了，就有许多人来给我们收割了。"她有空一定要偷偷的到那块田里去拔几根草，如果在夏天，因为她不知道为什么特别爱起这块田来了，可惜有些抗战军人家里没有田……

---

① 此处原报用〇号代替一字，或是"牵"字。

可是彭全福家里是有田的，她想，因为她看见彭福全老婆从村巷里出来，走到了打麦场前面的小路上来，后边跟着她的孩子挑着两小桶米汤。她们互相的招呼了以后，那个中年妇人，半停了下来，让孩子赶了前去，不等银花问"你到哪儿去？"就自动指指白杨树外说：

"代耕团自己还带饭，我想总该送点米汤去。我自己也想去看看。他们人手多，说黄老爹那块田只消一管烟工夫就可以犁完，现在快完了吧。往后就轮到我们那一块，正好也就在旁边……看那边多热闹！跟我一块儿去吧，拿了你的鞋底，看我也带在手边，想到那边去扎呢。"

"不，我要去放哨。"

"噢，我忘了。那么好，回头见。回头看你花儿朵儿似的大小姐在路口抓住一个嬉皮笑脸的小流氓……"一边笑着说她一边迈起新放的小脚连跑带摆的逃了。银花从地上捡起一块小石子，可是又掷下了，只望望她的背影，骂一声：

"拖你的尾巴去吧！"

彭全福的"尾巴"并没有给老婆拖住，可是提醒她当日的丑态总可以窘她一下吧，尤其在此刻这股得意劲儿对照之下。那天她在村公所前面披头散发哭嚷着"老婆儿子都不救，还救什么国呀！"当时彭全福回答的话也未免太粗了一点："什么，要我留在家里专等□□□□①来把我绑在一边看他们把你玩吗！"当时也在场的黄老爹批评的对："你不是没有道理，彭全福，只是不该这么乱说。你说的这种事情真难保不会有，我们已经听够了，见够了。等人家真正做了我们的主子以后，虽然不见得天天会这样乱来，'人为刀俎，我为鱼肉'，不在明里，就在暗里，一切却②得由他们摆布，那就没有话说了。大家留在村子里当自卫队也不是办法，总得有人出去打才行，何况我们这里是四面受敌之区，难道老等在核心里挨打不成？"边区政府派来附近村子里扩大新战士的人员提出过一个条件：肯离开家乡到处走的战士家属，农会另订有优待办法。彭全福已经和部队上的同志谈过话，什么都决定了，现在就是给老婆缠得好苦。恰好那时候"反对老婆拖

---

① 此处被检去的四字可能是"日本鬼子"。
② 此处"却"当作"都"，原报因字形相近而误排。

尾巴"运动新传到这里,好容易经过妇女会两天的努力说服,彭全福老婆听话了,并且明白了事实上丈夫留在家里也不大能养活家小。第三天,当新战士预定出发入队去的时候,在村子中集合的另外五位新战士和全村人终于看见彭全福笑嘻嘻走来了……于是银花不由得又想起一个竭力不想起的名字,因为彭全福当时在说了"好了,好了,你们都来了?"以后,就唤出了那个名字,接着就说"你倒没有给拖一下?""我没有尾巴。"对方回答这句话以前先在人丛里偷看了一下银花的眼色。她很得意当时看那一抹可笑可怜的目光扫过自己面上来,遇到自己的眼睛的那一霎,她不曾露出一点任何感情。

"你真没有'尾巴'吗?我不拖你罢了。"她当时想。的确没有尾巴,为什么他老喜欢腾出时间来跟她到水塘边陪她,甚至于帮她洗衣服,直到最后她说了他:"你倒还有工夫来管闲事,现在是什么时候了!"他当时掷了一块石子到水里,激起了许多水花,说了:"现在是打仗的时候!"

他们现在打到什么地方去了呢?他们不在一起,有的写信回来说他们要绕到北平东边去了,说他们行踪不定,告家里不必写信,可是他们尽可以写信回来的呀,而银花是没有接到过一封信。他连信都不敢写给她,为了村子里人说闲话,其实她倒不怕呢。可是她自己未始不曾鼓励他这样做,到现在没有人知道也好。让她们女人家得意去吧,在逢年过节的时候,在村公所里领受优待抗战军人家属的东西:鸡啊,羊啊,粉条,白糖……光荣的丰富。可是由此有人说可惜有些抗战军人没有家……

然而村子里的妇女仿佛有所知的存心来窘她,当着她面前,总喜欢唱她们新学到的这首由旧调改成的新歌:

"一把锄来四两钢,

哥哥当了大队长呀呵嗨……"

她总不好意思学它,不等人家唱完就转身走了,可是调子她已经很熟,简直随时都可以脱口而出。她心中总不免有些得意。他不会当什么长的,可是她信得过他。

他当真没有"尾巴"吗?"尾巴"本来就在她手里,她很得意,她偏不曾拖一下。可是她既然也不讨厌他跟她到水边洗衣服,不讨厌他给她摘一朵野花,当时何妨也拖他一下"尾巴"只是不要把他拖住了不好吗？风筝没有人接住线会飞得高吗？于是早上穿衣的时候一想起脸就发烧的那只手又叫她脸红了。

得，得，现在是放哨去的时候了！她抬起头来看穿出身边那株榆树顶的太阳，女人，女人，她仿佛恨谁似的想了，只能拖拖"尾巴"和反对反对"拖尾巴"吗？狠狠的，仿佛为了使自己感觉到自己似的，她紧捏了一下手里的鞋底。她要放哨去了。

三

春天示人以更新的力量；春天却又叫人心软。柔嫩的绿色透出了灰黑的树皮，细草穿出了石缝；可是它们使树枝和石块失去了遒劲与□□□□□①一朵花，一对蝴蝶……

女人家怪想也真多。前些日子不知道从什么地方传来的新花样，妇女会给军队捐送慰劳品的时候，要捐送工织洗脸帕的妇女刺上自己□□□□□②。这是春天吗？田野在等着种子，为什么许多播种能的手③、老手，却拨着枪机、发着枪弹？为什么花可以在路边开而鞋底上不能刺一朵花？人长得模样不难看有什么不好？……问题的解答不是不可能就是简单到不值得解答，然而她总想问，不知道为什么心里总像下雨前罩着满天云，哭一场一定会痛快些，可是她太骄傲；女人就没有直接行动的力量吗？

好，事情来了：路上有人骑来了一辆自行车。

她站到路中间，说："对不住，路条"。

自行车停了。

他④打量从车上跨下来的那个人：有点面熟，年龄也正是老在她心里与日俱长的那个男子的年龄。可是头发光光的，怪不顺眼，像狗舔了似的，她想出这句现成的比喻来刻薄他一下。其次，眼像是老鼠的眼睛……眼睛却又那么别扭的钉着她，使她一接触到像触电似的全身起可厌的寒噤，停止了她的端详，于是简单的重复了一句："路条。"

---

① 原报此处被人剪去了约300字，待补。
② 原报此处被人剪去了约300字，待补。
③ "能的手"当作"的能手"。
④ 从上下文看，此处"他"当作"她"。

"我忘记把它搁在什么地方了。"

话倒是平常,可是说话时嘴为什么那么裂着,带那么一副要滴涎的样子?谁要你笑呢?一样坏,虽然不像那副方面孔,她想起了早上噩梦里那副浓眉毛,想起了梦里在路口受日本兵的"检查"。他会是一个汉奸吧?她厉声的说了:"找出来!"

"你来找好了。"

他一说,把身体挺前来,凑近她身边。她立即倒退了几步,可是说不出话来,想起自己身后边应该有一个人,应该有无数人,骑车的真从容,向四边望望,银花也想①四边望望,近处可不见一个人,半里路外的村子里冒出了几股午饭的炊烟。

"我没有路条,你说怎么办?"

"那就不行!"

她口里硬,心可在直跳。当真面前就是一个小汉奸了,至少是一个坏蛋。他要怎样呢,她又要怎样?

"不行,那我偏行给你看!"

他一说,右脚就踏上了车蹬。

"看你走得成!"

一边说,银花把穿鞋底的长针刺进了自行车轮前的橡皮胎,立即响起了一声"砰!"宛然像开了一枪。

五月四日

致叶以群②

Y③:

我们两懒相逢,应该说是相离,天下就至少少了一点事——不打搅邮差,又是也多了一点事,譬如我这次写信,无法直接寄你,竟须

---

① 此处"想"当作"向"。

② 此题为辑校者代拟,此函原载《文艺阵地》第 6 卷第 1 期,重庆,1941 年 1 月 10 日出版。

③ "Y"指叶以群。

麻烦第三者。其实过失不是在我，我离开四川，到了这里①许久，一直没有报告你，等到我后来写信给你的时候，你大概接不到了，因为未见回音，后来才知道你已搬了住处。可是你现在住在什么地方呢？听说你在写长篇小说，很高兴；其内容性质可得闻乎？……现在书出版不容易，出版了又不容易看到。我在香港出版的那两本小书②，我来这里后，似乎已经给你寄了，你可曾见到？这两本小书在这里市上早已卖完，现在来源断了，从此绝迹。暑假以来半年没有写一行稿子了，生活和心绪不安定，是其原因。……荒嬉了半年，眼看一九四〇年又完了，即日起当重开始用功，多读书，多思索，间或写一点东西。……

之琳　十二月七日③

读诗与写诗④

　　一般人常有这样可笑的观念：以为诗人如不是怪物，便是尤物；不是傻子，疯子，便是才子。虽然怪物，和尤物未尝不能写诗，而且有些大诗人也确乎是怪物和尤物，但写诗的不必都如此。写诗的也不必都很善于讲话，虽然他应该明白言语的德性。写诗的不必都是夜莺，又是八哥。诗是人写的，写诗应该根据最普遍的人性，生活尤不该不近人情，相反，他得和大家一样生活，一样认识生活，感觉生活，虽然他会比普通人看得格外清楚，感觉得特别深刻。诗人虽不应受鄙视，也不应受什么娇养，优容。诗人没有权利要求过什么"诗的生活"，另一方面也不该抱了写诗目的而过某种生活。譬在你若⑤以诗人身份或抱了写诗目的而参加抗战，则你不会像战士一样真挚的体会到抗战经验，因此你的诗也不会写好。又如游名胜，如果你为了写诗去，因

---

　　① "这里"当指昆明的西南联大——卞之琳1940年2月结束在四川大学教务后，转赴西南联大外文系任教。
　　② 指《慰劳信集》和《第七七二团在太行山一带》，这两书都由陈占元在香港创办的明日社于1940年初版。
　　③ 当即1940年12月7日。
　　④ 本篇原载香港《大公报·文艺》第1035期，1941年2月20日，署名卞之琳。
　　⑤ "譬在你若"或当作"譬若在你"。

为动机不纯,结果只是两失。诗多少还有点应该无所为而为。固然,你若先有了写诗的素养,则你过随便那一种生活,就写诗而论,都有方便处。既然诗是人写的,诗人也是人,在原则上,谁都可以读诗与写诗,事实上也是谁都读过诗,谁都,至少在某一时期,写过诗。

一般读者,大致都是抱了想得到一点安慰,想得到一点刺激而读诗的,对于诗究竟期待些什么呢?而诗对于读者又要求些什么,就是说要求读者先认识些什么?

这可以分成形式与内容两方面来讲。

诗的形式简直可以说就是音乐性上的讲究。照理论上说来,诗不是看的,而是读的和听的。诗行的排列并不是为了好看,为了视觉上的美感,而基本上是为了听觉上,内在的音乐性上的需要。有人把一个侧写,倒写,摆成许多花样,实在是越出了诗的范围,而侵入了图画的领域。本来,音乐是最能感动人的艺术。中国的《诗经》,古诗,乐府,词曲等,原都是可以唱的;西洋诗也未尝不如此,就是十四行体(Sonnet),最初也是写来唱的,到了后来才成为最不能入乐的一种诗体。法国诗人魏尔伦(Verlaine)在他的《诗艺》一诗中说过,"音乐先于一切"("De la musique avant toute chose"),可是诗不就是音乐。就是魏尔伦的诗也还是诗,虽然有些被德浦西(Debussy)谱成了音乐,不过那是歌了。最近有人以目前流行的歌词差不多都是新诗这一点事实来证明新诗的成功,其实要讲成功的话,这完全是音乐的成功。中国读者因为受了传统读诗方法的影响,拿起一篇新诗就想"吟"(或说粗一点,"哼")一下,因为"吟"不下去,于是就鄙弃了新诗。于是新诗要对读者讲话了:"你要唱歌,就不必来读诗,不然,等音乐家叫我披了五线谱以后再来吧"。另一方面,目前许多写诗的只知道诗应当分行写,完全不顾什么节奏,这是要不得的另一端。不过,事实上要求"吟"或"哼"的中国读者,也不会满足于英国诗里所谓的"歌唱的节奏"(Singing rhythm),更谈不上"说话的节奏"(Spoken rhythm)了。而中国的新诗所根据的,偏就是这种"说话的节奏"。孙毓棠先生在《今日评论》上谈中国诗的节奏问题时,也谈到了这一点,我在此再稍为补充讲一点许多人在韵律方面的努力、主张及他们所引起的问题。

关于诗行内的规律问题,最初在胡适之先生提倡写新诗以后,大家就注意到"逗"或"顿",其后闻一多先生更在写诗中尝试使每"顿"包括一个重音,这更接近英国诗用"音步"(Foot)的办法。朱湘先生的努力是追求每行字数的相同(虽然有时也无意中合了顿数相同的规则),大致像法国诗的办法,一个汉字抵一个缀音(Syllable)。孙大雨先生在用"顿"写诗中完全不注意每"顿"的字数是否一样,而梁宗岱先生则不但讲究每行"顿"数一样,而且还要字数一样。最后,林庚先生在写作上,周煦良先生在理论上,却主张每顿两个字和每顿三个字的恰当配合。经过他们的努力,现在虽还没有一个一致公认的规矩,新诗的规律多少已有了一点基础,新诗也有权利要求读者先在这一点上有所认识了。

  诗节的格式就是"Pattern",规律诗的尝试者曾经用过许多种,实在也并非如一般人所讥笑的"方块"而已。读者应知道,如果于内容相称,写诗者沿用西洋的诗体,也有何不可,而且未尝不可以用得很自然,要不然写诗者自己随意依据内容创造格式,那自然有更大的自由。至于脚韵的安排(Rhyme Scheme),如能沿用比较复杂的西洋诗的办法,而用得很自然,那有什么不好?看不惯吗?对了,那就只是习惯问题罢了。

  读者应该知道,真正写得好的自由诗,也不是乱写一起①的(自由诗实在不容易写得好,现在即在英法,自由诗风行的时代似也已过去了);而规律诗也有颇大的自由,如写诗者能操纵自如。善读诗者(不管读新诗旧诗)在音调上当不会只要求"铿锵",须知音调也应由内容决定,故应有种种变化。

  声音以外,读者对于诗当然还要求一些颜色。于是乎有了辞藻问题。一个形式上的问题,也可以说是内容上的问题。有修养的读者该不喜欢辞藻的堆砌,一大堆眩目的字眼。譬如爱伦坡(Allan Poe)是被法国人推崇备至的,英国人对他的看法就不大一样,阿尔道士·赫胥黎(Aldoux Huxley)曾经说过他的诗好像一个人在十个指头上戴了十只钻石戒指。陈腐的辞藻当然更要不得,但如恰当的用到新的地方,就是经过新的安排,也会产生新的意义。单是字句或篇章的组织上,也自会有其美,这似乎更非时下一般中国读者所注意及了。

---

  ① 此处"起"或当作"气"。

论理，读者在内容上该要求独创性（Originality），因为独创性简直就是一首诗，一件艺术品的存在的意义（Raison d'etre）。人云亦云，实在多此一举，当然说不上创造的（Creative）工作。事实上也许由于惰性吧，一般读者总喜欢现成的东西，并且准备随时被感动于所谓Sentimentality（即极浅薄的感情），而不易认识深沉而不招摇的感情。他们对于诗中材料也有限制，非花月即血泪，对于这些材料的安排，也预期一种固定的公式。难怪中国读者，尤其是中学生于旧诗词最易接受的是苏曼殊和纳兰性德，西洋诗影响中国新诗最大的，就是英国十九世纪的浪漫派，和法国后期的象征派。英国青年诗人中应居第一位的奥登（W. H. Auden）前年在汉口一个文艺界欢迎会上，即席读了一首才写了不久的十四行诗，被某一位先生译成中文，后来他自己发现诗中第二行"Abandoned by his general and his lice"（被他的将军和他的虱子抛弃了）被译成了"穷人和富人联合起来抗战"。不错，在这位译者看来，中国将军会抛弃他的战士吗？虱子可以入诗吗？其实这首诗意境崇高，字里行间，已洋溢着很不冷静的感情。无奈一般读者，非作者自己在诗行里说明"伤心"或"愤慨"，不足以感觉伤心或愤慨，更谈不上所谓"建设性的读"（to read constructively）了。

顺便谈谈译诗，或不是没有意义的事情，因为译诗实在是写诗的很好的练习。朱湘先生的译诗非常认真，格式都求与原诗一致，成功的也不少，徐志摩先生译哈代几首诗，于形式上的忠实以外，且极能传神，郭沫若先生译的《鲁拜集》和《雪莱诗选》也颇多可赞美处。戴望舒先生译的法国诗内容上都很可靠，于中国有一派写诗的影响亦大，可惜都以自由体译出而不曾说明原诗中一部分规律诗的格式，体裁。傅东华先生译的荷马，很使我们失望，因为小调实在装不下雄伟的史诗。至于在中国新诗界相当知名的D和L两位先生译的《恶之花》和L先生译的魏尔伦一首诗令人读起来十分费解，以为大概不失象征派本色，而和原诗对照过后，不能不惊讶，觉得他们不如索性写诗好了。事实上他们在写诗上也确乎有过成绩，也写过些片段的好诗（现在似乎都不写了）。不过如其思想混沌，感觉朦胧，即自己写诗也还是不行，倒难怪读者要莫名其妙了。

讲完了读诗，我对于写诗的意见差不多也就完了。现在我只想再补充一点。写诗，和写文学中其他部门一样，应该由小处着手，由确切具体处着手,不该不着边际的随便凑一些抽象、空虚的辞藻,如"黄河"、"泰山"之类,叫喊一阵。这实在根本谈不上文学价值(至于用处如何,那是另一问题),更不用说什么浪漫主义,何况即以功利观念出发,我们目前需要这种浪漫主义,还不如写实主义。要知道我们的抗战建国,并不是一件单纯的事情,需要兴奋远不如坚毅,需要大家单祝祷"前面的光明"是不够的,还要不惧怕"周围的黑暗"。一般抗战诗大多是作者眼睛望着天上写的。如果天空是一面镜子,倒还不错啊,如果你想写晚霞、明月也当然可以,此外恐只能写空战。此外,单是诗情诗意,还不是诗,因为即使是自由诗也还不同于分行写的散文,而单是具备了诗的形体的也不就是诗。至于要写来给人家不照音乐家的指示而自由哼哼的还是去学写旧诗,或则模仿歌谣。似乎诗与歌谣的分家是分定了,将来也许会有新歌谣,但同时并行的也会有新的诗。可是歌谣不是有意写出来的,而是人民大众中自然产生出来的,不能强求。也许人民大众的教育程度高了,修养深了,则他们自发的心声也会变了质吧?还有,中国所有的歌谣,差不多很少不是短小的,轻松的,柔情的,用细嗓子唱的,将来会不会有壮大雄伟的产生出来呢?我不知道。但我相信诗是会继续写下去,而且还会有许多传下去。自然,写诗或者将变为更寂寞的事情也说不定。

在西南联大冬青文艺社讲　杜运燮记

××礼赞①

××是不平常的东西,我赞美××。

这是我抄茅盾先生《白杨礼赞》书中《白杨礼赞》篇的第一句话,只是××在原文中是"白杨树"而已。我为什么要抄这一句话呢?原因是我见了《生活导报》的"××新闻"那一项目,禁不住想

---

① 本篇初载《生活导报》第22期,1943年4月24日出刊,署名卞之琳,重刊于上海《月刊》第1卷第2期,1945年12月10日出刊,署名卞之琳。因为《生活导报》本漫漶不清而《月刊》本更清楚些,此处即据《月刊》本校录,间或与《生活导报》本对校。

叫好或"喝采"一番——对××本身，却不知道礼赞文章该怎么着手，恰好在朋友桌上见到了《白杨礼赞》，于是一下子学会了开头。我倒要自夸青出于蓝了，因为《白杨礼赞》这个书名，虽然已比改作"白杨树礼赞"在神经过敏的读者一定觉得含义要大一倍，还远不如我这个题目含义无穷：××尽读者随意填去得了，可以代表一切。而且这样一讲，我头上这一句已经不费吹灰之力，全然变成了我的独创，可以因之而自成一家，全不犯一点抄袭罪，××可真神通广大！

××的神通也许就系于它的神秘。记得多年以前一位英国朋友和一位朋友合译了一些中国新诗，作为一集，在伦敦出版以后，送了几本给我们，让我们发现了一个很可笑的刊误，就是：朋友何其芳先生的一首诗被分成了两首。原来其芳照西洋常用的办法，在诗中某一半行以后，把下半行另排一行，从下行的半中腰起始。结果叫英国手民误认为是另一首的题目，另起一面，于是平空多添了一首诗。后来在北平那位译诗的朋友遇见了一位英国的游客，大概也是作家一流的人物，偶然谈起了这一点刊误而表示不满意的时候，那位英国游客就回答说："这样更好，增加了一点神秘美的。"①

我们那位中国朋友是生气了，我却觉得他太不懂英国人的幽默，我现在更觉得那句话也含义颇广，因为我想起了另一桩关于译诗的公案。

事情是这样。一九三八年春天从英国来了两位善意的青年作家，也许是我们抗战期间，到现在为止来过中国的外国人中最聪明的两位，一位是极有希望的小说家伊修乌德（Istherwood），另一位是被许多人认为英国当代第一名诗人的奥登（Auden）。在汉口一次文化界名流招待他们的茶会上，由于某先生即席吟了一首诗（大概是七绝罢），请另一位先生译成英文来读了，奥登就答读了先一日以一个死了的兵士为题材而写就的十四行诗，其文曰：（为了减少排字的麻烦，仅把我的译文抄在这里。）

　　　　他用命在远离文化中心的地方；
　　　　××××××××××，

---

① 此处"神秘美的"或当作"神秘的美"，后文即用"神秘的美"。另，《生活导报》本正作"神秘的美"。

他在一条棉被底下把眼睛闭上。
而从此消失了。他以后不会被提起,

尽管这一次战争编进了书本;
他没有从脑里丢了切要的知识,
他的笑话是陈腐的;像战时,他沉闷;
他的姓名就永远跟面容而遗失。

他不知道也不会挑选善,却教了大家,
给大家增加了意义如一个撇点;
他变泥在中国,为了叫我们的女娃

好自由自在的爱土地而不再受尽
污辱而委诸群狗;为了叫有山,
有水,有房子的地方也可以有人。

  与奥登一样被誉为英国当代诗坛三杰之一的史本特(Spender),在翌年曾说过,奥登在中国写的那一套十四行诗,也许是到那时候为止,奥登所写的诗中最好的一部份①,而依我个人的浅见,这一首亲切而严肃,朴实而崇高,更有②替中国抗战捧场的最好的一首诗。当时,有一位先生立即为奥登译成了中文,次日汉口各报就遍登了出来,奥登他们遇见某报新闻记者来访的时候,就请他重新把这首诗的中译文一个字一个字译成英文给他们看,于是他们有了一个大发现。我前面打××的那第二行原文是:

Abandoned by his general and his lice.

而以中译文译出的英文是:

The rich and the poor are combining to fight.

  尽管大家抱善意,这当然不得不叫人苑尔③了。我觉得即席译这首诗的那位先生未免太忠厚了。他为什么不为了增加一点"神秘的

---

① "部份"今通作"部分"。
② "有"字在《生活导报》本作"是"。
③ 此处"苑尔"当为"莞尔",《生活导报》本亦误作"苑尔"。

美", 而像我一样的打上××, 读起来也可以把×读如"叉", 根据行中韵律的需要而加以四声的变化, 如我们初学做旧诗的背诵"仄仄平平仄"诸类呢?

而这首诗中有一点也给了我一个很大的启迪。作者说那个兵士的工作等于打一个撇点（,）打撇点既①是渺小者的工作, 在历史上写字还不见得太高, 正惟打××者才最能完成其伟大。我很高兴。

我也实在不能不沾沾自喜。譬如我们的一些硬骨头的大学教授, 既然无法与拉洋车的竞存, 颇有些揭出润列②, 规定若干元一首卖诗的, 我相信这些前辈先生也就不能跟我这个后生小子竞赛, 如果我也来干这一行, 因为我有一个法宝, 就是××哲学。靠这个法宝, 我就可以大量生产, 而且当真可以一挥而就, 人家如果要我写一首五言绝句, 我就可以全然不假思索,③ 在纸面上写下了平韵或仄韵的五言绝句的平仄公式, 我就可以告诉顾客说, 这比任何一首五言绝句都值钱, 因为古往今来任何最好的五言绝句, 差不多全跳不出这个如来佛的手掌。这个圈套, 直可以说万物皆备于此矣。自然用"平仄"还不爽快, 我可以更进一步而纯用×× (这也正符合少用脑子多拿钱的尺度。)

××实在也是最方便的东西。我上边来那么一整行××的办法, 其实还是从一位先生译诗的办法学来的一点乖。那位先生在译一首诗时, 译到一行颇费解的诗句就来了一行虚点, 我觉得虚点不如××更耐人寻味, 而责任又可以推诿给别人。我自己也有过这么一点经验, 我有过一次在一篇记实文字里忘记了一个确实的地名, 一时无从查考, 觉得若单说"某处"似又会令人感觉太不确切, 太不负责了, 于是我深深感觉到打××的方便, 而埋怨我一向的执拗脾气太不合我们的民族精神。

因此我也就觉得奇怪, 多年来尽有人在那里提倡国音罗马字, 提倡拉丁化新文字, 却从没有人提议汉字××化, ××既然深得了我们民族精神的精英, 成了我们的国粹, 或如蛮夷之邦的日本人说的那么俗气的"国宝", 一般老百姓只要教会认××就得了。而我也可以个别为外国人开汉文速成学校, ××既容易认, 又容易念, 只消半分钟

---

① 此处"既"当作"即",《生活导报》本亦误作"既"。
② 此处"润列"当作"润例",《生活导报》本即作"润例"。
③ 《月刊》本此处为句号, 而以下句另起一段。这显然有误。查《生活导报》本, 此处作逗号, 与下句连排。此据《生活导报》本改正。

工夫我就教会他们一通百通，就可以给文凭，授学位了。

不错，退一万步言，这些速成班毕业学生至少可以读报章，读杂志，因为时势所趋，报章杂志，也许为了竞存起见，终将换成××。事实上，目前已有这一个现象：一种报章或杂志，××愈多，销路愈广。报馆和杂志社现在应该重订稿费的价目了。例如，普通稿费每千字假定为五元，××稿费就该加倍，一个刊物采用了一篇文章，如果登出来尽是××，刊物的销路一定会增加一倍。如果登出来只是一片空白呢？那比××更应该多给稿费。因为如果这一期因之而卖不出一份，那样更好，下期一定会增加十倍的销路，五倍的赢利。① 然而连空白也不登又怎么办呢？不要紧，你不妨来一行字曰："此地并无空白一块"，这在效果上就等于写"此地无银三百两"，所以办法是无穷的，只要你一通了××哲学。

最后，还是让我扳起面孔来谈。我在这里并非只是开开玩笑，实在是想阐发一种深奥的哲理，供我们的哲学教授们参考。我用来作我的理论根据的，让我随便想一想，就有"知之以为用"，"无为而无不为"，"无言而教"，西洋的象征主义，等等，等等，××，可不真包罗了万象？"满纸荒唐言"，我不觉又想以抄书作结了。这一次抄的是《红楼梦》，可是下句怎么办呢？我现在正得意忘形，全无"辛酸泪"啊！得了，得了，我"一××××"。

我赞美××。

意见，意见，还是意见②
——读奥登《新年信》附注偶记

一　意见与事实

W. H. 奥登在他的近著长诗《新年信》附注里有这样一条：

---

① 此处《生活导报》本有这样一句："如卖牙膏的从每条价值二十元的时候，开始来一个空白（或者说××一下，××很像贴两张封条），然后再拿出来卖，一条就可以卖一百二十元了。"

② 本篇原载《生活导报》第24期，1943年5月8日出刊，署名卞之琳。

一位准备做哲学博士的学生，跑去对一位哲学教授说："我正在把美国的课程标准作一个比较研究。我的办法是比一下各重要科目的必读书的页数。先生可以告诉我贵学院的哲学一门里，有多大的数目？"

　　"可是，当然，"哲学教授说，"五十页希腊文的亚利士多德，跟五十页的通俗哲学史并不一样啊。"

　　"那，"学生回答说，"只是一种意见，页数是一种事实。"

　　这是他所注的诗中的这一句话："可量的东西管着量东西的人。"读了这条注，再看这一句话，我觉得正好切中了我们的时弊。粗粗看来，我们中国人却似乎轻质而重量①——数目愈小愈好。例如昆明市面上，就不要量多的毛钱票，××××××××××××××××××××××。② 大家最要的是某一种硬东西，可是那种硬东西不是只一点点吗？一两的那种硬东西只是一而已，一万张毛钱票却是多大的数目！我们究竟是泱泱大国，大国民的气度。可是大国民实际上还是做了数目字的奴隶。因为我们是爱结实的具体的东西吗？我们实在是爱抽象的数目字。目前我们大家的努力似乎都集中在加速数目字，繁殖数目字，一切努力似乎都无非在用同一撮饵来钓更多的数目字，由一百增加到一万，由一万增加到——谁也不知道多少，而数目字又是放在无底的篓子里，一下子又溜到水里，化为无数倍。大家都在提炼数目字，大家都在不断的"抽象"，循环的蒸馏，想把盐水剩给人家喝，事实上自己只是在争取领导地位，领导大家喝盐水止渴，而终于大家渴死。谁说中国人缺少西洋的那种追求无尽的精神，浮士德的精神！中国在这一方面所表现的追逐自己的影子的精神，当为全世界其他人种所不及。于是就难怪我们在泽边上钓鱼中，就不知不觉坐到了高山的金顶——昆明的金价不是曾一度成为全世界的最高峰吗？

　　"你这是一种意见，"大家听了马上会回答，"万事③是一种事实。"

　　这样天下倒就相安无事，各得其所了。奥登诗注里也正好有这么一段：

---

① 此处似应作"轻量而重质"。
② 此处27个字被检。
③ 原刊"万事"漫漶不清，录以待考。

他的父亲是一个自由主义的政治家，极反对纳粹。他的母亲，早和他的父亲离了婚，常住德国，极反对闪族人。可是当他和一个有钱的犹太女人结婚的时候，他的父亲却大为震怒而他的母亲则十分高兴。

由此看来，意见是意见，事实是事实，两不相干。

可是在中国就如此两不相干吗，尤其是自己造成的事实与别人发表的意见？在中国，事实是从来不会错的，错的就是意见。一个人做错了事情，若有所责怪，就责怪人家为什么发现他做错了事情。所以大家在那里做追逐自己的影子这一类事情的时候，要相安无事，只有视若无睹。《新年信》附诗①里恰好又让我抄到一节：

当他四岁的时候，小约翰养成了曝露狂的习惯，晚间让安排就睡以后，老爱赤身裸体的来到餐厅里跳一圈。他的父母一心想不用大惊小怪来把他弄得更糟，认为最好的办法是不注意他。有一晚，他们请了一些客人来吃饭。他们就说明小约翰或许又要来这么一套，就请他们不去理他。果然他又下来了，绕屋子跳了一圈，才回去上床。

两天以后，他到祖母家里去小住。"婆婆"，他说，"你知道那天怎么了？妈妈的房间里有一盒 Vanishing Cream，我老想知道那是什么玩意儿，所以前两夜，我就用它涂个一身，在妈妈请客的时候，下了楼去。果然灵验，没有人看见我。"

雪花膏在英里②叫 Varnishing Cream，被小约翰看丢了一个 R，当成了"隐身膏"。我还是担心：如果被外边人撞见呢？或者，我们有一个事实，被外国人撞见了说闲话呢？

"那，"我们也可回答，恬不为耻，"只是一种意见，事实是事实。"

二 艺术与科学

奥登在《新年信》附注里来了这六行打油诗：

---

① 此处"诗"当作"注"。
② "英里"当作"英文里"。

> 每个人对于食物
> 都采取科学态度；
> 想要吻他的太太，
> 他就上政治舞台。
> （这道理大致不差）
> 孤独时就做艺术家。

虽然是一句老生常谈了，第三点，也许因为和前两点是排在一起的缘故吧，还是令我禁不住要问：孤独时一个人怎么做艺术家呢？于是，我还是从奥登的诗注里转抄到一个回答，在前面另一处与此不大相干的一条注：

> 高尔基在日记里讲，他有一天撞见了托尔斯泰正在那里凝神的注视一只蜥蜴在石块上晒太阳。"你幸福吗？"托尔斯泰问蜥蜴说。然后，回过头来看准了没有人在旁观看，他十分机密的说了，"我并不。"

可不是，一个人在那里这样子自言自语不就是艺术生活吗？然而，还是不行，正如奥登在附注中别处说到的，托尔斯泰的作品，并不像杜思妥依夫斯基那样的是寂寞人的文学。而我们都知道他的大著《战争与和平》，世界上最伟大的小说，更不是产生在孤独中，而写在新婚生活的美满中。至于和蜥蜴对话当是后话，不能断定他写那部小说的时候也要作如此的独语。尽管大家不提，这总是一个例外，而且是那么重大的例外。所以有了如意的太太并不是藉以为不做了艺术家的理由，只能反过来说知识分子或文化人总不大能满足于自己的太太，至少叫市井人看来是如此。

> 十字街头人（对不起，原谅我心直口快，）
> 对于人生倒看得很清楚，
> 一听到智识分子这名词他们就猜
> 是一个不忠于太太的丈夫。

这也是奥登诗注里的一节随感诗。对不起太太也许也就是一种艺术生活,不过在中国似乎不成立,因为在中国的传统里,丈夫对于妻子倒大多是抱的一种科学态度。反过来在礼仪之邦,一位先生决不会艺术化到这般地步:为了要吻自己的太太而去做官,因为太太是自己的所有物,对之作任何动作,不管她愿意不愿意,还不是听便,何须绕那么大的圈子?如果把这两行诗解释为欲得一位太太而吻之而就去做官,在中国还可能,不过去谋官的时候,一个男子大致心里也只是想做了官可以得到许多东西,一个如意的夫人也只是许多物件中之一而已。懂生活艺术的决不会过艺术生活,例如傻傻的对一只蜥蜴告诉自己的不幸福;所谓怡情养性,不在任何事物上吃一点亏,实在是最讲究科学的生活。推而广之,中国传统里男子对于女子实在都持的科学态度,例如李笠翁在《闲情偶寄》里研讨女子的皮肤,可不是跟研究食物中一块肘子适不适于红烧没有什么两样吗?

当然卫道的读者马上会反对我这一番话,而可能说上一大堆,比我的好听得多,那我也可以回答说:"老兄你也只是意见而已。"

伏枕草:洒脱杂论①

一 责任以外

超乎责任以外,一个人就会做到洒脱罢?我现在閒②了。因为我

---

① 本篇初载《生活导报》第28期,1943年6月6日出刊,署名卞之琳;复载《燕风丛刊》第一集《一个军曹的礼物》,成都燕风社,1944年5月,署名卞之琳;又与《夜起草:前进两说》一并称为《草草两篇》,重刊于上海《月刊》第2卷第2期,1946年9月20日出刊,署名卞之琳。《月刊》本在《草草两篇》之首并有卞之琳的一则题记云:"最近三年来在昆明,除了教书,闭门工作,好像与世相遗的样子。但三年前(一九四三年春夏),忧国忧时,联大同人大家给当地小报(性质与上海一般的不同)发表杂感的时候,我于礼赞'××'之余,也一连写了些文字,昆明以外,极少知道。这些有关世道人心的文字,针对某一时,某一地,某些事的,自然无功于日后的'胜利',于来日的和平更不会有什么贡献。可是,在另一方面,说来也怪,时过境迁了,我自己翻一些出来一看,竟还感觉兴趣,没有什么要修正的意见,即检出'草草两篇',交给索稿的朋友,想感觉兴趣的也许还不止周围几个人,六月十六日,上海。"因《生活导报》本和《燕风丛刊》本漫漶不清,此处即据《月刊》本校录,而间或与《生活导报》本及《燕风丛刊》本相参校。

② 此处"閒"当作"问",《生活导报》本和《燕风丛刊》本均作"问"。

向来不大懂洒脱。这大约因为我不大病倒的缘故。我近来唯有一点足以自豪：不吃药，不打预防针，不忌饮食，也从来不病倒。当然，伤风，咳嗽，头痛，在我也司空见惯，可是顶多叫我在不该躺在床上的时间内在床上躺个半天，又不得不让我起来了。我们以为这种体格是我们老大民族的标准体格。可是说来奇怪，也就因此，我现在明白，我才学不到我们民族的这个标准德行：洒脱。可不是，我现在连躺几天中就多少尝到了一点这种德行的滋味。尤其在昨天，在空袭警报声中。不"跑警报"也算是洒脱罢？不，我近年来所以出此，只是因为懒，因为不肯吃苦。而且我还不尽释然，万一炸死，我总有点对不起人家的地方：至少我不该就抛下我尚待完成的工作。而昨天好了，当我躺在床上的时候，警报长鸣，我就十分心安；一切责任不在我！而且死就等于解脱了一切责任。对于自己一条腿最荒谬的挂在邻家高楼的簷角，这种最洒脱的行为，死者也不担当任何责任。这样一想，我实在自觉够洒脱了。

　　洒脱可不一定舒服。我常常想如果我害到需要躺在床上静养的什么病，我准不会好，因为我躺不住。我是一个不安定的灵魂。现在我果然就躺不住。尤其在最洒脱的时候，就是晚上发高烧的时候，我不想对外卸却了一切责任，对内也摒除了任何意志的约束。无奈我朦胧中觉得自己的身体就像未死的大虾在油锅里一样的转侧难安，而头脑里更像沸锅一样，多少观念，意像，在那里上下翻腾。仿佛阿诺尔德曾经在读了 Wuthearing Heights 以后，写过几行诗说那些坟墓里该还扰攘着不安定的灵魂。我的头脑正就像这样的一个坟墓。由此我（也正因为在高热中，思绪脱了韁）不由不有点相信迷信中所说的人死后，尤其是冤死后，尽管三魂渺渺，七魄悠悠，还会纠来缠去，在世界上游荡。不行，我还是想不开。

　　那么还是让我以毒攻毒，索性不放任思绪，把它们集中在洒脱问题上，于是床倒黏得住我了。而且这样做，纯由于自私自利，不为人家打算，不负任何责任，我又（至少暂时的）感到了洒脱的好处。真正的所谓"洒脱"，我想庶几近之罢？

二 观赏与赞美

洒脱的另一方面也许正就是基尔克忧①特所说的"观赏的态度"（Aesthetic Attitude）。不过这位丹麦思想家把这种态度特别应用在自己对于灾难的处置上，正合我们的"逆来顺受"，而我们的洒脱却似乎更习见于观赏人家的受灾难而无动于中，甚至拍手叫好。

数星期前，有一天下午我经过××路，忽然听见前面有一种奇异的号声，多少人从两旁店铺涌出来站在道旁，于是我看见前面来了一队人马押着两个囚犯，原来是枪毙人。那两个囚犯，一个垂头丧气的坐在洋车里，另一个却红着脸（大约是喝过酒），站在洋车上向左右吆喝着："我自从×××事变就参加××的啊！"我赶紧低头走开。我并不是心软得认为那一个红脸大汉不应该死，他大概死有应得；我是心硬得恨多少该枪毙几次的都不见挨到一次。我非常不洒脱。而且随即发现街旁一个捧着一碗饭的店伙却边看边吃，津津有味，显然这一景颇能为他佐餐，有如报上的一幅漫画在西洋绅士的早餐桌上。

"看杀头"在中国是由来已久的一种制度。看一切像看戏样原是一种洒脱的态度。不过还能"看"当然是看别人。现在这一个场面在两旁看剧人一定还觉得不够精彩。如果那个红脸大汉，不那样吆喝而代之以泰然的扬言："再过十八年就是一条好汉！"那么大家一定会拍手叫好了。

不错，那个大汉实在不够洒脱，那样给自己辩正也许正是怕死的表现，而洒脱的解赏家总特别欣赏人家以洒脱的态度来对待临头的"千古艰难惟一"的死。

希腊悲剧《阿格门农》中女先知嘉桑诺瓦，知危不避，听到合唱队说她"有耐性，有勇敢的精神"，就回答说："凡是幸福的都不不②会受到这样的称道。"

这句辛酸话也应只是更博得一声"说得好"而已。否则观众就不够洒脱了。

---

① "忧"（憂）当作"夏"，《生活导报》本正作"夏"。按，基尔克夏特（Søren Aabye Kierkegaard, 1813—1855），通译克尔凯郭尔，丹麦哲学家，存在主义的先驱。

② 此处第二个"不"字为衍文，《生活导报》本并衍，《燕风丛刊》本已纠正。

三 人与性情

完全放纵人性也就是洒脱罢？

我们的寄宿舍向××报社经常订有一份报，可是并不见经常的会送来。平时多送在外边××日报早就叫卖完了的午间。有时就第二天补送，有时则干脆补都不给补。最近我们发现了其中也有规律：我们最需要看报的时候让我们最看不到报（有警报日子自然不算）。星期日送报有时也放假。报到午饭后送来，我们所得到的新闻自然已是旧闻了。例如，前些时登北非战事结束，北非德军总司令被俘的那个消息的一天，又如上月十五日市空空战敌机被击落九架或十五架的次日，果然都证实了我们所发现规律：不送。为什么呢？就因为那两天大家最爱看报，报纸销路好，送报的把人家定的报在外边卖了上算，回家去拿了不劳而获的一堆钞禁①叫老婆儿女多高兴，多合乎人情！至于订报的人家呢？管他！

"管他呢！"不错，也正是洒脱的又一种表现。可是若然，空军人员到星期日也应该不警戒，临到敌机来袭，也应该跟大家一样留在地上看热闹了。

人之异于禽兽者，也就在人还知道顾到人家的人情。专放纵自己的七情六欲，凭本能生活，则所谓人情直无异于兽性。

四 洒脱在那里

毕竟我身上余热未退，话里还满是火气，而说了半天，结果像只是证明了洒脱是坏东西，是自私自利，是"拆烂污"，是麻木不仁，是"管他呢"主义。这些也许都是假洒脱，可是真洒脱在那里？

魏晋时代也许是真洒脱的时代罢？不错，我们后世的洒脱似乎就是抄袭的魏晋人。送报而不负责送到，可不就是学习《世说新语》里的殷洪乔。殷老先生真是洒脱之极，把人家托带的信一起抛在江里说让它们去，"沉者自沉，浮者自浮"，白白的叫等信人望穿秋水。可是他还没有把那些信拆开了读人家的情书给大家开心，没收珍物，或把信笺信套拿去卖给人家包装花生米。现代人却只抄了古人的一方面，

---

① "禁"当作"票"，《生活导报》本和《燕风丛刊》本均作"票"。

而且即在消极的洒脱这一方面还没有抄到家。

那么洒脱也还有积极方面吗？对了，我想起看人家送法场而悠然吃饭也像是学《世说新语》里的王大将军，他让石崇连斩三①个行酒的美人还是不肯饮酒，颜色如故，而对劝他的王丞相说"自杀伊家人，何预卿事！"王敦的这种态度能说是执着吗？要说是洒脱，洒脱也自有其积极性了。他不动声色就是一个有力的抗议。而进一步，也能②《世说新语》讲，王子猷见人家有好竹，就"迳造竹下，讽啸良久"，简直不理主子；王子敬听说人家有名园，"不识主人"，当主人大宴宾客的时候，就闯进去，"游历既毕，指麾好恶，旁若无人"。现代的洒脱人做得到这样吗？这些魏晋人都洒脱得虎虎有生气，笑便笑，哭便哭，骂便骂，在今日都够资格送进疯人院。（其实《世说新语》这部书在我们今日看来也就是一个疯人院）所以，在大家鞠躬起来都还顾到对方的地位高低而酌定度数深浅的世界，洒脱究竟在哪里？③

夜起草：前进两说④

一　"行行重行行"⑤

"行行重行行"这一句诗，在英国翻译中国诗译得最好的魏莱先生（Arthur Waley）的笔下就成了"on and on, always on and on"。这初看起来，在英文里的确新颖，对于原文也十分忠实，但早就叫我跟朋友们开玩笑说了："ON 应该倒过来，改为 NO——no and no always no and no，因为我想想又觉得不对，总还是想想又觉得不对。"

"行行重行行"，既然后边紧紧⑥接了"与君生别离"，显然是欲

---

① "三"，《生活导报》本误排为"二"。
② "能"《生活导报》本作"照"。
③ 《燕风丛刊》本删去了以上这一段。
④ 本篇初载《生活导报》第 34 期、35 期，1943 年 7 月 18、25 日出刊，署名卞之琳；又与《伏枕草：洒脱杂论》一并称为《草草两篇》，重刊于上海《月刊》第 2 卷第 2 期，1946 年 9 月 20 日出刊，署名卞之琳。此处即据《月刊》本校录，而间或与《生活导报》本相参校。
⑤ 在《生活导报》本里，"行行重行行"一节在后，"时间，前进呀"一节在前。
⑥ "紧紧"，《生活导报》本作"紧"。

行又止,走走又停停,走走又停停,全然依依不舍的意思。果然詹姆士·乔也思(James Joyce)在他的早期小说《青年艺术家的画像》里甚至于进一步而全用了 ON——"on and on always on and on",效果非常动人:书中的主人公看着许多女孩子在海里戏水,一个人在海滩上踽踽独行 on and on and on and on,何等凄凉,殊不下于"与君生别离"的"行行重行行"。然而"on and on, always on"译到中文里究竟还是"前进又前进,总还是前进又前进";如果节去"又"和"总还是",稍稍改一下节奏,就成了我们《义勇军进行曲》里的"前进,前进,进,进,进!"这样一来,与"行行重行行"恰正失之千里了。叫西洋人了解"行行重行行",最简便的方法,也许无过于请他陪一位中国旧绅士一块儿散步,如果不挽着手臂,不谈着话,他就不能不走了一会儿又得回过头来等一等,于是走走又停停,走走又停停——对了,"行行重行行"的步伐也就像这样。

如此说来,我说该把 ON 改成 NO:倒也像不是全然说魏莱先生译得不对,而是另有其正确的意义:"no and no always no and no"正是"不走罢,总还是不走罢"的意思。说"不走罢",无可奈何,并不是不走,还是走。一本英国新出版的小说讲到美国人在上海照例喜欢买一种绸衣物回国送女朋友,其中有些上边绣着"no, no, no a thousand times no."这里的否定实在多么富于肯定的诱惑。当然,这一点瞎扯起来未免太不经,也比得太不伦了,可是这正好说明了"不走罢,总还是不走罢"在行动上尽可以就等于"还是走,总还是走",于是"no and no, always no and no"倒传出了"行行重行行"的神情。

这当然还是笑话,可是把"行行重行行"这样的一解释,我们对于历史的步伐或进行的方式,倒又可以得到一个明白的观念。"行行重行行",断章截义的说来,也可以是一个曲线的进行。历史在终于复合以前,正中必有反,而我们的旧说"周而复始"现在大家也知道最好应解作"螺旋式"而并非"圆圈式",所以反中还是正。我在《新的粮食》的中译本前头的序文①里,讲到"浪子回家"的时候,曾经说:"浪子回来而他的弟弟出去——这里包含了永久性,可是这不是尼采所

---

① 此处《生活导报》本文内夹注云:即《纪德和他的〈新的粮食〉》一文,见《明日文艺》第一期。

谓的'永久的回复'。浪子的弟弟是年轻一代人，他如果再回来总是跟浪子不一样的回来，而他自然也有更年轻的弟弟。不错，明年的春天会再来的，可是总是另一年的春天了，园子里的花木会一样的开花，可是多少总是改变了一点，增加了枝叶或者相反的衰老了一点，而衰老了一点也是让下辈多舒服一点，总之，不能不算是进了一步。"

这也就是我早已在《慰劳信集》（见《十年诗草》）的最后一首里说的：

"不怕进几步也许要退几步，

四季旋转了岁月才运行。"

当初（将近四年前）在大家乐观的顶点，倒还亏我也想到"也许要退几步"，可是我如今却心惊于这"不怕"二字了。"不怕"是好的，应当的，怕只怕光是"不怕"。附着或推着车轮走，一度又一度的向后转，果然是前进所少不了的步骤，可是有些泥块或手从轮边上摔退了出去也就永远摔掉了。世界历史上不正有多少民族就这样一蹶不振或永远灭亡了吗？自然，这种民族的衰落，灭亡，从全处和大处看来也未尝不公平，也未尝非世界之福，可是走上这条向下的道路去的民族自己总不能那么释然。以前，还在战前，吴稚晖先生似乎说过"天下本无不亡之国"，道理寻常，天下也本无不死之人，可是那句话里充满了多大的沉痛，多大的愤慨。

自然，进退也许是全凭主观的说法，你说是退，也许人家就以为进。而且从大处说来，我们向西康走，向昆仑山脉走，也未尝不是回上海的旅程。甚至于"我们的地球上也本无所谓上下，"如我在那篇序文里说的，"我们全是在某一点或面上相对的立下了标准，"可是"也只有从此出发，我们才有可为。""冬天既然要来了，春天会太远吗？"雪来说得果然不错（见《西风歌》），可是西风后边带来的现实究竟是冬天。我们总不该以迎春的办法——减穿衣服——来代替入冬的准备——加穿衣服。又如此刻夜已过半，黎明果然就在前面，可是若在昨天下午就如此说，把入晚当破晓，到夜里代睡眠以起坐，像我现在一样，又岂得谓正常，岂得谓通？

所以，"on and on, always on and on"究竟不等于"no and no, always no and no"，退不等于进，正不等于反，是不等于非。

二 "时间,前进呀!"

前些日子我在书店门口看见一方纸上大书特书着"时间,前进呀!"进门去一看,原来是一本苏联小说的中译名。著者卡泰耶夫的名字我还熟悉,只是我到今还只从英译文里读过他的一两篇短篇小说,那还远在十几年前,现在第一次听说到这个书名字。当时在书店里我只是把书翻一翻,也就让它过去了,然而回来了我就对于这个书名字愈想愈觉得奇怪。这是一个命令式的句子,可是时间不像人,催不催都一样,总是不舍昼夜的流逝着或者前进着,实在用得着人在旁边呼喝吗?于是我跟朋友们探讨着这句话到底怎样讲。结果大家认为这句话倒是只有在目前的中国人心里才喊得最响,最普遍。签签到,看看报的公务员在办公室里会不耐烦的喊着"时间,前进呀!"久候的旅客在车站上会焦灼的喊着"时间,前进呀!"等月底发薪的大学教授会忧愁的喊着"时间,前进呀!"估计战事三年五年就结束,想恢复当年的好日子的流亡人会喊着"时间,前进呀!"在苏联怎么也会有这样的叫喊呢?不得其解。

过了几天,我经过书店的时候,又进去翻了一翻这一本小说,摘读了一下卷末一位先生的介绍文,于是多知道了一点:这本小说是一种工厂史,是写苏联第二个五年计划的,写工人竞赛打破成绩的最高纪录,以响应国家领袖的号召——"加快速度",而"时间,前进呀!"原来是玛雅柯夫斯基的一句诗。

可是,这句话究竟怎样讲呢?我还是不得其解。"加快速度",当然并不是叫时间,是叫人。那么人还唯恐赶不上时间。与时俱进,还用得着催时间前进吗?也许读了全书我自然会明白,无奈全书这么厚,要我读,我至少暂时总得要连连喊"时间,慢点走罢!"于是一位朋友就是①我解答说也许"时间"两字底下得另加一个惊叹号,表明还是对人讲的,意思是:"别忘掉时间,时间过得多么快,你们快前进啊!"这倒较为近情理,可是总不免太曲折了;直捷一点还如改为"时间在前进啊!"那也就可以收警惕的功效,可是又缺少了新奇,突兀的力量。而这样简单的字句,虽然不知道原文是什么,我们想也总

---

① 此处"是"显为误排,据《生活导报》本当作"为"。

不至于译错。不过那位先生的介绍文里也曾说到凡拖住时间的就是落伍，时间，同样的，又怎能拖得住呢？唔，我现在想起奥登在汉口，对于那些过着忧郁的室内生活，以吃喝、饶舌、打牌度日的白俄人，曾经说过这句话："他们的钟都停在一九一七年。以后一直是吃茶点时间。"那么"时间，前进呀！"也就简简单单的只是一个文学的说法，譬喻的说法而已。时间也未尝不可以代表时代，这也就是我早已在上引的那一篇诗里所说的：

"等前头出现了新的里程碑，

世界就标出了另外一小时。"

这里的"另外一小时"也就相当于奥登的诗集名字"另一时"（虽然我写那首诗的时候——一九三九年十一月——并没有先想到要这样解释，也还没有听说奥登同年出版了一本新诗集叫《另一时。》）

不过，把那本小说名字这样讲也还是太不切实了，而想像也总该自有其逻辑。再想一想，我觉得"时间，前进呀！"这一个叫喊在实际上也可通，也会合乎苏联的精神。例如要达到一个数目，自信每小时都不会白费，都会有若干件东西造出来，那么叫时间快前进就等于叫件数快增加了。又如，美国人相信到一九四三年底可以把飞机架数增达到若干万，美国人也大可以理直气壮的喊"时间，前进呀！"在英国也未尝不可以这样喊。不错，这是一个苦难的时代，全世界都会喊"时间，前进呀！"而实在极少人会像浮士德最后对现刻说："你这样美好，停住罢！"（发国难财的暴发户也不会这样说的，而也会热烈的叫喊"时间，前进呀！"因为他们的财会与时俱进，佳境也总永远在前头。）照《浮士德》讲起来，要时间停住就是恶，尽管我们的哲人向往于"日长如小年"的境界，究竟我们大多数都感觉到"度日如年"啊。可哀的是，我们中国尽管站在一边跟我们"盟国"一起喊"时间，前进呀！"时间过去了，各得其报，却不会有什么报答空空的呐喊。

然而不管怎样讲，喊"时间，前进呀！"总无甚用处，有时可能是最无聊的事情。时间总是非人力所能催得快的，一个人至多能把自己表上的记号拨快而已。我想倒还是上引的我自己的那两行语不惊人的平凡诗里所讲的办法似较合实用：你走到看见前头一块新的里程碑了，世界就自然而然，不知不觉的进入了一个新时代。这可不是正合我们走路的经验吗？钟表的原理也就是如此，发条旋开一转又旋开一转，旋到一定的长度，钟铃就响起了一个新的数目或者表面上就跳出了一个新的数目字。是的，眼前也即是一例：我现在中夜无眠，只能想想别人也许会静静的吟味着"卧后清宵细细长"，自己心里却只想喊"时间，前进呀！"而时间总是那么迟迟不前，可是等我披衣起坐，不再催时间而埋头写完这二三千字，才抬头一看，倒好了，表上早已轻而易举的已给①我标明了四点，离破晓当真就不远了。

复《文学创作》编者函②

××先生：

十一月间信今天（十二月九日）才收到，却正好赶上我集中写信的日子，果③到半个月大致也得等到今天才复。每次接到相识或不相识的友好寄赠刊物以及征稿信件，我照例有稿即寄，没有稿则连信也不复，因此有许多刊物过了几期都不再来了。只有少数几种还经常光降，其中就有《文学创作》，专凭这点我也该说几句道谢话了，何况今天又接到了垂询生活的来信。

实在我最懒得写信，倒全非为了摆架子。也实在忙。三年来我一直在联大外文系教书，平时课虽不多，也颇占时间与精神。这一学年起我新担任了翻译课，还感觉兴趣，只是一讲起了头，就有许多话要说，在每星期两小时的时间里实在说不完，现在索性只讨论课卷里的问题，而仅是课卷里的问题又五步一楼十步一阁的叫人应接不暇，探索不尽。下学期我新开了一个冷僻的选课，"亨利·詹姆斯"（虽然晚了半年，也算是对这位大小说家百年诞辰的一点小小纪念），现正预备讲稿。至于暑假，我已利用了三个，再加上两个学期课余的时间，写

---

① 此处"已给"与前"早已"语义重复，第二个"已"字为衍文。按，《生活导报》本此句作"表上早已轻而易举的已我标明了四点"，第二个"已"显然有误，作者在《月刊》重刊此文时，可能将"已"改为"给"，但又被误排为"已给"了。

② 此函原载桂林出版的《当代文艺》第1卷第4期"作家生活自述特辑"里，1944年4月1日出刊，署名卞之琳，题目为辑校者所拟。从信中所说情况来看，卞之琳这封信应是回复《文学创作》编者约稿的，而《文学创作》以及发表此信的《当代文艺》的主编都是熊佛西，所以卞之琳的这封信很可能是写给熊佛西的。

③ 从上下文看，此处"果"字当作"早"，原刊可能因形近而误排。

完了一部长篇小说的初稿（连空格约四十万字），现在也还没有工夫整理修改，决定推迟到明年暑假才动手，预计到明年底改完第一遍。倒是前些日子，作为消遣，把废名《桥》里的两章译成了英文，一位英国同事①见了怂恿我把全书译出，怕暂时也还没有时间。也出于这位朋友的怂恿我从自己的《十年诗草》里译出了一二十首诗，前天刚告了一个段落，我感觉一轻松，又可以专玩小说了（我已经整四年没有写诗）。

最近我答应给贵阳文通书局编一套翻译小书，以文学为主，兼及哲学、美学等类，希望译文还多少是艺术品，也希望丛书跟一本理想的刊物一样的自有其个性。最初几本大致是：

（法）班雅明·贡思当：《阿道尔夫》（中篇小说）

（丹）索伦·基尔克加尔特：《一个女优的危机》（论艺术与修养）

（英）维吉妮亚·乌尔芙：《一个自己的房间》（论女子与小说）

（美）凯塞玲·坡忒：《开花的犹大树》（短篇小说集）

（法）安特列·纪德：《长篇小说写作日记》

其中第二种由冯至先生译，第四种由林秀清女士译，第三种译者人选未定。第一第五两种都是我自己战前的旧译稿。《阿道尔夫》曾发表于上海出版的《西洋文学》，到最近我才搜集到全文，虽然徐仲年先生最近已有该书译文的单行本出版，我赞同一些朋友的意见，认为这种小小的经典不妨有几种译本行世。纪德那本日记，我原以为跟我译的《赝币制造者》一起沦陷在香港了，前不久才知道我竟忘了在成都还有一个副本。现在我想在这本小书以后加上"写作后记"（从《日记》全集里摘译出纪德在那部小说出版以后说的一些话）和"小说中论小说"（从那部小说里摘译出那些谈小说的地方），再加上一篇我自己写的《纪德对于小说的理论与实践》。这都是很费工夫的，一时怕实在也办不到。

这里生活真不大易。我这间并不怎样好的房间上半年每月只要二百元房租，现在涨到了一千零五十元。米价前些日子一度涨到四千元一石，现在最低也得三千元以上，桂林朋友给这里稿费总没有法子给

---

① 这位"英国同事"可能是时在西南联大任教的 Robert Payne（中文名白英），编译有《当代中国短篇小说》。

足千字斗米的价格吧？话虽如此，把物欲减低了，大家也还勉强对付过去。专心工作也可以排除一部分生活上的烦恼。我还是决定非到万不得已不去兼差，也谢绝演讲，也不写杂文。

写到这里字数怕不止五百了，一举两得这不仅是复了信，也算交了应征报告生活情形的稿子，如果还不太迟。

匆复，祝好。

弟之琳十二月九日

新文学与西洋文学[①]

最近我接到一位不相识的朋友从远方寄来的信，问我一些问题，其中一个便是："写新诗的人是否要读旧诗？"这我以为是不应该成问题的：如果文学修养包括了生活与读书两方面，写新诗当然也就得读旧诗。联大同事白英先生（Robert Payne）就说我是个传统主义者（Traditionalist）。不管作品究竟如何，态度上我是主张拥护传统的。不过我所说的传统，是他们英国的现代作家 T. S. Eliot, Herbert Read, Stephen Spengder 诸人所提倡的传统，那并不是对旧东西的模仿。如果现代英国文学，用伊利萨伯时代的方式来表现，除非在特殊场合，这就不能说是合乎传统，而只是墨守成规，是假古董，是精神上的怠惰，是精神上的奴才。做奴才就是不肖，我们求肖就不能出此。到现在，我们只有以新的眼光来看旧东西，才会真正的了解，才会使旧的还能是活的。时代过去，传统的反映也就不一样，譬如，我们倘若生在唐朝，一定写唐诗；李杜如果生在现在，也一定写新诗。中国的新文艺尽管表面上像推翻旧传统，其实是反对埋没，反对窒息死真传统，所以反而真合乎传统。

保持传统，主要是精神上的问题。形式和内容本来互相关连，可是既然大家要谈，要保存民族形式，我以为那倒像主张一个人穿马褂，不穿西服，（其实马褂又何尝是国粹），重要实不如民族精神，就像一个人保持自己的个性。时至今日，大家还强分东方的是精神文明，西

[①] 本篇原载《世界文艺季刊》第 1 卷第 1 期，1945 年 8 月出刊，署名卞之琳。

方的是物质文明，实在可笑。就拿现在的局势讲，我们的物质果然不如西洋人，精神又何尝及得他们？如今我们不但要美国人供给我们飞机大炮，我们还要美国人供给我们舆论。就是在精神方面，西方是①供我们参考的还是很多。世界的关系已经这么密切了，我们要对西洋有点了解，然后才能回过来了解自己的东西。研究如此，写作也如此。新文艺运动以后正经的文学各部门，戏剧、诗、小说，在形式上哪一样不是采取西洋的而也逐渐显得很自然？各种体例且还有许多可供我们尝试来活用。自己无知而就嘲笑这种尝试（例如有人讨厌十四行体诗，就说他偏在随便写的十四行的所谓诗后，再添上一行，使之不成为十四行体），当然可笑；一知半解就信口雌黄（譬如有人说密尔顿 Milton 在《失乐园》序里讲诗可以不押韵，于是就主张我们只能写自由诗，却不明白密尔顿说的是仍然有规律的 Blank Verse 不是 Vers Libre），自然更要不得。精神产物的文学作品在形式上待借鉴于西洋的还正多，而若不曾借助于西洋文学，我们的新文学也不会有今日。接受外来的影响，中国文学史上也不乏先例，所以也可以说合乎传统精神。

西洋也有人说过，外国文学定要译成了本国文字，才真正会在本国发生影响。中国新文艺作品，大体上说来，很受了西洋文学翻译的影响。影响的好的方面太多，也太显明了，可以不说；坏的方面也有，可以分两方面来讲：

第一，内容方面：林纾的译品也许给了礼拜六派不少的启迪；通过翻译而真正有影响于比较成熟以后的正派新小说的，主要的还是法俄写实主义与自然主义的作品。因此，随了一些好的效果也来了不少坏的效果。一般写小说与论小说的就以为小说只可以用这一种手法，甚至于只可以用某一种题材。于是表现方法只有一套，缺少了多样性，取材也公式化，八股化，写实反而失实，反而变成了坏的浪漫主义，八股化而不肯创造了。小说如此，诗也如此。诗一方面，本来受了不少浪漫派的影响，因为容易合乎才子佳人的胃口，或者也因为浪漫派的作品里富有反抗的精神，富有正义感。这一点正好说明了最近大家趋向翻译浪漫主义诗的原因。可是浪漫主义的坏处，尤其经过粗制滥

---

① 此处"是"疑当作"足"。

造的翻译，叫嚣、浮夸也最容易影响人。其实真正好的文学作品无不有现实感，也无不有嫉恶如仇的精神。以为天下文章就尽于这两派的作品、作法、作风，反而就不知不觉埋没了它们的好处所能给我们的影响。这是选的问题。

第二，文字方面：我们的白话文本来还在成长中，使其完备丰富，我们还得采用而真正的溶化文言、俗话、方言、西洋字句里可以吸收来的东西。事实上我们知识分子不管在嘴上或笔下，遣词造句都愈来愈平板，贫乏，无生气，一部分原因也就是因为惯用了西文的中译。一般翻译不但没有丰富了白话文，反而简略化了中国原有的白话文。这种翻译是双重的蒸馏。这还是好的，目下也算难能可贵了。一般的翻译都生吞活剥，把文字弄得诘屈聱牙。译文如此，创代①的白话文也就像只为了印在纸上给眼睛看，既不能拿起来照读旧文章的办法来哼，也不能照讲话的办法来念，更谈不上增加了西文所长的严密性、韧性。戏剧和小说里的对话不行，与这种翻译的文字不无关系；介绍象征主义对于新诗的毛病，我以为主要也还是在翻译得不好。至于稍微懂得一点 A、B、C，也不管中文里能活用了几个字，就来翻译，误人的害处更不必说了。这是译的问题。

这两个问题中，第二个也许更重要。因为选得好，译得不好，也是枉然，且误人更深。为了新文学的前途，我们也得在这方面加以注意。

最后，我们要看看：中国新文艺到今日在世界文学上究竟占了怎样的地位，实在还很小。英文现在有了鲁迅的《阿Q正传》，萧军的《八月的乡村》等等，然而它们在英美并未能，也还不如林语堂、熊式一的英文著作来得惹人注意。譬如，熊式一最近出版的《天桥》，写了从算命，批八字到所谓革命，反对袁世凯做皇帝的一些玩笑故事，完全江湖气，而 H. G. Wells 却说它是真正表现了现代中国的最好的作品。谢冰莹的《一个女兵的自传》是被译成了英文，但是她能否如他们所说代表中国的一般女性呢，就很难说。——其实这也不能怪人家。首先是量的问题：契可夫的短篇小说，在世界小说选里每每也不过是那一两篇，可是他写了那么多小说，如果只写了这一两篇，尽管写得

---

① "创代"疑当作"创作"。

好,恐怕也就不会被选了。鲁迅的小说果然好,却不过二三十篇。再说到质的方面,中国新文学一般说来到底还太年轻。至于迎合西洋人口味而写作,自可不必。只要有很多好作品,不必凑和人家,不怕人家不接受。就拿俄国为例:当初俄国是被目为东方民族,野蛮民族的,但到十九世纪托尔斯泰、托思陀也夫斯基、杜格涅甫、契可夫等等大作家出来以后,尽管他们的风习仍和西方不同,西欧人也都去赏鉴了,长得连西方人都看不惯的名字也被记住了。可见硬要炫奇,也大不必。听说最近还有中国人在英译中国小说的时候把"再见"译成了"Tsaichien","来"译成"Lai",那又何苦来?

要发展我们自己的新文学,我们必须切切实实,虚心学习,吸收人家的长处,自己努力,也就可以校正人家的认识,否则,自己不争气,也就怪不得人家。

中国"新诗"的发展与来自西方的影响①

自从1954年以来,名义上我算是多年从事了外国文学研究工作。我原计划在五十年代末完成一本莎士比亚评论专著②,同时试用与原文"素体诗"相当的诗体与原文等行翻译出莎士比亚的"四大悲剧"配合出版。③ 这项工作被打断了,停顿了下来,至今尚未重新继续进

---

① 本篇原为英文讲稿 The Development of China's "New Poetry" and the Influence from the West,原载 Chinese Literature: Essays, Articles, Reviews (CLEAR), Vol. 4, No. 1 (Jan., 1982),中译文载《中外文学研究参考》1985年第1期,蔡田明译,陈圣生校,该刊并有按语云:"《中国"新诗"的发展与来自西方的影响》一文作者1980年秋应美国哥伦比亚大学翻译中心之邀,访美两月,曾至东西岸、中西部十余座大中小城市和十余所大学、学院参观、座谈,讲中国现代文学。这是作者的讲稿之一,原为英文,曾刊登于美国《中国文学》(CLEAR)杂志1982年1月出版的4卷1期,第152—157页。译稿现经作者本人审阅、修订。"此据《中外文学研究参考》。

② 作者已未能接触当代世界莎士比亚评论二十年,年迈难于再完成"专著",现正准备汇编修订五六十年代发表过的莎士比亚研究各文,整理出一本论文集。——原注

③ "素体诗"或称"白诗",是无韵每行五音步的格律诗;《哈姆雷特》、《奥瑟罗》、《里亚王》、《麦克白斯》通常被称为"四大悲剧"。——原注

行。① 纷至沓来的社会义务和变化不定的个人兴趣，使我至今还无法专心考虑这一项计划，更有甚者，我不再有耐心力求穷尽重要资料，广博渊深去做学问了。至于当代中国文学的系统研究，对于我来说，又是另一种意义上的"外"字号工作。尽管如此，由于半个世纪多，断断续续，卷入了诗创作翻译的行当，或许我可以就中国新诗及其受西方的影响这一个题目说几句话。当然，这是我个人的看法，旁人可能会认为不合公论。中国新诗已有六十多年的历史。追溯它的发韧②，不能不提到胡适的名字。他在1919年"五四"运动前不久，就是最早一批热心倡导和积极尝试用白话写诗作者之一。不管他当时或后来的情形怎样，胡适都算不上一个纯正的诗人。或许，要突破文言旧体诗"精致"的形式镣铐这一项历史使命，正需要一个基本上是散文头脑的人来担负吧。

有些学者或批评家倾向于将胡适与埃士拉·庞德（Ezra Pound）并比。我可不认为这样做有任何意义。他们两人要是放在一起，一定是同床异梦。他们之间只有表面的相似。确实，他们俩都在各自的国土上发动了运动。中国白话新诗的出现是悠久的中国文学发展史上的一次真正革命，而意象派诗仅仅是一种倾向或流派，标志了美国诗一个新的发展阶段。更主要的是，庞德和他的意象派同人，在相当大的程度上，是从中国传统诗中汲取诗作灵感的，尽管庞德起先对这一种外国语言几乎一无所知，其后甚至胡搅乱缠，谈什么汉语的"特色"。这些特色，如果不是不存在的话，也只是作为创作的一种媒介而言，无可讳言，即使不属子虚乌有，也早已经是无关宏旨了。而胡适和他的同伴的事业，正是在于反抗这种传统。即使胡适读过庞德的宣言《意象主义者的几不要》（1913年），并在其后发表了《八不主义》（1918年），这两个声明除了名称和标题之外，正是南辕北辙。这两件事发生在同一时期只是一种偶合。

中国的第一批新诗作者深通古典诗。他们之中有些人，例如沈尹默和俞平伯，与胡适不同，是真正的诗人。他们对于古典诗，特别是

---

① 所译"四大悲剧"第一部《哈姆雷特》已在1956年由人民文学出版社出单行本，至1958年重印两次。十年动乱后，其他三部今已陆续译出，正待校改，合编成《莎士比亚悲剧四种》，交《外国文学名著丛书》。——原注

② 此处"韧"当作"轫"，原作误排。

"词"是卓然老手。他们一写新诗,却显得有点稚气。他们感到要摆脱旧体诗(词)的老框框,极其困难,形式或格律还在其次,更难在表现方式、格调、处理、手法等方面挣脱老套。他们对西方诗的本质了解甚少。因而,他们要创建什么崭新的东西,就几乎没有多少东西可以依傍。这就是"五四"运动时期,中国新诗发展的第一阶段的特点。

直到1922年,郭沫若第一本诗集在文坛出现,以及1925年徐志摩诗集的发表,中国的新诗才真正展现出自己的本色。他们的诗集出版与最初的一批新诗的出现,相隔只有几年时间,其中有的诗集甚至是同时问世的。但是它们却还是标志着两个不同的发展阶段。郭沫若以他的《女神》在新诗与旧体诗中划出了一个不含糊的界限。从此为中国的白话新诗奠定了坚实的基础;随后,由其他诗人的作品——就特色重点说,不妨例举徐志摩和闻一多的集子——加以巩固和增强(闻一多更为成熟的作品收入在1929年出版的他的第二本诗集《死水》)。郭沫若写他收入著名的第一本诗集里的大多数诗篇,是在日本学医。而批评家一致认为这些诗有惠特曼的风味。恰合"五四"运动民主和科学的要求,惠特曼自然也在中国新诗的发展上起了作用。无怪乎他的一些诗据说在徐志摩早期的译诗中也有。徐志摩曾在北京大学上过学,后来进美国克拉克大学,毕业后又在哥伦比亚大学当研究生。但是他在十九世纪英国浪漫主义诗歌影响下,是在英国剑桥大学开始写新诗。在用白话写诗方面,他和也在美国学习过绘画的闻一多,都并不试图突破英国浪漫派诗人及其后继人树立的藩篱,虽然徐后来也非常崇拜哈代(我倾向于称哈代是一个"颠倒过来的浪漫主义者")。然而,至少是惠特曼的自由体诗的律奏在《志摩的诗》中的一些较长较松散的散文诗里可以见到,明确无误。照我看来,郭沫若和徐志摩的第一本诗集是他们的各自最好的诗集,而闻一多的第二本诗集才达到他自己的艺术完美的高度。徐志摩和闻一多,尤其是闻一多,甚至将英诗格律的理论和实践引进中国新诗中来,获得相当的成功。潮流发生了变化。和那些新诗运动的发动者有所不同:闻一多和他的同人又致力于探索诗的形式感和格律诗的某些严格规则。郭沫若、徐志摩、闻一多这三位诗人都有深厚的中国古典文学修养,但他们的诗初看起来,却与传统诗歌毫不相关,风格上完全西化了。徐志摩和闻一多沿着第一批白话诗试验者开辟的道路大踏步前进,并在大部分诗作中做到将日常口语融汇进真正称得上"诗"的整齐格式。尤其是闻一多在这一方面的成就,甚至现在也没有人超过。

当时,尽管郭沫若接近德国诗倾向,徐志摩和闻一多或可称英国派诗人,这三位主要诗人的诗作在内容上道道地地都有中国气派。在二十年代新诗的这个发展阶段上,一方面是郭,一方面是徐、闻轮流担当了新诗界出类拔萃的角色。接着,随三十年代而来,出现了以戴望舒为首的"现代派"(因《现代》杂志而得名)。他们就所受影响说,也可以称为法国派。但是,他们并非真是通常所称的"象征派"。

戴望舒的后期诗作,确与例如弗兰西·雅姆(1868—1938,法国诗人)那样的后期象征主义者,以及于勒·苏拜维埃尔(1884—1960,法国诗人)那样的准超现实主义者,有些因缘。戴望舒和他的同道,使新诗发展的道路再次发生了转变。紧接较早的郭沫若和较晚的徐志摩、闻一多为代表的一批诗人之后,他们进一步加强了新诗的地位。但他们存心撇开闻一多和他的同道诗人群刻意所求的外表形式的讲究,而用自由体作为主要的表现工具。这与郭沫若曾经使用过的那种也不一样。他们与前一阶段的三位代表诗人不同,可以说,他们终于跨出了十九世纪的西方诗老套,进入到二十世纪的真可称现代的领域。同时,他们在一定程度上恢复了中国传统的某些抒情方式。然而,这也不是退回到新诗的第一个阶段(1919年开始)去。相反,他们比新诗运动那个开端又前进了一步。他们试图将古典诗词藻融进欧洲句法,以丰富诗的语言。这一尝试较为大胆,但不如徐志摩和闻一多的做法那么成功。鉴于今日中国群众所用的日常口语与传统文言用语距离较大,中国古典传统与西方现代主义的结合,还没有证明总是美满姻缘。

要说明戴望舒的成功,可以拿李金发的失败作一对比。李金发的第一本诗集与徐志摩的第一本诗集同于1925年问世。确实是李金发最先将法国象征诗介绍到中国的。然而,尽管会使西方学者与批评家吃惊也罢,我不能不坦率断言,他的努力不仅仅是徒劳无功的问题,而且对一个特定时期的中国新诗的影响还有害处。我不是说李金发并无写诗的才能,也不是说他一点儿也没有捉摸到十九世纪后期象征诗的韵味。实际的情况是,他既缺乏足够的法文知识,也不能熟练使用本国语言,白话也罢,文言也罢,都是如此,因此大大亏待了法国象征派诗。对于那一路诗,他的中文"翻译"和他的"仿作",使中国一般读者与他的追随者同样不知所云。于是,所谓的"象征派诗"就被认为是由一些毫无意义和逻辑的语词拼凑而成,只令人眼花缭乱,无从索解。例如,保尔·魏尔伦的诗,尽管富于暗示性和饶有余味,还是平易近人的,格律相当严整,句子结构不用说都符合语法规则。我们就举一个例子看看李金发如何处理《假象》这首诗中的一个短行:"Dame Souris Trotte"("老鼠娘娘小步快跑")——在他的中译文里,这竟成了"妇人疾笑着"!我们只好等待戴望舒和其他一些人,在他们开创性的介绍工作和他们自己的创作实践中驱散笼罩法国象征派诗人的疑云,从而了解怎样写诗才多少有点像法国式。

三十年代中期,民族危机和社会灾难日益深重,"新月派"(从《新月》月刊得名,徐志摩和闻一多最初曾经是该刊的两个台柱)与"现代派"合流了,见之于《新诗》杂志的出版:这个刊物表现了一种普遍的阴晦前景。与此同时,"创造社"派(以早先的《创造季刊》得名,郭沫若是主要发刊人之一)所创导的较为坚实的新诗传统,开始在左翼文学中兴旺繁荣。这些诗人之中,有的成为革命烈士,他们的名字和事迹自当为我国人民永远记住。他们的诗作交织着"光和热"。然而,由于艺术上无暇精雕细凿,难免粗糙,这样的诗作,往往是昙花一现,很少给读者留下长久的印象。这种情调的浩如烟海的产品当中,臧克家的作品显得坚定、结实。他早期写诗,艺术上和"新月派"原有不浅的因缘。何其芳和艾青早年分别在《现代》和《新诗》杂志上发表过他们的诗篇,并且有些诗也是在法国象征诗的直接影响下创作的,到此开始唱出有个人特色的调门。抗日战争全面爆发后,这两位诗人从不同的地方来到延安,差不多同时达到他们的创作高峰。

抗日战争给各种倾向的中国诗人提供了一个汇合点。田间在这种气氛中开始大显锋芒。他的短行诗作,使人想起马雅可夫斯基诗作的一些风格,新颖而尖锐,引起了广泛的注意。这是中国新诗又一次历史性的转折。

抗日战争持续下来,发展到正式成为第二次世界大战的一部分,中国的政治形势重又变得错综复杂起来了。日益持久的时间使诗人们得以在更深入探讨整个社会变革事业之余,有的也开始思索人生的基本问题。

　　冯至是后一种倾向的代表。这位诗坛宿将早在二十年代后期最初成名，在长时间较为沉寂，难得创作之后，于四十年代初期进行了新的探索，抛出了一本借鉴里尔克诗风写成的一本"十四行诗集"。多少和他有缘的是年轻一代的大学诗人。除了里尔克之外，他们还或多或少受到艾略特（他的《荒原》在 1937 年出了中译本）和奥顿（他三十年代的诗作，当时开始在中国各刊物上发表了中译文）等现代英美诗人的影响。他们是少数派。

　　当时的主流是由毛泽东《在延安文艺座谈会上的讲话》促成的。最初的收获当中，我认为值得注意的，是李季的长篇叙事诗《王贵与李香香》（当然还有贺敬之的《白毛女》，只因那主要算是歌剧，因此在这里且不提）。这首诗已被认为是现代的经典作品。它采用了陕西北部流行的一种民间曲调（"信天游"）。这首长诗，除了诗行的文字排列形式（西方的分行方式是在"五四运动"开始时期就介绍到中国来的），此外看不出西方影响的迹象。李季和他的同道诗人，深深扎根在农民的生活和斗争当中，从民间文学艺术接受启发和灵感。这一路诗歌倾向，与人民解放军迅速壮大和解放事业大得人心相适应，很快便统治了中国的文坛。

　　在抗战胜利之后至随即全面展开的解放战争期间，新诗仍处在上述的状态。由于诗人们共同怀着深厚的爱国心和对于出现一个公正社会的响往①，无论他们的意识形态有多少差异，两路诗的倾向，实际上并不严重对立和互相抵触。因而，当期待已久的推翻祖国的半封建和半殖民地统治这一历史关头到来的时际，这些诗人无论是有声望的或还没有成名的，自然都会拥护和庆祝人民共和国的诞生。

　　从建国起至 1976 年进入新的历史时期之前，近三十年的中国新诗经历了两个重要变化的发展阶段。

　　第一阶段是 1949 年—1959 年。这期间有三个主要特征。首先，既有已经成名的老一代诗人（他们虽然还健在，还继续写作，却或多或少由盛转衰），还出现了一大批群星灿烂的青年诗人，活跃在诗坛上；他们的诗作是如此之多，可以说几乎组成了一个无从一一举名的大集

---

① 此处"响往"今通作"向往"。

体。另一方面，尽管存在着等级高低之分，却没有崭露突出的人物可说。光从他们的诗作来看，难以识别彼此，繁花簇簇，我即使为了方便起见，实在也难于随便举几个例子作为这种繁盛的代表。当然，不少诗人显露出了他们的独创性，郭小川和闻捷这两位就是这样，铭刻在我自己现在日益模糊的记忆当中。说来不胜惋惜，他们都死在年富力强，前途似锦的时期，像蜡烛火一样被"四人帮"的狂暴歪风吹灭了。

其次，我们的新诗，为人民服务，努力实践唐代诗人白居易提出的"老妪能解"的理想。这确实是有益于人民群众的；人民现在已经不难接近曾经为文人学士所专有的文学领域里的这一门类了。如今我感到有一种奇怪的现象，可能令人惊讶。历史往往在矛盾之中行进，在五十年代中期，我们大张旗鼓批判了胡适的唯心主义治学方法，当时我们似乎没有注意到这样的事实：我们在新诗领域里实际上却是发展了他在"五四"运动前不久提出新诗观念及其艺术表现只许一览无遗的想法。胡适在1919年绝不会预见到类似他对新诗的主张会在这么广阔的范围内得到一定的实现，可惜结果并非尽如人意。从最差处挑剔看，正有胡适决不可能理解的一点毛病：有时竟把诗本身也抛弃了。好像为了补偿这种损失和舞文弄墨，强求诗化，我们别无办法，有时只好叫"貌不惊人"与"豪言壮语"结缡成亲。

第三，合乎逻辑的结果是，"新民歌"不是使新诗在内容上和形式上日益丰富，而是逐渐趋向于压倒和排斥新诗。这些作品的作者是工人、农民、战士的个人和无名氏群众，或是知识分子。他们撇开了新诗，不顾新诗在三十多年中已经形成了自己的传统这一个事实。当然，谁也无法否认"新民歌"的出现是国家返老还童，重获青春的健康标志。这种新产品当中有许多是很优秀的；我们从中可以找到一些内容或形式上都是纯正的真正的诗。出于大众的自发热情，弥漫了整个大陆的推动"新民歌"的全盛期是在1958年，特别是这年的头几个月。这一丰富的收获，还有待充分的估价。

在1958年和1976年之间，新诗（包括"新民歌"）遭受了巨大的挫折。以江青、张春桥、姚文元等为首的一伙不学无术的政治阴谋家，利用1958年大众的热情和激情，实现了他们个人真正的"大跃进"：他们跳进了最高的政治领导层，窃取了有全面影响的文化领域的大权。

他们火箭般的上升，与"新民歌"急剧的衰落，恰成反比。

于是，这第二个阶段（1958—1976）可以说是新诗发展史上很长的一个危机阶段。在"四人帮"的文化专制下，同政治和经济形势一样，新诗急剧濒临了崩危的处境。早在五十年代初，正合日丹诺夫的鞭挞，任何"形式主义"的倾向都应该加以根除，这时期，不仅苏联文学，连西方古典文学（包括俄国文学）也受禁止。诗人们不满这种居统治地位的风尚，开始反过来转向写作文言的旧体诗（词）。作为诗人的毛泽东自己为这种诗（词）体树立了现代的光辉榜样，尽管他曾经在原则上宣称我们写诗自当以写新诗为主。当时情势如此，就是"新诗"老手也感到用旧体诗（词）的固定形式，倒便于抒发他们自己的复杂感情和艺术要求，因为这种体式容许微妙、含蓄，甚至曲笔而不着痕迹。新诗的危机实在严重，这是它过去从未面临过的一次危机。

这种情况的发展几乎十足退回到了"五四"运动以前的状态。在所谓"四五"运动中，旧体诗倒成为用作政治斗争的主要形式。新诗数量微乎其微，然而朗诵起来却更见成效，在天安门广场上确实吸引了浩大的听众。只是，实际上它们朗诵效果正有点像公开的鼓动演说。

以上就是新诗在困难的1958年到粉碎"四人帮"之前这个荒歉时期的主要特征。打倒"四人帮"，标志了中国的现代史进入一个新时期的开端。曾受普遍赞誉为"第二次解放"的一举，也可以说是"第二次觉醒"。国家经过两年多的全面调整，我们现在目击了新诗获得的新生。例如我们欣见像艾青那样的有才华的诗人重新在诗坛上活跃起来了，他在被迫沉默了二十年之后，完全恢复了他旺盛的创作力。

大门又一次打开了。西方现、当代文学开始大量介绍给读者。当前的需要鼓励了一些早年的译品重新出版，推动了一些新近的译品陆续发表，其中有瓦雷里和奥顿诗的翻译。徐志摩和戴望舒的诗作，都正在重新印行，附有对他们艺术和技巧的评论。随着反思想僵化的群众活动的开展，读者对新诗最感兴趣的也许是探索它在技巧上的革新问题。我们重新介绍现代西方诗，就注意它有什么长处可供我们借鉴，有什么短处我们应该避免。新诗格律、形式，也已经再次从钻研者到一般读者提出来讨论了。

上述的事实表明，中国新诗界在经历了多次的周折以至惨劫之后，已经走上正常化的轨道。诗人们随时准备着满足国家全面实现现代化的要求。目前这个开明和注重实际的政治体制,已受到人民的普遍支持,肯定将长远继续下去,从内从外,没有任何力量能够动摇它。新诗通过长时期的正反两方面的经历,也得到良机以达到成熟的新高度。新的成就指日可期。

附 录

关于战地文艺工作①

我们在前方走了五个月,预定的期限差不多满了,预定的计划可只完成了一部分,因为我们限于种种事实,在太行山一带转来转去,终于只走了一个地区——晋冀豫边区。不过写作材料我们多少搜集了一些,文艺组织我们也多少推动了一些。除了对于前方民众,对于前方部队的若干程度的认识,我们还得了一点在前方从事文艺工作的经验以及前方对于一般文化人的印象和要求的理解。

---

① 本篇原载延安《文艺战线》第1卷第4期,1939年9月16日,署名"吴伯箫 卞之琳",题下有编者按云:"下面两篇(同期还刊载了康濯、孔厥的《我们在前方从事文艺工作的经验与教训》——辑校者按)关于战地文艺工作的文章,是作者根据亲身经验写成的,它们不但证明了作家上前线去的主张的完全正确,而且也提出了一些实际困难问题和一些宝贵的经验教训,这是作家上前线去的运动的许多收获之一,虽然这个收获还只是初步的,但对于开展今后战地文艺工作的运动,已具有不小的意义。"另按,1938年11月11日香港《大公报》"文艺"第438期的"作家行踪"栏曾指出(可能出自编者萧乾的手笔),"抗战以来,几位平素以体质羸弱闻的作家,这次却英勇地跑到前面"。举的例子即是黄源、何其芳、卞之琳和吴伯箫,并引用吴伯箫的来信云:"新的工作是与之琳兄和一'抗战文艺工作团',到四【西】战场一带看看。路线大概是由晋东南去冀察晋边区,鲁四【西】北,绕道北平附近出长城再转晋西北回来。时间约计五六个月。此行当有相当艰苦,但是长城在引诱我(你知道'我还没有见过长城'),责任在呼唤我,出发前的心是热烈而又极兴奋。这次去,希望能多得些材料,多有些收获,等到回来的时候,我们要将×人残暴的×行和同胞们忠勇的故事,好好地写出来,那时你所主编的刊物怕就不愁没有稿子了;虽然文章不一定是写得好的,但事实总该是一字一血泪一字一欢欣的啊!快出发了,祝我们胜利吧!"吴伯箫、卞之琳此文即是他们此行亲身经历了前线生活之后对战地文艺工作的意见和建议。

先谈谈我们在经验中感觉到的关于在前方从事文艺工作的几个问题。

一、组织　往前方的文艺工作者组成团体在原则上自然是应该和必要的，事实上也可以省却地方上和部队里分别应付的麻烦，而且大家在一起，遇事可以研究讨论，于推动文艺组织中更容易引起热闹和兴趣；可是在搜集材料这方面确有许多不便处：走同样的路线，过同样的生活，听同样的谈话，见同样的事物，各工作者，虽然主观上彼此反应不同，观察互异，着眼处相歧，所得的材料总不免雷同与重复。军事上所谓"化整为零，化零为整"、"分进合击"的战术，文艺工作者本来也可以采取，但是在前方，尤其在游击区，因情形变化不能完全一定，通讯联络比较不便，文艺工作的团体实行这种办法有种种困难。若把专写报告通讯的，专写小说的，专写诗歌的，专写戏剧的几个工作者组成一个团体，当比较好一点，虽然各工作者的行止彼此总难免牵制。更好的办法或则是把文艺工作者与音乐、演剧、绘画……这些方面的工作者配合在一起，而成为一个艺术工作团。不过一个团体合得当①还是更值得注意的事情。

二、人选　标准应当尽量严格。工作者的品行道德应作为考虑的第一点。思想以外，就该考虑到工作态度。严肃，切实，认真，不招摇撞骗，是应具的条件。艺术素养当然也是一个最重要的取舍标准。因为一个工作团究竟不是一个学校，他们出去主要的是工作（虽然在工作中也可以，也应当不断的学习，求进步），只是文艺爱好者，文艺志愿者，即使极有希望的，极值得培养鼓励的，也应当先让生活在旁的部门，直等到他们有了起码的实际做文艺工作的能力。

三、路向　文艺工作者在前方的去处当然不外两个：地方上与部队里。讲到这里就有几点矛盾待解决了：（1）走上层与（2）走下层；（1）走得远与（2）住得久。这两种相反的路向所引起的见闻上的特性也就是（1）全面与（2）局部；（1）广泛与（2）深刻；（1）概念与（2）具体。要兼两者之长，在限定的时期内，是很困难的。文艺工作者在二者不可得兼中显然较宜于舍（1）而取（2）。不过对于主要的潮流，对于总的趋势，摸不清楚，则对于眼前的事态容易有不正

---

① "合得当"或当作"配合得当"。

确的判断。而且在一个地方上或一个部队里住久了，果然可以认识得深一点，可是对于眼前的事物，因为看惯了，往往失去了敏感性，或者松懈了注意力。所以如何能得一个适当的安排，这是一个值得考虑的问题。

四、关系 在前方太受优待对于文艺工作者反而不利，因为这样一来，且不说工作者会如何起不安的感觉，无形中一道墙便就挡住在他们的面前了，于搜集材料上增了一层困难。可是太受忽略也是于工作上，于行动上有种种不便处，大家当不难想像。

五、计划 文艺工作者在前方活动当然事先应有一个总的计划，三个月的计划，半年的计划，一年的计划，甚或两年三年的计划。不过因在前方，尤其在游击区，情势变化多，计划也得灵活的实行。像前方在行动中的部队一样，应随时决定局部的工作计划，例如有一星期靠得住的时间，就决定一个星期的工作计划，有两天的时间，就决定一个两天的工作计划。有时候需要机动，有时候需要忍耐。

六、方式 这实在是一个最重要的问题，一个根本的问题。文艺工作者到前方去究竟应取何种方式？作客呢？还是参加地方工作或部队工作。当然最好是参加实际工作，因为这样可以避免"走马看花"、"浮光掠影"的毛病。本来，最好文艺工作者自己就是战士，其次是指挥员，再其次是地方工作人员，政治工作人员。许多伟大的作家大致就会出在目前还不曾想到将来要成作家的战士和干部中，可是他们也需要培养，一方面他们还不能应我们目前迫切的要求。那么现在且把文艺工作者送到实际工作中去亦是办法。可是这样文艺工作者又很容易受繁重的实际工作所束缚，有时候不能作有利于文艺工作的活动。在前方的八路军总部成立了一个八路军文艺习作会以后，最近听说将由行政系统使文艺小组普及于所隶属的各部队，提倡督促干部写文章（某旅已决定每月十五日干部必须多少写一点而且放在自己部队里的报上发表），并且特别训练了一些工作者除在各单位担任一部分教育文化干事的工作以外，专负责教战士和干部写文章，自己也作文艺活动，仿佛就成了文艺干事。这倒是一个很好的办法。

现在谈前方与文化人（广义的，指一般的知识份子①）。

---

① "份子"今通作"分子"，下同，不另出校。

知识分子在前方一般的讲来是受欢迎的。三月底八路军某旅,在大整前夜举行的全旅排以上干部会议中,旅长报告说某团的政治委员(他是从小鬼起来的老干部,道地的工农份子,现在是某团最精明能干的领导者),见到他时带了一种小孩子的天真的高兴说:"我从前也许还没有把门开大,现在可全开了。"说知识份子对他们真有用处。事实上我们在某团也确乎亲见到鲁艺戏剧系和美术系的三位学生(戏剧系两位,一位就担任音乐方面的工作)有很好的表现。某旅不放走鲁艺学生(包括文学系的),甚至于骗他们说鲁艺已经停办,要他们就留在前方。扣留文化人的风气在前方是相当流行的。问起前方,尤其部队里,对于文化人的印象,照例都可以得到"很好"的回答。可是我们想这一半是由于部队里的各级干部都太客气的缘故。有一次,也只有这一次,在我们预备回来的时候,我们听到某处一位总务处长(他是老干部)痛切的谈了某某的严重错误,重复的说了"不管你文章写得怎样好,你没有道德,谁还看你的文章!"这句话,不管在前方或后方的工作者都应该牢牢记在心头。像某某这样的工作者希望在前方不至于太多,要不然对于文化人全体都会有太大的影响。还好,目前这种人在前方大约还不太多。且不说这种个别份子,在我们反观自己和旁观别人起来,知识份子在部队里总显得太不同了。即使经过抗大严格训练出来的知识份子,也有时表现得过分活泼,过分会说话,学问流露在嘴上,自负心挂着脸上。不过这大多是初到前方,初到部队里的,经过一个时期,也就会变了。我们也确乎见过这样的例子:和我们一同等待过铁路机会的一批抗大学生,分别了不到两个月,在某旅部再见到的时候,居然一变而有几分像老干部了。一个老干部照例是容易看出来的,他待人接物总是诚恳,沉着,虚心,叫初到前方的知识份子很容易上当,以为他什么也不知道,殊不知他从多年生活的实际教育中,已经知道得很多,除了对于所谓"洋"字号的事物。可是他们是"装蒜"吗?不!他们实在是想多知道一些。

那么前方对于文化人到底要求些什么呢?

第一就是教育。前方部队,我们说的是八路军,一般的政治水准总是比文化水准高得多,而确有无厌足的求进心。所以他们一见文化人总要求"教"他们什么。

其次就是文化食粮了。我们不管在地方上或在部队里,总会听到这句问话"你们可带来些书报吗?"一切书报,只要不是反动的,他们都欢迎。特别需要的读物,带一个样本去,他们就会想法翻印,用油印或石印。一本书往往封皮都脱尽了,还在各处流转不息。我们亲见到有人为了一两本旧杂志而闹出一场气。有些有兴趣也有志于写文艺作品,尤其是报告通讯一类文章的,总慨叹看不到好的模范。不过这仅就部队里一般知识份子和一些干部而言。至于战士们、小鬼们呢?他们也要求书报。他们也未尝不需要文艺读物。不过要通俗的,有趣味的东西。他们有时也看看旧小说。光是抗日三字经一类书是不能满足他们的。能把电影送到前方去演一定会得到很大的效果。

除了戏剧人材,音乐人材,绘画人材以外,日语人材是被迫切要求着。我们在一个游击支队里跟日本俘虏的谈话,说起来真是一个笑话。敌军工作干部是不大能讲日本话,恰好那里有两个朝鲜俘虏,一大一小,大朝鲜人能讲中国话,小朝鲜人能讲日本话。于是谈起话来,总先由我们对大朝鲜人讲,大朝鲜人对小朝鲜人讲,再由小朝鲜人对日本俘虏讲,日本俘虏回答的时候又依次返回来。

这些人材在部队里怎样分配呢?

日语人才当然分配在敌军工作部。艺术人才则照例安置在教育科,普通担任领导宣传队的工作。干文学的他们也要,不过目前还只是分配做教育文化干事,经常管上课测验检查等工作。抗大出去的学生大都当教育干事,即使军事科毕业的,除了本来在部队里当指导员的老干部。他们并不是认学生就一定不能拿枪杆,不能指挥作战,实在因为感觉最缺少教育部队的人材。我们亲听见陈赓旅长安慰他们说:"你们暂时委曲一下,当一下教育干事,因为我们目前太需要这方面的人材,过一个时期,一定让你们有机会施展你们的特长。"抱了满腔热忱要上前线杀敌的青年,自然不免有些苦闷(虽然教育干事作战时也要上前线的近后方),虽然也知道当以大局为重。艺术青年,尤其是文学青年,也不免有些苦闷,多少有点感觉到学非所用,不能尽其才以服务抗战。自然他们也知道从事文艺写作者应该钻进实际生活和实际工作里,他们感觉苦闷的是太受工作束缚以致失去了文艺活动的余裕。这也确实是问题。所以他们最好还是作我们在前面说过的"文艺干事"吧。

在晋东南还有一部分艺术人材(包括文学的)是分配到太行山艺

术学校，太行文化教育出版社，以及新华日报华北分社去工作的。他们做这样工作当然很合适，可是又往往被限止在后方——前方的后方了，除了当记者的。当随军记者是前方的文学青年最羡慕的工作。

作为总结，我们要讲文化人，尤其是文艺工作者上前方到底对于自己（也就是对于国家，对于民族）有无益处。从前我们的回答是肯定的，现在从前方走了和住了五个月回来，我们的回答还是一样。能在前方长期的参加实际工作的不用说，即在前方随便走一走的，虽然不是新闻记者，观察家，旅行家，只要开着眼睛的，只要用心的，总可以见识许多，明白许多。例如一位鲁艺学生初到某团的时候画两个人抬一条铁轨，马上就得了改正，因为部队里的同志告诉他说一条平汉路或道清路的铁轨至少要廿个人抬。我们也亲看见八个人、十二个人抬一条小支线的铁轨。不过以为在前方自己不必用心，现成的材料会自己送上前来，想以很小的劳力发一笔很大的精神上的横财的，则惟有失望，即不是大失所望。

灵气雄心开新面
——卞之琳的诗论、小说与散文漫论

2010年12月8日,乃是卞之琳先生的百年诞辰,同月2日则为卞先生十周年祭日。斯人已逝,诗文永在,抚今追昔,能无感怀?辑录在此的20篇佚文佚简,为20余年来陆续搜集所得,值卞先生百年诞辰之际,略加校理,公诸同好。从这些佚文佚简中,可以略窥诗人之余和之外的卞之琳之风采——他作为一个诗论家的灵气才识,他作为一个小说家的创造雄心,以及他作为一个散文家的义理辞章,在在都有相当出色的表现。

卞之琳诗学的象征观、音节观和传统观及其他

卞之琳是诗人,大半生却很少公开谈诗论艺,所以辑录在此的诗文论《流想》、《读诗与写诗》、《新文学与西洋文学》、《中国"新诗"的发展与来自西方的影响》颇为珍贵。前三篇分别表达了卞之琳诗学的象征观、音节观、传统观,后一篇则可谓卞之琳晚年的诗学定论。

打头的《流想》一篇,原载《骆驼草》第17期,1930年9月1日出版,署名"大雪",这是卞之琳后来曾经使用过的笔名;而据卞之琳晚年的回忆,"大约1930年废名和冯至同志办《骆驼草》(开本像早期《语丝》的小刊物)。我出入北京大学第一院(即今旧"红楼"),在大门东侧小门房,每期必买(一期只化几枚铜元),开始欣赏其中经常刊登的几章《桥》或《莫须有先生传》及别人的一

些诗文"①。本篇应是卞之琳当时投给《骆驼草》的稿子。此外,还有两条旁证。一条是,卞之琳晚年曾回忆说——

  我自己小时候一开始上学就是进的所谓"国民小学",只是课本还是文言,四年初级小学毕业了,还体验过一年的变相私塾生活（读的也只是《孟子》和《左传》）。②

而《流想》一开篇就说——

  人心之不同如其面焉。这一句我小时候在《左传》里读了,觉得有些神秘。原来《左传》里有许多话含有极深的诗味。

并且《流想》还引用了"四海之内皆兄弟也",青少年时期的卞之琳显然很喜欢这句话,所以在稍后的《年画》中亦引用了此句。这些都可直接或间接地证明《流想》为卞之琳所作。
乍看《流想》,似乎是一篇散文、一篇散文诗,但其实它是年轻的卞之琳的诗学纲领,甚至可以说是他的世界观。据卞之琳晚年回忆——

  我1929年在上海浦东中学毕业,暑后去北平,进北京大学英文系。系主任是深受同学敬佩的温源宁老师,他大概学英国一些名牌高级中学在语文学上打坚实基础的榜样,规定第二外语必须学两年拉丁文、法德语两门中一门必修课,还可选修希腊文。……我则在学了一年法文以后,写诗兴趣实已转到结合中国传统诗的一个路数,正好借鉴以法国为主的象征派诗了。③

---

 ① 卞之琳:《〈冯文炳选集〉序》,《卞之琳文集》中卷第335页,安徽教育出版社,2002年。
 ② 卞之琳:《完成与开端:纪念诗人闻一多八十生辰》,《卞之琳文集》中卷第153页。
 ③ 卞之琳:《赤子心与自我戏剧化:追念叶公超》,《卞之琳文集》中卷第186—187页。

《流想》正作于卞之琳"学了一年法文以后"的 1930 年夏秋之际，难怪文章充满了象征的意想，那意想从诗学的角度来看，正契合于波德莱尔的著名的论诗诗《应和》——

　　人心之不同如其面焉。这一句我小时候在《左传》里读了，觉得有些神秘。原来《左传》里有许多话含有极深的诗味。只是简单的几个字，就把原始的永远的东西象征化。但是与刚才举出的这一句的意思仿佛相反的现象也有。偶然遇见一个人和自己以前认识的人相似，这是人人都有的经验吧。倘若与自己并不十分相关切，那也就平平的过了。不然则不免多少受些影响。因为人的心遮掩不了，如同空中的暗电两两相遇就会发光。或是如同什么地方的一个深潭上面悄悄的掠过一片云影，那也是心心相印。……在动摇的水中累累的照出来的月亮的影子。科学家研究什么部分的因果，但是从艺术的见地看来，世界简直是一团影子，或是一片茫茫的东西，水天相宜似的，而从这里面又呈出光怪陆离的现象，丝毫不紊乱。

并且这象征的应和在卞之琳那里，已扩大为一种看世界、看人生的方式——

　　夜间看不清楚海棠的花，就愿意在温和的空气里闻它的浮荡的馨香。太阳落了，但是月亮上照出来的反光岂不是如同回忆中的光景，加倍的柔和而可爱。明明知道他是住在那个地方，不过视线射不到，声音传不到，但是大风一吹起，就如同架空的蜃气楼，广播的无线电，于是他的相貌声音居然在眼前了。天到处与人方便，但是必须善用它，桥梁是给人过河的不是久住的。

　　为什么这里不热闹。因为太热闹，所以反而不热闹。在盛夏的卓午，试走到开旷的平原里，坐下想想。不是非常寂静吗。热气从地底蒸出，化成闪烁的光波。地面膨胀到了极度。马蚁和许多的细虫都被热和光蒸发得乐极了。有些在热狂的盲目的工作，有些沉湎在恍惚的梦中。小河汤汤的流着，在凉爽的微风里。绿阴阴的细草都在烂漫的睡眠中，有时摇摇头。但是四围的寂静，一点一点深化起去，沙砾，土壤，草木，流水，云气，一切都在炎热的世界中，合奏着寂静的交响乐。

　　看人以第一次的印象为最准，虽然也有例外。低着头走路，上凸的一字形的嘴巴生得特别。年纪也不大轻了。看他的后面又有点驼背。说不出那里，总有些清寒气。但是怪了，请你从新对过面吧，他另是一个人了。好像修理得很整齐的圆树一样毵毵的幢幢的绿发底下有一只明星似的眼睛闪烁地开阖着，那是智慧的门户。长椭圆形的颜面也是聪明的象征。越发使得你冷清清地沉静下去，只感到自然的创造的神秘。……

　　人生的欢乐也似流水不绝的消逝。干涸的河床，渺茫的沙漠又那里是水的绝对的消灭。桃源的纹石一沾水就醒活了。华丽的莹澈无碍。何况温馨密润的美玉呢。

　　人格的灵秀的辉映使得水彩的瓜果也化为高原的粹玉了。在上界的缥缈的紫氛里出浴着朗朗的慈祥的新生的明月。神州的灵气浸淫到山国的境内了。在这地球毁坏之先，文化的曙光须照遍一切的地方。

如此推而广之的象征主义观点，实际上成了卞之琳三四十年代的人生观和世界观了，而又带着中国文化特有的那种人与自然、人与人息息相关的亲和力。应该说，这篇散文诗式的诗论虽然简短，却能够要言不烦地贯通古今中外，综汇为一篇珠圆玉润、义理莹澈的象征诗论，而其时的卞之琳才不过是一个大学二年级学生，可见其诗学的早慧——在这之前，穆木天、王独清等于象征主义，只注重其所提供的思维术和音色的交响等感受力与技术层面，至卞之琳才将之提升到人生观、世界观的高度，在此之后梁宗岱的著名的《象征主义》洋洋洒洒数万言，而所说精义其实已具见于卞之琳的这篇两千字的诗学短论中了。

从此之后，卞之琳先生很少再谈诗论艺，直到1943年他已经不再写诗了，始应西南联大学生文艺社团冬青社之请，发表了一篇《读诗与写诗》的讲演，系统地阐述了自己的诗见。此时的卞之琳已出版了《十年诗草》，所谓结束铅华入中年，确乎能够更为冷静地读诗与谈诗了。在讲演的一开始，他就对一般人的浪漫主义诗人观、诗歌观提出了批评，而认为——

> 诗是人写的，写诗应该根据最普遍的人性，生活尤不该不近人情，相反，他得和大家一样生活，一样认识生活，感觉生活，虽然他会比普通人看得格外清楚，感觉得特别深刻。诗人虽不应受鄙视，也不应受什么娇养、优容。诗人没有权利要求过什么"诗的生活"，另一方面也不该抱了写诗目的而过某种生活。

如此一反浪漫主义的"娇情"和"故意"为诗之蔽，而使作诗与做人都回归于普遍的人性和近人情的生活，这是很平正通达的见解，尤其对那些张口闭口要"诗意地栖居"者，委实是对症的清凉剂。

接着，卞之琳便从"形式与内容两方面"来对新诗的建设提出自己的意见，而重点乃在新诗的形式方面，特别是对新诗的音节问题颇多建言。

诚如朱自清所言，"音节麻烦了每一个诗人，不论新的旧的。从新诗的初期起，音节并未被作诗的人忽略过，如一般守旧的人所想"①。三四十年代的卞之琳可以说是最关心新诗音节问题的人。他自己不但亲自实践，而且注意总结闻一多、朱湘、孙大雨、梁宗岱、林庚以至周煦良等人在新诗音节问题上的创作实践与理论主张，敏锐地发现"大家就注意到'逗'或'顿'，……经过他们的努力，现在虽还没有一个一致公认的规矩，新诗的规律多少已有了一点基础，新诗也有权利要求读者先在这一点上有所认识了"。这一点规律性的共同认识，就是"中国的新诗所根据的，偏就是这种'说话的节奏'"，而这不仅适用于新的"规律诗"即"新格律诗"，同样也适用于自由诗——即使"真正写得好的自由诗，也不是乱写一起【气】的"，而必须注意"说话的节奏"即"逗"或"顿"的处理。新诗的音律其实就是建立在这上面的，而卞之琳则是第一个对此给予系统的理论总结的人，他由此形成的新诗音节观，直到其晚年仍然念兹在兹、再三致意，可谓良工心苦、慧眼卓识，无疑是迄今新诗音节理论最可宝贵的收获。关于卞

---

① 朱自清：《论中国诗的出路》，《朱自清全集》第4卷，第287页，江苏教育出版社，1990年。

之琳在这个问题上的见解，已经有好多论述了，兹不赘述。

如何处理与传统的关系问题，不仅是新诗的也是新文学的一个难题。发表于抗战胜利前夕的《新文学与西洋文学》虽非一篇单纯的诗论，但却是由"写新诗的人是否要读旧诗"这个问题引出的。在这个问题上，卞之琳既是一个现代主义者，也是一个传统主义者。这并不矛盾。事实上，卞之琳的"传统"观念正来自于现代主义诗歌大家T. S. 艾略特。早在1934年，他就应老师叶公超之命，翻译了艾略特的著名论文《传统与个人才能》。在该文中，艾略特辩证地指出："如果传统的方式仅限于追随前一代，或仅限于盲目的或胆怯的墨守前一代成功的地方，'传统'自然是不足称道了。……传统的意义实在要广大得多。它不是承继得到的，你如要得到它，你必须用很大的劳力。第一，它含有历史的意义，……历史的意义又含有一种领悟，不但要理解过去的过去性，而且还要理解过去的存在性；历史的意义不但使人写作时有他自己那时代的背景，而且还要感到从荷马以来欧洲整个的文学及其本国整个的文学有一个同时的存在，组成一个同时的局面。这个历史的意义是永久的意义，也是暂时的意义，也是永久的与暂时的合起来的意义。就是这个意义使一个作家成为传统的。同时也就是这个意义使一个作家最锐敏的意识到自己在时间中的地位，自己和当代的关系。"① 按，卞之琳30年代之初就走上了一条既现代又传统的诗路——"我则在学了一年法文以后，写诗兴趣实已转到结合中国传统诗的一个路数，正好借鉴以法国为主的象征派诗了"②，这与艾略特的现代主义的传统观正相契合。所以自翻译了这篇诗论之后，卞之琳非常服膺艾略特的观点，而1945年的这篇文章则系统地表达了他自己在这方面的独到体会。卞之琳声称——

> 我所说的传统，是他们英国的现代作家T. S. Eliot, Herbert Read, Stephen Spengder 诸人所提倡的传统，那并不是对旧东西的模仿。如果现代英国文学，用伊利萨伯时代的方式来表现，除非在特殊场合，这就不能说是合乎传统，而只是墨守成规，是假古

---

① T. S. Eliot：《传统与个人才能》（卞之琳译），《学文》第1期，1934年5月。
② 卞之琳：《完成与开端：纪念诗人闻一多八十生辰》，《卞之琳文集》中卷第153页。

董，是精神上的怠惰，是精神上的奴才。做奴才就是不肖，我们求肖就不能出此。到现在，我们只有以新的眼光来看旧东西，才会真正的了解，才会使旧的还能是活的。时代过去，传统的反映也就不一样，譬如，我们倘若生在唐朝，一定写唐诗；李杜如果生在现在，也一定写新诗。中国的新文艺尽管表面上像推翻旧传统，其实是反对埋没，反对窒息死真传统，所以反而真合乎传统。

这确是一种很现代的传统观，这种传统观以为"保持传统，主要是精神上的问题"，并不斤斤计较于民族形式的有无，而主张用一种开放的世界的眼光来看待文艺形式问题。所以针对抗战以来片面强调民族形式的观点，卞之琳强调——

世界的关系已经这么密切了，我们要对西洋有点了解，然后才能回过来了解自己的东西。研究如此，写作也如此。新文艺运动以后正经的文学各部门，戏剧、诗、小说，在形式上哪一样不是采取西洋的而也逐渐显得很自然？各种体例且还有许多可供我们尝试来活用。……精神产物的文学作品在形式上待借鉴于西洋的还正多，而若不曾借助于西洋文学，我们的新文学也不会有今日。接受外来的影响，中国文学史上也不乏先例，所以也可以说合乎传统精神。

随后，卞之琳便对外国文学的选与译两方面存在的问题痛下针砭，以为"要发展我们自己的新文学，我们必须切切实实，虚心学习，吸收人家的长处，自己努力，也就可以校正人家的认识，否则，自己不争气，也就怪不得人家"。这样一种在世界视野下将外国文学坦然纳入新文学所应取资的传统的传统观，表现出开放进取的现代姿态和理直气壮的理论气势。

直到晚年，卞之琳仍然保持着其诗学的象征观、音节观和传统观，并对音节观有所发展。

1980年初夏，欣逢改革开放的新时代，国门打开了，古稀之年的卞之琳生平第一次遇到了访美讲学的机会，而讲学则必然会涉及中国新诗的发展问题，这也给他提供了一个系统地回顾和总结中国新诗六十年发展的经验与教训的机会,因此他精心撰写了 The Development of China's "New Poetry" and the Influence from the West (《中国"新诗"的发展与来自西方的影响》)。卞之琳讲学归来之后,此文首先以英文发表在 Chinese Literature: Essays, Articles, Reviews, Vol. 4, No. 1 (Jan., 1982),而后由蔡田明译、陈圣生校的中译文则经卞之琳亲自校改后,发表在一份内部刊物《中外文学研究参考》1985 年第 1 期上。或许正是因为发表在英文刊物和中文内部刊物上吧,所以这篇诗论未能收入《卞之琳文集》中,这是非常令人遗憾的事;我自 1985 年第一次看到此文就感觉它非同一般,所以复制珍藏至今,并曾将它选入清华大学研究生内部教材《近现代中外文学比较研究读本》中,而今终于有机会将它重新公诸于世,更多的人可由此看到卞之琳关于新诗的晚年定论。

这的确是卞先生关于新诗的晚年定论。如所周知,卞之琳先生晚年在撰文纪念已故前辈和同辈诗人,或为这些诗人的诗集、文集作序时,曾借机评骘得失、商略诗艺,所论颇为精心得当、惬心厌理,所以他的这些纪念文章或序跋文字往往成为众所依归的现代诗评,对现代诗歌研究的开展起了显著的引导作用。不过,随机评论,毕竟零碎,真正发为系统之论的,还是这篇《中国"新诗"的发展与来自西方的影响》的长文。此文从属草到发表中文定稿,前后历时五年,可谓郑重其事,果然精彩纷呈。作者深思熟虑,对六十年来的新诗史早已烂熟于心,所以纵论新诗史、立言得体,指点诗佳作、如数家珍。如论郭沫若、徐志摩和闻一多对新诗的历史贡献——

直到 1922 年,郭沫若第一本诗集在文坛出现,以及 1925 年徐志摩诗集的发表,中国的新诗才真正展现出自己的本色。他们的诗集出版与最初的一批新诗的出现,相隔只有几年时间,其中有的诗集甚至是同时问世的。但是它们却还是标志着两个不同的发展阶段。郭沫若以他的《女神》在新诗与旧体诗中划出了一个不含糊的界限。从此为中国的白话新诗奠定了坚实的基础;随后,由其他诗人的作品——就特色重点说,不妨例举徐志摩和闻一多的集子——加以巩固和增强(闻一多更为成熟的作品收入在 1929 年出版的他的第二本诗集《死水》)。……照我看来,郭沫若和徐志摩的第一本诗集是他们的各自最好的诗集,而闻一多的第二本诗集才达到他自己的艺术完美的高度。徐志摩和闻一多,尤其是闻一多,甚至将英诗格律的理论和实践引进中国新诗中来,获得相当的成功。潮流发生了变化。和那些新诗运动的发动者有所不同:闻一多和他的同人又致力于探索诗的形式感和格律诗的某些严格规则。郭沫若、徐志摩、闻一多这三位诗人都有深厚的中国古典文学修养,但他们的诗初看起来,却与传统诗歌毫不相关,风格上完全西化了。徐志摩和闻一多沿着第一批白话诗试验者开辟的道路大踏步前进,并在大部分诗作中做到将日常口语融汇进真正称得上"诗"的整齐格式。尤其是闻一多在这一方面的成就,甚至现在也没有人超过。

当时,尽管郭沫若接近德国诗倾向,徐志摩和闻一多或可称英国派诗人,这三位主要诗人的诗作在内容上道道地地都有中国气派。

诸如此类的精辟见解,确属不刊之论。同时该文着重从"来自西方的影响"的角度看新诗的发展,其间辩证是非,亦极为精湛。如所谓胡适的提倡白话诗与美国意象派的关系,迄今仍为人所羡称不已,其实卞先生早在三十年前就对两者的似而不同做出了精辟的辨析——

有些学者或批评家倾向于将胡适与埃士拉·庞德(Ezra Pound)并比。我可不认为这样做有任何意义。他们两人要是放在一起,一定是同床异梦。他们之间只有表面的相似。确实,他们俩都在各自的国土上发动了运动。中国白话新诗的出现是悠久的中国文学发展史上的一次真正革命,而意象派诗仅仅是一种倾向或流派,标志了美国诗一个新的发展阶段。更主要的是,庞德和他的意象派同人,在相当大的程度上,是从中国传统诗中汲取诗作灵感的,尽管庞德起先对这一种外国语言几乎一无所知,其后甚至胡搅乱缠,谈什么汉语的"特色"。这些特色,如果不是不存在的话,也只是作为创作的一种媒介而言,无可讳言,即使不属子虚乌有,也早已经是无关宏旨了。而胡适和他的同伴的事业,正是在于反抗这种传统。即使胡适读过庞德的宣言《意象主义者的几不要》(1913年),并在其后发表了《八不主义》(1918年),这两个声明除了名称和标题之外,正是南辕北辙。这两件事发生在同一时期只是一种偶合。

诸如此类的辨析,实足以释难解纷、平息无谓的争议。另按,在《卞之琳文集》中收有一篇近似的文章《新诗和西方诗》,乃是据卞之琳先生1981年4月25日在中国社会科学院文学研究所主持的现代文学讨论会上的发言整理而成,大旨略同于《中国"新诗"的发展与来自西方的影响》,但那毕竟是不免仓促的即席发言,也就难以同这篇深思熟虑之作相比了。

"小大由之"的战时叙事:
从《游击奇观》到《山山水水》

抗战爆发以来,尤其是进入1940年代以来,卞之琳的创作有一个很大的转变,那便是由抒情向叙事的转移。战地生活速写、游击战小故事以至于关于战时中国叙事的长篇小说,成了他写作的重心——即使诗作如《慰劳信集》,也多是叙事兼带着抒情的。如此由抒情向叙事转变,在卞之琳是很自觉的,他的几封非常珍贵的战时书简就表达了这样的自觉。

即如1939年11月7日,卞之琳自峨嵋山上致上海"孤岛"友人(很可能是给芦焚的)的信中,就透露了他一年来的创作情况:除了《慰劳信集》外,所写多是战地报道之类叙事之作,如"在桂林出版的《文艺战线》上发表"的,当是指系列战地生活速写《晋东南麦色青青》,更有"写全了一篇算是历史:《第七七二团在太行山一带》"。卞之琳在该信中还特别提到,"在延安和前方途中还写过一些故事小说,零星发表出来,似还能吸引读者,当初打算写足二十篇这种东西(有些像散文诗,有些像小说,有些只是简单的小故事,有些则完全是访问记),凑一本小书叫《游击奇观》",虽然后来未能结集出版,但此类介乎速写与小说之间的"游击奇观"叙事,委实不少,其中一些篇章曾经收入《沧桑集》第三辑(《小学的成立》、《军帽的秘密》、

《追火车》、《进城，出城》、《"傻虫"并没有空手回来》、《钢盔的新内容》)和第四辑(《石门阵》、《红裤子》、《一、二、三》、《一元银币》)。① 其实，此类小故事、短篇小说还有不少，辑录在此的《五个东北工人》、《游击队请客》、《渔猎》、《儿戏》诸篇，显然都属于"游击奇观"之列。这些游击叙事都是作者1938年后半年至1939年前半年的西北—华北战地之行的结晶，它们写得朴实无华而又昂扬乐观，表现了作者对游击战和作为"人民战争"之主体的人民大众的信赖和欣赏。如《游击队请客》、《渔猎》两篇，都不过千把字，却都以小见大，生动地表现了八路军、游击队谈笑从容应对敌伪的智勇风姿，洋溢着革命的乐观主义精神和潇洒的诙谐幽默情趣。凡此，不仅反映了卞之琳艺术趣味的转变，而且反映了他亲历游击战之后的人生—社会立场之转换。这对一个学院知识分子来说是很不容易的。

　　1940年之后，卞之琳转赴西南联大任教。安静的学院生活，使他有机会施展其更为宏大的叙事抱负。卞之琳后来曾追忆说："一踏上'而立'的门槛，写诗的，可能实际上还是少不更事，往往自以为有了阅历，不满足于写诗，梦想写小说。的确，时代不同了，现代写一篇长诗，怎样也抵不过写一部长篇小说。诗的形式再也装不进小说所能包括的内容，而小说，不一定要花花草草，却能装得进诗。也就出于这样的判断和痴心，我在1941年，妄图以生活实际中'悟'得的'大道理'，写一部'大作'，用形象表现，在精神上，文化上，竖贯古今，横贯东西，沟通了解，挽救'世道人心'。当时妄以为知识分子是社会、民族的神经末梢，我就着手主要写知识分子，自命得计。"② 诗人创作的这部长篇小说题名《山山水水》，从1941年动笔，1943年写出初稿，如此处搜集到的他在1943年12月9日复《文学创作》编者熊佛西函，就报告说："至于暑假，我已利用了三个，再加上两个学期课余的时间，写完了一部长篇小说的初稿(连空格约四十万字)，现在也还没有工夫整理修改，决定推迟到明年暑假才动手，预计到明年底改完第一遍。"因为在国内一时难以出版，卞之琳遂边修订边英译；1947年秋卞之琳抵达英国旅居、研究，继续《山山水水》的

---

① 《卞之琳文集》只收入了接近短篇小说的第四辑而刊落了第三辑那些小故事。
② 卞之琳：《〈山山水水〉(小说片段)卷头赘语》，《卞之琳文集》上卷第267页，安徽教育出版社，2002年。

修订与英译，渐渐扩展至近百万言的长篇巨制。1948年冬淮海战役的消息震动了英国，卞之琳有感于祖国翻天覆地的巨变，遂"断然搁笔"，启程回国，积极投身于新中国的建设热潮，把这部小说丢在了脑后，"过了年把"，发现中文原稿后"付之一炬，俨然落得个六根清静。原因就在于我悔恨蹉跎了岁月，竟在那里主要写了一群知识分子而且在战争风云里穿织了一些'儿女情长'！"① 作者的这种热情冲动不免有点"左倾幼稚病"，这在新中国初期是可以理解的，但一部近百万言的巨幅长篇小说从此难见天日，毕竟令人遗憾。不幸中的幸事是，40年代的一些刊物曾发表过《山山水水》的若干章节，晚年的作者将它们收拾结集为《〈山山水水〉（小说片段）》重新出版，虽然不过十万字，不及原书十分之一，但总算聊胜于无了。

应该说，卞之琳前后倾注了八年心血的这部长篇小说，不仅规模宏大而且属意深远。《山山水水》中的"人物颇不少，只是以其中一对青年男女的悲欢离合作为曲折演变的主线配合另一些老少男女哀乐交错的花式，穿织起战争开始到'皖南事变'的近三年的各阶层知识分子的复杂反应与深浅卷入以及思想感情的回环往复。小说分上、下两编，合共四卷，一、三卷假设故事地点是两个战区中心城市——武汉和延安，二、四卷假设故事地点是当时叫'大后方'的城市——成都和昆明"②。小说的主角是一对青年知识分子——作家梅纶年和研究书法的林未匀，他们算得上是郎才女貌的佳偶，但主观上自尊自矜的性格气质和客观上难以逆料的战争风云，总使他们聚少离多，在悲欢离合的偶然中他们相互激励，心理和思想呈现出辨证的演变："未匀到成都与纶年重聚了，不由自己而推动后者外出，而纶年到昆明和未匀又重会了，无意中又促使了后者离去，既有上旋的希望也有下旋的危机，但总是一种旋进的态势。……在最后从总体说来是宁穆的情调中，同样以冷嘲色调一方面使并不贪生怕死的纶年在前方的险境里没有发生事故而在后方安然不避空袭，猝被轰炸所消形灭迹，一方面使总想高飞远举的未匀先一步飞走别处而落入了有待她挣脱出来的一种无形的精神罗网。"③ 从这些情节纲要中，我们仍然可以大体领略作者宏大

---

① 卞之琳：《〈山山水水〉（小说片段）卷头赘语》，《卞之琳文集》上卷第270页。
② 同上书，第264页。
③ 同上书，第266页。

的创作旨趣和严谨的艺术追求。事实上，卞之琳由写诗改写小说并不是一时的心血来潮，而是做了精心的艺术准备：抗战爆发前后几年间他对亨利·詹姆士直至普鲁斯特和纪德为代表的欧美现代小说，下过一番认真的翻译与研究的功夫，并曾经用英文撰写过"詹姆士小说八讲"，推崇詹姆士"在英国小说史上是第一个把小说当作艺术，注意小说形式而影响了当代英国小说的小说家。也是他，在英国，首先着重了小说里的心理表现而无形中助成了日后的'意识流'派小说"①。《山山水水》特别注意"视点"的运用，第一、三卷分别运用男女主角作为"编造中心"（詹姆士小说艺术学术语），第二、四卷又改为男女主角综合而成的"主导觉知"，同时全书以四城为背景，展转回环，结构颇见艺术的匠心，显示出作者对现代小说的限制视角和结构空间化的趋势是相当自觉的。

  这些艺术上的苦心经营，使《山山水水》成为40年代小说中最富艺术现代性的巨著。而有意识地通过男主角梅纶年的意识流来戏剧化地呈现作为"社会、民族的神经末梢"的知识分子心态，无疑是《山山水水》最耐人寻味之处。如梅纶年在延安参加了开荒种地的大生产运动，他确是诚心诚意地想把自己作为一个微末的泡沫快乐地淹没在群众的大海洋里，"对啊，海统一着一切"。所以即使在劳动中，他的不停顿的意识之流仍在极力把握群众的力量和劳动的意义。然而饶是梅纶年多么煞费苦心地努力体会"浪花淹没在大海里"的意义，他还是难以抑制其根根深蒂固的"小资产阶级"知识分子的情趣，所以当收工下山时，他偶然回望女子大学开垦的地块形状就情不自禁地突发绮想："难怪这一片就像旗袍开叉里微露出来的一角鲜明的衬袍。"最有趣也最耐人寻味的是，就在这一闪念之间梅纶年立刻意识到自己的绮想"太没来由了，太不伦"，因而为自己"没有出口"而暗自"庆幸"。正所谓窥斑知豹，梅纶年在劳动中和劳动后的这两小段意识流之转换不仅颇有戏剧性，而且相当典型地剖示了大时代里的知识分子的思想矛盾和心理隐曲，令人读来忍俊不禁而又掩卷深思。也正是这些地方显示出诗人小说家卞之琳过人的精神敏感和艺术慧心：他不仅善

---

  ① 卞之琳：《亨利·詹姆士的〈诗人的信件〉——于绍方译本序》，《卞之琳文集》中卷第50页。按，"詹姆士小说八讲"写于40年代早期，今已无存。

于描写人物思想意识中的戏剧性场面，而且善于捕捉那些错综隐微到连人物自己也不完全自觉的，甚至要自我隐瞒的心理情结，其抉隐发微的深入准确与分寸拿捏的恰如其分，都非等闲可比。所以，《山山水水》虽然只剩下一些不完整的片段，但其卓特的思想和文学意义仍然是不容忽视的。

"小大由之"——卞之琳在晚年收拾其叙事旧作时，曾借用这个成语来概括自己在叙事艺术上的追求。① 的确，卞之琳的战时叙事委实是"小大由之"，而且是双重意义上的"小大由之"：从形式上说，既有不足千字的小故事、微型短篇小说，也有长近百万言的长篇巨制；从内容上讲，则千把字的短篇小中见大，生动地展现了八路军与老百姓抗战卫国的光彩形象，而近百万言的长篇小说更有海纳百川、不捐细流的雍容气度，在宏大的时代风云里兼容细腻的儿女情长。这一切都使得卞之琳的战时叙事独具光彩，成为中国现代文学史上的独特存在。

析理绵密的知性散文：卞之琳的"论说文"略说

散文可能是最富于直接表现性的文体，卞之琳则是一个长于含蓄暗示而吝于直接表现的人，所以他一生很少写散文，只在两个年头多少有些意外的表现。

一个年头是1936年，卞之琳写了《尺八夜》、《"不如归去"谈》和《成长》三篇散文，抒发自己眼见传统文化在祖国式微却还健全地活在异域的感怀，和自觉生命成熟却无缘收获生活果实的一片无可宁耐之情，然后，就仿佛莹澈的灵光一闪而过，从此不再有下文了。

另一个年头是1943年。这一年卞之琳居然一连写了至少六篇议论风生的"论说文"——《××礼赞》、《意见，意见，还是意见——读奥登〈新年信〉附注偶记》、《伏枕草：洒脱杂论》、《夜起草：前进两说》、《巧笑记：说礼》、《惊弦记：论乐》。这些长篇论说，都是作者的精心之作，可是除了最后两篇曾收入《沧桑集》和《卞之琳文集》

---

① 卞之琳：《"小大由之"——旧作新序》，《卞之琳文集》中卷第81—83页。

外,其余一直散佚着。

其实,卞之琳对他的这些议论文章还是很爱惜的,所以曾在抗战后的内地刊物上重刊过数篇。如《伏枕草:洒脱杂论》和《夜起草:前进两说》就曾作为"草草两篇",重刊于 1946 年 9 月上海出刊的《月刊》第 2 卷第 2 期,《草草两篇》之首并有卞之琳的一则题记云——

> 最近三年来在昆明,除了教书,闭门工作,好像与世相遗的样子。但三年前(一九四三年春夏),忧国忧时,联大同人大家给当地小报(性质与上海一般的不同)发表杂感的时候,我于礼赞"××"之余,也一连写了些文字,昆明以外,极少知道。这些有关世道人心的文字,针对某一时,某一地,某些事的,自然无功于日后的"胜利",于来日的和平更不会有什么贡献。可是,在另一方面,说来也怪,时过境迁了,我自己翻一些出来一看,竟还感觉兴趣,没有什么要修正的意见,即检出"草草两篇",交给索稿的朋友,想感觉兴趣的也许还不止周围几个人⋯⋯

至于这些文章的文体,作者虽然承认是起于联大同仁忧国忧时、纷纷发表杂感的 1943 年,可是他在同年的一封书信里却明确表示自己"不写杂文"①,而在 1944 年 1 月重刊《巧笑记:说礼》时,卞之琳更于题下加了这样一段题识强调说——

> 这应算是一篇论说文。在玩笑里,在胡诌的故事里,作者无非也为了匡正世风,转移人心,略献刍荛,尝试说说礼,最令人感觉无趣,最叫人望而却步的礼,礼的起源和礼的作用,万一于刻划人性,创造人物上有所成就,亦终非本意所在。⋯⋯②

事实上,不仅《巧笑记:说礼》如是,而且所有这六篇文章其实

---

① 卞之琳:《复〈文学创作〉编者函》,载桂林《当代文艺》第 1 卷第 4 期,1944 年 4 月 1 日。按,该函题目为笔者所拟。
② 卞之琳:《巧笑记:说礼》题记,桂林《新文学》第 1 卷第 2 期,1944 年 1 月 1 日。

都是"论说文"。但是它们不是一般的论说文,正如它们也不是通常的杂文一样。尽管这些文章与杂文或杂感同样缘起于感时忧国的情怀并且不无讽喻现实的指向,如《巧笑记:说礼》和《惊弦记:论乐》二篇,其实就是针对当年"忽然兴起的尊孔献鼎,制礼作乐的宏论与盛举"① 而发的,但却不同于一意战斗、无暇说理的杂文。与攻其一端、不及其余的杂文相比,卞之琳的这些"论说文"确实重在说理,并且是析理极其绵密、论说不厌其详的,所以当杂文因其时效已过而失却了战斗的针对性之后,卞之琳的这些"论说文"仍然以其细致绵密的义理分析启人思索。而它们与一般论说文的区别,则在其虽属说理论难之作却富有充分的艺术性,所以它们又是具有高度艺术性的好文章。比如《巧笑记:说礼》就是一篇小说化的说理文章:一个被谑称为"神经病"的知识分子与一个温柔的知书达理的小姐偶然在街头相遇了,二人"彬彬有礼"地谈礼论理,颇煞风景而又煞是有趣,读来让人忍俊不禁。作者在这里其实是将自己与其女友——当年正在国立礼乐馆供职的张充和女士——戏剧化、小说化了,所以文章写得非常风趣幽默。其他各篇虽然没有能够小说化、戏剧化,但也都写得议论风生、趣味盎然。如《××礼赞》一篇反话正说、故作庄语,《伏枕草:洒脱杂论》"以毒攻毒"、纵论洒脱而结之以"真洒脱在那里"的反问,而《夜起草:前进两说》则正说反说、庄谐并出、姿态横生,所以这些"论说文"虽然篇幅颇长,但读来都让人怡然忘倦,自有深长的意趣让人掩卷深思、仔细体味。

我曾经把诸如此类虽然旨在说理却又具有艺术性的好文章称之为"知性散文",并追溯了它在中国现代文学史上的起源,尤其是在40年代颇具规模和气势的崛起——

直至40年代,这类散文才获得了显著的发展,就中颇为杰出的便是梁实秋的《雅舍小品》、钱锺书的《写在人生边上》、冯至的《决断》、《认真》诸文,以及李霁野的《给少男少女》集和杨振声的《拜访》、《被批评》等文。他们都形成了自己独特的风

---

① 卞之琳:《巧笑记:说礼》题记——这几句话是卞之琳晚年的补充说明,见《卞之琳文集》中卷第24页。

格:梁实秋漫谈人情世态,简劲通脱;冯至分析实存状态,严肃深沉;钱锺书俯察人生诸相,机智超迈;李霁野指点人生迷津,风趣通达,杨振声批点礼俗虚文,谑而不虐。凡此皆卓然不群,独步一时,并且都保有文章之美而不陷人于理障。

这些别具一格的散文在近年已经引起了人们的关注,但关于它们"别具一格"的所在迄今仍然含糊不明。有人注意到此类散文中的智慧、学问和书卷气,并追索到其作者从而称之为"学者散文",也有"文化散文"以至"哲理散文"之称。这诚然于此类散文的独特品性有所感知,但距离准确的定性似乎尚有一间未达。揆诸实际,称之为"知性散文"或许更为切当些。所谓"知性",当然有相对于理性和感性而言之意,但无须特别强调它的哲学意义如老黑格尔所言。其实这类散文的"知性"品格,乃指融会其中的一种不离经验而又深化了经验的感受力、理解力,因为它既不同于理论论述的理性化、抒情叙事的感性化,也与激情意气有余而常常欠缺理性的节制及"有同情的理解"的论战性杂文也迥然有别,所以不妨借用现代诗学中的知性概念而称这类散文为"知性散文"。如果说杂文着重表现的是批判性的激情和社会意识,抒情叙事散文着重表现的是感性的经验与情感而且一切常被"诗化"了,那么知性散文表达的则是经过反省和玩味、获得理解和深化的人生经验与生命体验。正因为所表达的不离经验和体验,所以知性散文仍保持着生动可感的魅力,又因为所表达的经验与体验业已经过了作者的反复玩味和深化开掘,所以知性散文往往富有思想的深度和智慧的风度。诚然,写作这类散文的多是学者型的作家,知性散文其实就是他们所"历"、所"阅"与所"思"的艺术结晶。作为生活的有心人,他们当然也不乏直接的生活经验并且注意观察人生,但较之一般散文家,他们从广泛阅读所得的间接经验及其人文素养无疑更为丰厚,而由此养成的对人生、人性、人情以至于历史与风俗等等的理解力和分析能力,也较其他散文家更为健全些或者深刻些。此所以在他们的散文中不仅多了一般散文所没有的博雅之知与浓厚的书卷气,而且对人生较少执一不通的偏见,而更富于有同情的理解与豁达的态度。或许正以为如此,知性散文往往以睿智开明而富美感的人生—人文漫谈见长。①

卞之琳的这些"论说文"正产生于40年代"风乍起、吹皱一池春水"的学院里，作为战时学院里的学人，卞之琳蒿目时艰、心怀难平，所以发为议论，乃旁敲侧击而理趣兼容，洵属"知性散文"的典型之作。虽然目前只见到六篇，但其析理绵密的理致和议论风生的趣味，无疑算得上别出心裁的好文章，所以特别值得我们这些后来者重视以至珍视也。

2010年12月18日匆草于清华园之聊寄堂

---

① 解志熙：《别有文章出心裁——中国现代"知性散文"叙论》，《考文叙事录——中国现代文学文献校读论丛》第339—340页，中华书局，2009年。

胡风的问题及左翼的分歧之反思
——从"胡风与鲁迅的精神传统"说开去

2009年12月，复旦大学中文系和鲁迅博物馆将联合举办"鲁迅与胡风的精神传统"学术研讨会。会前，得到会议组织者的通告："会议论题宽泛，凡题内人物、事件及相互关系等，皆可着墨"。由于这个宽容的鼓励，我想起了1945年10月在重庆举行的鲁迅逝世九周年纪念会，真可谓群贤毕至，周恩来、胡风、老舍等都在会上有重要发言，并且也正是在那次纪念会上，郭沫若发出了在上海、北平和广州等地建立"鲁迅博物馆"的倡议。① 可是学界对这次纪念会却少见提及，所以现在就将诗人力扬关于重庆鲁迅逝世九周年纪念会的报道辑录于此，顺手也参校相关文献，从抗战及40年代左翼阵营在发扬鲁迅精神上的某些分歧出发，就胡风派的主观战斗精神及左翼文坛的矛盾纷争之症结等问题，略谈一二感想，不过姑妄言之而已，聊供同行参考。

周恩来和胡风在发挥"鲁迅精神"上的异同：
关于"重庆鲁迅逝世九周年纪念会"

在1945年11月1日重庆出版的《民主教育》杂志创刊号上，刊载了力扬的一篇报道《记重庆鲁迅逝世九周年纪念会》，这是一篇相

---

① 一年后，郭沫若又一次提出来这个建议——参见郭沫若：《我建议》，《文艺生活》光复版第2号，桂林，1946年2月1日出版，又载《楚风月刊》创刊号，广州，1947年1月1日出版。

当珍贵的文献,现在就将全文校录如下——

　　下午的秋阳斜照着这座临江的大厦,颇有些夏季的感觉,而且这作为会场的餐厅,已被景仰鲁迅先生的作家、诗人、剧人、画家、音乐家和文艺青年们挤得满满的,每个人又都怀着无限激动而兴奋的心情来参加这集会,这样更使这会场的空气显得格外的"热"了。有些人把上衣脱下来,搭在手臂上,又用手帕揩着额上的汗珠。

　　忽然像有一种什么力量把人们的视线都吸引到会场的一角,那是因为人民的领袖周恩来先生已经在人群中出现了,他穿着藏青色哔叽【叽】西装,和蔼【蔼】而从容地和革命老战士柳亚子先生互让着坐【座】位。一会儿,他又在屋外的走道上和郭沫若、曹靖华诸先生娓娓地谈论着什么。

　　一阵掌声热烈地从会场中响起,原来冯玉祥将军也带着侍从来赴会了,他从屋前站满了人的阶梯上一步步地踏下来,用感激的笑容答谢掌声,而那掌声多半是由于他体态的庞大而引起,自然也含着尊敬与欢迎之意。

　　接着邵力子先生也悄悄地进来了。

　　纪念会的发起人——邵力子、柳亚子、周恩来、许寿裳、郭沫若、老舍、叶圣陶、胡风、冯雪峰诸先生毗连地坐在一排座位上——另有几位发起人:宋庆龄先生没有到会,茅盾和巴金两先生虽都来了,却隐没在人丛中,没有看见。

　　主席是鲁迅先生生前的好友许寿裳先生,他与被纪念者曾有三十五年朝夕相见的交情,由他来做这个会的主席是有深长的意义的。他已是白发苍苍的老人了,说话的音调,显得苍凉而沉郁。他说:

　　"鲁迅先生的精神,永远不死,他的伟大非三言两语所能尽……"

　　接着冯将军被邀起来说话:"主席说鲁迅先生精神不死,我说鲁迅先生永远活着,他活在我们的左右,活在我们的头上,身上,指导着我们……

　　"我平生爱讲故事,我要讲一个鲁迅先生在文章里写着的故事给大家听。故事是这样的：一家人生了一个孩子，来客纷纷道贺。第一个客人说，这孩子将来一定会发财的，主人听了大为高兴，迎入上座，端茶端蛋招待。第二个客人说，这孩子头平额阔，天庭饱满，将来一定会做大官的，主人听了更加欢喜，端出双份的茶和蛋来招待。可是第三个客人一进来，看一看孩子，却说：唉！这孩子，将来一定会死的，主人不但不大高兴，而且把这客人赶出去了。鲁迅先生在文章结尾说：本来发财做官都是靠不住的，但人偏爱听，人会死倒是最真的，却有人偏不爱听……"讲到这里，会场里已经起着一阵会心的大笑，冯将军又着重地加了评断说："现在的世界也还是一样，靠得住的话，偏有人不爱听……"他的故事就在掌声和笑声中结束了。

曹靖华先生因为牙痛，辞谢了讲话的邀请。

柳亚子先生以诗人的热情，非常激动地起来说："鲁迅先生的精神，是教育青年人敢哭、敢笑、敢骂、敢打！更重要的是叫'现代中国人，不要违背中国人为人的道德'。在今天，努力和平、民主、团结，建立孙中山先生所倡导的新中国，就是这道德最高的表现。

"过去举行鲁迅先生纪念会，总遇着很多不愉快的事情；今年好了，在抗战胜利之后，毛泽东先生来重庆和蒋主席握手言欢，使孙先生所主张的三大政策，很有复活的希望。这就是现在中国人应做的事情。我想鲁迅先生在天之灵，一定很高兴。"

主席说："现在，我们请最近由苏联回来的郭沫若先生说话。"郭先生从热烈的掌声中立了起来。他那原来很洪亮的声音，今天似乎有些嘶哑了。他说：

"主席刚才说我由苏联回来，我就想说说苏联对于作家的重视，怎样纪念他们的大作家，来作为我们怎样纪念鲁迅先生的参考和榜样。苏联的大作家，大抵都有以他命名的博物馆，例如托尔斯泰博物馆，玛雅阔夫斯基博物馆等。

"所以，我建议：应该设立鲁迅博物馆。陈列他一切的著作、原稿以及生活历史等等。地点上海、北平、广州。馆长应由许景宋先生担任。

"我在苏联，看过不少的普希金像，托尔斯泰像，艺术家以能铸造这些文豪的遗像为光荣。

"我建议：应该多多塑造鲁迅像。北平、上海、广州、杭州、厦门，以及其他的任何地方都应建立鲁迅像。自然以铜像为最好。

"莫斯科有高基尔【高尔基】路，普希金广场，玛雅阔夫斯基广场。

"所以，我又建议：把西湖改名为'鲁迅湖'，把北平的西山改名为'鲁迅山'。

"为了使鲁迅的精神，由知识分子推广到大众中去，我提出以上的建议；具体地，切实地来纪念鲁迅先生。

"我还补充一点：就是苏联对文人和文化的重视。列宁因为托尔斯泰生前最喜欢在一个白桦林中散步，就命令那看林人把枯死的几株白桦树照样地栽植起来。从这小小的故事中，也可看出列宁、史大林以及布尔塞维克党人对文化是怎样的重视，并不是为一般人所说不要文化的。"

郭先生的话，由嘶哑转为高亢而激昂，似乎有一种悲愤之情要爆发出来。听众都以凝注的目光对着他激动的脸，呼吸着同感。

主席在高声呼叫着："请赵丹先生朗诵！"人群中也传呼着："赵丹！赵丹！赵丹在哪里？"一会儿赵丹才从人群中把头伸了出来，站立在一只板凳上，以念台词的腔调朗诵了鲁迅先生的遗作《中国人失掉了自信力了吗？》，会场空气稍觉轻松。

接着文艺界老前辈叶圣陶先生讲话。他带着浓重的江南口腔说：

"鲁迅先生的文字和思想，都受了一点庄子的影响，但他却反对过倡导青年读《庄子》、《文选》的人。这是什么道理呢？我想这道理就是说：路应该自己走，不妨碍社会时，大家不妨各走一条路，但强迫别人走一样的路，是不对的。

"鲁迅曾送我一本他自己出版的《铁流》，并附有一封短信，我记得信中有这样的话：'无话可说，无非相濡以沫，以致意耳！'相濡以沫一语，出于《庄子》。鲁迅先生对朋友，对青年，对不相识的人，都本着相濡以沫的精神，却并不勉强大家都走一样的路，造成'只此一家，并无分出'的局面。

"我参加在重庆举行的鲁迅纪念会，这是第一次。去年我们在成都举行纪念晚会,到会的只有十几个人,而且主持人还得声明:到会的人都是个别接洽的,没有问题,大家可以放心说话……今年大不相同了,这是大可庆慰的。"掌声爆发出来了,这掌声是对于去年不愉快记忆的抗议和对于今天盛会的亢奋。

这中间,诗人徐迟朗诵了鲁迅的作品:《淡淡的血痕中》。他底音调太低沉,在这群众的场面中,没有发生巨大的反应。

胡风先生以他写文艺论文那样欧化而冗长的的语法发扬鲁迅先生的精神和指出我们应走的道路。大意是说:"这次纪念会的筹备人要我讲点关于研究鲁迅先生的意见,我原来是推辞的——并不是因为去年在鲁迅先生纪念会上讲了话,挨了骂,不敢讲,而是对于鲁迅先生还没有系统的全面的研究和理解。要理解鲁迅先生,首先得理解他所生活、所斗争的中国几千年的历史和这八年的民族解放战争。这是很不容易的事。从抗战发生以后一直到现在,文化界和知识青年对鲁迅先生的态度有了变化,他们的战斗精神也有了变化。抗战初期,大家的热情普遍地爆发,以为这一下,鲁迅先生的希望实现了,他所生活、所斗争的中国过去了,他所希望的中国到来了,于是远离了鲁迅先生的战斗精神,却没有把那热情拿来,使自己更沉着地走入实际的战斗。武汉撤退后,抗战转入持久阶段。许多文艺界的同辈人和年青人,才渐渐觉得鲁迅先生的斗争精神,犹有学习、参考的必要。看见了现实,接触了现实,认识到鲁迅先生所生活、所斗争的中国并没有过去,我们所生活、所斗争的仍然是他所生活、所斗争的中国,我们还要继承他整个斗争的过程。

"过去天真的乐观,是说明了我们只有热情,没有认识清楚,没有真切地和社会交锋,而忘记了中国人民解放的斗争,是长期的持久的斗争。

"我们看一看鲁迅先生全部的生活和著作,就可以知道他所认识的中国人民的解放斗争是长期的。'未来是我们的,我们的将来是光明的',但他决没有透露过:斗争是容易的。因为他懂得社会,懂得中国,而他是在这社会、这中国里负责斗争,旁人看不清楚,正在斗争中的人,他清楚……

"中国是一个几千年封建社会和一百多年帝国主义的侵略相结

合的国家，压在我们身上的是沉重的负担，我们要完成我们的使命，就有必须本着鲁迅先生底光明的目标和远景，向现实作流血流汗的斗争的必要。鲁迅先生不仅是极坚韧、极彻底的现实主义者，也是有极宽阔的胸怀与眼光的极坚强的理想主义者。一个现实主义者，必须有理想！"

最后是周恩来先生被邀起来说话，他的话清晰而宏亮，在着重处常常挥着阔大而有力的手势，他开始谦逊地说，对于鲁迅的研究，可以说是很幼稚，但他说："我也读过鲁迅先生许多著作，受过他精神的感召。刚才胡风先生说鲁迅先生是理想与实践相结合的文化战士，是不错的。他的许多话，至今还活着，做我们的指针。现在抗战结束，怎样和平建设一个新中国，是全中国、全世界共同注意关心的事，所以国共谈判，不只是国共的问题，而【是】全中国人民的问题。

"鲁迅先生说过，'革命的文学家，至少是必须和革命共同着生命，或深切地感受着革命的脉搏的。'现在虽进入和平建设时期，但中山先生的民主革命还没有完成，文化界、艺术家在这样的时代，一定会认识到政治与文化是脉息相关的。鲁迅先生的话告诉我们文化工作者不能离开政治。在将要召开的政治协商会议中，我们主张要有文化界的代表人物参加会议，提出文化界的代表意见和主张，包括在施政纲领中去、宪法中去。因为和平建设，除了政治、军事、经济的建设之外，更包括着文化的建设。

"胡风先生的意思是说：中国文化革命的任务还未完成，鲁迅先生的路尚未平坦地建筑起来，但我们必须说：中国文化的发展是不平衡的，一方【面】要斩荆披棘，一方面就要开辟道路。过去我们的新文化是批判的居多，建设的较少。敌后解放区，虽说有了新的方向，成绩也不大，这工作须【需】要大家动手来建设。

"我又记得十几年前鲁速【迅】先生曾经说过：对旧社会、旧势力的斗争，要坚决、持久，同时还要注意培养实力。这句话说明了、指示了我们三点：第一，和封建的、复古的、法西斯的文化的斗争，必须是坚决的，他的目标非常清楚。第二，认识清楚了，如果没有持久的精神战斗下去，新文化建设的胜利还不易获得。第三,我们的战线应该扩大,文化斗争不是小圈子的、宗派的,应该依靠广大的人民的力量来开辟道路,广泛地吸收文化战士来参加,对青年总要抱着欢迎、合作的态度,而不是关门的。这点甚为重要。

"鲁迅先生一生与革命息息相关,他不是孤独的。我热烈地期待着文化界共同起来为新文化的建设而努力!

"鲁迅先生生平的态度是:对敌人恨【狠】,对自己严,对朋友和。这态度是文化界的朋友应该学习的,我自己就这样学习着的。恨【狠】,是'打落水狗'的精神,今天,反动的文化并未'落水',还得打!严,就是谦虚学习。和,并不是不批判,要善意的批判。批判、斗争却是为了团结。这样才有力量持久下去,把中国新文化在中国的土壤上培植、生长起来。持久下去,十年,二十年……

"五四以来,二十多年的新文化运动,已有巨大的成绩,但任务尚未完成,旧的、复古的、法西斯的文化还在迫害着我们!我们要本着鲁迅先生那种一个倒下去、千百个跟上去的精神,和愚公移山的精神,一代一代地奋斗下去,一定能使中国的新文化开出奇花、结成异果,使大家享受新文化的幸福!"

周先生用他宽阔而舒展的手势结束了他的话,会场中飞扬起长时间的热烈的掌声。

最末的一个节目是老舍先生的朗诵《阿Q正传》第七章——"革命"。他在朗诵之前,加上一段虽幽默而沉痛的说白,每句话都被群众的掌声所打断。他说:

"阿Q参加了革命,他说革命也好,到大户人家去拿点东西。今天,抗战胜利了,有人说胜利也好,到上海、南京发点胜利财,拿几只板鸭来吃。阿Q式的胜利是惨胜,比惨败还难堪的。拿阿Q的精神来建国,国必如阿Q一样是会死的。阿Q在陈旧势力压在他身上时,莫名其妙地画了一个圆圈就死了,如今虽说收复了东北、台湾,假如像阿Q一样,也会只画了一个圆圈就会死的!"听众在掌声之后又是哄笑,他自己却毫无笑意,只沉默地瞪视着大家,他是有着言外的愤慨?

将要散会了,柳亚子先生还自告奋勇地朗诵了他纪念鲁迅先生的两首七律。

大家都在兴奋与激动的心情中散去，像获得了什么力量和启示。

十月廿二日追记

按，自鲁迅于1936年10月19日去世之后，各地文艺界在每年的这个时候，都要举办各种追思——纪念活动，但这些活动常常受到国民党当局的刁难、阻挠以至特务的捣乱。即如叶圣陶在这次纪念会上就说，"去年我们在成都举行纪念晚会，到会的只有十几个人，而且主持人还得声明：到会的人都是个别接洽的，没有问题，大家可以放心说话……"同时胡风也说，他自己"去年在鲁迅先生纪念会上讲了话，挨了骂"，据胡风晚年的《回忆录》，1944年10月19日在重庆举办的鲁迅逝世纪念会，由于国民党特务的捣乱几乎无法正常进行——

10月19日，去参加在百龄餐厅用茶话会形式举行的鲁迅先生逝世纪念会。这次仍处在不能公开纪念的情况下面，人到得很少。除了文艺界人士外，只有孙夫人、沈钧儒和几个外国记者参加。不料这里已经混进了国民党特务。在沈钧儒主席致了开幕词后，一个青年马上站起来，说是刚从沦陷后的上海来，知道许广平投了敌，所以不应开会纪念鲁迅（大意）云。这使我制不住发火了，我绝不相信许广平会投敌，立即就他的话站起来驳斥道："我不相信许广平会投敌！但即使如此，也不应影响纪念鲁迅先生。汪精卫不是孙中山先生的大信徒吗？他早已连'三民主义'都带去叛国投敌了，是不是我们就不应该纪念孙中山先生了呢？……"

这时，好几个特务纷纷站了起来斥责我："污蔑总理……"特务发言时，孙夫人起身退席。我正准备再站起来反击特务时，看到有十几个特务聚在一起要向我进攻。有人把我拉住，推我离开会场。到门口时我回头望了望，冯雪峰正站起来讲着什么。①

---

① 胡风：《回忆录·再返重庆》，《胡风全集》第7卷第619页，湖北人民出版社，1999年。按，这一部分据说是梅志代笔的。

比较起来,1945年10月19日在重庆举办的这次的鲁迅逝世纪念,则正如叶圣陶所说,"今年大不相同了,这是大可庆慰的。"这的确是一次难得的盛会,不仅参加者有郭沫若、柳亚子、茅盾、叶圣陶、老舍、胡风等重要作家,还有周恩来、冯玉祥、邵力子等政界要人,并且整个纪念活动进行得非常顺利。这和此前的情况形成了鲜明的对比。前后情况之所以有这样大的差异,其原因则显然如柳亚子先生所说,"过去举行鲁迅先生纪念会,总遇着很多不愉快的事情;今年好了,在抗战胜利之后,毛泽东先生来重庆和蒋主席握手言欢,使孙先生所主张的三大政策,很有复活的希望"。看来,在举国同庆抗战胜利和"双十协定"之际,国民党暂时放松了文化控制,所以举办这次鲁迅逝世纪念会几乎没有遇到什么阻力,与会者才能畅所欲言,使会议获得圆满成功。当然,即便在这种"大好"形势下,"鲁迅精神"仍然感召着人们保持清醒的头脑,所以面对反动势力仍然顽固、民主革命尚未成功的现实,一方面高扬鲁迅的革命旗帜、发扬鲁迅的战斗精神,另一方面借批判"阿Q精神"来针砭现实,便成为此次鲁迅纪念会的宗旨。同时这次鲁迅纪念会也显示了在新的政治形势下,中共在文化界影响力的扩大及其统战策略的成功,这一点从冯玉祥、柳亚子、老舍的发言与周恩来的呼应,就一目了然了。就此而言,这次纪念会可以说是国统区文化界统一战线在新形势下的动员会、誓师会,对我们观察国统区文化界的向背具有指标性的意义。

在纪念会的次日(1945年10月20日),重庆的《新华日报》就对这次纪念会和周恩来的致词以及柳亚子的纪念诗进行了报道。这些文献后来也被收编到《鲁迅研究学术论著资料汇编》中了①,所以并非难见的文献。可是学术界对这次国统区最为盛大和成功的鲁迅逝世纪念会似乎关注不够,周恩来的讲话迄今也只有个别人简短引述过②,而关于这次纪念会的情况,即使在鲁迅研究界也鲜见有人提及。这忽

---

① 重庆《新华日报》的报道是:《鲁迅先生逝世九周年,陪都文化界集会纪念——大家发出一个呼吁:跟着鲁迅的道路前进!》、《周恩来同志出席致词 希望文化界能参与政治会议,依靠人民建立民主的新文化》、《一九四五年十月十九日为鲁迅先生逝世九周年纪念,敬献旧体诗两律 柳亚子》,这三篇报道都已收入《鲁迅研究学术论著资料汇编》第4卷,中国文联出版社,1987年。

② 参见王珊、程凯华:《周恩来论鲁迅》,《河北社会主义学院学报》2008年第3期,及程凯华:《周恩来论鲁迅与郭沫若》,《邵阳学院学报》2008年第3期。

视可能与《新华日报》的报道比较简略有关,而上述力扬的比较详细的报道《记重庆鲁迅逝世九周年纪念会》,则刊登在一个刚问世的小刊物《民主教育》上,这个刊物影响不大,很少被人注意,所以特为辑录在此,供大家参考。当然,重庆《新华日报》上的文本虽然简略些,并没有失去参考意义。比如,《民主教育》上的《记重庆鲁迅逝世九周年纪念会》一文没有记这次鲁迅逝世纪念会的日期和地点,参考重庆《新华日报》上的文本,我们就知道此次纪念会是1945年10月19日"下午二点整,在西南实业大厦的餐厅里"举行的。并且,《记重庆鲁迅逝世九周年纪念会》一文里的个别疑有错误的字词,如周恩来说"鲁迅先生生平的态度是:对敌人恨"之"恨"疑当作"狠",查《新华日报》上周恩来的致词中此句正作"鲁迅的态度是对敌人狠"。

看得出来,在这次鲁迅逝世纪念会上周恩来和胡风的发言是最为重要的。而校读这两份关于同一内容的文献,重庆《新华日报》所载周、胡二人的发言并无交集,但从《民主教育》上的《记重庆鲁迅逝世九周年纪念会》看,周、胡二人的话是既有呼应也有差异的。显而易见,二人的话语风格有所不同。胡风是鲁迅的学生,在鲁迅逝世后以继承和发扬鲁迅精神为己任,但作为文艺理论家的他在文风上相当欧化、过于学究气,连即席发言也如记载者力扬所说,"胡风先生以他写文艺论文那样欧化而冗长的语法发扬鲁迅先生的精神和指出我们应走的道路",我们读他那段发言,用语确实复杂缠绕,不免影响了发言效果。接着胡风发言的周恩来就简明亲和、颇富感染力,周恩来并特地强调:"胡风先生的意思是说:中国文化革命的任务还未完成,鲁迅先生的路尚未平坦地建筑起来,但我们必须说:中国文化的发展是不平衡的,一方【面】要斩荆披棘,一方面就要开辟道路。过去我们的新文化是批判的居多,建设的较少。"这话既是对胡风观点的呼应,又对其过于复杂缠绕的发言做了补充说明。

不过,真正值得注意的是周恩来紧接着的话,尤其是自"第三,我们的战线应该扩大,文化斗争不是小圈子的、宗派的"直至呼吁文化界朋友要像鲁迅先生那样"对自己严,对朋友和。……严,就是谦虚学习。和,并不是不批判,要善意的批判。批判、斗争却是为了团结",就是胡风所没有的。自然了,周、胡二人的这个差别可以理解为，胡风只是一个有主张的左翼文学理论家，他因为特别景仰鲁迅，所以便特别地强调鲁迅的战斗精神，而周恩来则是一个老练的政治家，他在推崇鲁迅的战斗精神之余，又强调"对朋友和"与"团结"的重要性，表达了中共的文化统战意图。可是，除了这层明显的差异之外，周恩来的话还有没有特别的针对性或者言外之意呢？比如说有没有针对胡风和他影响下的文艺群体的某些片面性而给予含蓄的提醒和委婉的纠正之意呢？我觉得联系具体的讲话语境和抗战以来左翼—进步文艺界的纷争来看，周恩来似乎不无此意，甚至可以说是有感而发的。

毋庸置疑，胡风及其影响下的文人群体是抗战以来国统区左翼—进步文艺界的一支重要力量，他们对推动抗战文艺的发展也做出了独特的重大贡献，但同样不可讳言的是，胡风及其影响下的文人群体在当年的一些思想和言行也有明显的偏差。这些偏差在胡风乃是根源于他隐然以最得鲁迅精神真传者自居而又对鲁迅精神做了片面性的理解和发挥。按周恩来的理解，"鲁迅先生生平的态度是：对敌人恨【狠】，对自己严，对朋友和。……和，并不是不批判，要善意的批判。批判、斗争却是为了团结"。这是比较全面而且符合鲁迅精神实际的概括。如所周知，从 20 年代末的革命文学论争到 30 年代的两个口号论争，都发生在左翼—进步文艺界内部，鲁迅都是最重要的当事人，他既遭到过批判也批判过别人，但同时鲁迅也严格地解剖自己，他对那些在革命文学论争和两个口号论争中误解过、批判过自己的人，也保持着基本的善意，比如对郭沫若就是如此。同样的，郭沫若在两个口号论争中虽然观点与鲁迅有所不同，但他后来也自觉维护鲁迅、维护左翼文艺界的团结。比如当鲁迅逝世之初苏雪林快邮代电地谩骂鲁迅、胡适之又态度暧昧之际，正是郭沫若第一个站出来发表了"替鲁迅说几句话"和"借问胡适"的长文。① 人们也不会忘记，鲁迅即使在抱病回答"国防文学"论者的文章里严厉批评周扬和徐懋庸等，但仍然对他们有恕词并有所期待（其中最著名的两篇是冯雪峰笔录或拟稿的，但最后都经过鲁迅的修订和审定，所以仍然可以视为鲁迅之作）。而抗战爆发后，周扬等人也都认真地检讨了自己的错误，改变了对鲁迅的态

---

① 郭沫若：《借问胡适——由当前的文化动态说到儒家》，《中华论坛》创刊号，1937 年 7 月 20 日出版。

度，并努力纠正自己的宗派主义，而对一些来自鲁迅弟子的不很友好的挑衅性批判，他们也从维护团结的态度给予宽容和忍让。其实，就事论事，当年"左联"的负责人固然有宗派主义，没有能够处理好与鲁迅的关系，而一些围绕在鲁迅身边的弟子们何尝没有宗派情绪，他们在鲁迅与"左联"之间，以至于鲁迅与茅盾等人的关系上何尝没有起过消极作用。可是，事过境迁，胡风等鲁迅弟子们却似乎一直耿耿于怀而缺乏自我批评，常常自觉不自觉地以与鲁迅关系的亲疏作为划圈子的标准，不注意维护进步文艺界的团结。他们在抗战及40年代继承鲁迅的战斗精神，注重开展文学批评和文化思想上的斗争，这本来是好事，可他们的文学批评往往以自己那个小群体特别偏好的注重发挥"主观战斗精神"的现实主义观念作为唯一正确的标准，凡不同于这个现实主义的作家就被视为客观主义、反现实主义和庸俗社会学，于是茅盾、沙汀、姚雪垠、陈白尘、臧克家等左翼—进步的作家都成了他们批判的目标；他们的文化思想批判坚持的乃是以鲁迅为代表的那种全面反传统的"五四"思维，却几乎不加分析地把民族抗战背景下的一切对民族思想文化传统的研究都视为复古倒退之论，于是左翼史学家郭沫若的古史和古代思想研究就成了他们批判的靶子。当然，在左翼—进步的文艺界内部也不是不可以开展批评，正如周恩来所强调的那样，"和，并不是不批判，要善意的批判。批判、斗争却是为了团结"，而胡风一派的批评恰恰缺乏批评的善意和团结的旨趣。胡风甚至如一位出色的胡风研究者王丽丽所概括的那样，是"主动选择不与人为善"的，对此当年许多人也都有同感，而作为中共在国统区负责人的周恩来不可能不知道。事实上，正如王丽丽所说，当年"包括周总理在与胡风的谈话中也曾经委婉地指出：要和同代人合作，与人为善。换句话说，在人们普遍感觉到的胡风'宗派主义'当中，胡风的不大与人为善大概是最明显的一条证据之一"。[①] 窃以为，王丽丽转述的周恩来的委婉提醒，正印证了周恩来在这次重庆举行的鲁迅逝世纪念会上的话——"对自己严，对朋友和。……严，就是谦虚学习。和，并不是不批判，要善意的批判。批判、斗争却是为了团结"——其实

[①] 王丽丽：《在文艺与意识形态之间——胡风研究》第470页，中国人民大学出版社，2003年。

是意有所指的,并非泛泛而发。

"仇恨"心态和"战斗"愿望缘何而生:
一个"青年鲁迅派"暨"启蒙左翼"的
"主观战斗精神胜利法"

然则,胡风为什么要在左翼—进步文艺界里"主动选择不与人为善"的好斗做派呢?

这或许与胡风对 30 年代左翼文坛纷争的不愉快记忆及其对鲁迅性格气质的特别认同有关。带着耿耿于怀的不愉快记忆进入抗战以来,胡风对鲁迅弟子之外的左翼作家之表现越来越失望,越来越瞧不起,尤其是 1941 年末的香港沦陷和脱险的经历,在胡风是自以为经过了一场"炼狱",他觉得自己到此"才知道'文坛'仇恨得那么深,因为我不'拉'他们写稿"①,他慨叹终于看清了文坛上的"文化战士"的真面目,于是决意放弃以前与其他左翼文化战士貌合神离的合作,而对之报以更大的"憎恨",生发出"更强的战斗愿望"。胡风从香港脱险后抵达桂林致聂绀弩的一封信(1942 年)就表达了这样的心态:

> 十年来,特别是战争后的五年,我(以及我们),并没有作过真正的斗争。我痛切地看到了"文化战士"们的愚蠢和罪过,我憎恨他们,因而也憎恨了我自己。我憎恨他们,而他们并没有感到我的憎恶,那不就证明了我自己是应该诅咒的么?我一向自以为不是和他们和平共处。但现在却自己也不相信了。我真正地感到过问题的严重么?②

可是,事态当真如胡风所感觉的那么严重么?我们从当年公开发表的文献和后来陆续发现的资料里,并不能找到当年的其他左翼"文化战士"们对胡风一群有多大"仇恨"的证据。当然,些小的不调

---

① 胡风:1941 年 8 月 13 日致路翎,《胡风全集》第 9 卷第 186 页,湖北人民出版社,1999 年。

② 胡风:1942 年×月 31 日致聂绀弩信,《胡风全集》第 9 卷第 427—428 页。

和、认识的不一致以至于误解也是难免的，但其他左翼文化战士即使对胡风有不同意见，也还是把他引为同一战壕的战友的。成问题的倒是 1942 年以后的胡风对其他左翼"文化战士"的仇恨、憎恶，却当真成了他解不开的心结，并传染给了受他影响的一些年轻作家，而胡风不惜一切地转向左翼—进步文艺界内部开展"更强的战斗愿望"也于焉形成，陆续付诸行动，却是一个分明的事实。

从现存的种种文献史料中不难看出，胡风这种倍感压抑而又自觉悲壮的困斗心态，深深地打上了鲁迅的性格—心理烙印。对此，一些胡风研究者并不讳言。如王丽丽就指出"自 1941 年在香港时候起，在胡风所经受的一系列试练中，每当他感到疲乏和力有不支的时候，鲁迅先生就成了他精神的和力量的源泉"①。应该承认，鲁迅孤军奋斗以至绝望抗战的勇气确实让人佩服，但是鲁迅也不讳言自己灵魂里确有"毒气"和"鬼气"，而既然是"毒气"和"鬼气"，那也就不宜简单地全盘接受。比如鲁迅那种"不惮以最坏的恶意，来推测中国人"②和"像热烈地主张着所是一样，热烈地攻击着所非，像热烈地拥抱着所爱一样，更热烈地拥抱着所憎"③ 的心理定式，就未必可以不加分析地据为典要、不分对象地普遍施用，并且连鲁迅自己也一直在努力克服和化解这些东西。可是，胡风以伟大的鲁迅作为精神资源和心理支援，这在给予他一种孤军奋斗于文坛困局中的勇气之时，也强化了他之自觉为文化悲剧英雄的崇高感、自负心和好斗性，于是胡风对其他左翼"文化战士"的"仇恨"、"憎恶"，也就似乎不仅不需要检点反倒显出革命的彻底性了。由此导发的不再顾及左翼—进步文化界团结的斗争言行，在 1942 年以后的胡风及其同道者那里是颇有表现的。对此，熟悉国统区文化界内情的周恩来是不能不忧心的。也因此，周恩来当着胡风的面、接着胡风的话特别强调说"鲁迅先生一生与革命息息相关，他不是孤独的"，以及刻意强调"要善意的批判" 等等，就可以理解为是在委婉地提醒胡风学习鲁迅心胸开阔、顾全大局、严于自我解剖、

---

① 王丽丽：《在文艺与意识形态之间——胡风研究》第 478 页。

② 鲁迅：《记念刘和珍君》，《华盖集续编》，《鲁迅全集》第 3 卷第 275 页，人民文学出版社，1981 年。

③ 鲁迅：《再论文人相轻》，《且介亭杂文二集》，《鲁迅全集》第 6 卷第 336 页，人民文学出版社，1981 年。

努力自我拓展的一面，希望他能够走出自觉悲壮的孤独和自以为是的孤傲，在批评他人时多点善意，注意点团结。然而，对鲁迅的无限崇敬几乎使胡风亦步亦趋地模仿着鲁迅，包括鲁迅不无偏颇的性格和心理气质，不幸的是其他左翼"文化战士"都多多少少与鲁迅有过矛盾，因之要胡风对他们讲团结，坚持"善意的批判"，那在他就成了一件非常困难、极不乐意的事。

当然，对鲁迅的感情和对鲁迅性格气质的片面肯认，即使助长了胡风对其他左翼"文化战士"的"憎恶"甚至"仇恨"，但这毕竟是个感情问题，还不足以使胡风及其影响下的一群有充分的理由把"战斗"的矛头指向其他左翼"文化战士"。而值得特别注意的是，胡风等人对鲁迅思想精神的继承与发挥，恰好给了他们充分的理由，使他们觉得自己可以理直气壮、大义凛然地向其他左翼"文化战士"展开战斗，根本用不着考虑什么"团结"的问题。

这说来有点不可思议，所以需要略作解释。

如所周知，自鲁迅逝世后，尤其是抗战以来，胡风特别注重发挥鲁迅的反封建的思想启蒙精神，而这种精神也确实是鲁迅思想的根本特征——从早年在日本受到哲学上"新神思宗之至新者"的启发，产生改造国民精神的"立人"观念，到"五四"时期本着启蒙主义的思想宗旨从事新文学活动，直到30年代强调要真革命必须先有真革命人的革命启蒙主义，鲁迅的思想虽然不断演变，但注重人的思想启蒙的反封建精神无疑是他一以贯之的特色。胡风作为鲁迅的学生，显然与鲁迅的思想一脉相承而又做出了卓有成效的发挥，并通过他的发挥进而影响了一批青年作家，形成了一个独树一帜的文学以至文化群体。今天的学术界似乎已经认识到胡风一派对鲁迅性格气质的学习未必全然可以肯定，但对胡风一派继承和发挥鲁迅反封建的思想启蒙精神，则大抵是肯定有加的，以为这最得鲁迅精神之真传，正弥补了抗战及40年代政治革命压倒思想启蒙的缺陷，与此相关的是胡风一派对文艺自主性和主体性的强调——这构成了一种富于主观战斗精神的现实主义理论体系——也得到了高度的评价。可是，人们在赞叹之余，似乎忽视了胡风及其影响下的一群在发挥鲁迅那种注重人的思想精神启蒙的革命观之时，也不由自主地形成了一种思想精神革命不仅深刻于而且高超于社会政治革命的革命优胜观。当然，早年的鲁迅也不无此种优胜观，但随着介入社会改造的实践，鲁迅逐渐对思想精神革命和社会政治革命的关系有了比较平衡的理解，而不再片面地强调前者的优胜。可是，胡风及其影响下的一群青年作家对鲁迅精神的发挥，却往往失去了这种平衡，从他们那些振振有词、理直气壮的革命话语中，尤其是对主张社会政治革命的文化战士的批判中，我们不难体会到一种只有思想精神革命才最为革命、其余都不在话下的优胜感。

这不免让我想起"青年黑格尔派"对黑格尔的发挥。说实话，我一直觉得中国现代思想文化史上的胡风派，正仿佛"青年黑格尔派"一样，可称为"青年鲁迅派"。按照哲学史界公认的说法，所谓"青年黑格尔派"是19世纪30年代发挥黑格尔哲学的一个思想流派，又称"黑格尔左派"，该派试图从黑格尔的精神辩证法中引出革命的和无神论的结论，但他们对宗教和政治的批判一直局限于纯思想的范围，着意用理论批判代替实际斗争，片面强调只有自我意识才能把人类从宗教异化中解放出来。看得出来，"青年黑格尔派"的思想带有浓厚的浪漫主义和唯心主义的成分，而又加上了启蒙运动的批判倾向和对法国大革命原则的崇拜，这使他们相信理性精神是一个不断自我展示的过程，这个过程会达到最终的统一，但在实现最终的统一之前应当先有分裂，而通过激进的批判来迫使种种分裂发展成为一种最后的决裂，从而加速解决的过程，则被该派自认为是其思想义务。所以"青年黑格尔派"派确是向左、向主观的方向发展了黑格尔哲学，其激进的革命精神颇为可嘉，同时也暴露出过于迷醉精神、脱离现实和蔑视群众的问题，后来甚至产生了像施蒂纳那样标榜至上的"唯一者"的无政府主义思想家，而在真正的唯物主义和无产阶级革命的门前止步了。鲁迅虽没有黑格尔那样的客观的绝对精神观念，但他早年的确受过后黑格尔哲学——包括所谓"新神思宗之至新者"——的深刻影响。从鲁迅对精神界战士和思想启蒙的特别强调，就不难看出他和后黑格尔的主观意志哲学以至于黑格尔的"精神哲学"的关联。这可以说是早年鲁迅思想革命主张的哲学基础，当然，后来的鲁迅走向了唯物主义，深切地认识到武器的批判和批判的武器同样重要。可是胡风及其影响下的一群青年作家，在继承和发扬鲁迅的这种精神的同时，却显然大大地强化了人的主观方面——思想、精神、人格、意志——在社会革命中的意义，认为那才是革命的决定性要素，而先进先觉者如何发扬其主观战斗精神、如何深刻揭示一般群众千百年来被奴役的精神创伤并发掘其革命性的生命之原始的强力，也便成了革命和革命文艺的首要问题。

应该说，胡风一群的这种注重主观精神和思想启蒙的革命观，既表达了一批激进的知识精英之可贵的革命理想和激情，也包含着激进知识分子对自己走向革命途中的精神痛苦与欢乐之沾沾自喜的自我欣赏、自我崇拜，甚至可以说形成了一种思想上的自大，此所以受胡风影响的这群青年作家都很激赏罗曼·罗兰笔下之痛苦并快乐着的约翰·克里斯多夫。例如，他们所主持的一份刊物的封面，就大字摘登了罗曼·罗兰关于知识分子痛苦并快乐着的语录——

> 我们应当敢于正视痛苦，尊敬痛苦；欢乐固然值得颂赞，痛苦亦何尝不值得颂赞，这两位是姊妹，而且都是圣者，他们锻炼人类，开展伟大的心魂。他们是力，他们是神。①

如此高调地自我欣赏其痛苦和欢乐，显出颇为浪漫自恋的心态。同时，这群激进的知识分子尽管在理论上认识到应该"理解现实生活"、"向大众学习"，但自居于且自矜为革命的启蒙者的他们，其实是难免有些脱离社会和大众之实际的。这些优点和缺点，在胡风最欣赏的青年作家路翎的创作里就有很典型的表现——不论对知识分子走向革命途中的痛苦与欢乐之抒写，还是对人民大众精神奴役的创伤和原始的生命强力之发掘，路翎都可谓笔力千钧、臻于极致，然而也正如他自己所坦承的，"我企图'浪漫地'寻求的，是人民底原始的强力，个性的积极解放。但我也许迷惑于强悍，蒙住了古国的根本的一面，像在鲁迅先生的作品里所显现的。我只是竭力扰动，想在作品里'革'生活的'命'"②。看来，这些激进的知识分子只专注于革命有助于人的尤其是知识分子之"个性的积极解放"，至于他们眼里的人民大众，则除了有待启蒙的精神奴役的创伤，还有点反抗性的"原始

---

① 这段语录见于"七月派"的外围刊物《诗与音乐》创刊号的封面，1945年4月15日成都出刊。

② 路翎致胡风信中语，见《胡风路翎文学书简》第37页，安徽文艺出版社，1994年。

的强力"可供挖掘——路翎笔下卡门式的"饥饿的郭素娥"即是一例。应该说，路翎的这番自白实属"革命的浪漫蒂克"，典型地反映了胡风一派革命知识精英自我陶醉的个性主义革命想象和本本主义的革命做派。

当然，小资产阶级的革命知识精英之浪漫蒂克的思想精神革命，仍然有助于中国社会的改造，所以在现代中国革命运动和革命文艺运动中，不论胡风一派左翼还是另外一派左翼，都有其地位和贡献。后一派左翼大多是中共党员，他们葆有坚定的政治立场，其文化活动也尽可能地与中共的社会政治革命路线保持着政治上的一致步调，所以可简称之为"党派左翼"或者说"政治左翼"；而胡风一派虽然与从事社会政治革命的中共有着政治上的认同，但比较强调思想精神革命重要性的他们，也自觉不自觉地保持着某种文化思想上的相对独立性，所以可以简称之为"独立左翼"或者说"启蒙左翼"。应该承认，左翼文坛存在这样那样的分歧以至派别原本是在所难免的，只要各派的"大方向一致"，即使发生一些分歧、出现一些矛盾，也是正常的事情。

但问题是，胡风在抗战后期文坛上所发动的批判运动，似乎远远超越了这个合理的限度。

这里我指的是胡风利用1944年4月为"文协"第六届年会起草主题论文和1945年1月《希望》杂志创刊之机，所发起的那场清算文坛"混乱"及思想"逆流"的批判运动。如所周知，由于胡风和舒芜在这场批判运动中提出的"主观论"后来引起了论争，并且据说在建国后成为"胡风集团"冤案之"原罪"，所以近二十年来胡风研究者差不多都在热心地替胡风一群从政治上辩枉、从理论上辩解，可是鸣冤辩护者们却几乎完全忽视了这样一个事实：正是胡风当年率先在文坛上发起了一场批判运动，而其批判之目的也在"整肃"文坛。直到近几年才有人注意到这一点。鉴于像我这样曾经不明就里的人仍然不在少数，所以，我把一位研究者对当年事情原委的叙述抄引如下，供大家参考——

> 胡风从来都是无惧于"绝对孤立"的处境。在国统区进步作家整风期间，他不屑文艺界领导人所认为的当前主要应反对"非

政治化"和首先要解决好文艺为什么人、为哪个阶级的问题,而是从国统区进步文艺界的实际状况及文艺创作本身的规律出发,固执地认为当前应反对的主要倾向是"主观教条主义"、"公式主义"和"客观主义",要求作家"战斗意志的燃烧和情绪的饱满"。他独立发动组织了文艺界的"整肃"运动,向他所认为的"反现实主义逆流"宣战。这个运动造成了严重的后果,若干年成了他自己遭受"整肃"的重要原因之一。

1944年4月,胡风在"文协"第六届年会上宣读了一篇由他自己"用了两三天的时间写完了"的、题为《文艺工作底发展及其努力方向》的论文,总结了6年来抗战文艺的历史和现状,并对"文协"未来的工作提出设想。他认定各种"反现实主义的倾向""现在正达到了繁盛的时期",认为要"发动在明确的斗争形式上的文艺批判"。于是,他通过路翎联系北碚的青年学生,其中包括石怀池及后来被称为"胡风派"的一些青年,指示要清算的作家、作品及方法和要点。在他与路翎等人的来往信件中,被点名清算的作家包括了郭沫若、茅盾、巴金、曹禺、沙汀、姚雪垠、臧克家、碧野、严文井等,后来又增加了朱光潜、马凡陀、陈白尘、许杰等众多的作家。由于这些原因,胡风的这篇论文,后来被认为是他号召抗战文坛内部开展"整肃"运动的动员令。

然而,"整肃"运动很快受挫,因为中共文艺界领导人已警觉到胡风与整风运动的"不协调"。但胡风"没有被说服",只是对目标作了微小的调整:绕过巴金和曹禺,重点打击姚雪垠等人。

面对胡风的重点打击,姚雪垠于1944年底发表了一篇题为《硬骨头》的随感,算是对关心他的读者朋友的答复,也算是对胡风等人攻击的回应。姚在文中慷慨激昂地表示:"想做一个文学家,必须有一把硬骨头,吃得苦,耐得穷,受得种种打击。"

胡风对姚雪垠等作家的这种强硬"回应"强烈不满,进步文坛议论纷纷,国民党则幸灾乐祸地袖手旁观。搞内讧、打内战,极不利于集中力量打击国民党的文化专制主义,于是乔冠华受命居中调停。然而,胡风却拒绝了。

胡风1945年1月在重庆创办并主编的一本具有影响的刊物《希望》,在创刊号上,他高扬起"反对客观主义"的大旗,把这之前的"整肃"运动提高到了"机械——教条主义"作斗争的哲学高度,不仅发表了自己撰写的《置身在为民主的斗争里面》,还推出了舒芜的长篇哲学论文《论主观》,并且在《编后记》中高度评价了这篇哲学论文。接着的第二期,胡风又编发了舒芜的另一篇长文《论中庸》,并在《编后记》中声称:这是本文作者对上期《论主观》一文的补充,其中心论点是个性解放。

《希望》一面世便引起了重庆进步文坛的惶惑:延安整风主要是反对主观主义,《讲话》强调社会生活是文艺创作的唯一源泉,要求作家深入社会生活;而胡风的《希望》却宣扬主观精神的重要性,宣扬"个性解放"。

"问题提到了周副主席那里。他召集了茅盾、以群、冯乃超、冯雪峰以及徐冰、乔冠华、陈家康、胡绳等开会讨论。会前我在乔冠华房里坐着,他给我看了他所写关于《论主观》的要点,我觉得他是基本上是肯定,主张慎重讨论的"(《胡风自传》第221页)。然而,尽管由周恩来出面,而且是"开会讨论"和"单独谈话"双管齐下,胡风"仍然没有被说服"。他不仅没有接受批评,而且还表示出了反感情绪。……

乔冠华离开重庆并由南京来到上海后,与先他抵沪的胡风再次相聚,虽然前后不到半年时间,但两人的接触依旧频繁,友情一如既往。

然而,此时的胡风并没有中断他在重庆的"整肃"运动。

还是在1945年底的时候,重庆文艺界即突然传出流言,说姚雪垠是国民党特务。这对于"整肃"期间正在遭受"清算"的姚雪垠而言,简直是飞来横祸。其实,流言是从延安的"抢救运动"中传出来的。当年陕北抓特务成风,不堪刑讯的人便乱攀乱咬,累及国统区的许多进步人士。

胡风则不放过再一次痛击姚雪垠的机会。1946年3月,《联合特刊》发表《骑士的坠马——评姚雪垠著中篇小说〈戎马恋〉》,对姚雪垠穷追猛打;广州的《文艺生活》也发表《评姚雪垠的〈出山〉》,质疑姚雪垠的战区表现;《文艺新闻》更是连篇累牍地发表攻击文章,其中最令人不堪一读的是辛冰的《我所知道的姚雪垠》,文章从姚雪垠的"私德"着眼,试图挖出其"机会主义的本质"。

　　面对胡风发动的累累"清算",姚雪垠不再沉默了。1947年初姚在"怀正文化社"的老板刘以鬯的援助下,《姚雪垠创作集》共4种很快顺利出版。在这套集子的跋中,姚雪垠把几年来蒙受胡风等攻击的委屈情绪一股脑儿地发泄出来:"我只希望这些表面革命而血管里带有法西斯细菌的批评家及其党徒能拿出更坚实的作品来,不要专在这苦难的时代对不能自由呼吸的朋友摆擂。"

　　姚雪垠的反击,引起了胡风等人的震怒,阿垅很快写出《从"飞碟"说到姚雪垠的歇斯底里》一文。胡风等人认定"怀正文化书社"是国民党文化机关,姚雪垠是国民党特务。

　　——从一桩"莫须有"的谎言,到铁板钉钉般的宣判,姚雪垠危殆而冤哉![①]

　　应该说明的是,在这里我有意选取了一位比较同情胡风的研究者的叙述,而纵使如此,他叙述的这些事实仍然让人不寒而栗——除了胡风自己一派之外,国统区比较优秀的左翼—进步作家几乎都在批判以至"整肃"之列,其批判态度之蛮横,从姚雪垠的被反复围剿中可见一斑。而胡风一派之所以对姚雪垠穷追猛打,则颇有杀鸡给猴看的意味——他们的真正目标是提携过姚雪垠的茅盾,当然,姚雪垠在被批判的作家中几乎是唯一公开提出反驳并首先揭出存在着一个"胡风集团"的人(事在香港批判之前),这也犯了大忌。顺便说一下,其实早在这篇文章之前,吴永平先生就在《胡风清算姚雪垠始末》一文中以姚雪垠为例,详细揭示了胡风发动的"整肃"运动的原委和始末,全文长达五万字,摘要刊登在《炎黄春秋》2003年第1期。在文章的末尾,吴永平先生感慨地说——

　　　　抗战后期,胡风所发动的"整肃"运动是一把双刃剑,既严重地伤害了姚雪垠等进步作家;更暴露出他的文艺理论与批判实践的偏颇之处。他对姚雪垠的清算只是他推上山的第一块"西绪

[①] 茆贵鸣:《文艺论争中的乔冠华与胡风》,《文史精华》2006年第3期。

福斯之石",而他与主流文艺思潮山崩地裂般诀别的底线就埋在这里。①

这的确是明敏的观察和准确的判断,而他提出的问题也确实值得进一步追问和反思——胡风的文艺理论和批判实践到底有何偏颇?下面不妨回头看看胡风一派到底依据什么样的文艺理论和革命理论,来理直气壮地开展他们的批判实践——一场文坛"整肃"运动的。

所谓"胡风的文艺理论和批判实践"有一个生成演变的过程。据王丽丽的分析,从抗战爆发到1941年9月《七月》停刊的4年间,左翼文坛就在"大同"之下不无分歧——

> 从大的方向而言,《七月》的战斗目标与当时党的战斗目标当然是一致的,但由于"同人杂志"所具有的一定的独立性和自主性,胡风在选择批判对象的时候所用的"封建/进步"的标准,与党所使用的严格的"敌/我"标准和阶级标准就不可能做到完全一致,而是存在着细微的差别,具有一定的矛盾。况且,在胡风的理解中,封建思想的遗毒不仅可能附着在没有觉醒的人民大众身上,即便革命阵营里面的同志也不可能毫不受到封建思想的影响,因此,在革命阵营里面存在着少数的"市侩"与"市侩习气",这对胡风来说并不是不可想象的事情。但对这些对象进行批判,就不可能不引起一定的反弹,而这种反弹在他们距离拉近的时候就格外表现出来了。②

按,王丽丽的话揭示出左翼阵营的分歧和矛盾由来已久的事实,但她对分歧和矛盾的因缘及根源的分析却有含混之处。比如,她把胡风一派的独立自主性,归因于"由于'同人杂志'所具有的一定的独立性和自主性",这不免倒果为因。其实胡风一派的独立自主性植根于他们所坚持的那套"封建/进步"的启蒙主义革命观,而他们的启蒙主义革命观又是来源于鲁迅。再如,王丽丽说"胡风在选择批判对象

---

① 吴永平:《胡风清算姚雪垠始末》,《炎黄春秋》2003年第1期。
② 王丽丽:《在文艺与意识形态之间——胡风研究》第471页。

的时候所用的'封建/进步'的标准,与党所使用的严格的'敌/我'标准和阶级标准就不可能做到完全一致",这又给人一个的错觉,那就是"党"的标准严,胡风一派的标准宽;同时她也把中共、接近中共的"党派左翼"和具有独立自主性的胡风一派"独立左翼"的矛盾不加分析地混为一谈了。其实,胡风一派的"封建/进步"标准要苛严得多,除他们自己一派人之外,别的文化人很少能够符合其反封建的"进步"标准的,几乎与他们不同调的所有其他左翼文化人都被视为"封建"、"市侩"之流;相比之下,抗战爆发后中共的"敌/我"标准和阶级标准"倒是调整得相当宽容,力求最广泛地团结社会各阶级、各阶层的力量,尽可能扩大抗日的民族统一战线,并且中共领导层在相当长一个时期里并没有卷入两派左翼的矛盾,更没有特意支持一派去打压另一派。至少据胡风自己说,毛泽东对他主编的《七月》是喜欢的,而正因为毛泽东也崇拜鲁迅,所以他对曾经错误地反对过鲁迅的周扬等人给予了严肃批评,在延安的周扬等因而长期受到压抑而言行小心翼翼,倒是同时在延安的鲁迅弟子萧军等要趾高气扬得多。事实上,这一时期胡风批判的主要对象并不是远在延安的周扬,而是近在身边的郭沫若和茅盾等战斗在国统区的左翼文化战士,而他们面对胡风一派自抗战以来多次含沙射影的批判,也都保持了克制、维护着团结,并未做出什么过激的"反弹"。也因此,王丽丽紧接着上文说"但反弹的压力不仅没有让胡风的锋芒有所收敛,相反更加坚定了胡风走自己的路的决心",这所谓被批判者的"反弹"似乎并无什么事实根据,至于说胡风的批判锋芒没有收敛,则确属事实。

胡风批判锋芒的大显露是在他1943年初返回重庆之后的两年间。在那里胡风恰好遇到了中共的几个青年才子如乔冠华、陈家康等,他们响应着延安反教条主义的整风运动和马克思主义中国化的要求,也在国统区的重庆发起了一场批判教条主义的小运动,主旨是批判党内以及左翼文化界一些人对唯物论的庸俗化理解和把历史必然性当作近乎宿命的客观规律来依从的决定论,而大力张扬一种强调知识分子启蒙主体性的"生活态度"作为救济之道。重庆才子们的出发点当然是好的,但他们的"生活态度"论把问题的解决归结为人本的、人性的范畴,表现出新的主观主义和左倾幼稚病,所以很快就被延安叫停。不过,重庆"才子集团"的主张显然与胡风的注重思想精神启蒙的革命观接近，所以他非常赞赏并对其被叫停特别惋惜。应该说，正是重庆"才子集团"的被压才引起了胡风的反弹，于是他便利用自己作为"文协"理论部负责人的身份和创办《希望》杂志之机，发起了上述的批判—整肃运动。

这场运动的主要理论成果，便是一种张扬"主观战斗精神"的革命文艺观以至革命观的出世。胡风1944年4月撰写的《文艺工作的发展及其努力方向》，可以说是他的文艺理论的"搭架子"之作。该文依据主观精神和客观精神辩证统一的逻辑，对六年来抗战文艺的发展进行批评性的总结并指出其未来的发展方向。他指出抗战初期文艺思潮的特征是"主要地表现在主观精神的高扬和客观精神的泛滥分离地同时发展这一点上"。不待说，按照理论逻辑的要求，那当然最好是达成主客观的辩证统一，但胡风真正首肯的乃是主观精神的决定意义，所以他特别惋叹的是"在客观精神的这样的泛滥里面，很难看到文艺家自己，很难看到文艺家自己的精神力量"。紧接着，胡风说武汉撤退之后抗战文艺本来应该走向主客观的彼此融合了，但实际情况是除了"若干被生活斗争养育起来的心力俱旺的新作者"渐渐登场（这事实上指的是胡风影响下的一批年轻作家的登上文坛）之外，大多数作家都被战争的日常生活化所包围而疲乏而腐蚀以至被俘虏了，其"结果会引起主观战斗精神的衰落，主观战斗精神的衰落同时也就是对于客观现实的把捉力、拥抱力、突击力的衰落"。于是在他眼里，抗战文艺从此便陷入了一个充满病态和混乱的时期，突出表现是出现了"各种反现实主义的倾向"——客观主义、公式主义、教条主义，等等。然后说到最近的情况，胡风又给人一点希望："近一两年来，在文艺家里面，表示了种种的希望，提出了一些问题，这就是这个混乱期的不满或苦闷的反映。"只是这样有"希望"的人并不多，比较有希望的也就是胡风和他影响下的一群年轻作家，他们继《七月》之后，正在筹办《希望》，此外大概还包括重庆的几个倡导"生活态度"的才子吧，更多的人则陷于混乱之中不能自拔。然则如何才能使文艺界走出混乱、恢复健康呢？胡风最后开出的药方是发扬主观战斗精神。这主观战斗精神的具体化，便是"文艺家的人格力量，文艺家的战斗要求"，文艺家所要做的就是带着其人格力量和战斗要求去"对于现实生活的深入和献身"。在胡风看来，"文艺作品是要反映一代的心理动态，创作活动是一个艰苦的精神过程；要达到这个境地，文艺家就非有不但能够发现、分析，而且还能够拥抱、包围这一代的精神要求的人格力量或战斗要求不可"。并打保票说，只要"深入并且献身到现实生活的战斗里面，所谓人格力量或战斗要求不但不会成为抽象的概念，反而能够得到思想的真实和感情的充沛，而且也绝不会向个人主义的各种病态的死路走去"。

这就是胡风文艺理论的基本思路，这思路其实是在模仿黑格尔的精神辩证法。比如，胡风对武汉撤退后一个时期文艺前景的展望，就几乎成了黑格尔精神辩证法的教条演绎——

> 原来是使世界变形了的主观精神，渐渐由自我燃烧状态落向客观对象，伸进客观对象，开始要求和客观对象的结合了。原来是无我状态的客观精神，渐渐开始要求主观的认识作用，生活事件更强地更深地现出了在全体联结上的潜在的内容，政治号召能够成为认识复杂的现实生活以至历史过去的引线了。这，一方面走向主观的分析、综合能力的加强，一方面走向所凝视的客观对象的扩大，也就是主观精神和客观精神的彼此融合，彼此渗透的一个现象。①

当然，胡风与黑格尔也有所不同：黑格尔的精神辩证法乃是以客观精神即绝对理念为主导的，主观精神显然不足，所以舒芜说黑格尔的辩证法是"去势"的辩证法，而胡风所做的就是把黑格尔的辩证法颠倒过来了，变成了以主观精神为主导，这不啻是为它恢复了被阉割的生命力——"势"，并且那"势"也较比黑格尔原来的"主观"概念更富现代生命哲学和心理学的特色，因为其核心观念实际上是被鲁迅译介过、又经胡风加以革命改造的"生命力受了压抑而生的苦闷懊恼"的生命观及"苦闷的象征"的文艺观。我说胡风一派是与"青年黑格尔派"近似的"青年鲁迅派"，正是就他们的这种思辨方法和思想倾向而言。即如《文艺工作的发展及其努力方向》全篇都在推衍着

---

① 以上引文并见胡风：《文艺工作的发展及其努力方向》，《胡风全集》第 3 卷第 175—181 页。

这样一种带有左翼现代特色的主观精神辩证法，而欲使六年来抗战文艺的复杂实际就范，并力图以此作为未来文艺以至文化的发展方向。

这样一种想法和做法实在不能不说是既教条又主观，但无论如何，胡风文艺理论的大架子算是搭建起来了。满怀着理论的自信和批判的激情，胡风紧接着在1945年1月《希望》杂志创刊号上又发表了《置身在为民主的斗争里面》一文，同时重点推出了由他指导舒芜写作的哲学—美学论文《论主观》，进一步完善和发挥了主观战斗精神的文艺学，并将其拓展为一种革命观。在《置身在为民主的斗争里面》，胡风从"意识斗争的任务是在于摧毁黑暗势力的思想武装，由这来推进实际斗争，再由实际斗争的胜利来完成精神改造"这样一种启蒙优先的革命观出发，发展出了一种注重主观战斗精神的现实主义文艺观，强调作为创作主体的作家，"一方面要求主观力量的坚强，坚强到能够和血肉的对象搏斗，能够对血肉的对象进行批判，由这得到可能，创作出包含有比个别的对象更高的真实性的艺术世界，另一方面要求作家向感性的对象深入，深入到和对象的感性表现结为一体，不致自得其乐地离开对象飞去或不关痛痒地站在对象旁边，由这得到可能，使他所创作的艺术世界真正是历史真实地在活的感性表现里的反映，不致成为抽象概念的冷冰冰的绘图演义"。这个主观战斗精神的现实主义有两个鲜明的特色：一是要求着力表现走向革命的知识分子与对象血肉搏斗过程中的"自我扩张"、"自我斗争"的"精神状态"，二是着力"对于几千年累积下来的各种程度各种形式的奴才道德的鞭挞"① （这一点集中在揭示劳动人民的"精神奴役的创伤"和"原始的生命的强力"上）。凡是不符合这样一种极富主观精神色彩的现实主义标准的创作，在胡风看来都是客观主义的、反现实主义的，由此胡风发出了向"所谓客观主义进行文艺思想上的斗争"的战斗号召。舒芜的《论主观》则首先诉诸所谓新哲学的最新权威——"约瑟夫（斯大林）"，断言"所谓约瑟夫阶段，反映着历史新形势而作为其特质的，就正是对主观作用的充分强调；换言之，今天的哲学，除了其全部基本原则当然仍旧不变而外，'主观'这一范畴已被空前的提高到最主要的决定性的地位了"。随后在卡尔（马克思）和伊理奇（列宁）那

---

① 胡风：《置身在为民主的斗争里面》，《希望》第1集第1期，1945年1月出版。

里略作周旋,从他们手中拿到"主观"的通行证后,舒芜便依据"人类所发出的一切作用就都是内含有着社会因素的主观作用"的大判断推而广之,一方面将整个人类历史描述为发挥主观作用的斗争史,另一方面又反过来强调"我们的一切斗争是都为了解放和发扬人类的主观"。如此一来,"主观"就既是斗争方法也是斗争的目的。然后,舒芜便依据他这套"重主观"的哲学观和革命观,对抗战以来的文坛和思想界进行清算。他所清算的对象与胡风的批判矛头完全一致,但所扣的帽子有所不同——胡风扣给对手的帽子是"客观主义"、"反现实主义",舒芜扣给对手的帽子是"机械—教条主义"。之所以有此不同,是因为爱好哲学的舒芜意识到"客观主义"可能和马克思主义哲学"重客观"的原则相混,于是便改称之为"机械—教条主义者"。①

毫无疑问,胡风、舒芜的这套"重主观"的文艺理论和革命理论,表现出鲜明的"主体性"特征和反政治教条的理论勇气,所以在近二十年来得到越来越高的评价。可是,倘若联系这套理论的哲学根据和现实针对性来看,其理论上的左倾幼稚病和实践上的宗派主义也是无可讳言的。从中外马克思主义哲学来看,像胡风、舒芜这样把"主观精神"张扬到几乎是马克思主义第一原理的人,几乎是绝无仅有的,这或者不失为创见,然而要从"卡尔"、"伊理奇"、"约瑟夫"的哲学里找根据来论证"主观的决定作用",那其实是非常困难的事,而哲学思辨又究非胡风和舒芜所长,他们的哲学论证不过是将黑格尔的精神辩证法简单地倒转过来,再点染上"卡尔"、"伊理奇"、"约瑟夫"的革命色彩而已,虽然论者心高气傲、自以为是,其实他们的论证相当粗疏而且浮夸,实在不成个体统,在理论上并无多大说服力。当然,哲学的发挥并不是胡风和舒芜的目的,他们真正倾心的乃是以鲁迅为代表的"五四"新文化人的反封建的启蒙主义精神,而试图在民族解放和人民革命时期将之发展成为一种革命的启蒙主义,哲学的论证只是一种修饰和装饰而已。胡风对舒芜说"论主观"的真正目的是强调"个性解放",就是交底之言。经过这样一番哲学的修饰,主观精神的斗争和人的个性解放,不仅成了中国革命的当务之急,而且

---

① 以上引文均见舒芜:《论主观》,《希望》第1集第1期,1945年1月出版。

成了最正确、最革命的举措,而惟其以为主观的思想精神革命才是最深刻、最正确的革命,所以胡风一派便以最为革命的革命者自居,高谈阔论地指点革命、整肃文坛,在理论气势上才显得那样理直气壮、盛气凌人,在批判斗争中才表现得那样唯我独革、特别排外,以至于除他们自己一群之外,其他那些坚持政治—经济的革命和阶级—人民的立场者,都被视为"机械—教条主义者",国统区里的其他左翼文化人和进步作家,几乎无一幸免地被斥为"客观主义者"、"庸俗社会学"、"封建市侩分子",悉数成了他们的"主观战斗精神"的批斗对象和清算目标。这种近乎横蛮、极端排外的批判态度,固然与胡风一群在性格心理气质上的自我偏执、自以为是有关,但归根结底,还是根源于他们怀抱着内在的主观思想精神革命比外部的社会政治经济革命更胜一筹、更高一等的优胜观,而又自以为最得鲁迅思想启蒙精神和革命斗争精神之真传,并且深得革命导师的革命哲学之真髓(舒芜的文章里几乎是左一个"导师"右一个"导师"地频频拉扯着"卡尔"、"伊理奇"、"约瑟夫"),于是发现了所谓"主观战斗精神"的他们,就仿佛是掌握了革命文艺以至革命事业取胜的不二法门……如此自我感觉优越、自信唯我独革,这表明胡风一群对其"主观战斗精神"已经自我执迷到了近乎"主观战斗精神胜利法"的程度。

正由于胡风一群带着如此主观的"主观战斗精神"和这样强烈的宗派主义排他性,所以他们蓄意发动的这场批判运动给国统区左翼—进步文化界带来的困扰和造成的内伤,也就非同小可。即以胡风执笔的《文艺工作的发展及其努力方向》来说吧,那原本是为"文协"起草的一个带有统一战线性质的文件①,按理说,作为左翼文艺理论家的胡风当会尽可能地表达左翼阵营的文化政治诉求。可是胡风却借机将这份文件写成了一篇宣扬其"主观战斗精神"的论文和特别向所谓"反现实主义"倾向开战的檄文。这两点对国民党方面都构不成真正的威胁,因为貌似激昂的"主观战斗精神"其实是意思抽象、政治笼统,所以国民党方面并非不可接受;而胡风所着重批判的"反现实主

---

① 参加这个文件起草讨论的人员,既有国民党的文化官僚张道藩、王平陵,也有左翼文化阵营的代表茅盾和胡风,以及接近左翼的黄芝冈,后来又增加了张道藩的代表李辰冬。经过一番讨论之后,交由胡风执笔。

义",其矛头实际上是指向同属左翼阵营的茅盾等人的,对此国民党方面当然是暗暗窃喜。虽然胡风后来辩解说,他执笔起草时受到张道藩、李辰冬的多方牵制,所以不能不在政治指向上含糊其辞,可是无论怎么说,胡风依据一种自以为是的"主观战斗精神"牵强地规范六年来的抗战文艺,于是除了自夸受他影响的一群青年作家有希望之外,其他左翼—进步作家在他看来不仅乏善可陈,而且是堕入了混乱和逆流。这很难说是实事求是、合乎实际的判断。无可讳言,把批判的主要矛头指向其他左翼—进步作家,确是胡风蓄意而为的"清算"之举,他自然知道自己的这个"主观"会带给茅盾等一大批左翼—进步作家什么样的冲击,但他没有丝毫顾忌,因为对不屑与其他左翼—进步作家为伍的胡风来说,那冲击正是他所要的效果。至于年轻的舒芜在胡风指导下写作《论主观》,则一面沾沾自喜地把自己一群打扮成深得"主观作用"的先进革命者,一面趾高气扬地将一批资深的左翼作家贬为"完成"了的也即落伍了的"机械—教条主义者"——

机械—教条主义者们,并不是没有运用主观作用和客观势力作战的。他们确曾有过一个时期,积极发扬了变革创造的主观作用,在各种困难的情况里,征服了许多客观势力的敌人。并把这些征服的客观势力摄收到主观作用中去。如果他们摄收了这些客观势力,是为了营养那作为战斗武器的主观作用,是为了增强主观作用以便继续并更加扩大这个战斗,那么当然能够始终作为一个真的战士而存在而运动。但是,他们摄收那些被征服了的客观势力,达到某一种限度时,便不再是为了战斗,而相反的,却把这些战利品给自己建造起了一个完成了的小世界来,用它们把自己"完成"起来,把自己的主观作用"完成"起来。从此以后,即使还在实际上战斗着,也只是外部意义的;换言之,即从自己那已经"完成"了的小世界里,运用着那已经"完成"了的主观作用,机械的一方面的去和客观势力作战,而不能在对客观势力的作战里面同时改造自身,同时对自己的主观作用有所变革创造。总之,这乃是主观作用的变革创造力的中断或偏枯,在战斗形势基本上还没有大变化时,或者还能"动者恒动"似的机械的继续着工作，但一到形势发生大变化时，必然就要由于对形势的隔膜而被新形势所抛弃了。①

诸如此类"主观作用"的夸夸其谈和自以为是的批判分析还有很多，而最耐人寻味的是其批判的逻辑，与 20 年代后期提倡"革命文学"的论者对鲁迅之落伍的批判逻辑，几乎完全一样：当年创造社的一帮年轻人自以为获得了最革命的"阶级意识"，于是视鲁迅等资深作家为落伍者，40 年代的胡风一派自以为获得了最革命的"主观作用"，于是视郭沫若、茅盾等资深左翼作家为"完成了"的落伍者。幸好郭沫若、茅盾等顾全大局，没有像当年的鲁迅那样奋起反击，只有看不过眼的黄药眠对胡风和舒芜提出了公开的批评。稍后，尽管受到周恩来的委婉劝告，但胡风一派并却并没有停止他们的批判和整肃。

事实上，在抗战后期直至 40 年代末的国统区文坛上，胡风及其影响下的一群青年文人乃是最激进、最左倾的文学群体，他们的批判整肃运动一直在持续进行着并且不断扩大，其批判的锋芒几乎指向他们自己一派之外的所有进步作家。不妨举姚雪垠之外的两个例子——就以沙汀和陈白尘的遭遇来说吧。沙汀的长篇小说《淘金记》、《困兽记》、《还乡记》及许多短篇小说，陈白尘的讽刺喜剧《升官图》等，无论从哪个角度看都是难得的好作品，可是胡风影响下的一些青年批评家却怎么也看不入眼，在他们的主观战斗精神的现实主义法眼里，沙汀的作品如《困兽记》成了"客观主义"或"自然主义"的坏样品，而陈白尘的《升官图》则简直是"色情"的低级趣味之作，于是大加攻击和谩骂。面对这种极左的批评，沙汀忍了；而陈白尘则哭笑不得，因为那批评文章居然发表在一个以鲁迅精神相标榜的刊物上——

但不幸的很，北平有一本杂志，是用鲁迅先生墨迹做封面的，这该是自诩为鲁迅先生的门徒吧？却从鲁迅先生的敌人那面学会了这种卑劣战术了。为了我的一个剧本——《升官图》，不大顺他们的眼，打算抓它来"轻"一下。可是抓来抓去，也没抓到它

---

① 舒芜：《论主观》，《希望》第 1 集第 1 期，1945 年 1 月出版。

的毛病所在，就不管三七二十一，像讼师们写状之际，"给被告加一个诨名"一样，随便抓了个流行的骂人术语——"色情"摔了过来。说这个戏是"一个色情的彩棚"，是"堕落的戏"，而我这个人便是"堕落的人"了。

气愤难耐的陈白尘也因此产生了误解，他怀疑这种以极左面目出现的批评与国民党"官方"有关联，所以反唇相讥道——

> 不过，那杂志的封面，我请求你们换一换吧。最好是改请叶青先生题个字。否则，也就不仅于无耻了。①

这样的争论和误解还在进一步发酵。即如稍后就有进步文艺界人士严肃区分现实主义和自然主义的差别，充分肯定了沙汀和陈白尘的现实主义成就，而指斥"通红"的胡风派理论家的极左批评乃是与反动派相配合、有勾搭——

> 以此而论《困兽记》，我们觉得沙汀写出了知识分子在恶劣环境中的灰颜生活，其中有几个典型人物在浮沉，并也表露出了半封建的中国社会的本质；以此而论《升官图》，我们觉得陈白尘写出了中国官僚主义的实质，大胆地暴露中国官僚主义的丑态。这两部作品毫无疑义的都是现实主义的佳构。——自然，倘使以通红的眼光通红的尺度衡量起来，不免仍然有毛病的。
>
> 可是，近来的情形怎么样？《升官图》已没有演出的自由了，《困兽记》又有了查禁的明文。这儿倒证明了通红的"理论家"的通红理论，原来是与屠伯们的袖子有勾搭的。呜呼！②

---

① 陈白尘：《"色情"与"开心"》，文艺丛刊之三《边地》，1947年12月出刊，该文亦见1947年12月8日出版的《星岛日报·文艺》第2期。另按，陈白尘所说的刊物当是指胡风派刊物《泥土》第4辑，1947年9月17日北平出刊，该期所载灼人的《一个色情的彩棚——看〈升官图〉后的一点感想》和杜古仇的《堕落的戏，堕落的人——看〈升官图〉演出以后》，都是批判《升官图》的文章，刊题"泥土"二字采自鲁迅的笔迹。

② 洪钟：《论灰色人物和丑恶人物》，同代人文艺丛刊第一年第一集《由于爱》，1948年4月20日出刊。

所以，胡风一派的理论批评所积累下来的不少理论是非问题，及其在左翼—进步文艺界所造成的伤痕、矛盾与误解，确是有待解决、也亟待解决的重大问题。

1948年初，邵荃麟、乔木（乔冠华）、胡绳、林默涵等人在香港创办《大众文艺丛刊》，对"主观论"提出批评，就是试图解决理论是非问题的一次努力。参与批评商榷的都是左翼人士。据胡风回忆，作为香港"文委"负责人的冯乃超特意从香港致函于他，"很客气地希望我看后提意见"，这表明批评者并没有像胡风一派那样带着敌意和仇恨。1948年12月13日胡风抵达香港，受到乔冠华、邵荃麟、冯乃超等人的欢迎，而作为这次批评主将的邵荃麟和乔冠华也都是胡风的交心好友，邵荃麟并在《论主观问题》里特意加了这样一段话——

> 但是我们也应指出，即主观论者的这些理论，是针对着抗战中后期文艺上教条主义的倾向而提出，这在动机上说是很好的，因此这种思想在反抗黑暗的意义上，未始没有它的作用，即在今天，也不应完全抹煞它某种程度的作用，但是由于他们只把病象当作病源，没有更深入去追求这种现象的社会原因，同时也不是从现实革命形势发展与要求上去把握问题，他只是以一种小资产阶级的思想去对待另一种小资产阶级思想，因此，不仅不能解决问题，而其本身思想也成为一种偏向。①

看得出来，批评者确实努力坚持了周恩来所要求的"对朋友和。……和，并不是不批判，要善意的批判。批判、斗争却是为了团结"的批评态度。应该说，在胡风一派那么多年进行了那么严厉的批判整肃运动之后，邵荃麟等决定利用左翼文人集中转移香港之机，开展这次批评讨论活动，以解决左翼文坛积累已久的思想分歧，这从中共所倡导的"批评与自我批评"的原则来看，是完全可以理解的事情。而胡风的发言权也并未被剥夺，他随后精心撰写的长篇答辩《论现实主义的路》，当年年底就在上海出版了。这些情况表明，1948年

---

① 邵荃麟：《论主观问题》，《大众文艺丛刊》第5辑，1948年12月出版，后收入《邵荃麟评论选集》，人民文学出版社，1981年，此处引文见《邵荃麟评论选集》上册第238页。

的"主观论"之争是一次严肃的思想理论论争,尽管批评者的观点未必都很妥当,但批评态度严肃而不乏善意,并不像晚年的胡风和当今的一些研究者所慨叹的是什么不可理解的恶意攻击之举。

可是,对于一向理论自信甚坚、一贯善于批评别人的胡风来说,这次被这么多人批评,而且主要批评者又曾是他的好友,这确乎是让他意料未及而深感难以接受的事情。胡风晚年的回忆披露了他对香港批评的真实感受,尤其是对乔冠华的反感——"原来在重庆时,他成了资产阶级唯心主义的重要批判对象,现在他忽然跑出来'找出'了胡风是主观唯心主义,他自己就成了当然的马克思主义唯物主义者。他用胡风的名字洗了手"①。大概在胡风的眼里,像乔冠华这样曾经与自己的观点一致的同道者,就应该在派别上从一而终、在思想上一成不变,而一旦乔冠华改变了思想、反过来批评了他,那乔冠华就是想借批判他来洗刷自己、投靠对方了。不能不说,胡风的这种反应和他后来看到舒芜致路翎的公开信及其自我反省的文章因而斥舒芜为大逆不道的"叛徒"、"混蛋"一样,都表明在以所谓反封建自诩的胡风的意识中,其实有一种深重到近乎封建行帮习气的宗派主义意识与自我偏执情结。至于当今的研究者,则恕我直言,大多由于有感于建国后"胡风集团"冤狱及其对手在政治上的一度得势,不免让情感反应左右了历史的研究,加上近二十年来厌恶党派政治、竞赏独立自由的主体精神之影响,便出现了不加分析地用左翼两派后来在政治上的沉浮作为衡量他们当年理论是非之标准的逆向思维。这给人的感觉是,正由于胡风的对手们在政治上曾经得势,所以他们从头到尾都是错的,而正因为胡风一派在政治上不得势,所以他们的言行自始至终是没有问题的。其实,上世纪三四十年代左翼文艺两派的是非恐怕没有这么

---

① 胡风:《关于乔冠华(乔木)》,《胡风全集》第6卷第516页。按,"他(指乔冠华)成了资产阶级唯心主义的重要批判对象"一句似有语病,这句话其实是说乔冠华在重庆时是党内资产阶级唯心主义的代表,因而成为被批判的对象。另按,在发表于《新文学史料》1995年第2期上的《文稿三则·关于乔冠华(乔木)》里,胡风的话是这样说的:"接着次一期就发表了乔冠华写的专门批评我的文章。这就清楚了:邵荃麟所谓的全面批评,不过是表示不专门攻击某个对象的表面文章,乔冠华完全批评我的专论才是正戏。看了以后,情况是出乎意外:第一,原来乔冠华在重庆是党内资产阶级唯心主义的重点批评对象,现在竟立地成佛,变成一贯的马克思主义唯物主义者,站出来批判胡风的唯心主义了。"

简单。记得刘勰在比较了魏文帝曹丕和陈思王曹植互有短长的才情成就之后，曾感慨地说："但俗情抑扬，雷同一响，遂令文帝以位尊减才，思王以势窘益价，未为笃论也。"① 刘勰的慨叹也警示我们这些后来者，倘不加节制地带着同情失势者的人情思维和对党派政治的逆反心理，去评判当年两派左翼的是非，那是难免片面论事之弊和简单归罪之嫌的。

最后的"斗争"为何遭遇"团结"的处理："胡风集团"冤狱的成因与左翼文学运动的终结

说到底，上世纪三四十年代两派左翼的矛盾，毕竟是左翼内部的兄弟之争而非不共戴天的阶级对抗，不论两派之间的分歧有多大、论争有多么激烈，都只是思想认识上的分歧而非政治上的歧异，并且双方在论争中也是你来我往，胡风一派并不只是被动挨打的一方——比较而言，胡风一群倒是比较咄咄逼人、常常发起进攻的一方，至于中共高层则虽然未必乐见两派左翼论战不已，却没有直接介入二者的矛盾，更没有做出偏袒一方的政治组织处理。

胡风一派的问题真正演变成一个非解决不可的政治问题，是新中国成立以后的事。

就像《国际歌》所唱的那样，"这是最后的斗争，团结起来到明天"。尽管两派左翼矛盾重重、纷争不已，但他们为中国革命而奋斗的政治大方向确毕竟是一致的。如今革命胜利了，新中国建立起来了，为胜利而斗争的两派左翼终于在明朗的天空下会合了。按说，会合的双方真应该如鲁迅所说"度尽劫波兄弟在，相逢一笑泯恩仇"（《题三义塔》）了。殊不料双方的内斗却呈现出短兵相接、无法阻挡的态势，直至胡风一派被彻底清算、打入牢狱，而独存的另一派则如鲁迅所说，变成了奉命"恭维革命颂扬革命"者，而这也"就是颂扬有权力者，

---

① 刘勰：《文心雕龙·才略》，引文见范文澜：《文心雕龙注》第700页，人民文学出版社，1958年。

和革命有什么关系？"所以它"已不是革命文学"。① 至此，作为革命文学的左翼文学运动，也就同归于尽地终结了。

这当然不是个好结局，尤其是"胡风集团"问题演变成"胡风反党集团"冤狱，无疑是个大悲剧。然则这场悲剧究竟谁使为之、何以致之？通行的解释是，那一切都是周扬一派和中共最高领袖毛泽东蓄意制造的，至于胡风一群则纯属无辜的受害者。应该说，这个解释作为对"胡风集团"冤狱之道义上的平反昭雪，是合情合理的，可是若说这就是作为"胡风反党集团"冤狱的唯一成因，那似乎太近于"冤有头债有主"的简单逻辑和因缘推理了。其实，事情终于演变成"胡风反党集团"冤狱，乃是当事的两派左翼都没有料到的，也未必是他们所希望的，即使中共最高领袖毛泽东，大概也不想看到这样的事发生。可是事情毕竟无可逆转地发生了，然则其前因后果是否真如近些年来许多论著所揭秘和解密的那般简单明了呢？坦率地说，余窃有疑焉。因为，"冤有头债有主"的判断忽视了以下的背景和事实——

其一，在刚刚成为中共一统天下的新中国，文艺上的其他各家各派因为曾经不革命或革命的成绩不足，所以暂时都还老老实实、服服帖帖，文坛上几乎是一片"和谐世界"，可就在此时此地，中共的两支革命的文艺亲兵却仿佛恃宠而骄的双雄，陷于狭路相逢、互不相能、矛盾激化的内斗之僵局。而两派左翼的矛盾不外三个焦点：一是关于抗战及40年代国统区文艺的评价之争。胡风一派的评价在他们1944—1945年发动的文坛整肃运动中就提出了，如前所述，他们的评价除了自我肯定之外，将批判的矛头指向以郭沫若、茅盾为代表的一大批左翼—进步作家；另一派则在第一次文代会报告中提出了不同的评价，其中涉及对胡风一派的看法，则与香港对"主观论"的批评一脉相承。如此针锋相对的评价之争，可以说是两派左翼在新中国之初就矛盾大爆发的导火索。二是关于新中国文艺的领导权力之争，这其实是两派左翼在新中国文艺界的人事安排和权力分配问题。虽然胡风一派也得到了安排和荣誉，但显然无法与另一派相比，尤其是周扬掌握了文艺界的实权，特别让胡风一派心怀难平。可是，从周扬那边来说，

---

① 鲁迅：《集外集·文艺与政治的歧途——十二月二十一日在上海暨南大学讲》，《鲁迅全集》第7卷第118页，人民文学出版社，1981年。

这是中央的安排呀，不都是为了革命工作吗，你何必计较、何必跟我较劲呢。三是关于新中国文艺的指导方针之争，这矛盾其实已不限于两派左翼了，而暗含了胡风文艺思想与中共文艺方针也即毛泽东文艺思想的矛盾。面对这些矛盾，两派左翼显然无法找到让各自都满意的解决之道，于是互相逼上绝路的双方也便上书的上书、整材料的整材料，把矛盾提交给了领导一切的党中央来解决。由此，两派左翼也就在互不相能、难分胜负的对决中，不约而同地启动了要求中共中央对他们的文艺之争进行政治裁决的程序。这是问题的发端，但却预埋了结果。

其二，尽管毛泽东由于历史的原因而与两派左翼的关系有近有远，但他未必早有成心只支持一派而蓄意将另一派打入冷宫，毋宁说他更希望两派左翼消除隔阂和矛盾，其方式便是双方开展"批评与自我批评"，以达成团结一致，共同为新中国的文艺事业奋斗，否则他也不可能让问题迟滞四五年之久才解决。事实上，在新中国之初的几年间，两派左翼都受到过中共领袖的批评，而为了解决两派左翼的矛盾，中共领袖也耗了不少时间和心思，包括周恩来亲自出面进行说服、调解，可是都无济于事，两派左翼之间的攻守斗争没完没了，双方的矛盾似乎成了解不开的死疙瘩，而解决不了矛盾的两派最后也都把矛盾上交到中共最高领袖毛泽东那里。在党领导一切的新中国，其时正可谓百废待举，而两派左翼却矛盾激烈、内斗不已，作为中共最高领袖的毛泽东面对上交来的矛盾究竟该怎么办、会怎么办——是听任"内斗"继续，还是为了维护团结而消灭"内斗"？这是毛泽东责无旁贷、无法推卸的难题，他不是周恩来，再无可以上交的余地，必须做出最后的裁决。应该说，一场文艺界的纠纷闹到这个地步，政治的组织的解决已成难挽之势，只等政治的大板子什么时候打到谁的头上而已。

其三，应该注意，中共高层在新中国建立之初为了巩固新生的政权，一方面要求继续发扬革命的斗争精神，另一方面特别强调革命阵营的团结。可是这个既要斗争又要团结的平衡其实是很难维持的，因为革命胜利后，在革命阵营内部是很可能发生因为胜利而争权内斗闹分裂的局面的。这是中共高层最为担心的问题。不幸的是，这样的内斗确实发生了——在中共内部就是"高饶集团"引发的问题，而在革命文艺阵营内部则是"胡风集团"引发的问题。说实话，我一直隐约觉得中共最高领导对这两件事的处理是有关联的。记得在几年前参加王丽丽的博士论文答辩的时候,我曾经有感于这两个事件如此凑巧地接近,而向她询问过二者之间是否有某种潜在关联的问题。这不仅因为两案的定案时间,仅仅相差一个月——"高饶集团"的定案是1955年4月,"胡风集团"的定案是紧接着的1955年5月,而且因为两案之定案也有一个共同的着眼点,那就是维护团结、遏止内斗、反对分裂——前者是反对在党内争权夺势、另立山头的分裂主义,后者是反对在革命文艺界内部争权夺势、另搞一套的分裂主义。这样的着眼点反映了中共领导集团,尤其是最高负责人毛泽东对革命胜利后党的团结、文艺界的团结的重视和对分裂性的内斗之忧虑。这重视和忧虑不难理解:革命虽然胜利了,但不过是万里长征走完了第一步,新生的共和国基础并不稳固,所以毛泽东最担心的事莫过于革命者因为胜利而争权夺利导致分裂。为此,中共中央在1954年1—2月间特意起草、通过了《关于增强党的团结的决议》,而高、饶之所以遭重谴,就是因为他们是新中国成立后率先在党内争权夺利闹分裂者。同样的,毛泽东也特别关心文艺界的团结。说起来,那时的毛泽东对周扬并非像一些人所想象的那么信任和倚重。据张光年晚年回忆,1953年初毛泽东曾把周扬叫去狠批一顿,将他撤职、外放,连当年筹办第二次文代会的事都不让周扬参加,而交给胡乔木去办。可是当毛泽东知道胡乔木主张解散"文联"后却大为光火,原因是这样做不利于文艺界的团结,所以他又叫回周扬主持筹办事宜。"从这件事可以看出毛主席那时很注重文艺界的团结,注意团结老一辈文艺家"① ——张光年如是说。不难想象,如此注重文艺界团结的毛泽东在观察了两派左翼多年的争斗之后会作何感想,并且也不难推定毛泽东最后在周扬和胡风之间会做出什么样的选择。周扬诚然不是很理想的人选,可是他毕竟还有"党性"、愿意服从党的领导和安排,不会背着中央另搞一套,并且周扬也比较注意团结文艺界的大多数,至少不会排斥郭沫若、茅盾等左翼文学元老和巴金、曹禺、沙汀、陈白尘等资深进步作家。可胡风就不同了,他的"派性"要比"党性"强得多,而又孤傲自负,在政治上连周恩来都不放在眼中,在文学上则除了鲁迅和他自己影响下的那

---

① 李辉:《与张光年谈周扬》,《往事苍老》第276—277页,花城出版社,1998年。

一群年轻作家之外，几乎是洪洞县里无好人，他甚至喜欢"主动选择不与人为善"，并且胡风在文艺思想上也确实另有想法，执意要在党的文艺方针之外另搞一套。再说，两派左翼的纷争已达四五年之久，问题不解决，文坛无宁日，现在既然双方都要求党中央裁决，看来也只有动用政治组织措施，才能彻底消除文艺界的内斗问题……这样的权衡考虑再加上同时发生的"高饶事件"的刺激，遂使毛泽东把胡风及其一群看成文艺界的害群之马，决意对之痛加惩处，从政治上清除搞分裂、闹派性最激烈者，来达到维护文艺界团结之目的。

一场本属文艺思想派别上的分歧，就这样由当事的三方搞接力赛似地推向不可逆转的政治解决之途。就此而言，"胡风集团"冤狱其实是包括受害者在内的两派左翼和中共高层不约而同地一步步"整治"出来的，所以与这场冤案有关的三方没有一方纯然是无辜者，也没有一方全然是加害者，其实各方都责任攸关，当然责任也有轻有重。毛泽东和周扬一派显然负有不可推卸的主要责任，但要说他们是蓄意制造冤狱，那恐怕也言过其实；胡风一群自然是更让人同情的受害者，但要说他们在这场悲剧中纯属无辜、毫无责任，那恐怕也不是事实。

关于具体的责任问题，学界已有很多分析，此处不赘述。这里我想强调的是当事各方的"共同问题"。这一点似乎被学界忽视了。其实，事情之所以闹成这样而结局可悲如此，可能根源于各派左翼和中共文艺政策的共同特性——善于开展文艺斗争而且惯于把文艺斗争作为政治斗争的手段，却都从未考虑过为文艺斗争建构足够自由容忍的争论空间与和而不同的文化制度。这一共有的特性是集利弊于一体的，并且在长期的斗争实践中成为了各派左翼及中共领导的思维和行为惯性。其利好是显而易见的——在革命时期文艺斗争作为对敌进行政治斗争的手段，确实极富批判的效果和战斗的威力，革命的左翼文艺因此成为革命政治的一支重要力量；其弊端则由隐而显——把文艺作为政治斗争的手段本来就是片面的偏至，只是在革命时期左翼各派共同致力于对敌斗争，其内部分歧还比较隐蔽、内斗尚且受到抑制，到了敌人消灭、革命胜利之后，左翼文艺的战斗精神之发作，便不可逆转地集中在内部并激化到公开对抗因而不得不政治解决的地步。按说，文艺界的不同派别之间产生分歧以至矛盾，原本是很自然的事情，倘若当事的各方能够通过自由论争和相互商榷达成一致的意见，那自然是好事，如果一时不能达成一致意见，则不妨各存其见、相互容忍可也。即使两派左翼在三四十年代不断发生矛盾、频频进行论争，也由于那时政治格局的不统一，不仅两派左翼谁也难以管制对方，就连作为他们共同上级的中共领导也鞭长莫及、碍难管制，所以那时的两派左翼也还能够在各是其是、各非其非中"相安无事"——至少还没有造成被政治处理和刑事处罚的悲剧。说来颇为荒诞而其实势所必至的是，偏偏在革命取得胜利后、中共领导一切的新中国里，两派左翼的矛盾斗争却激化到了非解决不可、但只能政治解决、而政治解决条件业已具备的地步：一方面，"大团结"会师后的一统空间不仅没有缩小反倒激化了两派左翼之间的思想分歧和权利之争，而由于狭路相逢的双方都富于斗争精神也都缺乏宽容的态度，所以面对激化的矛盾，他们既不能相互容忍，又不能自行解决，于是只能就近诉诸党中央来采取组织措施给予解决。另一方面，负有领导之责的中共高层对两派左翼的矛盾也不能坐视不管，解决之道便是在党的领导和组织下，两派左翼通过批评与自我批评的整风，达到消除矛盾分歧、获得团结统一的目标。这套通过批评斗争达到团结目标的解决程序，乍看其来是不错的，其实它带出来的问题比它要解决的问题还大。因为它所谓批评斗争不可能是自由平等的论争，而是必须决出是非对错的交锋，它所谓团结不是相互包容和宽容的并存不悖，而是包含着政治统一意志的整合。这样一来，既要斗争又要团结的平衡木，就很可能变成要斗争就不可能团结、要团结就只能制止斗争的跷跷板。事情的发展正是这样：在批评与自我批评的整风中，两派左翼都希望确立自己绝对正确的地位，谁都不愿居于下风，谁都没有包容对方之心，加上周扬一派作为矛盾的一方却又代表党来领导和组织批评讨论活动，那其实是同时扮演了运动员和裁判的角色，这就很难让胡风一派心服口服，胡风一派的不服当然会导致更大的批评和压力，而批评和压力又会导致胡风一派的更大反弹。如此反复争斗，双方的矛盾也就激化到完全不能沟通以致水火不容的地步，于是双方也就只能诉诸党中央的裁决，都希望借助党中央的力量打压对方。事情发展到这个地步，矛盾不仅激化而且公开化了，"团结"荡然无存，文坛一片混乱。这样的局面显然有违中共政治高层要团结的意愿，他们不可能听之任之、坐视不管，何况不管也不行了——闹得不可开交的两派左翼不都强烈要求中央来管吗？于是党中央动用政治组织措施制止文坛内斗、强行维护文坛"团结"的整肃运动，也便不能不上演了。当然，到了这个时候，"团结"已由革命时期左翼各派必须顾全大局、一致对外的政治要求，演变成了革命后左翼文艺阵营必须消除内斗、达成一统格局的政治组织整合。对这种要求，从延安过来的周扬等人是比较愿意服从的，这一来是因为他们已经养成了服从党的领导的纪律性，二来也因为这种整合其实对他们是比较有利的事情。可是对胡风这一群另类左翼来说，所谓"团结"的要求就意味着他们的被整合、被领导，那是他们无论如何也不能让步的事情，何况他们这一群也不是任人捏的软柿子。其实，"好斗"的胡风一派未必是为文艺自由而战，他们同样具有左翼文艺之整肃异己的思维—行为惯性，尤其擅长开展内部的帮派斗争，特别缺乏维护"团结"的意识和顾全"大局"的态度，如今既为了自保也为着争取对文艺界的领导权，他们必然坚持斗争、毫不妥协。不待说，正是胡风一群的这种一味"斗争"、不顾"团结"、目无"组织"的"态度"，才让毛泽东把他们当成搞小集团、向党闹分裂的"坏典型"。胡风一群的"思想"问题就这样转升为"态度"问题。

至此，一场旨在通过批评与自我批评达到消除矛盾分歧获得团结统一的文艺整风运动，终于演变成了中共最高领袖不得不亲自出面动用党的权威来清理左翼门户的政治整肃运动。如此以斗制斗虽然使文艺界恢复了既有"斗争"又要"团结"的平衡，但那是一种政治监控下的恐怖平衡。平衡的结果，胡风被打入牢狱，他觉得"心安而理不得"，周扬一派似乎大获全胜，其实不过一时侥幸而已。这样一种结果，确乎是胡风和周扬都始料未及的，却也是理由固然、势所必至的事。归根结底，还是由于两派左翼与中共领导都只善于开展文艺斗争而且都惯于把文艺斗争作为政治斗争的手段，却都从未考虑过为文艺斗争建构足够自由容忍的争论空间与和而不同的文化制度。这就为左翼文艺阵营埋下了自我毁灭的隐患。在革命时期，两派左翼的斗争目标主要指向外部敌人，内部的矛盾尚未激化，他们还不得不相忍并存；等到革命胜利之后，外部的敌人消灭了，左翼内部的矛盾就陡然激化到不能相容的地步，而缠斗得难解难分的他们也都习惯成自然地把文艺斗争诉诸政治解决，所以也都迫切地要求着党中央的政治裁决，于是因文艺斗争而在政治上遭谴也就轮到左翼自己了。只不过今天遭谴的是这些人、明天是另一些人而已——1955 年是胡风一派，1966 年不就轮到周扬一派了么？

周扬的缺乏自由宽容精神和毛泽东的整肃"胡风集团"之误，都是显而易见的事，所以此处不论。需要补充分析的是胡风——他当真显然无疑地是一个为文艺自由而献身的人么？

可以理解，由于胡风乃是"胡风集团"冤案的最大受害者，加上其文艺理论乍一看颇有些自由主体性的魅力，所有近二十年来研究者们都很乐意把胡风及其影响下的一群看成是在左翼文艺内部捍卫文艺自由的斗士，而很容易忽视他们的文艺斗争——文艺理论和批判实践——也同样缺少必要的宽容和民主的精神。当然，"置身在民主斗争"中的胡风也不无强调文艺民主的言论。比如他在 1944 年 4 月所写的那篇纲领性文献《文艺工作的发展及其努力方向》中，就着意强调了文艺批评作为斗争形式和民主行为的关联——

> 努力不能在和平里面实现，要胜利就得发动斗争，发动在明确的斗争形式上的文艺批评。人生的真理不会一下子跳进我们的眼里，而是要经过互相抗争也互相吸收的批评作用才能够渐渐现形的。所以，只有通过批评，才有可能追索到生活世界和艺术世界的深的联系，只有通过批评，才有可能揭开而且解剖一切病态倾向的真相，保卫而且培养一切健康力量的生机。但批评要实现这样的任务，就非处在能够各人直说真话的民主政治的条件下面不可，因为批评本身就是一个典型的民主性的行为。只有在民主政治下面的民主的批评，才能够反映时代，把创作实践以及批评实践本身推进真理之门。①

在这里，胡风说批评是一种民主行为、需要以民主政治为条件，又说批评是一种斗争形式，这都是不错的。但胡风忽视了一个问题，那就是批评作为一种民主行为，首先需要批评者从自身做起，养成民主的精神和宽容的心态，倘若没有这个，则批评者就不免自觉真理在手甚至自以为就是真理的化身，于是恣意裁判和批判别人，那所谓批

---

① 胡风：《文艺工作的发展及其努力的方向》，《胡风全集》第 3 卷第 183—184 页。

评就很可能变成只有斗争的旨趣而没有民主的意味。再看胡风的言说逻辑，是先强调斗争的必要，然后才说民主的必要，其间是否无意识地流露出准备专以斗争之道批判别人，所以不能不拿民主的说辞来保护自己之意呢？不能说没有。因为如前所述，正是从《文艺工作的发展及其努力方向》开始，胡风发动了一场专门针对除他影响下的那个"健康力量"之外的其他左翼—进步作家的文艺批评斗争，不由分说地将之一概视为病态和逆流，其涉及面之广大、批判性之蛮横，实在是既无政治分寸，也无艺术民主。1947年元月，当胡风把他的这些战斗檄文结集为《逆流的日子》时，他在该集的序言里不胜欣喜地宣告，"为民主的斗争开始在生长，在扩张，文艺的战斗的有生力量也是一直在开拓着自己的道路的"，这所谓"文艺的战斗的有生力量"其实指的是胡风自己影响下的那一群。进而胡风就慷慨陈词，发出了战斗和整肃的号召——

> 这就急迫地要求着战斗，急迫地要求着"整肃"自己的队伍，使文艺成为能够有武器性能的武器。有武器性能的武器才能够执行血肉的斗争，是血肉的斗争才能够和广大人民的血肉的斗争汇合，使广大人民的血肉的斗争前进，削弱以至击溃那个大逆流的攻势。①

在这里，胡风明确地将文艺批评斗争提升为具有武器性能的战斗，而战斗的目标则是"整肃"自己的队伍。按，胡风所谓"自己的队伍"并非他自己影响下的那一群，而是指他那一群之外的其他左翼—进步作家。据研究者的不完全统计，在胡风发动的这场文艺"整肃"运动中，"被点名清算的作家包括了郭沫若、茅盾、巴金、曹禺、沙汀、姚雪垠、臧克家、碧野、严文井等，后来又增加了朱光潜、马凡陀、陈白尘、许杰等众多的作家"②。除了朱光潜算不上进步外，其他人都是国统区比较优秀的左翼—进步作家。这样一种既无政治分寸，也无艺术民主的文艺斗争，不能不说是蛮横和极左的。可是，胡风自

---

① 胡风：《逆流的日子·序》，《胡风全集》第3卷第172页—173页。
② 茆贵鸣：《文艺论争中的乔冠华与胡风》，《文史精华》2006年第3期。

己丝毫不觉得过分,所以他在序言里盛气凌人地斥对方为可耻的逆流,并在文末模仿鲁迅的口吻,把自己发动文艺"整肃"斗争的行为修饰得相当悲壮和正当——

> 也是由于这个可耻的特色,我还敢于把从剪刀、厌恶、暗刺下面偷生过来的这一叠纸送给读者。这里面的一些微弱的感受和微弱的要求,虽然是从那一段腐烂的时间的腐烂的现实发生出来的,但我相信,它们不但还可以适用到现在,而且还可以适用到将来,甚至是并非太近的将来。①

搭着解放战争的顺风船,胡风激进的文艺理论批评在国统区文艺青年中颇有影响,热情的追随者并且热心地扩大其影响。比如,朱自清1947年5月17日的日记中就有记载——

> 朱谷怀与何孝达来访并借给书籍多册,多系胡风的评论。他们喜欢胡风,远过茅盾,颇喜路翎的现实主义作品。此来欲启发我同意其观点,然恐最后令其失望,因我毕竟是头脑冷静的人。我愿受启发,因我要永远保持宽阔的胸怀。②

胡风自己则既不宽容也不冷静。他本来就是个很自信的人,新中国之初一些追随者已把他吹捧为可继"马、恩、列、斯、毛"的"胡",胡风欣然接受之,头脑更不可能冷静了,遂误以为新中国文艺的领导权是非自己莫属了。从某种意义上说,胡风也确实可与毛泽东一比:毛泽东有《在延安文艺座谈会上的讲话》,他有"主观战斗精神"的文艺理论,毛泽东发动了延安文艺整风运动,他发动了国统区的文艺"整肃"运动。只是胡风手中没有毛泽东的权力。胡风虽然并不一定佩服毛泽东,但他需要毛泽东的授权,何况他碰上了老对头周扬,让周扬来管文艺,他怎么能够服气呢。于是,他决心继续施用和发挥自己的文艺理论批评,并组织人马继续勇敢地进行战斗,极力夺

---

① 胡风:《逆流的日子·序》,《胡风全集》第3卷第173页。
② 见《朱自清全集》第10卷第456页,江苏教育出版社,1997年。

取新中国文坛的主导权。胡风肯定没有想到，那是他"最后的斗争"。他大概以为也很崇拜鲁迅的毛泽东一定会支持他而清算周扬等人，把管文艺的权转交给他这个鲁迅的出色弟子吧。可是，经过一段对两派斗争行为的比较观察和对文艺界团结统一的权衡，毛泽东还是支持了周扬一派而整肃了胡风一派。这是一次真正的"文人党争"，所以作为真正革命党的中共自然不能听任"党内文人"的内斗漫延下去，而惟其是"党内之争"，"党"的政治组织处理也就特别严厉而绝不宽假——共产党的最大力量所在并且也是其与国民党的最大不同之处，就在于其有严格的组织纪律来贯彻统一的政治意志。

　　由此造成的冤案肯定是大错特错的，但倘以为让胡风一派执掌新中国的文艺大权，就会是一派文艺自由的局面，那恐怕是一种想当然的幻想。窃以为，即使比胡风和周扬都高明的鲁迅，大概也不行。这"不行"一则当然是毛泽东等中共领袖未必容许鲁迅"自由"，二则恐怕鲁迅自己也未必会那么"宽容"。关于前一点，鲁迅自己早有预言，并且据说1957年毛泽东在上海接见一些文艺界、学术界的湖南老乡，翻译家罗稷南也参与其中，谈话之间——

> 　　罗稷南老先生抽个空隙，向毛主席提出了一个大胆的设想疑问：要是今天鲁迅还活着，他可能会怎样？
> 　　这是一个悬浮在半空中的大胆的假设题，具有潜在的威胁性。其他文化界朋友若有同感，绝不敢如此冒昧，罗先生却直率地讲了出来。不料毛主席对此却十分认真，沉思了片刻，回答说：以我的估计，（鲁迅）要么是关在牢里还要写，要么他识大体不做声。一个近乎悬念的询问，得到的竟是如此严峻的回答。
> 　　罗稷南先生顿时惊出一身冷汗，不敢再做声。他把这事埋在心里，对谁也不透露。①

　　其实这则传闻由来已久，近来更是广泛流传并且引起了热议——有的人认为是真的，有人认为是作伪。然而热心争议和借题发挥的文章虽多，却都没有提出或想象过一个也许更重要的问题：假如鲁迅活

---

① 周海婴：《鲁迅与我七十年》第318—319页，文汇出版社，2006年。

到新中国并且当了头、掌了权,他会宽容地容许异己的知识分子自由吗?对这样一个后设的历史问题,我们不妨参看一下鲁迅生前对其文化对手的态度以及对过往历史上的类似人事是怎么个看法。鲁迅在临终曾发誓对自己的文化对手"一个都不宽恕",这是人所共知的事实;而鲁迅虽无胡适那样的历史癖,却也常常在文章里和课堂上臧否历史、评骘古人。例如鲁迅就曾在上世纪20年代的北大课堂上发过这样一番非同寻常的议论——

> 他说,"曹操被《三国志演义》糟蹋得不成样子,且不说他在政治改革方面有不少的建树,就是他的为人,也不是小说和戏曲中歪曲的那样。像祢衡那样狂妄的人,我若是曹操,早就把他杀掉了。"①

如此,则宣称"像祢衡那样狂妄的人,我若是曹操,早就把他杀掉了"的鲁迅和坦言"以我的估计,(鲁迅)要么是关在牢里还要写,要么他识大体不做声"的毛泽东之惊人的相似,不是很耐人寻味么?

二十多年前,我曾经讨论过"自鲁迅毛泽东以来的中国艺术思维、文化思维和政治思维"的偏颇问题,并针对当年正在兴起的另一种文化革命与政治革命狂热而聊作提醒道——

> 毛泽东由于其在当代政治上的巨大失误,最终迫使我们痛苦地承认了他的思维的片面、偏颇和不健全。而鲁迅则因其早逝而与当代思维没有直接的关系,所以我们一直非常容易也非常乐意忽视他的思维的偏颇与不健全,更不愿意承认他的思想通过毛泽东,通过一代代人不加反省的学习,已经深深地渗透到当代思维中,深刻地影响着当代历史的进程,而这种影响也就很难说只有益而无弊——文革中的极左思维和近几年文化讨论中的偏颇,在某种程度上可说是以鲁迅为代表的五四文化思维的延续。我们从当代一大批最杰出的中青年学者在评论重大的社会历史文化现象、

---

① 冯至:《笑谈虎尾记犹新》,《冯至全集》第4卷第198页,河北教育出版社,1999年。

讨论有关民族群体生存的根本问题时，所表现出的种种令人震惊的偏执、轻率、狂热和急躁的论调中，就不难听到其中有着鲁迅（和毛泽东）的巨大回音。这才是问题的真正严重性之所在。由此造成的以及可能造成的现实后果，当然不应该由鲁迅来负责，但是不管我们自觉还是不自觉，我们都是鲁迅遗产的继承者，因此在今天我们的确应该清醒地认识到：以鲁迅为代表的现代新文化既是一笔极其宝贵的精神财富，同时它又是带有极大缺陷和偏颇的思想遗产。这是我们继承这笔财富的思想前提。早认识这一点，我们就可以少付点代价。①

现在当我们来讨论"鲁迅与胡风的精神传统"时，也很可能非常容易而且非常乐意地在与毛泽东、周扬们的对比中，把鲁迅和胡风树立为既追求革命又坚持自由的完美文化典范，而有意无意地忽视了他们与同样作为革命者和革命文化战士的毛泽东、周扬们所共有的偏颇和不足——鲁迅之宣称"像祢衡那样狂妄的人，我若是曹操，早就把他杀掉了"，和毛泽东之坦言"以我的估计，（鲁迅）要么是关在牢里还要写，要么他识大体不做声"，不就表现出同样偏激的思想和不宽容的态度么，何况胡风与周扬呢！

这并不是要苛求历史和历史人物。其实，既没有完美无缺的历史人物，也没有圆满无误的历史运动。尤其是那些旨在进行社会改造、民族独立、国家重建以至人类自由解放的革命历史运动，总是因其崇高的历史目标而拥有巨大的历史正义性和感召力，然而惟其是非常的历史大事变，所以革命运动也就不可避免带有非同寻常的历史局限性和极端化的偏颇。如此这般的历史必然性和历史局限性乃是革命历史运动之集于一体的两面，它们在实践上既难以分别去取、在认识上也不可分而观之。而这样的革命运动一旦发动起来、推行开去，就会形成巨大的运动惯性（所谓势所必至不可阻挡之"势"是也），直至彻底发挥出其历史必然性的势能、完全暴露尽其历史局限性的偏颇而后止（所谓走向"极端"直至"反面"是也）。法国大革命、俄国大革

---

① 解志熙：《鲁迅遗产的代价》，《北京大学·学术理论副刊》第9期，1989年3月25日刊印。

命，和发生在 20 世纪中国的大革命，就是这样非同寻常、真正革命的历史运动，所以它们都挟带着历史的正义而发展得轰轰烈烈，进行得势不可挡，然而也都异常激烈、血火交集，以至在无以复加的专制中走向反面，在人人避之唯恐不及的恐惧中偃旗息鼓。许多历史研究者都很感慨于这些大革命运动的走向反面，却很少有人意识到真正的革命运动既具有争自由解放的历史正义，同时也不可或缺地具有注重集中、统一以至专制的基因，可倘若没有后面这些强有力因素的作用，再合理美好的革命理想都只是一纸空谈，而不可能真正付诸历史的实践，真正落实成历史的实际。由于同样的原因，从事革命和革命文艺运动的人多少都会拥有某些共同的革命品格，譬如真理在握的理论霸气、坚定不移的斗争精神和毫不宽容的思想态度。这些近似的品格未必纯属个人气质，而更可能是革命的需要所感召出来的精神品质。即以那种自以为掌握了绝对真理的理论霸气而言，就正如西方学者霍布豪斯所说："（那些实行一场革命的人）他们需要一种社会理论……理论来自他们感觉到的实际需要，故而容易赋予仅仅有暂时性价值的思想以永恒真理的性质。"① 正因为都程度不同地拥有这些充满"正气"和"豪情"而又不无"霸气"以至"杀气"的品格，所以革命者才能够坚定不移地把革命斗争进行到底；但也同样因为有这些品格，他们都不可能真正宽容政治上和文艺上异己派别的存在，即使在革命阵营内部，也往往纷争不已，甚至闹到互不相容、自相残杀的地步。此所以杰出的革命者之充满"正气"和"豪情"而又不无"霸气"以至"杀气"的品格，往往是集非常寻常的力量与非常偏执的极端于一身。惟其如此，革命的过程和革命的结果，都不可能是革命理想的完美无误的实践和丝毫不差的落实，而几乎必然地带有不容异己、行事专断以至专制残酷的并发症，至于诊治和消解这些并发症及其后遗症，却只能是每一场大革命彻底耗尽其势能之后的"后革命"以至"反革命"时代的任务了。

为"鲁迅与胡风的精神传统学术研讨会"作，2009年 12 月 11 日草成，2010 年 1 月 25 日略有修订。

---

① 霍布豪斯：《自由主义》（朱曾汶译）第 25 页，商务印书馆，1996 年。

后　记

　　近三年间所校与所写的文字，除了关于诗的几篇另为编集外，其余都集中在这里了。从个人的学术脉络上说，此集仍是《考文叙事录——中国现代文学文献校读论丛》的继续。其中，《沈从文佚文废邮再拾》一篇是与裴春芳、陈越两同学合辑的，《关于〈春蚕〉评价的通信——从吴组缃和余连祥的分歧说起》则是我和尹捷同学讨论问题的书札；其他各篇多是我在各种会议和刊物的催逼下匆匆赶写的。这些参差不齐的文字多多少少都触及文学中以及文学史研究中的"诗与真"问题。文学，在广义上当然皆可谓诗，而很可能是连带而及吧，文学史研究和文学批评也常常自觉不自觉地走上这样那样的"诗化"之途，而正如郢书燕说一样，诗化的理解（包括政治性的与美学性的两类诗化）虽然美极了或酷毙了，但毕竟有违文学的本真和批评的本分。因此，如何恰当地把握文学史研究及文学批评中"诗与真"之分际，乃是一个双重的学术难题。缘此，即以"文学史的'诗与真'"作为集名，希望这些琐碎的校读和基于校读的具体批评，能多少有助于文学史研究和文学批评回归到实事求是的道路上来。

　　略需说明的是，2008年7月我校订冰心老人40年代的佚文，看到她对东京大轰炸下人民苦难之将心比心的感应，不禁感慨来自中国人民的宽容与仁厚，居然就那么不被珍惜地付之东流了。而就在这年的岁末，我无意中看到了日本记者泽田猛先生的报道《不要忘记轰炸重庆的惨剧》，知道日本还有人没有忘记日军的罪行，真是欣慨交集，所以我把这篇报道的中译文附录在该文后面。去年后半年给研究生上文献课时讲到这个问题，座中的日本留学生仓重拓同学告诉我，他认识泽田猛先生，于是我托他向泽田猛先生致意。不久，泽田猛先生就寄赠了他关于东京和重庆空袭的著作，并慨然同意我在本书中附录他的报道。在此谨向泽田猛先生和仓重拓同学表示诚挚的敬意与谢意。

自1986年跟随严家炎师学习现代文学，至今已逾二十五载，近十年来且同栖清华园边、共编文学史书，我也由学生而忝为同行，与先生苦乐与共焉。明年的11月，家炎师将晋寿八秩，而暮年的先生壮心不已，在学术上仍精进不息、严正有加，令晚辈如我者感佩不已。可惭我别无长物亦别无所长，乃谨奉此书为家炎师八十寿，敬祝吾师身体安康、诸事如意。

解志熙 2012 年 6 月 10 日于清华园之聊寄堂